최인훈은
이렇게
말했다

# 최인훈은 이렇게 말했다

최인훈과 나눈
예술철학,
40년의 배움

문학박사 김기우 지음

창해

# '배움을 배우는' 시간이
# 선생님과 보낸 세월이다

최인훈 선생님을 처음 뵙고 40년의 세월이 흘렀다. 내 나이 19세 겨울, 선생님을 대학입학 면접시험 때 처음 뵙고, 54세 여름, 병원 특환자실에서 마지막으로 뵈었다. 돌아가시고 한두 해 동안, 선생님은 내 곁에 계셔서 여전히 내게 당부의 말씀을 하시는 것 같았는데, 지난해부터 한 달 두 달 지날 때마다 선생님은 멀어져 갔다. 하루하루 지나면서 선생님과 간격은 더 넓어졌다.

나는 선생님을 붙들려 온 힘을 다해 기억했다. 선생님과의 약속도 있었기 때문이었다. 생전에 선생님을 기록하는 속기사가 되리라고 말씀드린 적이 있었다. 《승정원일기》를 적어간 주서(注書)나 한림(翰林)처럼 선생님을 기록으로 남기겠다고 말씀드리니 선생님께서는 흐뭇해하셨다.

이 글은 나와 선생님과의 만남 40년 동안 선생님에 관한 육체적, 정신적 정보를 온전히 되살리려는 기록물이다. 학술적 에세이, 혹은 소설적 분위기의 미셀러니, 희곡 등 여러 갈래를 포함한 일기 형식으로 선생님을 기억해 나간 글이다. 선생님의 마지막 장편 소설 《화두》가 복합장르로서 자서전 형식의 소설인데, 평전과 흡사한 이 기록은 최인훈 선생님의 《화두》를 해석하려는 시도, 혹은 내 문학 공부의 '화두'를 깊은 인연에서 바라보려는 노력의 산물이라고도 볼 수 있겠다.

선생님께서는 내게 많이 질문하셨다. 학창 시절 교실에서 하시던 질문은 졸업 후에도 이어졌다. 같은 질문을 40년 동안 하시는 것으로 보아 나의 답은 선생님의 그 크신 귀에 닿지 않는 듯했다.

석·박사과정 중에는 내가 선생님께 질문을 했다. 선생님께서는 답 대신 계속 질문을 하셨다. 나는 논문 작성으로 답해나갔다. '배움을 배우는' 시간이 선생님과 보낸 세월이다. 선생님의 예술철학을 나는 졸업 후에도 계속 들어가며 다듬어나갔다. 국외이론 공부와 선생님 고유의 이론을 점검하는 시간들은 내 삶에서 가장 소중한 부분이다.

선생님을 뵈면 대개 서너 시간 동안 대화가 이어진다. 어떤 때에는 열두 시간을 계속 이야기 나눈 적도 있다. 아침 열 시에 선생님을 찾아뵙고, 어디 산보를 가서, 이런저런 공간으로 이동하고, 댁에 돌아와 식사하면서, 차를 마시면서, 숨을 쉬듯 선생님은 말씀하시고 물어보셨다. 대개 문학과 예술, 정치와 역사에 대한 말씀이셨지만,

학교 일이나, 가족, 친지, 그리고 우리 식구의 근황에 대한 것도 묻고 또 물으셨다.

내 생활에 대한 노파심에서이건, 내 공부의 걱정이건 선생님의 말씀은 모두 소중했다. 선생님은 내게 자극을 주시면서 더 섬세하게 생각을 정리하시는 듯했다. 나의 관심은 선생님의 예술에 대한 사유 중심이어서 내 귀는 선생님의 예술론에 주파수가 맞춰져 있었다. 거기에 이데올로기에 대한 선생님의 최근 생각이 껴묻혀 있었다. 나는 최고 전문가의 견해를 직접 들을 수 있어 행복했다.

선생님을 뵙고 나서는 꼭 일기로 남겼다. 만나서 녹음한 것은 없지만 녹취록만큼 정확하게 기술하려 애썼다. 메모가 희미하거나, 단어가 불분명할 때가 있으면, 더 안간힘 써서 기억했다. 머리가 아파오고 내장이 뒤틀릴 정도의 애씀이었다. 선명해질 때까지, 선생님의 모습이 또렷해질 때까지, 말씀이 분명해질 때까지, 어조와 톤이 생생해질 까지, 나는 집중하고 몰두해서 선생님을 떠올리고, 선생님 책을 펼쳤다.

선생님 돌아가시고 4년 동안, 나는 선생님을 등에 업고 일기장을 처다보고 노트북을 들여다보며 원고를 써나갔다. 선생님이 내 등에서 내 일기를 지켜보는 느낌이 강했다. 나는 이제 선생님을 어깨에서 내려놓고 싶다. 하지만 그렇게 되지 못하리라는 것을 잘 안다. 선생님은 언제까지고 내 등에서 내 일기를 보실 것이다.

  요즘은 하루가 다르게 선생님 기억이 흐릿해진다. 지난해까지 한 달에 한 번 정도 꿈에서 뵈던 선생님은 이제 등장하지 않는다. 이 원고에 충분히 담겨 있기 때문일지도 모르겠다. 꿈에 오지 않으셔도 괜찮다. 선생님을 보고 싶거나 말씀을 듣고 싶으면 이 책, 아무 페이지나 펼치면 될 테니까.

2023. 1. 김기우

머리말 4

# 01 거장을 만나다 (1982~1990)

면접 14

라울 26

굿모닝 미스터 오웰 49

버스 수업 71

꽃과 꽃 107

진화의 완성 157

마트료시카 179

# 02 잃어버린 낙원을 찾아 (1991~2000)

《화두》 214

바다거북이 229

우연의 의도 266

〈아이오와 강가에서〉 279

내러티브 302

# 03 예술론의 핵심 (2001~2010)

| | |
|---|---|
| 《광장》 40주년 기념 심포지엄 | 307 |
| 40억 년의 기억 | 327 |
| 프로레슬링 | 347 |
| 제2병참단 세탁부대 | 392 |
| 에피파니 | 411 |
| 자랑스러운 서울대 법대인상 | 452 |
| 윤회와 허밍 | 469 |
| 화자＝DNA∞ | 547 |
| 〈어디서 무엇이 되어 만나랴〉 | 611 |

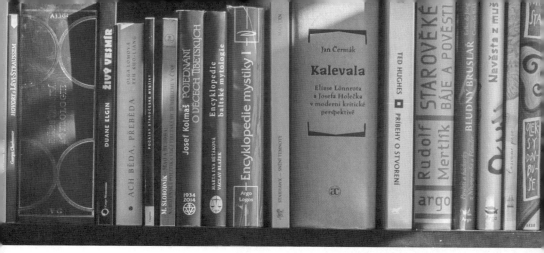

# 04 마지막 수업 (2011~2018)

경운조월(耕雲釣月) 629

팔순 식사 639

오동나무 649

절대문감 656

무언의 유언 662


서간체 〈화두론〉 666

최인훈 작품 연보 698

주 726

01

/

거장을 만나다

(1982~1990)

# 면접

이제 막 성년이 된 나, 전후 최대의 작가 최인훈을 코앞에서 본다. 내가 알고 있는 연보로, 최인훈 작가는 올해 46세가 됐을 것이다. 서울예술대학교 문예창작과 면접 시간, 연구실로 보이는 사무실에서 나는 최인훈 선생의 숨결이 느껴질 정도로 가까운 거리에 있다. 나는 긴장해서 온몸이 굳어 있다. 하드커버 단행본 표지 같은 나.

삼중당 문학전집 7권째가 《최인훈 편》[1]이다. 하드커버 양장의 삼중당 한국문학 모음집은 우리 집 형제들의 애장품이다. 커버에 보풀이 일 정도로 식구가 돌려 읽던 책이다. 중학교 때부터 나도 읽어나갔다. 여러 작가 중에 최인훈 편은 비교적 말끔했고 사진도 선명했다. 사진은 최인훈 작가의 중학시절부터 서울예술대학 부임까지 흑백과 컬러로 화보 편집돼 있었다.[2]

최인훈 작가는 대표작이 《광장》으로 알려져 있는데, 삼중당 문학모음집에 《광장》은 없었다. 《회색인》과, 〈假面考〉가 실려 있다. 《광장》은 누님이 갖고 있었다. 문학소녀였던 누님의 애독서가 몇 있는데, 그중 하나가 《광장》[3]이다.

나는 《광장》을 모두 읽은 뒤, 남·북의 체제 비판이나 이데올로기는 머리에 들어오지 않고, 두 여인과 이명준의 모습만 눈앞에 선연했다. 특히 동굴에서의 은혜와 명준의 사랑 장면이 오랫동안 잊히지 않았다. 동굴 안과 동굴 밖, 거울 안과 거울 속이 이러지 않을까. 나도 나중에 소설을 쓰게 되면 이런 장면으로 시작하면 좋겠다고 여러 차례 상상했다.

그들은 거의 날마다 만났다. 밤일 때도 있고 낮일 때도 있었다. 약속하지 않은 때도 명준은 불현듯 그녀가 동굴에서 기다리고 있을 것 같은 생각이 들면, 사람 눈을 피하여 산을 넘어가면 대개 틀림없이 동굴 안쪽 벽에 우두커니 앉아 있는 그녀를 보기가 일쑤였다.[4]

동굴에서의 은둔생활, 이명준이 몸을 숨길 수 있는 최적의 장소다. 세상에 나오기 전의 애기집 같은 동굴, 그 속에서 은혜와 사랑을 나눈다. 죽음이 널려 있는 전쟁터, 은혜는 이명준만의 광장이다. 이명준에게는 동굴이 광장으로 생각됐다.

포로가 되기 전, 이명준의 삶에서 최종의 장소는 어쩌면 동굴뿐이었는지 모른다. 그는 동굴에서의 사랑만이 자신의 청춘이었고, 그 장소에서만 유일하게 행복을 얻었다. 그에게 동굴은 세상의 끝이면서 세계의 시작이었다. 작품 해설과 연보를 엮어 생각해 보니, 최인훈 작가에게 1960년대는 그랬을 것이었다. 일제 강점기에 태어나 광복 후 열강의 한반도 통치, 전쟁 후 더욱 굳어져 버린 남과 북의 다른 체제, 미군정 하에서의 독재, 그리고 4·19 희망, 희망 후 좌절…. 동굴에서 나왔지만 동굴로 돌아간 기분이 작가에겐 가득했을 것이다.

격변의 한반도를 치열하게 겪어낸 작가는 이명준을 통해 자기를 이야기하고 싶었던 것 아닐까. 그럴 것이다. 이명준은 최인훈 선생의 분신일 것이다. 나는 서울예술대학 문예창작과를 지원하면서 이명준을 만나보고 싶었을지도 모르겠다.

면접 때, 실물로 본 최인훈 작가는 이국적이었다. 사진보다 실물이 더 그랬다. 큰 코, 큰 귀, 두툼한 입술, 지긋한 눈매…. 주말마다 즐겨보던 〈영화특선〉 외화의 주인공들과 닮아 있었다. 작가의 긴 곱슬머리가 그런 분위기를 더 자아내게 했다. 최고작가는 생김새부터 남달랐다. 그와 대면하고 있다. 면접 전에는 실기시험을 치렀는데, '꿈'이라는 화제를 받아 나는 산문을 적어나갔다. 짧은 소설이었다.

— 콩트를 썼군. …왜 바다에 빠지나?

본격 면접 질문이 시작됐다. 최인훈 작가가 내게 물었다. 실기시험 때 적은 내 산문에 대한 질문이었다. 준비해둔 질문이 아니어서 나는 즉각 대답을 못했다. 나는 실기시험 때 썼던 글을 빠르게 떠올려본다. '꿈'이 제목이어서 주인공이 물속에 잠기듯 꿈에 빠져 용궁을 체험한다는 상상을 적은 글이었다. 《광장》의 이명준이 바다에 빠지는 결말이 강렬했던가 보았다.

돌아서서 마스트를 올려다본다. 그들은 보이지 않는다. 바다를 본다. 큰 새와 꼬마 새는 바다를 향하여 미끄러지듯 내려오고 있다. 바다. 그녀들이 마음껏 날아다니는 광장을 명준은 처음 알아본다. 부채꼴 사북까지 뒷걸음질 친 그는 지금 핑그르르 뒤로 돌아선다. 제정신이 든 눈에 비친 푸른 광장이 거기 있다.[5]

이명준이 자신을 따라오는 갈매기를 바라보다 무엇에 홀린 듯 푸른 광장인 바닷물에 빠져 버리는 장면이다. 나는 이명준의 정신착란 상황에 완전 몰입했던가 싶다. 실기 시험 뿐 아니라 물속에 빠지는 꿈을 꾸기도 했다.

— 그냥, 생각해 봤습니다. …꿈입니다. 그냥 꿈이죠.

나는 시험지에 아직도 묻어 있을 법한, 지우개 똥 같은 답을 우물 거렸다.

— 그래요? 혹시 최근에 읽은 소설이 있나? 내 작품을 읽은 적이 있다면 좋겠는데….

모습과는 다른 여성스러운 최인훈 작가의 목소리가 긴장을 풀게 했다. 플루트, 혹은 소금(小笒) 소리처럼 들리는 음성이었다. 반말과 존대어를 섞어 쓰는 작가의 어조는 따뜻하면서도 날카로웠다. 그리고, 재미있었다. 자신의 작품을 읽었기를 바라는 작가의 질문이 아이 같고 유머러스했다.

— 최인훈의 《회색인》입니다.

나는 즉각 답했다. 완독한 소설은 《광장》인데, 《회색인》을 읽었다고 말했다. 그렇게 답해야 작가가 더 좋아할 듯싶다는 생각이 퍼뜩 들었기 때문이었다. 삼중당 문학전집판의 《회색인》을 읽다가 접어 둔 상태였다. 열아홉 살이 읽기에는 어려운 작품이었다. 8포인트의 작은 글자를 읽어나가다 보면 서서히 굳어져 가는 콘크리트 반죽에 머리를 들이밀고 있는 듯한 상상이 들곤 했다. 나는 글자를 읽다가 머리가 굳기 전에 얼른 본문 페이지를 덮고 사진을 보곤 했다.

어쩌면 최인훈 작가는 이명준보다 《회색인》의 독고준과 흡사하다는 생각도 들었다.

"알라딘의 램프는 아무 데도 없어. 우리 앞에 홀연히 나타날 궁전은 기대할 수 없어."

"그렇다면?"

"사랑과 시간이야."

"비겁한 도피다!"

"용감한 패배도 마찬가지지."

….

"조심해."

준은 그렇게만 말했다. 그는 방에 돌아와서 번듯이 드러누웠다.[6]


행동보다 생각이 많은 독고준, 그의 행동 범위인 매형네, 학교, 집을 그는 사색의 공간으로 채운다. 그 공간은 이명준만큼 고독하지 않다. 독고준의 사색과 그의 언어로 늘 가득하다. 최인훈 작가가 꼭 그럴 것만 같았다. 생각하고 생각하고 또 생각하는 작가.

— 오호라. 그래, 어디가 인상 깊었나요?

— 먼 곳에서 친구가 찾아오니 기쁘지 않은가, 유붕자원방래 불역낙호(有朋自遠方來不亦樂乎)입니다.

나는 또 즉각 말했다. 아버지가 술만 드시면 읊던《대학》과《논어》의 구절을 귀가 닳도록 들어왔던 터였다.《회색인》의 첫 부분 소제목으로 쓰인 페이지[7]가 선연했다. 아버지가 재수를 권할 것이 분명하지만, 나는 서울예술대학 문예창작과에 꼭 입학하고 싶었다. 다른 대학은 갈 이유가 없었다.

최인훈 작가는 문득 무언가를 확인해 보겠다는 듯, 나의 눈을 바라보았다. 작가의 눈빛이 날카로워 나는 시선을 피해 아래를 내려다

보았다.

— 왜 코밑수염을 기르는가.

최인훈 작가의 질문이 이어졌다. 아까와는 다른 건조한 말투다. 나는 답을 못했다. 대입학력고사 이후부터 기르기 시작한 코밑수염이 면접 때 많이 자라 있었다. 나는 불합격이구나, 재수학원 알아봐야겠네, 학원비는 어떻게 마련해야 하지, 대학에 꼭 가야 하나…. 신발 끈이 풀어진 것을 그때 알았다.

나는 면접실에서 나와 신발 끈을 고쳐 매고 명동거리를 배회했다. 콧수염을 밀었어야 했다. 나쁜 인상만 주었을 뿐 아무 도움도 못 되는 치장이었다. 교복과 두발 자유화 직후여서 많은 학생이 자기 멋에 취해 지내고 있었다. 나는 코밑 솜털로 자율화에 참여하려 했던가. 고등학교 담임 선생님도 전두환 정권을 비판했었다. 선생님은 작년 12·12 사태 이후의 정황을 이야기하며 우리에게 대머리가 돼라. 웃으며 말했다. 성공하려면 육군사관학교에 입학하라고 비아냥거렸다.

나는 삼일고가도로 입구를 지나 을지로 세운상가를 기웃거리고, 청계천 고물상점을 쳐다보다가 헌책방을 구경하다 집으로 향했다. 최인훈 작가가 처음 보낸 미소가 호감인 줄 알았는데, 코밑수염에 대해 언짢아하는 작가의 기분이 전해졌다. 면접을 잘못 치렀다는 아쉬움으로 내 발걸음은 천근만근이었다.


먹고 자고 일어나고 낯 씻고 학교에 와서 교수의 말을 시시하다면서 적어 두고, 또 집에 가고, 비가 오면 우산을 받고, 누가 가자고 끌면 영화 구경을 가고. 끄는 사람은 대개 영미였고. 영미의 그 화려한 사는 본때가 조금도 부러울 게 없다. 댄스 파티, 드라이브, 피크

닉, 영화, 또 댄스 파티… 그 되풀이가 그녀의 나날이다.[8]

나도 이명준처럼 대학생활을 보낼 기대가 만발해 있는데, 실현 불가능이 돼 버렸다. 길이 끊긴 것 같은 기분이었다.

집에 돌아온 나는 공부방에 들어가 외출복을 입은 채 누워버렸다. 걱정의 끝에 몰리니 잠이 왔다. 꿈을 꾸었다. 내가 〈구운몽〉[9]의 독고민인 듯한 사람으로 변해 있었다. 김용길 박사의 집에서 해골을 보다가 이 골목, 저 거리를 헤맨다. 다방에 들어갔다가 여인에게 쫓기다 넘어지면서 깨어난다.

마루로 나가보니, 아버지가 켜놓은 텔레비전 뉴스에서 전두환의 아프리카 순방 계획을 발표하고 있다. 지난해에는 삼청교육대 훈련 모습이 인상적이었는데, 이제는 순방 모습 자주 보겠네 하고 아버지가 중얼거렸다.

늦은 오후에 잠을 잔 탓인지 새벽까지 잠이 오지 않았다. 머리맡에 둔 최인훈 작가의 《광장》 표지를 오래 바라본다. 표지 그림 속 검붉은 깃발이 펄럭거린다.


# 구원

## 1982. 2.

낙방인 줄 알았는데, 합격했다. 그러고 보니 다른 면접관 선생님이 두 분 더 계셨다. 최인훈 작가가 점수를 어떻게 주었는지 몰라도 두

면접관의 점수가 합산되어 최종결정이 되었을 것이었다. 굽힐 싸한 어깨에 닿을 듯 말 듯 한 단발머리의 면접관님과 입술을 빼내어 서류에 집중하던 면접관님이 있었다. 어떤 면접관이 얼마의 점수를 주었는지 궁금했지만, 알 수가 없다. 합격이면 되었다. 노력하리라, 문학 공부 열심히 하리라 결심했다.

최인훈 선생님으로부터 문학을 배울 생각을 하며《광장》을 다시 살펴본다. 면접 때 보았던 최인훈 작가와 책 뒷표지에 있는 소묘가 겹쳐진다. 큼직큼직한 이목구비가 이명준을 자연스럽게 떠올리게 했다.

《광장》은 대학생 이명준이라는 청년의 이야기다. 짧은 청춘이기에 줄거리는 어찌보면 간단하다. 이명준은 가족 없이 홀로 남한에서 공부에 열중하고 있다. 아버지가 월북하여 공직자로 활동하고 있음이 밝혀져 S서에 불려가 모진 고통을 당한다. 많은 공부와 사색을 통해 민족분단의 본질을 알고 괴로워하지만, 그는 모든 것이 '부질없음을' 알게 되고 '갈빗대가 버그러지도록 뿌듯한 보람을 품고' 살아갈 수 있는 무언가를 찾으려 애쓴다. 그것은 '사랑'이다.

사랑만이 구원일 수밖에 없는 이명준의 처지를 좀 더 들여다보자. 삶의 뿌리를 내릴 수 없는 허황한 땅, 바닥없는 세상에 대한 이명준의 판단은 이렇다. 먼저 남한은 '미군부대의 식당에서 나오는 쓰레기를 받아 자기 집을 치장'한다. 남한에서 잘 사는 사람들은 '대부분 친일 행동을 한 사람'들이고, 형사들이란 해방된 조국에도 일제의 앞잡이처럼 '좌익을 잡은 역할밖에 하지 않는' 사람들이다.

북한은 또 어떤가. 반일 투쟁하던 '아버지는 맥 빠진 월급쟁이로 전락'해 버렸고, 현실의 평등에는 쓸모없는 코뮤니즘의 흉내뿐인 북한의 신명과, 희망이 보이지 않는 군사문화와 정치체제다. 이명준에게는 삶의 의미가 없다. '사랑'만이 보람이어서 남한에서는 윤애, 북한에서는 은혜로부터 살아갈 이유를 찾아낸다.

> 윤애는 알 수 없는 사람이었다.
> 그녀는 욕정한 자리에서 그 일을 깨끗이 잊어버리는 버릇을 가지고 있었다. 아직도 낮 동안에 받아들인 열기가 후끈한 모래밭에서 그녀는 4월 달 들판의 뱀처럼 꿈틀거리며 명준의 팔을 깨물었다.[10]

이명준은 남한에서 아버지 친구의 딸인 윤애를 사랑하면서 삶의 참맛을 알게 된다. 그러나 경찰서에 불려가 고문을 당한다. 아버지가 이북 대남방송에 나오기 때문이었다. 이념이 사랑을 막는다. 북한으로 넘어갈 동기가 충분하다. 이데올로기가 사랑보다 강하다면 그것의 실체를 찾아보려는 것이다.

> 명준은 사령부에서 떠도는 소문을 들었다.
> 총공격이 가깝게 있으리라는 것이었다. 그 말을 알렸을 때 은혜는 방긋 웃었다.
> "죽기 전에 부지런히 만나요, 네?"
> 그날 밤 명준은 2시간 가까이 기다렸으나 끝내 그녀는 나타나지 않았다.[11]

북한 또한 진실된 삶은 없다. '인민 위에 내리누르는' 억압의 분위기만 가득하다. 숨이 막힐 것 같을 때, 전쟁이 터진다. 북에서 만난 은혜를 깊게 사랑한다. 이명준은 자신의 존재 이유를 알게 된다. 사랑만이 살아갈 이유다. 그런데, 은혜의 전사 소식을 듣는다. 포로가 된 이명준에게는 삶의 의미가 없어진 것이다. 중립국으로 가는 배를 따라오는 갈매기 두 마리가 은혜와 딸이라는 환상에 빠진다. 그는 환상을 좇아 바다에 빠진다.

이명준은 전쟁 중 인민군 장교로 서울에 내려갔을 때, 남한에서의 친구인 태식을 고문한다. 그리고 태식의 아내가 된 윤애를 능욕한다. 이명준의 성정이 드러나는 장면이다. 착한 사람의 인내심의 극한을 보여주는 장면.

순간 그의 주먹이 태식의 얼굴을 갈겼다. 수갑이 차인 손으로 얼굴을 가리며 쓰러지는 태식을, 발길로 걷어찼다. 태식의 얼굴은 금시 피투성이가 됐다. 그 핏빛은, 몇 해 전 바로 이 건물에서, 형사의 주먹에 맞아서 흘렸던, 제 피를 떠올렸다.

(…) 덮치듯 입술을 댔다. 윤애는 튕겨지듯 자리에서 일어나며 뒤로 물러섰다.

"용서해 주세요. 이러지 마세요."

그녀의 말이 명준의 가슴에 불을 댕겼다. 됐다. (…) 햇빛이 가득한 하늘이 푸르다. 이 빌어먹을 놈의 땅에, 하늘은 왜 그렇게 푸르담. 그의 몸 가운데 어디선가 막혔던 사태가 좌르르 흐르는 소리가 난다. 뺨을 타고 눈물이 흐른다. 자꾸 흐른다. 이건 뭐야. 사태는 눈물이 되어 몸 밖으로 흘러내린다.

"너는 악마도 될 수 없다?"[12]

나는 《광장》의 이 부분이 이명준이라는 캐릭터를 가장 잘 보여주는 대목이라고 본다. 이명준이 대학에서 철학을 공부했고, 깊은 사색으로 사회과학의 성찰을 이뤘다지만, 그도 피 끓는 청년이고, 감정이 있는 인간이다. 그럼에도 이성의 동물로서 자신의 현재를 인식하고 자기 존재를 증명해 보려고 태식과 윤애에게 복수와 고통을 주지만 그런 자학 같은 가학은 아무 소용이 없다는 것을 또한 잘 알게 된다. 아무리 악독하고 욕동에 충실하겠다는 마음을 먹더라도 이명준은 역시 섬약한 사색인이다.

처음 독서 때는 결말이 안타까웠지만, 다시 몇 번 읽어보니 이명준의 바다 투신을 긍정적으로 보게 됐다. 《광장》의 뒷 평론과 여러 분석, '광장'이 의미하는 바를 해설한 여러 문장을 살펴보니 내 나름 이해하게 됐다. 사람은 사회적 동물이다. '광장'은 소통이 요구되는 사회의 멍석 같은 곳이고, 밀실은 개인의 실존적 환경이다. 사람은 이념의 마당인 광장에서 살아갈 수 있다. 그리고 동굴 같은 밀실에서 사랑하며 살아갈 수도 있다. 둘 다에 적응 못하면 삶의 진정한 의미를 찾을 수 없게 된다. 이명준에게는 둘 다 사라진 상황이다. 그가 남한을 떠나는 이유는 월북한 아버지로 인한 연좌제 때문이기도 하지만 윤애에게 거부당한 까닭이 크다. 그리고 인민군 포로 신분에서 중립국을 택한 것은 북한의 타락한 광장 때문이기도 하지만 은혜가 없어서이다. 모두가 그를 떠난 상황이다. 살아갈 이유를 찾기에는 그는 너무 처절하게 광장과 밀실에서 밀려나 있었다. 그래서 그는 바다를 향해 몸을 던진 것이다.


은혜는 징그럽게 기름진 배를 가진 여자였다. 날씬하고 탄탄하게 죄어진 무대 위의 모습을 보는 눈에는, 그녀의 벗은 몸은 늘 숨이 막혔다. 그 기름진 두께 밑에 이 짭사한 물의 바다가 있고, 거기서, 그들의 딸이라고 불릴 물고기 한 마리가 뿌리를 내렸다고 한다. 여자는, 남자의 어깨를 붙들어 자기 가슴으로 넘어뜨리면서, 남자의 뿌리를 잡아 자기의 하얀 기름진 기둥 사이의 배게 우거진 수풀 밑에 숨겨진, 깊은, 바다로 통하는 굴 속으로 밀어 넣었다.[13]

주인공 이명준은 장편 분량의 소설에서 이념과 사랑의 문제에 얽혀있다. 그는 남과 북의 체제를 비판하거나 두 여인과의 사랑에 애태우다가 결국 물속에 용해되어버린다.

평론가의 해설 〈사랑의 재확인〉에서 '바다는 단순한 죽음의 장소가 아니라, 자신이 몸을 던져 뿌리를 내려야 할 우주의 자궁'[14]이라고 했다. 이명준은 사랑과 이념에 휘둘리다 그를 끌어안고 바닷물에 빠지지만 그는 물에서 다시 태어나는 것이다. 그 물은 사랑[15]이다.

내가 읽은 《광장》은 세 번째 개작본이다. 작가가 작품을 고쳐서 낸다는 것은 그만큼 그 작품을 사랑하기 때문일 것이다. 한 번 쓰고 독자에게 전해졌으면 그것으로 끝일 텐데, 자꾸 고치면 처음 쓸 때의 충동과 흥분을 다시 느낄 수 있을까. 나는 궁금했지만, 곧 궁금하지 않게 됐다. 독자도 어떤 문장을 읽을 때마다 새로운 감정이 생긴다. 좋은 문장일수록 더 그렇다. 최인훈은 《광장》의 이명준을 독자에게 잘 들씌워지도록 단어를 고치고 문장을 다듬은 것이다. 좋은 작품은 작가의 수고로 공공의 유산이 된다.

# 라울

## 1982. 2.

수강신청을 위해 문예창작학과 사무실에 다녀왔다. 조교로부터 수강신청카드를 받아 〈문학개론〉, 〈현대소설특강〉, 〈편집실기〉, 〈문장론〉, 〈특수연구〉 등에 체크했다. 선택할 과목이 없었다.

카드 작성 중에 지난번 면접 때 갔었던 사무실을 본다. 활짝 열려 있다. 안에는 담배 연기가 가득하다. 최인훈 작가가 담배를 피워 물고 있다. 서양 희랍 시대의 철학자와 흡사한 모습이다. 플라톤의 흉상이 저렇지 않았나, 그와 닮아 있다. 미술학원의 데생 석고처럼도 보였다. 풍성한 곱슬머리, 뚜렷한 이목구비는 빛과 그림자를 도드라지게 했다. 담배를 피우며 사색에 잠겨 있는 작가의 모습이 무거워 보였다. 수십만 근의 쇳덩이가 주변 공기를 누르고 있는 느낌이다. 그가 담배 연기를 조금씩 내뿜으며 창밖을 바라보고 있다. 창밖으로 명동거리가 내려다보일 것 같다.

이런 사람들은 '창' 타입의 사람이다. 창은 두 가지 몫이 엇갈린 물건이다. 창은 먼저, 밖으로부터 들어앉은 방을 막아준다. 거친 행동과, 운동의 번잡에 대한 보호를 뜻하는 '건물'의 한 군데인 것이다. 블라인드를 치고 커튼을 드리우고 덧창을 달고 자물쇠를 채우고 하는 모든 것이, 이 창의 닫힘을 나타내는 것이다.[16]

지난주 학교 도서관에서 최인훈 단편집 《우상의 집》[17]을 빌렸다. 전집 중에서 여덟 번째 작품집이다. 단편들이 묶여 있어 하루에 한 편, 적어도 이틀에 한 편은 꼭 읽어나가리라 생각했다. 작가의 데뷔작 〈그레이구락부〉와 〈라울전〉을 읽는 중이다.

흐린 하늘에서 점점이 눈이 떨어져 내린다. 최인훈 작가는 춘설 사이로 서울 명동을 바라본다. 날이 밝아 눈발은 곧 그칠 것 같은데, 작가는 시선을 창밖에서 거두지 않는다.

창밖을 바라보던 플라톤은 어느새 라울이 되어버린다. 상념에 빠진 라울은 자신이 선택받지 못한 것을 주님의 뜻이라 인정[18]하기 어렵다. 세상은 필연이어야 했다. 이러한 우연의 세상은 자기가 공부한 경전에는 쓰여져 있지 않았다.

라울은 바울과 같은 스승 밑에서 공부했지만, 바울과의 경쟁에서 밀려났다고 생각한다. 바울보다 노력했던 라울은 우연적인 세계 질서를 원망한다. 성전에 파묻혀 당대 최고의 랍비 반열에 들었지만, 결국 신은 그를 택하지 않았다. 행동보다 생각을 많이 하는 라울에게는 어쩌면 필연적인 결과일 수도 있지만, 라울은 납득하기 어렵다.

우연에 의한 세상의 진화, 현실의 황당함에 무너지는 이상적인 이론, 결과를 예측할 수 없다는 과학의 법칙 등이 최인훈 작가의 평생 주제가 아닌가 - 스무 살 때는 잘 몰랐지만 선생님을 회고하는 지금 시점에서 든 생각이다 -. 이러한 화두는 《광장》에서의 이명준의 방황, 〈구운몽〉 독고민의 미로 찾기, 《회색인》 독고준의 고뇌, 《서유기》에서 독고준의 여행 등에서 나타난다. 이는 라울의 평생 숙제와 닮아 있다. 이데올로기로부터 휘둘리는 삶, 그를 넘어서기 위해 평생을 읽고 상념에 빠지는 세월…. 작가는 창밖의 세상에서 필연을 가장한 우연한 모습들을 바라보는 중이다.

책은 창과 같다. 창밖을 사색으로 덧씌우면서 읽어나가는 것이다. 직접 체험보다 책을 통해 현실을 알아가고 현실을 진단하는 인물에게 바깥 현실은 두려움의 대상이다. 그래도 책은 늘 있어 다행이다. 책이 없으면 자신을 잃을 것 같아 그는 책에 매달린다. 그는 이데올로기에 속박되어 있음을 안다. 그 속박에서 벗어나려 책을 읽지만 밖으로는 나서지 않는다. 벗어나려는 방법도 책에 있긴 하다.

책을 한때라도 놓으면 금방 자기의 있음을 온데간데없어질 것 같은, 가위눌림 비스름한 것에 등을 밀려서 책에서 책으로 허덕이듯 옮겨갔던 것이다. 책에 음(淫)한 무렵, 그때는 되레 살 만한 때였다.[19]

라울은 또 어떤가. 그는 항상 '밤 깊도록 옛 책과 씨름을 했다. 신앙을 다지고 또 다지기 위해서였다. 신을 알아보기에 지치면 오래도록 기도했다. 라울은 그 옛날, 신이 그의 사랑하는 자에 내린 특별한 아낌 - 즉 믿을 수밖에 없는 〈신의 강제〉를 베풀기를 기도하'[20]기에 온 힘을 기울인다. 그는 신에 대해 말할 수 있고 체험할 수 있는 것은 책을 통해서야만 가능하다고 생각한다. 라울의 상상은 책에서 비롯되고, 그는 그것이 현실이라고 믿는다.

소설 독서가 내 일상이 돼 버린 요즘이다. 창 바깥의 세상을 관조하며 책에 몰입하는 최인훈 단편의 인물들과 내가 다른 점이 무엇인가. 바깥세상이 어떻게 돌아가는지 모르고 소설책에만 집착하는 나 같은 사람도 사회에서 필요로 할까.


# 자아비판

## 1982. 4.

'자아비판회' 사건은 최인훈 작가의 트라우마다. 이 에피소드는 《회색인》에서 《서유기》로 반복되고 변주되어 나타난다.[21] 서울예술대학 문예창작과 수업 〈특수연구〉, 〈소설창작〉, 〈소설특강〉 시간에 언뜻언뜻 소설의 이 장면이 비어져 나온다.

독고준 "당신은 나를 사랑하지 않았습니다."
지도원 "당신은 인간이 인간을 사랑해야 한다고는 믿습니까?"
독고준 "어떤 경우에는 그래야 한다고 생각합니다."
(⋯) 선생님은 마치 약속을 잘 아는 사람이 일부러 어긴 것처럼 공박하고 인민의 적이며 부르주아라고 협박하였습니다. 당신은 공화국의 벗을 만들어내는 것이 임무였음에도 불구하고 공화국의 적을 만들어냈습니다. 그것도, 있지도 않은 적을 말입니다.[22]

중학시절의 '자아비판'은 최인훈 작가에게 큰 상처로 남아 있어 보인다. 작가의 주요 장편소설에 꼭 등장하고, 무게가 실린 장면이다. 부르주아의 집에서 자란 소년을 공화국의 암적 존재라며 몰아세우는 상황은 여러 작품에서 변주된다. 작가는 북한에서 실제 이 일을 경험했다는 대담을 읽은 적이 있다. 그 일이 최인훈 작가의 평생 고민의 씨앗이 되고 있다. 어린 독고준은 사회를 움직이는 이데올로기의 억압을 견디기 어렵다. 그는 인간 이성의 잘못된 사용을 따지고 있다. 다시 말해서 '끊임없이 적을 만들어내는 사랑 없는 이데올로기'를 비판하고 있는 것이다.

독고준은 '벗'도 '적'도 아닌 '사랑'의 이름으로 부를 수 있는 이성을 원하는 것이다. 최인훈 작가의 희망이고, 소설의 주제다.


이성의 도구인 이데올로기는 실체가 없다. 관념은 현실의 아이콘일 뿐 현실은 아니다. 이렇게 허구를 만들어 정치권력의 편리에 이용하는 이데올로기가 어찌 좋을 수 있는가. 아무리 훌륭해도 이데올로기는 이데올로기일 뿐이다.

최인훈 선생의 어린시절이라면 자연스레 떠오르는 이 장면과, 나의 고등학교 시절을 연결하면 억지스러울까. 최인훈 작가의 심오한 사회철학의 입장과 나의 소박한 사춘기 혼란 상황은 비교 대상이 아니지만, 근원적 성격은 비슷하지 않을까. 나는 이렇게라도 최인훈 작가를 닮으려 한다.

나는 글쓰기 공부를 위해 서울예술대학 문예창작과에 들어와서는 〈예음회〉라는 음악 동아리에 가입했다. 공부는 않고 브라스 밴드부에서 트럼펫 불던 고등학교 시절이 좋지 않은 기억으로 있는데, 대학에 와서도 음악 동아리에 입회한 것이다. 고교시절, 나는 도서부에 들려 했지만, 친구 따라 밴드부에 들었다. 그곳은 성인 흉내를 내며 시간을 허비하는 관악기 음악동아리였다. 교내외에서 문제를 자주 일으켜 학교에서도 골치를 앓고 있었지만, 교련검열과 축구응원의 행사에 필요했기에 쉽게 해체를 못 했었다. 나는 초·중등학교에서 공부를 꽤 잘했기에 도서부에서 이미 끌어가려 했었다. 도서부 담당교사가 부원들을 명문대학에 항상 합격시키고 있었다. 처음에는 정말 낯설었지만, 차츰 밴드부 친구들과 함께 있는 시간이 편했다. 오래된 우물 같은 악기실에서 친구들과 말장난을 나누며 웃던 시절이었다. 악기실에서 소설책을 읽으며 시간을 보내면 미래에 대한 불안이 사라졌다. 선배가 다그쳐 후배에게 집체 기합을 준 것이 학부모회에 알려져 나는 악장으로서 책임을 지고 정학처분을 받았다. 나는 일주일 동안 반성문을 작성하며 근신했다.

> 교사 — 소설입니다
> 　　　나는 여러분에게
> 　　　〈낙동강〉을 읽고 느낀 것을(…)
> 　　　이야기를 꾸몄습니다
> 　　　이 점이 다릅니다
> 　　　〈낙동강〉에 대한 감상이
> 　　　또 하나 이야기가 된 것입니다

이것이 나의 기억의 공간에서 사라지지 않을 뿐만 아니라, 시간이 지날수록 선명해지고 극적인 깊이를 더해가는 다른 한 장면이다.

(…) 그 작문이 선생님에 의해 극찬된다. …동무는 훌륭한 작가가 될 거요. 치명적인 예언을 듣는다.[23]

최인훈 작가의 원초적 두 가지 사건, '자아비판회사건'과, '독후감 칭찬 사건', 그 두 사건은 최인훈 작가가 글을 쓸 때 그 안에서 이리저리 돌아다니며 다른 사건들을 부추겨 서사를 이루어 나가기도 하고 감싸 안아 숨기며 소설 전체를 은유하기도 한다.

나는 빈 교실에서 자습하면서 반성문을 써내려갔다. 집에 가기 전에 반성문을 검사받아야 했는데, 학생주임 사회과 선생이 늘 내 문장을 극찬했다.

— 너는 작가가 되거라. 반드시 글 쓰는 사람이 되거라.

글을 잘 쓴다는 말씀이셨다. 사람의 마음을 흔드는 문장이라는 말씀이셨다. 나는 그때 어두운 우물 속을 빠져나갈 수 있는 손전등을 갖게 된 기분이었다.

지금은 그 선생님의 모습과 음성이 가물가물하지만, 글쓰기를 가까이하게 되리라는 생각은 늘 있었다.

# 우상

## 1982. 5.

문예창작과 시낭송회에서 〈별 헤는 밤〉을 노래했다. 1학년 A반 과대표 P군의 기획과 진행으로 명동 〈샤갈의 눈 내리는 마을〉에서 열린

행사였다. 사은회를 겸한 '문창인의 밤 시낭송회.'

문창과 소속 예음회 회원 세 명과 중창단을 결성해서 내 창작곡 〈별 헤는 밤〉을 연습했다. 한 달 동안 빈 강의실에서 시 낭독 연습과 노래연습이 계속됐다. 나는 연습 없을 때, 〈우상의 집〉과 〈囚〉를 읽어나갔다. 읽던 부분이 자꾸 생각나 노래에 집중할 수 없었다.

> 스산한 모습을 드러낸 허물어진 명동에, 〈아리사〉라는 찻집이 있었다. K선생을 둘러싸고, 우리가 귀엽게 〈비이너스의 품〉이라고 부른, 벽이 거기서 움푹하게 들어간 모퉁이의 자리를 온통 차지하고, 떠들기도 하고 말없이 몇 시간씩 천정을 쳐다보기도 하면서, 지내던 때의 일이다.[24]

우리가 시낭송회를 진행할 〈샤갈의 눈 내리는 마을〉은 〈우상의 집〉에서 묘사된 〈아리사〉 찻집을 연상케 했다. 나는 친구들과 명동에 갈 때마다 '샤갈의 눈 내리는 마을'에 꼭 들렀다. 〈아리사〉가 꼭 이런 모습일 것이라고 상상했다. 과대표 P 군은 이 카페의 단골이었다.

찻집 〈아리사〉가 배경인 〈우상의 집〉은 최인훈 작가가 문단 활동을 시작할 무렵의 풍경을 잘 보여주는 단편이다. K라는 문단 어르신의 눈에 들기 위해 〈아리사〉에 자주 찾아가는 주인공이 당시의 예술가들을 잘 대변하고 있어 보인다. 명동백작이라 불리는 작가들은 〈아리사〉에 모여 정보를 교환하고 자기 견해를 펼친다.

〈우상의 집〉의 화자, '나'는 '문단에서 확고한 존재'인 K선생을 흠모하게 되고, 아리사에서 특별한 존재인 '그'를 만나게 된다. 그의 전쟁 체험과 첫사랑에 대한 토로는 그를 더욱 귀인으로 보이게 만든다. 그의 매력은 세상의 모든 것을 초월한 듯한 언행에 있다. 특히 그는 전쟁의 피해자이고, 사랑의 전도사이다. 그는 어찌 보면 독고 준, 이명준, 독고민의 과거사와 세계관이 닮아 있다. 그릇된 이데올로기의 폭압에 견디기 위한 저항의 모습의 주인공들….

〈샤갈의 눈 내리는 마을〉에서 열린 〈문창인의 밤〉은 성황이었다. 서너 테이블밖에 없는 카페 안은 팔각 성냥갑에 들어찬 성냥개비들 같다. 사람들이 제대로 서 있을 수 없을 정도로 빽빽하다. 테이블에 앉은 사람들은 문창과 선생님들과 조교님이다. 최인훈 선생님, J 교수님, L 교수님, 그리고 강사로 나오시는 H, M 선생님도 테이블에 둘러앉아 있다. P 군이 음악을 틀면서 부과대표에게 무어라 지시하면 낭송 학생들이 간이 무대에 올라와 자작시를 읽어나간다. 마이크도 없었고 앰프, 스피커도 없지만 연습한대로 낭랑하다.

계산대 앞에서 서 군이 시낭송에 맞춰 카세트리코더의 볼륨을 올렸다간 내리기를 반복한다. 학생들의 창작시가 낭송될 때마다 M 선생의 눈이 반짝거린다. 학우들의 시가 귀를 번쩍 열어준다. 나는 중창단을 이끌며 윤동주를 노래한다. 과대표가 특별히 우리 팀을 추켜세운다. 그의 칭찬만큼 노래가 나오지는 않는다. 간주 후 박자가 빨라졌고, 음정도 곳곳이 불안했다. 베이스가 테너를 따라가는 부분도 있었다. 노래가 끝나자, 관객들이 박수를 많이 쳐 준다. 최인훈 선생님은 계속 눈을 감고 계시다가 노래 끝에 미소하신다. 바닷속에서 큰 고래가 내게 다가오는 듯한 기분, 다정하게 감싸는 듯한 고래. 다른 선생님들도 따라서 활짝 웃는다. 탁자가 쓰러질 정도로 박수한다. 물개박수.

학생들의 시 낭송은 뜨거웠다. P 군의 '囚'에 나오는 시 편의 낭송도 에너지가 넘쳤다.

> …푸른 照明
> 한밤중
> 마을 방에
> 어린 손님들을
> 불러놓고
> 잔치 잔치
> 엽시다[25]

P 군은 언제 그 시를 메모해 두었는지, 안 주머니에서 원고를 꺼내 낭낭하게 읽었다. 최인훈 선생님은 P 군의 〈囚〉 낭송이 마음에 드셨던 것 같다. 학우들의 창작시 낭송 때는 졸고 계신 듯 눈을 감고 계시다 과 대표의 낭송에는 미소를 보이신다. 〈우상의 집〉의 끝부분과 〈囚〉의 첫 단락이 겹친다.

> 결론부터 말하죠. 그 눌려 죽은 여자에 관계되는 앞뒷일이 모두 거짓말이란 것입니다. 그는 서울 이북에는 가본 적이 없는 사람입니다.
> 나는 믿어지지 않았다. 그가 그 이야기를 했을 때의 비통한 낯빛이며, 또 그 꼼꼼한 이야기 솜씨![26]

우리에게 '우상'은 무엇인가. 이데올로기? 그를 넘어서는 문학? 문학인? 그 모두일 것이다. 우리가 진실이라고 믿어왔던 것들에 모든 것들에 대해 의심해 보아야 할 것이다. 우상을 무너뜨리지 못한다면 정신병원에나 갇혀 있을 수밖에.

피곤했던 하루, 멀미를 이고 집으로 돌아와 방에 누우니 최인훈 선생님의 미소가 어른거린다. 또 고래가 떠오른다. 왜 바닷속 고래가 자꾸 보이는가. 선생님, 미쳐야 하나요. 정신병원에 갇힐 수밖에 없나요.

# 웃음소리
## 1982. 5.

연연축제 마지막 날이다. 나는 '연연가요제'에 출전했다. J 군과 L 학우, 문창과 친구들로 구성된 트리오가 금상을 수상했다. 〈사랑하는 친구에게〉라는 나의 창작곡으로 트로피와 상장을 받았는데, 내겐 트로피나 상장이 없다. 두 사람이 나눈 것이다. 노래하기를 그만두기로 결심한 터여서 아쉬움도 없었다. 봄학기를 마치기 전에 소설을 끝내놓아야 한다는 생각뿐이다.

호프집에서 가요제 수상을 자축하자는 친구들을 떠나보내고 나는 드라마센터 옆 벤치에 앉아 구상 중인 소설의 첫 문장을 쓰고 지우고, 다시 썼다가 지운다. 문장이 목울대를 온종일 간질인다. 드라마센터 안에서 '웃음소리'가 들려온다. 사마리아 여인의 웃음이다. 축제의 마지막, 〈지저스 크라이스트 슈퍼스타〉를 공연 중이다. 그리스도의 마지막 7일을 유다의 시선으로 그려낸 뮤지컬이다. 연극과와 방연과 합동 공연으로 피날레를 장식하고 있다. 메아리 같은 여인의 웃음소리가 드라마센터 현관을 넘어온다.

예수는 햇빛이 반짝이는 나머지 한편의 금빛 팔로 그녀의 머리를 쓰다듬으면서 말했다. 나로 말미암지 않고는 죽을 수 없어.[27]

최인훈 작가의 〈웃음소리〉가 웃음의 메아리에 섞여 들려온다. 〈지저스 크라이스트 슈퍼스타〉가 노래한다. 최인훈 선생은 《광장》 이후 사실주의 쪽보다 환상주의 계열의 소설을 많이 발표했다. 그의 주인공들은 현실과 환상의 구분이 모호한 상황에 처하는 경우가 많다. 〈웃음소리〉도 그렇다. 최인훈 작가의 주인공은 환상의 자리가 어쩌면 편할지 모르겠다고 생각해본다. 부조리한 이데올로기의 세계가 더 당혹스럽기 때문이다. 예민한 사람에겐 그것 자체가 환상일지도 모르겠다.

드라마센터 현관 유리문에 반사되는 노을로 강의동 건물이 붉어지기 시작한다. 나는 벤치에 앉아 이 풍경을 바라보는 시간이 좋다. 공간이 작은 교정이어서 벤치에서는 학생들과 선생들, 교직원이 오가는 모습이 잘 보였다. 이 모습을 보려고 수업을 빼먹은 적도 있었다.

행사가 끝나고 학생들은 거의 명동이나 충무로 술집에 가 있을 것이다. 노을은 더 두텁게 드라마센터를 덮어가고 있다. 최인훈 선생이 드라마센터 현관에서 나온다. 축제 때여서 강의는 없었을 텐데, 〈지저스 크라이스트 슈퍼스타〉를 관람하셨나 보다. 학과장님과 조교도 선생님 뒤를 따른다. 그들은 강의동 입구에서 헤어져 제 걸음을 옮긴다.

최인훈 선생님이 나를 보셨나. 걸음을 천천히 하시더니 내 쪽으로 다가오신다. 나는 주춤거리며 일어나 선생님께 목례를 한다. 미소를 머금고 한 걸음 앞까지 내게 오시던 선생님은 방향을 바꿔 교문으로 향한다.

긴장이 풀어진다. 2학년을 지도하는 최인훈 선생님이 신입생인 나를 알아보실 리 없겠지, 생각하니 안심이 된다. 선생은 노을빛을 휘젓다 튕겨내다 끌어가다 하면서 학교를 빠져나간다. 웃음소리가 또 들려온다.

여자의 머리를 받친 채 한낮이 가까운 환한 햇빛 속에서 황금색으로 빛나는 남자의 셔츠 소매에서 내민 팔이 검푸르게 썩어 있는 것을 그녀는 보았다.[28]

최인훈 선생님은 환상인가, 문학은 나에게 웃음소리인가.

囚

1982. 9.

문무대에 다녀왔다. 2학기 교과목 중 〈병영집체교육〉이 있다. 대학생의 군사교육은 의무였다. 문무대에서 군생활을 예행 연습하면 실제 군 복무 기간에서 3개월을 감해준다. 과대표가 요즘 내게 자주 말을 걸어온다. 그가 문무대 같은 걸 왜 만들었냐며 투덜댄다. 전두환 씨가 정권을 잡은 뒤 학생의 병영 체험이 더욱 밀도가 높아졌다고 말한다. 과대표는 다른 대학 운동권 모임에 참여하고 있다. 내게도 권했는데, 나는 고개를 저었다. 나는 과대표 만큼의 운동권 활동이 어쩐지 두려웠다. 시간도 없었다. 책 읽기와 글쓰기, 그리고 예음회 활동하기에도 시간이 모자랐다. 과대표에게 그 일이 나의 사회참여라고 주장한 적이 있었다. 그가 피식 웃었지만, 나는 기분이 나쁘지 않았다. 나는 소심했다.

요즘 〈囚〉에 빠져 있다. 두 번째 읽는 중이다. 이상의 〈날개〉와 같은 분위기의 소설이었다. 배경이 다를 뿐 두 작품의 주인공은 현실의 생활에서 벗어나 있다.

낮이 무섭다. 따뜻한 햇빛 속에서 포플러가 얼어붙는다. 나무 그림자가 얼음판이 된다. 창틀도 언다. 플라타너스 줄기가 언다. 공기도 언다. 햇빛도 언다. 낮은 얼어붙는다. 비쳐 보인다. 모든 것이 빤하다. 낮은 유리가 되어 사방으로 나를 가둔다. 유리처럼 비치는 무서움. 나는 유리 속에 든 물고기. 움직이지 못한다. 낮은 부끄러운데도 가리지 않는다. 낮은 벗은 여자다. 그녀는 게으르다. 낮은 백치(白癡)다.[29]

자기만의 세계를 살아가는 주인공이 가여우면서도 특별해 보인다. 현실 도피로 볼 수 있고, 사회부적응으로 볼 수도 있다. 그런데, 갇혀 있으면서도 자유로워 보이는 것은 왜일까. 그런 인물에게 긍정의 시선이 가는 것은 무슨 이유인가.

과대표는 내게 사회에, 역사에 뛰어들어 동참해야 한다고 역설한다. 우리의 사회가 얼마나 부조리한지 실체험을 통해 몸에 각인해야 진실을 알게 된단다. 역사는 실체험한 사람들의 목소리여야 한단다.

그는 나의 습작 시와 소설을 좋아했다. 나의 창작 노래도 잘 따라 불렀다. 나도 그가 좋다. 최인훈 선생님을 좋아하고, 선생님처럼 좋은 소설가가 되리라는 그의 희망도 좋다. 그는 《광장》의 첫 단락도 줄줄 외고 있다. 청출어람. 내가 그에게 자주 해 주었던 말이다. 거칠고 큰 목소리가 그의 두터운 입술 사이에서 쉬지 않고 나오며 언성이 높을대로 높아져도 나는 경청한다. 나는 그의 자취방에 자주 놀러 갔고, 그도 우리 집에 자주 놀러왔다.

〈囚〉의 주인공은 갇힌 공간 안에서 '행복하다'고, 여기서 살게 해 줘서 '고맙다.'고, '지루하지 않다'고 말한다. 온종일 갖고 노는 아코디언은 능글맞고, 곱고, 지루하지 않다며, 나는 갇혔어도 좋다는 상황을 반복한다. 최인훈의 단편집에 있는 소설들, 〈우상의 집〉, 〈그레이 구락부 전말기〉, 〈웃음소리〉의 인물과 〈囚〉의 주인공 처지가 흡사하다. 〈날개〉의 '나'가 거울을 마주하면 그러지 않을까. 거울아 거울아, 말해 보거라. 이 세상은 환상이라고, 이 환상을 깨뜨리면 진실된 세상이 나타난다고. 너를 깨뜨리면 진짜 내가 나타난다고…. 그러나 주인공들은 거울을 바라보고만 있다.

어떤 평론가는 이렇게도 말한다. 과거에 붙들려 바깥 현실과 미래에 대한 불안으로 스스로를 과거에 붙잡아두거나 자기 주변의 특정 사물에만 집착하는 인물들이라고, 근대 이후의 우리의 모습과 흡사하다고.[30]


포플라 그림자가 부서진다. 플라타너스는 쪼개진다. 발레리나는 찢어진다. 마네킹은 깨진다. 금이 간다. 파앙. 파앙. 7월의 한낮은 소리 날카롭게 금이 간다. 파앙. 나는 갇(囚)혔다.[31]

최인훈 선생님의 현대인에 대한 사색은 이렇게 참신한 형식의 소설로 표현된다. 사회 문제를 토로하면서 참여를 주장하는 것이 아니라, 사회에서 단절된 사람들을 통해 현대사회의 부조리함을 보여준다.

P 군과 나는 문무대 소집에서 해제되어 부대를 나선다. 둘이 음악 감상실에 간다. 모차르트의 피아노 협주곡 23번을 듣다가 나는 운다. 까닭 모를 눈물이 뱃속에서부터 치받아 올라와 뺨을 타고 흐른다. 실내인데 어디선가 바람이 불어온다. P 군이 내 어깨를 토닥인다.

# 봄의 어머니
## 1982. 12.

종강. 시험이 남았지만 대부분 보고서로 대체한단다. 〈편집실기〉, 〈매스컴론〉, 〈시 특강〉 모두 B학점을 넘지 못할 것 같다. 출석이 좋지 않다. 동아리 활동으로 한 학년을 보냈다. 그래도 기말작품집에 실린 〈배지badge〉는 자랑스럽다. 1학년 소설창작 교수님이 칭찬했고, 학우들이 모두 좋아했다. 수업을 빼먹고 '장독대'에서 기타나 치던 나를 괄목상대로 보는 느낌이다. 실은 〈예장문학상〉에 도전해 봤지만 고배를 마셨다. 당선작 없음. 그래도 제대로 완성한 단편소설로 문학상 본심에 올랐다. 준모라는 트럼펫 연주자의 이야기였다.

〈뒤뚱거리는 도시〉라는 제목의 단편인데, 소아마비로 왼쪽 다리가 불편한 친구를 모델로 썼다. 고등학교 2학년 때 초고를 써놓았던 작품인데, 다듬어서 응모한 것이다. 〈예장〉 편집기자였던 S 학우를 지나가다 만났는데, 그가 작품 잘 봤다며 인사해왔다. 그녀도 작품을 냈지만, 본심에서 탈락했다.

〈예장〉을 받아보았는데, 최인훈 선생님이 여러 작품에 짧게 평을 해 주셨다. 나는 선생님의 심사평을 욀 정도로 읽었다. 내 소설은 3인칭주인공시점이었는데 1인칭주인공시점으로 바꿔보면 더 밀도 있는 소설이 되리라는 말씀이신 듯했다. 나는 그렇게 하리라 마음먹었다.

〈예장〉에는 선생님의 에세이가 실려 있다. 예술학도들에게 전하는 말이다.

예술가의 자질은 부분적인 것을 구성하여 전체적으로 균형이 있는 형식을 만들어내는 데 의존하는 바가 크다. 전체적인 균형이 있자면 어느 한 가지만의 지식으로서는 이루어지지 않는다. 여러 가지 지식이 서로 밀고 당기면서 주어진 조건에서 가장 효과적인 자리를 잡아야 한다. '가장 효과적인'이란 것의 기준은 '사람의 마음을 움직이기 위해'가 될 것이다.[32]

서울예술대학교의 기말작품 발표에 대한 의견을 시작으로 예술을 인간 의식의 특별한 측면으로 해석해나간 글이다. 예술에 대한 선생님의 이론적인 글이 선생님의 작품 읽기만큼 재미있을 것 같다고 생각해 본다. 내가 최인훈 선생님의 작품만한 것을 써낼 수 있을까. 의심과 자신감이 하루에도 수백 번 뒤바뀌는 학교생활, 남산으로 오

르는 길, 영화진흥공사 현관에 비친 청년은 한 해 동안 부쩍 늙어버
렸다.


# 크리스마스

### 1982. 12.

크리스마스이브다. 아기 그리스도가 태어난 날은 언제나 따뜻했던
듯싶다. 친구가 불러서 경양식 집에 간다. 그는 학보사 기자로 내게
시를 몇 차례 청탁했다. 나는 소설을 쓴다며 시를 주지 않았다, 주지
못했다. 시가 없었다. 시를 좀 폄하하는 생각도 없진 않았다. 재능
없음의 기만이었다.

  아무튼 친구는 자기 동네 경양식집을 빌려 시화전을 열고 있다.
그는 '일일찻집'을 연다며 나를 초청했다.


  "아무튼 내 생각은 외박은 안 된다는 거야. 이 점이 가장 중요해."

  "글쎄 아빠는 그저 안 된다니 왜 안 돼요?"

  "그럼 내가 묻겠다. 옥아 넌 교인이던가?"

  "아이참 누가 교인이래요?"

  "그럼 크리스마스가 어쨌다는 거니?"

  "크리스마스니깐 그렇죠."

  "뭐가?"

  "크리스마스지 뭐긴 뭐야요?"[33]

선생님의 〈크리스마스 캐럴〉 연작은 그동안 읽은 소설과 달라 보인다. 지금까지 읽어왔던 소설에선, 주인공의 고뇌, 화자의 사유, 진행되는 사건들이 무겁고 환상적이었는데, 〈크리스마스 캐럴〉은 그렇지 않았다. 가볍고 쾌활했다. 다른 작가의 작품처럼 느껴질 정도다. 인물들의 대화도 일상적이고 경쾌하다. '옥'이가 '아버지'에게 외출을 허락받으려는 장면이 흥미롭다.

문득 최인훈 선생님의 딸과 아들, 두 자녀가 떠오른다. 선생님이라면 크리스마스이브에 외출하겠다는 딸을 어떻게 하셨을까. 우리네 아버지들이 그랬듯이 선생님도 마찬가지였으리라. 가부장 질서 때문이 아니라, 외래문화를 거부해서가 아니라, 걱정이 가장 큰 이유였으리라. 크리스마스이브는 청춘남녀의 일탈을 허용하는 시간으로 우리의 풍속이 받아들이고 있기에 그러지 않을까. 축제같이 느슨해진 분위기를 타고 충동을 과감히 실행에 옮기는 시간.

크리스마스이브다. 며칠 감감했는데, 열두 시가 되자 날개는 또 성화를 내기 시작했다. 나는 얼른 밖으로 나섰다. 그런데 웬 일일까? 날개는 조금도 누그러지지 않고 더욱 세차게 물어뜯는 것이었다.[34]

최인훈 선생님께서 이 글을 쓸 당시가 1960년대인데, 그때는 통행금지가 있었다고 한다. 연말과 더불어 유일하게 야간통금이 없는 날이 크리스마스이브였다. 야간통금이 없다는 것은 금지된 밤 놀이문화가 허용된다는 의미였다. 〈크리스마스 캐럴〉 연작은 크리스마스라는 서양문화의 이입이 유교 전통이 깔려 있는 우리 사회에서 어떻게 활동하는가를 그려냈다. 최인훈 선생님은 우리의 전통적인 풍속이 잊혀지는 것이 싫으셨나 보다. 이명준이 남한 하숙집에 머물 때의 댄스파티, 독고준이 풍자하던 우리 교회의 첨탑 모습, 그리고 크리스마스이브의 밤 문화 등은 우리에게는 어색하다.

친구의 '일일찻집' 공간, 친구의 시가 카페 공간 곳곳에 걸려 있다. 차를 마시고 있으려니 친구가 시 낭송을 준비한다. 나의 기타 반주에 그가 자작시를 읊는다.

서울 변두리의 작은 경양식 집에서 나오니 겨드랑이가 간지럽다. 골목을 들어가니 빵 가게에서 캐럴이 흘러나온다. 빙 크로스비의 〈화이트 크리스마스〉다. 어깨에 둘러멘 기타 멜빵 안쪽을 무언가 자꾸 툭툭 친다. 〈크리스마스 캐럴〉의 주인공처럼 나도 날개가 나오려나.

# 유토피아

1983. 2.

학교에 가서 휴학원을 제출했다. 조교님이 휴학 사유를 물어왔다. 나는 개인 사정이 있다고 했다가, 곧 집안에 문제가 생겼다고 말을 바꿨다. 독립 못한 청춘에겐 집안 문제가 곧 개인 사정 아닌가. 조교가 내게 휴학원을 건네주고 인적사항을 적으라 한다. 조교의 책상에서 내 개인정보를 적으며 책상을 훑어본다. 공부에 필요한 메모인지, 필사해놓은 글귀가 눈에 들어온다.

문학은 자기 속에 언제나 다른 시대가 알지 못하는 희망을 가지

면서 동시에 다른 시대가 알지 못하는 절망을 가진다.[35]

조교님은 내가 자기 메모를 유심히 보고 있는 게 선배로서 흥미롭고 대견한 모양이다. 조교님은 그 글이 최인훈 선생님의 아포리즘이라고 한다. 선생님의 《유토피아의 꿈》에 나오는 한 대목이란다.

나는 휴학원을 내고 청계천 헌책방으로 갔다. 며칠 전에 들렀던 '희망서점'에서 선생님의 《유토피아의 꿈》을 본 것 같기도 하다.

조교님의 책상에 놓여 있는 글귀는 청계천에서 구입한 《유토피아의 꿈》 중, 〈글 쓰는 일〉의 한 단락이었다. 우리 집 경제 형편이 안좋아졌다. 아버지가 사기 수에 걸려 집이 은행에 잡히게 됐다. 누님들이 직장을 다녀 이자를 물고 생활비를 대주고 있다. 나도 돈을 벌어야 했다.

글쓰기 공부 잠정 중단. 나는 군입대를 앞두고 비어 있는 시간에 아르바이트한다. 아파트 신축 단지에서 전단을 돌리는 일이다. 새벽 네 시에 일어나 아파트 건축 현장으로 가는 버스 안에서 《유토피아의 꿈》을 읽는다. 한 챕터를 읽으면 어느새 밝은 아침이 된다.

예술이 의식의 심부에 깔린 어떤 정서의 광맥에 충격을 주어 표층에 있는 의식에 지진을 일으킬 수 있다면 아마 가장 바람직한 일이다. (…) 겉보기의 다양함은 예술에서는 아무 위안도 주지 않는다. 영혼의 깊은 곳을 울리는 어떤 진동만이 우리들에게 보람을 준다.[36]

최인훈 선생님은 '신을 잃어버린 시대'의 현대의 문학예술은 지도를 잃어버린 상태여서 스스로 지도를 만들어가면서 신을 찾는, 아니 '스스로 신이 되어야' 한다고 말씀하신다. '환상임을 자각하면서, 유토피아라는 패러디의 자각'을 지니면서 말이다.

그러고 보니 최인훈 선생님은 창작을 열심히 한 작가이면서 이론적인 담론도 많이 쓴 예술철학가이기도 하다. 선생님의 예술론, 창작론을 체계적으로 정리하고 싶다는 생각이 든다.

# 그림 이야기

1983. 7.

군에 입대, 증평에서 6주 훈련받고 전투경찰로 배치받았다. 과대표 P 군으로부터 편지가 계속 왔다. 그의 문장은 해오라기처럼 날렵하고 우아하다. 하늘을 가볍게 날다가 사뿐히 앉는 글이다. 나는 힘들게 문장을 쓰지만 그는 거침없이 써나간다. 둘이 나눴던 대화, 함께 들었던 음악, 같이 읽었던 책을 그리워하는 글을 주고받는다. 그는 아직 학생이고, 나는 군인이어서 내가 편지를 한 통 보내면, 그는 세 통을 써 답해온다. 그는 필사한 기성 소설을 보내기도 하고, 그림을 그려서 창작시에 곁들인 편지지를 보내기도 한다. 그가 크고 두툼한 손으로 오색 크레파스를 들어 동화의 한 컷을 그리는 모습을 상상해 본다. P 군, 보고 싶다. 그는 내게 최인훈 선생님의 글을 필사해 편지로 삼기도 한다.

내가 읽은 그 책 –《그림 이야기》

　내가 이 이야기를 처음 읽은 것은 국민학교 오학년 때이고, 보통 있는 유명한 것만 발췌한 판이 아니라 전화집(全話集)이었다. 그 이후의 독서를 통해서 이만한 환상을 주는 책은 그리 많지 않다. 〈카프카〉의 이야기들은 나에게는 〈헨젤과 그레텔〉의 이야기 이외의 아무것도 아니다.[37]

　언젠가 〈동아일보〉에 게재한 선생님의 칼럼이란다. 최인훈 선생님이 《그림동화집》을 제일로 꼽는다는 것이 의외였다. 아니, 최인훈 선생님답다고 생각을 바꿨다. 《서유기》, 《크리스마스 캐럴》, 〈수〉, 《가면고》, 〈구운몽〉 등을 보면 그럴만하다고 고개를 끄덕이게 한다. 선생님의 명철한 사회과학적, 정치적 상상력 바깥의 다른 축이 환상인데, 그 상상력의 원천이 《그림 이야기》에서 나왔다는 것을 짐작할 수 있게 했다. 선생님 문학에서의 동화적 환상성이 《그림 이야기》와 닮아 있어 보인다.

# 굿모닝
# 미스터 오웰

## 1984. 1.

나는 전투경찰 악대에서 군 복무 중이다. 해안 경비가 주된 업무이지만 군악대는 행사에 자주 동원된다. 경비나 시위진압 근무는 없고 연습장에서 악기 어루만지고 고참병들 군것질 뒤치다꺼리하며 세월을 보내고 있다.

오늘 아침에 새해맞이 목욕 행사가 있었다. 대대장님의 배려로 우리 악대분대가 제일 먼저 목욕탕에 갔다. 부대에서 가까운 공중목욕탕에서 몸을 풀고 선, 후임이 등을 서로 밀어주는 행사다.

군복을 벗는 중에 목욕실 계산대 위의 대형 텔레비전에서 특별한 화면을 보았다. 백남준의 비디오 아트다. 나는 비디오 아트를 공중목욕탕에서 처음 접했다. 〈굿모닝 미스터 오웰〉[38]이라는 영상미술 작품인데 충격이었다. 텔레비전에서 보던 뉴스나 스포츠가 아닌, 환하고 즐거운, 일그러지고, 쭈그러진 이미지가 흡인력 있게 다가오는 것이었다. 파괴적이고 고혹적이었다. 이런 걸 만들어 인공위성을 통해 세계에 뿌리는 사람이 한국 예술가, 백남준이란다.

원래 《1984》는 조지 오웰의 장편소설로 미래 인류의 전체주의 세계화를 경고한 장편소설이다. 오웰은 인간의 그릇된 욕망을 풍자한 소설을 많이 발표한 작가로 알고 있다. 《동물농장》이며 《버마 시절》과 같은 작품은 그의 세계를 잘 대변하고 있었다. 나는 《1984》를 읽은 감동에 《동물농장》까지 찾아보았다.

조지 오웰의 세계관과 백남준의 예술관에 최인훈 선생님의 《총독의 소리》, 〈주석의 소리〉가 자연스레 덧씌워진다. 대체역사 소설로 선생님의 《태풍》이라는 장편이 있지만, 적극적인 현실 비판 소설이 《총독의 소리》다. 나는 총독의 음성은 듣지 못했어도, 일본 황제의 목소리는 들어보았다. 광복절 즈음 일본 사람들이 라디오에 모여 일본 황제의 '무조건 항복' 성명을 듣는 장면을 본 적이 여러 번 있다.

그는 我 皇祖의 건국 신화를 본떠 그가 삼수갑산 주재소를 쳤다는 시절의 제종신기를 모시는 사당을 곳곳에 세우고 이에 참배시키며 大政翼贊會를 본받은 정당 운영과 文人報國隊 정신을 이어받은 예술 조작과 神風特攻隊의 전술 개념에 선 전쟁 태세를 갖추고 있다 하니 이 아니 충실한 제국의 신민이며 폐하의 赤子입니까.[39]

최인훈 선생님의 《총독의 소리》는 일제식민하의 총독이 라디오 주파수를 통해 담화를 발표하고 있다는 설정 하에 적어나간 소설이다. 식민 상황이 아직 끝나지 않고 그들이 여전히 지하에서 대한민국을 지배하고 있다는 가정으로 쓰여진, 어찌 보면 조지 오웰의 그것처럼 〈가상역사소설〉이다. 중편으로 한 편이 발표되고, 네 편까지 연작으로 쓰여진 소설인데, 나는 이 작품들이 조지 오웰적 정치체제 비판과, 백남준과 같은 역설의 상상력이 발휘되었다고 본다.

'매체가 곧 메시지다'라는 맥루한의 정의가 있다. 표현의 도구가 그 내용이라는 의미다. 조지 오웰이 시민을 감시하는 기제가 카메라이고, 백남준의 예술 도구가 텔레비전이라면, 카메라에 찍히는 모습은 곧 그를 보여주는 모니터라는 소재에 의해 표현되므로 모니터에 담기는 영상은 감시이면서 과시이기도 하다.

작품의 내용은 시대의 이데올로기와 밀접하게 관련 있다. 〈굿모닝 미스터 오웰〉은 감시 기제로서의 카메라가 아닌, 영상예술의 매체로써 훌륭하게 작동될 수 있다는 백남준의 미학을 잘 보여준다. 백남준은 명민하게, 앞으로의 인류가 소통할 영상의 위력을 미리 감지했다고 볼 수 있다.

최인훈 선생님의 《총독의 소리》도 그와 같은 맥락으로 감상할 수 있다. 라디오의 소리라는 매체가 갖는 구조적 형식 자체가 곧 《총독의 소리》의 중심 주제다. 라디오라는 대중매체는 권력을 가진 중심영역이 하부 영역으로의 정보 전달을 순식간에 가능케 하는 도구로 더할 나위 없이 훌륭한 장치다. 더욱 신속하고도 광범위하게 의사를 전달할 수 있는 매체의 발달은 국제체계의 중심부에 있는 지배세력이 갖는 권력의 구조 아래로 그들의 필요로 변질될 수도 있을 것이다.[40] 결국 대중매체는 가치 중립적이고 자유적인 것이 아니라 언제나 이데올로기적인 성격을 지닌다고도 볼 수 있다.

《총독의 소리》에서의 라디오라는 매체, 조선총독부 지하부에서의 전달, 총독의 일방적 담화 등은 매체가 갖는 이데올로기적인 성격을 그대로 받아들인다. 최인훈 선생님은 이와 같은 소설적 방법을 통해 현실에 대한 부정을 수사적으로 접근하고 있고, 그것은 그 자체가 메시지로 우리에게 다가온다.

세상은 빠르게 변화하고 있다. 군대 바깥으로 나가면 너무 변한 세상에 적응이나 제대로 할 수 있을지 모르겠다. 나는 목욕탕에서 제대가 며칠 남지 않은 선임의 등을 밀며, 그에게 군대의 때를 벗고 사회에서 성공하시라, 말했다.

# 문학의 쓰임

## 1985. 4.

P 군이 편지를 통해 학교 소식을 전해 왔다. 학교는 여전하지만, 최인훈 선생님으로부터 꾸중을 들었다고 한다. 학교를 졸업해야 할지, 말아야 할지 고민 중이란다. 연애도, 공부도 싫어졌다고, 모든 것이 가식이고, 사치라고, 공장에 다녀야겠다고, 세상을 변화시키려면 시간이 없다고….

우울한 편지였다. 재작년, 우리 집에 와서도 그와 나는 마시지도 못하는 술을 나누면서 그런 비슷한 이야기를 했었다. 학교와 문학은 사치일 뿐이라고, 사회가 이렇게 엉망인데, 민중이 주도하는 혁명을 이뤄야 할 시기에 예술이 다 뭐냐고. 스터디하는 친구들이 공장에 가는데, 자기도 이제 노동현장을 체험해야겠다고, 같이 하자고. 진정한 문학은 바로 현장 체험에서 나온다고 적어나갔다. 그가 바로 내 앞에서 열변을 토하는 것 같은 글귀였다.

그에게 문학은 아무런 쓸모가 없어 보인다. 과연 그럴까, 우리 청춘을 허비할 뿐인가. 어느 평론가의 글을 다시 읽는다.

문학은 써먹을 수가 없다. 그렇다면 도대체 문학은 무엇을 할 수 있는가? 문학은 권력으로 가는 지름길이 아니며 부를 축적하게 하는 수단도 아니다. 그런 의미에서 문학은 써먹는 것이 아니다. 그러나 역설적이게도 문학은 써먹지 못하는 것을 써먹고 있다. 서유럽의 한 위대한 지성이 탄식했듯이 우리는 문학을 함으로써 배고픈 사람 하나 구하지 못하며, 물론 출세하지도, 큰돈을 벌지도 못한다. 그러나 문학은 바로 그러한 점 때문에 인간을 억압하지 않는다. 인간에게 유용한 것은 대체로 그것이 유용하다는 것 때문에 인간을 억압한다. 유용한 것이 결핍되었을 때의 그 답답함을 생각하기 바란다. 그러나 문학은 유용한 것이 아니기 때문에 인간을 억압하지 않는다.[41]

나는 이 글을 몇 차례 읽었다. 내가 문학을 잘하지 못하기에, 그 허랑한 글쓰기가 쓸모없다는 생각을 살피게 하는 글이었다. 진정 좋은 문학은 그러하지 않다는 것이었다. 실은 나도 내 글을 누군가 읽고 '부끄러움'을, '침통'하게 생각하고 자유의 '자각'을 불러일으키게 하고 싶었다. P 군이 학교를 그만두면 나는 무슨 재미로 학교에 다니나.

제대 후에 무엇을 할 것인가. 고참병이 되니 시간이 느리게 가고 생각은 복잡해진다. 군대 동기들과 술 마시면서 같은 이야기 반복하며 시간을 죽이는 일이 많아진다. 시간을 흐르지 않게 하는 동어반복의 취기는 제대하고도 여전하지 않을까.

친애하는 인민군 장병 여러분! 이 귀순권은 여러분이 UN군 진지로 귀순해 올 때 여러분의 안전을 마련하기 위하여 보내 드리는 것입니다.[42]

최인훈 선생님의 〈구월의 다알리아〉가 생각난다. 전시 상황과는 비교가 안 되는 나의 처지임에도 학교로의 복귀, 졸업 후 무한경쟁의 사회 활동을 생각하면 두려움은 주인공과 비슷하게 다가왔다. 최인훈 선생님의 〈구월의 다알리아〉 속 인민군 장교는 동포를 사격하고 가슴 주머니에서 UN군 귀순권을 꺼내 물끄러미 바라본다. 그가 손에 쥔 귀순권은 나의 전역증과 흡사하다는 생각이 든다.

# 한스 복학
## 1986. 2.

군에서 제대하고 등록 문제로 학교에 전화했다. 학과 행정실에서 학생처 전화번호를 알려 주며 그쪽으로 전화해보란다. 학생처에 다시 전화하니, 재입학 처리해야 등록 가능하다고 한다. 휴학 때 등록을 해 두었어야 했는데, 내가 그 절차를 거치지 않아 미등록 제적 상태란다. 재입학하려면 빈자리가 있어야 하고, 2월 말이나 돼 봐야 안다며 전화를 끊어 버렸다.

학교에 복귀해야만 할까. 졸업 후 무슨 일을 하게 될지도 모르는 채 시간을 보내는 게 아깝다는 생각이 든다. P 군도 중퇴했다고 들었다. 동기들도 모두 졸업한 상태여서 앞날의 막막함을 덜어줄 친구도 없었다. 등록금과 용돈은 아르바이트하며 충분히 저축해놓은 상태다. 군 제대 후 건축노동현장을 뛰었고, 신축빌라 입주 안내 전단지를 붙이거나 박람회장에서 풍선을 파는 아르바이트도 했다. 라이브 카페에서 노래도 했고, 보습학원에서 아이들 국어와 글쓰기 공부도 도와주었다.

P 군이 보내온 편지를 다시 꺼내 읽는다. 그는 나의 제대를 한 달 앞두고 학교를 그만두었다. 나에 대한 미안함과 학교에 대한 미련이 담긴 편지에는 최인훈 선생님의 〈한스와 그레텔〉 공연 소식이 있었다. 연극 소개글도 빼곡 필사해 놓았다.

— 만나기 위한 기다림

이 극의 주인공들은 목숨의 바램에 따라 만났고 다시 만나고 싶어 한다. 그러나 그들 사이에는 문화의 벽이 가로막고 있다. 벽이라는 말은 적절하지 못하다. 이 벽은 그들 안에 있는 것이기 때문이다. 한스에게는 더욱 그렇다. 벽을 허문다는 것은 자기를 허문다는 일이 되고 자기를 고쳐 만든다는 일이 된다. 어떤 사람들은 이 일을 쉽게 이루고 어떤 사람들은 고생스럽게 치러낸다. 한스는 30년이나 걸려 마침내 만남을 위해 자기를 바꾸기에 성공한다.[43]

최인훈 선생님의 〈한스와 그레텔〉은 가상역사 희곡이다. 제2차 세계대전 때 히틀러의 심복 한스 보르헤르트는 유대인을 볼모로 연합국과의 휴전을 이끌어내야 한다. 독일 패전 후 한스 보르헤르트는 전범으로 30년을 감옥에서 지낸다. 그는 자신만의 간수 X에게 석방을 주장한다. X는 세 가지 선서에 동의해야 석방될 수 있다고 누차 강조한다. 한스는 진실을 증언하지 못하는 침묵에는 선서할 수 없다고 거절한다. 그리고 자신의 렌즈를 만드는 일로 세월을 견뎌나간다.

희곡을 꼼꼼히 읽으면 우리의 남북 분단이 떠올려지고, 전쟁과 개인, 진실에의 맹목적인 희망 등의 주요 메시지도 보인다. 선생님의 다른 희곡보다 어렵고 무겁다. P 군이 필사해 보낸, 연극 소개글 '만나기 위한 기다림'은 한스 보르헤르트에 해당되는 글이면서 내게도 닿아온다. 최인훈 선생님을 만나기 위해 나는 30년 가까이 기다려 왔다는 생각이 가슴 속을 훈훈히 데워온다. P 군은 그만두었지만, 나는 복학하리라 마음먹는다. '그는 30년이나 걸려 마침내 만남을 위해 자기를 바꾸기에 성공한다' 라는 문장이 부싯돌이 되어 문학 공부의 불씨를 일으킨다. 나는 문학의 원형을 만나기 위해 30년을 기다렸다고 생각해 본다.

# 소설특강

## 1986. 3.

최인훈 선생님의 강의를 듣기 시작했다. 선생님의 과목은 〈소설특강〉과 〈소설창작Ⅱ〉이다. 동기로부터 얻은 정보에 의하면 〈소설특강〉은 선생님의 에세이를 읽어나가고, 〈소설창작Ⅱ〉는 2학년 창작품을 합평하는 과목이다. 학생들 작품이 나오기 전까지 선생님의 작품 《소설가 구보 씨의 일일》을 읽어나가면서 창작기법을 배운다.

《문학과 이데올로기》는 선생님의 전집에서 12권째로 선생님의 문학론을 묶어낸 책이다. 여러 편의 에세이 중에서 〈문학과 이데올로기〉 한 편을 한 학기 동안 읽는 것이다. 그만큼 고농축의 문장들로 이뤄진 문학론으로 여겨지는 텍스트다.

202호, 봄날의 강의실, 반쯤 열려 있는 창문으로 지난겨울을 채 썰듯 밀어내는 햇살이 들어온다. 학생들은 〈문학과 이데올로기〉를 펴고 최인훈 선생님은 책을 한 손에 든 채 창문 밖을 바라본다. 남산에서 내려온 까치가 추임새 넣듯 울고, 책을 읽는 L 군의 맑은 음성이 교실을 뛰어다닌다.

선생님의 에세이에는 한자가 많다. 표의문자인 한자를 그대로 드러내놓아 개념을 분명히 알리려는 의도로 보인다.

— 한 種이 새끼를 낳는 데는 이렇게 어느 만큼의 품는 시간이 있어야 하고…, 이런 일들을….

L 군이 한자를 잘 읽지 못하자 선생님이 한자 단어를 조그맣게 읽으며 돕는다.

— 이런 일들을 개체발생(個體發生)은 계통발생(系統發生)을 되풀이한다고 부르고 있다. 이 일은 매우 깊은 뜻을 지니고 있다. 첫째로 이것은 고등한 생물에게만 있는 일이다.


낮은 것에서 높은 것에로 올라가는 데는 몇억이라는 시간에 걸친 싸움과 슬기가 뭉쳐져서 비로소 이루어졌고 한번 種이 이루어지고도 그 개체는 죽지 않고 끝없이 살지는 못하며, 자기와 같은 개체를 새끼 낳기를 통하여 남기는 길밖에는 없다는 것을 말한다. 그리고 새끼 낳기는 旣成의 成體가 魔術師가 모자 속에서 비둘기를 집어

내듯이 나타나는 것이 아니라, 비록 줄일망정 자기 種의 系統發生
을 되풀이한다는 길밖에는 없다. 이와 같은 個體發生의 시간표가
DNA라 불리는 遺傳情報 물질이다.[45]

최인훈 선생님께서 '개체발생'과 '계통발생'의 뜻을 우리에게 묻는다.
— ….

種 (종자) 세포의 기본단위 ⟶ 종자 발생 ⟶ 나 발생   계통발생과정은 길다.
     어떤 생물의 개체가 발생한 이유 _____↗

DINA : 유전정보 물질이 암호로 표시되어 있음
자료 발생
A · B · C · D · E · Ⓔ¹ ⟶ ( ⟵ )   ⟶ Ⓔ²
                        단기 탄생        ↑회임 임신 (비서).
                        학원 속성
                   |⟵_____⟶|
                        개체 발생

※
사도
5편 보존 하는 자연 크더 ( 속아내다 )           DNA (시간길)

· 정보의 되풀이 = 사도 ⟵ DINA (정보를 가진 문서)
   물질의 운동으로 번역
   : 다른 물질의 운동을 하기 위한 (시키기 위한) 물질 ⟶ [기호] 이어
                                              류 층
   ※ 5억년의 자욱, 긁힌 자리 ⟶ 유명 정보 : 생물적인 근거로
 돌연변이 · 필름 — 밤사료 (비유)               ※ 호메오 시타시스
   돌연변이의 가능성                            : 생명 내부의
   [사람들] 제외한 모든 동물은 DINA 의 노예      체온 · 일정한 상태
    유전자 의 조작 ⟶ 인공적   재현 불가능
    ⟶ 자기 자신의 노예 ?
       ⟶ 호평 — 인류 바지 기억의 총체
          ⟶ 제도  그 개선 ⟶ 탄생
            조구
 자꾸 퇴보이는.              인간 — 인류의 역사

[44]

아무도 답을 하지 않는다. 선생님은 책을 교탁에 내려놓는다. 모두 숨을 멈춘 듯하다. 오랜 동안의 침묵으로 답답하다. 내가 조심스럽게 답한다.

— 교수님, 책에 나와 있습니다. 생명의 한 종이 새끼를 낳는 시간 동안이 개체발생 기간입니다.

나는 어제 〈문학과 이데올로기〉 뒷부분을 읽어두었다. 이해가 안 되는 부분을 밑줄 그어놓은 상태였다. 나로서는 많은 부분이 낯선 개념과 불가해한 문장들이었지만, 문학의 비밀을 풀어주는 열쇠가 선생님의 'DNA' 개념이라고 생각했다. 복학생이 할 일은 정신 차리고 공부하는 것뿐이었다.

— 계통발생은 그 종이 이뤄지기까지 거친 몇 개의 고비를 줄여서 발생하는 과정을 말합니다.

그제야 모두 숨이 트이는 듯 술렁이는 교실, 누군가 덧붙인다. 과 대표다.

— 생명마다 압축된 계통발생을 겪습니다. 변태가 그 예입니다.

— 그래요. 개체발생은 계통발생을 반복하는 거예요. 그 프로그램의 암호를 DNA가 갖고 있어요. 프로그램 자체가 DNA라고 보면 돼요.

선생님은 돌아서서 칠판에 도식을 그려나간다.

— 모든 생물은 DNA의 노예예요. 사람도 DNA의 감옥에 갇혀 있어요. 하지만 사람에게는 다른 차원의 DNA가 있어요. 생물학적 DNA가 아닌, 사회적 진화단계의 DNA가 또 있는 거예요.

선생님은 생물의 유전정보물질인 DNA에 빗대어, 사회적 진화 정보를 DNA'라고 이름붙이셨다. DNA'는 사람에게만 있는 유전정보이고 교육이나 학습을 통해 얻게 된다. 그 원동력은 '말'이다. 언어나

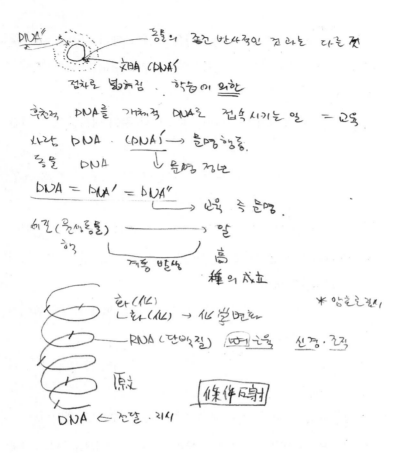

개념이 DNA′의 핵심이라 볼 수 있다. 인류는 개념을 가지게 되면서
의식의 비약적인 발전을 이룬다.

　나는 노트에 그림을 정리해놓고 생각해 본다. 모든 생물이 DNA의
노예라면 우리도 DNA의 노예이고, DNA′의 노예이기도 하지 않은가.


　— 다음 단락.

　선생님은 출석부를 열고 이름을 훑어나간다. S 군이 호명된다.

　— 文明은 사람이 생물로서 타고난 DNA에 의해 움직이는 행동부

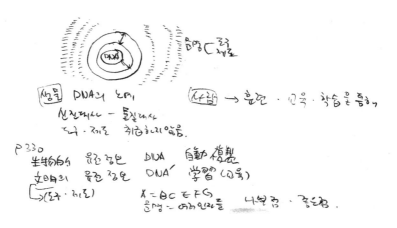

분이 아니고, 인간의 개체들이 무리를 지어 살면서 그들 사이에서 진화시킨 제2의 호메오스타시스이기 때문에 그 문명의…죄송합니다.

S 군은 읽다가 멈춘다.

모르는 한자를 건너뛰다가 읽기를 멈추는 S 군, 선생님은 창밖을 바라본다. 한문은 고등학교 의무 교육이 아니었다. 서울예술대학 깃발이 바람을 맞아 크게 출렁이고 있었다. 창(唱) 연습 중인지, 건너편 강의동에서 국악과 학생들의 노랫소리가 낭랑하다. 선생님이 중얼거린다. '저 정도면 우리 학교 학생이라 할 수 있지 않은가.'

文明은 사람이 생물로서 타고난 DNA에 의해 움직이는 행동부분이 아니고, 인간의 개체들이 무리를 지어 살면서 그들 사이에서 진화시킨 제2의 호메오스타시스이기 때문에 그 문명의 個體發生的 維持나 個體生的 發生, (즉 후대에 의한 계승)이라는 것은 순전히 생물단계에서의 약속과 그 약속의 教瑁에 의존한다.[46]

나는 지난번, '호메오스타시스'라는 단어가 낯설어 찾아보았다. '생물체 내부의 균형 상태'를 그렇게 부른다. 동물들의 조건반사의 반응이 호메오스타시스를 표출하는 것이고, 우리 인류의 경우도 그와 같은데, 우리는 교육과 학습을 통해 그를 겪어내고 확장하고 있는 것이다. 선생님의 《문학과 이데올로기》를 왜 '문학과 두드러기'라 하는지 알 것 같았다. 우리는 머리에 두드러기가 나는 것 같았다. 그렇지만, 선생님의 암호 같은 기호로 예술과 문학의 비의를 해독할 수 있다고 믿었기에 나는 예습도 하고 복습도 했다. 나는 두드러기가 아물게 되면 어떤 깨달음이 오리라 기대했다.

다음으로 호명된 D 학우는 학보사 편집장이다. 신문 발간으로 바쁘지만 수업 참여도가 높은 학우였다. 그만큼 여러 교수님들로부터 총애를 받고 있었다.

— 文明 행동의 생물, 물리적 부분을 文明 〈行動〉이라 부른다면, 이것—즉 문명인의 신체의 운동, 기계의 조작, 記號의 구성은 물리적으로는 생물적 행동과 구별되지 않는다. 그러한 생동을 지시하는 의식은 文明 〈意識〉이라 부를 수 있을 것이다.[47]

D 학우는 술술 읽어나갔다. 학우들이 그의 거침없는 읽기를 부러워하는 듯하다.

— 이 의식을 DNA'로 쓰기로 하며 다음과 같이 쓸 수 있다. 즉 사람의 행동 = DNA × (DNA) 혹은, 행동 = (DNA) (DNA)'이다.[48]

나는 판서를 정리한 노트를 들여다 보며 조건반사도 DNA에 새겨질까, 생각해 보았다. 무조건반사는 이미 태어날 때부터 지닌 외부에 대한 반응이고, 조건반사는 학습에 의해 알게 된 반응인데, 사람의 성격이나 배우게 되어 습득한 재능도 DNA에 영향을 주는지 궁금해졌다.

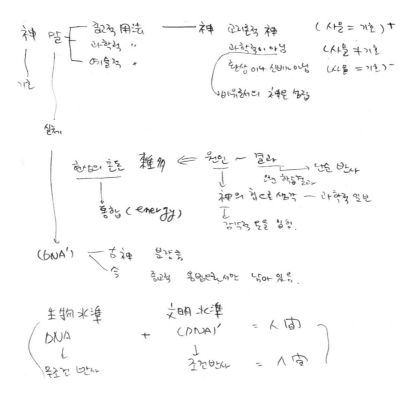

　　먼 옛날의 어느 날에 원시인류가 돌멩이 한 개를 집던 그 순간부
터 먼 옛날 어느 날 저녁에 원시 인류가 나뭇가지를 서로 비벼서 불
을 일으킨 그 첫 겪음에서부터 지금에 이르는 동안의 모든 기억의
성체-그것이 오늘날의 우리가 지니고 있는 (DNA)'의 내용이다.[49]

　　우리 인류도 생명체로서 물질대사를 하고 자기복제를 한다. 그를
수행할 수 있도록 각 세포 안에 DNA라는 정보전달물질이 있다. 그
런데 우리는 생명 전달뿐 아니라, 문명을 전달하는 특별한 생명체이
기도 하다는 것이다. 그를 선생님은 DNA'로 불러 본 것이다. 조건반

사가 그런 것이다.

이렇게 지구상의 생물의 일원이면서 문명을 일궈가는 특별한 행동을 하는 인류를 수학식으로 표현하고 있는 선생님의 수학논리적 표현이 어려우면서도 흥미롭다. 인문학의 문장으로 설명하기보다, 과학의 수식으로 표현하려는 시도가 특별해 보인다. 문학을 과학식으로 설명하면 보편성을 갖게 되리라는 기대 때문일 것이다. 선생님은 우리에게 작품창작뿐 아니라 논리 철학적으로도 깊은 사유의 모습을 보여주고 있는 것이다.

'나는 허구의 이야기로 엮는 창작 〈장르〉에 못지않게, 그 창작이란 것은 대체 무엇인가 하는 이론적 파악을 주기적으로 하지 않으면 늘 견딜 수 없이 불안[50]'하다거나, '자신이 어떤 비평적인 언어를 가지고 내 말이 맞는가 안 맞는가를 가끔 확인하는 것이 소설 못지않게 정신적 위안이 되고 있다.'[51]라는 글도 있다. 최인훈 선생님이 그 사유의 과정과 결과를 우리에게 이렇게 강의실에서 전하고 있다. DNA'를 통한 복제과정이 강의실이라는 아기집 안에서 이뤄지고 있

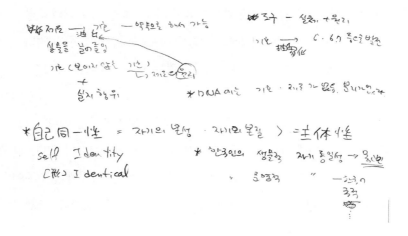

는 것이다.

— 인류의 문명은 DNA´의 사다리를 확장해 온 역사라고 볼 수 있어요. 제도나 도구의 발명, 그의 계승과 유지…짐승들한테는 없는 부분이죠. 우리는 DNA´를 제대로 유지하고 전승하기 위해 제대로 배워야 해요.

열심히 뒤쫓아도 선생님의 생각을 제대로 따라갈 수 있을지 의문이었다. 진정한 자기동일성을 갖게 되고, 그것을 유지하기 위해 노력할 수밖에 없다. 읽고 생각하고 또 생각하면 선생님을 따를 수 있게 되지 않을까.


# 구보

## 1986. 3.

〈소설창작〉 시간, 우리는 준비한 책을 읽어나갔다. 선생님의 작품집 《소설가 구보 씨의 일일》이다. 〈소설창작〉은 학생들 창작소설을 합평하는 실습과목이었다. 하지만 학생들의 작품집이 학기 중반에 제작되어 나오기에 그때까지는 기성작가의 소설을 읽는 시간으로 채워졌다. 기성작가의 작품 분석은 매주 독후감 제출로 대신하고, 《소설가 구보 씨의 일일》의 주요 대목을 강의실에서 읽어나갔다.

《문학과 이데올로기》를 '문학과 두드러기'로 별칭하듯, 《소설가 구보 씨의 일일》도 '소소한 구박 씨의 하루'로 불렸다. 본문에 한자가 많아 쉽지 않은 낭독과 선생님의 질문에 답하기 버거운 수업이었다.

한자 공부보다 소설창작 기법을 공부하고 싶다는 원성도 있었다. 선생님은 학생들의 불만을 모르는 듯, 혹은 무시하는 듯《소설가 구보 씨의 일일》을 계속 읽히셨다.

— 이 첫장 〈느릅나무가 있는 풍경〉에서 구보는 하루 동안 많은 사람을 만나죠. 첫 부분 까치 소리가 복선으로 쓰이고 있어요. 까치 소리의 의미가 제일 나중에 만나는 사람에게 부여되죠.

— 자기가 정말 믿고 있는 것이란 까치 소리 하나뿐인지도 모른다, 하는 감상적인 생각을 그때마다 하는데, 영락없이 그러면 구보 씨는 가슴인가 머릿속인가 어느 한 군데에 까치 알만한 구멍이 뽀곡 뚫리면서 그 사이로 송진 같은 싸아한 슬픔이 풍겨 나오고 있는 것을 맡는 것이었다.[52]

한 학생이 읽어가는 이 단락, 나는 이 단락을 여러 차례 읽었다. 가슴속인가 머릿속인가 어느 한 군데 '구멍이 뽀곡 뚫리는' 기분이 든다. '송진 같은 싸아한 슬픔'은 아니더라도 차분히 가라앉는 느낌이다. 문학의 문장이란 바로 이런 것이라고 나는 생각했다. 시의 표현, 산문의 구절은 이래야 한다. 체험에 대한 생각을 감각적으로 바꿔 표현해 주어야 문학예술의 문장이다.

나는 일기에다 선생님의 문장을 흉내 내어 써본다. '…소소한 구박 씨는 소설창작 교실 밖을 바라본다. 건물 꼭대기 위로 먹구름이 걸려 있다. 구름 사이로 뽀곡 창이 나고 햇살이 내리비친다. 구박 씨는 저런 하늘을 볼 때마다 싸한 슬픔이 번지는 것 같다. 수증기가 증발하거나 뽀송뽀송한 이불을 어루만지는, 슬프지만 즐거운 기분이 가슴에 스미고 있다…' 글쓰기의 즐거움.

시라는 것은 이렇게 마음의 풍경을 감각에 닿게 하는 것이다. 언젠가 읽었다가 메모해 두었던 《서유기》에 쓰인 문장이 생각났다.

> 시란 만드는 것이 아니라 발굴하는 것이다.[53]
> 이미지란 부피이며, 공간의 요철이며, 또 그것은 '말'이기도 했다.[54]
> 시는 만지는 것이다. 쓸어보는 것이다. 모양 있고 부피 있는 물체를 만지는 것이다.[55]

문창과 학생들 사이에서 〈소설가 구보 씨의 일일〉을 왜 교재로 쓰는가, 불만이 없지 않았지만, 나는 '구보 씨'가 좋았다. 구보 씨는 문장의 기교를 가르쳐 줄 뿐 아니라, 그를 통해 작가의 일상을 낱낱이 알게 되어 좋았다. 선생님 세대의 문단 풍경도 그대로 드러나고 예술가들의 사회 인식, 예술관을 들여다볼 수 있었다. 학보 편집장이나 과대표도 나와 같은 생각을 갖고 있었다.

구보 씨 읽기는 계속된다. 출석부에 기재된 순으로 학우들이 호명되고 한 학우가 한 페이지씩 읽어나간다. 선생님은, 구보 씨가 평론가 김관 씨, 시인 이동기 씨와 불교재단 대학에 초청을 받아 특강을 하는 대목에서 읽기를 멈추게 한다.

— 평론가 김관 씨가 어떤 신인 소설가를 두고 '감수성의 혁명'이라고 칭찬했죠. 한 수강생이 질문 시간에 '혁명'이란 단어에 대해 물었잖아요. 문학의 경우에는 순수한 감각에만 머물지 않고 '윤리'에까지 나아가야 한다고 했죠.

선생님은 중요한 대목인 듯 천천히, 힘주어 말씀하신다.

— 네.

— 그 문제는 신진작가들이 풀어야 할 숙제다, 하고 평론가가 말했어요. 그 숙제를 어떻게 풀어야 하는지, 여기 있는 우리 학생들 이야기해 봐요. 소설에서 그 학생이 했던 질문을 우리가 풀어야 할 거예요.

문학은 개인적·종족적·보편적 예술이다. 삶의 모든 항을 다 떠맡은 팔자 센 예술이다. 그렇기 때문에 번역이라는 문제가 나오고 표현이라는 문제가 나온다. 그것은 종족의 '말'과 종족의 '정치'에 묶인 예술이다. 이것이 문학에서의 '참여'라는 말의 뜻이다. 종족의 말에 대한 예술적 감각은 주장하면서 종족의 정치에 대한 감각을 별스러운 것으로 생각한다면 그것은 문학에 대한 한 – 그러니까 '문학 음치', '문학 색맹' 같은 것이다.[56]

《유토피아의 꿈》에 나오는 대목이다. 선생님은 이미 에세이집에서 강조했다. 문학 음치가 되지 않으려면, 문학 색맹이 되지 않으려면 우리의 '말'뿐 아니라 우리의 '현실', 혹은 '정치'에까지 감각적인 훈련이 돼 있어야 한다는 뜻이리라. 우리의 윤리 감각. 오늘 강의의 핵심 부분이다.

— 소설 속 그 학생의 말이 맞아요. 문학은 감수성만으로는 안 되는 예술이에요. 윤리까지 포함해야 해요. 진정한 혁명은 윤리를 바꿔놓은 거예요.

선생님의 목소리 음정이 높아지고 말의 속도는 빨라졌다.

— 문학은 감각예술하고는 다른 차원의 예술이에요. 표현 기호 자체가 감각기호가 아니에요. 우리 인류 문명의 DNA를 압축해놓은 기

호라고 누누이 이야기했죠. 그 나라 말에는 그 나라의 역사가 농축돼 있어요.

말에는 그 민족의 습관과 전통이 담겨 있다는 것이다. 음악의 표현 기호인 음표가 인류의 감각을 농축하여 담고 있다면 언어에는 풍속이 아이콘처럼 묶여 있다. 풍속을 담은 채 새로운 감각의 방법을 찾는 예술 장르가 문학인 것이다. 문학은 당연히 윤리에까지 감각을 미치게 할 수 있어야 한다.

　　음악의 음계 ─── 감각
　　문학의 음계 ─── 풍속[57]

아니, 어쩌면 음악도 그렇게 할 수 있다. 음악에는 국경이 없지만 음악가에게는 조국이 있다고 하지 않던가. 인류는 개인뿐 아니라, 가족, 민족에서 벗어나지 못하는 동물이기도 하다는 생각을 해본다.

선생님은 판서 후 무언가 더 말하려다 〈구보 씨〉를 계속 읽혔다. 한 학우가 읽어나갔다. 구보 씨가 강연자들과 헤어져 혼자 커피숍에 들어가는 장면부터였다. 구보 씨는 커피를 두고 과거를 회상하면서 실향민 노총각으로서의 자신의 신세가 처량하다고 푸념한다. 그의 푸념이 두 페이지에 걸쳐 펼쳐진다. 커피숍의 풍경을 바라보고 어떤 단어를 떠올려 회상에 빠지고, 또 다른 단어를 붙잡아 사유에 잠기는 구보 씨의 내면이 이어진다.

─ 이 부분은 소설의 전통적인 서술기법인 보여주기와 말하기의 겹 구조에요. 단락 단락이 꼭 그렇게 구분될 수 있도록 적어나갔어요.

풍경 묘사와 심리 묘사의 교차가 이어졌다. 문장이 설명형이었다

가, 묘사형으로, 묘사형이었다가, 논증과 설명형으로 마치 4분의 4박
자처럼 단락마다 규칙적으로 변화되었다. 구보 씨의 상념은 결국 조
금 전, 강연에서 나왔던 문학에서의 '감수성의 혁명'으로 돌아온다.

미(美)의 사제─라고 하면 그럴 듯한데 미의 무당이라고 하면 섬
뜩한 것은 무슨 까닭인가. 아마 이 땅의 무당들이 게을렀기 때문이
었으리라. 집단과 더불어 힘들여 자라는 힘을 가지 못한 탓이었으리
라. 그래서 죽은 돼지 대가리나 겨누었지, 그 칼춤은 아무도 두렵게
하지 못한 것이리라.[58]

선생님은 부과대표 P 군이 교탁에 놓아둔 차를 한 모금 마신다. 나
는 구보 씨가 '펜'을 '칼'로 비유한다고 생각했다. 문학인의 펜은 미
(美)를 추구해야 하고, 윤리의 전환을 일으켜야 한다는 것이었다. 즉
우리 문학은 죽은 돼지 대가리나 겨누는 기복의 샤머니즘에 머물렀
지, 시민의 혁명을 이끄는 칼춤으로는 이르지 못한 것을 한탄하고
있는 것이다.
선생님이 바로 구보 씨였다. 구보는 원래 소설가 박태원의 호다.
박태원을 존경하는 선생님, 선생님을 존경하는 나는 소설가가 될 수
있을까, 나는 사회에 둔감하고 자신에게 민감한 청년이다. 내가 나
라굿을 펼치는 무당이 될 수 있을까.

# 버스 수업

## 1986. 4.

최인훈 선생님의 컨디션이 좋아 보이지 않았다. 언짢은 일이라도 있으신 듯, 출석 부르시는 음성이 마르고 탁했다. 판서도 거칠었다.

이유가 있었다. 소음이 심했던 것이었다. 남산 밑 예장동 예술대학교 아래께에 '국가안전기획부'가 있었는데, 건물을 보수하는지, 증축하는지 밤낮없이 공사를 해댔다.

주초부터 수업에 공사 소음이 마구 끼어든다 싶었는데, 점점 그정도가 높아졌다. 건물을 부수는 포클레인 진동음, 폐기물 밀어붙이는 불도저 소리, 발파음과 트럭 운행 소음, 굴착기 굉음…. 선생님은 도저히 잡음을 견딜 수 없다고 생각하신 모양이었다. 과대표에게 다른 강의실을 알아보라고 하셨다. 과대표가 돌아올 때까지 우리는 교실 바닥과 선생님을, 선생님은 교실 창밖만 바라봤다.

과대표가 돌아와 소음을 피할 적당한 강의실은 모두 사용 중이라 보고했다. 선생님은 어쩔 수 없다는 듯, '나를 따르라'는 식으로 어깨를 돌리고 바깥으로 나가셨다. 우리는 선생님 뒤를 종종 따랐다. 선생님은 2층 강의실에서 내려와 강의동을 빠져나갔다. 우리는 선생님을 따라 작은 운동장을 가로질러 드라마센터 뒤편으로 걸어갔다. 거기에 학교 버스가 세워져 있다. 선생님은 우리를 버스에 오르게 했다.

다른 과목처럼 휴강해도 괜찮을 텐데 굳이 이렇게 해서라도 강의를 하시려나.

나는 선생님의 모습이 무슨 해프닝처럼 느껴져 즐겁기도 하다. 예술이란 이런 것 아닌가, 하는 생각도 든다. 낯설면서 즐거운 것.

이것이 선생님의 앙가주망인가, 지난 특수연구 수업에서 배웠던

· 유전자 DNA — DNA

조건 언어 — 'DNA' — ⓈⓄᴹᴬ 정보

        ⌐無限히 多重復用化 가능

한국인의 문화를 (전통 — 스스로 생긴문화) 찾아야!
        ↑
     수입문화                        문예정보의, 하나는   이해물로기

일제시대   ←── 36 ──→ 해방
        (DNA를 잃다)
        (한치DNA)

                        인식 — 사물을 정보로 닮는 것

        나무                인식단지,
         |                                              나무,
     대상  ── 감각 ── 지각 ── 표상 ── 개념    어느 특정시(?)(?), 개념이
    (사물)   (몬안)   대상과   기각이    정보              아닝
            시각   같은 서상이  보존된것
            촉각   놀아있는   기억     촉신화한
            미각   대상에 대한  불렸는 보전  현상
            청각   종합적 판단  (기호에역?)

           (기라에대한
            (?)지

※ 정보 : 앎  , 지식 : 그림자 — 구름        ※ 오늘기억상 표상을 지각이
        마음   그릇   머리            가장 가깝게 써이다

'앙가주망'이란 단어가 떠올랐다. 선생님의 문학적 현실은 이런 것일 수도 있겠다 싶었다. '6·25 전쟁통에도 공부는 계속되지 않았냐', 어디선가 이런 목소리도 들려온다.

내가 한국인이라는 것, 그것은, 내 팔자야. 운명이래도 좋고. 인연의 사슬에 그저 맹종해서 새로워지지 않으려는 건, 어리석겠지만 자기가 출발하는 자리를 분명히 하고 그 자리가 불행한 자리라면 그런 자리에 더불어 서 있는 이웃을 동정하고 도우려는 마음가짐, 이 길밖에는 없어.[59]

국가안전기획부에서 벌이는 공사와 그 소음은 국가안전을 위한 것이어서 참아야 한다, 가 아닌 것이었다. 선생님은 우리를 버스에 모두 태우고 《문학과 이데올로기》를 펼치셨다. 우리는 《문학과 이데올로기》를 낭독하고, 선생님은 설명하고…. 이런 모습은 마치 관광버스에 오른 여행객 같았다. 우리는 여행을 앞둔 승객처럼 설레는 마음으로 좌석에 앉았고, 선생님은 가이더처럼 운전석 뒤에 서서 여행지를 소개한다. 문득, 〈은하철도 999〉라는 만화영화가 펼쳐진다. 우주여행선에 올라탄 우리 학우들, 그리고 우주선 선장인 최인훈 선생님, 여행의 목적지는 '문학'이라는 불모지, 이데올로기라는 행성…, 우리는 우주여행을 무사히 마칠 수 있을까.

— 자동차를 발명하지 않은 사람도 자동차를 몰 수는 있다. 같은 까닭으로 自生하지 않은 어떤 (DNA)'는 그 마지막 모습, 果實로써, 즉 계통발생의 사다리의 마지막 모습만은 사람이면 누구나 누리고, 부리고, 흉내 낼 수 있다는 일이 생긴다.[60]

이것은 생물의 개체발생에서는 될 수 없는 일이다. 文明個體의 발생에서는 이것이 된다. 계통발생을 되풀이함이 없이 개체가 발생하는 것이다. 그런데 제대로 된 말의 뜻을 가지고 따질 때, 이런 개체를 과연 개체라 할 수 있겠으며, 한 걸음 나아가 과연 개체가 발생했다는 객관적 事實조차도 인정할 수 있을까?[61]

문명은 계통발생의 사다리를 빼먹어도 개체발생이 이뤄진다. 생물의 개체발생에서는 그럴 경우 반드시 모자란 개체가 발생된다. 선천적 기형 같은 것이다. 문명도 그럴 것이다. 사다리의 어느 단계를 빠트리면 온전한 개체발생이 이뤄지지 않는다. 선생님이 근대를 바라보는 시각은 여기에서와 같다. 우리의 근대는 우리 힘으로 겪어낸 것이 아니어서 온전치 않은 것이다.

— 지난 시간에 설명했듯, DNA'는 문명의 유전정보 물질이에요. 이 문명의 유전자는 개체발생을 계통발생 없이 가능하게 한 장치죠.

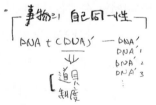

- 事物의 自己同一性
  - DNA + (DNA)' — DNA'₁, DNA'₂, DNA'₃ ...
  - [道具 制度]

- 독수리의 자기 동일성 ~ 독수리의 DNA
- 자기동일성 구문 — '나는 나를 만들어 가야 하겠다'
  '나는 나를 모색해야 한다'

P338
「獅子가 자기를 복이라고 생각한다거나, 독수리가 자기를 코래라고 생각한다는 식이다. …… 이것은 自生, 사生의 개념이 훨씬 복잡한 관찰을 거쳐서 보다 세분된 단계를 가지고 구성되어야 한다는 것을 말한다.」

P338 ☆☆☆
「고등한 (DNA)'일수록 그것의 자기 통일성은 필요한 사다리 수의 증감에 본질적으로 依存한다. 때로는 마지막 한 개의 사다리가 질적 변화의 결정권을 쥐는 것이어서 그 한 개가 채워지지 않았기 때문에 PP개가 제 힘을 내지 못하는 일이 있을 수 없다.」

74

특히 언어가 그 기능을 담당해요. 그런데 이 개체는 완전하다고 볼 수 없어요. 생물 유전자처럼 실제 정보가 빈틈없이 있는 게 아니에요. DNA′에는 정보가 없을 수도 있어요. 배우면 있는 것이고, 배우지 않으면 없는 거예요. 게다가 마지막 DNA의 형태만으로도 전달 가능해요. 아까 읽었듯이 자동차를 만들 수 없어도 자동차를 운전할 수 있어요.

선생님께서 자동차를 만들 수는 있어도 자동차를 운전할 수 있다고 하셨듯, DNA′에는 정보가 없을 수도 있다. 또는 거짓 정보가 있을 수도 있다. 그래서 배워야 한다. 진실을 알아야 한다. 그래서 언어를, 개념을 잘 알아야 한다. 언어 주변의 그림자인, 행간도 잘 들여다보아야 한다. 인류는 언어의 발생으로 계통발생을 반복하지 않고 개체가 발생할 수도 있다. 언어가 계통생을 압축, 복제, 유지하는 것이다. 언어의 중요성은 아무리 반복, 강조해도 지나치지 않다.


우리가 DNA의 모든 分節을 解讀하기 어렵듯, 언어라는 것도 경험의 要約이기 때문에 行間이라 부를 만한 부분, 독일 철학식으로 말한다면 지양되어 포함되어 있기는 하나 형태적으로 표현되기까지는 않은 부분, DNA의 사다리에서 말한다면 숨어 있는 사다리, 혹은 아직은 그것을 볼 수 없는 현미경이 없어서 관측되지 않는 사다리들을—언어도 또한 가지고 있다.[62]


선생님의 설명이 이어졌다.
— 지양(止揚)이라는 말 있죠. 지양한다는 말을 많이 쓰는데, 제대로 써야 해요. 하지 말라는 뜻이 아니라, 한층 더 높은 단계에로 조

화롭게 발전시키라는 뜻이에요.

  그랬다. 지난 시간 언제던가, 선생님은 예술이 그 행동이 지양의 모습이라고 한 적이 있었다. 환기의 모습이고, 기억이라고 하셨다. 선생님의 강조가 자칫 잊을 만했던 중요한 사항을 떠올리게 했다. 이런 버스의 열기는 관광버스의 여흥에서나 가능할 텐데, 우리는 수업에서도 얻고 있다. 예술학교여서, 최인훈 선생님이어서 가능한 것이겠지. 선생님의 꼿꼿한 모습이 우리에게 믿음을 준다.

P331 文明個体의 발생 → 그 시대 문명의 내용이 있다.
P333 「유적 CDNA」라는 하는 것을, 그것을 이루고 있는 諸因子 중 어떤 하는 bit 가령 論理的 化辞群分 만을 가지면 알아모지면 하면 다른 부분은 다 가려지던 안다.
   ⇒「빛」으로 모이는 해경. 사랑의 열
   「그리하는 정리」 ⇒ 부분적 정리
   「방법론적 깨달음」 ⇒ 과도의상 · 당시의 처럼성.

P334
「노력群리의 포함되어 있기는 하나 형태적으로 필현되기까지는 없은 부분.」
   → 철학: 두개의 모든개념이 서로 완전하게 한층 높은 단계에서 진화 통일 시키려 하는 작용 = 양기
   ⇒ 業予리 : 불러 일으킴

   ⇒⇒ 文化的 民族主義

계통발생의 되풀이

$A_1 \quad A_2 \quad A_3 \cdots\cdots A_{10} \longrightarrow \underline{A_{10}}$
                                              成体

※ 설계도 라는 정보 나타낸 물질
   설계도 · 순서, 때

※ 중이기 : 종요의 힘  종요의 시대 ─ 정보 (DNAs : 사물의 대라는 원리
   現代 : 늘 語學의 時代   記호학 ─ 문명을 가는
                                    symbol

※ 行母 : 가장 온약형으로 백정해야 할 사느 방식 (의영)
   → 섬득력 부분을 캐어내어야!

76

— 지난번 말했듯 문학의 표현이라는 것은 표상을 지각에 가장 가깝게 적어나가는 것이에요.

지난 시간 선생님은, 인류는 체험을 언어로 묶어가면서 지구상 최고의 먹이사슬 위치에 서게 되었고, 이만한 문명을 이루게 되었다는 것이었다. 체험을 언어로 가두게 되기까지의 과정을 '감각−지각−표상'이라고 설명하시지 않았던가.

앉은 순으로 책을 읽어 내 차례가 된다. 나는 뒷좌석에 자리해 목소리를 크게 내야 했다. 클라이맥스 부분을 노래하듯 아랫배에 힘을 주고 읽어나간다.

— 다른 문명과 만났을 때의 가장 큰 함정은 그 문명을 배울 가능성의 바탕인 이 〈言語〉라는 수단이 바로 幻想의 바탕이 된다는 모순 때문에 만들어진다. 언어는 (DNA)′의 (DNA)′로서 사람의 經驗을 정리하고 분류하는 방법이기는 하지만, 그것은 엄밀하게는 DNA처럼 자체가 완전한 自立的 情報라는 것과는 달리, 경험의 쌓임에서 추상되어진 보다 根源的 記號의 체계이기 때문에 자기의 倉庫인 原物과의 끊임없는 맞춰보기라는 在庫調査를 게을리할 때는 곧 빈 딱지가 되고 만다. [63]

나는 한자를 정확히 읽어나갔다. 집에서 미리 읽고 모르는 글자는 메모해 두었다. 학우들이 흠흠, 헛기침을 했다. 선생님도 경해(謦咳)로 나의 독송을 격려해 주셨다.

선생님은 거기까지, 라고 하시며 책을 든 손을 내리셨다. 설명이 필요한 부분이라는 뜻이다. 이번 단락은 특히 많은 설명을 해야겠다는 의미로 시계를 보았다. 이 부분에 대한 내 생각을 선생님의 지난 강의와 더불어 정리해보자.

DNA는 염기소의 배열이 완성된 상태여서 저절로 유전되지만 DNA′는 교육을 받지 않으면 유전할 수 없게 된다. 게다가 DNA′는 계통발생의 되풀이 없이 개체발생할 수도 있는 특이성이 있기에 최종단계의 기계적 이식만으로도 겉으로 보기엔 무리 없이 개체가 발생된다. 겉으로 보기에만 그렇지 충실한 상태의 개체발생이 이뤄지지 않을 경우도 있다. 충실한 교육을 받지 않은 사람의 겉모습처럼 말이다. 극단적인 비유로 '늑대소년'을 들 수 있다.

보다 완전한 DNA′를 이루려면, 즉 인간이 문명적 자기동일성을 완전하게 갖추려면 그동안의 인간 역사의 계통발생 단계를 모두 갖추고 있어야 할 것이다. 선생님은 그것을 전 수업에서 '계통발생의 사다리'라고 했다. 선진적인 DNA′일수록 그 유전체의 사다리는 단단하다.

그리고, DNA′의 DNA′인 언어는 현물, 현실이 아니어서 자칫 환상에 빠지게 한다. 특히 다른 나라의 언어를 받아들이거나 우리의 언어를 번역할 때 그런 환상의 우물에 빠지기 쉽다. 그래서 언어라는 기호를 제대로 사용하기 위해서는 늘 현실에 맞춰보려는 '재고조사'를 해 봐야 한다.

선생님은 시간을 가늠하시는 듯, 잠시 침묵하고 눈을 지그시 감으셨다. 단정하면서도 반듯한 자세에서 풍기는 엄격함, 흔들림 없는 시선, 굳게 다문 입술에 머문 신념, 간단하면서도 부드러운 손짓…. 버스 기사 뒷좌석에 서 있는 선생님은 문학의 표상으로 보인다.

훗날 선생님을 떠올리면 이 모습부터 생각날 것이다. 1986년 어느 봄날, 드라마센터 옆 스쿨버스 안의 모습이 생생하게 기억되리라.

# 계몽주의자

## 1986. 4.

봄꽃들이 한층 두터워진 햇살을 튕기며 제 빛깔을 뽐낸다. 자연의
질서, 생명의 운행은 변함없다. 작년에도 재작년에도 봄이 왔다. 그
리고 꽃이 피었다. 학교 가는 언덕, 초등학교 담장을 지키는 개나리
가 방긋거리고 철쭉은 수줍어한다. 혀를 내미는 목련과 하나둘 잎을
떨구며 화사함을 자랑하는 벚꽃, 이렇게 올해도 봄은 왔는데, 마음
은 휑하다.

　곧 여름이 오고 가을이 지나면 졸업하게 된다. 학교 떠나면 떨어지
는 봄 꽃잎 바라보며 하염없이 시간을 죽이게 되겠지. 글쓰기라는 취
미 생활 같은 나날로 젊은 시간을 보내도 나이 들어 후회 없다 할까.

　〈소설특강〉 시간이다. 최인훈 선생님은 강의실에 들어오시어 출
석을 부르시지 않고, 곧장 칠판에 도식을 그려 나가셨다.

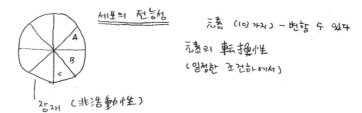

선생님의 생각은 세포 안, DNA 속의 분자에까지 미치고 있다. 원소로 이뤄진 DNA는 변하지 않지만 조건에 의해 변해가고 있다는 것이다. 역사는 이제 변하는 시기에 와 있다는 말씀이시다. 나는 우리의 진정한 독립과 민주주의를 만들어가야 한다는 말씀으로 새겼다.

— 자기동일성. Identity. 자기 본성, 자신의 본질, 정체성, 주체, 자아 등으로도 표현되는 말이에요. 한국 사람의 자기동일성은 뭐냐, 생물적 자기동일성은 몽고인이겠죠. 그리고 문명적 자기동일성, DNA'는 한국어를 쓰는 대한민국 국민, 김치를 즐겨 먹고, 설날, 단오, 추석 같은 세시풍속을 함께 나누는 민족을 말해요.

선생님은 《문학과 이데올로기》 335쪽을 펼치게 한다. 내 이름을 부르신다. 선생님이 출석부를 보고 호명하시지 않고 직접 학생 이름을 불러 책을 읽게 한 적은 처음이지 않았나 싶다. 나는 속으로 지난 〈소설창작〉 수업에서 리포트로 낸 이광수의 《흙》 독후감이 잘못됐나, 고민했다.

나는 보고서에 이광수를 계몽에 자신을 바친 계도낭만주의자라고 썼다. 그의 문학 업적보다 말년의 친일 행적이 독후감을 부정적으로 쓰게 했던 것이다. 나는 《흙》의 독후감에다 주인공 '허숭'을 '허술한 농촌숭배자'라고 평가절하했다. 나의 치기어린 혹평에 선생님이 화가 나셨던 건 아닐까. 내 어쭙잖은 서평이 언짢으셨나. 걱정하며 〈문학과 이데올로기〉를 읽어나갔다.

— 고등한 (DNA)'일수록 그것의 자기동일성은 필요한 사다리 수의 증감에 본질적으로 依存한다. 때로는 마지막 한 개의 사다리가 질적 변화의 결정권을 쥐는 것이어서 그 한 개가 채워지지 않았기

때문에 99개가 제힘을 내지 못하는 일이 있을 수 있다.[64]

DNA가 원칙이라면 RNA는 방법인 셈이다. 방법이 없는 원칙이란 것은 불완전한 존재인 인간의 사고에만 있는 형이상학적 환상일 뿐이지, 현실주의자인 자연은 그런 존재를 알지 못한다. 그렇다면 그 짧은 사이를 빼고는 한국에는 근대 유럽형 정치 제도라는 개체는 발생한 적이 없다고 보아야 할 것이다.[65]

선생님은 우리의 잘못된 정치사를 비판했다. 개화기와 일제 강점기, 근대화 이식 문화 등이 그렇다고 말씀하신다. 어쩌면 4·19가 그를 바로 잡으려는 유전자 사다리의 한 계단일 수 있지 않았을까, 생각해 본다.

예상대로 선생님은 지난 리포트에 대해 언급한다.

— 이광수는 우리 근대문학의 길을 연 사람이에요.《무정》은 우리 근현대소설사에서 처음 등장하는 장편이고요. 오래된 작품이고 낯설기도 하지만 가치가 충분한 작품이에요. 그 이야기는 다음에 또 자세히 하기로 하고….

역시 내 리포트가 선생님의 심기를 불편하게 했나 보았다. 그의 친일 행적에 관해서는 말씀이 없다.

선생님은 칠판 빈 곳에 도형을 그려나갔다. DNA와 예술, 문학과의 관계를 표로 제시하셨다. DNA를 통한 행동에는 두 가지가 있다. 현실행동과 기호행동이 그것이다. 현실행동은 의식주를 해결하기 위한 행동과 본능적 행동을 말하고, 기호행동은 현실행동을 원활히 하기 위한, '현실을 위한 기호행동'과 기호행동 자체로, 또다른 현실

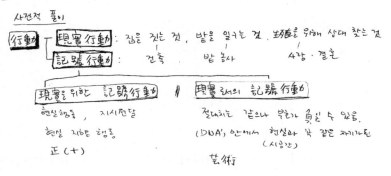

✿ 전체는 부분의 合이 아니라 積이라야!

P33P 밑줄

「근대 유럽형 정치 제도 라는 개체 발생에 필요한 계통 발생의 중요한
고리가 빠져 버렸거나 억제되었기 때문에, 아무튼 발생하기는 한 韓國政後
한국 정치라는 이 개체는 혹시 그 개체의 種의 계통 발생의 어느 진화
단계에, 머문 기형아에 지나지 않는 것은 아니었을까?」

③ (DNA)' 와 文學 과의 관계 — P340

　　사전적 풀이

行動 ─┬ 現實行動 : 집을 짓는 것, 밥을 익히는 것, 生殖을 위해 상대 찾는 것
　　　 │　　　　　　　　　건축　　　　　밥 농사　　　　　사랑·결혼
　　　 └ 記號行動 :

現實을 위한 記號行動　∥　現實 로써의 記號行動

현실행동 , 지시전달　　　　　　절대치는 같으나 부가 붙일 수 있음.
현실 지탱 행동　　　　　　　　(DNA)' 안에서 현실과 꼭 같은 재미가된
正 (+)　　　　　　　　　　　　　　　　　 (시공간)
　　　　　　　　　　　　　　　　　　藝術

을 만들어 가는 '현실로써의 기호행동'이 있다. 이와 같은 행동이 예술, 문학 행동이다.


　— 전체는 부분의 합(合)이 아니에요. 부분의 적(積)이에요. 부분이 겹겹이 쌓인 것으로 봐야 해요. 우리의 해방 후 정치 상황을 보면 계통발생의 어느 중요한 고리가 빠진, 진화단계에 머문 상태로 볼 수도 있어요. 그 고리가 전체를 지탱하는 것이에요. 그 고리를 무엇으로 봐야 할까?

　선생님이 우리에게 답을 하라고 던진 질문이지만, 막연할 뿐이었다. 뭐라고 잘라 답하기 어려운 질문이어서 조용하다.

　나는 속으로, 스스로 변혁하려는 힘, 시민의 힘 아닌가요? 지난번 강의에서 선생님께서 말씀하셨습니다. 감수성의 혁명이란 윤리에까

지 나아가야 한다고요.

선생님은 우리에게서 아무 말이 없자, 손목시계를 보시고는 교탁을 정리한다. 강의실을 나서는 선생님의 등에서 '빠진 고리'를 이식한다고 바로 설 수 없다, 스스로 계통발생의 계를 생성해내야 한다, 는 음성이 들려왔다.

환쟁이는 캔버스 밖으로 나가서는 안 된다, 우주가 밖에서 망하고 있더라도 머리 꼭대기에 천장이 내려앉는 순간까지는 캔버스와 팔레트와 손, 그리고 눈만이 그의 세계이어야 한다. 그 밖의 일은 더 고상한 일인지는 몰라도 미술은 아니다 – 하는 생각. 다른 한 가지는, 그렇다 치더라도 그만큼 끄떡없는 집념을 가지자면 역시 바깥세상을 사랑해야 된다는 것.[66]

환쟁이는 그림 안에서 충실해야 하고, 글쟁이는 글 안에서, 딴따라는 무대 위에서, 묵묵히 작업해야 할 것이다. 그 작업을 믿어주는 바깥세상을 살피고 사랑하면서 말이다. '흙'과 민족을 사랑하던 이광수는 왜 말년에 자신의 믿음을 저버렸을까.

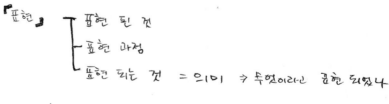

# 예술적 시위
## 1986. 4.

'안기부는 물러가라.'

강의동 입구에 현수막이 걸렸다. 오전 수업은 모두 휴강이고 학생들이 드라마센터 앞마당에 주저앉아 교문을 바라보고 있다. 좁은 교정이 학생들 머리로 빼곡하다. 연극과, 방연과 학생들이 주축이 돼 시위를 벌이는 중이다. 구호는 없다. 민속예술동아리 '예민회'의 풍물놀이에 맞춰 얼쑤, 얼쑤 추임새를 던지는 정도다. 예민회의 춤에 맞춰 누군가 구호를 외친다. 학생들이 리듬을 맞춘다.

'시끄러워 못 살겠다! 물러가라 안기부!'

전대협에서는 '고문정치 물러가라!', '밀실정치 해체하라!'라며 안기부를 성토하던데, 예술대학생들은 당장 코앞 현실이 급했다. 공사 소음 때문에 공부할 수 없으니 물러가라는 것이었다. 풍물놀이 후에 봉산탈춤이 이어진다. 사자, 말뚝이, 취바리, 포도부장, 소무, 양반들의 가면과 의상이 교문을 들락거렸지만 교문 밖으로는 나가지 않는다. 조교의 말에 의하면 문창과 교수님들은 수업을 진행한단다.

최인훈 선생님이 강의실에서 학생들을 기다리고 있으니 강의실로 들어가라고 조교가 말한다. 강의실 창 안 어둠이 조금씩 흔들린다. 창으로 시위 현장을 내려다보는 최인훈 선생님의 모습이 보이는 것 같기도 하다. 선생님은 문창과 학생이 시위를 주도하지 않은 게 서운하신 것일까, 예술 학도는 시위를 하지 말고 창작 공부에만 매진해야 한다는 것일까.

번뇌의 기쁨, 번뇌의 아름다움, 우리 동양 사람은 이 가장 아름다운 인간의 표적을 얼마나 학대했는가. 지금 우리는 값을 치르고 있다. 또 그날 밤 학의 말을 떠올린다. 혁명이 가능했던 상황이란 건 없었어. 혁명은 그 불가능을 의지로 이겨내는 거야. 거기에 대해서 나는 무어라 대꾸했던가. 사랑과 시간, 사랑과 시간. 그러나 얼마나 기다려야 하는가. 언제 우리들의 가슴에 그 진리의 불이 홀연히 당겨질 것인가. 그것은 기다리면 자연히 오는 것인가. 만일 너무 늦게 온다면, 사랑과 시간, 이것이 스스로를 속이는 기피가 안 되려면 무엇이 있어야 하는가.[67]

회색의자에 묻혀 사유를 즐기는 《회색인》의 독고준. 그는 사회에서의 개인의 위치에 대해 늘 갈등한다. 특히 문학의 현실참여에 대해 고민하고 반성한다. 문학가는 현실을 개조하는 혁명으로써의 역할을 어디까지 담당해야 하는가.

최인훈 선생님은 그것은 문학을 열심히 창작하는 일이라고 작품에서 말하고 있다. '혁명은 불가능을 의지로 이겨내는 것'이라는 김학의 말에, 독고준은 '사랑과 시간'이라 하면서 그를 기다려야 한다고 답한다. 그는 혁명, 피, 역사, 정치, 자유 등의 낱말과 장미꽃, 저녁노을, 사랑, 모험, 등산 등의 단어가 갖는 무게는 같다고 생각한다. 지난 시간에 배웠듯, 문학가는 언어를 갈고 닦는 일, 실물에 대한 재고조사를 게을리하지 않는 일이 무엇보다 중요한 것이다.

시위에 대한 문창과 교수님들의 입장을 확인하는 일이 오후에 벌어졌다. 5시, 하교, 퇴근할 시간이 다가오자 군 병역 지도교수와 학생처장이 학생들을 해산시킨다. 이미 많은 학생이 교정을 떠나고 몇 안 되는 학생들이 장구를 치거나 탈을 만지작거리고 있을 뿐이다. 열기는 사라지고 남산에서 내려온 듯 골짜기 바람이 학교를 휘돌고 있다.

— 여기서 뭐 하는 건가!

드라마센터 현관에서 높은 언성이 터져나온다.

— 정신 나갔어? 여긴 예술학교야!

학생들이 모두 고개를 돌린다. 나도 드라마센터 쪽을 바라본다. J 군이다. 그가 고개를 숙인 채 희곡 교수님으로부터 꾸중을 듣고 있다. 희곡 교수의 발 아래에는 현수막이 널브러져 있다. 반쯤 풀어헤쳐진 현수막에는 '밀실정치, 적폐 안기부'라 쓰여 있다. 안기부 해체라는 문구는 구겨진 채 보일 듯 말 듯하다.

교수님이 노발대발하는 모습으로 오늘 시위는 종결됐다. J 군이 교수에게 대꾸했던가 싶다. 그는 서울대 미학과를 중퇴하고 시를 쓰겠다고 학사 편입한 친구였다. 전대협 임원이라는 소문도 있었다. 나는 시창작 수업에서 그를 통해 노동해방문학을 알게 되었다. 시창작 교수님과는 다른 듯한 시의 세계였다. J 군은 시창작 시간에 깨지고 넘어져도 계속 그쪽 계열의 시를 써서 합평에 응했다.

'전세계 약소 민족의 해방자이며 영원한 벗'들도, 이 밀림의 어디선가에서 길을 잘못 든 것이 틀림없었다. 그렇다면 이 밀림에는 다져진 길도, 따라서 지도도 없으며, 다 제 손으로 할 수밖에 없다는 말이 된다. 목숨에 대한 사랑과, 오랜 시간이 있어야 할 모양이었다.[68]

참고 기다리고, 사랑하고 창작하고, 현실을 직시하고 말을 갈고 닦고…. 최인훈 선생님이 언젠가 판서했던 '마저작침(磨杵作針)'[69]이 떠오른다. 아무리 어려운 일이라도 조금씩 쉬지 않고 끈질기게 노력하면 이룰 수 있다는 가르침이다.

우리가 할 일은 마저작침뿐인가.

J 학우가 현수막을 둘둘 말아 가방에 넣고 교정을 빠져나가자 가로등에 불이 컥, 들어온다. 시위대의 울림으로 흔들리던 수위실 옆 목련이 혀를 빼물다 떨어뜨린다. 시위는 해체됐고, 학생들이 깔고 앉았던 지난 학보가 교정을 구른다.

오늘 하루를 돌아보니 모두가 한 편의 연극 같았다. 큰 몸짓들, 과장된 어조로 사람들이 작은 교정이라는 무대에서 극을 펼쳤다. 축제가 끝나고 난 해 질 무렵, 위대한 작가와의 짧은 눈 맞춤, 그리고 페이드 아웃⋯⋯. 엑스트라 같은 나를 조명이 비추다 꺼지는 시간⋯⋯. 하루를 그린 연극은 끝났다. 최인훈 선생님의 〈한스와 그레텔〉이 문득 떠올랐다.

# 재야 스님

## 1986. 4.

J 학우의 시 세계와 비슷했던 동문이 있었다. 나이를 가늠하기 어려운 스님이었는데, 오랫동안 시민운동을 해왔다고 한다. 젊은 시절을 감옥에서 보냈다는 스님은 아마도 오십 살이 넘었을 것이다.

스님은 J 학우보다 더 적극적이고 노골적으로 현재의 정권을 비판했다. 최인훈 선생님 수업에서는 조용했지만, 시창작 수업에서는 발언이 많고 날카로웠다. 문예잡지에서 시인으로 등단했다고도 한다.

스님의 시는 힘이 넘치고 소리가 컸다. 시창작 교수님과 스님 사이에 선생과 제자의 자리는 불분명해 보였다. 스님은 자신의 시를 노골적으로 좋지 않게 평가하는 교수님을 불편해하고 교수님도 스님을 언짢게 여기고 있었다.

지난주 합평에서 교수님은 스님의 서사시와 같은, 두 페이지에 걸친 장시를 두 줄만 남기고 모두 지우라고 했다. 스님은 왜 그래야 하는지 물었고, 교수님은 그러지 않으면 시가 아니라고 했다. 시에 정답이 있냐고 스님이 따지듯 묻자, 교수님은 시에 정답은 없지만 정통이 있다고 차분히 답했다. 뜨거우면서도 차가운 말씀이었다.

시창작 교수님은 독자적인 시론으로도 알려진 시인이었다. 교수님의 창작지도서는 많은 문학도에게 사랑받고 있었다. 스님이 그런 시론보다 사회변화를 촉구하는 시가 더 현대적이지 않냐고 대꾸했다. 시라는 장르에 대한 독자들의 선입견이 있고, 좋고 나쁨은 그 선입견을 낯설게 하느냐, 마느냐에 있다고 했다. 스님의 시에는 선입견도 없고 낯설지도 않단다.

침묵.

나는 머리가 아팠다. 팽팽한 긴장이 맴돌았다.

수업이 끝나고 도서실에 가니 스님이 책을 대여하고 있다. 도서실을 나가는 스님을 따라나서니, 스님은 어느새 교문을 뒤로하고 충무로로 내려간다. 축지법을 쓰시는가. 스님은 경보 선수보다 더 빠르게 충무로 언덕을 빠져나가고 있었다. 스님의 손에 리모컨이라도 있는지, 스님 도포 자락이 휘날릴 때마다 가로등 불이 켜졌다 꺼졌다를 반복했다.

문학을 대하는 방식에는 정도가 없고, 예술에 정답이 없다고 알고 있다. 하지만 어떤 교조주의에 함몰하는 태도는 경계해야 하지 않을까.

마르크스주의는, 역사적 현실의 모든 경우에 한결같이 적용되는 단 한 가지의 처방을 내린 것으로 해석되어서는 안 됩니다. 마르크스의 이론이란, 정확하게는, 그가 자기 시대를 분석한 그의 저술 속에서 쓴, 방법론을 가리켜야 합니다. 이론 속에 엉켜 있는 방법과 정책이 분리되어야 합니다. 이것은 어떤 이론이든 마찬가집니다. 정책에 대해서는 방법론의 창시자조차도 반드시는 정확하달 수 없습니다. 하물며 계승자인 경우에는, 어느 누구도 해석권을 독점해서는 안 됩니다.[70]

최인훈 선생님의 문학예술에 대한 정치적 입장은 이처럼 《광장》에서부터 표현되고 있다. 선생님은 북한의 사회주의를 변용한 주체사상에 대해 회의하고, 남한의 천민자본주의도 반대하는 모습이었다.

# 의식의 인식
## 1986. 4.

'не быть', 'быть', 'Упадок'.

〈소설특강〉 수업이 본격 시작되면서 최인훈 선생님이 강의실에 들어와 칠판에 판서한 글자다. 러시아 말로 '없다', '있다', '붕괴'라고 한다. 선생님이 낮게 읽어 주셨다. 선생님 입술 사이로 풍선 바람 빠지는 소리가 났다. 앞니를 혀끝으로 밀어내는 듯한 소리다. 선생님은 초등학교 때까지 일본 말을 배웠고, 중학교에 들어가서는 러시아 말을 배웠다고 하신다.

— 엊그제 체르노빌 원전이 터졌죠? 방사능 피해가 상당하다고 하던데….

옛날을 회상하시는 눈길, 강의실 바깥을 바라보는 선생님의 시선은 어디 머물지 못하시는 모습이다. 선생님의 시선이 하늘의 구름에 닿아 있었다.

— 과학이 발전하고 또 발전해도 우리는 불안을 완전히 떨칠 수는 없어요. 그를 해소하려고 예술과 종교가 있겠죠. 예술 발생과 예술의 존재 이유에 대해 나중에 차근차근 말하게 될 거예요. 오늘은 어느 과학 잡지에 실린 칼럼을 이야기하겠어요. 아주 재미있는 글이고, 우리가 하는 일하고도 관련이 많아요.

선생님은 우리의 마음에 관한 생김생김을 과학칼럼이 잘 설명하고 있다고 하셨다. 뭔가 중요한 발견을 했다는 듯 조금 들떠 보이시기도 했다. 선생님은 '인간과 인식'이라고 칠판에 쓰셨다.

— 먼저 인식에 대해 개념 정리해보죠. 그다음 인식과 인간 행동 양태를 살펴보겠어요. 그리고 그것이 우리가 하는 예술창조와 어떤 관계가 있는지 알아보겠어요.

교탁에는 선생님이 준비해둔 노트가 펼쳐져 있었다. 나는 선생님의 강의를 빠르게 노트해나갔다. 중요한 비밀을 전수 받는 기분이었다.

— 사람이 자기 밖에 있는 사물을 정보의 형태로 마음속에 받아들이는 것, 그것을 인식이라고 해요. 생물이 외계를 받아들이는 데에

는 여러 방식이 있어요. 가장 기본적인 게 먹는 것, 생존하기 위해 영양을 섭취하는 거죠. 그런데 인식의 측면에서 보면 자기 밖에 있는 사물을 물건으로 받아들이는 게 아니라 정보로 받아들인다, 이거예요.

선생님은 칠판에 '情報'라고 쓰고, 염소가 종이책을 음식으로 먹는 것과 마찬가지라고 덧붙이셨다.

— 염소는 영양소를 섭취하려고 백과사전을 먹어요. 그런 차원으로 생각해 봐요. 우리가 '먹는다'라는 말을 자주 하죠? 무엇을 취한다고 하지 않아요? 정보를 자기화한다는 것이죠. 사람은 염소와는 다르게 외부의 것을 얻는 차원이 다르죠. 우리의 인식은 매우 차원이 높고 용량이 크죠.

선생님은 칼럼의 한 부분을 인용하며, 우리가 먹는다는 표현을 얼마나 많이 하는지 사례를 들으셨다. '일을 겪었다'를 '굴러먹었다'라고 하고, '땅을 매입했다'라는 것도 '땅을 먹었다'라 하고, '어떤 높은 위치에 올라선 것'도, '해 먹었다'라고 한다는 등등의 예시를 들었다. 우리 민족은 정보를 얻는 것을 '먹었다'라고 비유한다는 것이다.

— 그렇다면 무생물도 다른 물체를 인식하는가, 물어보면, 과학자들은 그렇다고 볼 수 있다고 해요. 내가 교탁에 서 있다는 것을 교탁이 알고 있는가, 하는 것쯤이 되겠죠. 그렇다면 교탁에게도 마음이 있는가, 하는 질문도 나올 수 있죠.

교탁도 의식이 있단 말인가, 하고 나는 생각했다. 선생님은 교탁과 칠판을 어루만지면서 말을 이었다.

— 내가 칠판에 손을 대고 있으면 칠판은 내 온기를 기억하고 있어요. 잠시 따뜻하단 말이에요. 과학 칼럼에서는 교탁은 아주 미세하

게 다른 물체에 영향을 받고 그것을 지니고 있다. 그렇게 쓰고 있어요. 그것을 이루는 원소들의 입자가 그 구조에 영향을 미치고 있다는 거예요. 교탁을 두드려 깨부수지 않는 이상 큰 영향은 없다고 봐야죠. 그런데 내가 그냥 서 있는 것으로도 미세할지라도 아주 작은 정도의 온기가 전해진다고 봐요. 열이라는 현상이죠. 이 교탁의 원소들이 극히 미미하겠지만 열운동을 벌이는 중이라고 봐야죠. 이렇게 내가 서 있기만 해도 교탁은 영향을 받는다고 하고 과학 칼럼에서는 과장해서 말하기를 물체에도 마음이 있다, 이렇게 써놓았어요.

선생님이 잠시 말을 멈추자 학보사 편집장 이 군이 질문했다.

— 교수님 그것이 열역학 법칙, 열전도 현상이라는 것 아닙니까.

그 학우는 눈치가 빠르다. 그래서 선생님들한테 귀여움을 받고 있었다.

— 그래요. 보통 과학의 개념은 그렇죠. 하지만 과학 칼럼에서는 넓은 의미로 그것도 인식 작용으로 보겠다, 그거예요. 그다음이 흥미로워요.

이 군은 고개를 크게 끄덕이고, 선생님께서는 말을 이으려다 멈추고 질문을 던지신다.

— 그러면 물체들이 자기에게 영향을 준 다른 물건들에 대한 기억을 갖고 있을까? 교탁이 나를 그리워할까? 그럴까요?

학생들이 모두 웃었다. 이 군이 무척 크게 웃었다.

— 그럴 수는 없을 겁니다.

이 군이 답했다.

— 아니에요. 과학에서는 그럴 수 있다고 봐요. 내가 이 교탁을 떠나서도 내 온기의 영향이 남아 있으니까. 나뿐만이 아니라 여러 선

생이 이 자리에 있다가 떠난 흔적이 교탁이 남아 있고, 교탁이 영향을 기억한다는 겁니다. 추적하기 어렵고 계산이 힘들겠지만, 이론적으로는 가능하다는 이야기에요.

나는 문득 슈퍼컴퓨터가 떠올랐다. 미미한 열기, 소소한 움직임을 감지하는 장치에 연결된 컴퓨터라면 교탁이 감지하고 영향받은 사람들의 제각각의 상황, 모습도 추정해 낼 수 있으리라 생각해 보았다.

— 하지만 지금 우리가 공부하고 있는, 외부의 사물을 자기 속에 정보로 받아들이는 인간의 경우와는 구별해야 할 것입니다. 물체의 경우는 너무너무 미미해서 무시해도 좋고요. 생물일 때는 다르다 이거예요. 우리가 자주 보는 개, 돌고래 등은 세계를 인식할 수 있고, 인식할 뿐 아니라 기억을 할 수 있죠. 다시 말해서 생물에겐 사물을 정보의 형태로 자기 속에 받아들여서 그것을 보관하고 기억하는 단계에 있다고 할 수 있어요. …생물의 정보 습득, 기억의 문제가 다음 이야기 주제에요. 잠시 쉬었다 하죠.

선생님은 교탁에 있는 잔을 들어 차를 한 모금 마신다. 쉬는 시간이다. 세 시간짜리 수업이어서 한 시간이나 한 시간 삼십 분 강의가 진행되다 휴식 시간을 갖는다. 이번 강의는 세 시간 모두 선생님 말씀으로 채워진다.

쉬는 시간에 늘 그렇듯 나는 강의실 건너편 방인 학보사로 들어간다. 학보사 편집장 이 형이 담배를 피우며 말을 건네온다. 편집장은 학보 일로 바빠 다른 수업은 잘 빠지지만, 최인훈 선생님 강의는 꼬박 듣는다. 만학도여서 일과 공부 모두 열심이다.

— 이 형, 선생님 강의, 이해돼요?

— 나도 잘 모르겠어요. 거긴 열심히 노트하는 것 같은데, 나중에

나 좀 빌려줘.

— 네, 선생님께서 문학의 원리를 알아가게 하시는 모양으로 보입니다.

— 그 이론이 소설 쓰는 데 도움이 될는지….

— 〈문학과 이데올로기〉가 창작에도 필요하다는 생각입니다. 문학을 어떻게 접근해야 하고, 소설이 사회와 어떤 관련이 있는지 알아졌습니다.

— 그래? 음….

쉬는 시간이 끝나고 다시 수업이 시작됐다. 선생님은 계속해 나갔다. 생물과 무생물의 정보 습득과정을 말씀하시고, 우리 인간의 경우를 설명하셨다.

정리하면 이렇다.

인간과 생물은 어찌 보면 인식의 과정이 같다고 봐도 무방하다. 인식의 질보다 양의 차이가 있을 것이다. 개나 돌고래 같은 고등생물하고 인식 과정은 흡사하다. 그러나 우리는 여러 방법을 고안해서 사용하고 있고, 그 방법과 양은 무한대 쪽으로 확장하고 있다.

그 방법 중 대표적인 것이 기호의 사용이다. 나무를 오감으로 받아들이다가 오감의 어떤 부분만을 가지고 나무 전체를 인식할 수 있게 됐다(선생님은 칠판에다 오감-오관-오각을 적고 다섯 개의 감각과 육체의 감각기관을 연결하셨다). 라일락 나무라면 라일락꽃 냄새, 바람맞는 나뭇잎 소리, 나뭇결의 촉감, 나무의 형태 등 오감 중에 하나만으로도 라일락 나무를 알 수 있게 됐다.

그 감각 이후의 인식을 지각이라 부르는데, 인식은 앎의 대상이 지금 눈앞에 있어야 가능했지만, 당장 눈앞에 없어도 지각하는 방법을 우리는 터득하게 된다. 바로 기억이다. 나무가 사라져도 우리의 의식 속에는 흔적으로 남아 있다. 지각이 보존되는 것이다. 보존 상황이 기억이다. 우리의 기억은 차츰 확대되고 있다.

선생님은 잠시 쉬시며 차를 마셨다. 그리고 칠판에 나무를 그리셨다. 두 그루의 나무가 실선과 점선으로 순식간에 그려졌다.

— 여기 점선으로 그려진 나무가 기억의 차원이에요. 실선의 나무는 지각의 차원이고요. 시간과 공간상에 대상과 인식의 주체가 공존하지 않으면서도 마음속에 그림자처럼 남아 있어요. 여기까지는 모든 생물이 대부분 가지고 있는 능력이에요. 사람은 더 많이 가질 수 있고요.

칠판의 나무는 화살표로 연결된다.

— 지난 수업에서 DNA'라는 것 얘기했죠. 그것을 더 많이 더 확장할 수 있는 능력을 우리 인류는 가지고 있어요. 학습, 교육을 통해서 말이에요. 어린아이들, 라일락 나무를 처음 보았을 때와 계속 보고 정확히 기억에 담았을 때는 달라져요. 그리고, 우리가 살아가면서 라일락 나무만 보지 않죠. 느티나무, 플라타너스, 은행나무, 대추나무도 보잖아요. 우리 인간은 그 많은 나무를 본 경험을 또 편리하게 자기 나무의 정보로 기억해요. '나무'라는 말로 기억하는 단계죠. 이때의 나무는 라일락, 느티나무, 플라타너스, 대추나무가 아니라 그냥 나무에요. '나무'라는 개념이죠.

선생님이 나무라고 칠판에 쓰신다. 칠판의 실선 나무, 점선 나무는 어느새 '나무'라는 단어에 묶인다.

— 이 개념의 단계에는 외부에 있는 사물 하나하나를 정확히 도

장 찍듯 받아들이는 인식 단계 이후의 단계에요. 개념의 단계에 와서는 밖의 사물이 문자 그대로 존재하지 않고, 밖에 있는 것 모두에게 공통한 부분을 뽑아내서 우리가 외부에 대해 규정할 때 바로미터로, 분류화하기 위해 사용하는 인식의 어떤 경우라고 할 수 있어요. '말'이라는 것이 모두 개념이에요. 지금 내가 말로 표현하는 모든 것, '말', '강의', ' 교탁', '칠판' 이런 것이 모두 이 단계에요. 인간의 인식의 형태가 이 단계까지 진화해 왔어요.

선생님은 말을 멈추고 우리를 바라보셨다. 나의 필기도 멈추었다. 경청하고 있는가, 이해는 둘째치고 잘 듣고 있는가, 반응을 보려는 것이었다. 우리는 귀를 기울였다. 알아듣고 모르고를 떠나 선생님의 열의에 끌려가고 있던 것이다.

— 지금까지 우리의 인식 과정, 감각에서 개념에 이르는 단계를 설명했어요. 우리는 지금 여기까지 온 것이에요. 이 진화는 백만 년 전에 이뤄졌다고 해요. 그 전의 인류는 아마 감각적 단계만 인식했으리라 봐요. 원숭이 같은 정도의…. 그러니까 냄새를 통해 모양과 소리, 맛, 감촉까지 통합적으로 인식하지는 못했으리라 추정해요. 지금 우리 인류는 한 5~6세가 되면 나무라는 개념, 사람이라는 개념, 또는 아빠, 엄마의 개념을 알아요. 그것이 모든 나무, 모든 아빠, 모든 엄마에 통용되는 개념이라는 것을 인식하고 있죠. 그리고….

선생님은 말씀을 멈추시고 차를 한 모금 마셨다. 나의 쓰기는 계속됐다. 선생님 말씀을 한마디라도 빠트리지 않고 적어나가려 볼펜을 쥐고 대학노트 페이지를 넘겼다. 검지가 아팠다.

…우리가 인식하는 대상은 우리의 인식보다 크다, 우리의 인식은 대상보다 작다, 우주는 우리가 생명으로 탄생되기 전에도 있었기에

그렇다, 우리는 거대한 공룡의 비늘 한 조각일 뿐이다. 비늘 부분만 알고 있다.

선생님은 칠판에 원을 그리셨다. 그리고 그 원에 부등호를 써넣었다. 선생님은 천천히, 그렸다 지웠다 하시면 정밀하게 그림을 그려 나가셨다. 몰입의 선생님은 데생을 전문으로 하는 화가와도 같아 보였다.

우리는 외부에 대한 인식이 작다는 것도 알게 됐다. 우리가 인식하지 못하는 부분에 대해 공포를 갖게 된 것이다. 인간은 감각에서 개념까지, 인식을 발전해나갔다. 우리는 원래 가지고 있는 육체적 기관, 오관이 연결된 뇌, 시냅스 같은 생리적 기관 말고 또 다른 것을 사용했다. 다른 생물에게는 없는 기관, 도구를 가지고 인식을 고도화시키고 확실하게 한 것이다. 그 도구가 바로 기호이다. 감각을 지각해서 개념까지 만든 것. '나무'라고 썼지만, 그 나무라는 문자가 처음부터 있었던 것은 아니다. 개념이 있었고 '나무'라고 약속한 것일 뿐이다. 우리 인류는 자연을 지각하는데, 기호를 사용하기 시작했고, 그 기호를 저장했던 것이다. 기호를 사용하지 않으면 방대한 양의 정보를 축적할 수 없었을 것이다. 그 기호는 두 가지 유형이 있다. 언어, 그리고 언어와 비슷한 인공적 기호. 언어 이전에는 자연물 자체를 기호로 썼다. 라일락을 기억한다는 것은 라일락에 관련한 체험도 함께 기억한다는 것이다. 그 사물 자체가 사물에 대한 기호 역할도 하는 것이다. 장미꽃, 비, 산, 바람, 강물, 바다 등등 그 자체가 기호가 된다. 그리고 또 다른 기호는 우리 생활에서의 의식이다. 행사 같은 것. 축제나 연례모임 같은 것이다. 그런 행사가 우리 삶의 기호 역할을 했다. 설날, 한식, 단오 같은 세시풍속이 농경 생활 때의 기호였다. 그 행사를 통해 한 해 농사의 중요 시간과 사건을 기억해 두었던 것이고, 그를 통해 생활 정보를 보전하고 축적해왔다.

잠시 말씀을 멈춘 선생님은 숨을 깊이 들이마시고 내쉬셨다. 깊은 호흡을 기억하고 있는 잠수부처럼.

— 이제 결론을 향해 가겠어요. 우리 인류는 언어 같은 인공적인 기호 말고 행사라는 자연적 기호도 갖추게 되었다, 이겁니다. 일상 생활의 경험, 그 경험을 되풀이하면서 기억을 응시하고 보강하겠다는 것, 그것 자체가 대상이면서 의식의 표현이기도 한, 그 인식 행동을 하게 됐다 그거예요. 그런데, 우리의 인식은 한계가 있어서 불안할 수밖에 없어요. 우리는, 모르는 부분에 대한 인식을 원하지만, 그것을 알 수 없는 부분이 분명 있다, 즉 미래의 일이나 죽음과 같은 것이죠. 밤이 두려운 이유가 있어요.

선생님은 눈을 감고 앞을 더듬는 시늉을 하셨다.

— 우리의 인식 바깥은 무서울 수밖에 없는 거죠. 과학적으로 이 어둠을 헤쳐 온 것이 우리의 문명이다, 그러나 아무리 과학적이어도 우주 전체를 우리는 아직 다 모른다, 우리 인식의 한계로부터 오는 불안과 공포를 없애려 해도 안 된다, 특히 우리는 죽음에 대해 모른다, 사후세계는 어떨까, 인간 역사의 마지막은 어떨까, 개인이 살아갈 수 있는 수명의 한도 때문에 불가피하게 제한될 수밖에 없다, 이거예요.

선생님은 웃으신다. 만족스러운 강의라는 의미로 보인다. 정합성을 갖춘 강의 내용의 진행, 적확한 단어 사용. 자연스러운 호흡 조절, 수강생의 적극적 호응 등등이 잘 맞아갔다는 의미의 미소처럼 보인다. 우리 학생들이 선생님의 강의를 잘 알아 듣고 못 하고를 떠

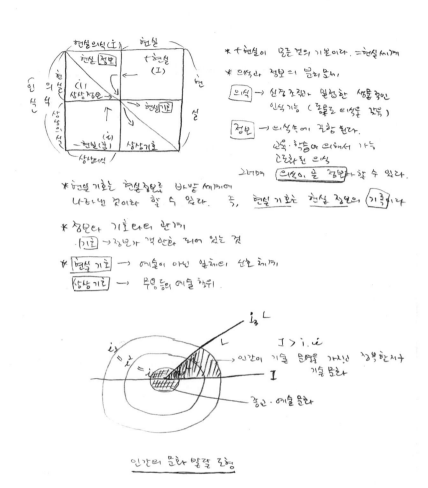

인간의 문화 발달 모형

나 모두 하나의 호흡으로 교실을 채워나간 느낌이다.

선생님은 칠판의 그림에다 '종교', '예술'이라고 덧붙이신다.

선생님은 의식을 정보화한 것이 기호라고 말씀하신다. 요약하면 이렇다. 의식 자체가 정보이고, 그를 객관화하여 기호를 만드는 능력을 우리는 갖게 되었다. 보이지 않는 것, 상상되는 것도 기호화할 수 있다. 예술과 종교에서 쓰이는 기호가 그렇다. 상상기호로 볼 수 있다.

예술에 관한 선생님의 견해는 생명으로서의 인류의 의식의 진화와 관계가 깊다. 그 의식의 진화 상황을 표와 수식으로, 그림으로 제시해 이해시키려 힘을 쏟으신다.

— 인간은 한정된 수명 때문에 제한된 시·공간을 인식할 수밖에 없어요. 그 이상을 인식 못 한다는 불안, 그 공포를 해결하는 방법을 두 가지 고안해 두었어요. 하나는 종교라는 것이에요. 우주의 끝, 혹은 인간 역사의 종말을 좌지우지하는 어떤 절대적인 능력의 존재를 상상하고 그러한 존재와 자기 자신을 관련지음으로써 불안, 불만족, 공포를 해소하려는 행위, 그거예요. 그다음은….

선생님은 말을 끊고 칠판을 바라보신다.

— 다른 하나는 예술이에요. 인간은 인식의 한계를 넘어서려 예술이라고 하는 가상의 시·공간을 만들어놓았어요. 약속이죠. 추상적이고 압축적인 자연물을 놓고 진짜라고 약속한 거예요. 연극의 경우, 라일락 나무를 무대에 놓을 수도 있고, 그림자로 대신할 수도 있겠죠. 그러나 공연 중에서 라일락 나무는 진짜로 라일락이에요. 지금까지 이야기했던 감각하고 다르고, 지각하고도 다르고, 기억하고도, 개념하고도 또 다른, 전혀 사실과 다른 대상임에도 불구하고 그 나무를 완전히 사실과 마찬가지로, 또는 사실 이상으로, 진실한 대상으로 인식하기로 약속한다는 것입니다. 그것은 새로운 인식의 형태에요. 예술 작품이라는 것은 개념이라는 최종의 인식 단계를 넘어서 어떤 사물을 약속에 의해 실제로 존재한다는 것으로 인식한다는 거예요. 인간의 공상의 인식 형태를 자각적으로 강화하여 실행하도록 구성된 기호가 바로 예술이다, 이거예요.

선생님은 마지막 문장에 힘을 주셨다. 그 힘은 남산의 중량만 하다면 과장일까, 그렇지 않다. 말을 마치고 더 무거운 여운. '예술은 우리 인류의 최종의 마음'이라는 말씀의 무게.

선생님의 얼굴에 주름이 더 깊어진 듯하다. 세 시간을 쉬지 않고 달리신 것이다. 체력이 쇠진할 만하다. 출석부와 노트를 들고 강의실을 빠져나가는 선생님의 등은 굽어 보였다. 나의 대학노트가 열 장 넘게 빼곡 채워진 만큼 내 마음은 황황하면서 충만했다.


# 시인 구보
## 1986. 5.

2학년 시창작 교수의 수업이 야외에서 열렸다. 축제의 일환으로 강의실이 아닌 장소에서 수업이 진행된 것이다. '홈커밍데이'. 졸업생 선배들이 학교에 찾아와 재학생 후배들에게 덕담하는 행사다. 축제 기간이 끝났는데, 시창작 교수님의 주선으로 문단에서 활동 중인 졸업생들이 온 것이다.

예술은 현실의 모방일 뿐만 아니라, 심지어 현실에 적용하기가 불가능할지라도 아름답기만 하면 그만인 것으로 약속이 된 창조적 거짓말이다. 거짓말인 줄 알면서 예술이라는 마당에서는 거짓말임을 받아들이는 인간의 제도이다.[71]

학보 편집장 이 군이 한 선배에게 무슨 수업이 가장 좋았었냐 묻는다. 선배는 〈소설가 구보 씨의 일일〉을 알게 된 수업이라도 답한다. 가장 기억에 남는 과목이었다고, 예술대 등록금은 이 수업에 들어갔다고, 2년 동안 수업료가 아깝지 않은 강의였다고 한다.

— 시창작 교수님도 〈시인 구보 씨의 일일〉 연작으로 발표하셨지요.

선배는 시창작 선생님이 자리에 없는 것을 확인하고 웃으며 말했다. 나는 시창작 교수님의 〈시인 구보 씨의 일일〉을 읽은 기억이 난다. 구보 씨의 한자가 다르긴 했어도, 패러디는 맞았다.

시인 구보 씨의 일일(一日)·1
- 구보 (久甫) 씨가 당신에게 보내는 사신 (사신) 또는 희망 만들기-
1
가을, 하고도 가을의 어느 날.
길을 가는 도중에 자리를 잘못 잡아 지상 (지상)에 빛나는 별, 그런 별 몇 빛나는 황국(黃菊)과 야구쿠(들국화)을 만나면 가을에 가을이 간격이어서 국(국화)을 다시 다른 불러 별이 되도록 하고 일부는 내 주머니에 항상 넣고 다니고 있을 것이다.(…)[72]

선배들은 한결같이 최인훈 선생님 수업 외에 시창작 합평 시간이 가장 소중했다고도 한다. 그리고 이어지는 후배들의 질문, 학교에 떠도는 선배들의 수업 일화. 전설로 전해지는 에피소드가 있다. '홈커밍데이'에 참여한 선배 여류시인의 이야기다. 여 선배는 시창작 교수님이 관심을 가졌던 학생이었는데, 합평 시간에 교수님이 그 선배의 창작시를 참담하게 깨트렸단다. 교수님의 촌철살인과 같은 평은 교내외에서 유명했다. 학생의 자존심을 뭉개 개안(開眼)을 주는 방식이었다. 교수님은 선배의 시를 무참히 박살 내면서 '이렇게 시를 쓰려면 나가 죽어라'라고 말했단다. 선배는 정말 쥐약을 먹고 자살 시도를 했다고 한다. 그 외에도 2층 교실에서 아래로 떨어져 다리가 부러졌다는 이야기, 시를 불태워 재를 마셨다는 에피소드, 시가 안 돼 손목을 그었다는 풍문 등등이 재학생 사이에서 떠돌았다.

시창작 교수님은 건강이 좋지 않으셨다. 시 교수님의 마른 체구는 늘 창백했지만 도수 높은 안경 안의 눈빛은 형형했다. 선생님은 하얀 꽃이 피는 이팝나무 같았다. 나는 시창작 점수가 높았지만, 합평에서는 무참히 깨져나갔다. '비틀어도 국물 없다', '관찰만 잘했다고 끝인가' 등 내 시의 혹평이 이어졌다. 그래도 학우들은 내 시의 평이 좋은 편이고, 선생님이 편애한다며 나를 부러워하는 모양이었지만 나는 선생님이 어쩐지 두려웠다. 최인훈 선생님처럼 무거워서 무서운 게 아니었다. 시창작 교수님은 예리해서 무서웠다. 피터 벡셀의 《책상은 책상이다》의 발명가 남자와 같던 시창작 교수님은 시인이면서 문학교육자로서 예민한 하루하루를 보내고 있었다.

나는 최인훈 선생님보다 시 선생님의 건강과 안녕을 더 빌었던가 보다. 그는 학생들에게 늘 최선을 다하고 있는 모습이었다. 선생님의 문학교육 방식은 최인훈 선생님과는 다른 축으로 작동하고 있었다. 학생들에게 저렇게 밀접할 수 있을까, 할 정도였다.

# 서정시

## 1986. 5.

우리 학번에서 시를 가장 잘 쓴다는 K 학우가 머리에 붕대를 감고 학교에 왔다. 어제 인천에서 대규모 집회가 열렸다고 한다. 재야 운동권, 전대협 학생들이 인천시민회관에 모여 시위를 벌였다는 소식이다. K 학우가 경찰서에 끌려갔다 왔단다. K는 인천에서 통학하지만 운동권은 아니었다. 낮술을 마셨다고 했던가, 경찰 검문에 불응하고 도망가다 잡혔고, 경찰서에서 난동을 부리다 '풀과 같은 우리' 운운하는 시가 가방에서 나와 조사를 오래 받았단다. 그의 시는 시 창작 교수님으로부터 칭찬을 받고 있는, 운동권 현실과 무관한 작품들이었다. 사회 현실과는 유리된 채 유년 시절을 섬세하게 그려내는 서정시였다.

칼이 없는 시도 가짜고, 시가 없는 칼도 가짜다.[73]

같이 인천에서 통학하는 P 군이라면 모를까, K는 그런 인물이 아닐 것이었다. 사람은 모른다. 위장 취업한 대학생들이 많은 것처럼 위장 학생들도 있다는 풍문이 있었다. 군인이 대통령이 되면 규제는 심해지고 국민은 더 비밀스럽게 살아가게 된다. 1980년대는 닫혀 있는 시간으로 남을 것이다.

# 장독대

## 1986. 5.

최인훈 선생님이 '장독대'로 내려왔다. 무슨 일이신가. 장독대는 학생들의 휴식처이고 놀이터다. 학생들 쉼터에 출현하는 교수님은 거의 없었다. 벤치에 앉아 담소를 나누거나, 책을 보던 학생들이 선생님을 보고 모두 일어섰다.

선생님은 학생들에게 미소를 지어 보이고 도서관 앞 벤치에 앉는다. 선생님과 함께 온 신사복 청년과 청바지 중년은 학생들에게 자리를 마련해 달라는 표정과 손짓을 보인다.

신문사에서 나왔나? 하는 생각이 얼추 맞춰졌다. 출판사에서 선생님 책을 출간하기 위해 사진을 찍는다는 이야기가 곁에서 들려왔다. 선생님이 지난 수업 때 얼핏 비춘 말도 생각났다. 에세이집이다. 이론이 담겨 있는 에세이집이 출간된다고, 그러면 '최인훈의 예술론', '최인훈 창작이론'이란 구슬이 꿰어지는 것이라 하셨다.

청바지 중년이 가방에서 카메라를 빼내 선생님 쪽으로 들이밀고, 신사복 청년은 주머니에서 수첩과 펜을 끄집어낸다. 그의 곁에는 소형 카세트 리코더가 놓여 있다. 도서관 곁에는 큰 목련이 있는데, 가지 끝에 참새가 앉아 재잘거린다. 새는 꽃잎이 모두 떨어진 봉우리를 쪼기도 한다.

언젠가 강의실에서 선생님은 교정의 나무에 앉은 새를 가리키며 새들은 예술가라고 하셨다. 그들은 아무 망설임 없이 날고, 가지에 앉고, 노래한다는 것이다. 그들의 행동에는 거침없다는 것이었다. 그래서 그들은 예술가라고 하셨다. 사람은 문명을 발전시키며 거추

장스러운 것을 많이 하게 됐다고, 사람들은 제힘으로 마치 새가 노래하듯, 날아다니듯 그렇게 아름답게 자기를 다듬어내지는 못한다고 하셨다.

새들은 생활이 곧 예술인, 그런 삶을 살고 있습니다. 새들은 어떻게 해서 이런 사치스런 생활을 할 수 있을까요? 새들은 살림살이가 사치스럽지 못하기 때문에 바로 이런 생활을 할 수 있습니다. (…) 그들의 움직임과 움직임 사이에 망설임이 없는 것은 그런 까닭입니다.[74]

선생님 말씀처럼 새들은 모두 시인일 것이다. 나도 새처럼 노래하리라, 는 상념은 선생님의 인터뷰 모습을 보며 더 짙어졌다. 사진사의 손에 들린 카메라를 의식하며 자세를 연출하는 선생님은 예술가였다. 찬찬하고 자연스러운 움직임에 따라 나무며 담벼락이며 벤치가 일렁였다. 커피잔을 입에 대거나 먼 곳을 응시하면서 기다란 곱슬머리를 쓸어넘기는 선생님의 모습은 예술가의 초상, 그 자체였다. 예술가라면 저만큼의 품위가 있어야 한다, 담벼락을 기어오르던 넝쿨이 선생님 어깨 쪽으로 흔들, 건너왔다.

꽃과 꽃

1986. 5.

오늘은 스승의 날이어서 모든 과목 교수님께 카네이션을 달아 드렸
다. 학생회에서 준비한 것이지만 학우들 모두 존경의 마음은 같다. 부
과대표 학우가 선생님 가슴에 카네이션을 붙였다. 우리는 모두 박수
했다. 선생님이 활짝 웃었다. 선생님 모습이 카네이션처럼 밝아졌다.

— 고맙습니다. 이런 행사, 이런 것도 우리 인류의 생을 기억하는
방식이에요. 행사는 간소하게, 공부는 철저하게!

선생님은 책을 펼쳤다. 날이 날인만큼 다른 과목은 일찍 마치거나
휴강을 하는데, 〈소설특강〉은 그럴 기미가 보이지 않는다. 최인훈
선생님은 더 열강하시려 눈에 힘을 주신다.

— 어디까지 했더라…. 그래, 340페이지. DNA'에 대해. 그리고 문
학에 대해. 339쪽부터 읽어보죠.

선생님이 나를 지목해서 읽게 하셨다.

— 근대 유럽형 정치 제도라는 개체발생에 필요한 계통발생의 중
요한 고리가 빠져 버렸거나 억제되었기 때문에, 아무튼 발생하기는

한 解放期 한국 정치라는 이 개체는 혹시 그 개체의 種의 계통발생의 어느 진화단계에 머문 기형아에 지나지 않는 것은 아니었을까? 이것은 적어도 DNA'의 성격을 이해할 수 있는 응용문제의 뜻을 지니는 것으로 생각한다.

내가 〈문학과 이데올로기〉를 읽어나가는 동안 선생님은 칠판에 판서해 나가셨다.

글을 쓴다는 것, 말을 한다는 것은 생명의 계통발생과정을 다시 겪어나간다는 것이다. 그 개체발생에는 온 우주의 역사가 압축돼 있다. 우리는 그러므로 얼마나 신중해야 하는가. 문학하는 행동뿐 아니라 평소 한마디 한마디마다 빅뱅이 일어나고 있는 것이다.


— 지난 시간 인식의 과정, 인식의 단계를 공부했죠. 〈문학과 이데올로기〉에 나와 있는 도식은 그를 바탕으로 내 생각을 압축해서 정리한 것이에요. 인식의 마지막 단계를 행동이라 부를 수 있죠. 행사 같은 것이 그런 행동이죠. 이 행동에는 현실행동이 있고, 기호행동이 있어요. 그리고 기호행동에는 현실을 위한 기호행동이 있고, 현실로서의 기호행동이 있어요. 예술행동 같은 것이죠. 초현실의 현실, 현실의 착각, 환각 같은 거예요. 〈문학과 이데올로기〉 341쪽에도 설명해놓았어요.

선생님께서 말씀하시는 상상력이란, 바로 현실로서의 기호행동, DNA'의 활동이라 볼 수 있다. 그의 의도적 강화형식인 예술이라고 볼 수 있다.

— 여기 내 손에 실제 꽃이 있잖아요.

선생님은 재킷 가슴 주머니에서 카네이션을 뽑아 드셨다.

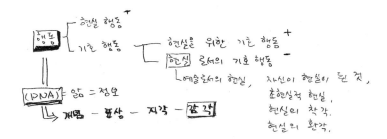

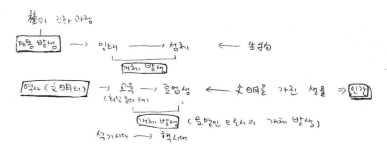

― 이 꽃은 실제 꽃이죠. 그리고 이제 꽃을 보이지 않게 둡니다. 선생님이 이번에는 카네이션을 교탁 구석에 놓으셨다.

― 문학의 기호, 말로 꽃이라 했을 때, 그것은 들에 있는 꽃을 꺾어오라는 뜻이 아니죠. 우리가 아까 봤던 그 꽃을 생각하면서 감상해 보라는 것입니다. 즉 우리 의식 속에 있는 꽃이라는 정보, 꽃이라

는 DNA′를 환기하라는 것이에요.

1) 그것이 負의 공간의 일이라는 것에 상관 없이, 2) 正의 공간의 힘을 빌림이 없이, 3) 정의 공간의 〈꽃〉의 모사로서가 아니라, 4) 그것 자체가 自足한 自立한 꽃으로서 존재케 하라는 방법적 약속― 즉 制度이다. 즉 DNA′는 물리적 존재가 아니라 정보임에도 불구하고 예술이라는 제도 속에서는 인간에게 갖추어진 상상력이라는 의식 작용을 의도적으로 강화하고 조립하여 그 정보를 마치 존재인 것처럼 통용시킨다는 말이다.[75]

― 우리는 상상력을 갖고 있어요. 동물에게는 없는, 표상을 떠올리는 힘이에요. 문학에서 꽃이라고 할 때, 독자에게 꽃이라 불리는

---

•병의(憑依) : 남의 힘을 빌어 의지함.

= 몸이 탄상의식에 [빙의] 되어 현실 행동으로 나타나는 것이   빙의행동
                                                          기호

記號 = 정보 + 물질 = 빙위행동
         (의미)

    = 대한민국 + ⊕

[75] 「즉 〈현실 행동〉과 〈현실을 위한 기호 행동〉을 하는 주체라는 다른 주체, 즉 예술가라는 주체이다. 한 몸을 쓴 일지만, 그들은 전혀 다른 (DNA)′에 의해 움직이는 〈個体〉이며, 이것은 배우라는 직업에서 제일 눈에 띄게 나타난다. 그는 자기 역의 〈쓰임〉 사람인데, 그 빙리의 재료는 그의 몸과 그의 현실적 (DNA)′이고, 그 주체는 〈그의 役의 DNA〉′이다」

110

※ 몽유 행동은 상상의식의 표현
  몽유행동 = 기호 행동 = 상상의식 = 환상의식

・ 余品儀式
  ┌─────
  수여한다 ──── 作내법

P345
「문학이 어떤 낱말 하나를 쓸 때, 그것은 언제나 존재하는 낱말
모듬를 잡아 끌기 위한 고리와 같이 그렇게 사용된다는 말이다.
<끝>이라고 썼다면, 그것은 <꽃>이라는, 말의 宇宙의 그
부분을 퉁겨서 말의 우주 모듬를 共鳴 시키기 위해서 쓴 것이지
우주 속에서 꽃을 집어내기 위해서 쓴 것이 아니다.」

DNA′를 환기하라, 상상해 보라는 것이에요. 그것도 부(負)로만, 상
상의 공간으로써 말이죠. 상상의 장소라면 바로 꿈이라고 할 수 있
겠죠. 꿈을 현실로 받아들여서 하는 행동을 몽유병이라고 하잖아요.

선생님은 '빙의'라는 단어를 많이 말씀하셨다. 그것이 바로 의도적
인 DNA′ 활동의 강화 형식이라 볼 수 있다. 예술가는 '현실행동' 또
는 '현실을 위한 기호행동' 이외의 다른 행동을 하는 개체이다. 배우
를 예로 들면 그 개체는 연극에서 자신의 역할에 빙의된 사람이다.
그의 현실행동은 그의 상상의식의 수단이 되는 것이다.

어떤 사람에게 있어 몽유행동이란 그의 상상의식의 표현이다. 그
상상의식은 몽유상황에서는 현실의식인 것이다. 선생님의 표현대로
몽유행동은 '현실로써의 기호행동'이다. 결국 예술가들은 몽유병환
자들인 것이다.

선생님이 칠판에 그림을 그리셨다. 종(鐘)이다. 그림 곁에 '공명(共
鳴)'이라고 쓴다. 나는 선생님의 종 그림을 노트에 필사하면서 또 생

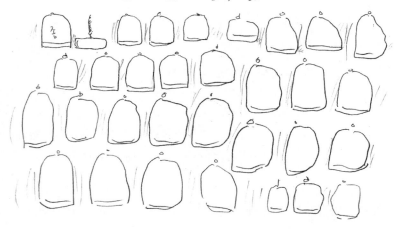

각한다. 우리의 그 수많이 축적된 문명정보를 현실 의식으로 전수하는 방법 중 아주 효과적인 것이 예술이라 할 수 있다. 현실로써의 기호행동인 예술행동은 결국 현실을 위한 기호행동을 촉발한다. '공명'은 현실을 위해서 필요한 것이다.

그리하여, '문학에 어떤 낱말 하나를 쓸 때, 그것은 언제나 존재하는 낱말 모두를 잡아끌기 위한 고리와 같이 그렇게 사용된다'는 말이다. '꽃'이라고 썼다면, 그것은 '꽃'이라는, 말속의 의미를 건드려서 우주 모두를 공명시키기 위해서 쓴 것이다. 우주 속에서 실제 꽃을 가져오라는 뜻이 아니다. '예술은 그 형식상의 대소를 막론하고 그것이 환기하고자 하는 것은 현재까지 쌓인 DNA'의 전량이다. 하나의 기호를 발화한다는 것은 빅뱅 이후 지금까지의 계통을 담은 개체가 발생하는 것이다.

선생님은 교탁에 있던 카네이션을 들고 "꽃!"이라고 말씀하신다. 카네이션 냄새를 맡고 또 "꽃"이라 발음하신다.

— 자, 공명이 되나요? 냄새가 맡아지고, 예쁜 카네이션 꽃잎 빛깔 보이죠? 그렇다면, 이번에는….

선생님은 꽃을 책 밑에 숨기고 다시 손을 들었다. 빈손에다가 "꽃"이라고 발음하셨다.

— 꽃, 여기 꽃이 있어요. 꽃이 있다고 약속하고 내가 말하는 꽃을 상상한 채로 느끼라는 것입니다. 화가가 꽃 대신 백묵을 들고 꽃이라고 했다면 그건 꽃인 것입니다. 백묵이 꽃으로 공명이 된 것이죠.

나는 이해했다. DNA를 이용하여 DNA′를 꾸려나가는 인간은 그래도 불안해서 DNA∞를 취하려 꿈을 꾸는 것이다. 꿈을 꾸는 동안에는 DNA∞에 이를 수 있다. 자연의 실물에 의미를 부여하여 꿈을 꾸는 것이다. '꽃'에다 의미를 부여해 꿈의 정보를 만들어가는 작업을 하는 사람이 예술가다, 라고 나는 알게 됐다.

— 오늘은 여기까지입니다. …고마운 꽃.

선생님은 카네이션을 다시 들어 보이고 미소하셨다.

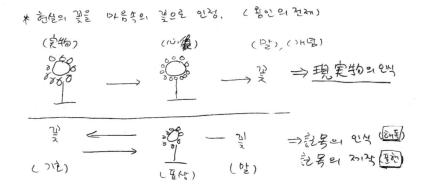

# 결석

## 1986. 5.

인천에서 통학하는 학우가 며칠째 결석이다. 시창작 수업에 작품은
올라왔어도 본인은 나타나지 않는다. 그가 걱정된다.

# 미운 이데올로기

## 1986. 5.

〈소설창작〉 수업에서 최인훈 선생님이 대노하셨다. 선생님이 화를
내시면 누구도 못 말린다 했다. 누굴 미워하는 분이 아닌 줄 알고 있
다. 선생님이 미워하는 것은 오로지 이데올로기뿐인 줄 알고 있다.

　〈소설창작〉 과목은 기말작품집 제책 전에, 작품을 내고 싶은 사람
이 제출하여 합평 받는 시간이 있었다. N 학우가 콩트를 냈는데, 그
작품이 합평 대상이었다. 《소설가 구보 씨의 일일》은 작품 합평 후
읽어나갈 것으로 예상하고 나는 옥편을 찾아 한자를 조금씩 번역해
놓고 있었다.

　— 제 작품은 읽는데 수고만 끼쳐 드린 것 같습니다. 소설 같지 않
아 죄송합니다.

　N 학우의 '소설 같지 않다'는 말이 잘못이었다. 겸손이라 해도 수
업에서 할 말이 아니었고, 어조도 장난스러웠다. 선생님께서 갑자기
책을 덮고 언성을 높이셨다.

— 소설 같지 않은 소설을 내가 읽었다? 자네가 쓴 소설이 소설이 아니라고? 〈소설창작〉 수업에 제출한 작품이 소설이 아니었다면 내가 무얼 읽었단 말인가. 나는 뭐 하는 사람인가? 나는 소설을 가르치는 사람이 아니란 말인가.

선생님의 목소리는 점점 더 높아지고 빨라졌다. 교실은 이내 진공 상태가 됐다. 진공이라기보다 선생님의 열기로 가득 차 있다. 선생님은 열기를 가라앉히려는 듯 눈을 감았다.

— 무슨 그런 막말을 하는가. 여기가 그렇게 엉터리 교실인가. 소설을 배우고 올바로 살아가는 법을 배우고, 말을 배우는 곳 아닌가!

선생님은 책으로 교탁을 치고 밖으로 나가셨다. 선생님의 등에 얼음덩이가 얹힌 듯했다. 강의실은 10여 분 동안 고요했다. 학생들이 하나둘 일어서 강의실을 빠져나갔다. 나는 학보 편집장과 강의실에 가장 마지막까지 남았다. 선생님은 한번 화가 나면 좀처럼 풀어지지 않으신다 하셨다. 강의도 않으신단다. 몇 년 전에도 이런 비슷한 일이 있었다고 했다.

— 선생님이 화가 나실 만해. N 군은 그렇게 말하면 안 되지. 소설이 아니라면 우리 교실은 뭐 하는 데야? 선생님께 가서 무릎을 꿇고 잘못했다고 빌어야 할 거야. 화가 풀리실 때까지.

편집장은 선생님께서 쉽게 화를 풀지 않으시리라 예상했다.

# 현실 비판
## 1986. 6.

학보사 편집장의 예상대로 선생님은 강의실에 들어오지 않으셨다. 학사 일정상 2주 뒤엔 기말고사였다. 선생님은 이대로 학기를 마치려 하시는가.

나는 몇 학우밖에 없는 강의실에서 신문을 들춰보았다. 스님이 보던 〈동아일보〉였다. 휴강이어서 스님은 내게 읽던 신문을 주고 어디 급한 데라도 가야겠다는 듯, 강의실을 빠져나갔다. 스님은 지난번에 지하철에서 만났을 때 내게 한 움큼 지하철 승차권을 보여주었다. 재야 운동권 동지들이 챙겨줬단다. 자신을 뒤쫓는 형사들을 요령껏 피해 다니라는 뜻이란다. 스님 말에 의하면 학교에서도 사복경찰을 봤다고 한다. 스님을 텔레비전에서 본 것 같기도 했다. 시위 현장을 찍은 장면에 스님의 모습이 비쳤다.

스님은 사회에 대한 관심이 지대하고, 적극적으로 참여하고 있는 듯 보였다. 최인훈 선생님이 '현실을 부정'하는 방법으로 소설창작에 임하라는 말씀을 적극 실천하고 있는 스님의 모습이었다.

스님이 보던 신문 사회면에 '부천경찰서 성 모욕'이라는 제목의 기사가 눈에 띄었다. 다른 기사보다 작게, 박스 기사로 서너 줄 쓰여 있지만, 문장이 번쩍였다. 부천 가스배출기 업체 공장에 다니는 대학생 출신 위장 취업 여성이 부천경찰서에 끌려가 조사계 형사에게 성적 모욕을 당했다는 기사였다. 나는 문득 소설의 첫 부분이 생각났다. 이 사건이 소설창작을 충동질했다. 사회 현실을 문학의 현실로 옮기려면 어떤 방식이 좋을까, 최인훈 선생님은 어떻게 생각하실까.

개체로서의 인간은 한정된 역사적 시간이라는, 갇혀진 지평 속에 살고 있는 것 같지만, 인간을 그렇게만 본다면 인간에게서 〈부정〉의 계기를 간과하는 것이며, 인간은 갇혀 있음에도 불구하고 탈출하려는 존재이며, 그렇지 않다면 물체에 지나지 않으므로 인간이 인간이기 위해서는 부단히 현실을 부정하여 나날이 새롭게 사는 길밖에 없을 것이다.[76]

고정되었거나 고정되어가는 현실을 부정하면서, 나아가 비판하면서 새로운 세계로 진입하려는 안간힘이 있어야 할 것이다.

# 戲畫化

## 1986. 6.

최인훈 선생님이 N 군을 앞세우고 강의실에 오셨다. 선생님은 아무 일 없었다는 듯, 《문학과 이데올로기》를 펴고 읽을 학생을 호명했다. N 군이 선생님 연구실에 여러 차례 가서 빌었다는 소문이 있었다.

선생님이 칠판에 판서해 나가는 동안 공부 외의 모든 일은 사라져버렸다. 우리는 다시 선생님의 문학 담론 속으로 들어가 허우적거리기 시작했다.

— 셀프 아이덴티티, 자기 동일성은 우리 인간의 경우 세 가지를 지니고 있어요. 그 세 가지 중에서 제일 마지막 자기동일성이 바로 예술가가 지닌, 그리고 예술을 감상하는 사람이 지닌 자기동일성이

에요. 우리는 그 자기동일성을 잘 활용해야 해요. 문학의 경우…, N 군이 그 페이지를 읽어보도록.

선생님의 문학 이론은 화해의 어깨가 됐다. 우리는 모두 서로가 서로를 미안해하는 어깨동무의 자리로 돌아갔다.

—DNA'라는 정보를 존재에로 승격시킨다는 것은 마치 꽃을 나타내기 위해서 현실의 꽃을 그림틀 속에 갖다 놓는 前衛 화가의 의도를 떠올리게 한다. 이때 화가가 노리는 것은 그 현실의 꽃은 현실의 꽃으로써 사용된 것이 아니라 꽃의 心像을, 우리의 비유로 하면 꽃의 DNA'를 환기하기 위한 媒體로 썼다는, 그러니까 이 〈현실의 꽃〉은 〈꽃〉이라는 〈말〉과 같은 의미에서 사용한다는 그러한 결의 혹은 새 약속의 강요를 뜻하는 것이다.[7]

N 군은 한 군데도 걸림 없이 깔끔하게 읽었다.

— 그래요. 현실의 꽃이 있고, 마음의 꽃이 있어요. 말의 꽃은 마음의 화석으로 된 꽃이에요.

선생님의 말씀이 나의 상상을 촉발했다. 현실의 꽃을 마음에 각인하려 할 때의 긴장, 그리고 화석이 된 꽃을 다시 피우게 할 때의 환

* 인간의 난문 ┬ 현실 난문
              └ 기호 해독의 난문 (억목의 세계)

* 本末顚倒 : 일의 본 줄기를 잊고 사소한 부분이 사로잡힘.

* 戱畵 : 미술 - 장난으로 그린 익살스러운 그림, 캐리커처(들기)
  · 이광수의 보편주의는 보편주의의 희화였다.
    (민족초월론         ⇒ 가장 민족적 · 共產白い
     四海동포론)
             이광수 = 특정 민족적 · 태민족 말살白い

118

희가 문학창작 아닌가, 하는 생각이었다. 마음에 새긴 말을 끄집어낼 때의 그 경로에 대해 좀 더 구체적이고 섬세한 생각이 필요하다.

선생님은 도식과 그림으로 가득한 칠판 한구석에 '本末顚倒', '戱畫化'라는 한자를 써넣으셨다. 그리고 그 말의 뜻을 깊이 생각해 보라 하셨다. 이광수의 계몽주의는 보편주의의 희화화였다는 말씀을 끝으로 수업을 마치셨다. 내가 지난번에 쓴 《흙》 독후감에 주인공 '허숭'을 '허술한 농촌 숭배'라 했던 문장이 떠올랐다. 이광수의 사해동포주의는 타민족을 말살하고 특정 민족을 숭배하는 것이라는 선생님의 글도 함께 생각났다. 그러니까 그 시대 사해동포주의는 일본 사람의 보편주의의 희화화였던 것이다.

선생님의 그동안의 도표를 완성해 본다.

지난 시간의 도표를 더 확대해서 설명하고 계셨다. 물리현상을 의식과정에 비유하여 설명을 개진해 나가셨다. 현실행동을 선과 감각

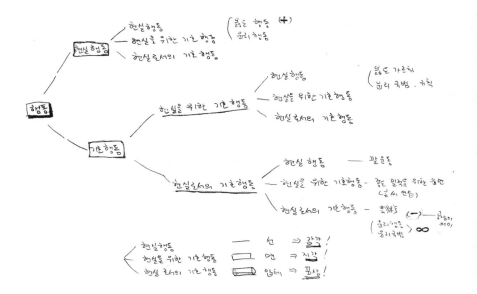

에, 현실을 위한 기호행동을 면과 지각에, 현실로서의 기호행동을 입체와 표상에 대입하여 우리의 이해를 도우셨다. 점점 분명해지는 우리의 행동과 예술에 대한 개념 정의다.

# 오토메나크

## 1986. 6.

〈소설특강 I〉 수업 일정이 끝났다. 《태풍》을 읽고 독후감을 쓰는 게 기말고사다. 《태풍》은 선생님의 소설작품으로는 마지막이라 할 장편이다. 선생님은 《태풍》 이후에 미국에 가셨고, 미국에서 희곡을 쓰셨다. 한국에 돌아와서도 희곡을 창작하고 연극으로 올리면서 서울예술대학교에 부임하신 것이다.

선생님은 미국에서 도서관 아르바이트를 하셨단다. 도서관에서 평안도를 소개하는 글 중, 아기장수 설화에 관한 토막글을 읽고 희곡을 만드셨다고 했다. 짧디짧은 설화가 다시금 창작혼을 불러일으킨 불쏘시개가 된 것이다. 이후, 희곡 창작에 열정을 쏟으신다. 〈옛날 옛적에 훠어이 훠이〉, 〈둥둥 낙랑 둥〉, 〈봄이 오면 산에 들에〉, 〈달아 달아 밝은 달아〉 등 우리의 전설과 민담, 설화와 고대소설을 바탕으로 한 희곡을 만들어 무대에 올린다. 선생님의 창작 능력은 끝간 데가 없어 보인다.

나는 도서관에서 재빨리 《태풍》을 빌려 온다. 학보사 편집장으로부터 정보를 얻은 바가 있다. 기말고사 대체 리포트는 수년간 《태풍》독후감이었단다. 나는 그 작품을 사흘 동안 모두 읽었다.

'애로크', '나파유', '아이세노딘', '니브리타' 등의 나라 이름과 '오토메나크', '카르노스', '아만다' 같은 인물 이름이 낯설고 입에 붙지 않아서 초반 읽기에 진전이 없었다. 하지만 소설이 우리와 동남아시아의 식민지 상황을 비유하고 있다는 해설을 이해하니 쉬 그림이 그려졌다. 읽기도 수월해졌다. 나파유는 일본, 애로크는 한국, 아이세노딘은 인도네시아, 니브리타는 영국으로 읽혔다. 군사 열강의 제국주의적 침략 상황을 배경으로 소설은 진행되고 있다. 오토메나크라는 애로크 출신의 청년이 나파유의 식민상황에 자신의 민족 정체성을 두고 고뇌하는 장면이 곳곳에 농밀하게 묘사되고 있었다.

제출할 리포트 작성 겸《태풍》의 줄거리를 정리했다.

'오토메나크'는 애로크라는 피식민지국의 자본가 자손이면서도 나파유라는 제국주의 국가의 열렬한 동조자인 청년이다. 할아버지와 아버지의 친나파유적인 활동으로 유복한 가운데 나파유에서 유학을 하며 나파유 고전문학을 전공한 그는 나파유 사람보다 더욱 깊은 나파유주의자로 커나간다. 그는 나파유제국의 아시아 공동체의 실현에 자신의 모든 것을 바치겠다는 군국주의 야망을 가진 중위로 성장해 있다.

나파유로부터 충성심을 인정받는 그는 직속 상관인 아카나트 소령으로부터 중대한 임무를 부여받는다. 아이세노딘이라는 남태평양 섬나라의 영웅 카르노스를 감시하는 것이다. 아이세노딘은 이미 오래전부터 유럽의 니브리타라는 제국에게 피식민국으로 수탈을 당해왔던 나라인데다 나파유의 제국주의로부터도 괴롭힘을 받고 있다. 나파유는 니브리타 군과의 격전에서 승리하여 서아이세노딘을 장악하고 자치정부를 세우고 있다. 이로 인해 아이세노딘 독립단체는 동과 서로 나뉘어 친나파유파와 반나파유파로 갈라져 있는 상태다. 카르노스는 반나파유주의자다. 그는 동아이세노딘에 무기를 빼돌려 임시정부를 세운 국민적인 독립투사다. 그런데 나파유군에 체포당해 억류되어 있던 것이다.

니브리타는 세계대전의 조짐과 국내의 정치적 혼란 속에서 나파유군에 체포된 자국의 군 소속 여성들을 두고 고민에 빠진다. 나파유는 이들을 미끼로 니브리타와 정치적 협상을 벌이려 한다. 오토메나크의 또 다른 임무는 니브리타 여성 사십 명과 카르노스를 포함한 아이세노딘 독립운동가 다섯 명을 배에 싣고 동아이세노딘에 대기하는 것이다. 당시 동아이세노딘의 독립 투쟁은 차츰 격렬해지고 니브리타 정부는 야당의 공세로 궁지에 몰려 있는 상황이다.

오토메나크는 대저택에서 카르노스를 감시하던 중에 스스로의 정체성을 의심하게 된다. 그는 대저택의 비밀 창고를 우연히 발견하여 그 속에서 니브리타가 아이세노딘에게 행한 온갖 악랄한 식민정책을 서류로 읽는다. 그의 민족인 애로크도 나파유국에 의해 고통을 받았으리라 생각하니 심란해지기 시작하는 것이다. 그와 동시에 카르노스에 대한 존경심도 높아져 자신의 정체성에 대한 고뇌는 점차 깊어진다. 더욱이 친나파유주의자로 추앙 받던 아버지의 친구로부터 나파유가 곧 멸망하리라는 말을 듣게 되어 혼돈은 심화된다. 자신은 결코 나파유가 패전하리라고는 상상치 못했고, 나파유가 내세우는 아시아 공영주의는 곧 귀축과도 같은 유럽제국에 대한 승리라고 여겨왔는데, 자신의 적은 유럽이면서 동시에 나파유라는 사실을 자각하게 된 것이다. 즉 자신의 민족은 나파유가 아니고 애로크라는 사실이 그를 괴롭게 한다.

전쟁의 정세를 파악하면서 힘의 질서가 서서히 변하는 것을 알게 되면서도 오토메나크는 나파유에 대한 충성을 청산하지 못한다. 그가 방황하는 중에 아만다라는 여인이 나타나고 둘은 사랑에 빠지게 된다. 둘의 사랑이 절정에 달했을 때 포로를 이동시키라는 명령을 받고 오토메나크는 포로 수송에 전력을 다한다.

그런데, 니브리타 여인들의 선상 반란이 일어나고 태풍을 만나 배는 파괴된다. 오토메나크가 정신을 차린 곳은 외딴 섬이었다. 카르노스는 사라져버렸고, 여자 포로 열두 명과 열다섯 명의 군인들만이 살아남은 섬에서 오토메나크는 대장으로 그들과 원시적인 생활을 해나간다.

그 뒤 삼십 년이 흘러 오토메나크는 바냐 킴으로 생활하고 있다. 그는 카르노스와 협력해서 아이세노딘을 독립국으로 만들어낸 인물로 묘사된다. 아이세노딘은 나파유의 패전에 이어 니브리타와의 결전에서 승리하여 독립한 것이다. 카르노스가 대통령으로 취임하고 이십 년 동안 숨어서 카르노스를 도와 아이세노딘을 독립국으로 탄생시킨 오토메나크는 독립 유공자로 추앙 받고 있는 상태다. 그는 애로크의 통일에도 깊은 관여를 한다. 오토메나크의 숨은 공로를 인정받아 아이세노딘에서 그에게 명예 총영사를 맡아 달라 하지만 그는 거절한다. 그가 사랑했던 아만다는 영부인으로 있다가 카르노스가 죽자 화란 선박업자 재벌과 재혼했고, 그 사이에 있던 딸은 오토메나크가 양녀로 삼아 기르고 있다. 오토메나크가 결혼한 여인은 니브리타 여자 포로였던 메어리나이다.

이 같은 줄거리는 제2차 세계대전 당시의 식민주의적 질서 속에서 우리 민족과 우리 지식인의 방황을 돌아보게 한다. 오토메나크라는 주인공을 통해 지식인의 모습, 즉 피식민지 현실의 진실을 인식하고 있는 우리 지식인이 취해야 할 올바른 태도를 제시하고 있는 것이다.

《태풍》의 주인공인 오토메나크는 《광장》의 이명준이 자본주의와 사회주의의 이데올로기 틈바구니에서 혼란을 겪다가 결국 제3국을 택하는 모습과 흡사하다. 그리고 이데올로기에 전투적으로 매달리다가 이데올로기를 극도로 혐오하는, 그래서 올바른 이데올로기가 없는 현실에서 살아가기 힘들어 결국 행방불명될 수밖에 없는 이명준의 모습처럼 보이기도 한다. 또한 그 혹독한 현실에서 구원을 얻을 수 있는 유일한 것은 '사랑'일 뿐이라는 메시지를 전하는 듯 보이기도 한다. 그러나 《태풍》은 《광장》보다는 현실 극복 의지가 충실한 작품으로 읽힌다.

이명준이 바다에 투신하지 않았다면, 오토메나크처럼 변신을 위해 노력했을지도 모르겠다. 선생님은 《태풍》을 통해 우리에게 과거와 현재, 그리고 미래를 통찰하게 해 주셨다.

유럽의 땅따먹기 식의 세계 분할 분쟁, 일본의 제국주의, 그 겹겹의 억압 속에서 우리 민족은 정체성을 잃어가고 있었다. 더욱이 그러한 세계의 움직임을 번연히 인지하고 있던 우리의 지식인은 자칫 패배주의나 염세로 빠지기 쉬웠을 것이다. 사회 현실과는 유리된 채 자기 세계에 함몰하여 자신이 도대체 누구인가라는 질문을 던지는 것도 소중하다고 할 수 있겠다. 그러나 그러한 존재의 성찰을 가능케 하는 것, 존재의 불안을 해소해 주는 것은 역시 사회와의 관계를 통해서일 것이다. 인간은 생물적 존재이면서 동시에 사회 역사적인 존재이고, 그 속에서 자신의 욕망을 추구하려 부단히 움직이고 그리하여 문화를 축적하기 때문이다. 즉, 자기 존재에 대한 깨달음을 얻는 것도 결국 자기가 속해 있는 사회 속에서 가능한 것이다.

문학은 이렇게 우리가 발을 딛고 있는 땅의 과거와 현실, 그리고 미래의 우리를, 우리들의 행복한 삶을 향해 쓰여져야 할 것이다. 노예로 살아가지 않고, 주인으로서 당당하게 세계사를 끌어가는 삶을 향해 문장을 적어나가야 할 것이다.

그는 이제야 카르노스의 태도와 세이나브의 행동을 알 수 있었다. 그들이 나파유군에 대한 태도가 자기하고 다른 까닭도 알 수 있었다. 그들에게는 니브리타와 나파유가 다름없이 보이는 것이다. 나와 같은 자만이 이키다나 키타나트의 반(反)니브리타주의에 눈이 어두워서, 애로크인 사람에게는 나파유가 바로 나브리타라는 환한 이치를 몰랐구나. 자기의 무지함을 생각하고, 두려운 앞날을 생각하면서 어두운 비밀의 골방에서 그는 절망하였다.[78]

겹겹이 둘러싸인 식민현실 속에서 지식인의 혼돈과 분열은 극대화될 수밖에 없을 것이고, 그 분열을 극복하고 자기의 정체성을 확립해 나가는 모습은 처절하며, 그러기에 더욱 값지다 아니할 수 없다. 《태풍》은 바로 그러한 이중적 지식인의 모습을 오토메나크라는 주인공을 통해 진정한 우리 국민의 모습을 제시한 작품이라고 독후감을 적어나갔다.

선생님의 이광수에 대한 평가가 자못 생생하게 다가온다. '허숭'이 허술한 사해동포주의자로 변한 것은 참 안타깝다. 다음 학기로 나는 학교를 졸업하게 된다. 날은 점점 더워지고 꽃잎 떨군 나무들은 더

푸르러진 잎을 휘날리고 있다. 문득 '빼앗긴 들에도 봄은 오는가'라고 읊던 선생님의 모습이 떠오른다. 중얼거리듯 뱉어내던 그 시구가 선생님 잎에서 나와 초록 물결 속으로 스며들고 있다.

# 창경원

## 1986. 6.

〈소설창작〉 한 학기 수업도 마무리됐다. D 군의 소설을 합평했다. D 학우는 시창작 점수도 높았다. 소설 문장이 탄탄했다.

— 인물을 풍경 속에서 끄집어내야 함. 중심 행동을 보이고, 그 이유가 독자에게 전달되는 방법을 고민해 볼 것. 마지막은 그동안의 귀결일 뿐 아니라 문제를 제기하는 긴장으로 꾸려낼 것.

선생님이 D 군의 소설에 대해 말씀하신 내용이다. 이는 우리 모두에게 해당되는 작품 분석 평으로 들렸다. 선생님은 작품 평을 마치고 《소설가 구보 씨의 일일》을 펼쳤다.

— 이번 학기 마치면서 여러분에게 중요한 내용을 전하겠어요. 문학을 창작하는 자세에 대한 것입니다.

우리는 《소설가 구보 씨의 일일》 2장 〈창경원에서〉를 중간 부분부터 낭독해 나갔다.

— 잠깐, 그 부분, 서양 장모들은 사위들을 보면 저놈의 모가지를 비트는가? 사위, 반가움, 칠면조 모가지, 조건반사의 그런 버릇, 문화란 조건반사의 묶음이다, 라는 생각…. 조건반사…. 누가 조건반

사에 대해 설명해 봐요.

나는 지난번 과제, 《도리언 그레이의 초상》과 《육체의 악마》 서평
에다가 우리나라 소설에서는 볼 수 없는 과감한 주제에 대해 호평을
썼다. 어리숙한 독후감이었지만, 선생님께서 지난번 《흙》의 독후감
에서처럼 꾸중하시는 질문을 하신다면, 나는 나름 꼼꼼한 분석이었
다고 답하리라 마음먹고 있었다. 우리 사회는 인간 본질, 내면의 풍
경을 그려나갈 여유가 없었던 것임이 분명했지만, 그래도 이런 시도
에 대한 묵살과 외면은 말아야 하지 않은가, 하는 의견이었다.

— 제가 발표하겠습니다.

'조건반사'에 대해서 조사한 바를 발표하며 지난 서평 과제에 대한
부끄러움을 덜고자 손을 들었다.

— 조건반사는 무조건반사, 즉 동물이 출생 후에 배우지 않아도
본래부터 가지고 있는 반사에 덧붙여 생후 경험이나 연습을 통해 습
득된 반사입니다. 이 현상을 처음 발견한 사람은 러시아 생리학자
파블로프입니다. 그는 개를 통해 이 사실을 발견했습니다. 개는 먹
을 것을 줄 때마다 타액을 분비합니다. 이것은 무조건반사입니다.
그러나 먹이를 줄 때마다 종을 울리기를 되풀이하면 먹이를 주지 않
고 종소리만 들려도 타액이 나옵니다. 이것이 조건반사입니다.

나는 조사한 내용을 차분히 말했다. 나의 발표를 들으신 선생님은
고개를 끄덕이셨다.

— 그래요. 그러니까 지난 시간에 배운 문명적 자기동일성인 DNA'
는 모두 조건반사의 범위라 할 수 있어요. 역사라는 것은 사람의 의
식 속의 계통발생이 진화한 것이에요.

선생님은 더 말을 않으셨지만 계통발생의 한 사다리가 빠트려진

부분이 우리의 근현대사를 이렇게 만들었다고 하는 말씀으로 내게
는 들려왔다. '역사적 상상력을 피해가려던 사람'들이 대개 친일 행
동을 하게 되었다는 뜻 아닌가.

  낙타들이 서 있다. 그 옆이 타조다. 그들은 발의 생김새가 같다.
사상화(沙上靴) 같은 발이다. 그러고 보니 얼굴 생김새도 비슷하다.
낙타들의 앞발이 날개가 된 것이 타조가 아닐까. 한국 유행 가사에
대한 그의 기여는 주목할 만하다. 타고난 거지라는 느낌이다. 타고
난? 乘了? 了乘(타). 낙타(駱駝). 저걸 타고 사막을 다니는 사람들.
나귀를 타고 행상을 다닌 소금장수나 다를 게 없겠지. 나귀냐, 낙타
냐— 그 차이가 민족이라는 것일 게다.[79]

'pun'기법. 선생님이 써놓은 단어가 흥미로웠다. 발음이 같은 말을
연상하여 원 단어의 의미를 더 강조하는 문장 수사법을 말한다. 말의
유희, 말재롱 같은 것이다. 선생님의 작품 중, 〈창경원에서〉는 'pun'
기법이 많다. 주인공 구보 씨의 하루 일과 중 창경원으로 동물 구경
하러 간 사건으로 채워져 있는 단편이 2장이다. 1970년대에는 동물
원이 창경원에 있었다고 한다. 주말이나 공휴일에는 서울 시민뿐 아
니라 지방 각지에서 올라온 인파로 창경원은 발 디딜 틈이 없었단다.
  선생님은 이 작품의 서술기법을 '보여주기'에서 '말하기'로, '말하
기'에서 '보여주기'로 반복하면서 독자들에게 긴장과 이완을 되풀이
해 독서의 즐거움을 주려고 했단다.
  ― 동물원에서 하나의 생물을 구경하고, 그에 걸맞은 상념을 펼치
고, 또 하나의 동물을 보고 사유에 빠지는 서술이 교차하고 있죠. 타

조, 낙타, 여우, 원숭이…. 하나의 동물에 관련된 구보 씨의 생각은 역사와 문화, 예술과 인물들 소개로 이어가죠. 전형적인 쇼윙(shwing)과 텔링(telling) 기법이에요. 혹은 쇼윙(shwing)과 씽킹(thinking)이라고도 할 수 있어요.

구보 씨는 이제 곰 우리 쪽으로 가본다. 백곰을 보니 '천의무봉(天衣無縫)'이라는 말 떠오른다. 곰의 흰 털을 보고 생각난 것이다.

> 힘센 백치의 미남 미녀. 혹은 노예 역사(力士)다. 아무 생각도 그 골통에 들어 있음직하지 않다. 순하디 순하기 때문에 아무 죄의식 없이 잔인할 수 있는 '天衣無縫'의 깨끗함이다. 하긴 저 털옷에는 바느질 자국이 없으니깐. 흐 놀 오시 기븐 즈리 없스물. 이 말은 필시 어느 모피(毛皮) 장수가 지어냈음이 틀림없다. 못 당하겠단 말씸이야, 옛날 모피 장수들한테는.[80]

― 누가 천의무봉이란 말을 풀이해봐요.
선생님이 우리를 둘러보신다.
― 하늘의 옷은 꿰맨 자국, 덧댄 흔적이 없다는 뜻입니다. 그만큼 훌륭하단 뜻입니다.
학보사 편집기자 D 군이 말한다.
― 그래요. 그런 작품을 써야 한다는 것이에요. 소설은 허구이지만, 읽는 사람에겐 자연처럼, 현실감 있게 써야 해요.
시창작 교수님도 그렇게 말한 적이 있다. 문학작품은 작위적이지만 작위적이지 않게 써야 한다고 말이다. 나는 우리 현실이 작위적이지 않은가, 생각해 본다. 왜냐하면 우리는 저마다 자기 편의로 현실을 편집하기 때문이다. 저마다의 현실은 작위적이 된다. 하지만 작가라면 독자가 자연스럽게 느끼도록, 작위적으로 보이지 않게 써야 할 것이다. 현실을 부정하는가, 긍정하는가 하는 태도에 따라서도 작위적인 것은 달라지게 된다. 쉽지 않은 문제다.

구보 씨는 이제 사자 우리로 간다. 사자의 모습을 보니 전봉준이 떠오른다. '檻車에 실려 押送되는 全琫準'처럼 사자가 보인다. 녹두 장군의 모습이다. 구보 씨는 우리 안에 갇혀 빙빙 도는 사자를 보면서 다시금 상념을 펼쳐나간다.

동물원을 배회하는 구보 씨의 의식을 따라가다 보니 어느새, 우주 창조 시점에까지 다다른다. 빅뱅 이후의 우주, 태양계의 형성과 지구의 운행, 그리고 생명의 탄생에서 지금에 이른 진화의 단계. 구보 씨는 동물을 살피며 자연계의 형성과 예술의 존재 이유에 대한 상념에까지 이른다.

악, 무, 없음. 아찔함 —에서 홀연히 있는 나. 가보는 세상, 의 제대로임성(性). '柳綠花紅 獅子徘廻'. 이 부메랑 같은 재귀성(再歸性). 되풀이. 다짐. 사자의 걸음의 되풀이성. 종의 버릇의 새김질. 그의 종(種)적 버릇의 되풀이. 그는 고전(古典)적인 예술가다.[81]

나는 어제 사전에서 '유록화홍, 사자배회(柳綠花紅 獅子徘廻)'를 찾아봤다. '봄철에 버들은 푸르고, 꽃은 붉게 피어난다. 사자는 뜻 없이 거닌다.'라는 의미였다. 선생님은 이 한자성어가 그동안의 동양 사상을 압축해놓고 있다고 했다. 세상의 것들은 있는 데 있다, 그 있음이 진리라는 것이다. 나는 문득 '산은 산이요, 물은 물이다' 라는

130

성철 스님의 말이 떠올랐다. 그 말이 진리라는 것이다. 아무 뜻 없음의 천의무봉한 상태가 진리가 아닌가, 하고 생각해 보았다.

— 이 동물원의 모든 짐승이 저마다 자기 몸짓을 되풀이하고 있다. 자기 몸짓을 흉내 내는 광대들. 자기 모방. 자기 모방으로서의 예술. …이 부분이 바로 개체발생은 계통발생을 되풀이한다는 개념에 들어맞아요.

선생님은 그렇게 말씀하시고 칠판에 '喚起'라고 쓰셨다.

'환기'가 바로 개체발생이라는 말씀이다. 우리의 DNA′는 이렇게 과거의 것을 떠올리면서 개체발생하고 있다. 예술은 환기를 불러일으키는 것이다. 사자, 전봉준, 전륜한 용기, 전륜한 상상력…. 환기를 통해 상상력을 불러일으켜 인간의 마음을 흔드는 것이 예술이라고 나는 마음에 새긴다. 언젠가, 선생님은 미래도 회상한다는 말씀을 하신 기억이 난다. SF소설, 가상역사소설이 그를 증명하고 있다. 회상으로 글을 쓰지만, 그 글대로 인생이 살아지는 경우도 많다. 말이 씨앗이 된다는 속담도 있지 않은가.

우리는 동물원을 모두 돌아보고 식물원으로 들어서는 구보 씨를 따른다. 구보 씨는 식물들을 구경하고 바깥에 나와 연못을 바라본다. 구보 씨는 연못가 매점에서 사이다를 사서 마신다. 그는 매점 바깥 연못에서 보트 놀이하는 남녀를 본다. 물 위에 쓰레기가 떠 있는 모습을 보고 자연 훼손에 불만을 표한다. 그리고 또 상념이 이어진다.

정의란 무엇? 고르게 하는 것. 정의란 무엇? 사기, 얌체, 새치기에 대한 처벌이 엄격한 것. 엄격한 제비에서 나쁜 제비를 뽑는 사람들은 어떻게 하는가? 좋은 제비를 뽑은 사람들이 먹이고, 입히고, 가르칠 것. 그래도 ―. (…) 시인이란 무엇? 사기도박을 발견하면 고래고래 소리를 지르고, 죽은 자에게는 대성통곡하는 것. 왜 시인은 그렇게 하는가? 그게 그의 버릇이니깐. 시인은 무당의 후손이니, 그는 부정(不淨)을 접지하는 게지. 해동(海東) 조선국에 부정살이 끼었구나아, 귀신이 어디서 왔느냐.[82]

한국문학의 전통은 샤머니즘이지만, 현대시인은 복잡해진 세상을 진단하는 묘수가 있어야 한다. '구두장이는 구두장이로 마치는 세상에서 사람은 훨씬 편한 마음으로 살 수 있었'지만, 다른 '물살'에 끼어든 지금은 물살보다 '빠르게' 점쳐야 한다. '신수(身數)점'과 '국수(國數)점'을 어울리게 간을 맞추는 비빔밥을 만들어내야 한다. 예술가는 이제 왕을 향해, 종교를 향해 작품을 만들지 않는다.

나는 무당이 되려고 예술대학 문예창작과에서 공부하는가. 어릴 때, 용하다는 무당을 찾아다니는 어머니를 따라 점집에 간 적이 있었다. 향냄새가 독하게 피어오르는 방 안에는 신령들의 그림과 방울, 깃발이 있었다. 쌀알을 흩뿌렸다가 거두며 쏟아내는 무당의 반말과 호통에 어머니는 연신 머리를 조아렸다. 무당은 어디서 저런 권위를 받았는지, 꼼짝 못 하는 어머니가 우습고 두려웠다. 나를 쳐다본 무당이 "저런 당돌하고 끼 많은 녀석, 여기 어디라고 눈 치뜨고 쳐다봐!"라고 했던 말을 나는 잊지 못하고 있다. 시인은 저렇게 바깥에 대고 호통을 치는 존재인가. 나랏굿을 하는 큰 무당이 최인훈 선생님인가. 선생님은 아직 머리 굵지 않은 새끼 무당들에게 점복이 쓰인 무당비법서를 읽힌다.

구보 씨도 자기 뒤를 밟아갔다. 자기 걸음도 어느새 어떤 걸음 장단에 맞춰지고 있는 것을 그는 느꼈다. 구름 한 귀퉁이가 열렸는지 햇빛이 환하게 밝아졌다. 그 순간, Congregation이란 낱말이 화살처럼 날아와서 뇌수에 박히는 것을 느꼈다.[83]

이 부분이 중요하다. 마치 손오공이 변신술을 부리듯 구보 씨도 여러 자신을 만들어 복사체의 구보로 만들어가는 모습이다. '구보'와 '구보′', '구보∞' 생물적 자기동일성으로써의 '구보', 문명적 자기동일성으로써의 '구보″', 환상적 자기동일성으로써의 '구보∞'가 그 모습이다.

나는 이 단락을 집에서 몇 차례 읽어보았다. P 학우가 읽어나가는 부분을 또 묵독한다.

동물원에서 본 동물들, 식물원의 식물들이 모두 탑돌이를 한다. 그 속에 구보도 끼어들어 회합에 참여한다. 모두 회중(Congregation)의 일원이다. 자연 만물 모두가 탑돌이를 한다. '구보'는 '구보″'로서 활동하다가 이렇게 '구보∞'가 된다. 구보와 동식물 모두 탑을 중심으로 회오리친다. 그렇게 '무한대(∞)'의 상황이 되는 것이다.

이제야 알 만한 일이었다. 동물들의 그 '白痴'스런 겉보기는 그들의 '교활'이 있던 것이다. 그들도 우리의 뒤를 밟고 있는 것이다. 그래서 정체를 숨기기 위한 탈이었던 것이다. 모두 변장을 하고, 공작으로, 여우로, 사자로. 모든 사람이 모든 사람의 뒤를 밟고, 밟히는 Congregation이 거기 있었다. (…) 사랑과 의심과 복수가 서로 손을 잡고 있기 때문에 그것들 서로가 서로의 발뒤꿈치를 밟고 있기 때문

에 모두가 모두에 대해 미안한 그런 탑돌이를 하고 있는 중이었다.[84]

언젠가 불교의 경전을 읽은 적이 있었다. 〈반야바라밀다심경〉. 여러 문장 중, 마음에 박힌 한 구절이 있다. '색즉시공色卽是空, 공즉시색空卽是色'. 이 단락에 그 말을 넣으면 자연스럽지 않을까.

어쩌면 이러한 국면은 꿈속의 상황과 비슷하다고 할 수 있겠다. 구보 씨는 현실과 꿈을 구분 못 하는 어지럼증 속을 한참 헤매고 있었다. 환상에 빠진 구보 씨를 현실로 돌아오게 한 것은 한 줌 햇살이었다. 최인훈 선생님은 강의실 창밖에서 스며드는 노을빛을 온몸으로 받으며 〈소설창작〉 수업을 마쳤다.

# 우주선
## 1986. 7.

〈특수연구〉 수업 후 복학생들과 할머니 순댓국집에서 막걸리를 마셨다. 조촐한 종강 파티였다. 막걸리를 서너 잔씩 돌렸을 즈음, 학보사 편집장 형이 합석했다. 그는 늘 바빠도 술자리엔 꼭 참석했다. 술냄새를 기막히게 잘 맡았다.

우리는 더운 날씨여서 순댓국집 문밖 탁자에 술판을 벌이던 중이었다. 최인훈 선생님께서 지나가시다 우리를 보고 다가왔다. 퇴근하시는 모양이었다. 우리는 일어서서 인사를 올렸다.

— 종강 모임 중입니다. 선생님께 한 잔 올리고 싶습니다.

편집장이 선생님을 자리에 앉히려 했다. 선생님은 머뭇거리셨다. 학생들과의 자리가 노상인 것이 걸리시는가 싶었다.

— 선생님,《소설가 구보 씨의 일일》,〈창경원에서〉마지막 장면, 몽환적인 모습이 참 좋았습니다.

편집장은 이미 서너 잔 마신 뒤였다. 선생님은 앉으시려다 멈칫 서서 우리를 물끄러미 바라보셨다.

— 선생님,《태풍》감명 깊게 읽었습니다. 오토메나크가 우리 지성 인의 초상입니다.

나도 편집장을 거들었다. 선생님을 교실 밖에서 만나고, 이런 술 자리에 모셔서 한 말씀 듣는다는 것은 더없는 영광이었다.

— ….

선생님은 무슨 말을 하시려다 그만두고, 한참 동안 말없이 순댓국 끓는 가마솥만 바라보셨다. 선생님의 생각은 늘 순대 가마솥의 김처 럼 뭉게뭉게 피어오르시나.

나도 취했는가 보다. 가마솥을 보니 우주선이 떠올랐다. 올 초에 있던 챌린저호 발사 장면이 눈앞에 선연했다.


우주선에는 지구 문명이라는 탯줄이 달려 있다. 그 탯줄은 지상 의 컴퓨터에, 컴퓨터는 기지 전체에, 기지는 발사 국가에, 발사 국가 는 지구에, 지구는 역사에, 역사는 생명에, 생명은 우주에 – 이토록 겹겹의 인연에 얽매여 있다.[85]


미국은 1981년 최초의 우주왕복선 컬럼비아호 비행을 시작으로 1986년 1월까지 5년 만에 컬럼비아호, 챌린저호, 디스커버리호, 아틀란티스호, 4대의 우주왕복선을 차례로 완성하며 우주 계획의 황금기를 구가하고 있다. 인류는 이제 우주로 뻗어나가고 있다.

— 나는 가야겠네. 자네들 담소 나누는 데 방해가 되기만 할 거야. 여기….

선생님은 침묵 끝에 그렇게 말씀하시고는 가죽 가방에서 지갑을 꺼내 만 원권 두 장을 편집장에게 주었다. 술값에 보태라는 말씀이셨다.

우리는 선생님께서 주신 돈으로 대취했다. 우리 복학생들은 이번 학기 소설가 '구보 씨'가 만들어놓은 우주선을 타고 날아올랐다.

# 길

## 1986. 7.

여름방학을 맞으니 바빠졌다. 몸도 마음도 조급해졌다. 가을학기 마치면 졸업이었다. 시간이 없다는 생각이 종일 떠나지 않았다. 낮에는 부동산 아르바이트하고, 밤에는 글을 써나갔다. '떴다방'에서 아파트 분양권 관련 전단지를 벽에 붙이는 일을 했다. 일당이 높았다. 낮에는 그렇게 담벼락을 마주하며 지내고, 밤에는 책상을 마주했다. 하루에 시 한 편, 소설 한 페이지를 채우겠다는 목표로 한 달 동안 창작에 매진할 예정이다.

돌아오는 가을학기에 작품을 다듬어 공모전에 출품할 요량이었다. 학기 중에 신춘문예에 응모하여 당선한 선배도 있었다. 졸업해서 경제활동하게 되면 글을 쓸 시간이 없을 것은 뻔했다.

더웠다. 며칠 동안 올해 최고 기온이 이어졌다. 조금만 움직여도 몸 곳곳에 땀이 찼다. 일에 몰두하는 낮 동안에는 더위를 몰랐다. 온종일 뜨거운 햇살을 맞는 머리가 땀에 절어도, 낮 동안의 열기를 고스란히 품고 있는 다락방에 들어가 앉은뱅이책상에서 작업을 해도 나는 더운지 몰랐다. 한여름 날, 놀이에 정신 팔린 아이처럼 나는 한줌 더위도 느끼지 않았다.

저축과 창작, 모든 게 잘되어 나가는 나날이다. 이 정도의 더위쯤이야 이십 대 중반 열혈 청년에겐 아무 문제가 되지 않았다. 나는 태양이라도 끌어안을 것 같았다. 하지만 새벽이 되면 힘들었다. 며칠 밤을 새워도 끄떡없던 나는 개강이 다가오면서 기운이 떨어졌다. 피곤보다 힘든 것은 앞날에 대한 불안이었다. 내가 가야 할 길은 어디인가, 걱정으로 잠을 이룰 수 없었다. 글을 쓰는 길을 갈 수 있을까.

〈길〉은 〈진리〉 〈지식〉 〈힘〉과 같은 뜻으로 쓰이게 된다. 이렇게 쓰일 때의 길이란 곧 〈말〉이다, 짐승들도 길이 있고, 말이 있다. 그들의 말은 그들이 타고 난 유전정보이다.[86]

어제 쓰던 단편소설의 절정 부분은 꽉 막혀 진도가 안 나간다. 나는 책상머리에 있는 《삼중당문고—최인훈 편》을 들어 페이지를 넘긴다. 화보를 본다. 최인훈 선생님은 여전히 미소를 지어 보인다. 젊은 날의 선생님, 덕수궁 돌담길을 걷거나 출판사 사무실에서 차를 마시는 선생님. 선생님 사진 중 제일 멋있게 나온 것은 앉은뱅이책상에 앉아 원고지를 내려다보는 모습이다. 여름날인지 러닝셔츠 차림으로 집필 중인 선생님, 빼곡한 서적과 형광등이 선생님 등 위에 버티고 서서 함께 긴장하고 있다. 반소매 셔츠여서 드러난 선생님의 팔은 가냘프다. 30대 후반인데, 마른 체구여도 단단한 모습이다. 선생님의 주요 장편소설이 쓰인 시기다. 살이 하나도 붙지 않은 선생님의 육체는 강철같이 단단했을 것이다. 정신은 다이아몬드처럼 빛났을 것이다.

기다란 곱슬머리카락을 넘기며 원고지를 쏘아보는 선생님은 우주와 대적하려는 거인의 결연한 모습처럼 보인다. 선생님은 우주를 끌어안으려시는가. 4·19혁명이 있던 그해, 여름 몇 달 동안 대전 병기창에 근무하며 《광장》을 써내려갔다고 하셨다. 그해 여름보다 더 뜨거운 날은 없었을 것이다.

# 부천서
## 1986. 7.

부천서 성고문 사건이 신문에 자세히 나왔다. 1986년 6월 6일과 7일 양일에 걸쳐 부천경찰서 문 경장은 5·3인천사태 관련 수배자 소재지를 파악하기 위해 운동권 권 학생에게 성고문을 가하며 진술을 강요했다고 한다. 사건 발생 약 1개월 만인 7월 3일 권 학생은 문 경장을 강제추행 혐의로 고소한다. 경장은 성적인 수치심을 이용해서 정보를 얻으려 했단다. 군부정권의 보도 통제로 쉬쉬하다가 문 경장 변호인이 언론에 나선 것이다.

인간은 다른 생물들처럼 폐쇄회로적인 〈발생〉이 불가능하고 언제나 열려 있고 결코 끝나지 않는 〈반복발생〉을 하면서 살아가야 한다. 인간은 〈미로(迷路)〉 속에 살고 있는 것이 아니라 인간 자신이 〈미로〉인 것이다.[87]

기사를 보니 인류의 삶에서 가장 소중한 것은 인권이라는 최인훈 선생님의 말씀이 떠올랐다.

# 독립기념관
## 1986. 8.

지난밤 열 시쯤. 다락방에서 소설을 마무리하고 있는데, 안방에서 어머니와 누님의 웅성거림이 들려왔다.

"어이쿠, 저걸 어째. …불났네. 어쩜 좋아….."

텔레비전에서 뉴스가 나오고 있었다. 천안에 새로 지은 독립기념관에 불이 났다는 것이다. 나는 텔레비전이 있는 방으로 들어갔다. 독립기념관 지붕이 불 타오르며 기와가 뚝뚝 떨어지고 있는 모습이 화면에 올라왔다.

해방된 그 당시 성인의 나이를 넘은 모든 사람들은 해방을 잃어버린 시간을 되찾는 기회로 생각했을 것이다. 이제부터는 우리 삶을 만들어가게 되었다는 희망을 가지고 그날을 맞이했을 것이다.[88]

아르바이트하는 부동산 사무실에서도 독립기념관 화재가 화제였다. 언제나 그래왔다는 듯이 나라 걱정이 대단하다. 우리나라의 상징이 불타오른다, 앞날이 불길하다, 독립이 뒤처지는 게 아닌가. 나랏님이 부정해서 이런 사태가…. 이번 화재는 빨리빨리, 밀어붙이기 식의 건설이 화근이라 했다. 전기 공사에 부패도 끼어 있었단다.

오후 일을 마치고 사무실로 돌아오니 텔레비전 화면에는 시커먼 골조만 남은 독립기념관이 흉측한 몰골로 서 있었다.

# 마지막 등록
### 1986. 8.

가을학기 등록했다. 내가 저축한 돈을 모아도 오십만 원이 모자랐다. 누님이 빌려주었다. 나는 두 배로 갚으리라 마음먹었다.

# 아홉 갈래 꿈
### 1986. 8.

수강신청했다. 졸업 앞둔 마지막 학기였다. 이번에는 〈희곡창작〉을 빼고 〈편집실기〉를 선택했다. 취직해야 했다.

오랜만에 본 학우들과 순댓국집을 갔다. 소주를 마시며 지난여름을 이야기했다. 편집장 형이 꿈만 같았다고 여러 번 말했다. 그 말이 맞았다. 여름뿐 아니라 마지막 학기 전까지 여러 날들, 스무 살의 청춘들이 꿈처럼 흘러갔다.

우리는 광주사태(5·18 광주민주화운동) 직후 대학에 입학해 신군부의 황당무계한 압박정치에 휘둘리며 꿈길 속을 헤맸다. 자유민주주의 사회에서 살아가는 것이 이렇게 힘든가. 백남준의 〈굿모닝 오웰〉은 꿈일 뿐인가, 현실에서의 '빅브라더'는 여전히 생생하지 않은가.

인천에서 통학하는 P 군이 무척 궁금했다. 소주가 속을 뜨겁게 달궜다. 서너 잔이면 취하고 마는 주량이지만 소주가 달았다. 나는 금세 취했다. 어지러웠다. 건물이 빙빙 돌았다. 토할 것 같았다. 자동차 경적이 울렸다. 술집이 흔들렸다. 식은땀이 등줄기를 흘러내렸다. 지난 여름에 읽은 최인훈 선생님의 〈구운몽〉의 한 상황이 뚜렷이 기억난다.

〈구운몽〉은 광장 이후, 그러니까, 4·19 이후 5·16의 악몽을 표현한 작품이다. 선생님은 우리에게, 《광장》에 한 권으로 묶여 있는 〈구운몽〉은 잘 읽지 않는 것 같다고, 함께 읽어야 우리 현대사를 제대로 볼 수 있다'라고 말씀하셨다.

민은 하늘을 보았다. 여전히 수없이 많은 탐조등 불줄기가, 안타깝게 도시의 하늘을 헤매고 있었다. 폭격은 없다고. 혁명. 누가 혁명을 일으킨 것일까.[89]

혁명은 좌절됐다. 4·19는 5·16의 군화에 밟혀 짓눌려졌다. 〈구운몽〉이 바로 그 이야기를 비유하고 있는 소설이다. '독고민'은 간판공으로 일하는 조용한 청년이다. 그의 인생에서 유일한 우여곡절은 애인 '숙'과의 만남이었다. 어느 날 그에게서 떠났던 '숙'으로부터 만나자는 편지가 온다. 민은 약속장소에 갔지만 숙을 만나지 못한다. 그는 그녀를 찾아 거리를 배회한다.

독고민이 꿈속을 헤매는 듯한 장면이 계속된다. 무용수들이 그를 '선생님'이라 부르며 춤을 평가해달라고 하질 않나, 건물 안으로 쏠려 들어간 사무실에서는 민에게 회사의 경영 평가를 해달라고 조른다.

독고민은 다시 건물에서 나온다. 그는 혁명군의 반란 뉴스를 들으며 방황하다가 시인들에게 쫓긴다. 그에게 무용수, 노인들, 시인들이 달라붙어 한마디해 달라고 달려든다. 실은 그를 잡으려는 것이었다. 그는 어느새 반란군이 돼 있었다.

다시 건물로 쏠려 들어간 독고민, 그는 정부의 고위 관료가 되어 간수와 함께 감옥을 둘러본다. 다양한 죄목으로 잡혀 들어온 죄수들에 대한 설명을 듣는 중, 그는 '풍문인'이라는 죄목, 즉 '인생 살듯 인생을 살지 않았다'라는 죄목으로 체포된다.

다시 원래의 시점으로 돌아온 독고민은 한 술집에 들어서게 된다. 그곳에서 그는 '에레나'라고 불리는 한 여인을 만난다. 그녀는 건장한 사내에게서 벗어나기 위해 민에게 도움을 청한다. 건장한 사내는 독고민에게 시비를 걸고, 그는 다시 도망치고, 에레나가 그의 뒤를 쫓는다.

〈구운몽〉은 환상소설의 끝간 데까지 가 있어 보인다. 소설이 어차피 약속한 환상이어도, 〈구운몽〉은 환상 속의 환상을 끝까지 파고든다. 꿈을 꾸는 자의 꿈속을 바라보는 것과 같은 형국이다. 주인공 독고민은 꿈을 꾸면서 그 꿈을 현실로 받아들이고 행동하는 사람이다. 즉, 몽유병자다. 그에게는 꿈이 현실이다. 우리는 〈구운몽〉을 꿈이 아닌 현실로 받아들일 수밖에 없다. 군부독재의 폭압 정치에서는 현실을 꿈으로밖에 설명할 수 없다.

민은 보는 것이다. 그의 왼팔이 어깻죽지에서 훌렁 빠져나가는 것을. 저런. 그 팔 끝에 달린 다섯 손가락. 고물고물 물살을 휘젓는 다섯 손가락. 마치 다섯 발짜리 문어처럼 그것은 저 혼자 헤엄쳐나 간다. 오른편 어깨도 허전하다. 어깨를 보았다. 이런. 그 팔도 떨어 져 혼자 헤엄을 한다.[90]

독고민은 외계를 자신의 일부로 받아들이기까지 한다. 자신의 몸이 외부 세계의 사물에 스며들어 가는 모습을 혼몽처럼 겪는다. 그리고, 그는 계속 달린다. 거리에서 들리는 방송은 반란군의 지도자가 무장을 한 채 도주하고 있다고 한다. 그런데 그 반란군의 지도자는 다름 아닌 '독고민'이다. 독고민은 사방에서 몰려오는 무용수들, 시인들, 노인들, 술집 사람들에 둘러싸여 광장에 갇힌다. 그들은 한 순간 정부군으로 변한다.

그는 광장에 당도하자마자 정부군에 포위당한다. 그는 '숙'이 자신을 바라보고 있음을 발견하고 그녀를 부르지만, 그녀는 그를 알아보지 못한다. 결국 독고민은 사방에서 쏟아지는 기관총 포화에 맞아 피범벅이 된다. 그러나 그는 전신 방탄복을 입고 있어 죽지 않는다. 늙은 무용수는 젊은 여인으로 바뀌고, 혁명군 사람들이 그를 구조하러 나타난다.

독고민은 혁명을 함께하는 동지들과 혁명에 관해 이야기한다. 그는 혁명을 계속하기 위해 타국으로 망명하게 된다. 여기서 독고민은 속으로 자신이 정말 수령이 아닐까 생각한다. 다음 날 아침, 신경외과 박사 김용길은 원장실에서 홀로 생각을 한다. 외국에 간 적 없는 사람이 그곳에 대해 자세한 진술을 한다는 내용을 시작으로, A가 A이며 A일 수 없다, 시간과 공간의 축에서 벗어나 허(虛)의 진공 속으로 향하는 성질이 있다, 불교 설화에서 말과 토끼와 코끼리의 이야기를 통해 다양한 성질을 함께 가질 수는 없다고 생각한다. 잠시 후 박사의 조수가 와서 병동 앞 벤치에서 몽유병 추정 환자가 동사해 사망했다고 말한다. 간호부장은 독고민의 시체를 보고 4·19 혁명 당시 희생된 자신의 아들을 생각하고 있다.

　이러한 줄거리로 진행되는 〈구운몽〉은 같은 책에 실려 있는《광장》보다 많이 읽히지 않는 것으로 보인다. 독자들은《광장》의 리얼리즘적인 내용과 형식에서 벗어나 보이는 〈구운몽〉이 낯설지도 모르겠다. 나는 선생님이 이 작품을《광장》곁에 붙여놓은 이유를 이제 좀 알 것 같다. 4·19 이후의 세계는 이렇게 몽환적이었다.


# 소설특강 Ⅱ

### 1986. 8.

최인훈 선생님의 수업, 〈소설특강 Ⅱ〉가 시작됐다. 강의실에 들어오신 선생님은 조금 말라 보였다. 지난여름에 일을 많이 하셨나, 어디 편찮으셨나….

　— 여름방학 잘 보냈나요? 나는 방학 동안 연구했어요. 오늘부터

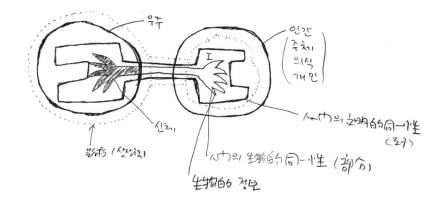

여러분한테 차근차근 알려 주려고 해요. 교재에도 나와 있고, 정리가 잘돼 있지만, 예술을 더 체계적으로 설명할 수 있는 생각이 떠올랐어요. 좀 더 선명해졌어요.

나는 1학기 때의 〈특수연구〉, 〈예술이란 무엇인가〉가 떠올랐다. 〈진화의 완성으로써의 예술〉 복사본도 갖고 있었다.

선생님은 시간을 들여 칠판에 그림을 그리셨다. 새의 발가락 같기도 하고, 지남철 같기도 한 막대 그림이다. 타원이 대칭 구조로 연결돼 있다. 왼쪽은 까맣게 칠해져 있고, 오른쪽은 비어 있다. 그를 둘러싸고 있는 타원은 실선과 점선이다. 지난 학기, 〈문학과 이데올로기〉에서 '나와 세계'의 관계도를 떠올리게 한다.

— 지난번 배웠던 인식이론의 후속편으로 봐도 돼요. 여러 상황, 즉 인간이 가진 세 가지 자기동일성의 모습을 예술적 상상력 측면에서 재구성해 본 그림이에요.

선생님은 DNA의 세 측면을 개진해 나가시는 듯 보였다. 선생님의 그림을 설명해 보자.

왼쪽의 원형은 '자연=세계=환경' 부분이다. 오른쪽은 '나=주체=단위 생명' 부분이다. 나와 세계가 서로 맞물려 있다. 왼쪽의 까만 손은 생물적 본능의 신체, 몸이다. 즉 DNA다. 그리고 오른쪽 손을 감싼 막대자석처럼 된 부분은 지식, 기술, 정보, 문명, 도구라고 볼 수 있다. DNA'다. 오른쪽 점선의 원은 인류의 상상력 부분 DNA∞이다. 세계나 우주도 나의 상상력 안에 있을 수 있음을, 인류의 주요한 능력인 그 상상력이 바로 이런 도식이다.

인류가 지구에 등장한 지는 50만 년 됐다. 유인원 호모사피엔스가 우리 조상이고 그때 나타났다. 빅뱅은 140억 년, 지구는 45억 년. 40억 년 전 단세포 생명 출현 후 지금에 이르기까지 종의 진화는 완성됐다고 한다. 여러 유인원 중 호모사피엔스사피엔스가 남아 지금의 문명을 일궈나가면서 지구의 먹이사슬 최고 위치에 있게 됐다. 기호 사용, 사고의 확장 등 조건반사에 의한 학습 능력을 키우면서 진화해 온 것이다. 〈예술이란 무엇인가〉에는 이런 말이 나온다. 생명과학에서의 '진화'는 하급생명으로부터 고등생명으로의 발전을 의미하지만, 인간이 도구를 사용해 자연 환경을 극복하는 문명의 발전 단계를 비유하고 있다.

선생님의 그림을 해설해 보자.

동물은 생태계 테두리에 갇혀 있는 반면, 인간은 시·공을 초월한다. 세 가지 아이덴티티, 동물과 인간의 다른 측면을 압축해서 쓰셨다. 대문자 I는 생물적 아이덴티티, 소문자 i는 문명적 아이덴티티, 필기체 i는 예술적 아이덴티티다. 세 가지 아이덴티티로 형성돼 있는 우리 인류다.

— 불교 용어에 일체유심조(一切唯心造)라는 말이 있어요. 모든 것은 마음이 만든다는 말이에요. 우리 인류가 오감각을 통해 알게 된

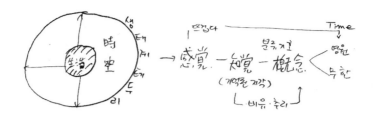

I 生物的 同一性
i 文明的 同一性
i 藝術的 同一性

動物 Ｉ
人間 Ｉii

— 생태학적인 테마에서 동물이 생활하는 감각이 미치는 환경이라는 것은 대략 동물이 본능으로 타고난 생태적인 테두리를 넘어서지 않는 것과 마찬가지인 것입니다. 그런데 인간의 경우에는 어떤가 하면, 인간은 이 경우에서 동물과 결정적으로 다릅니다. 인간은 현재 자기가 생활 속에서 감각적으로 접촉하는 범위를 훨씬 넘어서 적극적으로 하는 계획을 하려 하는 존재인 것입니다. —

정보를 지양하면서 축적하는 과정이 바로 저기에 담겨 있어요. …지양이라는 말이 중요한데, 혹시 아는 학생?

선생님은 '지양'이라는 단어의 뜻을 우리에게 물으셨다. 잘못된 부분을 없애거나 고쳐나간다는 단어 아닌가? 지난 학기에도 잠깐 언급한 적 있는 개념이다. 나는 헤겔의 변증법에서 나온 개념으로 알고 있다. 선생님은 변증 철학을 중시하는 것 같다.

— 지양이란, 변증법의 중요한 개념으로, 어떤 것을 그 자체로는 부정하면서 오히려 한층 더 높은 단계에서 이것을 긍정하는 일을 말합니다.

편집장 형이 갖고 있던 사전을 펼쳐 발표했다. 선생님이 고개를 끄덕이셨다.

— 맞아요. 우리가 잘못 쓰고 있는 말 중 하나예요. 없애는 것이

아니라 포함하면서 발전하는 것이에요.

— 모순 대립하는 것을 고차적으로 통일하고 해결하면서 현대의 상태보다 더욱 진보하는 것을 말합니다.

편집장 형이 덧붙여 읽었다.

— 그래요. 감각은 지양돼 지각 속에 있는 것이고, 지각은 개념 속에 지양된 것이죠. 그러니까, 개념은 지각이나 감각이라는 전생을 지닌 것으로 볼 수 있어요. 개념은 계속 윤회하고요.

선생님의 손이 DNA∞를 가리켰다.

— 무한에서 하나를 빼거나, 둘을 빼거나, 무한에서 무한을 빼거나 무한이에요. 우리의 능력은 무한대로 주어지지 않죠. 문명을 계속 발전시켜 나가죠. 그래도 우리의 불안은 해소되지 않아요. 미래, 죽음에 대한 불안 등등.

그래서 종교가 발생하지 않았나, 나는 그렇게 생각했다. 종교에서는 부활한다고 하지 않던가, 윤회라고도 하고….

— 동물의 불안은 감각의 차원에 그쳐요. 하지만 인간의 경우에는 지각, 개념의 차원까지 확대돼요. 개념은 어느 한순간의 일이 아닌 과거의 그것과 유사한 모든 경험을 포함하죠. 앞으로 일어날지도 모르는 미래에 대한 걱정도 함께죠. 그를 극복하기 위해 종교를 고안해놓았죠.

나의 생각이 선생님과 통한 것 같아서 나는 기뻤다. 실은 지난번에 선생님으로부터 알게 됐다. 선생님은 백묵을 들어 칠판에 쓰인 DNA∞ 글자 옆에 +를 그려 넣었다. 지난 학기에 하셨던 말씀인데, 다시 강조하신다.

— 그리고 또 하나….

선생님은 + 아래에 - 부호를 쓰고 '예술'이라고 적어넣으셨다.

— 다른 하나는 약속에 의해, 어떤 가정 아래 예술활동이란 것을 통해 불안을 벗어날 수 있게 됐어요. 꿈이라는 것, 이상이라는 것을 우리는 실현 가능하다고 희망하는 존재죠. 우리는 없는 것을 공상하는 동물입니다. 공상이 실재한다고 믿기도 해요.

— 범신론이란?

선생님은 한자로 '汎神論'이라 쓰고 우리에게 묻는다.

— 제가 알기로는 세상의 모든 것에 신이 깃들어 있다고 믿는 관념입니다.

내가 답했다. 선생님은 고개를 잠깐 끄덕이셨지만, 만족하지 않는 눈치였다. 나는 더 이상의 설명을 하지 못했다. 그 정도 이상의 대답을 듣고 싶으셨나 보았다.

— 과제로 내주겠어요. 조사해 보고 이번 주까지 제출하세요.

선생님은 우리에게 숙제를 내 주고 수업을 마치셨다.

나는 집으로 돌아가는 길에 서점에 들러 백과사전류가 있는 서가에 갔다. 이 책 저 책 찾아 들춰보아도 범신론에 대한 설명이 몇 줄 이상 나와 있는 게 없다. 집에 누님이 보던 철학사전이 생각났다.

집으로 돌아와 동아출판사에서 출판한 《철학사전》을 들춰보았다. 선생님께서 질문하면 답하려고 메모해 두었다.


범신론- 일체 만유가 모두 신이라는 다신교적 종교관. 우주에 단 하나의 신이 독립적으로 존재하여 만물을 지배한다는 유일신적 종교관과는 다른 입장이다. 모든 생물이거나 무생물이거나 하다못해 돌멩이 하나라도 신이 깃들어 있다는 종교관이다. 세계만이 실재적으로, 신은 존재하는 것의 총체에 지나지 않는다는 것으로 자연주의적 또는 유물론적 범신론이라고 하며 무신론에 연결된다.[91]

결국, 범신론이란 넓게는 개개의 만물 속에 신이 존재한다는 입장이고, 좁게는 만물과 신이 따로 있는 것이 아니라 만물 자체가 신이라는 견해다. 예술의 창작자는 바로 이러한 범신론적 입장에 서야 할 것이다.

# 비밀결사
## 1986. 9.

2학기에도 〈소설창작〉 수업에서 《소설가 구보 씨의 일일》을 읽어나간다. 〈이 江山 흘러가는 避難民들아〉를 복습한다. 이 단편소설의 공간은 대학교다. 친구가 근무하는 곳이다. 김학구라는 대학 도서관장을 만나 대화를 나누는 구보 씨.

한 시대의 지배계급이 망할 때, 그 시대의 민중도 망하는 거야. 지배계급이 망할 때 민중이 망해야 해. 폭군을 눈감아준 민중도 그때 마음속으로라도 망할 때, 민중이 망해야 해…. 육신은 비록 살았더라도, 폭군이 목이 떨어질 때 제 목덜미도 칼날 같은 부끄러움을 느껴야 해. 민중은, 내가 동의한 적이 없는데, 왜 내 이름으로 내가 처단되는지 몰라. 어리둥절하고 나중에는 원망하게 되는 거야. 무

엇이 잘못됐나, 민중이 회개할 기회를 주지 않았다는 것, 그게 독재의 잘못이지.[92]

세계사에 폭군은 많다. 그들의 위선과 폭압정치는 민중을 괴롭혔다. 나폴레옹, 히틀러, 김일성, 스탈린, 그리고 우리 군부정권도 마찬가지 아니던가.

선생님은 우리에게 김학구와 구보 씨의 대화를 나눠 읽혔다.

— 자네는 노예인 '우리' 가운데서 주인의 곁에서 시중 드는 노예, 거리를 다니는 노예, 그것만 보는 거야.

— 그럼?

— 보이지 않는 '우리'도 있지.

— 어디에?

— 감옥 속에, …감옥 속에 있는 노예는 자네가 말하는 회개해야 할 노예가 아니란 말일세.

선생님은 이 대목에서 우리에게 물으셨다. 지금 우리에게 비유한다면 누구일까? 어떤 노예를 말할까?

비전향 장기수가 떠올랐다. 또는 지하 비밀결사 등도 생각났다. 나는 말하려다 그만두었다. 학생들이 계속 읽어나갔기 때문이었다.

— 하늘의 해는 하나지만, 반란 두목의 수는 여럿이야. 이것이 분파지. 이 분파가 허락되지 않으면 반란 후의 정치에서 민주주의는 실현되지 못해. 단 하나의 그 손, 단두대의 끈을 잡아당긴 손이 생물학주의와 물리학주의를 고집하면서 shadow hand들을 관념론자로 몰아칠 때 역사의 위조가 생겨.

shadow societ, shadow hand가 폭군의 목을 자르는 단두대의 끈

을 잡아당기는 것을 돕는다는 것이라고 선생님은 부연하신다. 단두
대를 잡아당기는 손들은 급진론자라 할 수 있고, 관념론자는 소극적
참여가, 혹은 지식인이라고도 불릴 수 있을 것이다.

그 현장에 있었던 것은 동등한 권위를 가진 여러 Alternative들
가운데 하나였다는 상황의 문맥(文脈)을 단순화시켜서, 모든 사회
적 세력(勢力)이 자신을 중심으로 움직였다고 주장하면서, 감옥에
있던 노예도 그의 지령하에 있었다고 기록하는 것이지. 존재하지 않
았던 역사적 유기 관계를 소급해서 지어내는 것이지. 이것이 보나파
르티즘이야.[93]

이렇게 해서 전설이 시작되는 것 아닌가. 혁명의 전설, 과학 대신
신화가 만들어지고, 영웅의 동상이 세워지게 되는 것이다. 동상은
여러 인물이 함께 녹아들어 있는데, 한 사람이 이미지를 독점하게
되고, 그는 나머지 인물을 처단하게 된다. 그것이 피바람이라는 것,
숙청이라는 것 아닌가.

# 가배차
## 1986. 9.

〈소설창작〉 시간에 《소설가 구보 씨의 일일》 4장, 〈위대한 단테〉를
읽어나갔다. 구보 씨가 예총회관 옆 찻집에서 시인 친구를 만나 영

화를 보고 책방에 들렀다가 하숙집으로 돌아가는 행로의 소설이다. 구보 씨는 하숙방에서 《신곡》을 읽다가 깜박 잠이 들었는데, 자신이 단테가 되어 당시의 이탈리아를 경험한다. 단테는 다시 구보가 되어 한국에 왔는데, 마침 시인 친구가 구보 씨의 하숙집에 찾아와 그는 깨어난다.

꿈을 꾸는 사람은 꿈속에서 자신을 보지 못한다. 꿈속에서 자신을 보기도 한다지만, 그것은 아마 꿈을 꾸고 난 다음, 꿈을 재구성하면서 생각해낸 자기 모습일 것이다. 꿈과 현실의 상황이 다르지 않다. 현실에서 자신을 보지 못하는 것처럼 말이다. 그렇다면 꿈속의 나는 꿈 밖의 나와 어떻게 다른가, 현실의 나와 현실 바깥의 나와 어떻게 다른가. 진정한 나는 꿈 밖의 나일 것이다. 구보 씨는 자신이 단테가 된 꿈을 꾸었다. 단테는 구보가 되기도 한다.

— 다방에서 시인 친구 김중배를 만나는 장면부터 읽어볼까요. 가배차(嘉俳茶)…중국식 표기로 커피를 가배라고 해요.

N 군과 G 학우가 김중배와 구보 씨의 역을 맡아 읽어나간다. 둘이 영화를 보고 나와 이야기를 나누는 부분이다. 요약해 보자.

문화는 유행하고 다르다, 유행을 반영해도 기본형을 견지한다. 그 기본형은 결국 자기 자신이다. 자기로 돌아오면 된다.


"작품이란 걸 가지고 생각해서는 구원이 없다고 생각하네."

"구원?"

"마음의 평화 말일세."

"그럼 어떻게 한단 말인가? 자기 직업 속에서 평화를 찾지, 어디서 찾나?"

"물론 직업 속에서 찾지. 다만 활동의 결과에 대한 평가에 의해서가 아니라, 활동 그 자체에 뜻을 두려고 해야만 마음의 평화가 있지 않을까?"[94]

자기 일에 충실하고 결과에 연연치 않는 자세가 중요하다는 내용의 대화다. 구보 씨가 《신곡》을 읽다가 잠이 들었는데, 단테가 되어 과거의 이탈리아를 배회하는 장면이 이어진다.

— 우선 그는 현존하는 당파들의 그릇됨을 낱낱이 드러내는 혁명 백서를 쓰지 않으면 안 되겠다고 마음먹었다. 그러기 위해서는 여러 당파들이 저 좋을 대로만 짖어대고 있는 정치 팸플릿 식으로 써서는 안 된다. 그들의 권위가 얼마나 멋대로이고, 잘못에 차 있고를 밝히기 위해서는, 당대의 당주(當主)들의 언행만을 비판하는 걸로는 모자라다.

G 군이 낭독을 멈춘다. 선생님이 말씀하신다.

— 지난번 《태풍》을 읽었죠. 태풍의 주인공 오토메나크가 떠오르지 않나요? 《서유기》라는 작품도 읽은 사람 있죠? 그 작품에서 독고준이 만나는 사람들 중에 이광수가 있어요. 이광수 소설가는 우리의 스승님이지만, 아쉬운 게 있어요.

선생님은 단테의 꿈을 꾸는 구보 씨를 통해 우리 역사의 잘못된 부분을 이야기하시려 한다. 민초들을 속이고 빈말 성명만 남발하던 권력자들에게 따져 물어야 한다는 속뜻이다. 무식한 민초여서, 그들은 먹고살기 바빠서 기만하기 쉬웠을 것이다. 기만자를 뿌리까지 찾아내서 잘못을 물어야 한다.

구보 씨는 김중배 씨의 방문으로 꿈에서 깨어나고, 두 사람은 막걸리 한 잔 걸치려 하숙집을 나서는 것으로 소설은 끝난다. 매번 느끼는 것이지만, 구보 씨는 최인훈 선생님 본인을 은유하고 있다는 생각이다. 노총각 소설가…. 구보 씨에 최인훈 선생님의 모습이 들씌워진다. 박태원의 '구보'와 같으면서도 조금 다르다. 박태원의 '구보(仇甫)'는 어머니한테 미안해하면서도 소설가로서의 의연함과 겸손이 배어 나오는 한편, 최인훈 선생님의 '구보(丘甫)'는 이북에 대한 그리움과 체제의 원망이 곳곳에 배어 있다.

행간 마다에 숨어 있는 선생님의 고향, 회령, 원산. 소설가 구보 씨에게 북한의 W시는 잊지 못할 고향이다. 그곳에서의 유년은 서울 하숙 생활하면서 헛헛할 때마다 위안이 되는 추억이다. 문학과 예술과 사회에 대한 구보 씨의 상념은 뭇 예술 애호가나 사회학자와는 다른 결로 진행된다.

구보 씨의 상념을 따라가 보면 근현대사의 현관과 거실이 선명하게 보인다. 구보 씨의 내면 풍경을 따라 읽으면 북한의 나무며, 바람이며, 강이며, 별이 환하다.

일제 강점기에 태어나 해방과 남북 전쟁을 겪은 최인훈 선생님은 《광장》, 《회색인》, 《서유기》 등의 문제소설과 〈옛날 옛적에 훠어이 훠이〉, 〈봄이 오면 산에 들에〉, 〈둥둥 낙랑 둥〉 등, 한국을 대표하는 희곡을 써서, '전후 최대의 작가'라는 평가를 받는다. 그러한 작가가 직접 강의하는 시간을 함께 했다는 것만으로도 영광이 아닐 수 없다. 그리고 《소설가 구보 씨의 일일》에 대한 설명을 저자의 육성으로 듣는 나날은 순금의 시간이다. 이런 모습을 내 인생에 담을 수 있다는 것이 얼마나 소중한가. …나는 스무 살 시절을 다시 살고 싶을 때마다 이 기록을 읽어나갈 것이다.

# 라면

1986. 9.

임춘애라는 육상선수가 이번 아시안 게임에서 화제다. 그녀는 라면
만 먹고도 1,000m, 3,000m 장거리 달리기에서 금메달을 땄다. 비쩍
마른 그녀가 뛰는 모습을 언론사마다 특보로 다루고 있다.

이를 악물고 뛰는 그녀를 텔레비전에서 볼 때마다 나는 〈핑키〉라
는 만화가 떠올랐다. 달리기를 잘하지만 엄마가 없는 '핑키'는 엄마
를 찾기 위해 달린다. 임춘애 선수가 나오는 언론 기사를 보면 노래
도 떠오른다. 만화 주제곡이 입 안에 고인다. 임춘애 선수는 쓰러질
듯, 그만둘 듯, 멈출 듯하다가 끝내는 일등으로 결승 라인을 밟는다.
임춘애 선수의 달리기가 끝나면 나는 꼭 라면을 끓였다.

# 진화의 완성

## 1986. 10.

〈소설특강Ⅱ〉 시간, 〈예술이란 무엇인가—진화의 완성으로써의 예술〉을 계속 배운다. 우리의 예술 배움은 계주와 같다는 생각이 든다. 선생님은 원전 텍스트에다가 연구 결과를 덧붙여 우리에게 전해주신다. 연구실에서, 댁에서 예술론을 개진, 연구하신 노트를 가져오시어 바통처럼 우리의 손에 쥐여주신다. 우리는 그 바통을 받아 쥐고 달린다. 나는 라면 소녀처럼 달리고 달려 그 바통을 후배에게 전해 주리라, 희망해 본다.

　　예술감상에서는 인간은 두 개의 자아를 운용하게 됩니다. 한 개의 자아와 한 개의 우주가 대면하는 현실지각과 이 점이 다릅니다. 예술은 이 상태를 환상인 줄 알면서도 인간이 무한(현실)에 도달하는 유일한 경험으로서 받아들이는 것입니다.[95]

　　선생님은 자연의 상태는 나와 나의 바깥이 상보적으로 운동하고

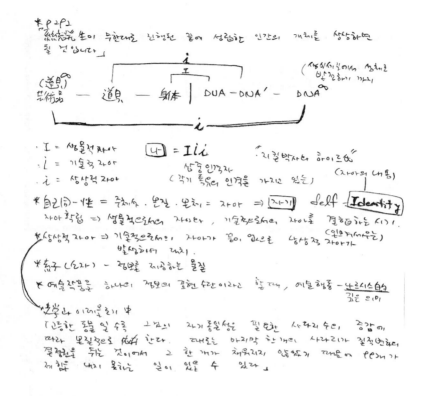

있는 상황이라고 하신다. 우주나 자연과 같은 물리적 실체가 나의 마음속에 또 하나의 우주와 자연을 만들어간다는 것이다. 그러니까 우리 인간은 자신이라는 우주를 또 하나의 현실로 지닌다.

  예술을 창작하고 감상할 때, 우리는 두 우주를 지닌 두 개의 자아를 활용하고 있다. 지난 시간에 배웠듯 종교에는 신이 보장해 주는 환상의 현실을 살아가는 자아가 실제로 늘 존재해 있고, 특정한 '약속' 하에 환상의 현실에 있는 자아가 있는데, 이는 예술 활동을 이룰 때의 자아다. 연극이라면 무대에 올려지는 순간 또 다른 인생을 보여주겠다는 약속이고, 소설이라면 첫 문장을 시작하면서 주인공의 삶에 빠져들겠다는 약속이다.

선생님은 판서하고 설명하셨다. 요약해 보자.

예술은 역사적 시간, 이익사회에 묶인 인간의 분열된 시간을 선의와 사랑으로 만들어 주는 공동체의 시간으로 끌어간다. 예술 작품은 그것 자체로 예술이라 규정되지 않는다. 그것을 상대하는 사람의 인식 정도, 성격에 따라 규정된다.

새나 강아지의 눈으로 볼 때, 생리정보와 기술정보, 환상정보의 구별은 없다. 그저 한 뭉텅이의 움직임이나 상황이다. 사람은 다르다. 섬세하게 구별하는 인식의 구조를 가지고 있다. 그리고 그 인식은 환상주체 상황일 때 무한속도로 뻗어나간다.

그림처럼 사람은 부분 속에 전체를 갖고 있는 생명이다. 인간 스스로가 하나의 우주라 볼 수 있다. 특히 예술활동을 해 나갈 때 우리는 자신 속에 또 하나의 우주를 만들게 된다. 우주와 하나가 되거나 우주를 품게 된다.

생물적 주체인 DNA는 환경에 닫혀 있고, 기술적 주체인 DNA′는 환경에 열려 있지만, 늘 불안하다. 제일 큰 불안은 '죽음'에 대한 공포에서 오는 것이다. 그래서 유희적 측면의 예술이 필요했고, 부활과 윤회를 제시하는 종교가 생겨나지 않았는가, 하는 말씀을 반복, 강조하셨다.

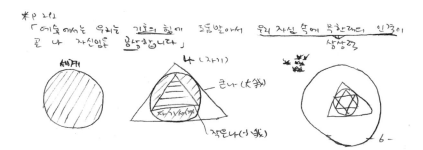

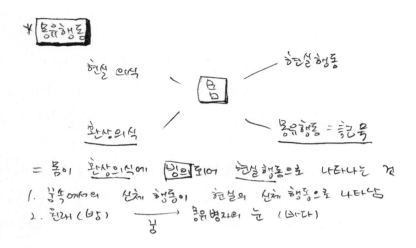

＊몽유행동

현실 의식 —— 현실 행동

몸

환상의식 —— 몽유행동 = 흐름물

= 몸이 환상의식에 빙의되어 현실행동으로 나타나는 것
1. 꿈속에서의 신체 행동이 현실의 신체 행동으로 나타남
2. 현재 (봄) ——→ 몽유병자의 눈 (뜬다)
　　　　　　봄

　위의 그림처럼 꿈속에서의 일을 현실에서 벌여나가는 게 몽유행
동, 즉 예술행동이다. 예술가는 한 몸을 쓰지만 두 가지 DNA에 의해
행동한다. 현실행동과 몽유행동. 배우라는 직업을 가진 사람이 자기
배역에 들씌워져 연기하는 행동이다.

　신과의 대화나 보상이라는 것을 배제하고서, 그 대신 진화가 무
한히 계속된다면 인간의 의식은 어디까지 도달할 수 있을까를 생각
해보고 그것은 마치 상상 속에서 우리가 현실의 환각을 가지는 것
처럼, 즉 꿈속에는 꿈이 현실인 것처럼, 인간의 의식이 곧 우주가 되
는 상태를 약속해 보는 행위.[96]

　이것이 바로 예술행동이고, 그 행동으로 무한을 성취한다는 것이
다. 선생님은 '꿈이 현실인 것처럼'에 밑줄을 긋게 했다. 그리고, '환
상 정보의 표현 방식으로'라고 써넣으라 하셨다. 선생님의 몽유상황
비유는 지난 학기에 이어서 개진돼, 예술론은 깊어간다.

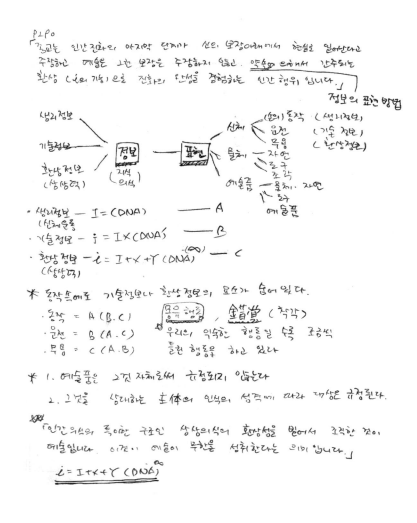

선생님의 그림을 간단하게 해설하면 다음과 같다. 인간의 세 가지 정보습득은 약속에 의해 표현되는 예술행위에 의해 또 하나의 세계를 구축한다. 즉 닫혀 있지만 안정된 상태의 생리정보를 넘어 열려 있지만 불안정한 기술정보를 또 넘어 환상정보로 무한히 열려 있으면서 안정을 취하게 되는 것이다. 이는 인간 의식의 특별한 구조인 상상의식을 통해서 얻게 된다.

# 특수연구

## 1986. 10

〈소설창작〉이 휴강이다. 선생님께서 허리를 다치셨단다. 댁에서 침 맞고 누워 계신다고 조교님이 강의실에 들어와서 전했다. 조교님은 〈특수연구〉 노트를 내지 않은 사람은 학점이 없다는 엄포와 함께 자습하라고 말하고 강의실을 나갔다.

무슨 고등학교도 아니고, 자습은….

학우들이 투덜대며 강의실을 빠져나갔다. 나는 〈특수연구〉 수업을 매번 잘 들어왔지만 두어 번 노트를 빠트린 적이 있어서 공강 시간에 빠르게 정리했다. 세 시간 동안 반 학기 분량을 정리하고 제출했다.

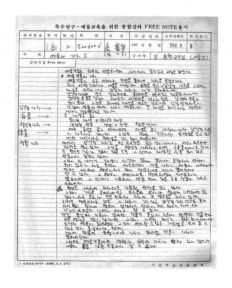

# 꿈쟁이

## 1986. 11.

〈소설특강〉 수업이다. 지난 시간에 이어 진도 나갔다. 선생님은 좀 피로해 보이셨지만 목소리가 더 크셨다.

— 지난 시간에 꿈 이야기를 했죠? 몽유병 환자의 몸과 의식에 대해 말이에요. 소설가나 시인들은 모두 꿈쟁이라고 비유할 수 있어요. 꿈꾼, 꿈장수라고도 하겠어요.

— 소설가, 시인들은 자기 꿈만 아니라 남의 꿈도 대신 꿔 주는 사람 아닌지요?

내가 이렇게 나섰다. 선생님은 미소하셨다.

— 그래요.

선생님께서는 오래 판서하셨다. 선생님의 도식이 점점 무언가 덧붙여지는 듯 보인다. 그러나 세 가지 자기동일성의 모습은 여전하다. I, i, i 세 가지로 분류되는 생명으로서, 문명의 운영자로서, 그리고 환상주체로서의 인간의 모습이다. 선생님은 이제 몽유행동으로 대입하여 설명하신다.

— 우리의 의식을 의도적인 꿈으로, 약속된 몽유행동으로 외계에 나타내 보일 때, 예술행동이 되는 거예요. 앞서 알아낸 인류의 세 가지 자기동일성이 예술행동으로 나타나게 될 때가 바로 오른쪽 항목이에요. 음악의 경우 물질 DNA는 소리, 도구인 DNA′는 효과음으로, 환상인 DNA∞가 음악예술행동이죠. 무용의 경우 물질에 해당하는 것은 운동이나 동작, 도구에는 작업이, 환상에는 무당, 몽유, 빙의로 이름 붙일 수 있어요. 그런 식으로 조각, 회화, 연극, 문학까지 대입

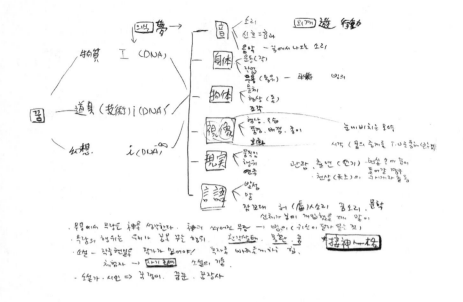

할 수 있어요.

　선생님은 문학을 '잠꼬대'로 비유하셨다. 비유가 아니라 실제로 문학의 DNA∞는 헛소리, 잠꼬대, 꿈소리라 하셨다. 그렇다면 소설가는 작중 현실에 대해 전적으로 신뢰를 가져야 독자를 끌어들일 수 있을 것이다. 자기 최면에 빠지는 사람이라고 할 수 있을 것이다.

　예술가의 활동은 접신인격(接神人格)이다. 빙의가 잘돼야, 귀신이 잘 달라붙어야 예술가인 것이다. 선생님은 도표에 없는 예술활동도, DNA, DNA′, DNA∞에 대입해서 설명해 나가셨다. 사진, 공예, 마술도 그렇다고 하는데, 모두가 적절히 맞았다. 나는 선생님을 오래전부터 비유의 달인, 비유의 천재라 생각해 왔는데, 이 예술론에는 비유 이상의 것이 담겨 있었다. 이것저것 비슷한 것들을 갖다 붙여 그럴싸하게 포장하는 것이 아니었다. 심증이 아닌, 물증으로서의, 과학으로서의 비유였다.

# 文樂

## 1986. 11.

《소설가 구보 씨의 일일》, 6장 〈홍콩 부기우기〉를 읽었다. 구보 씨가
문학잡지사에 들러 단편소설 한 편을 건네는 장면부터다. 잡지사 이
름이 특이하다. '文學社'가 아니고 '文樂社'였다.

> 이 사의 창립자이자 이 이름의 고안자이기도 한, 그리고 현재 주
> 간이기도 한 김문식 씨의 의견에 따르면, 다른 예술의 장르 명칭은
> 모두 예술다운데 유독 문학만은 '學'자 때문에 쓸데없는 헛갈림이
> 생긴다는 것이다. 예술은 실물이 아니라, 실물을 인간이 자기 기억
> 속에 끌어들인 기호(記號)의 계인데, 문학의 경우에는 자꾸 실물과
> 의 물신론적 혼동이 생긴다는 것이다. 그래서 문학도 선명(鮮明) 예
> 술이 되기 위해서는 이름부터 '文樂'이라고 고쳐야 한다.[97]

선생님은 학생의 낭독을 잠시 멈추게 하셨다.

— 문학은 왜 문악이 아닐까요? 김문식 씨의 의견대로 문악이어야
예술다울 텐데…, 누가 말해 볼 사람?

선생님의 질문에 아무도 답이 없었다. 침묵 한 소절이 흐르고, 두
소절이 흐르고…. Y 학우가 입을 열었다. 그녀는 다른 대학을 마치
고 입학한 만학도였다. 이미 시로 등단했단다.

— 환상이어서 그렇다고 생각합니다.

— 문학은 음악과는 달리 현실을 바탕으로 하지 않나?

— 현실이긴 해도 꿈속의 현실이어서 그렇습니다.

— 그렇다면 문학은 현실을 위한 기호행동인가, 현실로써의 기호행동인가?

— 현실로써의 기호행동에 가깝습니다.

— 가깝다?

— 문학이 문악이 아닌 것은 현실을 위한 기호행동으로도 쓰이기 때문입니다.

— 어떻게? 더 구체적으로.

— 문학은 교훈도 줍니다. 쾌락만을 주는 음악하고는 다릅니다.

— 무슨 교훈?

— 특히 지난 일을 반성하게 합니다. 문학은 역사를 담당하기도 합니다.

— 지난날 잘못을 회개하는 목적이 있다?

— 그렇습니다.

— 그래요. Y 학생 말이 맞아요.

선생님은 출석부를 열어 여 학우의 이름을 확인했다.

— 문학의 기호는 언어입니다. 음악의 표현 기호인 악보와는 재료부터 다르죠.

'선생님, 저의 생각을 말씀드리겠습니다. 음악의 기호인 음표와 박자는 말과 다릅니다….' 나는 속으로 선생님의 말을 받아 응답해나갔다. '언어는 기표에 기의가 달라붙어 있어도 몇 개 없지만, 음표에는 의미가 한정돼 있지 않습니다. 악보의 의미는 무한합니다. 진정한 예술이라 할 수 있지 않나요? 예술은 그 자체가 의미입니다. 무한합니다.' 나의 속내는 큰 소리로 말하고 있다.

— 시니피에, 기의를 한정되게 쓰거나 정확히 기표의 의도에 맞게

쓰는 것이 현실을 위한 기호행동이에요. 하나의 기표에 여러 의미를 품도록 하는 게 현실로써의 기호행동, 즉, 예술행동의 쓰임이에요. 다의적인 표현이라고도 해요.

선생님은 칠판에 한자어로 '多義性'이라 적으셨다.

— 음표와는 다르게 기의를 품고 있는 기호가 언어예요. 아까 Y 학생이 말했듯, 말은 역사를 기억하는 힘도 있기에, 문학의 언어는 시대의 의미를 담아야 해요.

선생님의 《문학과 이데올로기》에서 나왔던 말, '당대의 풍속'을 언어가 담고 있고, 그를 예술의 기호로 쓰기 때문에, 문학은 '풍속'을 더해야 한다는 것.

우리는 돌아가면서 페이지를 낭독했다. 구보 씨가 김문식 씨와 대화를 나누는 모습이 이어진다. 문식 씨가 신문을 보다가 개탄하고 구보 씨가 신문을 곁눈질하다가 맞장구치는 장면이 지속된다. '문학예술', '세계의 정치', '문화 상황', '경제 형편'까지 그 내용이 다채롭다.

주요 내용을 요약해 본다.

문학의 시대가 끝났다는 세간의 의견에 대해 김문식 씨와 구보 씨는 그렇지 않다고 본다. 활자가 끝나고 영상이 시작하는 게 아니라, 활자와 영상이 공존하게 된다는 것, 문명은 축적하는 모습으로 발전한다는 것, 나무의 나이테처럼 각 시대마다 문화가 소멸하지 않고 지층 모양으로 겹쳐 저장된다는 것이다. 문학의 경우 시대 표현의 한계에 다다랐다고 하지만, 현재의 모습을 지닌 채 변화하려니까, 그런 변신을 하려는 것처럼 보인다는 것이다. 사진이 발명되었다고 미술이 없어지지 않는 것처럼 말이다.

구보 씨의 말이 맞았다. 영화가 등장했다고 연극이 사라지지 않았다. 오히려 연극은 노래와 춤으로 더 활발하게 스테이지를 꾸미고 있다.

영상 시대라는 것이 전달하려는 내용을 활자와 테두리 안에서 하자는, 활자 문화의 적응력을 높이는 것 그것이 진실한 뜻에서 동시성(同時性)의 문명이 아닌가? 모든 매체가 동시에 작용하는 문명—그런 포괄적 판단력, 진보라는 이름 밑에 엄청난 낭비를 하지 않는 문명, 최첨단뿐 아니라, 최하층까지도 생존이 허락돼가고 각기의 기능이 서로 불가결하다는 것이 인식되는 그런 문명.[98]

김문식 씨는 구보 씨의 말에 깊이 수긍한다. 공존하는 문명이라면 아메리카와 아프리카의 것이라고 문식 씨가 스스로 묻고 답하자, 구보 씨는 앞으로의 문명은 야만, 선진, 후진이라는 우열의 차이로서가 아니라 개성의 차이로 존재하리라고 말한다. 아리송해하는 문식 씨에게 구보 씨는 '예를 들면 공업 사회 속에서의 농업 같은 것'이라고 덧붙인다. 그리고 육상선수들의 달리는 모습에도 비유한다.

육상 경기에서 달리는 사람마다 칸이 나누어져 있지 않아. 각자의 칸 속에서 속도를 겨루는 것이지. 혼자서 경주하면 트랙이 한 개로 족하지만 복수가 동시에 같은 공간에서 달리기 위해서는 그 공간은 저마다 편차(偏差)를 가져야 한다 이거야. 나는 이 구성이 미래 사회의 모델이라고 생각해. 문명의 역사에는 새 주자가 나올 때마다 테가 하나씩 보태지는 것인데, 그렇다고 기왕의 주자가 퇴장하는 건 아니야.[99]

구보 씨의 은유는 잘 들어맞는다. 신선하면서도 적절하고 익숙하다. 기성복이지만 수제복처럼 잘 맞는 양복이다. 참신한 선율의 곡이지만 어디서 들어봤음 직한 멜로디다. 금방이지만, 오래된 기억 같은.

구보 씨는 문학이 위기라지만 소멸하지 않으리라 생각하고 있다. 선생님의 견해다. 문학, 그 존재처럼 생을 살아오셨기에 그런 견해라기보다, 예술과 철학에 대한 오랜 상념이 그런 결과에 이른 것으로 보인다. 선생님이 긍정적으로 평가하는, 시와 삶이 하나 된 인물인 제갈량처럼, 선생님은 그런 모습이셨다. 스스로 문학 자체가 된 삶.

문학잡지사에서 나온 구보 씨는 연극인 배걸 씨와 만난다. 우리 시대의 연극에 대한 견해를 나누는 두 사람의 대화도 소중하다. 연극은 없어지지 않을 것. 추상연극은 더욱 살아남을 것. 우리는 구상 연극을 먼저 발전시켜야 할 것. 그래서 추상연극과 구상연극이 공존하도록 할 것. 그러기 위한 조건이 있는데, 각 나라의 토착 지배계급의 이데올로기가 살아서 풍속 속에 살아 있어야 한다는 것. 유럽 사회의 기독교 같은….

나는 구보 씨와 배걸 씨의 대화를 속으로 되뇌며, 우리의 풍속은 불교와 유교, 그리고 선에 있지 않을까, 생각해 보았다. 문학 공부는 한도 끝도 없다. 어렵고 복잡하다. 문득, 내가 언제까지 문학을 할 수 있을까, 아니 문학에 내 시간을 바쳐도 의의가 있을까, 머뭇거려졌다. 머뭇거림은 두려움 때문이었다. 당장 졸업하면 경제활동을 해 나가야 했다. 당연히 문학은 취미활동일 뿐, 먹을 것을 마련해 주지 못할 것이었다. 등단한다고 해서, 자기 글만 써서 생활이 될 리 없을 것이다. 절약해서 살아가도 언제까지 글 공부하면서 시간을 보내게 될지 알 수 없었다. 허송으로 인생을 보내게 되지 않을까…. 글 읽기와 글쓰기가 밥벌이가 되면 얼마나 좋을까.

구보 씨처럼 노총각으로 보내는 것이 멋지지만은 않다는 생각이 들었다. 하지만 구보 씨처럼 사유하고 글을 발표하고 자신과 어울리는 사람들과 만나면서 세월을 지내면 아쉽지만은 않을 것 같다고, 그런 인생이라면 한 번 걸어가 볼만하다는 생각이 들었다.

# 다중인격
## 1986. 11.

가을이 깊어간다. 아침저녁으로 낙엽 태우는 향이 주변을 더 깊이 물들게 하는 듯하다. 나무들의 단풍은 짙어지고 나도 단풍 든다. 별하는 일 없이 시간을 보내는 느낌이어도 친구들과 어울려 술을 마시고 이야기하고 노래하고 아무 데나 쓰러져 누워 자는 시간이 몇 차례 이어진다. 단풍 속으로 빠져드는 시간이 아쉽지만은 않아 보인다. 졸업을 앞두고 이별을 연습하는 중이라며 마시고 마신 기억만 뚜렷하다. 불투명한 앞날에 대한 불안을 잊으려, 술잔을 눈앞에 두는 시간이 많아졌다.

오늘 〈소설특강〉 수업을 취기가 남아 있는 채로 들어간다. 여느 때처럼 높은 음정으로 강의하시는 선생님은 바쁘신 듯 말씀이 빠르다. 나는 정신을 차려 듣는다. 정신을 똑바로 차려야 했다. 그렇지 않아도 지난밤에 큰일이 있었다. 창작노트를 잃은 것이었다. 여름방학 내내 밤잠을 줄여가며 써놓은 시 스무 편과 단편소설 두 편이 담긴 노트를 잃은 것이다. 눈을 비비며 지난 술자리를 복기하고 복기해도 노트는 없었다. 1차 순댓국집, 2차 호프집, 3차 포장마차, 4차 카페, 5차 학우네 자취방, 그리고 거기서 나온 게 잘못이었다. 도저히 그 친구와 함께할 수 없는 비좁은 방이었다. 새벽에 집에 간다고 나왔는데, 퇴계로 당구장 건물 화장실에서 꼬꾸라지고 말았다. 학우들의 술 실력을 맞춰보려는 내가 어리석었다. 소주 반 병의 주량으로 소주 한 박스를 마시는 학우를 따라가려 하다니….

새벽, 당구장 주인이 깨워 화장실에서 나와 지하철 첫차를 타고 종점까지 갔다. 그때는 분명 가방을 메고 있었다. 어깨에 가방을 두른 채 지하철 의자에 널브러진 것이었다. 어디서 잃은 것인지, 가방에 노트가 있긴 했던 모양인지, 속이 타들어 갔다. 나는 시커먼 속으로 들어가 시커멓게 됐다. 컴컴한 터널의 끝은 보이지 않았다.


— 계속합니다. 도표를 보도록.

선생님이 언제 도식을 그렸는가, 칠판에 보이지 않던 도표가 채워져 있었다.

현실을 기호화해서 기억하는 것이 우리의 의식활동이다. 그것을 정보로 남겨둘 수 있게 되면서 우리는 고등동물이 됐다. 먹이사슬의 최고 위치에 올라섰지만 미래는 늘 불안하다.

— 의식과 정보에 대해 요약한 표예요. 의식은 동물도 갖고 있죠. 하지만 그들에게 정보는 없어요. 신경 조직과 밀접한 생물적인 인식 기능이 의식이에요. 정보는 고도화된 의식이죠. 교육과 학습에 의해서만 가능해요. 우리의 현실 세계는 정보로 이뤄져 있어요. 현실의

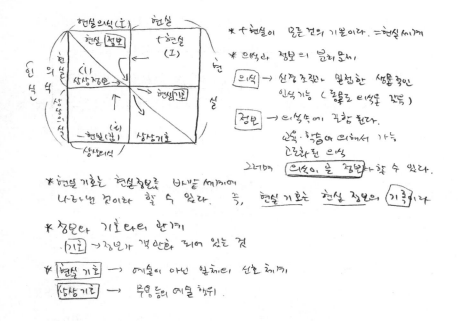

모든 기호는 현실정보를 바깥 세계에 나타낸 것으로 볼 수 있어요. 다시 말해서, 현실기호는 현실정보의 기록이에요. 여기서 기호는 정보가 객관화된 것을 말해요. 그러니까 내가 정리한 현실기호는 예술의 기호가 아닌, 일체의 신호체계이고, 상상기호는 예술행위, 즉 작품으로 형상화된 예술을 말해요. 예를 들어 무용예술이라면 무대 위에서의 몸짓을 말하겠죠.

선생님 특유의 도식이 다시 등장했다. 이 그림은 선생님의 여러 이론을 압축해놓고 있다. 인류의 세 가지 아이덴티티. I는 생물적 자기동일성으로 요지부동하게 핵심축을 깔고 있다. i는 기술적 자기동일성으로써 파이가 계속 커져나가고 있는 형국. 문명은 끝 간 데 없이 발전해나가니까. 그리고, ī는 I처럼 일정하다. 늘지도, 줄지도 않는다. 종교와 예술의 주체다. 언젠가 선생님은 '지킬 박사와 하이드'

172

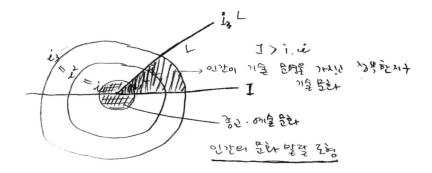

라 비유했다. 이렇듯 인류는 삼중인격자라 볼 수 있다.

나는 힘이 하나도 없다. 선생님의 말씀이 잘 들어오지 않는다. 온통 잃어버린 노트 생각만 둥둥 떠다닌다. 이런 나를 깨우시려는 듯이 선생님이 나를 호명하시고 책을 낭독하라신다. 나는 눈에 힘을 잔뜩 주어 집중한다. 지난 학기 때 얼마간 예습해 두었고, 선생님께서 가끔 비슷한 내용의 말씀을 하신 기억 때문에 그나마 힘들지 않게 읽어나갔다.

왜 옛날 사람들은 소박하고 간단한 방법으로, 신학도 아무것도 없이 바로 우주의 신비와 직면할 수 있었는데 요즈음의 사람들은 신앙에 들어간다고 하는 일이 왜 그렇게 어려운가?[100]

'어린이와 같아야 하나님의 나라에 들어갈 수 있다'라는 말씀을 남기시고 선생님은 수업을 마쳤다.

# 평화의 댐

## 1986. 11.

정부에서 '평화의 댐'을 건설해야 한단다. 북한이 우리 남한의 아시안 게임 성공을 질투하고, 앞으로 다가올 88올림픽을 방해하려고 금강산 댐을 건설하는 중이라 한다. 댐을 열어 물을 방출하면 서울의 63빌딩까지 잠긴다 했다. 대비하지 않으면 모두 물귀신이 되리라는 것이었다.

텔레비전 방송국에서는 금강산에서부터 홍수가 시작돼 서울까지 다다른 물로 서울이 모두 물에 잠기는 그래픽 화상을 만들어 송출하고 있었다. '물바다'가 된 서울을 지키려면 강원도 화천에 평화의 댐을 만들어야 하고, 그 건축비용이 필요하다고 했다.

그즈음 인천사태 이후 직선제 개헌에 대한 국민의 관심이 커졌다. 정부는 국가를 위한 국민의 충정을 호소했다. 서울올림픽이 제대로 치러지지 않으면 국가가 파산하리라 걱정하면서 성금을 촉구했다.

궁극적인 통일이라는 목표에 이르는 방법의 성격이 전쟁이 아니라 평화라고 합의한 것이다. 구체적인 남북의 교류는 현재 다시 막혀 있다. 그러나 우리는 7·4 성명이 살아 있다고 믿는다. 이 땅에 사는 사람들에게 가장 위대한 꿈을 준 7·4 성명은 어느 정권이나, 어느 세력이 이용하기에는 너무 위험하리만큼 뚜렷한 모습으로 이 땅의 정치적 미래에 대한 민족적 합의사항이 되었다.[101]

학생회에서 성금을 거두었고, 동사무소에서도 평화의 댐 건축비용을 모금했다. 은수저를 내놓은 주부, 저금통을 가져온 어린이도 있었다.

# 용병
## 1986. 11.

〈소설창작Ⅱ〉 시간, 선생님과 우리는 기말작품집에 실린 학생작품을 합평해 나갔다. 한 학기 중 가장 중요한 때다. 순금의 시간이다. 모두 한 마음이 돼 있다. 농밀한 긴장이 교실에 가득하다.

선생님은 여러 작품을 몰아서 평을 해 주실 때도 있고, 한 작품을 화두 삼아 수업 내용으로 끌어가실 때도 있다. 선생님은 작품집의 소설을 읽고 독후감을 전해주셨다. 선생님의 한마디 한마디가 비수가 돼 학생들 마음에 꽂힌다. 비수를 제힘으로 녹인 학생들은 졸업하고 글쓰기 전문가가 되거나 등단한단다.

— 경험이 더 드러나도록. 주인공 소년의 시선을 구체적으로 묘사할 것. 어머니와 이모의 관계와 캐릭터를 위한 선명한 에피소드 첨가. 중간 부분의 사건을 시작으로 터뜨리기. 감정 노출 억제. 슬픔을 숨기거나 더 슬프게. 사건 전개를 자연스럽게 진행할 것, 즉 강·약 조절이 필요함. 병에 걸린 아버지의 모습 덧칠. 힘이 좋은 문장, 자기 분열의식이 정확히 처리돼 좋음. 제삼자의 시선으로, 객관성 유지. 심리묘사 훌륭함….

학우들 소설에 대한 선생님의 평은 간명하지만 핵심을 찌르는 것이었다. 모두 중요한 지적이고 칭찬임을 잘 알고 있었다. 선생님의 한마디 한마디가 청춘들의 존재의 이유였다.

선생님은 가끔씩《소설가 구보 씨의 일일》한 대목을 학생 소설에 빗대기도 했다. 학생들은 그동안 배운 내용을 자기 작품에 대입하며 자신의 글쓰기를 객관화하는 것이었다.

— 작품 평은 이 정도로 하고, 시간이 남으니 구보 씨를 또 살펴봅시다. 어디까지 설명했지?

— 〈마음이여 아무져다오〉 읽을 차례입니다.

S 학우가 말해서 선생님은 그녀에게 읽기를 시켰다. 구보 씨가 고향 친구 김순남 씨를 찾아 청계천 전자제품 상점을 가는 대목이다.

— 傭兵, 처음 들어보는 말은 아니었다. 중학생이면 아는 말이다. 돈을 받고 싸움을 해 주는 사람들, 도시 국가에서 월급 받고 국방을 맡아해 준 사람들, 전쟁청부업자들—이것이 용병이다.

구보 씨는 학창 시절 김순남 씨 학교에 가서 교양 과목을 청강한 적이 있는데, 그때 교수가 '용병'에 대해 풀이해 준 설명이 인상 깊었다.

— '충성심'과 '돈'이라는 것이 한 물건 속에 어울려 있는 상태를— 그러면서도 '멋'이 있을 수 있다는 현상을 구보 씨는 비로소 알 수 있었다.

선생님은 구보 씨가 경험했던 '용병'의 개념을 통한 세상의 이치를 다시금 되새기는 듯, 눈을 한참 동안 감았다 뜬다.

— 여러분은 일제 강점기의 군사문화를 잘 모를 거예요. 일본 사람들, 천황에 대한 맹목적인 충성, 그 충정이 얼마나 대단했는지 모를 거예요.

나는 책에서 읽었다. '가미카제' 특공대의 활동이 바로 그를 대표하는 것이었다. 목숨을 바쳐 천황을 떠받드는 일본 사람들이 미련하다는 생각과 함께 무섭기도 했었다. 어떤 병사는 전쟁이 끝났음에도 십수 년을 적지에서 홀로 싸웠다고 했다. 천황의 철수명령이 아직 떨어지지 않았다는 것이었다.

선생님은 칠판에 '聖과 俗'이라 쓰셨다. 종교나 예술이 聖, 용병이나 매춘이 俗이라 비유하셨다. 구보 씨가 착한 친구 김순남 씨가 전자제품을 파는 모습을 보면서 용병스러움을 느끼고 뜬구름 잡는 자신의 세월이 문득 쓸쓸하다 생각했다.

내가 생각하는 선생님의 삶은 용병 쪽이 아니었다. 선생님은 삶에 대해 진지했고 순정스러웠다. 속(俗)스럽지 않으려 부단히 노력한 분이었다.

아마도 그것은 구보 씨가 그 '聖'을 뿌리치지 못해서가 아니라 아니 '聖'이 '俗'보다 낫다고 생각해서가 아니라 - 아무래도 '俗' 쪽은 되지 못하는 현재의 자기 입장이 하도 쓸쓸하기 때문에 이런 쓸쓸한 입장에 있는 자기가 김순남이 같은 고향친구를 동업 친구로 가지고 있다면 얼마나 마음 든든하랴 싶은 심사에서 우러나온 한탄이 었는지도 모른다. 기독교의 신에게 쫓겨난 토착신 드라큘라의 눈초리 - 빼앗긴 동포를 자기 편으로 끌어들이려는 행동이, 동포의 공포만을 불러일으킨다는 - 사랑의 가해(加害)의 형식을 취하고 만다는 - 모든 혁명적 테러리스트의 모순을 구보 씨는 느꼈던 것이다.[102]

선생님은 예술가의 처지를, 본격소설가인 자신의 모습을, 구보 씨를 통해 그려나가고 있다. 쉬운 길을 찾아가지 않으려는 소설가, 철저하게 당대의 모순을, 그리고 자신을 파헤쳐 나가는 길을 구보 씨는 가고 있었다. 구보 씨는 용병이 되어가는 친구가 자신의 쓸쓸함을 이해해 주리라 믿으면서 그에게 자주 찾아간다. 청계천에는 맛있는 음식점이 많다. 서민적이어도 그의 입맛에 맞다.

선생님은 오늘은 여기까지 공부하자며 수업을 마치셨다. 청계천에 가서 순대를 드시겠단다. 순대 맛이 일품인 집이 청계천에 있는데, 오늘은 거기에 꼭 가봐야겠다고 말씀하셨다.

나는 집에 와서 〈마음이여 야무져다오〉를 마저 읽었다. 선생님이 생각났다. 강의실 칠판에 판박이처럼 붙어 있는 선생님의 모습이 음유시인처럼 보였다. 과거를 노래하는 시인은 한껏 눈살을 찌푸리며 쓸쓸함을 노래한다. 선생님의 소리는 곧 판소리 한 대목으로 바뀐다. 심청가다. 인당수에 빠지기 직전의 푸념이다. 김순남 씨와 고향의 맛 순대를 한 점 새우젓에 찍어 들고 막걸리를 마시는 구보 씨의 행복한 얼굴이 어른거린다.

# 마트료시카

## 1986. 11.

오늘 〈소설특강〉 마지막 수업이었다. 한 주 더 남았지만, 우리는 '예술이란 무엇인가' 마지막 문장을 읽었고, 선생님도 설명을 끝마치신 듯했다. 학생작품 합평 시간이 모자라 〈소설특강〉 시간을 빌 것 같았다. 오늘은 중요한 말씀 많으셨다.

— 예술이라는 것은 공상적으로 무한 진화된 어떤 종의 계통발생의 DNA인 셈이며 그런 예술품을 만든다, 감상한다는 것은 그런 DNA의 인공조립입니다. 자기 속에서의 그 DNA의 개체발생의 조작입니다.

선생님이 우리에게 읽힌 이 문장은 《문학과 이데올로기》의 결론 부분과 교집합을 이룬다. 예술품을 만들거나 감상한다는 것은 우리 스스로 무한 진화된 생의 DNA를 개체발생한다는 것이다. 개체발생은 계통발생을 되풀이하니까, 예술이란 것은 무한히 계통발생된 마지막 형태의 개체발생이라 볼 수 있다. 즉 예술가는 최후에 발생되는 인간 개체의 모습이다.

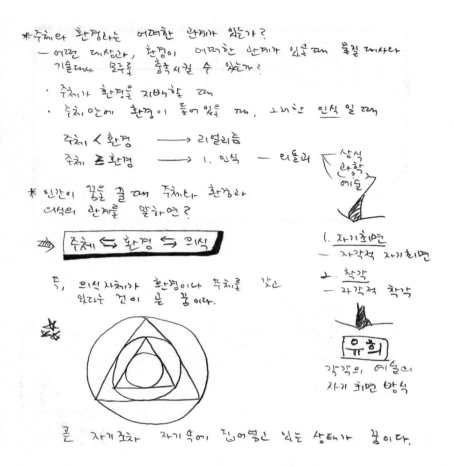

\* 주체와 환경라는 어떠한 관계가 있는가?

— 어떤 대상과, 환경이 어떠한 관계가 있을 때 물질 때사라
기울때서 욕구를 충족시킬 수 있는가?

· 주체가 환경을 지배할 때
· 주체 안에 환경이 들어있을 때, 그러한 인식 일 때

　　주체 < 환경　──→ 리얼리즘
　　주체 ≥ 환경　──→ 1. 인식 ── 리돌리 ← 상식
　　　　　　　　　　　　　　　　　　　　과학
　　　　　　　　　　　　　　　　　　　　예술

\* 인간이 꿈을 꿀 때 주체와 환경과
　의식의 관계를 말하면?

　　주체 ⇆ 환경 ⇆ 의식

1. 자기최면
　— 자각적 자기최면
2. 착각
　— 자각적 착각

유희
각각의, 예술의
자기 최면 방식

즉, 의식 자체가 환경이나 주체를 갖고
있다는 것이 곧 꿈 이다.

곧 자기 조차 자기 속에 집어넣고 있는 상태가 꿈 이다.

'무한', '무한대', '무한속도', 'DNA∞'…. 선생님이 즐겨 쓰시는 단어
다. 이 단어는 모두 예술이라는 그림자를 드리우고 있다.

　— 예술에서 '우리는 기호의 힘에 도움받아서 우리 자연 속에 무한
대의 인격이 곧 나 자신임을 공상한다'라는 말이 우리 수업에서 마지
막 강조 문장입니다.

　예술은 주체와 환경과 의식이 서로 순환하며 새로운 우주를 만들
어가는 것이다. 특히 문학예술은 감각적 자극을 지각하고 표상화한

다음 언어로 압축하는 과정인데, 그동안에 무한속도를 지닌 꿈의 체험을 현실로 되돌리게 한다. 그를 표현하는 주체 또한 무한 인격이 되는 것이다. 그것이 바로 DNA∞, 환상적 자기동일성의 모습이다.

생명의 물질대사를 세 가지로 변용하는 선생님의 아이덴티티, 그것이 또다시 은유되고 있다. 물질대사, 기술대사, 환상대사로 개진되고 변화된다. 이런 선생님의 열정과 끊임없는 연구력은 예술이라는 개념, 문학이라는 속성을 자기식으로 파악해 보려는 안간힘이다. 자신의 작업, 자신의 일, 자기 임무를 제대로 정의해보겠다는 의지, 과학자의 태도다. 깨달음을 얻으려는 수행자의 모습이다.

선생님은 문장으로 된 설명보다 그림, 도식, 수학식, 기호 등의 나열로 예술에 접근한다. 말보다 의미가 객관적인 과학을 믿기 때문으로 보인다. 나는 선생님의 압축기호를 선생님의 어조로 설명해 보고

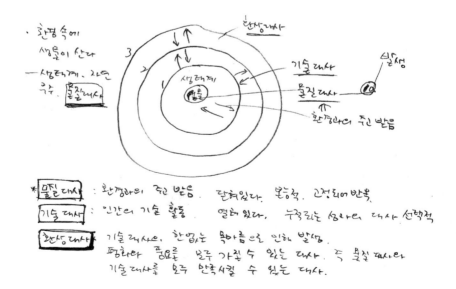

싶다. '물질대사'는 생물주체로서의 생활을 표현한 것이고, '기술대사'는 문명주체로서의 인류의 도구생활을, '환상대사'는 물질과 기술대사로 만족하지 못하는 부분을 채우려는 우리의 질 높은 생활을 표현한 것이다. 인류는 언제나 부족한 상태인 기술대사의 무한성으로 인한 불만을 해소하는 방법으로 유희 규칙을 고안해내게 되었다. 그것이 바로 예술의 창작과 감상의 상태다. 유희로나마 무한의 공포를 견디겠다는 것이다. 예술은 자각적 자기 최면의 상황이고, 자각적 착각의 상황이다. 마치 꿈과 같은 것이다. 이때, 주체는 환경에 대한 인식이 거의 같게 된다.

이것은 자기조차 자기 속에 집어넣은 상태를 말한다. 자기를 가두고 있는 자기, 선생님은 러시아 인형, '마트료시카'를 예로 드셨다. 마트료시카 인형은 얼굴만 한 인형 속에 손바닥만한 인형이 들어 있고, 그 속에 손가락만한 인형이 들어 있다. 그리고 그 속에 또 손톱만한 인형이 들어 있다.

선생님은 마트료시카 인형을 칠판에 그리시고 가을학기 〈소설특강〉을 모두 마치셨다.


# 내 소설
### 1986. 11.

기다리고 기다리던 〈소설창작〉 수업이었다. 내 소설, '잃어버린 반지를 찾아서'라는 단편을 합평했다. 학기말, 합평으로는 마지막 작품이었다. 내 단편과 P 군의 엽편을 논의하게 된다. 나는 소설에서 주인 공을 대학교수로 잡았다. K대학 생물학과 '복제도' 교수다. 조교가 그를 흠모하고 있다. 조교는 4·19 혁명 때 희생당한 대학생 오빠가 있었는데, 그 오빠의 친구가 바로 복제도 교수다. 복 교수는 우유부단한 성격으로 친구처럼 사회참여 운동에 그다지 실천적이지 못했다.

지금 우리네 모습과 다를 바 없다. 거리에 나가 돌과 화염병을 던지는 학생이 있는가 하면, 사회과학 책 몇 권 읽고 부풀어진 관념을 허약한 논리로 자기를 변호하는 학생도 있었다. 소설의 주인공도 그에 속하는 인물이다. 그는 실제 투쟁에 뛰어들지 못하는 심약자, 소심자다. 복제도 교수의 무색, 혹은 회색의 태도가 불만인 조교는 오빠를 그들로부터 명예회복 받아야 한다고 주장한다. 복제도 교수가 지난 저녁을 회상하며 아침 식사 후 평상시처럼 출근한다는 내용이다. 그는 세상이 그렇게 급변하지 않는다고, 더 기다려야 한다고 되뇌며 강의 현장에 들어선다.

나는 이 소설을 두 달에 걸쳐 쓰고, 문장을 공들여 다듬어나갔다. 방학 동안 밤새워 작업해나갔던 창작 노트를 잃어버리고, 그 기분을 첫 문장으로 시작해서 한 땀 한 땀 수를 놓듯 적어나갔다. 최인훈 선생님께 배운 대로 짧은 시간과 협소한 공간에다 주인공을 두고 그의 움직임을 섬세하게 묘사해나갔다.

나는 최인훈 선생님께 글을 잘 쓰는 학생으로 기억되고 싶었다. 앞날의 막연함, 졸업을 앞둔 막막함이 행간마다 스며 있다. 선생님으로부터 애증으로라도 흔적이 남는 학생이고 싶었다. 졸업 후 찾아뵈어도 기억해 주시리라, 인사를 잘 받아주시리라, 하는 기대와 절박함이 이런 치기로 표출되었을 것이다.

— 오늘은 두 작품에 대해서 이야기해 보겠어요. 먼저 P 군의 작품이에요. 어린 시절을 투명하게 잘 그렸어요. 어린 화자의 시선일 때는 그 나이대의 눈높이에 맞추어야 할 거예요.

선생님께서는 P 군의 소설의 장점, 단점에 대해 세세히 말씀해 주셨다. 다음은 내 작품 차례다. 나는 고개를 들지 못했다. 심장이 너무 뛰어, 뛰지 않는 듯했다.

— 이 작품은 자연주의 소설을 많이 닮았어요. 이와 관련한 작품, 《좁은 문》을 읽어보도록!

선생님은 《좁은 문》 독후감 숙제를 내주시고 내 작품 평은 더 이상 않으셨다. 선생님은 내 이름을 두어 번 웅얼거리시곤 강의실을 나갔다. 수업이 시작되자마자 수업을 마치신 것이었다.

'화가 나셨나?' '내 작품이 언짢으셨나?' '바쁘신 일 있으신가?' '일고의 가치도 없는 작품인가?' '강의실에서 학생 이름을 두어 번 부르면 그 학생은 선생님 연구실로 내려오라는 신호라던데, 가봐야 하나…?' 나는 수업 후 빈 강의실에 남아 스스로에게 이런저런 질문을 하고, 또 같은 의문을 던졌다. 답은 나오지 않았다. 편집장 형이 내게 다가와 내 작품을 '잘 읽었다'라고 말했다. 그는 내게, 작품이 좋아서 선생님은 아무런 평을 하지 않으신 것이라고 독려해주었다.

나는 선생님 연구실에 찾아가지 않았다. 집에 곧장 돌아와 삼중당 문고판 《좁은 문》을 읽었다. 앙드레 지드의 장편소설이었다. 줄리엣과 알리사 자매의 현실적인 사랑과 종교적인 사랑의 이야기다. 자매는 사촌 남동생 제롬을 동시에 사랑한다. 알리사는 남녀 간의 육체적 사랑과 하나님 밑에서 영혼이 합일된 승화를 이룬다. 제롬은 알리사를 원했지만 그녀는 종교적 도덕을 추구하다 죽는다. 제롬은

주일 예배 때 알리사와 함께 들었던 목사님의 설교를 평생 잊을 수 없다.

"좁은 문으로 들어가라. 멸망에 이르는 문은 크고 또 그 길이 넓어서 그리로 가는 사람이 많지만, 생명에 이르는 문은 좁고 또 그 길이 험해서 그리로 찾아 드는 사람이 적다"《마태오의 복음서》(7:13~14)의 신약 말씀이다. 나는 사랑을 원하지만 금욕을 택하는 알리사가 답답해 보였다. 최인훈 선생님께서는《좁은 문》과 내 소설이 어떤 접점이 있는지 아무 말씀 없이 독후감 숙제를 내주셨다. 복제도 교수가 알리사의 태도를 닮아 있는가, 줄리엣이 여동생 같은 성격이어서인가. 생각하고 생각해봐도 잘 모르겠다.

# 《좁은 문》
## 1986. 12.

《좁은 문》 독후감을 제출했다. 부과대표가 조교에게 보내고, 조교가 과대표를 통해 학생들에게 돌려줄 것이다. 나는《좁은 문》독후감을 열심히, 꼼꼼히 적었다.

사랑이나 종교가 환상이라면 사랑을 종교에 집중하는 태도는 극한의 환상 아닌가, 하는 감상이었다. 알리사의 성(聖)스러움은 환상일 뿐, 그녀의 삶이 진정 행복했을까 의문이 든다는 투로 적어나갔다. 《좁은 문》에 대한 의미 부여는 넓었지만,《신약성경》의 말씀처럼, 좁고 힘든 길을 택하는 사람이 천국에 이른다고, 그래야 진정한 행복을 이룬다는 감상문이었다.

　예술 교육은(다른 교육도 원칙적으로는 그렇겠지만) 말을 물가까지 인도하는 것에 비유할 수 있을 것이다. 물을 마시는 것은 스스로의 의지로만 이루어지는 행위다. 학생들이 자기들의 인간적 목마름을 예술이라는 강물에서 목을 축이겠다는 주체적 욕망이 있을 때 비로소 예술이라는 강물은 그들의 눈에 비치게 된다.[103]

선생님이 바쁘실 때는 학생의 독후감을 조교님이 검사한다고 했다. 읽었다는 표시로 표지에 도장을 찍는데, 그것도 조교님이 맡는다는 소문이었다. 그동안 최인훈 선생님 수업 때 제출했던 독후 보고서는 열 편이 넘었다. 소설작품도 있었고, 철학서도 있었다. 과학의 개념과 철학의 용어 해설도 있었다. 《도리언 그레이의 초상》, 《육체의 악마》, 《최서해 단편집》, 《흙》, 《무정》, 《이태준 단편집》, 《탁류》, 《니벨룽겐의 노래》, 〈범신론〉, 〈조건반사〉, 《융의 정신분석》, 〈개체발생과 계통발생〉 등이었다.

제출날짜 밑에 선생님의 도장만 찍혀 있을 뿐, 코멘트도 없고, 접힌 부분도 없다. 누군가 읽은 흔적이 어디에도 없다. 선생님께서는

> 여기서 누구나 볼 수 있는 것은 지는
> 적 인간주의아 픽호레스탄 즉인 이상주
> 의아의 갈구이다. 지는 인간적 행복을
> 희생하면서까지 하느님을 섬겨야 하는
> 이기적ㄴ사상에 자기 자신이 요도인
> 관계상 찬중러 비요타 해였ㄴ 불안은
> 느끼려던 넘이다. 알려서어 완영을 언제까
> 지나 꿈고서 득선은 지기음는 제촘에끼
> 천설적 행복은 된고 있는 호리에뜨가
> 런지는 의문어 앉은 의비성장하다. 그며
> 는 현설로 돌아가라고 제표욤에끼 천한
> 다. 그러나 이것이 이 적끔의 해결은
> 아니다. 지는 여하한 해탕도 주지 않을
> 서 다만 도덕적 관전이라는 문제만을
> 독자를에게 제시하여 주ㄴ 있다.

학생작품 읽으시는 것도 부담일 텐데, 이런 학생 보고서를 읽으실 틈이 없을 것이다.

나는 독후감 말미에, 《좁은 문》은 예술과 현실이 어떻게 조응하는가를 보여주는 소설이다, 문학에서 성(性)은 성(聖)이다, 라는 선생님의 말을 이 작품에서 다시 듣는 기분이다, 라고 맺었다.

최인훈 선생님께서 내 독후감을 읽으시고 교정했다!

나는 최인훈 선생님께서 학생의 리포트를 읽으시는지 안 읽으시는지 잘 몰랐다. 친구에게 물어보니, 선생님은 꼼꼼히 읽지 않으신단다. 대부분의 리포트는 조교님이 제출 확인하고 도장을 찍어 돌려준다고 했다. 어쩌면 조교님이 교정한 것일 수도 있겠지만, 아무리 봐도 선생님 필체였다. 아무튼 나로서는 영광이었다. 선생님께서 내 원고를 읽으시고 교정까지 해놓으시다니….


# 샤갈의 노래

## 1986. 12.

한글날과 개천절 휴강을 보강했다. 〈노래하는 샤갈〉을 읽었다. 책을 읽고 사색하는 직업을 가진 구보 씨, 그는 세상을 관찰하는 일도 좋아한다. 특히 동물원의 동물을 구경하거나, 그림을 관람하는 것도 즐긴다. 이번에는 〈샤갈전〉에 간 구보 씨를 따라가 보았다.

구보 씨는 샤갈에게 동병상련의 마음을 갖고 있다. 그는 러시아 전체주의 사회에서 망명한 샤갈과 북한의 폭압정치 체제에서 월남한 자신이 같은 처지라고 생각한다.

사물에 그 빛깔을 주는 것은 '현실의 빛깔'이 아니고, '관례의 빛깔도 아니다. 마찬가지로 원근법에 따라서도 그 깊이라는 것은 나타낼 수 없다. 그것은 생명 그 자체이며 그것이 없으면, 예술은 상상력이 없는 불완전한 것이 되고 만다. 나의 러시아에서의 그림들은 빛(光)이 없었다.[104]

〈샤갈전〉의 팸플릿에 적힌 샤갈의 말이다. 구보 씨는 샤갈의 그림에 감동하고, 또 그의 글에 감탄한다. 그는 샤갈과 자신을 동일시한다. 샤갈의 그림에는 러시아 풍경, 화가의 어린 시절 회상의 장면이 많다. 많은 게 아니라, 모든 그림이 러시아를 배경으로 하고 있고, 러시아의 풍속을 담고 있다. 미국이나 프랑스에 살면서 작업을 했어도, 샤갈은 고향에 늘 있었다.

최인훈 선생님도 그런 것 같았다. 월남한 피난민들은 모두 그렇지 않을까. 갈 수 없어서 더 그리운 고향일 것이다. 더 생생하도록 어린 시절을 기억하고, 각인하고, 가슴 깊이 붙여놓았을 것이다. 선생님도 원산에서 있었던 일을 자주 소설에 넣었다.

구보 씨는 〈샤갈전〉을 관람하면서 버릇처럼 예술에 대해 깊이 생각한다. 그의 상념은 예술에 대한, 미술 이론에 관한, 개성적인 체계와 그 합리가 적확한 설명이다.

형태의 음악이다. 이 물건들은 이제 그 어떤 사물의 색인(索引)도 아니고 오직 화자의 마음의 음계의 색이다. 가장 뛰어난 시어(詩語)

만을 골라 쓰는 시인처럼, 화가는 그의 기억 속에서 가장 우렁찬 빛과 선만을 골라서 그의 음계를 마련하고 다음에 그 악음(樂音)을 자유자재로 부린다.[105]

샤갈의 그림에 대한 해석과 비평을 음악에 비유하는 구보 씨의 논리는 그 어떤 미술 평가 글보다 세련되고 깊이 있다. 환상의 개념을 정리하고 예술에 다가가는 최인훈 선생님의 논리는《소설가 구보 씨의 일일》을 쓰시면서 시작되었는가 싶었다.

구보 씨는 여기서 그치지 않고 경복궁을 둘러보며 우리의 전통미(美)를 해설한다. 동양 미학을 서양 미학에 비견하여 설명하는 구보 씨의 예술에 대한 이론적 담론은 어디서 보지 못한 예술철학이고 독특한 평론이다.

선생님은 동양의 미학은 꿈을 버리면서 꿈이 이루어진 것이고, 서양의 미학은 꿈속이니까 마음껏 호사를 누리는 것이라 한다. 버림과 호사스러움은 모두 현실에서는 취하고 얻기 힘들다. 꿈이니까 가능하다. 화가는 꿈속에서 마음대로 호사를 누리고 난 다음 기쁨의 상태를 현실에서도 지속해 창작의 괴로움을 즐긴다.

경복궁의 건축물을 보면서 본인의 직업과 예술에 대한 상념에 빠지는 구보 씨는 좀 더 분명하게 동양과 서양의 예술에 대해 규정하고 싶어한다. 그는 소설가적 상상력으로 과거 우리 왕조 시대로 돌아가 대감들을 불러 그들에게 샤갈의 그림에 대해 논하게 한다.

　―'蛇蝎' 특별 展이라
　― 집을 거꾸로 그렸소이다그려

— 색깔이 어째 이리 난하오

— 아니외다 이 자가 본 중에서는 그중 骨法用筆이 웬만하고 氣
    韻도 어지간하외다

— 氣韻에 邪氣가 있지 않소.[106]


서양 미학과 동양 미학은 '그 노리는 바가 다르'다. 구보 씨는 상상
으로 불러낸 대감들의 대화를 통해 차이를 설명한다. 샤갈의 그림
과 우리의 서화는 차이가 있을 뿐, 우열은 없다. 나는 문득, 선생님
의 《문학과 이데올로기》에서의 '리얼리즘' 담론이 생각났다. 선생님
은 '리얼리즘 = 구상, 리얼리즘 = 추상 + 방법'이라고 하셨다. 문학에
서는 발자크와 카프카가 해당되겠다.


# 《임제록》

## 1986. 11.

〈소설창작〉 수업 종강했다. 기말작품품평회도 끝났다. 《소설가 구보
씨의 일일》, 〈겨울낚시〉에서 임제 선사의 어록을 인용하며 구보 씨
가 설문을 마치는 장면. 나는 이 대목이 최인훈 선생님의 내 마지막
학교 수업, 마지막 당부의 말씀이라고 강하게 느낀다.

자신을 프로테우스 같은 삶이라던 구보 씨, 문학인을 무당으로 자
주 비유하던 구보 씨, 자신의 다리를 잘라먹는 문어와 같은 작업이
소설 쓰기라던 구보 씨, 이번에는 화두 참구하는 수행자에 비유한다.

向裏向外 逢著便殺 逢佛殺佛 逢祖殺祖 逢羅漢殺羅漢
逢父母殺父母 逢親眷殺親眷 始得解脫 不與物拘 透脫自在[107]

# 〈국도의 끝〉

## 1986. 12.

겨울방학이 시작됐다. 학교에 갈 일이 또 있을까? 졸업식을 하겠지만, 따로 사진만 찍지 식에는 참석을 안 한다고들 했다. 나도 그럴 것 같았다. 겨울이 깊어가고 있었다. 쌓인 눈 위에 눈이 또 쌓였다. 경기도 변방의 단독주택인 집은 단단하지 않아서 벽에서 찬 바람이 불어왔다. 내 마음에도 차가운 바람이 들어왔다.

정리 안 된 서랍처럼 어지러운 마음이었다. 최인훈 선생님의 〈국도의 끝〉을 읽었다. 동두천일까, 평택일까, 미군 부대 근처 마을의 모습이다. 양색시와 군인들, 전쟁 후 평화로운, 권태스런 시골 마을의 모습을 차분하게 그린 소설이다.

국도는 차츰 어두워 오고, 철로는 뉘엿거리는 햇빛 속에서 소년의 마지막 희망처럼 둔탁한 금색으로 빛나고 있다. 엔진 소리가 들려온다. 소년은 한 발 나선다. 이윽고, 헤드라이트를 켠 버스가 건널목 저편에 나타난다. 넘어온다. 그대로 지나간다. 소년은 다시 쪼그리고 앉는다. 인제 철로는 빛나지 않는다. (…) 철로와 도로도 밤을 타고 가 버린 것이다. 남은 것은 소년의 동공 속으로 먹물처럼 넘어

들어가는 어둠과 그 어둠 속에 깊이 침몰해가는, 소년의 마음뿐이다. 누나는 왜 안 올까?[108]

나는 누나를 기다리는 소년의 마음이 된다. 우리 집은 철도는 없지만, 한강 언저리에 가옥이 있다. 나는 가끔 한강 변에 나가 강물을 보면서 시간을 보낸다. 시멘트 길 끝에 우리 집이 있고, 조금 더 올라가면 강둑이 있다. 내 흔적이 있는 강둑 벤치에 앉아 나는 〈국도의 끝〉 독후감을 시로 표현해본다.

〈바람이 불자 모래 한 줌이 진분홍 칠한 강에 누우며 금빛 한숨을 뱉어냅니다 / 노을이 무거운 엄마 / 주름치마 밑단으로 수평선 질질 끌며 사금이라도 건져 올리듯 강물을 쪼개 내어 저녁쌀을 씻습니다 / 분홍 셀로판지 위의 뜨물을 한 움큼 걸러 모으면 미역국이 됩니다 / 오늘은 누나 귀빠진 날 / 어두워서 잠 안 오는 하늘에 별이 발벗고 나서며 축하합니다 / 엄마는 이맛살 찌푸리며 수술 마친 누나는 왜 여적 안 오니 / 강은 못들은 척 나룻배 옆구리만 찌르고 있습니다〉

〈국도의 끝〉에는 미군부대 주변의 풍경이 그대로 담겨져 있다. 영어 칠이 벗겨진 간판, 전파사에서 들려오는 팝송, 담배를 피워물고 거니는 미군들…. 검문소 건너편에서 민간 버스 한 대가 미끄러져 들어온다. 버스는 검문소에 멈춰서고, '양색시'의 장례 행렬을 만난다. 상두꾼, 영구 맨 사람, 영구를 뒤따르는 사람 모두 여자다. 버스에 승객이 오른다. 여자 한 명, 남자 세 명, 여자는 미군부대 주변 업소에 있을 법한 차림이어서 남자들에게 놀림을 당한다. 놀림 때문에 여자는 더욱 화가 나지만 어쩔 수 없다. 지식인을 은유하는 초등학교 교사는 이 상황에서 가만히 있을 뿐이다. 국도의 끝에서 소년이 누나를 기다린다. 길은 어둠에 묻혀간다. 〈국도의 끝〉은 국도 끝에서 몰려오는 어둠을 맞는 소년을 통해 우리의 미래의 불투명함을 제시하는 소설이다.

저기, 장의차량이 보이는 듯싶다. 장의차가 비추는 전조등이 국도를 녹이고 있었다.


# 카페 토방
### 1986. 12.

서울 종로구 사직동에 있는 카페에 가면 술을 많이 마시게 된다. 술을 마시면 집으로 가는 차가 끊겨 거기서 밤을 지새우게 된다. '토방'. 사직동 카페의 이름이다. 카페 주인은 내가 자주 오기를 원한다. 내가 기타를 켜 반주를 하면 손님들이 노래를 부르기 때문이다. 손님들은 주변 상점 주인이거나, 주인의 알음알이들이어서 나도 친하게 지내는 '형님', '누님', '선배', '선생님' 들이다. 시와 노래를 즐기는 주인처럼 그들 모두 문학과 예술에 식견이 높고 관심이 많다.

여주인은 대학의 같은 과 동기동창이다. 동아리 '예음회'에서 함께 노래했다. 여주인이 카페에서 아르바이트하다가 인수하면서 내게 연락해왔고, 나는 몇 차례 놀러 가서 기타를 튕겼다. 손님들이 내 기타에 노래를 흥얼거리면서 나는 반주자가 되었고, 거의 매일 밤마다 카페에 놀러 갔다. 밤이 되면 카페에는 내 기타 연주와 손님들의 노래가 끊이지 않았다.

나는 기타로 막막한 시간을 튕겨내고 있었다. 기타를 켜서 손님들 흥을 돋우는 시간이 쌓여간다. 노래하고 손님이 권해준 맥주잔을 들이켜면 절망이 내려앉는 것 같았다. 우리는 마치 〈그레이 구락부의 전말기〉에 나오는 인물들처럼 이런저런 상념을 토로하고 노래했다. 그들의 어울림처럼 세상의 창 안쪽에서 서로 대화를 나누며 맥주를 마셨다. 카페 토방 안의 사람들은 맥주로 세상을 녹여나갔다.

"그레이 구락부의 영광을 위하여."
다섯 개의 잔이 짝짝 소리를 내어 부딪쳤다.
"예, 맥주 재고는 넉넉해?"
"염려 마. 두 상자면 부족할까?"
"만세! M선생을 위해 건배!"[109]

나는 새벽까지 맥주를 마시고 노래하다가 지하철 첫차를 타고, 다시 버스에 올라 집으로 집에 왔다. 최인훈 선생님의 《서유기》를 읽는 중인데, 그 속의 인물 논개가 계속 떠오르는 중이었다. 그 이유는 잘 모르는 중이었다.

# 《서유기》 속의 논개

## 1987. 1.

토방에 있는 나날이 많아졌다. 시간이 늦어 집에 가지 못하게 되면 근처 목욕탕에 갔다가 다시 토방으로 들어갔다. 몸이 늘 찌뿌드드하고 정신이 몽롱했다. 나의 시간은 화장실 변기의 물처럼 하수구로 빠르게 빠져나갔다. 학기가 끝나고, 연말연시를 토방에서 보냈다.

오늘, 2학년 시창작 교수님이 토방에 들어왔다. 세 시쯤이었다. 나는 손님이 없는 카페에서 주인과 이야기를 나누고 있었다. 시창작 교수님께서 카페 문을 열고 들어섰다. 문학상 심사를 마치고 지나가는 길에 들렀다고 하셨다. 소문은 익히 들어 알고 있었다고 하신다. 교수님은 카페 주인에게 나를 쫓아내라고 컬컬 웃으며 말씀하셨다. 가슴을 긁어내는 웃음, 선생님은 그 시니컬한 웃음으로 여러 학생을 지도했다. 그 웃음을 이겨내면 시인이 되었다.

선생님의 웃음이 토방을 울렸다. 내가 토방에서 필요한 사람이라고 주인이 말하자, 선생님은, 그럼 글을 많이 쓰게 하라고 주인에게 말했다. 언젠가, 교수님은 내게 소설보다 시 쓰기를 권하셨다. 수입이 적어도 보람이 있으리라, 나의 시가 그런 개성을 보일 수 있어 보람 있으리라 하셨다. 선생님께서는 언제는 내 시가 물러터졌다고도 말씀하셨다.

나는 시 쓰기보다 소설 쓰기가 더 좋았다. 소설 구상이 어려웠지만, 재미있었고 구상 후 문장을 적어나가며 비어 있는 노트를 채워나가는 게 보람 있었다. 시는 읽기에만 만족하려 했다. 시집 뒤에 있는 해설을 읽는 재미도 좋았다. 어려운 문장들이었지만 그 평문들을 독해해 나가는 것도 큰 즐거움이었다.

요즘은 최인훈 선생님의 《서유기》를 정독하는 중이다. 선생님의 《서유기》는 역사 평론 같은 소설이다. 고전소설을 패러디 형식으로 꾸며낸 장편인데, 여러 인물과 조우하며 우리의 역사를 해석하는 내용으로 채워진 작품이다. 주인공 독고준은 이 소설에서도 약간 우유부단한 인물로 묘사된다. 그는 어린 시절, 고향에서 경험했던 여름날을 잊지 못해 고향으로 가는 기차를 탄다. 그 과정에서 우리 역사의 주요한 지점에 있던 인물들을 만나는 내용이 주요 플롯이다.

소설에서 독고준이 논개를 만나는데, 지금 그 부분을 읽고 있다. 시창작 선생님이 카페에서 나가시자, 나는 가방에서 최인훈 선생님의 《서유기》를 꺼내 읽는다. 독고준이 감옥에 갇힌 논개를 만나는 장면이다. 논개는 감옥에서 풀려나고 싶어 안달이다. 독고준과 결혼하면 자유의 몸이 된다. 그러나 독고준은 저어한다. 어쩌면 우리나라의 많은 여성들은 논개와 같은 처지와 그런 성향을 가질 수밖에 없는 사회 구조 속에서 헤매지 않나 생각해 본다.

"제 대신 고문을 받아달라곤 안 했어요. 지극히 간단한 일이어요. 전 결혼하면 여기서 풀리도록 돼 있어요. 그뿐입니다. 그런데 당신은 그걸 못하신다는 거죠? 아하 그럼 나는 어떡하면 좋아요. 나는 어떡하면 좋아요."

어떤 새의 높은 부르짖음처럼 그녀의 목소리는 무겁게 날카로웠다. 그녀를 담당하고 있는 헌병이 또 끼어들었다.

"이 자식아, 너 같은 비국민이 있기 때문에 조선이 망한 거야, 알겠나? 민족의 성자가 구원을 청하는데 무슨 군소리야. 개인을 버리고 민족에 봉사하는데 무슨 딴소리야. 소아를 버리고 대아를 찾으라 이 말이야. 모르겠나."[110]

모험소설 형식으로 구성된 선생님의 《서유기》는 단순한 패러디 소설이 아니다. 선생님은 역사와 정치, 그리고 문학과 예술의 상관성을 넓은 스펙트럼으로 보여주고 있다. 여러 인물의 주장과 이념은 제각각의 빛을 뿜어내며 우리에게 새로운 역사 인식과 삶의 모습을 보여준다. 이 작품도 《소설가 구보 씨의 일일》처럼 선생님의 역사관, 세계관, 문학관을 표현하고 있다고 본다.

그즈음, 나는 시를 공부하는 C 학우를 만나고 있었다. 만남이라기보다 그녀가 나의 안부를 걱정하는 중이었다. 나는 여러 측면에서 여인을 사귀거나 데이트를 하기 어려운 상황이었다. 나는 카페 '토방'에서 술 마시고 기타 치고 사람들과 이야기를 나누는 것만으로도 바쁘고 벅찼다. 가끔씩 오후에 카페에서 글을 쓰는데, 좋은 문장이 많이 나오는 중이었다. 나는 어서 작품을 만들어두겠다는 생각뿐이었다. 취업하기 어려운데, 빈 시간 많을 때 작업이라도 많이 해서, 글쓰기 실력을 높이겠다는 생각이었다. 최종적으로는 공모에 당선돼서 등단하겠다는 목표를 갖고 있었다.

C 학우는 수업 교재인 《소설가 구보 씨의 일일》을 내가 빌려주고, 다시 돌려받으면서 만남이 시작되었다. 그녀는 학교에서 글 잘 쓰는 학생으로 조금 알려진 내게 관심이 많아 보였다. 그녀와 나는 졸업을 앞두고 자주 만나게 됐다. 그녀는 내가 카페 토방에 드나드는 것을 노골적으로 싫어했다. 나는 카페 출입을 그만두었다. 낮에는 취직자리를 알아보려 백방으로 뛰어다녔고, 밤에는 소설을 썼다. 독립할 나이가 됐다.

# 박종철

## 1987. 1.

공안당국이 박종철 학생을 불법으로 체포하여 고문했다. 그는 사망했다. 경찰은 '민주화추진위원회사건' 관련 수배자 박종운의 소재 파악을 위해 그 후배인 박종철을 체포했다. 대공수사단 남영동 분실에서 폭행과 전기고문, 물고문으로 그를 숨지게 했다.

치안 당국은 박종철 군이 단순 쇼크사인 것처럼 발표한다. "냉수를 몇 컵 마신 후 심문을 시작, 박종철 군의 친구 소재를 묻던 중 갑자기 '억' 소리를 지르면서 쓰러져, 중앙대 부속 병원으로 옮겼으나, 12시경 사망했다"라고 가벼운 일처럼 말한다. 그러나 부검의(剖檢醫)의 증언, 언론에서 의혹을 제기하자 사건 발생 5일째 되는 날, 물고문 사실을 공식 시인한다.

나는 광화문에서 검문하는 사복경찰에게 대들었다. 내가 오히려 그에게 경찰 신분을 밝히라 했다가 세종문화회관 옆 전경 버스에 올라갔다. 버스 안에서 가방과 주머니에 있는 모든 물건을 꺼내 보여 주었다. 나를 검문하던 경찰은 웃으며 나를 돌려보내 주었다. 막막한 앞날만큼 거대한 벽을 마주한 느낌이었다.

# 졸업식

## 1987. 2.

졸업식장에 다녀왔다. 어머니와 고교 친구들이 축하해 주었다. 장독대에서 사진을 찍었다. 시창작 교수님 연구실에 가서 인사 드리고 싶었는데, 교수님은 안 계셨다. 조교가, 아프셔서 학교에 잘 나오지 않으신다고 했다. 교수님이 내게 직장을 소개해 주셨다. 그리고 교지 〈예장〉에 내 단편소설을 게재하게 해 주셨다. 내 생애 처음으로 기성작가의 원고료를 받았다.

최인훈 선생님도 안 계셨다. 스승과 사진을 찍고 싶었는데…, 이렇게 가벼운 이별도 있나.


# 직선제

## 1987. 4.

직선제 개헌을 요구하는 시위가 잦아졌다. 나는 시창작 교수님이 소개해 준 원고 교열 일을 마치고 집에 가는 중에 불심검문을 받았다. 가방에는 시집과 노트뿐이었는데, 경찰은 여러 번 가방을 헤집었다. 지난번처럼 저항의 마음은 생기지 않았지만, 언짢기는 매한가지였다. 그의 손에 감염균이라도 묻은 듯해서 집에 돌아와 과산화수소수 묻힌 천으로 가방을 닦고 또 닦았다. 정부 치안 당국은 청년들을 균으로 보고 있는 것 같았다. 모두가 바이러스 균 같았다.

# 호헌철폐, 독재타도
## 1987. 6.

시민이 나섰다. 고문으로 숨진 박종철 군을 추모하는 시민이 많아졌다. 지난 5월 18일 광주혁명 7주기 추모 미사에서 김승훈 신부가 박종철 열사의 고문치사 은폐 조작을 폭로했다. 그 은폐 사건이 드러나면서 학생들이 들고일어났다. 시민들도 동참했다.

'호헌철폐, 독재타도'라는 넥타이 부대의 외침이 명동거리에서 울려 퍼진다. 민주화 운동의 절정이다. 나는 삼일로 창고극장에서 연출가 친구를 만나 이야기를 나누다 규탄시위에 동참하게 된다. 나와 친구는 어깨동무하고 명동에서 을지로까지 행진한다. 슬픔이나 기쁨, 하품이 전염되듯 불의에 항거하는 마음도 금세 퍼져나간다.

서울 한복판은 잘못된 사회를 규탄하는 목소리가 온종일 울려 퍼졌다. 6월이지만 한여름처럼 더웠다.


# 안부 인사
## 1987. 10.

'과속 작가' K 형과 신문사 기자 P 선배를 충무로에서 만났다. 〈매일경제〉 신문사 로비에서 만나서 술집을 정하려는데, 갑자기 K 형이 학교에 올라가자고 했다. 최인훈 선생님을 뵙고 싶다는 것이었다. P 선배도 학교가 그리워졌다며 예장동에 가자고 한다. 술을 마시지 않은 상태의 K 형 언행이어서 나는 따르기로 했다. 만나면 대취하고 취하면 주사가 있는 K 형이지만, 술을 마시지 않으면 누구보다 점잖고 순한 사람이었다. 나는 시창작 교수님도 뵙자고 했지만, 그럴 수 없단다. P 선배의 말에 의하면 시창작 교수님은 병가 중이라고 한다. 몸이 몹시 아프시단다.

K 형은 특별히 이번 걸음으로 최인훈 선생님의 의중을 알고 싶다고 했다. 지난여름 출간한 《낙선작가 소설집》에 대한 선생님 견해를 직접 들어봐야겠다는 것이었다. 그를 '과속 작가'라고 한 이유도 여기 있었다. 그는 일반적인 등단 절차를 거치지 않고 책을 출간한 바 있다. 각종 공모에 출품했지만, 선정이 안 됐는데, 그 작품들을 모아 소설집을 낸 것이었다. 그의 아쉬움을 잘 알겠지만, 학교에서는 안타깝게 여기는 중이란다. 소문으로는 최인훈 선생님이 굳이 제목을 '낙선작가'라고 할 필요가 있었는지, 우려하셨다고 했다.

> 문학은 진보하면서 진보하지 않는다는 상반된 성격을 가지고 있다. 문학은 자기 속에 언제나 다른 시대가 알지 못하는 희망을 가지면서 동시에 다른 시대가 알지 못하는 절망을 가진다.[111]

선생님의 '글 쓰는 일'이라는 에세이에 적혀 있는 문장이다. 선생님께서는 글 쓰는 일은 언제나 소중하고, 등단이고 미등단이고는 상관없다고 하신 기억이 난다. 하지만 이번 일은 달리 봐야 한다는 선생님의 생각을 후배로부터 들은 적이 있었다. 선생님께서는 굳이 공모에서 선정 안 된 작품이라는 사실을 알릴 필요가 있는가, 하는 생각이시란다.

선생님은 마침 연구실에 계셨다. 조교실을 거치는 연구실 구조여서 우리는 사 들고 간 음료를 조교에게 건네고 선생님의 존재 여부를 물었다.

— 남자분들이 뭘 이런 걸 사 오셨는지… 선생님, 계셔요. 강의가 없는 시간이에요.

조교는 음료수 대신 꽃을 원했던가, 조교는 학생시절부터 꽃을 좋아해 강의실 교탁 마다 꽃꽂이를 해놓았었다.

— 그래, 잘들 지냈나.

최인훈 선생님께서 우리를 환한 미소로 맞으셨다. 선생님은 특히 K 형을 지그시 바라보셨다. 나는 졸업 후 처음으로 다시 선생님을 뵈어 많이 긴장했다.

— 네, 우리는 무탈합니다. 선생님, 건강은 어떠신지요?

— 괜찮네. 별 이상 없어. 자네들은 어떤가, 건강은 좋아 보이네, 형편도 좋겠지?

선생님은 주로 K 형을 보고 말씀하셨다. 나를 기억하지 못하시는 것 같았다. 내 입학 연도를 물으셨고, 잠시 후에 또 물으셨다. 모르는 체하기가 선생님의 유머라던데, 진실로 나를 모르시나? P 선배의 근황을 묻고 또 내 학번을 물어오셨다. 나는 같은 답을 세 번 반복했다. 잠시 조용했다.

— 저는 요즘 대하소설을 집필 중입니다.

침묵이 길어지자 K 형이 입을 열었다.

— 음… 힘이 좋군. 무슨 내용?

선생님은 K 형을 보고 미소하셨다. 대견하다는 의미도 있지만, 안쓰럽고, 격려한다는 뜻으로 보였다.

― 자네는?

선생님이 나를 다시 보셨다.

― 저는 공부 중입니다. 다른 학교에 편입했습니다.

― 공부 좋지. 무슨 과?

― 신문방송학과입니다.

― 그래, 그런 과가 요즘 좋아 보이더군.

선생님은 눈을 감으셨다. 침묵, 또 침묵.

K 형은 무슨 말을 더하고 싶어 했지만, 꺼낼 상황이 아니었다. 선생님이 흔쾌히 질문하고 답하겠다는 모습이 아니었다. K 형은 지난번 출간에 대해 선생님의 의견을 듣고 싶어 했을 것이지만, 그럴 분위기가 못 됐다. 생각이 복잡해 보이는 선생님의 표정이었다.

― 그럼, 이만 일어서겠습니다, 선생님.

P 선배가 말하며 손으로 내 허리를 툭 쳤다.

― 그래, 그래. 내가 급히 처리해야 할 일이 좀 있네. 다음에 집으로 오게나. 집에서 편하게 이야기하자고.

― 네.

일 년 만에 찾아뵌 선생님은 변함이 없으셨다. 어제 뵙던 그대로였다. 시간은 선생님의 큰 귀 사이로 지나가 버린 듯했다. 여전하신 선생님을 뵈니 후배들이 문득 궁금해졌다. '문학을 공부한다는 것은 선생님의 모든 것을 전해 받는 것이다'라고 말해주고 싶었다.

# 스승의 날

## 1988. 5.

스승의 날이다. 소설을 공부하는 모임, '작업' 동인들과 학교에 올라 갔다. 문창과 선생님들을 뵈려 예장동에 간 것이었다. 소설가 K 형, 신문기자 P 선배, 잡지편집자 L 형, 그리고 나 이렇게 네 명의 졸업 생이 스승을 찾는다.

우리는 최인훈 선생님을 모시고 점심 식사를 하려 계획했다. 명동 입구 내장탕 집을 예약하고 한국전력 명동지소를 거쳐 초등학교 후 문을 지났다. 교통방송국 앞 횡단보도에서 푸른 신호등을 기다리는 데, 건너편에 시창작 교수님이 서 계신 모습이 보였다. 시창작 선생 님은 마르셨지만 꼿꼿하시다. 자코메티의 조각 작품처럼 뼈대만 있 어 보여도 온기가 풍겨 나온다. 선생님의 자태에서 풍기는 따스함은 제자들이 많이 간직하고 있을 것이다. 당신의 시처럼 아무런 장식이 없는 선생님, 하지만 사람들의 마음을 푸근하게 덥혀주는 선생님. 선생님께 다가가면 최근에 내신 시집 《가끔은 주목받는 生이고 싶 다》에 있는 〈프란츠 카프카〉를 읊어주실 것 같다.

신호가 바뀌자 선생님이 우리를 알아보시고 달려오시듯 빠르게 걷는다.

— 오랜만에 찾아왔구나. 내 연구실로 가자.

선생님은 무척 반가워하시며 우리를 연구실로 데려갔다. 학교 규 모가 커져 교정 건너편 영화진흥공사 건물 일부에 연구실을 임대해 쓰신다고 하신다. 실은 최인훈 선생님을 먼저 뵙고 선생님과 식사하 려는 계획이었는데, 시창작 교수님이 우리를 알아봐 어쩔 수 없었다.

우리는 가져온 꽃다발과 선물을 시창작 교수님께 전했다. 연구실은 아늑했다. 벽마다 시집이 빼곡히 꽂혀 있고, 작은 책상에 가습기가 하얀 김을 짙게 뿜어내고 있었다. 선생님 자리 뒤에 커튼이 쳐져 있었다. 커튼 사이로 군용침대 다리가 보였다. 거기서 쉬시는 모양이었다. 담당 조교가 꽃다발을 풀어 꽃병에 꽂았다. 금방 화사해졌다. 차를 만들어내는 후배의 손놀림은 정말 빨랐다.

— 스승의 날, 감사드립니다. 선생님.

— 오랜만에 찾아봬서 죄송합니다, 앞으로 자주 오겠습니다.

— 건강은 어떠신지요.

우리는 선생님께 한마디씩 올렸다.

— 여기저기 아픈 데가 많아. 그래도 이렇게 강의하고 있네.

선생님은 폐가 좋지 않으셨다. 치료 중이어서 담배도 끊으셨다고 했다.

— 자네들은 모두 건강하지? P 군은 신문사에 잘 있겠고, L 군은 편집장으로 진급했을 테고, K 군은 소설 많이 쓰는 중이겠지.

선생님은 우리의 이름을 모두 외고 계셨다. 나의 근황을 물으셔서 공부 중이라 하니, 너무 많이 공부하는 것도 좋지 않다고 하셨다.

— 이제는 써야지. 단단한 것 써서 내놓아야 해.

내게 하시는 말씀이지만 K 형을 염두에 두신 것 같았다.

— 많이 쓰고 있습니다. 대하소설을 시작했습니다.

K 형이 호기롭게 말했다.

— 젊을 때 다작도 중요하지만, 자기를 챙기면서 써야지. 단단한 것으로 내놔야 돼.

선생님은 말끝에 한숨을 쉬셨다. 몸이 불편하기도 하고 우리들이 안타깝기도 한 모양이었다.

— 선생님, 쉬세요. 다음에 또 찾아뵙겠습니다.

우리는 일어섰다. 시창작 선생님은 그러자, 하시고는 모두가 나가기 전에 간이침대에 누우셨다.

우리는 최인훈 선생님 연구실로 건너가 선생님을 모시고 명동 내장탕 집에 갔다. 조교에게 전화를 걸어 음식점을 추천받았는데, 평범해 보이는 한식집이었다. 선생님께서 가끔 주문하시거나 가서 드시는 집이라 해서 예약해 두었다. 선생님은 특별한 경우 아니면 외식을 전혀 않으시는 줄 알고 있었다. 이 집은 특별한 음식점인가 보다.

선생님께서는 뚝배기에서 끓는 내장탕을 후룩후룩 소리 내시며 드셨다.

선생님은 내장탕을 말끔히 비우셨다. 선생님 주변의 밑반찬 그릇도 깨끗했다.

— 서울올림픽이 열리면 좋은 점이 뭐가 있을까.

선생님께서 물을 마신 뒤 우리에게 물어온다. 알고 계시면서 제자에게 질문하시는 선생님의 교육 습관.

— 세계에 한국을 알리게 되고 경제 형편도 좋아진다고 합니다.

— 개발도상국에서도 올림픽을 치를 수 있다는 증거가 됩니다.

— 우리 스포츠와 문화계의 위상이 높아질 수 있습니다.

각자의 생각을 말했다. 선생님은 고개를 끄덕이실 뿐 어떤 코멘트도 없다.

— …우리는 우리 할 일 열심히 하면 될 거야. 문학을 말이야.

문학은 比喩와 虛構라는 조작을 통하여 현실의 기호인 언어를 현실을 부정한 사물로 昇格시킨다. 여기서 우리는 문학의 비극적 二律背反의 운명을 발견하게 된다. 즉 문학은 그 매재 때문에 뛰어나게 현실적이어야 하면서 예술이 되기 위하여는 현실을 부정해야 한다는 사실이다.[112]

— 이렇게 찾아주어 고맙네.

선생님은 스승의 날을 챙겨주는 졸업생이 많으면 좋겠다고 덧붙이셨다. 열심히, 현실을 뚜벅뚜벅 살아가되, 문학의 꿈을 잃지 말아야 한다고 당부하시고 일어섰다.

학교로 올라가시는 선생님의 등은 꼿꼿하셨다. 우리의 스승님은 건재하셨다. 우리는 든든해진 몸과 마음으로 퇴계로를 향해 내려갔다.

# 결혼식

## 1989. 10.

시 쓰는 후배 J 군의 결혼식에 갔다. 최인훈 선생님께서 주례를 서셨다. 선생님의 주례사는 문학 강연이었다. 여전히 높고 낭랑하신 음색으로 결혼 참석자들에게 좋은 문학에 관해 설명하셨다. 최인훈 선생님의 주례사를 들으니, 선생님이 썼던 선생님의 스승에 관한 글이 생각났다.

고고하다든지, 隱士風이라든지 하는 그런 것인데, 이런 데서 오는 학의 인상은 어딘지 매정스럽고 까다로운 느낌을 주는데 선생은 그 점에서는 전혀 다르다고 해야 옳을 것 같기 때문이다. (⋯) 학이면, 뭇새들이 소란을 피우면 그 매정스런 흰 날개를 훌쩍 펴고 자리를 뜨고 말 것인데 선생은 상대방이 싫다고 할 때까지는 먼저 자리를 뜨지는 않는 것이다. (⋯) 말이 난 김에 사모님에 대해 한마디. 선생은 동부인해 다니시는 경우가 많아 보인다. 언젠가 혼사가 있는 집에 가시는 채비를 하면서 부인에게 하는 말. "여보 당신도 가요. 맛있는 것 좀 먹구 옵시다."[113]

언젠가 읽었던 최인훈 선생님의 〈안수길 소묘〉의 부분이다. 안수길 선생님은 최인훈 선생님의 은사다. 최인훈 선생님을 소설가로 문단에 추천해준 분이다. 언젠가 사진으로 뵈었던 안수길 선생님을 학으로 비유하시는데, 적절하다고 생각된다.

최인훈 선생님에게도 그런 학 이미지가 풍긴다. 하지만 여러 측면에서 최인훈 선생님은 사자와 흡사하다. 수사자. 모습도 그렇지만 성품도 그런 분위기다. 왜 그런가, 설명하라면 여러 이유를 들 수 있겠지만, 그냥 그렇다고 하는 게 더 맞겠다. 사자 외의 다른 동물로 선생님을 빗대기 어렵다. 언젠가 서울대공원 동물원에서 수사자를 맞닥뜨렸는데, 금방 선생님을 떠올렸다.

예식이 끝나고 피로연장에서 나는 선생님 곁으로 슬그머니 다가가서 인사를 올렸다. 선생님은 고개를 깊이 끄덕이셨다. 나를 기억하고 있다는 느낌의 고갯짓이셨다. '소설은 쓰지 않냐?'라고 물어보시는 눈빛으로 나를 바라보신다. 나는 더 열심히 하겠습니다,라고 속으로 말씀드리고 자리를 피했다. 다른 사람들이 선생님께 인사하러 몰려들었다.

내 작품이 올해 신춘문예 공모에서 네 군데 신문사에서 최종심과 본심에 올랐다. 소설 공부 모임에서 한 해 동안 합평한 작품들, 다섯 편을 응모한 결과였다. 당선은 안 됐지만, 최종에서 내 작품 심사평을 읽게 된 보람이 있었다. 나는 창작집 한 권 분량의 중단편을 갖고 있고, 이제는 장편소설을 기획하고 있다.

곧 등단해서 최인훈 선생님을 꼭 찾아뵈리라, 하는 마음은 예식장에서만 있었던가. 행사장을 나서면서, 술기운에 얹힌 다짐은 조금씩 허물어져 집에 들어가 누워서는 완전히 사라져버렸다. 소설 공부 모임의 우리는 1박 2일 동안 마셨다. 피로연장에서 시작한 음주는 모임의 선배들이 끌어가는 대로 1, 2, 3차로 이어져, 이튿날 새벽, P 선배의 자취방에서 마쳤다. 나는 집에 어떻게 왔는지 몰랐다.

# 새로운 생(生)

## 1990. 9.

소설가로 등단했다. 단편소설 〈환(環)〉. 문학 계간지에 투고한 세 편 중, 이 작품이 뽑혀 신인으로 나왔다. 최인훈 선생님의 수업, 〈소설 창작〉 시간에 합평했던 작품을 초고 삼아 덧칠하고 다듬어서 단편으로 만들어 두었는데, 내 등단작이 됐다.

학교에 가서 최인훈 선생님을 찾아뵈었다. 선생님께서는 축하한다고, 잘했다고 칭찬하셨다. 나는, 선생님으로부터 예술과 문학을,

소설과 작품 창작의 자세를 배웠다고, 앞으로 더 정진하겠다고 말씀
드렸다.

등단작은 최인훈 선생님의 〈문학과 이데올로기〉에서 큰 영감을 받
았다. 하늘 아래 완전히 새로운 것은 없고, 지금 여기 있는 모든 것
은 과거 것들의 울림이다. 우리의 역사는 돌고 돈다는, 니체의 '영원
회귀'와 흡사한 의미로 '환(還)'이고 '환(環)'이었다.


김 : 선생님이 77년부터 교수 생활을 하고 계시는데 실재 서재에
서 혼자 글을 쓰시는 것과 밖에 나가서 무엇인가를 가르치는 입장
에 어떤 느낌의 차이가 있습니까?(…) 실제로 작품을 쓰시는 경우에
는 자기 상상 속에 완전히 몰입할 수 있는데, 남을 가르치는 경우에
는 최소한 남들이 지식이라고 인정해 주는 것을 전달해 줘야 될 의
무를 느낄 때가 있을 텐데요.

최 : 그런 갈등은 조금 있어요. 우리 학급에 상당히 총명한 학생
이 있어서 〈정말 문학을 가르칠 수 있다고 생각해서 가르치느냐〉
고 물은 적이 있어서 대답이 상당히 궁색했었는데, 그 당장에는 그
렇게 썩 명쾌한 대답을 못 해줬습니다. 그런데 지금 이 자리에서 그
동안 그 문제를 두고 생각해 본 바를 얘기한다면, 그 학생의 질문도
옳고 또 가르치겠다고 생각하는 사람도 옳다고 생각해요. 예술 교
육이라는 것은 어차피 가르칠 수 있는 데까지 가르치는 것이지 일
정 기간의 교육을 마친 다음 도장을 찍어서 예술가를 타율적으로
보증한다는 것은 아니지 않는가. 그래서 예술 교육을 그렇게 이해
한다면 못 가르칠 것도 없지 않겠는가, 그런 생각입니다.[114]

선생님과 평론가의 대담 부분이다. 선생님께서 내 등단작을 간단히 총평하시고 앙드레 지드의 《좁은 문》을 읽어보라 권하셨던 기억이 있다. 선생님의 가르침은 언제고 계속될 듯싶다. 나는 선생님으로부터 새로운 생(生)을 받게 됐다.

# 축복 노래

## 1990. 10.

경제신문 기자 P 선배가 결혼했다. 내게 축복 노래를 부탁해서 나는 예식장에 일찍 가 있었다. 예식이 시작되면서 최인훈 선생님 모습이 보였다. 주례를 맡으신 모양이셨다. 선생님은 인사해 오는 사람들에게 가볍게 미소하셨다. 오랜만에 가까이서 뵙는데, 밝으셨다. 회색 양복이 환했다.

선생님 모습처럼 밝은 말씀이 결혼식장을 채워나갔다. 예식 내내 P 선배 입가에 웃음이 떠나지 않았다. 누군가 P 선배를 슬쩍 건드리기만 해도, 예의 그 모차르트 영화 주인공의 칼칼거리는 웃음이 금방이라도 터져나올 것만 같았다.

나는 P 선배의 웃음을 떠올리며 즐겁게 노래했다. 그가 행복하기를 빌었다. 나는 그에게 여러 도움을 받았다. 원고청탁, 술자리 격려 등 서로의 외로움을 허무는 노력이 나에 대한 의리로 표출되었다. 나는 그의 행복을 위해 사무치게 노래했다.

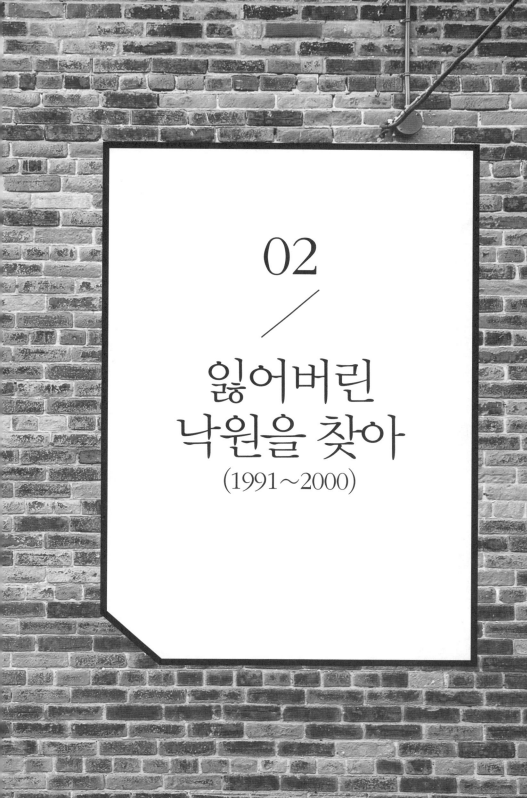

02

잃어버린
낙원을 찾아
(1991~2000)

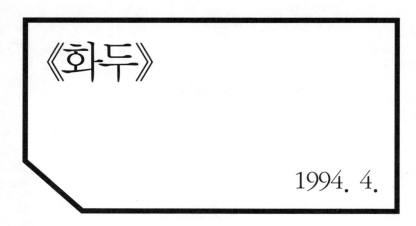

《화두》

1994. 4.

최인훈 선생님의《화두》출간이 연일 화제가 되고 있다. 〈김한길의 사람들〉이라는 텔레비전 프로그램에서도 선생님을 뵐 수 있었다. 프로그램의 MC, 김한길 선생은 그동안의 득의연한 태도의 멘트로 인기를 얻고 있었다. 그는 최근 많이 회자되는 출연자들의 좋은 점보다 아쉬운 점을 날카롭게 지적하는 것으로 주목받고 있었는데, 최인훈 선생님 앞에서는 예의 태도가 아니었다. 자신도 대중에게 알려진 소설가이기 때문이어선지, 전후 최대의 작가 앞이어서인지, 사회자는 여느 때와는 다르게 부드러우면서 겸손한 모습이었다.

— 스무 살, 약관의 나이에《광장》으로 화려하게 등장하시고, 사십 년 후 이제《화두》로 느낌표를 찍으셨습니다.

사회자가 선생님을 일어서서 맞았다. 선생님의 간단한 약력 소개와 작품 세계에 대한 평을 읽듯이 말한다.

— 대중들에게는 선생님의 작품이 어렵다, 읽기 힘들다, 난해하다는 평이 많은데, 어떻게 생각하십니까. 왜 그렇게 어렵게 쓰십니까?

사회자는 에둘러서 선생님 문학의 난점을 짚는다.

— 어떤 독자들한테는 어렵고 괴로운 것이 즐겁기도 하겠지요. 세상에 쉬운 것만 있으면 그것도 재미없을 겁니다. 사회자님 소설은 재미있다고들 하던데요.

선생님은 사회자의 물음에 즉각 답하셨다. 그의 소설 세계를 맞받아 지적하시는 선생님이었다. 방송 내내 선생님은 차분하면서도 또박또박 말씀하시며 진행을 주도해 나갔다. 《광장》을 쓰게 된 당시의 분위기부터 《화두》 집필과 탄생 과정까지, 명쾌하게 말씀하셨다. 특히, 《화두》 집필 당시의 흥분과 열기를 말씀하실 때는 텔레비전 모니터 밖까지 창작의 뜨거움이 전해지는 듯했다.

어디에선가 《화두》 작업 당시의 에피소드를 읽은 적이 있다. 선생님은 연구년 일 년 동안 집 바깥출입을 한 번도 않으셨다고 했다. 서재에서 하루 종일 원고지에 문장을 적어나갔다고 한다. 문장을 적어가는 데 온 기운을 쏟아내면서 일 년의 세월을 보내셨다. 글이 쏟아져 나올 때 그 빠르기를 조절하느라 숨을 고르고, 컨디션이 나빠질까 조심하시면서…비로소 대작 《화두》를 완성하셨다.


인류를 커다란 공룡에 비유해 본다면, 그 머리는 20세기의 마지막 부분에서 바야흐로 21세기를 넘보고 있는데, 꼬리 쪽은 아직도 19세기의 마지막 부분에서 진흙탕과 바위산 틈바구니에서 피투성이가 되어 짓이겨지면서 20세기의 분수령을 넘어서려고 안간힘을 쓰고 있다. (…) 이 소설은 아직 공룡의 몸통에 붙어 있는 한 비늘의 이야기다.[115]

선생님은 《화두》에 자신의 삶을 기록해 두셨다. 선생님의 삶은 한국의 근현대사의 증인으로서의 세월이었다. 선생님은 '공룡의 꼬리에 붙은 비늘'로써 스스로의 문장으로 적어나가겠다고 작심하신 것이었다. 가장 자기다운 언어를 골라 가장 합리적이고 섬세하게 자신을 그려나갔다. 언어의 기록으로 자신을 온전히 찾고 오래 남길 수 있다는 희망이었으리라. 그 소망은 페이지마다 가득하다.

텔레비전에서 보이는 선생님은 처음에는 낯설었지만 곧 익숙해졌다. 반투명 선글라스를 쓰고 이마가 훤히 보이게 뒤로 넘긴 곱슬머리는 어깨에 닿을 듯 찰랑거린다. 화면에 보이는 특별하고도 친숙한, 수업 시간의 선생님 모습 그대로였다.

# 《화두》 출판기념회

## 1994. 5.

신라호텔에서 《화두》 출판기념회가 열렸다. 졸업생들이 스승의 날을 맞아 최인훈 선생님을 모시고 사은회를 만든 것이다. 등단하여 활발히 활동하는 선배들이 주선한 자리였다. 나도 연락을 받아 찾아갔다.

— 그동안 많이 기다렸어요. 많이 참아냈어요. 《화두》는 우리의 결실입니다. 우리 예술대학의 결과물입니다. 이제 여러분들, 자부심을 가져도 됩니다.

선생님께서는 약간 흥분해 있었다. 선생님이 이렇게 상기된 표정으로 힘주어 말씀하시는 모습을 나는 처음 보았다. 《화두》 탄생에 대한 소감은 한 번으로 끝낼 수는 없을 것이다. 오랜만에 한국문학사에 대작이 터져 나왔으니 감동적인 말 한두 마디로 갈음하기 어려울 것이다.

작가가 되고 싶었던 선생님, 어릴 때부터 독서가 가장 즐거웠고, 사색하는 일이 제일 자신다웠던 선생님은 대학 법학과에 가서도 소설을 쓰셨다. 소설 쓰기로 인생을 살아가리라는 예상을 늘 해 나가셨단다.

선생님은 어느 평론가와의 대담에서 '기록'에 대해 깊은 성찰의 말씀을 하신 적이 있다. 기억도 기록해 두는 것과 않는 것의 차이와 기록의 소중함을 이야기한 것이다. 《화두》는 그런 의미에서 선생님의 생생하고 진실한 기억의 기록이라 할 수 있겠다.

선생님은 마지막 아이덴티티를 찾기 위해 《화두》를 쓰신 것으로 볼 수 있다. 마지막 아이덴티티로서의 《화두》는 인류라는 존재의 무한한 가능성에 대해 이야기하고 있다. 선생님께서 우리에게 들려주시던 예술과 인간에 대한 이야기도 《화두》에 가끔씩 나온다.

— 우리 학교의 상징이신 최인훈 스승님을 위해 건배를 올리는 시간을 갖겠습니다.

동문회장이 축하 건배를 제의했다. 나는 건배를 마치고 화장실에 다녀오겠다고 하고, 호텔 건물을 빠져나왔다. 나는 한 달 전에 장편소설을 탈고했다. 장편소설이 출간되면 선생님 좋아하실 술 한 병 사 들고 선생님 댁에 꼭 찾아뵈리라, 다짐했다.

나는 호텔을 나와 예장동 서울예술대학교에 올라간다. 오랜만의 걸음이다. 10년 만의 '나', 잘 있는지 '나'를 보러 간다. 언젠가 가보았던 곳이다. 학교 다닐 때 몇 차례 이 길로 다닌 적이 있다. 10년 전의 내가 나를 끌어가고 있다.

　사람의 평생에는 그러고 보면 그런 장소가 따로 있다. 눈 감고 라도, 하고 흔히 말하듯이 일정한 인생의 어느 시기에 수없이 오가 는 길과 그 길 끝에 있는 장소, 순간마다의 이른바 〈나〉가 그때마 다 이루어진 연속으로서의 나. 집과 학교 사이에 개미들의 행렬처 럼 이어진 나, 나, 나, 나, 나, 나…… 학교에, 예배당에, 막사에 도착 하면, 그 마지막 〈나〉만 남고 다른 나들은 모두 그 마지막 〈나〉 속 으로 마치 개미굴 속으로 들어가는 개미들처럼 차례로 들어와 겹친 다. 그래서 마치 작은 구멍만 남는 것처럼, 구멍에 보초처럼 서 있는 마지막 나가 〈나〉로 통한다.[116]

충무로에서 명동으로 거슬러 오르는 길, 가로수 아래 10년 전 내 가 떨어뜨린 단추가 아직 있을지도 모르겠다. 퍼시픽호텔 후문 곁 사진관, 전시해놓은 가족사진은 사라지고 대령 계급 군인의 초상이 있다. 그의 부인인 듯한 여인도 서 있다. 나는 사진관을 지나 학교 정문으로 거슬러 올라간다. 사진관 옆이 막걸릿집인데, 내가 깨트려 버린 소주잔이 하수구에 아직 반짝거리고 있는 듯싶다. 내가 나의 기억 속에서 다시 나로 확실히 알아지는 순간이다. 저기, 내가 걸어 간다.

# 파전

## 1994. 10.

시창작 교수님의 문학상 수상 피로연에 다녀왔다. 피로연장은 파전 안주에 막걸리를 마시는, 소박한 곳이었다. 오랜만에 뵙고 싶은 어른들을 만나는 즐거움. 시창작 선생님은 매우 피곤해 보였다. 피로연 테이블에서 최인훈 선생님도 뵈었다. 나는 선생님께 다가가 인사 올렸다. 선생님은 파전을 입으로 가져가다 나를 보고 웃으셨다. 고향의 어르신을 뵙는 것 같은 기분이 들었다.

— 그래, 잘 지내는가.

선생님은 나를 기억하는지 못하시는지 잘 모르겠지만 술잔을 입에 대시고 말씀하셨다.

— 이 문학상은 우리 학교 선생님들께서 석권하십니다.

술을 이미 많이 한 듯, H 선배가 말했다. 시니컬한 어조 때문에 오해를 사는 선배님이었다. 그는 가끔 의도치 않게 공손치 못한 말투로 분위기를 어색하게 만들기도 했다. 나는 최인훈 선생님을 곁눈질했다. 내 과민반응일지 모르지만, 선생님의 눈빛에 언짢음이 잠깐 비치는 듯 보였다.

사람이 말이라는 마물(魔物)을 다루면서부터, 이 엄연한 고향과 아주 손을 끊어 보자는 요술을 부려봤지만, 이것은 달리는 기차를 타고 자기도 열심히 두 다리를 놀리는 사람처럼 어리석은 것.[117]

말로 된 세상. 말에 불만이 얹혀 있으면 듣는 사람이 불편하다. 문학하는 사람, 말을 다루는 사람들은 말을 조심해야 한다. 한마디 말에 목숨을 건 사람들, 말을 증오하면서 말을 사랑한다.

# 성수대교 절편
### 1994. 10

성수대교가 무너졌다. 강동구에서 성동구로 들어가는 한강 다리인데 떡집에서 절편 떡을 자를 때 그 모습, 한 뼘의 절편이 잘려 나간 것처럼 붕괴됐다. 버스와 승용차가 잘린 절편 위에 뗏목을 타듯 한강 위에 둥둥 떠 있다.

마치 마술 같은 현상이고, 장난감 같은 풍경이다. 어제 최인훈 선생님의 〈웃음소리〉를 읽었다. 이 단락이 생각난다. 이런 더운 나날은 현실로써의 세상이 꿈결 같다. 찜통 같은 열기는 절로 몽환에 빠지게 한다.

선생님은 〈웃음소리〉로 동인문학상을 수상했다. 선생님은 현실의 세계가 부조리하고 당혹스러울 때 꿈결 같은 모습을 자주 그렸다. 그 환상의 자리에 우리의 황당한 현실이 놓여 있다고 생각하시는 듯했다. 여주인공의 마음은 흔들리고 자신의 자리를 이리저리 옮기고 싶어 한다. 우리도 그렇다.

여자는 사보텐에 가려서 얼굴이 보이지 않는다. 그러자 사보텐의 가시의 저편에서 여자의 짤막한 웃음소리. 손톱 다듬는 손이 저절로 멈춰지고 그녀는 홀린 듯이 그 웃음소리에 귀를 기울인다. 아주 귀에 익고 사무치는 목소리였다. 암암하게 들려오는 소리. 그것은 바로 그녀 자신의 웃음소리였다.[118]

헛것, 현실 세계에서는 진실에 도달할 수 없음을 잘 알기에 헛것을 상정해놓는다. 그리고 그것을 늘 그리워한다. 헛것이 더 소중할 때가 많다. 그것은 또 하나의 현실이고 또 다른 나이기도 하다. 〈웃음소리〉에서 그녀가 환청으로 듣던 여인의 '웃음소리'는 바로 자신의 것이었다. 자신이 만들어낸 환상의 '나'가 바로 헛것이었고 바로 나였다.

# 삼풍백화점

## 1995. 6.

삼풍백화점이 폭삭 주저앉았다. 어떻게 저런 큰 건물이 아무 예조 없이 스르르 무너져내리는지, 의아하고 무서웠다. 텔레비전에서 특보로 내보내는 화상에는 사망자 인원수가 점점 늘어나고 있다. 백 명에서 이백 명, 서너 시간 만에 삼백 명을 훌쩍 넘겼다. 부상자는 천 명이 넘었다. 부상자 중에서도 사망자가 속출했다.

화려한 조명을 받으며 번쩍이는 물건을 구경하다가 쓰러져나간 사람들은 무슨 죄가 있나. 간발의 차로 나온 사람들은 무슨 행운인가. 사람의 운명은 정해져 있나.

지난달에는 대구에서 지하철 가스 폭발 사건이 일어났다. 전쟁도 아닌데, 천재지변도 아닌데, 너무 많은 사람들이 참혹하게 당한다. '천지불인(天地不仁)'이라는 말을 이 상황에도 쓸 수 있나.

왜 최인훈 선생님의 중편 〈하늘의 다리〉의 한 장면이 떠올랐는지 모르겠지만, 나는 하늘에 둥둥 떠 있는 마네킹의 다리를 보는 '준기'의 마음이 된다.

쇼윈도우에 양말을 신겨 거꾸로 세워놓은 마네킹의 다리가 하늘 한가운데 애드벌룬처럼 떠 있는 것이다. 발을 아래로 제대로 허공을 밟고 선 다리는 한쪽뿐인데 허벅다리 위에서 끝나 있다. 그런데, 그 끊어진 대목이 마네킹과 다르다. 끊어진 대목에서 피도 흐르지 않는다. 있어야 할 둥근 절단면이 없는 것이다. 아무리 뒤로 돌아서서 절단면을 보려 해도 보이지 않는다.[119]

살아 있는 다리를 헛것으로 보는 〈하늘의 다리〉, 주인공 준기는 오늘도 외롭다. 예술가여서 괴롭다. 헛것 보는 괴로움을 달게 받는다.

삼풍백화점의 붕괴 자체가 현실감이 없었다. 삼풍백화점이 원래 헛것 아니었나.

# 갈현동

## 1996. 1.

선배들과 동기 여덟 명이 갈현동 〈바다약국〉 앞에 모였다. 최인훈 선생님께 세배 가기 위해서다. 갈현동 선생님 댁 방문은 네 번째다. 학교 다닐 때 심부름으로 한 번, 등단 인사 때, 작년 추석과 설 명절 때, 그리고 이번 새해 인사를 위해 간다. 여러 선배와 동기들이 함께여서 나는 껴묻혀 간다는 기분이었다. 나는 문단 활동이 미미했고, 석사 공부를 시작해서 대학원 선생님들 만나 뵙기에도 정신없었다.

문단 활동을 활발히 하는 선배들 사이여서 최인훈 선생님은 내 존재를 의식하지 못하시는 것 같았다. 일부러 그러시는 것 같았고, 나는 그게 편했다. 선생님은 내 이름을 두어 번 물으셨고 나는 두어 번 답했다. 선배들과 선생님 사이에서 나오는 이야기는 대개 《화두》에 관련한 것이었다. 선생님은 선배들에게 《화두》 독후감을 물으셨다. 동문들이 앉은 순으로 돌아가며 한마디씩 입에 올린다.

내 차례가 되어 나는 좀 길게 말한다.

— 이성의 꼭대기에서 세상을 보면 그런 언어가 나올까 싶은 작품이 《화두》라고 생각했습니다, 선생님. 이성의 통제에서 벗어나 있는, 그럴듯함에 대한 조바심에서 벗어난 상상력이, 이성적 사고로 접근할 수 없는 장면들이 '화두'로 다가왔습니다.

선생님은 나를 지그시 보시며 미소하셨다. 나는 선생님 댁에 오기 직전에 밀란 쿤데라의 《사유하는 존재의 아름다움》을 읽었다. 밑줄 그은 부분이 입에서 술술 나왔던 것이다. 나는 쑥스러워 얼굴이 뜨거워졌다.

— 《화두》에서 인상적이었던 대목이 있으면 어디들 이야기해 보지.

— 소설가는 다른 절차를 다 마친 다음에도 손으로 만져보고 눈으로 살피기 전에는 마지막 말을 해서는 안 된다,[120]라는 문장이 생각납니다.

— 그래, '철저'라는 말 알지? 속속들이 꿰뚫어 밑바닥까지 빈틈이나 부족함이 없다는 말. 소설가는 그래야 해. 시인도 마찬가지고.

— 자기가 살고 있는 이 세상 삶에 대하여 꼭 변호해야 한다는 생각에서 벗어나 있는 것이 서양 소설가들이 보통 가지는 몸짓[121]이라고 쓰셨습니다.

— 그래, 그렇게도 써놓았지. 우리도 이제 이성의 문화를 꾸려나가야 해.

— 예술에 관한 정의도 여러 측면에서 해놓으셨습니다. 가령, 무엇이라 꼭 짚어 말하지 않기, 어슴푸레하게 만들기, 햇빛처럼 환한 줄 알고 살아오는 것들이 문득 수수께끼보다 더한 허깨비임을 일깨우는 일이야말로 예술이 할 일[122]이라고 적으셨습니다.

선생님은 흡족해하셨다. 아래층 부엌에서 만든 차와 과자, 떡이 올라오고 또 올라온다. 우리는 맛나게 먹었다. 특히 사모님의 찹쌀떡은 일품이었다. 실은 우리는 선생님 댁에 오기 전, 갈현동 〈바다약국〉에 모여 《화두》에 대해 이야기를 해놓고 있었다. 모두 《화두》에 대해 한마디씩 준비해둔 상태였다.

선생님은 소파 곁에 있는 노트와 펜을 우리에게 주고 이름과 전화번호를 적으라 하셨다. 우리는 노트를 돌려가며 빈 페이지에 이름을 적었다. 선생님은 우리에게 주인으로 살라고 하신다. 주인됨으로 살아가면서 그 자신을 꼭 기억해 두라 하신다. 《화두》는 그것을 깨닫는 데 온 평생을 보낸 사람의 이야기라 하셨다.

나 자신이 주인일 수 있을 때 써둬야지. 아니 주인이 되기 위해 써야 한다.[123]

노트에 각자 이름과 전화번호를 적고 우리는 일어섰다.

— 선생님, 다음에 또 찾아뵙겠습니다. 건강하십시오.

그래라, 선생님은 그렇게 말씀하시고 아래층으로 가는 우리를 내려다보셨다.

# 《광장》 100쇄 기념
## 1996. 6.

최인훈 선생님의 《광장》 100쇄 발간 기념회에 갔다 왔다. 조세희 선생의 《난장이가 쏘아올린 작은 공》 기념도 함께였다. 프레스센터 기념회장에 들어가니 많은 사람들로 북적이고 있었다.

기념회장에 들어서니 선생님께서 주빈 대기실에 앉아 계시는 모습이 보였다. 나는 선생님께 인사를 올렸다. 선생님께서 활짝 웃어 보이셨다. 나에 대한 반가움보다는 긴장을 풀어보시려는 웃음이 아니었나 생각됐다.

선생님은 인사에서, 《광장》 집필 당시 상황에 대해 말씀하셨다. 군대 입대 후, 대전 병기창에서 근무하면서 한여름 지날 때 썼다고 하셨다. 4·19가 아니었다면 작품 발표조차 할 수 없었다고 하셨다.

선생님은 《광장》을 계속 고치셨다. 개정판을 낼 때마다 서문을 새로이 쓰셨다. 소설작품의 개정판이라는 것은 생소할 수 있다. 소설은 이론서가 아니고 서사물이기 때문이다. 서사물은 인물의 행동에 대한 작가 세계관의 표출이다. 인물 행동의 개연성은 작가의 사상에 맞춰 이뤄진다. 그래서 한 번 발표한 서사물을 수정하는 일은 거의 없다. 그런데, 선생님은《광장》을 시간 날 때마다 고치셨다.

주로 표현을 손봐서 새로 냈지만, 내용도 조금씩 달라진 부분이 있다. 가령, 갈매기에 대한 상징적 의미 부여, 월북 상황, 태식과 윤애의 취조 등이다. 선생님의《광장》에 대한 사랑이 대단하지 않을 수 없다. 한글세대 독자를 향한 사랑도 크신 것이었다. 시제를 현재형으로 다듬고, 한자어를 한글로 손보셨다.

선생님의《광장》이야기는 길어졌다. 아들이 이런 자리에서는 간단히 말하는 것이 좋겠다는 조언까지 이야기하시고는 또 말씀을 이으신다.

# 진실을 위한 거짓 구조
## 1997. 5.

석사과정 중인 대학원에서 '소설여행'을 갔다. 강원도 속초. 지도 선생님을 모시고 박사과정과 석사과정이 함께했다. 학부생들도 소설을 써서 동참했다. 나는 학부생들의 소설을 꼼꼼히 읽고 작품의 장·단점을 적은 메모를 들고 갔다. 작품에 대해 이야기해 주니 학부생들이 고마워했다. 논문지도 교수님이 훌륭한 분석이라고 칭찬해 주셨다. 나는 지도교수님께 좋은 인상을 주어야 했다. 이번 학기 초에 최인훈의《화두》를 분석해 학위논문으로 제출하겠노라 언급해놓았는데, 선생님은 다른 테마가 좋겠다고 하셨다. 소설은 거짓의 구조인데, 《화두》는 구조가 의문이라고 하셨다.

정도의 차이야 있겠지만 모든 소설은 거짓말에 의존한다. (…) 우
리는 거짓에 의존해서라도 진실과 사실에 도달하기를 포기할 수 없
었다고 보아야 한다. 무엇이 우리로 하여금 거짓을 선택케 하는가.
우리의 안타깝고 절실한 마음의 진실과 사실을 진실과 사실 그 자
체로는 전달이 불가능하다는 판단일 것은 물론이다.[124]

《화두》는 진실을 말하기 위한 거짓된 구조라는 소설의 개념에는
어울리지 않을 수도 있지만 분명 진실을 말하고 있는 글이고, 사람
의 기억과 그의 현상을 소설가라는 주인공의 의식을 빌어 전하고 있
기에 소설이 맞았다. 우리의 기억이 온전히 진실이라 믿을 수 있는
것인가, 라고 나는 생각해 보았다.

# 우연
## 1997. 12.

올 한 해 사건 사고를 정리해본다. 1월 말 한보철강 부도사건이 터졌
다. 회장과 국회의원이 구속됐다. 대통령의 아들도 구속. 북한에서
황장엽 비서가 망명했다. 대한항공기가 괌에 추락, 229명이 숨졌다.
IMF 구제금융 사건. 대선이 있었다. 전두환, 노태우 전직 대통령이
사면됐다. 전 국민의 금 모으기 운동도 인상적이었다. 금을 모아 나

라를 구하는 국민들… 해마다 다사다난(多事多難)이라고 말한다. 한 해를 보내는 시점에 흔히 하는 말이지만, 올해처럼 사건·사고가 많았던, 우연적인 일이 많았던 해가 있었을까.

　인과율을 따지고 보면 그 깊은 심연 속에는 뜻밖에도 이 〈우연〉이 미소하고 있단 말이야. 불교에서는 이 이치를 공(空)이라고 말하고 있어. 공(空)이기 때문에 노력할 필요가 없다고 할 수는 없어. 노력하는 것도 않는 것도 인연(因緣)이며, 인연은 공(空)이라는 것이지. 불교 철학은 인과율의 막다른 골목, 그 아포리아에서 한 발 더 나가서 이 공(空)을 본 것이야. 나는 우연, 공(空), 운명, 신(神) – 이것들은 다 한 가지 뜻이라고 생각해.[125]

《회색인》을 읽어보면 삶의 우연과 필연에 대해 알아진다. 《화두》에서의 기억 발생도 그와 마찬가지 아닌가.

# 바다거북이

## 1998. 1.

시 쓰는 선배, 소설 쓰는 선배, 그리고 나. 이렇게 세 명이 최인훈 선생님 댁에 세배하러 갔다.

— 김 군 자네, 잘 지내는가.

세배드리고 나서 나는 놀랐다. 졸업 후 선생님 찾아뵙고 인사 드릴 때, 내 이름을 호명하신 것이었다. 처음이었다. 매번 기억 못 하시는 듯, 몇 차례나 물어보셨는데, 이번에는 이름을 정확히 발음하셨다. 나는 황송해서 고개를 깊이 숙였다.

— 네, 선생님. 잘 지내고 있습니다.

— 뭐 하고 지내나?

— 글쓰기 학원, 문화센터 등지에서 아이들 글쓰기를 가르치고 있습니다.

— 생활이 되는가?

— 조금 어렵습니다. 아내가 많이 돕고 있습니다. 실은 아내가 바로 선생님 댁 곁에서 교습소를 운영하고 있습니다.

— 어디서?

— 갈현초등학교 앞입니다.

— 거기 가까운 덴데…,

선생님은 아주 가까운 곳인 줄 알고 계신 표정이셨다. 바로 곁에 있음에도 자주 찾아뵙지 못하는 죄송스러움이 몸을 움츠러들게 했다. 미비한 소설 활동이어서 부끄럽기만 했다. 선생님은 서운함, 나는 죄송함으로 말이 연결되지 않았다. 침묵만 길게 이어졌다.

— 선생님, 제가 이번에 책을 내는데, 뒤표지에 한 말씀 써 주시면 영광이겠습니다.

소설가 선배가 침묵을 깼다. 선배는 이번 세배를 벼르고 있었던 것이었다.

—…음…. 그러지 않겠네. 내 원칙이기도 하고, 요즘 내가 연구하는 것도 있어 바쁘다네. 나는 어느 누구의 그런 청을 응낙한 적이 없네. 앞으로도 원칙을 지킬 것이네.

선생님은 단호하게 거절하셨다. 다시 침묵.

— 제가 논문을 준비 중입니다. 선생님의 《화두》를 분석하려고 고민 중입니다.

내가 불쑥 말을 냈다. 침묵이 너무 무거웠다. 하지만 발언한 것을 금방 후회했다. 무겁게 놔두어도 좋을 것 같았다. 선생님과 선배의 냉랭함은 오래도록 깨지지 않을 성싶었다.

—《화두》를 읽었는가.

— 네….

나는 시원찮게 답했다. 선생님이 무슨 질문을 하실지 몰라 자신 없게 답했다. 실은 논문 주제를 확정하지 않은 상태였다. 나는 무겁고 냉랭한 분위기를 바꾸는 게 급한 일이라 생각했다.

　— 그래, 《화두》를 어떻게 이해하는지 궁금하군.

　— 《화두》에서 표현된 '낭비'의 문제, 바다거북이 비유를 통한 인류와 세계의 변화 등을 주목합니다.

　즉흥적이었어도 너무 막연한 말이었다. 아무 말이나 했던 듯싶었다. 하지만 언젠가 선생님께서 《화두》에서 내가 중요하다 싶은 부분에 대해 물어오시면 그런 말을 하리라, 생각해두고 있었다. 내 머릿속에 가득한 이미지는 '바다거북이'였다.

　— 거짓말도 때에 따라서는 진실이 될 수 있을까.

　선생님이 돌연 화제를 바꾸셨다. 내 의견을 다른 쪽에서 돌아가게 하려는 의도이신 것 같기도 했다.

　— 작품에서 목적이 분명한 거짓말은 진실이라고 봐도 무방하네. 문학에서는 리얼리즘과 비리얼리즘의 차이가 없어.

　— 꾸민 말, 빈말, 공말이 그와 비슷하다고 생각합니다.

　— 좋은 말이야.

　나는 문득 《화두》에서 화자가 했던, 사실주의 서술 태도에 대한 말이 생각났다.


　사실주의를 거부하는 것이 예술가로서는 이 세계에 대한 육체적 저항에 맞먹는 본질적 저항처럼 느꼈다. 세상도 아닌 것을 세상처럼 그려서는 안 되지 않는가. 예술의 마지막 메시지는 그 형식이다. 괴기한 사물을 단아하게 그리는 방법을 나의 감정이 허락지 않았다.[126]


　— 빈말이나 꾸며진 말도 많은 사람들을 감동하게 하잖습니까.

나는 선생님의 '거짓말'에 대한 의미를 덧붙여 말씀드렸다.

선생님 표정이 밝아지셨다.

— 자네 말이 좋다. 구상과 추상이 다르지 않아. 중요한 것은 현실의 꼬리를 과감히 자르는 것이지. 괜히 점잖아 보이려고 현실을 집어넣으면 나쁜 문학으로 볼 수 있지. 성(性)을 다룬 소설도 마찬가지. 끝까지 가서 불타올라야 한다. 잠깐만….

선생님은 흥이 나셨는지 서재에 들어가셨다 나오셨다. 선생님의 손에는 다이어리가 들려 있었다.

— 이 노트, 이 부분 보거라.

선생님께서 펼친 다이어리를 내게 건네주셨다. 나는 선배에게 먼저 보라고 전했다.

— 선생님, 만화도 그리시네요.

선배가 우스개로 그렇게 말하고는 고개를 갸웃했다.

— 도표를 그리셨네요. 선생님께서 예전 소설특강 수업하실 때 칠판에 그려주시던 그 예술론, 문학론 도식과 비슷합니다. …선생님 계속 연구하시고 계시네요.

나는 소리를 높였다. 나의 이번 학위논문 테마와 깊은 연관이 있는 그림이었다. 내 논문 내용의 논거로 쓰일 수 있는 그림이어서 놀랐다. 나는 선생님의 노고에 감탄했다. 〈인간의 메타볼리즘의 3형식〉에 있는 도식을 간단한 그림으로 표현한 것으로 보였다. 주체와 객체, 인간과 자연, 작품과 현실의 상호작용에 관련한 그림이었다.

— 선생님, 예술론 생각을 놓지 않으시네요.

— 쉬지 않고 생각 중인데, 처음 발표했던 에세이하고, 자네 학번 수업 자료 때하고 크게 달라지지 않아. 좀 더 세밀해졌을 뿐, 큰 틀

은 변함이 없네.

선생님은 내가 좋아하는 모습을 보시고는 미소를 지으셨다.

— 이제 그만 일어서겠습니다.

선배가 손목시계를 보고 말했다. 거실 벽 시계를 보니 벌써 세 시였다. 정오에 왔는데 세 시간이 훌쩍 지나 있었다. 선배는 소기의 목적을 이루지 못한 아쉬움을 은근히 표했다.

— 잘 먹고 갑니다, 선생님.

먹은 것은 과자와 커피밖에 없었는데, 빨리 나가서 다른 일을 봐야 하는 사람처럼 선배는 서둘렀다. 선생님은 즐거운 눈빛으로 우리를 보시고는 다이어리를 내미셨다.

— 여기에다 이름하고 주소 적어놓고 가게. 한자로 적어줘.

지난해에도 이름을 적은 기억이 있는데, 또 적으라 하셔서 나는 이름과 주소를 한자로 적었다. 분위기가 갑자기 가라앉았다. 선배들도 적어나갔다. 곁눈으로 보니, 이름은 한자로 썼지만, 주소는 조금씩 틀린 한자가 쓰이고 있었다.

우리는 선생님의 건강을 빌며 집을 나섰다.


# 공동경비구역

## 1998. 7.

판문점 공동경비구역에서 육군 보병 중위 김훈이 사망한 채 발견됐다. 자살이라는 데, 좀 이상하다는 이야기를 언론에서 풍긴다. 타살

가능성을 제기하는 기자도 있다. 김훈 중위는 북한군과 왕래했을 수도 있다는 것인데, 그 과정에서 어떤 갈등이 있었을 것이라는 추측이다. 그가 자살할 이유가 없다는 것이다. 최인훈 선생님이라면 어떤 생각을 하셨을까.

최인훈 선생님의 역사적 상상력은 이번 사건을 보고 한 편의 '소설'적 이야기를 끌어내셨으리라 상상된다. 이러한 이야기는 전 세계에 오로지 우리만이 소설로 쓰여질 수 있을 것이다. 그것은 '있음직한 이야기'가 아니라 역사의 실체적인 진실로, 우리만의 고통으로, 세계 질서의 피해로 생겨난 우리만의 비극이고 인류가 여전히 안고 있는 이데올로기의 문제이다.

역사의 주체는 민족입니다. 역사의 주체가 민족인 것이 옳으냐 그르냐가 아니라 현실적으로 그렇다는 것이 문제의 핵심입니다. 세계가 앞으로는 한 혼혈아가 될 것이라는 것이 문제가 아니라 그렇게 되는 사이에는 여전히 민족이 주체라는 데 문제가 있는 것입니다.[127]

# 아기집
## 1998. 11.

내 첫 장편소설집이 출간돼 최인훈 선생님께 증정했다. 선생님께서 내가 가까운 곳에 살고 있는 줄 아는 상황이어서 나는 딸아이와 함께 찾아뵈었다. 아이를 유치원에서 찾아와 돌아봐 할 시간에 오라고 하셨기 때문이었다.

나는 아이를 데리고 선생님 댁 2층 서재에 올라가 인사를 올렸다. 나는 사인한 책을 드렸다.

— 잘했다. 앞으로 많은 독자가 읽게 되면 좋겠지.

선생님은 덕담해 주셨다. 아이를 보고도 흐뭇해하셨다.

— 아가 목걸이에 달린 게 좀 커 보이는데, 뭐지? 노트하고 있네….

딸아이가 목걸이 수첩에 달린 펜으로 뭔가 계속 적고 있었다. 선생님은 아이 나이를 물으셨다.

— 세 돌 지났습니다. 한국 나이로 다섯 살이에요. 아이가 글씨 쓰는 걸 좋아해서 목걸이 수첩을 사줬습니다.

내가 아이를 쳐다보며 말했다.

— 그래? 벌써? 읽을 줄도 알고?

— 네, 한글을 일찍 깨쳤습니다.

— 오호.

— 가까운 데 도서관이 생겼는데, 집에 머물기 어려울 때는 주로 거기에서 종일 책을 봅니다.


이 집은 아기집(胎)이다. 이 속에서 사람은 사람이 된다. 이 집과 열람자를 닮아서 이윽고 만들게 되는 것이 우주선과 그 안에 타고 있는 사람이다. 우주선과 타고 있는 사람은 열람실과 그 안에서 읽고 있는 사람이다. 지구 본부는 책을 저장한 곳과 그것을 관리하는 사서(司書)들이다. 책-도서관-우주선-지구기지-아기집(胎).[128]

선생님도 어릴 때 도서관에서 책을 많이 빌려 보았다고 하셨다. 아버지로부터 받은 선물 중 책이 제일 좋았다고 대담에서 읽은 적이 있다. 《화두》에서는 도서관을 아기집으로 비유하기도 했다. 도서관을 좋아하시고, 도서관과 관계 많으신 분이다. 미국에 체류하실 때도 도서관에서 일하셨다고 한다. 도서관에서 일하다 발견한 한국의 아기장수 설화를 바탕으로 희곡 〈옛날 옛적에 훠어이 훠이〉를 쓰셨다.

# 동문 특강
## 1998. 11.

서울예술대학 문예창작과 학생회에서 전화가 왔다. '선배님, 특강해주세요.'라며 학생회장이 말을 시작했다. 이번에 낸 책을 바탕으로 한 말씀 전해달라는 것이었다. 아, 그런 전통이 있었다. 책을 출간한 문창과 선배들이 학교에 가서 강의해 주는 프로그램이었다.

무슨 이야기를 해야 하나.

나는 특강 당일까지 아무 일도 하지 못했고, 아무 생각도 하지 못했다. 내가 말하고 싶은 내용은 최인훈 선생님의 《화두》에 관한 것이었다. 석사학위 논문을 쓰는 중이기도 했지만, 최근 읽은 문장이 가장 인상 깊어 입안에 머물고 있었기 때문이었다.

〈바닷가의 낭비〉의 법칙은 그 힘이 역사에도 미쳐 있다. 역사는 아무리 시간을 쌓아도 이 법칙에서 벗어날 수도 없고, 이 법칙에서 〈희생자들〉의 몫을 맡은 자들을 보상할 길도 없다. 그것이 가능한 듯이 생각할 때 그 사람은 과학의 입장에서 본다면 주물(呪物) 숭배에 빠져 있는 사이비 종교의 신도가 된다. 예술만이 그 일을 할 수 있다. 다만 살아 있는 사람의 슬픔 속에서. 그것은 헛된 의식(儀式)이요, 또하나의 주물(呪物) 숭배지만, 이번에는 알면서 그렇게 한다.[129]

지구에서 40억 년 전, 탄생 이후 수많은 종으로 진화해 오면서 삶을 이어가는 생명들이지만 낭비는 어쩔 수 없다. 우주의 입장에서는 에너지의 낭비이기도 한, 생명들은 또한 태어나면서부터 죽어가는 엄청난 낭비의 상태에 빠져 있다. 우리 인류의 역사 또한 마찬가지다. 천재지변, 전쟁 등으로 수많은 인명이 사라지고 또 태어나고…. 인류의 대부분은 아무런 보람 없이 죽음을 맞는다. 이런 무상함을 보상하려 우리는 종교를 믿고 예술활동을 꾀한다.

# 시인의 눈빛

## 1998. 11.

남산의 학교에 오랜만에 올라갔다. 특강 때문이었다. 특강 전에 문예창작과 선생님들을 뵙고 싶었다. 최인훈 선생님은 강의가 없는 날이셨다. 시창작 선생님 연구실에 들렀다. 가습기에서 뿜어져 나오는 수증기가 좁은 연구실을 가득 메우고 있었고, 선생님이 하얗게 웃으시며 나를 반기신다. 몸이 많이 안 좋아 보이셨다. 지난해 뵀을 때보다 마르셨고 기운이 하나도 없는 듯했다. 도수 높은 안경 속, 눈빛만 형형하셨다. 날 것의 자연을 바라보는 눈빛이라면 맞을 것이다.

— 소설을 계속 쓰거라. 네 소설 좋은 줄 안다. 소설책을 중심권 출판사에서 내거라. 부지런히 활동하거라.

힘이 없으시면서도 호통은 여전하셨다. 아직 건강하신가, 애써 기운을 내셔서 충고하시는가.

— 문화에도 중심이 있고 주변이 있다. 네 소설이 학교 다닐 때부터 좋았는데, 졸업하면서 겉도는 느낌이었다. 네 책이 나쁘다는 게 아니라, 중심권에서 활발하게 움직이지 않는다는 것이 문제고, 그것은 네게 좋지 않다는 것이다.

나는 시창작 선생님을 뵐 때마다 칭찬보다 꾸중을 더 듣는다.

— 너는 너무 물러서 탈이다. 힘들게 살아가지 말아라.

이번 책에서 내가 소개한 '송욱' 시인은 선생님으로부터 알게 됐다. 1950년대에 활동한 시인인데, 그 시가 최근 내게 눈에 자주 들어왔다. 아마도 논문을 쓰기 위한 이론적인 글 읽기 때문인지도 모르겠다. 시 선생님의 자연관과 맞닿아 있지 않나, 하는 생각도 많이 들었다.


현실에서 자연에로의 전향은 〈薔薇〉와 〈何如之鄕〉과의 사이에 있는 극심한 방법론의 돌출과 방황에 적지 않은 연관성을 지닌 것으로 보이는데, 그 이유는 의도적 방법론의 결정적인 위험, 즉 시가 논리로 귀착되는 것을 두려워하게 된 때문이다. 그것은 객관적이고 명료한 대상묘사에서만 나타나는 사실이 아니라 오히려 묘사에서

보이지 않는 부분, 시의 뒷면에 숨어 있다.[130]

선생님은 연구실 귀퉁이에 있는 간이침대로 가신다. 힘드신 모양
이다. 나는 선생님께 인사 드리고 연구실을 나온다. 선생님의 건강
이 걱정되었고, 후배들도 걱정되었다. 선생님 학교에 안 계시면 후
학을 누가 지도하게 될지….

특강을 진행했고, 후배들과 술을 마셨다.

# 동지팥죽
## 1998. 12.

최인훈 선생님의 딸을 보았다. 선생님이 밤에 전화하셔서 집에 왔으
면 좋겠다고 하신다. 선생님께서 딸의 컴퓨터 작업을 좀 도와달라고
말씀하셨다.

아내와 함께 댁에 가니 선생님과 딸이 거실에 서서 우리를 기다리
고 있었다. 거실 탁자에는 노트북이 열린 채 구동하고 있었다. 딸은,
이번에 석사논문을 제출해야 하는데 문제가 생겼다는 것이었다. 수
식을 그려 넣어야 하는데, 제대로 완성되지 않는다고 했다. 선생님
께는 아들도 있었다. 오빠인데, 컴퓨터를 잘 다룬다고 들은 적이 있
었다. 클래식 음악 평론도 발표한다고 한다. 그는 컴퓨터 하드웨어
에 대해 많이 아는 듯했다. 나는 소프트웨어를 운용하는 데 능했다.

선생님의 딸이 내게 부탁하는 것은 마이크로소프트 워드프로그램

에서의 문제였다. 도표를 그렸는데, 표가 연결되지 않고 자꾸 떨어
져 나가는 것이었다. 나는 논문의 도식을 보며 마우스를 이리저리
움직였다.

　　기술의 힘은 인간의 환위를 확대한다. 환위는 우리가 쓰는 말로
　　—〈공동체〉로 바꾸어 보면 더 이해가 쉬워진다. 공동체의 확대가
　　우리 시대의 도전이다. 전문화, 분업의 극대화라는 말은 공동체의
　　확대의 다른 표현이다. 기능이 확대된다는 것은 개인이 관여하는
　　세계 공동체가 확대된다는 말이기 때문이다.[131]

　선생님의 〈인간존재의 현상학〉이라는 에세이를 며칠 전에 읽었는
데, 지금 컴퓨터 작업하고도 연관 있어 보였다. 컴퓨터 프로그램의
확대와 사회와 개인의 연결, 확장 등의 문제다. 그리고 선생님 딸의
논문과도 연결이 된다. 논문 제목이 〈문화 연결, 한국의 세계화 전
략〉이었나. 그녀는 영문과를 나와 글로벌 학과 석사과정을 마치고
문예진흥원에서 인턴사원으로 관련 업무를 도왔는데, 일을 잘한다
고 소문이 자자하다.
　— 표가 제자리에 있으려면 '묶기'를 꼭 해줘야 합니다.
　내가 마우스로 도표를 합쳐 고정하는 방법을 알려 주었다. 그녀의
논문에는 도표가 많았다.
　— 미끼? 그 미끼가 효율적이군. 미끼.
　선생님은 '묶기'를 '미끼'로 들으셨나 보았다.
　— 자네를 이 논문 개정 미끼로 불러들였네.
　선생님의 말씀에 사모님과 딸이 웃었다. 딸은 프로그램에 금방 익

숙해져 모든 도표를 자연스럽게 그려나갔다.

　— 아, 이제 됐어요. 감사합니다.

　그녀가 하얗게 웃었고, 선생님이 따라 웃었다. 딸과 선생님은 이목구비가 비슷해서 웃는 모습이 똑같았다. 사모님은 어느새 쇼핑백을 들고 계셨다. 팥죽이라며 가져가서 먹으라고 하셨다.

　— 오늘이 동지예요.

　사모님도 웃으셨다. 선생님 가족의 웃음에 마음이 따뜻해졌다. 나도 환하게 웃었다.

# 새봄

---

## 1999. 1.

새해 첫 햇살을 맞은 지 사흘이 지났다. S 선배로부터 전화가 왔다. 최인훈 선생님께 새해 인사를 드리려 하는데, 같이 가자고 한다. 나는 선생님께 전해 드릴 정보도 없고, 원고 마감도 밀려 있어서 주저했다. S 선배는 혼자보다는 나와 함께 가기를 계속 원했다. 선배의 말투에서 거절하기 어려운 호소가 강하게 전해졌다. 선배는 아마도 최인훈 선생님과 나와의 최근 관계를 풍문으로 들었던 모양이다. 내가 지난번 동문 특강 때 《화두》에 대해 쓴 에세이를 학생들에게 선보인 적이 있었는데, 그것도 이야깃거리가 된 모양이었다. 나와 함께라면 선생님과의 자리가 어색하지 않으리라, 화제가 많으리라 짐작하는 것 같았다.

S 선배가 미리 연락해 두었나 보았다. 아들이 우리를 현관에서 맞았고, 선생님께서는 2층 거실에서 맞아주셨다. 선생님은 두꺼운 점퍼를 입고 있으셨다. 갈현동 집은 겨울이 더 겨울다웠다. 특히 2층 서재는 더 추웠다. 단독주택이어도 공사가 잘돼 있는 것 같지는 않았다.

S 선배와 나는 선생님께 세배를 올리고 소파에 앉는다. 잠시 후 아래층에서 사모님께서 차반을 들고 올라오시어 S 선배가 얼른 소반을 받는다. 나도 따라 일어서 거드는 모습을 보인다.


선생님 : 올해 좋은 글 많이 쓰거라.

선배 : 네, 선생님.

나 : 선생님 건강하십시오.

선생님 : 신춘문예로 화두 삼아 볼까? S 군이 선배인가? 자네가 선배인가?

나 : 제가 2년 후배입니다.

선생님 : 그럼 자네가 먼저 말해보게나. 나는 〈조선일보〉 것을 읽었는데.

나 : 저도 읽었습니다. 첫 느낌은 지루했습니다. 올해 신춘문예의 전반적인 흐름이 그렇습니다. 요즘 세기말이어선지, 죽음과 섹스에 대한 유희랄까, 아이러니라 할까, 그런 느낌이었습니다.

S 선배는 신문사 신춘문예 출신이었고, 나는 문예지로 등단했다. 나는 솔직한 독후감을 말씀드렸다. 그래야 객기가 아닌 줄 아실 것 같았다.

선생님 : 신춘문예, 과연 잽싸. 역사와 사회에 대한 생각들을, 무

거운 것을 다루려고 하지 않는 풍조가 생긴 지 벌써 오래 돼. …. 〈조선일보〉 신춘문예에 대한 생각, 피상적인 것 말고 더 구체적으로 말해보게. 어떤 느낌인가?

나 : 다른 신문만큼 잘 읽히지 않았습니다. 옛것이었습니다. 새로운 감각이 보이지 않았습니다. 상투적으로 보였고 예상되는 이야기였습니다. 저는 〈한국일보〉 것이 좋았습니다. 〈조선일보〉 당선작은 한 노인이 죽어가는 과정을 그렸지만, 왠지 천착하지 않은 듯했습니다.

죽음을 피상적으로 다루고 있다는 느낌이었습니다, 라고 덧붙이려다 그만두었다.

선생님 : S 군은?

선배 : 저는 아주 잘 읽었습니다. 문장도 정련돼 있고, 구성도 탄탄하고, 소설 공부를 많이 한 듯한 느낌이었습니다.

선생님 : 그래? 어떤 면에서?

선배 : 소설이었습니다. 불교적인 색채도 잘 드러나고요.

선생님 : 그게 그래. 우리 것을 찾자는 것은 좋은데, 그것이 소설로 형상화되려면 말이야….

선생님은 말을 멈추고 담배를 물으신다. 초록색 담배, 필터 부분은 금색이다. 여러 가지 담배를 피우고 계셨다. 선생님은 담배 연기를 내뿜으시고 화제를 바꾸셨다.

선생님 : 옛날이나 지금이나, 그래도 지금은 많이 나아진 편이지만. 동사무소에 가서도 말이야, 등본 하나 떼려면 담배를 주어야 하잖아….

나 : 급행료 아닙니까?

선생님 : 그래 급행료. 자네도 군대 갔다 왔지? 군대는 얼마나 썩

었는데…. 그런데, 썩어도 세계는 잘 돌아간단 말이야. 그러니까, 제도적, 법적 세계는 겉으로 내놓고 돌리고, 급행료의 세계는 그 안에서 또 돌고 말이야. 그래도 잘 돌아가는 이 세계가 이상하지 않나?

선생님은 여러 화제를 종횡무진 넘나들며 말씀하시는 특성이 있는데, 일관성이나 연관이 없지 않았다. 대화 상대의 근기에 따라, 선생님과의 친분에 따라 화제의 종류와 밀도가 달라진다.

선생님 : 미국과의 관계도 그래. 리베이트라는 것 있지 않나? 국제관계도 마찬가지야.

선배 : 구정 때, 댁에 많은 사람들이 찾아오죠? 그때 학교 입학전형일이어서 바쁘지 않나요?

선생님 : 학교 교육제도도 그래. 우리는 2공화국 이후부터 지금까지 온통 대학입시로 바쁘지 않은가?

나 : 우리 부모님들, 5, 6남매의 교육을 위해 온 일생을 바치셨지요.

선생님 : 그러게… 공화국의 교육관계 고급 전문가들이 의도적으로 그렇게 만든 것 같아. 다른 데 신경을 쓰지 못하도록. 예를 들어 급행료의 부정을 눈치채지 못하게, 교육에만 신경 쓰도록 말이야. 물론 고등교육이 나중에는 큰 역할을 할 거야. 우리의 고등교육이 큰 힘을 발휘할 때가 있겠지. 유럽에서는 안 그렇거든. 공부 하기 싫은 자식은 공부를 억지로 시키지 않아. 그렇게 해서도 먹고 살아가니까.

(침묵)

나는 침묵이 어색하고 무거워 입을 연다.

나 : 신춘문예 이야기가 나와서 그런데, 저는 1987년도 이상의 〈날개〉를 패러디한 작품이 뽑힌 것이 참 잘됐다고 생각했습니다. 그만한 것이 나오길 기대해 보는데, 좀체 나오지 않습니다.

선배 : 이번 〈조선일보〉 작품은 제 입장으로선 좋다고 생각합니다.

선생님 : 아니야, 나는 그렇게 좋지 않다는 입장이야. 우리 앞 세대가 이미 해놓았던 세계야, 샤머니즘. 유럽 사람들 봐. 지금 화폐를 통합한다고 하잖아. 우주 정거장을 만들고. 우주에 대해 생각해야 할 때인 지금, 과거로 다시 돌아가자는 것은 얼마나 우스운가? 인간으로서 미래의 일에 대한 희망을 가지고 밀어붙이려는 생각을 해야지, 과거에 연연하겠다면 신인으로서는 좀 아쉽지.

선배 : 선생님께선 혹시 그 소설이 3인칭이어서 그런 아쉬움이 있다고 보십니까?

선생님 : 글쎄, 1인칭으로 쓰면 더 밀도가 있었을 거야. 그럴 수도 있겠지만, 노파의 심정을 그렇게 간단하게 그릴 수 있을까, 의문이야.

선배 : ….

선생님 : 고흐란 사람 말이야. 그 사람 지금 굉장히 유명해졌잖아. 지금이라면 경제 형편도 좋았겠지. 먹고 입는 형편을 떠나서 그는 그때나 지금이나 여전히 열심히 그렸을 거야.

선생님께서는 갑작스레 빈센트 반 고흐 이야기를 꺼내시곤 말씀이 없으셨다. 갑작스럽지만은 않았다. 나도 그때 고흐가 떠올랐고, 힘들게 작업하는 예술가들이 생각났다. 남들이 보기에는 통일성이 없어 보이는 대화여도 돌아보면 선생님과의 이야기는 모두 관련돼 있었다. 오래된 책장, 보풀이 이는 천 소파, 2층 서재의 냉기… 선생님 곁의 모든 사물이 선생님이었다. 그 앞에 앉은 선배와 나도 선생님이어서 선생님의 말씀이 곧 우리의 마음이었다.


예술가에게는 봄철만이 부활의 계절일 수 없다. 매순간마다 자기

영혼의 부활을 체험하는 능력을 지니는 것은 예술가에게 요청되는 첫째 사실이다.[132]


선생님은 제자에게 더 노력하라는 말씀이셨다. 오늘 처음 말씀처럼 좋은 글을 부단히 써내라는 것이었다. 나도 소설창작이며 논문작업이며 시간 날 때마다 써야 했다. 시간은 금방 흘러가 버릴 것이다.

선생님 : 우리 인간이 동물하고 다른 것은 이성의 힘을 믿기 때문이야. 포스트모더니즘도 이성으로 극복돼야 해. 결국 이성은 이성의 도구를 써야 힘을 발휘하지 않겠어? 지금부터 한 500년 뒤에는 많이 달라질 거야. 텔레비전에서 보았는데, 미국의 어떤 사람이 죽기 바로 직전에 뇌사한 상태로 냉동해달라고 했다더군. 그래서 냉동했다는데… 충격이었어.

나 : 의학 기술이 발전되면 살아날 수 있겠군요.

선생님 : 그렇지. 이렇게 문명이 발전하는 시대에 우리는 아직도 과거의 유물만 붙들고 있으니…. 아직도 그런 소재에 매달리는 게 무슨 풍습으로 돼 있는 것 같아. 자네들 할아버지 세대가 이미 해놓은 거 아닌가. 나는 아직 죽어보지 못해서 이런 말을 하지 못하지만 죽음 뒤의 생이 있을지 없을지는….

나 : 무속신앙에 너무 기대는 것이 문제로 보입니다. 그것을 극복해야 하지 않을까 합니다.

나는 근대 소설가들이 토속 종교에 침윤해 있었던 것을 비평적 어조로 말씀드리려 했는데, 선생님께서는 침묵하셨다. 내가 너무 재단하듯 말한 것 같아, 곧 후회했다. 이번에는 내가 화제를 돌렸다.

나 : 매체의 다양성으로 이제는 책에 대한 수요가 줄어드는 형편

입니다.

선생님 : 그렇더라도 책이 요즘처럼 많이 쏟아져나온 때가 있었나?

나 : 책보다는 영상이 문화를 주도해 나갈 수도 있다는 견해가 많습니다.

선생님 : 텔레비전이나 라디오의 발명은 어떤 면에서는 획기적인 것이지. 그렇더라도 고전음악을 즐기는 사람은 여전히 고전음악을 선호하듯이, 문학도 마찬가지 아닐까?

나 : 영상에 대응해내지 못하는, 문학의 위기를 두고 말이 많습니다. 21세기 문학포럼에서 한 평론가가 했던 말이 생각납니다. 영상의 기법도 수용해야 한다는 요지였습니다. 저도 동감합니다. 문학도 멀티미디어의 시대에서 살아남으려면 영상이나 만화의 기법을 활용해야 한다는 것입니다. 물론 반성과 비판이 덜해지겠지만.

선생님 : 그래? 재미있군. 기법으로 하겠다?

(침묵)

나 : 신춘문예도 그렇듯이 이즈음은 많은 젊은 작가들이 단문으로 짧게, 짧게….

선생님 : 세대에 대한 고민이 덜해. 똑 떨어진 새로움은 없어.

나 : 왜 고민을 하지 않는지에 대해 고민을 해보아야겠습니다.

(선생님, 선배, 웃음)

선생님 : …그래 고민을 해야 하네. 자네는 공부를 마쳤나?

나 : 논문이 남았습니다.

선생님 : 제목이랄까, 연구테마는?

나 : 대학원 입학 면접할 때, 연구계획을 내라 합니다. 그때, 저는 세 가지를 택해 기술했습니다. 하나는 '한국 예술가(장인) 소설 연

구'로 정한숙의 〈금당벽화〉에서 김동인의 〈광화사〉, 〈배따라기〉, 이 제하의 〈유자약전〉, 이청준의 〈서편제〉, 이문열의 〈금시조〉 등의 작 품 안의 주인공의 예술관을 비교 연구해 보고자 했습니다. 또 하나 는 '소설창작교육 가능한가?'라는 테마로 조사방법론으로 연구해 보 려 했습니다. 그리고 하나는 '화두 속의 예술론'으로 《화두》 2부에 있 는 '바다거북이' 단상과 《문학과 이데올로기》에 나와 있는 선생님의 예술론을 해독하는 테마였습니다. …지금 써내야 하는데, 물리적인 시간상 〈화두에 나타난 예술론〉은 어려울 것 같습니다. 그래서 작품 론으로 '이제하 소설의 원형적 이미지'라는 테마를 염두에 두고 신 화, 원형적 비평방법론으로 풀어보려 합니다. 〈물의 기원〉과 〈유자 약전〉, 〈용〉 등의 작품 분석입니다.

선생님 : 그래, 공부 많이 해야 해. 소설도 많이 쓰고. 쉽게는 안 돼. 아는 것을 진실로 써야 해. 허황하게 쓰면 안 돼.

실은 《화두》의 '바다거북이' 도식을 두고 한 편의 리포트를 쓴 적이 있다. 석사과정 〈현대소설론〉 중간보고서였다.

《화두》 2부에 그림으로 제시된 '바다거북이' 도식은 그의 예술철 학이 잘 표현된 비유다. 생물로서 인류 진화에 불가피하게 따르는 낭비를 줄이기 위해 20세기와 다가올 21세기의 효율적인 역사운동

방식의 대안으로 상징화시킨, 서술자의 압축된 사상이며 예술론이기도 한데, 우리가 왼쪽 항과 오른쪽 항의 상보관계를 유지하기 위한 노력을 할 수밖에 없는 것이, '그림에서 =에만 초점을 맞추면, 왼쪽 눈에 보다 힘을 주면 무릇 존재는 모두 물질이어서 유물론적 풍경화가 그려지고, 오른쪽 항에만 기대면 일체 유심론, 유심론 만다라가 된다. 만일 ≠에만 초점을 맞추면 이원론이나 절충론으로 김빠진 술이 된다. 언제든지 집구석이 풍비박산 날 수 있는 뜨내기 살림이'[133]기 때문이다. 우연으로 선택되어져 불가피하게 낭비일 수밖에 없는 바다거북이를 비롯한 여러 생물적 존재들. 생물이면서 문명적 존재인 인간도 그 낭비에서 벗어날 수 없다. 이데올로기나 그로 인해 짜여지는 사회체제 또한 마찬가지이다. 그래서 '바퀴'를 만들어 '철갑'의 모양새로 과장하거나 혹은 합리화해서 자기를 보호해야 하고, 그것을 개개인이 늘 '다리'와 '몸'으로 체득해서 자기화하기를 되풀이해야 한다. 그러니까 언제나 계통발생을 되풀이하는 개체를 발생시켜야 한다. 인간이어서 이중의 고통을 감내할 수밖에 없는데, 마침 인간에게는 기호가 있어 압축된 상태로 개체발생을 거듭할 수 있다. 그러니까 우리는 늘 '인공신경'과 '생물신경'을 흐르는 기호들을 습득하기 위해 노력해야 하며, 그렇게 해서 기습득된 기호들을 또 개체발생시켜야 한다.

《화두》와 선생님의 문학론을 연계해본 논문이었는데, 아직 체계의 중심을 못 잡고 있다. 시간이 더 필요했고, 초점을 더 맞춰나가야 했다. 학위논문으로 《화두》를 대상으로 하리라는 말씀을 당장 드릴 자신이 없었다.

선배 : 선생님, 금강산 다녀오시지요.

요즘 언론에서 금강산 관광이 유행이었다.

선생님 : 아직 갈 생각 없어. 그저 명소 관광일 뿐인데.

금강산 관광은 지난해부터 시작됐다. 현대아산그룹에서 개발하여 민간인들에게 북한을 여행시키는 사업이었다. 여행은 4박 5일 일정으로 유람선을 타고 금강산 앞바다에 있는 장전항까지 가서 낮에는 소형 선박을 타고 육지로 이동하여 관광하고, 밤에는 유람선으로 돌아와 숙박하는 것이다. 한때 실향민들에게 인기 있었다.

나 : 저의 장인께서 올해 칠순이셔서 다녀오셨습니다.

선배 : 아니, 북한분이세요?

나 : 네, 순천분이십니다. 이번에 다녀오셨습니다. 가서 금강산 주변에 사는 북한 사람들을 보고 오셨답니다.

선생님 : 아니, 볼 수가 있나?

나 : 버스를 타고 가면서 경비원과 아이들 모습을… 그쪽 사람들은 키가 그렇게 크지 않다고 합니다. 어떤 북한 주민이 장인의 김밥을 먹는 모습을 보고, "남조선 사람들은 어째서 검은 종이에 밥을 말아 먹느냐?"고 했답니다. 그리고 산에 새며 물에 고기가 전혀 없답니다. 모두 잡아먹어서 그렇다는 추측을 하셨답니다.

선생님이 눈을 감고 한참 침묵을 지키신다.

선생님 : …이광수 말이야. 이광수 선생이 왜 그랬을까, 우리보고 일본에 종속되어, 더 일본다워야 한다고 말이야. 바로 몇 해 후면 광복이 되는데…

나 : 그런 다음 사해동포주의를 부르짖지 않으셨습니까?

선생님 : 그래. 참으로 그런 분이 그렇게 안목이…

다시 침묵.

　신문학에서의 낭만파는 한 가닥으로 된 절망의 노래가 아니다.
개화의 물결을 타고 싹트는 평민 계급의 기쁨의 예감. 평민 계급의
사춘의 시다. 나라는 망했을지 모르지만 계급으로서는 길이 열렸던
것이다. 서양 양반 계급의 멸망의 가락에 얹혀서 읊어낸 평민 계급
의 해춘의 가락. 그것이 한국 낭만파다. 한국 낭만파의 이 양면성.
한 가닥은 이상으로, 한 가닥은 이광수로.[134]

　선생님 : 우리의 민족문학, 민중문학 계열의 문학인들도 좀 안타
까워. 그동안 그쪽에서 그렇게 리얼리즘을 외쳤잖아, 그런데, 실작
(實作)이 어디 있었나? 작품으로 보여주어야 하지 않았는가 말이야.
문학의 폭이 이만하다고 할 때, (선생은 앞에 놓인 탁자만큼의 폭을 가리켰
다.) 전부 이렇게 해야 한다고 고함을 쳤단 말이지. 약간의 부분은 남
겨 두어야 하지 않겠나? 그렇게 외국의 이론을 주창해놓고, 지금 어
디 실제의 작품이 있는가 말이야.
　문학인의 사회참여에 관한 말씀이셨다. 군부독재 시절, 작품 쓰는
것을 사치로 여겼던 문학인들, 사회운동으로써의 문학창작에 대한
의견이셨다.
　나 : 1990년대 초에 다시 문학으로 돌아가야 한다고 하셨죠.
　선생님 : 아니, 그럼 그동안은 문학을 하지 않았단 말인가? 문학
을 하지 않고 무엇을 했단 말인가?
　나 : 민중문학에서 대중문학으로 옮아가는 추세이기도 합니다. 대
중소비사회에서의 문학의 방향이랄까. 본격문학과 대중문학, 그리

고 통속문학의 구분은 어떤 기준이어야 하는가, 하는 견해입니다.

선생님: 그래? 일본의 1930년대와 흡사하구먼. 그때 그들도 그랬지. 문학의 대중화를 내세웠지.

대화에 끼어들지 않던 S 선배가 헛기침한다.

선배 : 저 먼저 나갈께요. 두 분께서 이야기 계속하시고….

나 : 저도 가야지요.

약속이 있다는 듯이 선배가 일어서서 나도 따라 일어선다.

나 : 선생님, 〈조선일보〉 신춘문예 평론 부문 당선작 〈화두론〉과 〈출판저널〉이 나오면 스크랩해서 드리겠습니다. 오늘 가져왔어야 하는데, 죄송합니다.

선생님 : 그래? 그렇게 하게. 자네 집사람은 잘 있나?

나 : 네, 요즘 방학이어서 교습소가 좀 바쁩니다. 나중에 함께 찾아뵙겠습니다.

선생님께서 내 장편소설집을 읽으신 느낌이었다. 나는 거기서 예술가의 사회적 위치, 사회와의 관계, 사회참여 문제 등을 내 식으로 토로해놓았다. 예술가의 아내 이야기도 많이 나왔다.

선배, 나 : 그럼. 건강하십시오.

우리는 선생님의 배웅을 받고 1층으로 내려가 현관 밖으로 나선다.

# 역사를 예술처럼 살다

## 1999. 1.

아침에 일어나자마자 신문을 보았다. 신춘문예 평론 당선작이 실려 있었다. 〈화두론〉이었다. 하지만 요약이었다. 선생님께 전해 드리기로 약속한 상태라 신문을 사 들고, 교보문고에 갔다. 나는 〈출판저널〉을 구입하고 갈현동에 갔다.

신문을 스크랩하고, 선생님께 전화를 드렸다. 〈출판저널〉을 구입했다고, 전해 드리겠다고 말씀드렸다. 선생님께선 아무 때나 오라고 하셨다. 나는 논문을 위해 그동안 모아놓은 〈화두론〉과 신문스크랩, 〈출판저널〉을 가지고 선생님 댁에 갔다.

정오가 되었다. 아들이 맞이해 주었다.

선생님은 파자마 차림이셨다. 긴장을 풀어주시려 일부러 편안한 차림이신 듯했다. 그래도 나는 선생님 앞에서는 심신이 날카로워졌다. 선생님께서 반가이 맞아주신다. 평소의 모습이라는 듯, 어제 신었던가 싶은 양말을 툭툭 털어 신으신다.

— 여기 있습니다.

— 그래, 고맙네.

선생님께서 내가 스크랩한 자료를 한참 동안 들여다보신다. 20분 정도 흘렀을까.

— 내 작품 평론이 당선되었다고, 어딨지?

— 여기.

— 아, 여기 있군.

《《화두》, 상처 회복의 서사》라는 제목의 평론 당선작이 눈에 들어

왔다.

— 자네도 내용을 아는가?

— 예, 요약이더군요.

— 요약일 뿐, 왜?

— 편집하면서 지면이 할당되지 않았던 모양입니다. 보통 추후에 신문사 발행 잡지에 전문을 싣기도 합니다.

— 그러는가. 자네는 어떻게 읽었나?

— 빠르게 읽었습니다. 두 가지가 떠올랐습니다. 인간은 상처의 동물이다. 상처의 기억을 이성의 힘으로 끌어올려야 한다는 것과 나아가 예술로 승화시켜야 한다는, 그것이 화두라는 요지입니다.

선생님은 가만히 계신다. 아무 소리 없으셔서 내가 덧붙인다.

— 큰 주제를 잘 잡아낸 것으로 보입니다.

— 자네라면 어떤 식으로 화두를 풀어보겠나? 어제 잠깐 이야기하지 않았나?

— 어제도 말씀드렸듯이 저는 2부에 나와 있는 바다거북이 단상을 가지고 화두를 풀어보겠습니다. 10년 전에 선생님께서 강의하셨던, 〈소설특강〉을 들었던 저로서는 그것과 바다거북이 단상을 연결해서 선생님의 예술론을 해독해 보고 싶은 아이디어가 있습니다. 그것이 《화두》의 주제나, 구조와도 연관된다는 생각을 꾸준히 하고 있습니다. 하지만, 물리적인 시간상…, 그리고 아직 제 이론 공부가 아직 얕아서…. 죄송합니다. 저는 꼭 〈화두론〉을 쓰고 싶습니다. 만일 제가 박사 공부를 하게 되면 꼭 《화두》를 분석해 보겠습니다.

사랑하는 사람들의 〈기억〉 속에서 죽은 이들은 영원히 살아 있다. 기억 속의 그리운 얼굴들은 영생불사한다. 나를 잊지 말아요. (…) 그리운 이의 기억을 위해서 보상 없는 줄 알고 난 다음에도 〈역사〉를 〈예술〉처럼 살겠다는 마음과 실지로 그렇게 사는 〈인생〉이 발생할 수 있다. 그래서 〈역사〉와 〈인생〉이 하나가 된 생애를 우리는 목격하게 된다.[135]

《화두》의 이 단락이 계속 머릿속에 맴돈다. '역사'를 '예술'처럼 살아간 인생은 최인훈 선생님이 아니던가.

내 말을 모두 들으시고 선생님은 빙그레 미소하신다.

— 《화두》를 나보고 이야기하라면 말이야. 《화두》는 제목 그대로 '화두'야. 남들은 제목을 어떻게 짓는지 모르겠지만, 그리고 화두가 중국말이긴 하지만, 그야말로 '화두'는 나의 화두야. 그게 나야.

선생님은 낮게, 하지만 단호하게 말씀하시고 다시 내가 모은 '화두론'을 들춰보신다.

— 평론들 말이야, 제대로 해석하려면 꼼꼼히 읽는 성의가 있어야 하지 않나? 자네는 이 평론들 다 읽어보았나?

— 네, 서평 이외엔 다 읽었습니다.

— 여기 이 평론가, 내 책을 손으로 넘기면서 읽지 않고 발로 넘기는 것같아 보이지 않나? 그렇게 성의가 없어서야.

《화두》를 혹평한 한 평론을 보고 눈살을 찌푸리신다. 평론이나 기사들은 대부분 《화두》에 대해 찬사를 보내고 있었다. 요약하면, '20년의 면벽 후 터져 나온 화두 풀이', '20세기의 현관을 들어선 위대한 이성의 모습', '세기를 열어가는 교향악을 듣는다', '해체주의 시대의 새 이데올로기', '이데올로기를 넘어서 찾은 참모습' 등등이었다.

그런데 식민의식 운운하며 《화두》의 세계관이 주체적이지 못하다고
하거나, 20년 숙고 후 기행문 정도라고 폄훼하기도 했다.

— 선생님 소설을 보고 소설이 아니라고 하는 평론가도 있었지요.

나는 몇 사람의 혹평에 대해 구체적으로 이야기하려다 그만두었
다. 선생님도 아실 테고 확인하셔서 심기만 불편하게 해 드릴 것 같
았다.

— 당대에는 나쁘게 평가받다가 나중에 중요하게 취급받는 소설
이 많지.

— 네, 제임스 조이스의 《율리시즈》나 세르반테스의 《돈키호테》같
은 소설이 있습니다. 저는 《화두》도 그렇지 않을까 봅니다.

선생님, 눈을 감고 침묵하신다.

— 이광수의 《무정》 읽어보았나?

— 예, 《유정》은 교수의 어색한 사랑 이야기, 《무정》은 여인을 따
라 농촌으로 가는 이야기 아닙니까?

— 그래, 그래.

— 저는 개인적으로, 〈나—소년편〉이 좋았습니다. 논문 지도교수
님께서 권한 소설입니다.

— 몇 매짜린데?

— 중편입니다. 500매가량 됩니다. 이광수의 자전적 소설입니다.
소년 시절, 아버지가 가산을 탕진한 이야기며, 성에 눈을 뜰 당시의
모습이 매우 섬세하고 서정적으로 그려져 있습니다. 감동했습니다.
그와 비슷한 작품으로 〈스무 살 고개〉가 있지만 다시 계몽으로 돌아
갑니다.

이번 학기에 지도교수의 과목에 제출한 이광수의 〈나—소년편〉에

세이가 생각났다. 지도교수가 번역한 S. 채트먼의 〈서사이론〉을 대입하여 분석한 비평이었다.

> 〈나-少年篇〉처럼 화자와 인물이 동일인 경우에도 각 제시자의 역은 다르다. 화자인 '나'는 담론의 층위에 머물며 과거의 체험을 서술하고, 인물인 '나'는 스토리 공간에서 사건을 경험해나간다. 이때, 화자는 과거의 경험을 회상의 방식을 통해 서사를 끌어나가지만 스토리 안에서 직접 사건을 지각하지 못한다. 그러나 인물이 지각한 사건에 대해 어떤 방식으로든 견해를 표방하며 사건을 서술할 수 있다. 결국 '나'의 고백 양식으로서의 소설은 스토리 층위에서 '나'가 겪고 지각한 사건의 여과를, 담론 층위에서 어떤 시각을 갖고 회상의 형식으로 진술하는 이야기라 할 수 있다. 그러니까 〈나-少年篇〉은 '나'라는 '시선'의 회상으로 겪는 '나'라는 '필터'의 서사라고 할 수 있겠다. (…) 이와 같은 두 개의 큰 사건으로 이루어진 〈나-少年篇〉의 시선의 주된 역할은 무엇인가. 크게 네 가지로 나누어 설명할 수 있겠는데, 첫째는 필터의 활동이 시작됨을 예시하는 역할, 둘째는 필터의 활동에 완급을 조절하는 역할, 셋째는 필터의 활동에 대한 해설, 넷째는 체험의 우연적 선택에 대한 정당화이다.[136]

선생님께서 탁자에 있는 샤브레 과자를 권하신다. 아끼는 음식을 나누어 먹자는 의미처럼 과자를 건네는 선생님의 모습이 맑아 보인다.

— 논문지도 선생이 그 소설을 좋아하는 모양이구먼…공부, 많이 하는 것 좋지. 하지만, 일반 학문하는 사람하고는 또 다른 위치여서 고생할 거야. 창작하는 사람이 학문도 해야 하니까… 나도 학교에

있지만 그 마음 부대낌이 여간하지 않은데….

논문지도 교수는 소설가이지만 깊이 있는 서사 이론가이다. 그분은 〈이광수론〉으로 박사 학위를 받았다. 이광수를 옹호하기도 하고, 비판하기도 했다. 논문지도 교수가 권해준 〈나-소년편〉은 체험을 기술하는 묘사가 빼어난 소설이었다.

또 침묵.

선생님은 과자 옆에 있는 커다란 재떨이에서 담배를 집어 입에 무신다.

— 어떤 사람이 내 소설 《화두》를 보고 자기 이야기를 썼다고 하더군. 미술가들은 자화상을 많이 그리는데, 그렇다면, 자화상은 그림이 아닌가?

— 선생님 혹시 인터넷 홈페이지 있으십니까?

— 누가 그걸 만들었나?

— 아니, 선생님께서 만드셔야 합니다. 그래서 관리하셔야 합니다.

— 그럼, 직접 출판한다는 것인가?

— 같은 효과입니다.

— 경제 효과도 있나?

— 지금 단계는 홍보일 뿐이지만, 앞으로는 그쪽으로도 많은 수요가 있을 수 있습니다.

다시 침묵. 선생님 입에서 나오는 담배 연기가 길다.

— 저는 그럼 이만 가보겠습니다.

오래 있었다. 벌써 두 시를 넘어서고 있었다.

선생님 댁을 나오니 허기가 몰려왔다. 골목 전봇대를 휘감는 바람 같은 배고픔이었다.

# 복합장르

## 1999. 1.

논문 지도교수를 모시고 박사팀들과 강화도에 다녀왔다. '서사학회 창립의 건'과 박사과정 두 선배의 논문 연구계획서 발표 때문이다. 지도교수의 번역서 《서사란 무엇인가》의 교열도 겸하는 자리였다.

두 박사 모두 최인훈 선생님의 소설을 대상으로 학위논문을 작성할 예정이었다. 한 사람은 구조주의의 '규약' 이론을 대입하려 하고, 한 사람은 라캉의 정신분석이론에 기대어 최인훈 선생님의 소설을 분석하려 한다.

나는 석사이지만 《화두》 관련 논문이어서 곁다리로 발표했다. 박사들의 연구계획에 대한 토론이 계속됐다. 내 연구계획은 제목을 약간 조정하는 것으로 정리됐다. 〈복합장르로서의 화두론〉이었다. 나는 〈화두에 나타난 최인훈의 예술론〉이라고 메모해 두었다. 두 가지 중에 하나에 초점을 맞출 생각이다.

집으로 돌아오는 길에 나는 소설을 써야 한다는 생각으로 가득했다. 소설로 등단했지만, 논문을 쓰고 교정 보는 일로 시간을 보내는 스스로가 안타까웠다. 하지만 논문도 잘 쓰고 싶었다. 문학과 소설에 대해 제대로 알려 주신 스승을 내 힘으로 분석하는 문장도 잘 꾸려내고 싶었다. 수많은 평자와 학자가 선생님의 작품에 대해 여러 이야기를 해왔지만, 선생님의 예술론과 창작론은 내가 가장 정확하고 제일 잘 파악하고 있다는 평가를 받고 싶었다. 최인훈 선생님으로부터 그런 말을 들으면 나는 최고로 만족할 것 같았다.

# 고백

## 1999. 2.

최인훈 선생님의《화두》를 다시 읽기 시작했다. '복합장르로서의 화두'라는 제목이 좋을지, '화두에 나타난 최인훈의 예술론'이라고 주제를 설정할지 고민이다. 우선 노드롭 프라이의 장르 구분과 필립르쥔의《자서전의 규약》에 화두를 대입해 본다. 나는《화두》를 고백 양식의 글이라고 보았다. 고백 양식으로 대표적인 장르는 수필이나 자서전일 것이다. 자서전과 수필의 내용은 글 쓰는 주체의 실제 체험이 그 내용이 되어야 한다. 그러나 소설은 허구다. 있는 것도 있음직하게 축조하는 장르가 소설이다. 그렇다면《화두》는 수필인가?

노드롭 프라이는 산문의 한 형식으로 '고백'을 설정하고 소설 양식에 고백이 흘러들어 가면 '예술가소설'이 된다고 밝히고 있다.[137] 그에 의하면 고백에는 '종교,정치, 예술 등에 대한 어떤 지적·이론적 관심이 거의 늘 주도적인 역할을 하고 있다'라며 고백하는 필자가 '자신의 삶을 기록하는데 값어치가 있다고 느끼는 것은 그가 이런 주제들에 대해서 통합적인 견해에 도달할 수가 있기 때문'이라고 말하고 있다.《화두》는 노드롭 프라이의 갈래 구분에 의하면 '고백'에 해당된다. 여러 '화두'들에 대한 최인훈 선생님의 지적 관심과 그 질문, 그에 대한 응답과 결론은 가히 어느 사회학자, 미학자, 철학자보다 깊다.

그런데,《화두》는 역사서나 철학 담론이 아니다.《화두》는 소설이다. 소설에서의 고백은 그래서 더 구체적이고 현실적이며 파격이기도 하다.《화두》의 화자가 고백을 통해 자기 자신의 모습을 보다 확연한 지적 주체로 지양(止揚)하려 한다는데 나는 주목한다. 다시 말하면 《화두》의 화자는 예술과 문학, 사회와 역사 문제에 관심이 많은 '나'를 내세우며 스스로 어떤 결론에 도달하려는 모습을 보인다. 하지만, 단순히 자신의 체험을 고백하는 자서전 형식의 글쓰기로만은 지양의 완성에 도달할 수 없다. 고백함과 동시에 과거의 여러 일과 그에 관련된 여러 자신 중에 선택된 것들만을 내세워야 한다. 다시 말해서 고백이 소설의 양식과 합쳐지려면 의도적인 허구로 빙의(憑依)된 미적 주체를 내세우려는 전술이 필요한 것이다. 자신의 지난 잘잘못을 드러내는데도, 그러니까 고백에도 유희, 기술이 필요하다는 것이고, 그렇게 고백되어지는 인물도 소설 속에서는 엄밀하게 따지면 고백하는 사람이 아니다. 소설의 주인공일 뿐이다.

고백하더라도 밀실에서 종이에 대고 말하는 것과 현실의 사람을 앞에 놓고 하는 데는 차이가 있다. 그리고 종이에다 〈나〉라고 쓸 때, 그렇게 쓰고 있는 《나》는 〈나〉가 아닌 것이다.[138]

《화두》의 화자는 '나'라는 존재에 대해 자주 질문한다. 소설에서 '나', 즉 고백하는 '나'를 작가로 보면 안 된다는 것이 핵심이다. 고백하는 인물은 고백되어지는 인물과는 엄연히 다르다. 대중 앞에서 고백할 때도 고백하는 인물은 고백되어질 때마다 폭로되는 환상을 가질 뿐, 고백하는 '나'는 온전히 드러나지 않는다. 더군다나 책 속의 인물이 작가인 '나'에 씌워 고백할 때의 모습은 다르다. '나'이리라는 환상이 있을 뿐이다. 《화두》 속에서 '나'라고 내세우며 고백하는 인물이 최인훈 선생님인지, 서술되는 '나'인지, 독자들은 궁금해 할 것이다. '나'가 작가와 매우 닮아 있는 인물이라고 생각되는 부분이 많은 것은 사실이다. 하지만, 고백자인 '나'가 누구인지 반드시 밝혀내어, 작가라는 사람과 연관시키고 쓴 사람의 잘잘못을 가린다면 그것처럼 무의미한 일도 없을 것이다. 《화두》 속의 '나'가 《화두》라는 소설에 주인공으로서의 역할을 충실히 하면 소설로써의 장르에 충분히 부합하고 있다고 보면 되지 않을까.

논문의 물꼬가 트이는 느낌이다. 단편소설 마감일도 다가오는데, 시간이 없다.

# 나라는 화두
## 1999. 2.

소설을 마치고 〈화두론〉을 이어간다. 이번에는 선생님의 예술론에 대해 살펴봐야 한다. 너무 방대하고 여기저기 산재해 있어 체계를 잡아나가기 어렵다. 분류를 해본다. 본격적인 예술론과 문학론이 담긴 에세이는 〈예술이란 무엇인가〉, 〈예술이 추구하는 길〉, 〈인간의 Metabolism의 3형식〉, 〈문학과 현실〉, 〈미학의 구조〉, 〈居仁遊藝〉, 〈소설을 찾아서〉, 〈작가와 현실〉, 〈문학은 어떤 일을 하는가〉, 〈기술과 예술에 관하여〉, 〈소설을 찾아서〉, 〈문학과 이데올로기〉, 〈소설과 희곡〉, 〈창작수첩〉, 〈길에 관한 명상〉 등이다.

선생님의 문학 비평문 속에서도 많은 분량의 예술 일반론이 담겨있는데, 〈작가와 성찰〉, 〈정치와 문학〉, 〈추상과 구상〉, 〈스타일과 소재〉, 〈세 사람의 일본 작가〉, 〈외설이란 무엇인가〉, 〈부드러운 마음〉, 〈시점에 대하여〉, 〈박태원의 소설세계〉, 〈신문학의 기조〉, 〈일상의식의 흐름〉, 〈문학과 과학의 서사시적 갈등〉 등이 그것이다.

최인훈 선생님은 강연과 대담에서도 예술론을 펼치기도 한다. 그리고 소설작품 중에서 《서유기》와 《회색인》, 그리고 〈하늘의 다리〉, 《소설가 구보 씨의 일일》은 예술과 문학에 관한 이론적 사유가 전체 서사에서 20% 이상을 차지하고 있다. 특히 《화두》는 소설의 형식을 입은 예술론 전편이 아닌가 할 정도로 많이 분포해 있다. 이러한 자료들에 중심축을 세워 계통을 만들고 나름의 체계를 잡아가야 했다.

자료를 정리하다가 어머니로부터 전화가 와서 본가에 달려갔다. 아버지가 넘어지셔서 고관절에 이상이 온 듯하단다. 아버지는 중증 치매 환자였다. 나는 아버지가 이상이 없기를 간절히 빌었다. 아버지가 수술을 하게 되면 모든 일이 중단이었다. 아버지에게 내 시간을 쏟아부어야 했다.

아버지를 모시고 병원에 갔다. 기억이 모두 증발한 아버지가 고관절 수술을 받아야 한단다. 사람에게 기억이 없으면 그는 누구인가.

내가 기억이다. 그 기억에 대한 총분류 번호가 이른바 〈나〉인 것이다. 그러니 나와 기억은 분리할 수 없다기보다도 기억의 부활— 즉 회상이 철저해지면 질수록 자기라는 것은 그 기억 말고는 없음이 차츰 알아지고 그뿐이랴, 이런 회상을 통해서 비로소 그 기억이라는 이름으로 대강 처리되어 있던 부분을 더 잘 알게 된다.[139]

기억하는 일은 자신이 겪었던 어떤 사건을 다시 체험하려는 시도라 할 수 있다. 그 시도 자체는 그러나 처음 겪었던 그 사건이 곧이 곧대로 체험되지 않도록, 그동안의 겪음에서 얻어진 자료와 정보를 버무려 새로운 변형을 일으키게 하는 또 다른 체험이다. 그것을 두고 '체험을 경험한다.'[140]라고 벤야민은 말한 바 있다. 기억하기는 그리하여 경험을 통해 '나'를 더욱 잘 알려는 노력이라고 할 수 있다.

나는 병원에서 아버지를 간병하면서 《화두》를 꼼꼼히 읽어나간다. 《화두》는 경험으로 이루어진 소설이다. '철저한 회상'을 통해 자기를 경험하려는 의지를 보이는 소설이다.

철저한 '기억하기'를 통해 진정한 나를 드러내는 《화두》의 기억의 '부활' 방식은 대체로 세 가지로 나눌 수 있다. 첫째는 화자가 초점 화자[141]를 앞세워 곧장 과거를 회상하는 방식이다. 액자소설에서 흔히 쓰이는 방법인데, 《화두》에서도 화자가 미국과 서울, 러시아 등의 기행과 예술대학 교수 생활을 하는 과거 진술이 가장 자주 쓰이고 있다. 둘째는 기억을 연계해주는 매개체를 통한 회상 방법, 그리고 셋째는 우발적으로 발생하는 기억에 얹혀 과거를 예고 없이 회상하는 방법이다. 《화두》는 회상 기술법의 백화점 같다.

《화두》의 화자는 언뜻 기억의 혼돈 속에서 헤매는 듯 보이지만, 자세히 들여다보면 그 모든 기억들이 두 가지의 핵심 기억에 의해 조율되어 변주하고 있음을 알아차리게 된다. 그것은 두 명의 교사에 의해 가장 원초적 상처로 각인된 두 가지 사건, 곧 교내 벽보 주필로 활동하다가 지도원 선생에 의해 자아비판을 받았던 사건과, 〈낙동강〉 독후감을 잘 써서 훌륭한 작가가 될 것이라는 작문 선생의 칭찬 사건, 그 두 사건은 《화두》 안에서 이리저리 돌아다니며 다른 사건들을 부추겨 서사를 이루어 나가기도 하고 감싸 안아 숨기면서 다른 사건을 은유하기도 한다. 《화두》의 '나'는 평생 북한의 '교실'을 벗어나지 못하고 시시때때로 교실로 소환당한다.

　나도 지금 선생님의 강의 〈소설특강〉을 벗어나지 못하고 있지 않은가.

# 우연의 의도

### 1999. 3.

대학원 수업을 모두 마치고 보강했다. 현장에서 소설평론을 활발히 발표하고 있는 강사와 함께 회식했다. 나는 그와 논문 집필 상황에 대해 이야기를 나누었다. 나는 최인훈 선생님이 하셨던 말씀을 전했다. 현실사회주의국가가 무너졌는데, 그 문제에 대해 아무 말도 없다면 이상하지 않은가, 하던 말씀이었다.

강사도 그에 대해서는 말이 없고, 자신의 평론을 이야기했다. 최인훈 선생님의 《광장》 개작에 대해 평론을 쓴 적이 있다고, 《광장》을 '죽음 – 가족 – 사랑'이라고 보았단다.

그는 최인훈 선생의 이데올로기 편향성의 문제를 자세히 들여다보면, 갈수록 남쪽이 낫다는 생각을 가지신 듯하다고 했다. 실천적 측면에서 문학작품이 없다고 하셨다면, 1980년대 당시 최인훈 선생은 미국에 가 계신 것을 생각해 봐야 한다고 했다. 나는 선생님께서 《광장》을 개작하셨고, 희곡을 창작하셨다고 했다. 선생님은 우리나라에 대해 늘 고민하고 계셨다고 했다.

회식은 1차로 마쳤다. 술을 많이 마셨지만, 나는 집에 돌아와 밤을 새워 논문을 쓴다. 《화두》의 바다거북이와 선생님 예술론의 'DNA'와 개체발생을 연결해 본다.

인간에게는 언어라는 기호가 있어 압축된 상태로 개체발생을 거듭할 수 있다. 그러니까 우리는 늘 '인공신경'과 '생물신경'을 흐르는 정보들을 이해하기 위해 노력해야 하며, 그렇게 해서 기습득된 기호들을 또 개체발생시켜야 한다. 《화두》에서 표현된 위의 그림에 《회색인》에서 황 선생이 설명하는, 거인이 만들어내는 '거시적 운동'을 바다거북이의 좌항에 대입시켜도 무방하겠고, 주사위 스스로 움직이는 '미시적 운동'을 바다거북이 우항에 맞춰 생각해도 되는데, 우연의 필연, 즉, 선택한 우연들이 서로 필요에 의한 총체물로서의 문학작품을 바란다면 창작자는 그 둘의 상보관계를 늘 유념해야 한다. 다시 말해서 창작자 혹은 문학종사자들은 바다거북이의 인공신경인 '현실을 위한 기호'로서의 언어와 생물신경의 원시성을 지닌 채로 인공신경으로 작용하기를 바라는 '현실로서의 기호'로서의 언어를 잘 조화시켜 거듭 우연의 필연을 만들어내는 노력을 게을리하면 안 된다고 《화두》의 화자는 말하고 있다.[142]

일주일 정도 고생하면 논문은 탈고하게 될 것 같다.

# 생명의 기억

## 1999. 4.

사흘 동안 밥 먹는 시간 빼고 논문 문장을 써 내려갔다. 병원에서, 집에서, 본가에서 나는 잠을 자지 않고 논문의 논증을 꾸려나갔다. 아버지는 아프다고 소리를 지르시고, 같은 병실 환자와 보호자는 내게 눈총을 주고, 어머니도 머리 감싸고 누워 계신다. 나는 시간에 쫓기고, 아버지와 어머니한테도 쫓기며 노트북을 두드려댔다.

온몸이 뜨거워 해열제와 두통약, 물약과 알약을 밥 먹고 후식처럼 계속 먹었다. 몸살 약을 먹지 않으면 온 관절이 아팠다. 살 앓이도 심했다.

이제 본론에서 결론으로 향하고 있다. 선생님의 예술론, 문학론을 화두의 내용과 형식에 적용하여 해석해 본다. 나의 논문 쓰기는 들불처럼 번져 나간다.


…'문학이라는 제도' 또한 사회생활의 한가운데 있고, 그의 생활의 결과물인 작품은 '열락'의 기능을 맡고 있기에 문학종사자는 현실에 대해 언제나 민감한 안테나를 끌어올려 작동시켜야 한다. 그래야 '공동체적 이성'을 늘 감지해내면서 동시에 '공동체적 감성'을 실어 현실의 시민들에게 '열락'을 줄 수 있을 것이다. 필연을 향한 의도된 우연의 진행 방법이어야 '열린 안정'인 'DNA∞'의 환상주체로 진입하게 할 수 있을 것이다. 의도된 우연을 진행시키는 것은 거울의 시점의 역할을 하는 화자가 맡고 있음은 물론이다. 시간에 대한 저항으로 운동하는 회상, 즉 무의지적 기억의 발생은 일회적 인생

이 반복적으로 재현가능하다. 재현하는 자는 화자이다. 《화두》의 주인공보다 '화자'가 상위에 있다고 보면 된다. 이 화자가 DNA∞의 주체이고, 미적 주체와 보통 생활 주체의 통합이다. 이 화자는 소설 속의 '나'라는 인물과 일상생활 속의 '나'와 같으며 다른 '나'를 구현하게 된다….

나는 생각해 본다. 이것이 바로 라캉이 말하는 상상계와 상징계의 간극 아닐까. 언어 밖의 나, 언어 안의 나라고 봐도 되겠다. 선생님의 무한속도의 DNA∞일 것이었다. 그리고 '나선형'적 진행이란 표현은 《화두》의 회상의 완성으로써의 창작방법에 화자의 개입을 말한다.

두 핵심기억에 대한 반복되는 회상은 음악에서의 주제의 반복과 재현이다. 인생에서의 무의지적 기억은 작품 속에서 화자가 의지적으로 연출한다. 개체발생은 계통발생을 되풀이한다는 헤켈의 명제는 바로 '회상'을 말하는 것으로 보인다. 《화두》 첫 부분에 큰 무게를 드리우고 있는 문장, '기억이 곧 생명이다'라는 명제도 이에 부합하고 있다. 선생님의 예술론과 문학론은 《화두》에 와서 무르익어 작품의 작동원리로 자연스레 운용되고 있다. 《화두》는 선생님의 이론에 의해 창작된 작품이라는 결론에 이른다.

# 조명희

## 1999. 4.

'《화두》 논문을 썼습니다, 찾아뵙고 싶습니다.'

오전 10시에 선생님께 전화를 드렸다. 선생님께서는 정오에 오면 좋겠다고 하셨다.

나는 제본한 〈최인훈 《화두》의 구조와 예술론의 관계〉를 들고 찾아갔다. 선생님께서 반가이 맞아주셨다. 이번에는 와이셔츠를 입고 계셨다. 셔츠의 꼭대기까지 단추를 여미시고 미소하신다. 지난번 스스럼없는 차림과는 다른 모습이셨다. 의외였다.

— 학교로 찾아갔어야 하는데요. 학교에 알아보니 선생님께서는 화요일, 목요일에 수업 있으시더라고요.

— 수업 때문에 학교에선 이야기를 오히려 더 못하지. 그래, 그동안 잘 지냈는가.

— 예. 잘 지냈습니다. 선생님 건강하시죠?

— 그래.

— 이거.

나는 논문 제본을 건네드린다.

— 자네가 가진 것과 똑같은 원고지?

— 네, 그렇습니다.

— 지도교수가 그때 말했던 그분이신가?

— 네.

— 박사논문 아닌가?

— 아직 석사입니다.

선생님은 지난번에 내가 최인훈 논문을 쓴다면 박사 때 하겠노라 스치듯 말씀드렸던 것을 기억하고 계셨다.

선생님, 차례를 오래 들여다본다.

— 자네가 읽은 《화두》는?

— 억측인지 모르겠으나, 저는 선생님의 예술론으로 《화두》가 구조화되었다고 생각합니다. 선생님의 예술론의 구현물로 《화두》가 만들어졌다는 가설을 세우고 검증하는 과정으로 논문을 작성했습니다.

— 억측은 아니지. 다른 창작가들도 모두 예술론이 있지. 그것을 글로 체계화하지 않았을 뿐이지. …다른 것은 다 이해가 가는데, 비문학적 담론이라는 게…

— 문학외적 담론을 말합니다. 가령, 연설문이나 선전문구 같은…

— 그것은 잘못된 생각이야. 무슨 말인지 알겠는데, 문학 안으로 들어오면 그 모든 것이 문학적 담론이 되겠지. 비문학적 담론은 아닐세. 각주를 달아서 이해시키면 좋겠네… 내 예술론을 정리해보았는가?

— 네, 선생님의 예술론은 크게 네 가지로 나뉘어집니다. 첫 번째는 생물 발생과 문화인류학적 측면에서 예술의 생성에 관한 정리이고, 두 번째는 문학예술의 목적과 역할론입니다. 문학인들의 창작 태도도 포함됩니다. 그리고 세 번째는 예술을 현실과 환상의 관계에서 파악한 인식론적 정의이고, 네 번째는 예술의 창작과 감상의 과정을 심리학적 측면에서 살펴본 창작기법론입니다. 본론 1에서는 이와 같은 예술론과 창작방법론을 체계적으로 이해하기 위해 노력했고, 본론 2에서 이론을 도구 삼아 《화두》를 분석해나갔습니다.

나는 서론의 한 부분을 읽다시피 설명해 드렸다.

— 그럼 차례부터 읽어보게.

— 네….

나는 차례를 읽는다. 차례를 다 읽고 선생님과 이야기를 나누다가 돌아갈 생각이었다. 선생님께서도 내 논문을 모두 읽지는 않고 차례 정도만 볼 것 같았다. 하지만 선생님은 서론도 읽으라고 하셨다.

나는 서론도 낭독했다. 서론 읽기를 마치고 숨을 돌린다.

— 계속.

나는 본론도 읽어나갔다. 그러다가 계속 읽어 결국 결론의 마지막 문장까지 쉬지 않고 낭독했다.

모두 읽고 고개를 드니 어질어질하고 머리가 아파왔다. 시계를 보니 오후 네 시가 넘어 있었다. 꼬박 네 시간 정도 읽은 것이었다.

선생님은 참고문헌 페이지까지 보시고는 내게 과자를 권하신다.

— 수고했다.

— 《화두》를 쓰시느라 얼마나 힘을 내셨는지 알게 됐습니다.

선생님이 미소하신다. 나는 그만 일어서 집에 가고 싶었다. 선생님께서 논문 수정에 대해 아무 말씀 없으시고 어느 정도 흡족해하시는 것 같으니 내 목적은 이뤄진 셈이었다.

— 이제 그만, 가보겠습니다.

— 더 질문하고 싶은 것은 없나? 내가 소설을 지도했던 학생이 내 소설로 학위논문을 썼는데, 도움이 되는 말을 해 주고 싶은데….

사모님께서 서재로 올라오신다. 딸기와 바나나주스가 쟁반에 받쳐 있었다. 사모님도 내 낭독을 들으셨을까.

— 나는 《화두》에서 두 가지를 말하려고 했네. 하나는 자네가 잘 보았어. 기억의 발생 형식, 또 하나는 대부분 사람들이 모르더군…. 평론가들도 이걸 짚어내지 못하네.

나는 눈이 번쩍 뜨였다. 깊은 바닷속에 보물을 숨겨 놓았는데, 그 보물 위치를 알려 주시려는 모습이었다. 선생님은 딸기주스를 한 모금 마시고 침묵하셨다. 나는 바나나주스를 천천히 마시며 선생님의 입이 열리기를 기다렸다.

— 선생님의 예술론을 앞으로 더 연구해야겠습니다. 더 치밀하고 섬세하게 파고들고 싶습니다. 그리고 또 한 가지….

— 내《화두》는 그것과 또 하나, 사회주의 문제야. 나는 어쩌면 그 문제에 올바르게 접근하기 위한 공부로 내 평생의 시간을 보냈다고 볼 수 있지.

나로서는 선생님이 설명해 주어도 금방 이해할 수 없을 것이었다. 사회과학 서적 몇 권 읽은 정도로는 선생님이 말씀하시는 사회주의를 어찌 제대로 알 수 있단 말인가. 실제 체험도 깊은 선생님 아니시던가…. 엄두가 나지 않았다. 평생 연구해도 모를 것 같았다.

— 선생님, 질문 있습니다. 조명희 문건은 선생님께서 쓰신 것입니까? 아니면 정말 조명희가 쓴 것입니까?

— 조명희가 쓴 것.

—《화두》의 주제는 이데올로기입니까? 사회주의….

선생님 침묵…. 고요 중에 전화가 와서 집필 방에 연결된 전화를 받으러 가신다. 특강을 해 달라는 전화인 듯하다.

— 선생님, 신문을 보았습니다. 〈조선일보〉에 기사가 났더라고요. 선생님 생신에 맞추어서 모임을 갖는다는….

선생님, 희미하게 웃으신다.

몇 차례, 더 전화벨이 울려 나는 일어서 인사를 드리고 내려갔다.

집으로 돌아와 《화두》를 펼친다. 2부, 화자가 러시아에 가서 조명희의 연설문을 찾아 읽는 장면이다. 화자는 조명희의 문건을 읽고 또 읽는다. 화자가 평생을 두고 고민해온 문제를 그 문건이 답해 주고 있을까.

우리가 권력을 잡았을 때 자본주의는 아직 전 세계를 활보하고 있었다(자본주의는 오늘에 이르기까지 세계를 활보하고 있다). 우리나라의 부르주아지는 막무가내로 10월 혁명이 꿈에도 중대한 영속성이 있는 것이라고는 결코 믿으려 들지 않았다. (……) 현재 우리가 가지고 있는 것은 자본주의의 반대물로서 사회주의가 아니라, 자본주의로부터 사회주의로 옮아가는 과정이며 그것은 첫 단계의 가장 고통스러운 과정이다.[143]

# 취소

## 1999. 4.

최인훈 선생님께서 심기가 불편하신지, 두 차례나 기념행사를 취소하셨다고 후배 시인이 전했다.

# 회식

## 1999. 5.

대학원 논문지도 교수님으로부터 전화가 걸려왔다. 좋은 논문을 썼다고 칭찬하셨다.

나는 학교에 올라갔다. 지도교수님께서 회식을 하자신다. 교수님은 석·박사 지도학생들에게 연락을 해보라 하셨다. 나는 지도 대학원생들에게 전화를 돌리고, 학회지를 읽었다. 교수님은 바둑을 두셨다. 바둑이 교수님의 취미 겸 일상이었다. 누구와도 만나면 바둑판을 펼쳤다.

교수님은 바둑을 두시며 심사 진행에 대해 알려 주셨다.

저녁에 박사팀과 〈화두론〉에 대해 많은 이야기를 나누었다. 음식점에서 소주를 많이 마셨다. 두 박사과정 선배들은 술을 마시지 않았다. 논문을 앞두고 걱정과 부담이 많은 얼굴들이었다.


# 가족-민족

## 1999. 6.

한국군과 북한군이 NLL 근처에서 총격을 벌인 사건이 발생했다. 꽃게철을 맞아 대규모의 북한 어선이 북방한계선 남쪽 2km 해역까지 내려왔는데, 가끔씩 한계선을 넘어와 한국 영해에 머물면서 한국군과 총격전이 있었던 것이다.

그 결과 북한의 신흥급 어뢰정 1척과 중형 경비정 1척 등 2척이 침몰했다. 이 과정에서 우리도 고속정 정장 안지영 소령을 비롯하여 장병들이 부상을 당했다. 여전히 남과 북은 전쟁 중이다. 우리 바다의 물고기들은 같은 종으로서 같은 해역에서 살아가고 있을 것이다. 같은 물고기 종들은 북한과 남한의 갈등을 모르는 채 남북 바다를 넘나들고 있을 뿐이다. 우리도 같은 민족인데, 바다에 금을 그어놓고 남북을 오가는 같은 종의 물고기를 서로 잡으려 금을 넘지 못하게 한다. 금을 넘어오면 총으로 쏜다.

지금 우리에게는 이 〈가족〉을, 혹은 〈가문〉을 대신할 만한 체계가 아무것도 없다. 현실적으로 없다는 말이 아니라 사람들의 가슴 속에서 그만한 힘을 내도록 익지 못했다. 현대 한국인에게도 〈가문〉이라는 말은 사무칠망정 〈국가〉는 아무래도 거북하다. 그런데로 가문이나 씨족을 넓혀서 짐작할 수 있는 〈민족〉은 훨씬 알아먹기 쉽다.[144]


# 이상

1999. 6.

최인훈 선생님 댁에 갔다. 박사과정 선배가 함께 가자고 전화해서 그와 같이 선생님을 뵈었다. 선생님께서는 요즘 이를 치료하시러 다니신다. 선생님의 입술이 작아지신 듯하다.

선생님 : 반갑다.

박사 : 선생님, 건강하시죠?

선생님 : 괜찮아요. 치과 치료 중이에요.

박사 : 손자의 치아가 나오면서 할아버지의 치아가 빠진다는 속설이 있습니다.

선생님 : 그런가 보오.

나 : 선생님, 논문이 통과됐습니다.

나는 학위논문 제본분을 드린다. 미리 사인을 해두었는데, 선생님께서는 그 사인을 오래 들여다보신다.

선생님 : 잘 아는 제자가 내 소설로 논문을 썼으니 이야깃거리가 생겼군.

박사 : 잘 됐습니다. 저도 읽어봤는데, 아주 특별하더군요. 선생님의 예술론으로 《화두》를 해석한 경우는 없었지요. 앞으로도 없을 것 같고요.

선생님 : 그러게요. 내겐 아주 좋은 일이 됐어요.

박사 : 저도 《화두》에 대해 분석해 봤는데, 선생님의 《화두》는 연구거리가 무궁무진합니다. 제게 몇 개의 아이템이 더 있습니다.

선생님 : 그렇군요. …이상이란 사람이 친일했을까, 하지 않았을까, 나는 요즘 그게 궁금합니다. 이상은 정치 문제에는 관심 없었고, 오로지 자기 안에서 자기 것에만 골몰했던 작가죠. 그래서 천재였던가 싶어요.

박사 : 네, 이상은 작품 속에서만 자신을 두었던 것 같습니다. 당시 많은 문학가들이 외부 환경에 대해 이런저런 판단을 하고 그 판단으로 후대에 평가를 받는데, 이상은 특별하게 취급하게 됩니다.

선생님 : 그래서 천재라고 봐요. 다른 분야에 모른 척했지요. 반면에 이광수는 너무 여러 분야에 손을 댔죠. 만일 이상이 다른 분야에 관심을 가졌다면 그런 좋은 작품을 못 냈을 거예요.

그들의 언어가 수인(囚人)의 언어여야만 했던 것은 그 언어를 품고 있는 사실(事實)의 세계를 반영한 탓이었다. 젊은 영혼의 세계와 현실의 체계가 비교적 원만한 연속을 가지고 있는 사회였다면 그들은 덜 괴로웠을 것이다. 마음은 높고 현실은 낮았다. 무슨 방법으로든지 착륙하는 것이 필요했으나 그러지 못하는 데 슬픔이 있었다.[145]

나 : 이상은 그림과 건축설계에도 비상한 재능이 있었다고 합니다. 그의 시는 그런 특성이 잘 반영된 작품이라는 해석도 있습니다. 〈무한육각면체의 비밀〉이라는 영화가 있는데, 그의 작품성을 바탕으로 만든 영화입니다.
선생님 : 자네 식구들도 잘 지내고 있지?
나 : 네.
선생님은 지난번 아내와 아이를 거리에서 만난 기억이 나신 모양이었다.
박사와 나는 선생님과 이런저런 이야기를 나누다가 저녁 식사 때가 되어 선생님 댁을 나왔다.

# 〈아이오와 강가에서〉

## 1999. 7.

최인훈 선생님으로부터 육필원고를 받았다.

〈아이오와 강가에서〉

```
          아 이 오 와   강가에서

                    최  인  훈

  사월강  봄다이  흘러라
  저  멀리  벌판끝  타는  놀은
  어릴 적   꿈속의  붉은  꽃
  해저문  남의  땅  강가에서
  아으  흐르는  세월강을  듣겠네
```

문학잡지에 〈시와 악상〉이라는 원고를 매월 게재하는데, 육필원고를 부탁드린 것에 응해 주셨다. 사모님께서 원고를 주시면서 "아주 특별한 일"이라 하셨다. 누구한테도, 어디에서건 절대 육필로 써 주신 적이 없었다는 것이었다.

황송했다.

문학잡지에 실렸던 원고의 부분이다.

최인훈 선생님은 소설가이시다. 그런데 시도 많이 쓰셨다. 선생님의 소설에는 시가 많이 나온다. 다른 시인의 시도 있지만 대부분 선생님의 작품이다. 나는 선생님의 소설뿐 아니라 선생님의 시도 좋아한다. 어떤 소설은 읽고 나서 소설 내용보다 시가 오롯이 떠오를 경우가 있다.

올봄에 나는 《화두》를 분석하는 논문을 썼다. '〈최인훈 《화두》의 구조와 예술론의 관계〉'라는 논문인데, 선생께선 《화두》에 그동안의 예술과 철학, 문학과 역사에 대한 생각을 압축해 놓으셨다. 나는 그 농축된 《화두》 안의 예술론을 해독하느라 좋지 않은 머리를 혹사했다. 힘에 부쳤다. 정해진 날짜 안에 논문을 써내지 못할 것만 같았다. 그런 참에 《화두》 안에서 선생님의 시를 발견했다. 〈아이오와 강가에서〉(《화두》, 1부, 3장, 254면)를 읽고 또 읽었다.

논문이 지지부진해 있는데, 악상이 떠올랐다. 꽉 막혀 있던 논문 줄기가 새로이 뻗어나가는 듯싶었다. 잔뜩 긴장되어 있던 머리를 〈아이오와 강가에서〉가 부드럽게 어루만져 주었다.[146]

선생님의 〈아이오와 강가에서〉를 계속 들여다 보니 논문의 문장과 선율이 생각났다. F 메이저에서 A 마이너로 넘어가는 선율이 논문 문장을 부추켰다. 느린 삼박자는 문장에 물꼬를 틔어주었다. 《화두》에 관한 글을 쓸 때 그 개체발생은 〈아이오와 강가에서〉가 씨앗이 될 것이다.

# 정신의 연극
## 1999. 7.

최인훈 선생님을 찾아뵈었다. 선생님의 〈아이오와 강가에서〉에 대한 글이 실린 문학잡지를 드렸다. 선생님께서 찬찬히 살펴보셨다.

— 그렇군. …'화두'라는 말을 잘 생각해 보아라. 대부분 좋은 소설들은 작품의 대표적인 공간 배경을 제목으로 삼고 있지. 《토지》, 《태백산맥》, 《두만강》, 《낙동강》 등이 그렇지 않으냐. 그러나 나는 추상적인 것을 제목으로 삼았다. 보이지 않는 것이지.

— 그렇습니다. 구체적인 공간이 아니고 정신적인 지대를 말씀하시고 계십니다.

— 땅을 대상으로 하지 않는 소설을 대개 관념적이니, 뜬구름 잡는다느니, 추상적이니, 비현실적이니 하지.

— 주인공이 구체적인 현실, 구체적인 땅을 딛고 있어야 한다고 주장하는 비평가도 많습니다.

— 그렇더구나. 하지만, 그게 내 세계야. 나는 화두에 매달렸지. 천년 전 동양의 정신의 극점에 다다른 《화두》라는 화두를 물고 늘어

졌단 말이다.

— 네….

— 프랑스 말에 '팡세'라고 있다. 서양의 개념을 빌어 동양을 사고하려 한 내 노력을 인정해 줘야 하지 않겠냐.

— 《화두》가 불어판으로 번역된다면 팡세라고 해야겠습니다.

— 그게 적당하겠지. 영어로는 적당한 표현이 없어. '화두'라는 말은 중국어를 표음할 뿐이고, 굳이 우리말로 한다면 '정신의 연극'이라면 어떨까 한다.

— 정신의 연극….

— 정신의 극점에서 써놓은, 한 면 한 면이 모두 봉우리 끝에 올라와 있는 정신들이라고 하고 싶다. 내 사고의 정점에 이른 진술이다. 그게 화두다.

— 최근에는 정신분석 이론으로 문학을 분석하는 경향이 짙습니다. 박사 선배들도 그런 분위기입니다. 포스트모더니즘 이론, 해체주의도 유행하고 있고요.

— 아리스토텔레스에게도 포스트모더니즘적인 부분이 있다, 견강부회 아니냐. 이론이란 그런 것일 뿐이다. 작품을 꼼꼼히 들여다보면 분석의 이론이 생긴다.

— 아무튼 박사 공부하는 사람들, 고생이 대단합니다.

선생님은 창가에 세워져 있는 프린터를 가리키며 필요하면 가져가서 고쳐 쓰라고 하셨다. 오래된 HP 잉크젯 프린터였다. 나는 집에 프린터가 있다고 했다. '베케트가 조이스의 비서였다고 합니다.'라고 말하려다 그만두고 나는 일어섰다. 저녁을 먹고 가라는 선생님의 권유를 마다하고 댁을 나섰다.

# 세미나

## 1999. 8.

논문 지도교수를 모시고, 양평 휴양림으로 세미나를 다녀왔다. 박사 논문 두 편을 합평했다. 차례와 서론 부분 발표에 대한 의견을 교환했다. 두 박사 모두 〈최인훈론〉인데, 한 분은 구조시학의 '규약'을 잣대로 작품을 분석해나갔다. 간혹 자크 라캉의 정신분석이론도 대입하고 있었다.

다른 한 분은 서양사상에서의 주요 쟁점이었던 '주체' 문제를 중심으로 최인훈 소설을 분석했다. 이분도 자크 라캉의 상상계─상징계─실재계 단위를 방법론으로 삼았다. 〈최인훈 소설연구〉, 〈주체형성의 과정〉. 두 분 모두 어렵고, 동어반복이 될 가능성도 짙다는 독후감이었다. 하지만 굉장한 노력을 하고 있음이 느껴졌다. 최인훈 선생님의 소설을 꼼꼼히 읽어나가는 두 박사의 노고에 경의를 전하지 않을 수 없었다. 박사는 아무나 할 수 없다.

나는 두 박사 선배에게 존경한다고 말했다.


# 이념 선택 곤혹형 인물

## 1999. 9.

최인훈 선생님께서 빌려주셨던 연변대학 논문을 모두 읽었다. 〈이념 선택 곤혹형 인물연구〉라는 제목으로 선생님의 《광장》을 분석한 석사논문이었다. 그는 이명준의 성격이 햄릿 같다며, 그렇게 될 수밖에 없는 이유를 조목조목 제시했다. 좋은 글이라고 생각됐다. 독후감을 말씀드려야 해서 선생님께 전화를 드리고 찾아뵈었다.

— 20세기는 이념과 제도의 갈등 시대여서 이명준이라는 인물의 이념 선택은 시대를 잘 반영하고 있다는 것이 논문의 내용입니다.

— 그렇더구나.

— 선택의 갈등을 통해 유토피아를 찾아가는 이명준을 좋게 평가하고 있습니다.

— 이념만이 삶의 전부는 아니지. 이명준에게는 사랑도 있지 않느냐.

— 그렇습니다. 두 가지가 사람에게는 모두 소중할 것입니다, 선생님. 요즘 세기말이니 밀레니엄이니 하는 말이 많이 나옵니다.

— 밀레니엄은 고행의 시작이 됐다는 뜻이다. 구체적으로 예수가 등장하여 천 년 동안 선과 악을 징벌하고 천년만년 살고지고, 라는 것이다. 예수와 부처 그분들의 깨닫기까지 얼마나 고행했는지….

— 선생님, 이명준의 선택 이후 달라진 것이 있습니까.《화두》의 '나'의 선택은 무엇인지 궁금합니다.

나는 선생님께 가장 중요하다 싶은 게 문득 생각나 질문을 드렸다.《광장》의 이명준이 선택한 이데올로기 이후,《화두》의 '나'가 선택한 이데올로기가 무엇인지, 선생님께서 설명해 주실 줄 알았다. 하지만 선생님께서는 답을 주지 않았다.

— 조명희의 연설문처럼 아직도 자본주의와의 싸움은 끝나지 않은 모양인가요? 아니면 사회주의와 공존한다는 것인가요? 유토피아는 정말 있는 것입니까?

나는 선생님이 꼭 답을 해 주셔야 한다는 어조로 여쭈었다.

— 자네가 논문에서 말했잖느냐.

— ….

— 유토피아는 바로 예술에 접근했을 때 발견된다. 악보를 읽고, 연주를 들을 때에만 존재한다.

선생님의 추상적인 답이 속 시원하지는 않았다. 유토피아를 찾아 문제적 인물들이 그 고행을 마다하지 않았던가. 그래서 얻었거나 말 았거나를 떠나 자기를 던져 인류에게 행복을 주려 애쓰지 않았던가. 그것은 DNA∞에서 얻어지는 것이라 말씀하시는 듯했다. 덧붙여 내게 고행을 해야 찾아진다고 말하시는 듯했다. '그것은 주어지는 것만이 아니다. 투쟁해서 쟁취하는 것이다'라고 말씀하신 것으로 들려왔다.


예술이 자유의 나라라는 얘기. 거짓말이다. 예술은 폭력의 나라다. 폭력의 근거를 따지는 마음이 일지 못하게 강제된 폭력의 세계다. 예술을 사랑한 사람은 예술을 만들지 못한다. 무서움. 삶의 무서움에 대해서 또 하나의 무서움을 만들어내는 것. 그게 예술이다. 아름답다는 것 – 아름다움은 흉기(凶器)다. 흉기를 만드는 사람은 흉기보다 더 흉악하지 않으면 안 된다.[147]

# 라디오 소리

## 1999. 10.

이론을 읽어나가는 시간이 대부분인 요즘이다. 다른 사람의 작품을 꼼꼼히 읽으며 이론과 결부하려는 정신노동도 작품을 쓰는 노력과 같다는 것을 알게 됐다. 그래도 작품을 써야 하지 않겠는가. 나는 조급해하면서도 정작 소설은 한 줄도 쓰지 않는다. 아니, 쓰지 못한다. 창작 긴장이 오지 않을지 모른다는 걱정이 들 때마다 버릇처럼 최인훈 선생님의 작품을 다시 읽는다. 요즘은 《총독의 소리》를 꼼꼼히 읽는 중이다. 선생님의 소설은 그 형식이 늘 새롭다. 《총독의 소리》는 더 파격이다. 1967년 작품임에도 내용이며 형식이 참신하다. 4부 연작으로 〈신동아〉 2월부터 1976년 〈한국문학〉 8월호까지 이어서 쓰셨다. 작품은 한국의 현실 정치 문제를 비판하고 있다. 부정선거에서부터 무장공비 출현, 미군 함정 푸에블로호 납치 사건 등 당시의 큰 사건을 통해 우리의 분단 고착 문제를 파헤친다.

총독이라는 존재의 일방적인 언술만으로 이뤄진 이 《총독의 소리》는 한국의 현실 안에서 메시지가 전달되는 것이 아니라 한국 밖(지하) 일본 총독의 입에서 발설되는 것이기에 선생님이 자주 말씀하셨던 소설의 작법, '현실의 부정'의 입장이 보다 뚜렷하게 다가온다. 문득 M. 맥루한의 '매체가 메시지'라는 정언[148]이 생각난다. 소설의 구조적 형식 차제가 《총독의 소리》의 내용이다. 매체는 권력을 가진 중심 영역 아래의 영역으로 정보 전달을 퍼뜨린다고 배웠다. 〈총독의 소리〉에 나오는 라디오, 조선 총독의 일방적 담화 등은 바로 매체의 특성을 그대로 보여준다. 최인훈 선생님은 창작방법을 통해 현실에 대한 부정을 수사적으로 표방하고, 그 자체를 메시지로 전하고 있는 것이다.

우리에게 있어 일본은 우리의 근대사를 왜곡시킨 제국주의의 부정적인 국가가 아닌가. 조선총독부는 조선의 식민화를 공고히 하는 제도였고, 독립단체뿐 아니라 대부분의 조선 사람에게는 증오의 대상이었다. 선생님은 바로 총독의 입을 빌어 현대 한국의 정치 상황에 대해 신랄한 비판을 가하는 것이다. 우리로서는 총독의 비아냥이나 독설이 언짢고 불쾌하다. 선생님의 의도는, 현실을 부정하는 주체를 긍정적인 인물이 아닌, 부정적인 인물로 내세워 더욱 철저하게 현실을 부정함으로써 현실을 직시해야 한다는 것이다.

이러한 창작방법은 선생님의 리얼리즘에 대한 다른 차원의 해석과도 연결된다.

신화의 불가능이 현대의 신화라고 하는 이 명제에는 빈틈이 없다. 빈틈없는 명제 속에 머무는 동안 극적인 공간이 문학적으로 현출하는 것은 사실이지만 이것은 불가피하게 사실주의를 포기하게 만든다. 왜냐하면 사실주의란 문학의 언어를, 상징인 동시에 객관화의 저항 위에 있는 언어로 보고 그 저항하는 객관이란 다름 아닌 당대 사회라는 실감 위에 이루어져 있기 때문이다. (…) 진실한 리얼리즘은 현실이란 혼돈에 선택에 의한 끊임없는 질서, 진실이라는 이름의 인간의 질서를 세우는 것으로, 관념과 풍속의 어느 하나도 타방에 해소시킴이 없이 서로가 서로를 위한 저항으로써 존재한다는, 그런 형식의 존재 방식이다.[149]

근대 이후의 신화가 사라진 시대에서 미메시스의 서술구조를 해체하여 지배담론을 비판해야 더욱 솔직한, 현대의 상황에 더욱 알맞은 리얼리즘이라는 것이다. 선생님의 특별한 리얼리즘관이다.

# 고문기술관

### 1999. 10.

박종철 군을 고문해서 죽게 한 이근안이 자수했다. 그는 김근태 선생도 고문해서 도피 중이었다. '죗값을 치르겠다'며 수원지검 성남지청에 나타났단다. 대공 담당 형사였던 그는 전기고문, 물고문, 날개 꺾기, 관절 뽑기, 볼펜심 꼽기, 고춧가루 고문 등 끔찍한 기술로 학생운동가와 민주화운동가를 가혹하게 고문한 것으로 악명이 높았다. 온갖 고문에 통달해 다른 기관으로 '고문 출장'도 다녔다고 한다.

이근안의 잠적이 길어지자 '못 잡는 것이 아니라 안 잡는 것'이라는 논란이 일었다. 〈민주화실천가족운동협의회〉는 자체 공개수배를 하고 현상금을 거는 등 그를 끈질기게 뒤쫓았다. 그는 도피하는 동안 폐쇄회로(CC) TV와 진돗개 등으로 무장한 자택에서 수년간 숨어지내며 이사를 다닐 때만 집 밖으로 나왔다고 한다.

그는 여러 측면에서 괴로웠을 것이다. 고문하는 사람은 고문당하는 사람이 되었다.

# 딸 결혼식

## 1999. 11.

최인훈 선생님의 딸이 결혼했다. 언젠가 선생님 댁에 가는 중, 딸과 사위 될 사람이 갈현동 거리를 걷는 모습을 보았다. 두 사람은 무척 행복해 보였다.

나는 선배로부터 소식을 전해 듣고 준비했다가 결혼식장에 찾아 갔다. 성당이었는데, 많은 동문을 만났다. 최인훈 선생님, 많이 상기 되신 모습이다. 나는 아내와 아이를 데리고 갔다. 사모님께서 딸아 이를 꼭 안아주셨다. 성당이어서인지 결혼식은 숙연했다. 어떤 행사 든 삶의 과정을 기호화한다. 그렇게 해서 삶을 기억한다. 그 행사에 참여한 사람들은 모두 자신의 삶을 기억할 것이다. '나'를 잊지 않으 려는 것이다.

피로연에서 식사를 마치자마자 우리 식구는 성당을 빠져나왔다.

사랑의 예술도 다른 예술과 마찬가지로 거기서 성공하려면 사랑 밖의 일체의 것을 버려야 합니다.[150]

하나의 울타리를 갖는 결혼식은 사랑으로 가득 차 있었다. 예술처럼.

# 원형 대화

## 1999. 12.

최인훈 선생님 댁에 다녀왔다. 《화두》 관련 평론이 혹시 없나 전화로 물어오셔서 그동안 모아놓은 《화두》 평문을 들고 찾아뵀다. 마침 식사를 하시려던 참이셨다. 내게도 식사를 권하셔서 나는 원형 식탁에 앉았다.

선생님께서는 식사하시면서도 이야기를 많이 하신다. 나도 가만히 있기 겸연쩍고, 선생님 말씀 그만하시고 식사하시라고, 최근 사회에서 벌어지는 사건 사고를 생각나는 대로 말씀드렸다. 선생님 댁원형 식탁에는 이런저런 이야기가 묻어 있었는데, 내 목소리도 묻혀 놓게 되었다. 세기말, 밀레니엄, 대우그룹 해체, 신창원 체포, 이근안 자수… 등등 최근 사건에 대한 이야기가 주로 내 입에서 나와서 식탁에 떨어졌다.

나는 대학원의 박사논문 진행 상황도 전해 드렸다. 두 박사 모두 통과되었는데, 수정이 필요하다고, 내가 교정을 돕는 중이라고 말씀드렸다. 박사논문 교정 보면서 공부가 많이 되고 있다고도 말씀드렸다. 두 박사 모두 최인훈 선생님의 소설을 분석하고 있기 때문이었다.

선생님은, 문학이론은 결국 '화자'의 문제로 귀결되리라고 예견하셨다. 나는 독자에게 인물의 행동과 생각, 느낌을 전하는 화자라는 존재가 중요하고, 이즈음에는 '초점화자'라는 개념이 언급되고 있다고 말씀드렸다.

선생님께서 '초점화자'가 무엇인지 설명해 달라고 하셔서 나는, 화자는 인물의 행동을 조망하면서 그의 이야기를 전하는 존재이고, 초점화자는 인물을 바라보는 것만이 아니라, 판단하고 느끼고 고민하는 것까지 포함하여 독자에게 전하는 존재라고 말씀드렸다.

구체적으로 말해보라고 하셔서 나는 《광장》을 예시로 들었다. 초점화자의 활동이 많은 작품이 《광장》이라고 말씀드렸다. 그러니까 초점화자의 인물에 대한 내부 활동은 《광장》에서 이명준을 바라볼 뿐 아니라, 직접 이명준이 되어 그의 내면까지 겪어나가 독자에게 이명준의 심리상황도 전하고 있는 것으로 이해해야 한다고 말씀드렸다. 3인칭주인공시점이어도 1인칭주인공시점 같은 효과를 낼 수 있다고 덧붙였다.

선생님께서는 복잡하다시며 아무튼 화자는 중요하다고 하셨다. 릴케의 《말테의 수기》를 읽어보라 권하셨다.

《말테의 수기》를 을유문화사 문고판으로 가지고 있었다. 누님이 읽던 것인데, 릴케의 창백한 모습이 책날개에 있던 소설집이었다. 죽음을 염두에 둔 시인의 불안한 파리 생활이 초반부에 섬세하게 묘사돼 있었다. 선생님께서 권하셨으니 꼼꼼히 읽어보고 다음에 뵐 때 독후감을 말씀드려야겠다. 원형 식탁으로 돌아와야 했다.


# 자아, 주체, 자기동일성
## 2000. 1.

박사논문을 완성한 대학원 선배와 선생님 댁에 갔다. 선배가 논문을 증정하자 선생님께서는 한참 들여다보신다.

— 논문 테마가 저 사람하고 비슷하군요.

선생님은 박사 선배를 보고 나를 가리키며 말씀하셨다.

— 한 사람은 ‘자아’, 또 한 사람은 ‘주체’.

미소하시는 선생님을 보고 따라 나는 미소했다.

— 사람이 동물하고 다른 차원의 생명이라면 이 문제를 꼭 알아야겠죠. ‘자기동일성’.

선생님께서는 또다시 DNA, DNA′, DNA∞를 말씀하셨다. 이 자기동일성이라는 문제는 문학에서뿐 아니라 사회, 경제, 정치, 교육 등 모든 분야에서 하나의 문화 현상으로 다뤄야 할 것이라고 덧붙이셨다.

박사 선배는 고개를 갸웃거렸다. 선생님의 예술론의 핵심인 그 개념이 낯설 것이었다. 그래도 자신의 박사논문과 관계가 전혀 없다고 할 수 없다는 의미로 한마디 얹었다.

— 주체 문제는 결국 올바른 사회로 끌어가는 인류의 문제입니다.

— 소련이, 사회주의가 붕괴되었다는 것이 아직도 현실감으로 다가오지 않아요. 그토록 사회주의에 관심을 가졌던 그쪽 문학계 사람들이 침묵하고 있다는 게 정말 이상해요.

— 문학보다는 실천을 중시했던 것 같습니다.

박사 선배가 말했다.

— 아니, 그럼 문학을 하지 않았다는 건가요? 우리 문학인들의 실천은 문학작품 생산이 아니었나요? 나는 《화두》를 썼어요. 《화두》는 사회주의 문제를 쓴 작품이에요. 사회주의 몰락을 이야기한 작품. 그 충격에 묵묵부답하는 문학가들, 왜 벙어리가 됐는가 몰라요.

— ….

— 이론이 없었기 때문이에요. 철저한 공부가 돼 있지 않아서 그

래요. 방법론이 없으니까, 말을 할 수 없는 거라고 봐요.

— 제가 그동안 철학 공부한 것이 선생님 소설을 분석하는 데 많은 도움이 됐습니다.

박사 선배 스스로 말했듯, 선배는 철학 공부를 많이 해왔다. 세미나 팀을 만들어 매주 이론 공부를 나누고 있었다. 내게도 자신들의 팀에 들어오기를 권했지만 나는 들어가지 않았다. 나는 선생님의 이론을 정리하고 해석하기도 바빴다. 그리고 나는 소설창작에도 매진해야 했다.

나는 박사 선배와 선생님 댁을 나와 연신내 불오징어집에서 밥을 먹었다. 선배는 자신의 박사논문 통과 축하연에 꼭 참석해 달라고 했다. 축하 파티를 집에서 열고 밥 한 끼 먹으며 축하 덕담을 나누자는 것이었다. 나는 알겠다고, 꼭 찾아뵙겠다고 했다. 나는 선배의 논문을 교정했고, 선배의 논문 심사 과정을 지도교수 곁에서 돕고 지켜봤다.

스스로 있는 자연처럼 혼자 흘러가는 역사의 타성의 노예가 된다면 사람은 고뇌라는 것과 인연 없는 한평생을 지낼 수 있다. 이 타성을 휘어잡고, 그것의 주인이 되자고 할 때 비로소 인간은 짐승에게서 갈라선다. 노예에게는 고통은 있지만 고뇌는 없다. 고뇌(苦惱) - 마음의 아픔이다. 마음이 없으면 마음의 아픔도 없다. 마음은 아직, 〈밖〉에는 없는 것을 자기 안에서 꿈꾼다.[151]

내가 박사논문이 통과된 것처럼 나는 몸이 아팠다. 긴장이 풀리며 몸살이 왔다. 온몸을 포크레인이 내리누르는 듯한 상상이 들었다.

# 자크 라캉

## 2000. 5.

〈최인훈 소설연구〉로 박사학위를 취득한 또 다른 박사 선배가 최인
훈 선생을 뵈려 하는데, 중간에서 도와 달라고 했다. 나는 선생님께
전화 드리고 날짜와 시간을 잡았다.

선배를 모시고 최인훈 선생님 댁에 갔다. 박사 선배는 제본된 논
문을 선생님께 드렸다.

선생님께서 차례를 보시고, 작은 소리로 《화두》를 다루지 않았군
요, 하셨다. 박사 선배는 못 알아들은 것 같았다. 알아듣지 못한 척
했는지도 모르겠다. 논문 쓸 당시, 지도교수께서 《화두》까지 다루지
않아도 충분하리라고 조언했던 기억이 있다. 지도교수는 박사 선배
의 방법론으로는 《화두》 없이도 충분하리라 판단하신 듯했다.

아무튼 최인훈 선생님은 박사 선배의 논문에 대한 이야기보다 시
국에 대해 많이 말씀하셨다. 이야기의 중심축이 없어 보이는 것이
선생님 대화의 특징이고, (겉으로는 그렇게 들리지만, 집에 돌아와 선생님의
말씀을 곰곰이 되새겨보면 맥락이 분명했다.) 박사 선배는 선생님의 말씀이
고저장단이 없어 지루하게 느껴졌을 것이다.

선생님이 내게 두 박사의 논문에 대한 독후감을 물으셔서 나는 답
했다. 한 박사님은 이데올로기라는 담론을 도구로 바깥에서 최인훈
선생의 작품을 조망한 논문이고, 다른 박사님은 작품 안에 파고들어
가 조밀하게 구조를 파악해냈다고 말씀드렸다. 두 분 모두 자크 라
캉의 상상계, 상징계, 실재계에 기대어 분석한 점은 공통적이라고
말씀드렸다.

나는 선생님의 예술론에서 DNA, DNA′, DNA∞에 대입하면 어떨까, 하는 생각이 들었는데, 말씀을 드리지는 않았다. 비교적 흡사하지만, 정합적이지는 않았다. 내 아이디어가 언젠가 쓰일 것 같은 느낌이었다.

우리는 사모님께서 차려 주신 저녁밥을 먹고 선생님 댁에서 나왔다.

최인훈 선생님께서는 내게 기다리라는 듯한 눈빛을 보내셨지만, 나는 그냥 나왔다. 박사 선배는 승용차를 타고 가고 나는 걸어서 전철역까지 왔다.


# 에로스와 이데올로기

## 2000. 5.

최인훈 선생님 댁에 다녀왔다. 스승의 날을 며칠 앞둔 주말이었다. 스승의 주간이었다.

— 어떤 평론가가 《광장》에서 이명준이 월북하는 장소가 적절치 않다고 해서, 인천을 가보려 한다. 월미도가 좋을지 제물포가 좋을지….

— 현지답사를 하시려면 제가 모시도록 하겠습니다.

— 그렇게 하자. 그런 일이 생기면 연락하마. …헌책방이 더 많아져야 할 텐데…. 요즘 책방이 너무 없다. 교보문고와 같은 대형 서점에서 헌책방을 만들면 좋겠다. 누가 그런 아이디어를 낼 만한데…

선생님께서 헌책방을 가 보고 싶어 하는 느낌이었다. 나는 문득 《화두》의 화자가 청계천을 자주 다니는 장면이 떠올랐다. 《화두》의 화자는 헌책방이 대학이라고까지 표현했었다.

나는 선생님께, 청계천 헌책방이 많이 달라져 있다고 말씀드렸다. 매체의 변화에 따라 상품이 달라졌다고 했다. 청계천은 헌책에서 비디오로 비디오에서 시디롬타이틀로 바뀌고 있었다.

선생님이 벤처기업에서 온 편지를 보여주신다. 전자 잡지인데, 선생님의 작품과 평론을 싣겠다는 편지였다. 원고료가 선생님 예우가 아닌 듯했다. 나는 게재료가 너무 박하다고 말씀드렸다. 요즘 학부생들은 컴퓨터에 실리는 원고를 복사해서 리포트를 내는 형편이었다. 선생님의 작품과 논문의 가치를 낮게 책정한 분위기였다.

선생님의 홈페이지가 필요하다고 말씀드렸는데, 그 의미를 잘 모르고 계셨다. 선생님의 관련 원고를 한 군데의 플랫폼에서 관리하는 것이라 설명해 드렸다. 출판사가 있는데, 굳이…하셨지만, 나는 연구자들을 위해서, 애독자를 위해서 흩어져 있는 것들을 모으고, 앞으로의 독자와 연구자들을 위해 필요하다고 말씀드렸다.

선생님께서는 생각해 보신다고 하셨다.

— 앞으로는 개인 미디어 시대가 오리라 전망합니다. 선생님만의 매체가 있으면 여러 측면에서 좋을 듯합니다.

— …그건 그렇고, 지난번 왔다 간 그 박사의 논문을 내가 꼼꼼히 읽었다. 잘 썼더구나. 그런데, 에로스적인 면만 강조한 느낌이야. 그 부분이 아쉽더라. 그 전의 박사는 그래도 이데올로기 문제를 다루려 애를 썼던데…. 내가 한 일은 에로스가 아니라 이데올로기와의 싸움이었다. 의식이든 무의식이든 나는 이데올로기를 파고든 작가다. 그들이 말하는 상상계나 상징계나 실재계 모두 나한테는 이데올로기야.

— 자크 라캉의 개념을 원용하고 있지요. 두 박사 모두.

— 결국 그렇더구나. 그 이론을 기준 삼고 있어. 그 개념이 대체 어떤 것인가.

— 상상계는 기호 이전의 세계를 말합니다. 즉 어머니 품속의 세계, 아이가 아직 사회라는, 언어로 약속된 사회에 진입하기 이전의 세계입니다. 상징계가 바로 언어사회의 세계입니다. 그리고 실재계는 무의식 저편의 세계입니다.

선생님은 눈을 감으셨다. 내 말에 집중하시는 듯했다.

— 어떤 사물에 비유한다면, 사물의 이름이 상징계, 사물의 의미가 상상계, 사물 그 자체가 실재계라 할 수 있습니다. 지난번 박사논문에서는 《광장》을 상상계의 지대에 속하는 작품으로 보고, 《회색인》과 《서유기》를 상징계로, 실재계에는 《화두》를 대입하고 있는데, 도식적이지만, 그런 독후감은 어느 정도 맞다고 봅니다.

— 그 상상계, 상징계, 실재계가 프로이트의 이드, 자아, 초자아와 같은 의미 아니냐?

— 프로이트를 심도 있게 연구하고 그의 이론을 받아들인 라캉도 큰 틀에서는 그와 같은 의미로 이야기하다가 후에 이 시대의 욕망이라는 문제에 초점을 맞추면서 좀 다르게 이야기하고 있습니다.

지난번과 마찬가지로 선생님께서는 별로 동의하시는 것 같지는 않았다. 선생님은 한국 학자들이 외국 이론에 경도돼 있는 분위기 자체를 싫어하셨다.

— 구조주의니 해체주의니, 정신분석이니 하는 이론 우리 현실에 얼마나 맞는지 나는 잘 모르겠구나.

— 저도 불만이 좀 있습니다. 그런 불만을 세미나에서 토로한 적도 있습니다. 정신분석 개념이 인류의 모든 민족, 국민에게는 맞지

않을 수 있다고 말입니다. 예를 들어 일본 사람들과 우리나라 사람들에게 유럽의 개념을 빌어 정신분석한다면 맞을 수도 틀릴 수도 있을 것입니다. 일본 여인과 우리 정신대 할머니의 트라우마는 다를 테니까요.

— 그렇지. 내《광장》의 이명준이 그런 경우라 볼 수 있다. 사회 문제로 머리가 복잡한 사람이 에로스만 추구할 수는 없지 않겠냐. 에로스와 이념의 문제가 어우러진 복잡한 인물이 바로 이명준이다.

선생님은 이번 박사논문이, 다른 평론가들이 이데올로기적인 측면만 강조한 데 반하여 특이한 방법으로 분석한 면은 좋지만, 에로스적인 측면만 부각시킨 것은 좁은 시각이라는 생각이셨다.

— 자네가 석사논문에서 남겨 두었던 것 말이야. 마지막 결론 부분. 그것은 참 잘 생각한 것이다.

— 네, 선생님. 저는 그 부분이 제일 궁금합니다.《광장》의 이명준의 선택, 선택이라는 어휘가 적당한지 어떤지 모르겠지만, 이명준이 택한 행동과《화두》의 나의 선택이 분명히 달라 보입니다. 그 최종 선택에 대한 선생님의 견해를 듣고 싶습니다.

— 그것은 자네가 박사논문에서 밝혀내야 할 문제다.

— 유토피아는 예술에서나 가능하다는 말씀이신가요?

— ….

아무 말씀 없는 선생님을 보면서 나는 조급해졌다.

— 선생님의 예술론, 문학론, 창작론을 정리한 사람은 아직 없죠, 선생님?

— 전무(全無)!

선생님은 오른손 검지를 들어 올려 좌우로 흔드셨다. 지난날 수업 때 말씀하셨던 DNA 이야기를 하셨다. DNA′와 DNA∞에 대한 아이디어가 또 있으신 모양이었다.

— DNA를 발견한 왓슨과 클릭 중 클릭이 최근 남긴 이야기를 신문에서 봤습니다. DNA 구조를 발견하고 평생 DNA를 연구해봤지만, 어떻게 이 유전자라는 것이 생겨났는지는 모르겠다고 합니다. 아마도 외계에서 오지 않았나 추측해 보는데, 그것밖에는 답이 없다고 합니다. 그리고 곧 인간의 DNA 지도가 완성된다는 보도도 있습니다.

— 멀미 나는 이야기야.

— 암 같은 불치병도 고치게 된다고 합니다.

— 그렇겠군. 바이러스 연구실이 떠오르는군. 온 인생을 수많은 바이러스 가운데 하나만을 연구한 사람에게 당신은 다른 것은 왜 연구하지 않소? 하지는 않잖아? 이데올로기 문제도 마찬가지야.

선생님과 나는 사모님께서 차려 주신 식사를 위해 원형 식탁에 앉았다. 나는 그만 가겠다고 했지만, 선생님께서 식사하고 가라고 계속 만류하셨다.

— 프로테우스라고 아는가.

선생님께서 물으셨다.

—《소설가 구보 씨의 일일》에 나옵니다. 변신의 신.

— 그래.《소설가 구보 씨의 일일》에 나오지.

— 그 수업을 듣던 당시 우리에게 있었던 잊지 못할 에피소드가 있습니다. 선생님 기억하시죠? 학교 버스에서 〈문학과 이데올로기〉를 강의하신 일….

— 그런 일이 있었지.

— 안기부가 공사하는 바람에 시끄러웠잖습니까. 조용한 강의실

을 찾다가 결국 학교 버스에서 수업하신 일…, 그 일은 절대 잊히지 않습니다. 우리가 안기부를 향해 데모했습니다. '물러가라'고, '시끄럽다'고 말이에요.

— 시끄럽다고 데모한 것이야말로 가장 순수한 거 아니겠느냐. 보통은 '고문하지 말라', '밀실정치하지 말라'할 텐데…, 예술가답잖아.

— 네, 선생님. …요즘 학생들은 어떻습니까. 〈문학과 이데올로기〉를 잘 이해하는지.

— 자네는 그 당시 〈문학과 이데올로기〉를 알아들었나?

— 좀 어려웠습니다.

— 그럴 거야. 그래서 자네 때 이후 학생들에게는 그 수업을 안 하고 있어.

선생님과 나는 밥 한 숟가락 뜨고 두 마디, 반찬 한 젓가락 집고 세 마디, 하며 대화를 이어나갔다. 여러 화제가 식탁 위에 올랐다. 정치 이야기, 군대 이야기, 《화두》의 에피소드…. 현재 대통령 이야기도 나왔다. 대통령이 과거에 자신을 제거하려 했던 대통령을 용서하는 일은 참으로 기괴한 행태라고 하셨다.

— 정치가 그렇다고 하지만, 그렇게 지조가 없어서야….

— 선생님, 군대에서 소설 작업 많이 하셨죠?

— 《서유기》 이전의 작품은 모두 군대에서 썼지. 선임장교가 내가 소설을 쓰는 것을 좋아했어. 제재하지 않았지, 고마운 사람이야.

— 미국에서도 작업하셨잖습니까.

— 《광장》을 고치고 희곡을 썼지. 반체제 운동을 해야 했지 않느냐는 이야기도 들었지. 나는 작업을 했어. 고민 많이 했다. 아버님이 귀국을 만류하셨지만 한국에서 한국말로 작업을 더 하고 싶었다.

선생님과 나는 식사를 마치고 식탁에서 내려 거실 소파에 앉는다. 사모님께서 사과와 차를 주신다. 죄송하다. 나는 서둘러 차를 마시고 일어선다.

— 선생님, 스승의 날 감사드립니다.

선생님은 서두르는 듯한 내 행동에 아쉬운 표정을 보이신다. 좀 더 있다 가라는 모습이시지만 벌써 저녁 8시를 지나고 있었다.

# 내러티브

비가 많이 내린다. 학교 교정에 있는 청동 코끼리상이 비에 씻기고 있다. 〈내러티브〉 창간호 기념회에 참석했다. 모든 분들 양복 차림 이었는데, 나만 점퍼에 청바지 차림이었다. 지도교수님이 호스트였고, 〈서사저널〉의 창간 자리였는데, 격에 맞추지 않은 차림이어서 지도교수님께 죄송했다. 소설가이면서 대학교수님들이 대부분이었다. 최근에 박사학위를 받은 선배들, 평론가들도 많이 참석했다. 옷 차림처럼 나는 그 자리에 어울리지 않는 기분이었다.

　최인훈 선생님의 이론에 체계를 세우고 객관적이고 보편적인 해설을 하고 싶어 공부를 시작했는데, 서사이론의 학자들은 관심을 두지 않았다. 최인훈 선생님의 이론을 소개하는 내 견해가 낯설기도 하고 주관적이라는 반향의 느낌으로 다가왔다. 최인훈 선생님의 예술론과 예술철학, 그리고 그를 해부하려는 나의 노력은 보상이 없을 수도 있겠다는 생각에 우울한 요즘이다. 이런 시간들을 창작으로 보내면 얼마간 소득이 이뤄지리라는 생각도 드는데…, 〈내러티브〉를 기획하는 나의 내러티브는 불안할 뿐이다. 불안을 해소하는 것은 말을 닦는 일뿐이다. 이런저런 생각 말고 말을 써나갈 뿐.

영원은 밖에 있지 않고 〈말〉에 있다.[152]

# 교통사고
## 2000. 11.

최인훈 선생님께서 전화하셨다. 나는 선생님 댁 앞, 〈바다약국〉에서 진통제를 먹고 선생님 댁에 들어갔다. 허리가 아팠다. 한 달 전에 교통사고가 있었다. 자전거를 타고 가다가 승용차와 부딪혔다. 나는 도로에 나뒹굴었고 승용차는 달아났다. 경찰서에 가서 뺑소니 신고하고 물리치료 중이었다.

그러는 중에 대학원 지도교수님의 추천으로 박사과정에 입학하게 되었다. 장학금 혜택과 강의도 할 수 있게 되었다. 박사 지도교수의 프로젝트에 연구원으로 참여한다는 조건이 있었다. 소설창작보다는 연구 환경으로 들어섰는데, 아내가 적극 환영했다.

최인훈 선생님께 저간의 상황을 말씀드렸더니 잘됐다며, 좋아하셨다. 선생님께서는 이사 가신다고 하셨다. 갈현동 집을 부동산에서 거래하겠다고 나서는 중이라신다. 새로 이사하시는 집은 고양시 화정을 생각하고 있다고 하셨다. 나는 갈현동 집을 어찌하실지, 그 집은 《화두》를 창작하신, 문화유적 같은 장소라고 선생님께 말씀드렸다. 외국에서는 문호의 생가나 중요 집필 장소를 국가에서 보존하는 경우가 많다고 말씀드렸다. 선생님께서도 맞는 말이라고 하셨다. 하지만 관심 두는 사람은 없다고 하셨다. 갈현동 집도 살기 괜찮은데, 식구들이 아파트로 이사하기를 희망한다고, 여러 생각 중이시라 했다. 나는 아파트 생활의 편리함을 말씀드렸다. 사모님과 선생님의 편익도 중요하다고 말씀드렸다.

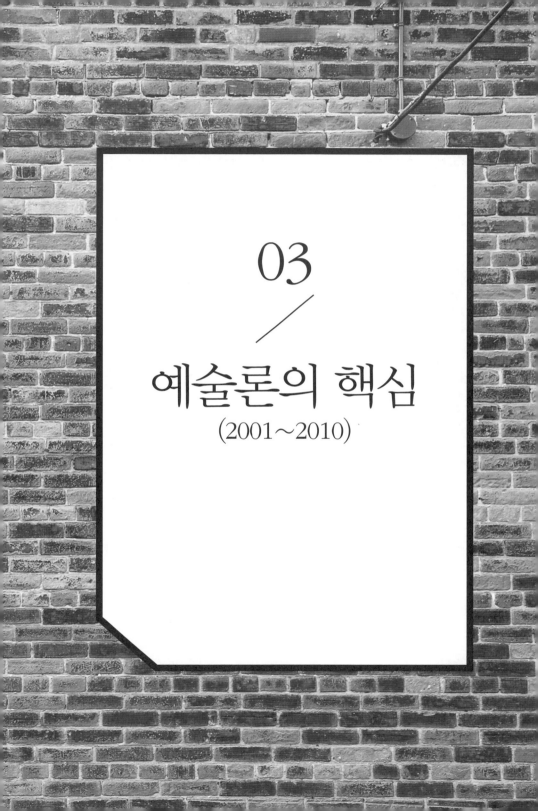

# 03

## 예술론의 핵심
(2001~2010)

# 이사

## 2000. 12. ~ 2001. 1

최인훈 선생님 갈현동 집이 팔렸다. 나는 선생님과 함께 이사하시는 일산 화정 아파트에 가보았다. 넓었다. 선생님은 갈현동 집의 2층 공간을 이제 1층으로 펼친 정도로 생각하셨다. 나는 선생님 댁의 이사 준비하고 자리 잡는 과정을 곁에서 도왔다. 갈현동 집을 지키는 능력과 역할을 못 하는 죄송스러움을 덜려는 생각이었다.

처남에게 캠코더를 빌려 갈현동 집과 선생님을 꼼꼼히 촬영했다. 2층 외관, 현관, 안방, 서재, 아들과 딸의 방, 지하실까지 찍었다. 선생님의 집필 모습을 찍으려 선생님께 포즈를 부탁드리니 선뜻 응해 주셨다. 어색하지만 나중을 생각하면 연출을 해야 했다.

촬영본은 선생님 보시기 편하게 비디오테이프로 만들어 드렸다.

# 광장 40주년 기념 심포지엄

## 2001. 4.

〈최인훈《광장》40주년 기념 심포지엄〉에 다녀왔다. 광화문 세종문화회관 별관이었다. 선생님께서 행사과정을 촬영해 주면 좋겠다고 전화로 말씀하셔서 나는 캠코더와 디지털카메라를 준비해 현장으로 갔다. 선생님께서 말씀하시지 않아도 필름으로 남겨놓을 생각이었다.

선생님께서 약간 격앙된 모습이셨다. 행사장에 그런 흥분의 분위기가 흐르고 있었다. 문학과지성사 관계자, 발표와 토론 참여자, 언론사 기자, 문학인, 애독자, 문창과 학생 등 사람들 대부분에게서 긴장과 열기가 느껴졌다. 나도 심신에 잔뜩 힘을 주었다.

평론가인 사회자의 진행으로 식이 시작됐다. 〈최인훈 문학연구회〉의 회장이 먼저 개회사를 발표했다.

주최 측의 감사와《광장》의 역사에 대해, 문학 연구자로서의 의의를 진솔하게 말했다.

다음으로 발행인 선생님의 말씀이 이어졌다. 발행인은 학교에 출강하시기도 해서 강의실에서 뵌 분이었다. 교실에서도 학생들에게 담배를 권하셨던 애연가셨다. 십 년 전만 해도 글을 쓰는 대부분의 사람들이 담배와 친했다.

발행인 선생님은 한 작가의 작품과 연구를 시작하게 된, 한국문학의 성숙에 대해 경의를 표하면서 말씀을 시작했다.

### 《광장》의 40년은 우리 지성사의 40년과 함께한 역사

…우리도 현재 작가에 대한 존경을 공적으로 표시하게 됐다. 한국문학이 마땅히 자랑해야 할 작품에 대해 그에 합당한 찬사를 드리게 된 것은 우리가 자신감을 갖게 됐음을 보여주는 일이다. 이 심포지엄을 통해 최인훈 문학을 재조명하는 것은 우리 문학의 근대와 현대, 현대에서 현재 이후로 가는 우리 반세기 문학사를 특별히 점검하는 자리가 될 것이다.

그다음, 최인훈 선생님의 답사가 있었다.

선생님께서는 현대 작가와 독자와의 거리에 대해 말씀하시면서 답사를 시작했다.

### 유희 규칙에 동참하는 자리

예술 작품에 서명이 들어가게 된 것은 인류 역사에서 보면 근래의 일이다. 잘 다듬어진 완전한 무언가를 후대에게 조심스럽고 경건하게 전달한다는 입장이었기 때문에, 개인의 서명으로 표시되어서는 안 된다고 믿었을 것이다. 그러나 근현대에는 이런 입장이 달라졌다. 어떤 기록이든 창작가의 몫으로 돌리게 되었고 그의 이름이 적히게 됐다. (…) 예술적인 글은 적어도 이상적이라 할까, 실험적인 의미에서는 마감 시간이 없는 작문이라고 하겠다.

《광장》이라는 작품은 개작이라는 실험적 작업을 하기에 편리한 요소가 많아 보이는 작품이어서 집중적인 개작의 과정을 거치게 되었다. 이런 유희 규칙에 동참에 주시고, 격려해 주신 연구자들과 독자 여러분이 있기에 지금 최종판《광장》이 존재한다.

이어서 학자들의 발표와 토론이 시작됐다.

### 〈광장론〉 – 자기 처벌에 이르는 길

발표자는《광장》의 개작이 갖는 의의를 살펴보고, 이명준의 인간형에 대해 분석했다. 그리고 염상섭의《만세전》과 대비하여《광장》을 진단했다. 즉 이인화와 이명준을 비교하여《광장》을 자리매김했다.

### 모르기, 모르려 하기, 모른 체하기 – 《광장》에서 《태풍》으로, 혹은 자발적 무지의 생존술

발표자는《태풍》을《광장》보다는 현실주의적이고 삶에 긍정적이라고 보았다. 작가는《태풍》을 통해. '부활의 논리'를 탐색하고 적용하려 했단다. 발표자는 삶을 위해 무지의 전략을 택한 오토메나크의 심리를 분석해나갔다. 심리분석 결과의 합리에 작가의 말을 인용했다. "국경 밖에서도 통하는 어떤 정신의 기준 화폐"에 근거한 논리. "숙명론과 물물 교환적 현물주의 대신 국제 통화에 의한 신용결제의 논리로서의 부활을 생각해보았다."는 최인훈 선생님의 언명을 인용하면서 논리의 정합성을 얻었다.

### 아름다운 언어로 구축된 최인훈 희곡의 연극성

최인훈 선생님의 희곡에 대해 발표하는 연극평론가는, 선생님의 희곡은 설화, 전설에서 따온 소재로 시대와 공간을 초월해 인간 사회의 본원적인 문제를 환기하고 있다고 평가했다. 선생님의 희곡의 언어는 우리말의 아름다운 호흡이 있고, 숨결이 있어 날로 망가져가는 우리 말이 연극무대에서 치유될 수 있는 가능성을 제공하고 있다고 보았다.

### 최인훈 문학의 내면성과 실험성

발표자는 최근에 박사논문을 써낸 평론가로, 해체주의와 정신분석학을 공부해온 학자다. 그는 최인훈 문학에서의 무의식의 영역을 탐색하여 선생님 소설창작의 과정을 의식과 무의식의 관계로 파악해냈다. 《광장》 - 〈구운몽〉 - 《서유기》 - 《하늘의 다리》의 창작의식을 살펴 정신분석학 측면과 우리 사회의 모습을 연계해 나갔다. 마지막 장편 《화두》에 이르러 문학적 '희열'을 갖게 한, 최인훈 문학의 소중함을 설파했다.

### 문학은 어떤 일을 하는가-최인훈 문학론

발표자는 최인훈의 창작에 근원적으로 흐르는 사유는 예술과 종교의 탄생과 존재 목적, 그리고 효용에 있다고 전제한 뒤, 선생님의 예술론과 문학론을 정리, 분류했다. 선생님 작품의 세계관은 우주적 환기력을 지니는 종교적 보편성을 띤 예술의 본질을 여과할 때야 보인다고 했다.

나는 세종문화회관 별관에서 오래도록 머물러 있다가 지도교수의 부름을 받아 학교로 향했다. 지도교수님은 〈내러티브〉 구독자 모집 건에 대한 의견을 듣고자 하신다. 행사장을 누비며 카메라를 들고 촬영하느라 많이 긴장했나 보았다. 행사장을 나오니 다리가 풀려오고 어깨가 무거웠다. 허기가 몰려와 근처 우동집에서 허겁지겁 잔치국수를 먹었다. 국물 한 방울도 남기지 않고 국수를 먹고 나니 긴장이 풀리며 온몸이 아파왔다. 지도교수를 찾아가는 걸음이 무겁다.

# 생신

## 2001. 4.

최인훈 선생님 댁에 다녀왔다. 지난 《《광장》 40주년 기념 심포지엄》 영상을 담은 비디오테이프를 드렸다. 선생님께서는 내게 지난 《《광장》 40주년 기념 심포지엄》의 분위기가 어땠는지 내 소감을 물으셨다. 나는 좋았다고, 선생님의 말씀과 발표자들의 연구가 신선하고 심도 높았다고 말씀드렸다. 구체적으로 당신의 답사에서 어떤 것이 좋았냐 또 물으셔서 선생님의 말씀 중 '서명이 들어간 작품의 개작' 문제와 '유희규칙'이라는 표현이 좋았다고 답했다.

선생님께서는 내 공부의 진척에 대해 물으셨다. 나는 지금 하고 있는 신비평 공부와 탈식민주의 공부에 대해 말씀드렸다. 선생님은 탈식민주의에 관심을 기울이셨다.

─《태풍》을 탈식민주의 입장에서 분석해 보고 싶습니다.

— 그래, … 탈식민주의, 조금 낯선 개념인데?

— 포스트콜로니얼, 후기식민주의라는 의미입니다. 지배자의 입장을 '유희'로 파악합니다. 그들에겐 식민의 정당화를 위해 서양의 고급 이론이 필요했을 텐데, '탈(脫)'을 후기로 보는 태도입니다. 피지배자 처지에서는 탈을 저항의 의미로, 안티의 뜻으로 쓰고 있습니다.

— 오리엔탈리즘?

— 그렇습니다. 그보다는 더 첨예합니다. 서양에서 바라보는 동양의 모습과 서양을 바라보는 동양의 시선이 겸해져 있습니다. 대표적으로 그 책을 쓴 사이드는 푸코와 그람시의 이론을 수용하면서 동양을 해석하고 있습니다. 1세계 민족국가 안에 있는 식민지 문화를 이론적으로 접근합니다.

— 자네는 모르겠지만, 텍스트만으로 작가를 판단해서는 곤란하네. 이완용이라는 사람이 그 대표적 인물이야. 그의 글씨는 매우 아름다웠거든. 글씨가 좋다고 그 사람이 좋은 사람은 아니란 말이야. 표층적으로 드러난 사실만으로 텍스트를 해석한다는 것은 자칫 그를 오해할 여지가 충분하다는 뜻이야. 우리의 민족시인이라는 그분도 그에 해당한다고 할 수 있겠지.

— 문학 외적인 행동을 두고 하시는 말씀이신가요?

— 아니야, 그의 시에는 실제로 일제의 군국주의를 찬양하고 우리 청년에게 일본제국주의를 위해 나가서 싸워 죽으라는 시도 있어. 그의 그러한 시가 언젠가는 알려지겠지. 그러면 참 어처구니없는 일이 벌어질 수도 있을 것이다.

— 그런데도 그는 민족시인 아닙니까?

— 민족시인이 어떻게 그런 시를 쓸 수가 있단 말인가?

— 식민지 체제라는 엄중한 상황 하에서는….

— 그것이 문제란 말이다. 그럼 그렇게 행동하지 않은 사람들은 어떤가, 그분들은 모두 바보 멍청이인가. 그는 민족시인으로 추앙받으면서 문학 내외적으로 많은 혜택을 받았어. 죽고 난 다음에도 말이다. 《태풍》에 나오는 오토메나크가 바로 그러한 인물이다. 식민지 체제 아래에 있는 지식인 장교의 고뇌와 절망을 그려냈다.

— 그것을 집중해서 분석해 보려 합니다. 탈식민주의 시각으로….

— 그냥 꼼꼼히 읽으면 될 것이야. 외국 이론이 모두 정답은 아니야.

— 《태풍》을 《광장》의 연속으로 보는 시각이 있습니다. 《광장》의 이명준이 바다에 빠진 것은 비로소 자기중심적인 세계에서 벗어나 현실을 끌어안은 것이다, 라는 논지입니다. 《태풍》은 그의 '부활'이라고 보는 견해입니다. 저도 동의하고 있습니다.

— 그렇지. 그렇게 볼 수 있다.

선생님은 문학에서의 현실에 대해 더 많은 말씀을 해 주셨다. 《소설가 구보 씨의 일일》과 〈문학과 이데올로기〉에서 읽은 기억이 있던 말씀이셨다. 오늘 말씀은 《화두》에서 잘 정리하고 있어 보였다.

인류는 처음에 〈문화〉라는 것을 그렇게 본능과 떼어놓을 수 없는 형식으로 집착함으로써 비로소 자기 것으로 만들 수 있었다. 자기가 그 속에 있던 문화가 무너질 때 그러므로 육신도 더는 살 수 없었다. 육체와 정신은 그들에게 다른 것이 아니었던 것이다. 〈문화〉는 그것이 발생한 이후 거의 최근까지 이처럼 생물적 본능을 비유로 삼으면서 겨우 짐승으로서의 인간이 짐승으로 다시 전락하는 것을 막을 수 있었다.[153]

선생님 말씀의 핵심은 인간이 짐승이 되지 않기 위해, 자기 문화를 견지해 나가야 한다는 것이다. 더 중요한 것은 '공동체 이성'의 방향에서 감정의 객관적 등가물을 그때마다 재구성하는 일이 바로 문학가의 작업이라는 것. 현재 이성의 도구로 감정을 울려야 한다는 것이었다.

나는 다리가 저려서 일어섰다. 선생님과 15분 정도 빠르게 이야기를 나눈 듯했는데, 벌써 5시간이 지나 있었다. 선생님은 원고가 완성되면 보자고 하셨다. 나는 네, 하고 대답하고 선생님께 인사 드렸다.

# 배꽃
## 2001. 5.

스승의 날을 맞아 최인훈 선생님께 다녀왔다. 사모님께서 식사를 준비하는 동안 산보를 다녀왔다. 아파트 건너편에 배나무밭이 있는데, 그곳을 다녀오자고 하셨다.

배꽃이 한창이었다. 나는 선생님을 배나무 앞에 두고 사진으로 남겼다. 선생님 모자 위에 배꽃이 피었다. 선생님의 〈아이오와 강가에서〉라는 시가 생각났다.

사월강 봄다이 흘러라 / 저 멀리 벌판 끝 타는 놀은 / 어릴 적 꿈속 붉은 꽃/ 해저문 남의 땅 강가에서 / 아으 흐르는 세월 강을 듣겠네[154]

이 시는 선생님의 생애를 압축하고 있었다. 슬픔은 사람들 저마다의 세월에 갇혀 있는데, 지난 세월을 회상할 때마다 슬픔을 껴묻히고 비어져 나온다. 이 시가 더 슬픈 것은 선생님의 세월과 슬픔이 남들보다 더 진하고 깊기 때문이다.

배 과수원에서 돌아와 나는 식사를 하며 선생님께 《태풍》 이야기를 꺼냈다. 사모님께서는 그 작품의 후속편을 쓰셔야 한다고 했다. 선생님께서 그러시겠다고 하셨다. 당장이라도 쓸 수 있다고, 자신감 넘치는 음성으로 말씀하셨다. 식탁 주변이 에너지가 넘쳤다.

## 〈태풍론〉

### 2001. 9.

최인훈 선생님께 전화를 드리고 화정에 다녀왔다. 지난주에 탈고한 〈태풍론〉을 선생님 앞에서 읽었다. 150매 분량을 모두 읽었다. 핵심은 아래와 같다.

《태풍》은 냉전 이전의 제2차 세계대전 상황의 알레고리를 통해 세계화된 지금의 신식민지적 상황을 증언하고 미래를 제시하고 있는 작품이다. 변방의 불안한 상황을 유지하고 있는 분단된 상태의 한반도의 과거와 현재, 그리고 미래를 말하고 있는 작품인데, 우리가 주목해야 할 것은 지식인의 태도, 즉 피식민지 현실의 진실을 인식하고 있는 지식인이 취해야 할 올바른 태도는 어떤 모습인가 하는 것이다. 《태풍》은 한반도 지식인의 정체성이 어떠한 것이며 그 것을 최인훈은 어떠한 과정을 거쳐 확립해 나가는가를 살펴보는 자 성의 소설로 읽어야 흥미가 배가된다.

(…)

최인훈이 그 격변기의 사건을 알레고리한 의도는, 5천 년 역사라 고는 하지만 우리가 아직도 제대로 된 국민국가, 근대 민족국가를 제힘으로 만들어내지 못하는 이유와 현실에 대한 반성에서이다. 특 히 식민현실을 뼈저리게 체험했고, 지금도 그 현실에서 벗어나지 못 하는 동아시아 국가들에게는 그것이 가장 첨예한 문제이다. 자국의 정치·경제 문제가 식민상황과 맞물려 있는 상황이어서 다층다기하 게 언제나 쟁점화 되고 있는 실정이기에 피식민지 지식인에게는 여 전히 현재형인 과제이다.

(…)

겹겹이 둘러싸인 식민현실 속에서 지식인의 혼돈과 분열은 극대 화될 수밖에 없을 것이고, 그 분열을 극복하고 자기의 정체성을 확 립해 나가는 모습은 처절하며, 그러기에 더욱 값지다 아니 할 수 없 다. 《태풍》은 바로 그러한 이중적 지식인의 모습을 오토메나크라는 애로크 출신이지만 나파유주의자 지식인을 내세워 유럽의 식민활 동을 비판하고, 진정한 민족국가의 모습이 어떠해야 하는가를 제시 한 작품이다.

오토메나크는 《광장》의 이명준처럼 이데올로기 사이에서 혼돈스 러워한다. 하지만 오토메나크는 이명준보다는 현실 극복 의지가 충 일하다. 탈식민적 상황에서의 실천의 진정성을 보여준다.

(…)

기술발전에 의해서든, 경제지배에 의해서든 지구촌이라 불리는 오늘날, 변방의, 그것도 분단된 상태로 불안스럽게 유지하고 있는 우리에게 《태풍》이 시사하는 바는 크고 많다. 우리의 민족문학이 선진성을 띠기 위해서는 오토메나크와 같은 고민을 통해서만이 가능하리라 필자는 생각한다. 충일한 현실의식 속에서 또 다른 현실을 형상해낸 《태풍》은 환상적 자기동일성을 통해 우리 민족의 현실과 미래의 문제를 예리하게 파헤친 선진적인 민족문학이라 평가할 수 있을 것이다.

나는 쉬지 않고 읽었다. 선생님께서는 눈을 감고 조용히 듣기만 하셨다. 숨도 쉬지 않으시는 것 같았다. 1시간 30분가량의 읽기를 모두 마치자 선생님께서 말씀하셨다.

― 잘 썼다.

― 감사합니다.

― 수미일관하게 잘 썼어. 내가 생각했던 것 이상으로 잘 꾸려냈다. 자네가 서두에 썼던 것처럼 《태풍》을 이 정도 분량으로 평을 했던 사람은 없다.

― 《《광장》 40주년 기념 심포지엄》에서 한 분이 쓰고 발표했습니다. 저는 학교 다닐 때 꼼꼼히 읽어 두었는데, 그 독서가 도움이 됐습니다.

― 그래. 그리고, 자네의 논문과 연관해서…오토메나크는 우리 지성사를 상징하는 인물이다. 그런데, 우리는 오토메나크와 같은 인물이 많다. 변화하지 않고 부활하지 않는 인물들 말이다.

― 네….

— 자네는 친일 문제를 어떻게 생각하나. 요즘 이슈가 되고 있잖나.

— ….

선생님은 혼잣말하듯이, 친일 문학가들의 이름을 입에 올리시고 우물거리셨다. 나는 지난번과 같은 말씀을 드렸다. 하지만 선생님께서는 보다 구체적인 답을 원하셨다.

— 민족시인이라는 그 사람의 잘못이 무엇이냐. 자세히 말해 보거라.

— 언어 예술가라면 사회 현실과 매우 밀접한 예술을 하는 사람이므로 사회나 현실 정치에 대해 올바른 시각을 가져야 함이 마땅하다고 생각합니다.

— 올바른 시각이란?

— 일반의 많은 사람들에게 정신의 즐거움을, 특히 올바른 즐거움을 주어야 하는 사람의 역할을 말함입니다. 그러기 위해 많은 사람들 위에 군림하여 억압하는 모든 것들에 대한 비판적인 시각을 가져야 합니다.

— 그렇다. 그런데, 그런 사람이 시를 썼다. 어떤 시인가.

— 〈마쓰이 오장 송가〉를 썼습니다. 가미가제를 칭송하는 시입니다.

— 그렇다. 그 사람이 전두환 생일 축하시도 썼다. 자, 응용문제 하나 내겠다. 자네라면 그 사람을 기념하는 문학상을 받겠는가?

— ….

나는 머뭇거렸다. 최근에 선배님과 선생님이 받았다. 나는 장르도 다르고 업적도 충실한 편이 못 되는데….

— 빨리 대답하라.

— 안 받겠습니다.

— 그래야지. 그가 죽은 지 얼마 안 되어서 이런 문제가 터져 나왔

다. 우리는 그런 짓을 벌이면 안 된다. 타협은 금물이다. 한 줄, 한마디가 자신이 평생 쌓은 것을 순식간에 무너뜨린다.

선생님이 과자를 주셨다. 내 앞에 아직 많이 남아 있는데, 선생님께서는 사모님이 따로 차려 주신 당신의 과자를 내게 주셨다.

— 〈태풍론〉을 잘 썼다. 나는 이 작품을 1973년에 썼다. 이 작품은 3인칭관찰자시점을 최대한 발휘해서 쓴 것이다. 아니, 시점에 대한 규제를 받지 않으리라 작심하고 마음껏 써보았다. 혹시 계명대의 석사논문 〈문체론〉을 본 적이 있는가.

— 아니, 없습니다. 찾아보겠습니다.

— 거기서…, 내 시점 문제를 내 문장과 연관해서 논의하고 있지.

— 읽어 보거라.

— 네.

— …나로서는 식민주의는 인권의 문제다. 탈식민, 포스트 식민, 신식민 모두 좋은 말이다. 인권이 중요하다. 인권이 있으면 된다. 오토메나크가 고민했던 것은 그것이다. …군부 정권이나 주체 정권은 열강이 조종했던 것이다. 왕빨갱이가 반공이라고? 계급장을 모두 없애자고? 우스운 소리다. 우리에게 반민족 권력은 열강이다.

사모님께서 식사 준비됐다고 부르신다. 나는 사모님께서 번거로우실까 죄송해서 식사 때맞추지 않고 선생님 뵙고, 일찍 일어서려하는데, 매번 식사를 챙겨주신다. 선생님이 그렇게 하도록 말씀을 많이 하시고, 내게 이런저런 이야기를 하도록 시간을 늘리신다. 결국 사모님께서 만드신 식사를 하고 가게 되는데, 전혀 싫은 것은 아니었다. 사모님께서 만들어 주시는 음식이 맛있었다. 어떤 음식점에서 먹어 보지 못한 맛이었다. 선생님께서 외식을 안 하시는 이유가 있었다. 영양가 높고 맛도 훌륭한 음식이 늘 식탁에 올려지는데, 굳이 바깥에 나가 사 드실 필요가 없던 것이었다. 고기반찬이 늘 있었는데, 고기 절이는 비법이 있으신 것 같았다. 그래서 나는 선생님 댁에 가면 늘 과식하게 된다.

— 강만길 선생이 쓴 최근 논문을 읽었습니다. 우리의 해방 당시 주변 열강에 대해 다루고 있습니다. 소련이 일본 패망 원인을 좀 더 적극적으로 제공하고, 좀 더 빨리 개입했더라면 우리 대신 일본이 남북으로 분단이 될 가능성이 컸다고 합니다.

— 그랬을 가능성이 크지.

선생님께서는 이가 없으신데도 고기를 많이 드신다. 고기를 드시면서도 말씀을 잘하신다.

— 약육강식의 세계가 그렇다.

선생님과 나는 식사를 마치고 다시 소파에 앉았다. 나는 준비해간 다른 원고를 가방에서 꺼내 선생님께 말씀드렸다.

— 선생님, 제가 학회지에 논문을 발표합니다. 학회지에 선생님의 《광장》 부분을 인용해 분석합니다.

지도교수님의 새 번역본, 《서사란 무엇인가》를 서평하는 형식의 글이다. 원저자가 언어 서사물의 형성을 세 층위로 나누고 있는데, 선생님의 세 가지 아이덴티티가 연상되고 있다.

— 어디 한번 보자.

나는 본론 부분을 읽었다.


미케 발은 《서사란 무엇인가Narratology-Introduction to The Theory of Natrrative》에서 기존의 형식주의와 구조주의에서 텍스

트 분석의 이분법적 분류를 삼원화하고 있는데, '파블라', '스토리', '텍스트'의 층위가 그것이다. 주지하는 바, 서사물의 구조는 내용과 형식, 스토리와 플롯, 파블라와 수제, 기표와 기의, 이야기와 담론 등 이분법적 국면으로 이뤄져 있다. 발은 기존의 구조주의 이론을 벗어나지는 않지만 답습하지 않는다. 특히 이원론적 서사구조론의 특징이 결과된 텍스트만을 논의의 대상으로 삼는 데 반해, 미케 발은 서사화 활동의 측면에 중점을 두고 이론을 전개해 나가고 있다.

(…)《광장》에서의 파블라는 한국 전쟁 전후에 겪는 이명준이라는 한 철학도의 체험이라고 할 수 있다. 그런데 그 체험은 전적으로 개인의 것이며 우리 민족에게 있어 현대사의 굴곡을 첨예하게 드러낸 공공의 것이기도 하다.

(…)《광장》의 서술에서, 남한에 대한 회상은 내부 초점화하여 묘사 위주의 시적 울림을 주는 시제와 문체로 쓰고 있고, 북한에 대한 회상에서는 외부 초점화하여 설명과 논증 위주의 문장을 사용, 객관적 입장을 이야기하고 있다.《광장》은, 남과 북의 이데올로기를 모두 비판하고 있지만 남쪽과 북쪽 체제와 문화의 양태에 따라 비판의 어조를 다르게 하고 있다.

(…) 미케 발의 서사 층위로 '텍스트'가 있다. 텍스트는 언어라는 기호로 구조화된 전체이다. 텍스트 유형의 활용에 의해 작가 고유의 문체가 형성되기도 한다.《광장》이 서정성 짙은 묘사형 문장이 많이 분포하고 있더라도 이는 충분히 서사를 담지하고 있는 묘사라고 보아야 할 것이다. 미케 발은 그러한 텍스트가 소설에서 이상적인 문장 유형이라고 하고 있다….

— 파블라, 스토리, 텍스트 차원이 다르다는 말의 의미가 정확히 들어오지 않는다.

— 《서사란 무엇인가》에서 제시하는 개념입니다. 세 가지 층위로 서사물이 발현되고 있다고 합니다.

— 나도 세 가지 차원의 인식론적 언어 발화가 있다고 생각한다. 예를 들어 '바다'라고 했을 때, '바다'는 세 가지 차원의 바다가 있는 셈이다. 즉 기호로 약속된 바다, 한 사람이 바다라고 인식했을 때의 바다, 그것을 발화자가 언술했을 때의 바다가 그것이다. 이처럼 세 차원의 바다가 있다.

— 그것을 파블라, 스토리, 텍스트에 대입할 수도 있겠습니다.

— 텍스트는 발화한 상태 후의 것인가?

— 그렇습니다.

— 파블라는?

— 파블라는 사건을 이야기합니다. 스토리는 파블라의 연쇄적 배열입니다. 파블라를 논리적으로 연결한 것, 주인공에 의해 야기되는 경험을 의미합니다.

— 텍스트는?

— 표현된 문장, 단어들의 조합입니다. 미케 발은 서사적 묘사를 소설의 좋은 문장으로 봅니다.

— 그 책을 구입해서 보내주면 좋겠다.

— 네, 알겠습니다.

# 수상 거부

## 2001. 10.

추석 다음 날 선생님 댁에 다녀왔다. 동문회장 C 선배와 임원진들이 었다. 선배들 사이에 끼어들어 명절 인사하러 간 것이다.

선생님 댁 거실에 들어서니 참석 예정에 없던 선배님과 후배가 와 있었다. 소파에 앉을 자리가 없어 우리는 선생님께 인사 올리고 거실 바닥에 앉았다.

나 : 문창과 홈페이지에서 선생님께서 〈말〉지에 인터뷰하신 내용을 최근에 읽었습니다.

선생님 : 그것이 언제적 것인데, 이제야 읽나?

C 선배 : 그 인터뷰 내용으로 어디에서 강의한 적이 있습니다.

선생님 : 그런가? 최근 근황에 대해서는 모르나?

나 : 〈조선일보〉에서 한 평론가가 《광장》의 한 대목을 해설한 것을 읽었습니다.

선생님 : 그것 언제?

나 : 열흘 정도 됐습니다.

선생님 : 더 최근 것 있지.

나 : 알려 주십시오.

선생님 : 아내한테 묻게.

선배들 : 사모님, 무슨 일이 있으셨습니까?

사모님 : 음…선생님께서 〈인촌상〉을 거부하셨어요.

선생님 : 그래, 그런 일이 있었다. 안 받는다고 했다. 그 이유에 대해 글 쓰는 사람들 호기심, 작가들 상상력을 발휘해봐.

(침묵)

나 : 그분 항일하다 전향한 사람 아닙니까. 그렇게 해서 언론사 설립하고요.

선생님 : 그렇다.

나 : 그쪽 집안, 대대로 부잣집이었다고 들었습니다. 일제 강점기에 항일하면서 재산이 수탈되자 반대로 일제와 친해졌다고 알고 있습니다.

선생님 : 그래, 내가 증거를 가져오지.

선생님께서 서재에 들어가 《친일논설선집》(임종국, 실천문학사, 1987.) 을 들고나오신다.

선생님 : 이 부분을 자네가 읽어보게.

선생님께서 밑줄 친 부분을 C 선배가 읽는다.

선생님 : 요지는 3천 년 동안 일본 제국은 천황을 모셨는데, 우리는 30년밖에 못 모셨으므로 더욱 열심히 천황을 모시라는 인촌의 논설이다.

나 : 이런 책이 있네요. 꼭 사서 읽어봐야겠습니다.

선생님 : 그렇게 해야 한다. 여기 나온 사람들과 후손들 대부분 한국 사회에서 지금 한가락 하면서 살고 있다. 일제 강점기 한국의 현실에서는 누구나 그럴 수밖에 없다고, 편을 들어주기도 하지. 그래서 한국을 떠난 사람도 있다. 친일할 것 같으니 떠난 것이겠지. 바깥에서 객관적으로 우리를 바라보며 독립을 위해 몸 바친 사람도 있다. 대표적인 사람이 누구인가?

….

아무도 선뜻 대답을 안 하자 내가 입을 열었다.

나 : 신채호입니다.

선생님 : 그렇다. 그 사람이야말로 가장 사관이 뚜렷하다. 또 한 사람, 조명희도 있다. 사학계에서는 신채호, 문학계에서는 조명희뿐이다. 그분들이 유일한 망명자이다.

나 : 조명희는 《화두》의 화자가 가장 존경하는 인물 아닙니까?

선생님 : 소설에서 그렇게 나오지.

C 선배 : 불란서는 전쟁 직후 나라를 배반한 사람을 모두 찾아내 처단했습니다. 우리는 그렇게 하지 못했습니다.

선생님 : 50년 동안 오히려 그들이 이득만 챙겼지. 이제야 서서히 불거지기 시작한다.

나 : 역사를 바로 정리하는 일이 꼭 필요합니다.


노예의 언어가 아닌 저항자의 언어에는 인간성의 가능성에 대한 낙관주의와 적당한 쾌락주의, 활달한 창의성, 끝까지 추구되는 논리적 강인성 ― 이런 모든 측면도 꽃피었을 것이라는 말이다. 환경에 대한 〈반영〉론을 넘어서 환경에 의해 촉발되는 인간정신 자체의 적극성이 망명이라는 조건 아래에서는 국내에서보다 더 생산적이었으리라는 가정이다.[155]


선생님 : 김 군이 내 소설로 학위를 받았다. 거기에도 썼던 것 같은데…. 나는 현실을 상상과 글쓰기의 굴절로 본다. 현실을 굴절하더라도 글쓰기는 진실을 알려야 한다. 거짓으로 쓴 글, 남을 호도하려 현실을 외면하는 거짓의 글은 절대 쓰면 안 된다. … 나중에 또 이야기할 기회가 있겠지.

C 선배 : 선생님, 잘하셨습니다.

사모님 : 그런데, 그 상금이 무려 오천만 원 정도 된다고 들었어요. 우리 아이 병원비로 충분할 텐데….

선생님 : …자신의 자리는 자기가 만들어간다. 자신이 고귀하다고 생각해 처신하면 남도 고귀하게 받든다. 우리 학교가 고귀하다고 생각하면 다른 사람들도 고귀하게 받들 것이다.

C 선배 : 동문회 홈페이지에 올려야겠습니다.

선생님 : 조심스럽게…. 언론사에서 몇 차례 전화가 왔다. 나는 생각해 보겠다고 했어. 그리고 최종적으로 반려했지. 이유를 묻기에 답은 않았다. 그냥 안 받겠다고 했다.

C 선배 : 네…. 어떤 코멘트 없이 '인촌상'을 반려했다고만 적겠습니다.

사모님 : 알려야 하지 않을까요, 그래야 계몽되지 않겠어요?

선생님 : 그렇게까지야…. 우리만 지금 알아도 되겠지. 언젠가 알려질 테고.

아들의 손님이 온 모양이어서 우리는 일어섰다.

# 40억 년의 기억

2001. 12.

선생님께서 전화하셔서 다녀왔다. 나는 대학강의를 시작해서 정신이 없었다. 문화센터 등지에서 글쓰기 강의를 해왔지만, 대학생을 앞에 두고 정규 학기를 맡아서 강의하기는 처음이었다. 기말고사를 마치고 성적을 처리한 후여서 선생님 뵈러 가는 길이 부담 없었다. 더욱이 내 가방에는 최근에 쓴 《총독의 소리》보고서와 박사논문 계획안이 들어 있었다. 선생님께 드릴 말이 있었다. 물론 선생님께서 많이 말씀하시고 질문도 하시겠지만 나는 잘 답변할 것 같았고, 잘 기억해 둘 것 같았다.

― 그래 집안 모두 안녕하신가?

― 예.

― 학교 수업은?

― 흥미롭게 끝냈습니다. 기말고사로 선생님의 《광장》의 뒷부분을 개작해 보라고 했습니다. 되도록 이명준을 살려 보라고 권했습니다.

― 재미있군. 지금이라면 이명준이 살았을지도 모르겠지.

— 그렇지만, 여전히 이명준을 바다에 투신케 하는 학생들이 많았습니다. 40년이 지나도 50년이 지나도 해방 전후의 상황은 변하지 않을 것 같은 느낌입니다.

— 아니지, 변하지 않는 것은 없지. 어떤 식으로든 변해야겠지. 그래, 어떤 결말이 재미있던가.

— 이명준이 호텔 지배인이 되어 북한 국립발레단의 단원이 된, 딸아이와 재회하는 장면도 있습니다. 북한이 개방되어 왕래가 잦아진다는 설정도 흥미롭고요. 거기서 아버지를 만나 늙어서 병든 아버지의 수발을 들며 조용히 살아간다는 결말도 좋았습니다. 이명준의 넋이 남한 바다에 떠다닌다는 이야기도 있었습니다. 고백체로 넋의 대화로 끌어간 글도 재미있고 의미 있어 보였습니다.

— 학생 수가 몇 명인가?

— 교양 과목은 100명가량 됩니다.

— ….

— 선생님의 소설, 《총독의 소리》를 분석해 보았습니다.

— 그래? 어디 한번 읽어볼까?

나는 가방에서 최근에 쓴 《총독의 소리》를 분석한 소논문 복사본을 꺼내 선생님께 드렸다. 요약하면 다음과 같다.

《총독의 소리》는 최인훈의 근현대사에 대한 정확한 진단으로 읽힌다. 현재의 신 식민지적 상황의 슬기로운 대처 방안을 내용으로 하고, 최인훈식의 환상적인 서술 방법으로 리얼리즘의 확대를 성취한 작품이다.

(…) 언어예술가에게 있어 정치는 소재이면서 곧 내용이고, 그 자

체가 형식이 될 수 있다. 그리고 그 작동의 원리와 작동의 결과물로써의 텍스트를 수용하는 것 또한 정치적 행위라 할 수 있을 것이다. 최인훈은 그러한 문제를 늘 원리화하면서 형상화하는 작업에 자신의 문학적 열정을 바치고 있는데,《총독의 소리》는 특히 방법상의 파격이 돋보이는 작품이다. 그의 '풍속+방법'으로서의 언어예술론과 바흐친의 소설론이 맞닿아 있다. 바흐친은, 소설에 대해 '한 시대를 충분하고 포괄적으로 반영하는 것'이라 정리하고, 소설에서의 언어란 '한 시대의 모든 사회·이념적 음성들, 곧 한 시대의 모든 중요한 언어들을 묘사하는 것'이어야 한다고 말한다.《총독의 소리》는 충분히 그에 부합하는 소설이다.

(…) 작가는 하나의 도식을 세우며《총독의 소리》를 아이러니로 밝히고 있다.

統一의 가장 쉬운 길은 南北이 軍備 경쟁을 버리고 각기의 體制의 合理性을 높여 가는 길입니다.

$$統一 = \frac{體制의 合理化}{戰爭} \times 民族力입니다.$$

이 公式은 統一은 民族의 힘의 合理化에 比例하고, 戰爭에 반비례한다, 혹은 民族의 힘을 合理的으로 쓰면 統一에 가까워지고, 그것을 戰爭에 쓰면 統一은 멀어진다, 하는 것입니다

우리는 민주화와 근대화를 포기할 수는 없다. 우리 스스로 진정한 근대화를 이루어내고 열려 있는 미래를 품어야 할 것이다. 그러자면 우리 민족은 힘을 모아야 하며 그 힘을 합리적으로 운용해야

할 것이다.

― 파악을 잘했다. 이 소설은 3부작으로 기획했다. 여기저기에 10
년 동안 발표해 나갔다. 자네가 쓴 것처럼 역설 형식이다. 무감각한
우리 현실에 자극을 주려고 했다.

― 바흐친에 대해 공부해 보았습니다. 선생님의 수업 시간이 떠오
릅니다. 선생님의 예술론과 문학론을 대입하는 논문이 되었으면 좋
겠습니다.

― 〈조선일보〉에도 언급이 있었지. '좋은 소설은 최신 것이면서 구
닥다리여야 한다고 말했다. 〈한겨레신문〉 기자와 인터뷰한 것도 참
고해봐라.

― 네, 찾아보겠습니다.

― 나는 여러 군데에서 내 이론을 이야기했다. 예술은 생명의 기
억, 40억 년 전의 세포에 숨겨져 있는 환상놀음이라는 것을 반복해
왔다. 리듬을 유지하려는 기억의 표출이 중요하다. 자네가 좋아하는
음악 같은 것이 좋다. 간단하던 것이 매우 복잡해졌다. 필연의 아들
이다. 생명 속에 발생한 '역설적 환상', 뇌 속에 발생한 전자들의 필
연. 그것이 예술이다. 환상을 유도해내기 위한 잠재적 필연. 유의미
를 발생키 위한 무의미한 것….

선생님은 눈을 지그시 감고 한마디 한마디 힘을 주어 말씀하셨다.

― 거대담론과 미시담론은 같다. 복잡함에 대항하기 위해서 유희
규칙이 필요하다. 그 유희 규칙은 마치 어린아이들이 소꿉장난할 때
와 같다. 아이들은 아무 교육도 받지 않았는데도 유희를 한다. 아이
들은 가짜로 음식을 먹고 음식 맛을 이야기한다. 리얼리즘은 바로

그것. 아무리 복잡해졌어도, 리얼리즘은 그렇다. 음식을 먹는 것과 음식을 이야기하는 것, 그것이 리얼리즘이다.

선생님이 앉아 계신 소파 곁, 전화기가 울린다. 선생님이 전화를 받는다. 전화기에서 나오는 소리가 모두 들린다. 성균관대학교 교수라며 '선생님의 《회색인》을 번역하려 하는데 그것을 허락해 달라'는 내용이다. 선생님은 '그러시라'하고 끊는다. 선생님과 통화하는 중에 《문학과 이데올로기》의 한 단상이 떠올랐다.

선생님은 에세이에서 문학에는 당대성을 무시할 수 없다고 강조하셨다. 신화를 잃어버린 현대인에게 신화를 만들어 주는 일은 '객관화의 저항'에서 비롯되는데, 그것은 당대 사회를 핍진성 있게 다루는 것에서 보장된다고 하셨다. 바로 '리얼리즘' 정신인데, 문학의 리얼리즘은 '관념'과 '풍속'이 서로 맞물려 빈틈없이 형상화된 것을 말한다.

— 요즘 말이야, 서정시를 늘여놓은 것을 소설이라고 하고 있어. 왜 서정 산문이 소설이 되는가 말이야? 한심해….

— 독자들도 그런 분위기를 좋아하는 추세입니다.

— 감수성을 인정하지 않는 건 아냐. 하지만 그게 문학의 전부는 아니잖은가.

— 예전과 달리 출판사가 대형화되다 보니, 회사 운영상 그런 측면도 고려해야 하리라 봅니다.

— 나팔수도 있어야겠지. 소속 평론가들이 가치를 이야기하고….

— 해설과 안내가 많이 필요한 작품들도 생산되는 형편이어서 출판사 입장에서는 평론가가 필요할 것입니다.

— 자네는 창작 지도도 하는가?

— 네, 〈소설창작 및 연습〉이라는 과목을 박사과정 학교에서 맡고 있습니다.

— 학생들이 좋아하는가?

— 열심히 지도하고 있습니다. 선생님께서 알려 주신 예술론, 문학론, 그리고 지도교수님의 서사이론을 많이 가르치고 있습니다.

— 잘 알아들은 사람들은 꾸준히 써서 작가가 되겠지. 그들의 노력이 문제라고 봐.

— 신춘문예 당선 비결을 가르쳐 줄 수 있다고 생각하는 학생들도 많습니다.

— 경북대 석사논문, 최근 것을 읽어보아라. 그 사람, 내 문체를 비교적 알기 쉽게 자네 것과 비슷하게 해설해놓고 있더구나. 내적독백 서술법을 말이야.

선생님과 대화 중에 사모님께서 현관에서 거실로 들어오신다. 운동하고 오는 중이시란다. 선생님께서 더욱 많이 말씀하신다. 음정을 높이시고 어조도 빨라지신다.

— 일자론(一者論)을 아는가?

— 서양철학의 중심 아닙니까, 플라톤의 이데아에서부터 내려온… 최근 자크 데리다, 들뢰즈에서 다시 언급되는 개념으로도 알고 있습니다. 선생님께서 범신이라고 하신 것과 같은 것 아닌지요. 서사이론에서는 내포저자에 비유되고 있기도 합니다.

나는 지도교수의 서사이론과 박사과정 선배들의 논문에서 다루던 개념이 기억나서 말씀드렸다. 선생님은 어조를 좀 더 높이신다.

— 범신론을 가르쳐왔다. 범신은 얼굴이 없다. 천의 얼굴을 하고 있어 얼굴이 없다. 화자, 내포저자, 초점화자 모두가 그다. 그는 그

러니까 프로테우스다.

— 네, 그렇게 볼 수 있습니다.

— 예전에는 미신이 예술로 생각되었지만, 지금은 예술과 미신은
따로다.

— 제정이 분리되었습니다. 활동 무대도 바뀌었습니다. 제사 양식
도 여러 측면에서 이뤄지고 있습니다.

— 리얼리즘은 외부의 모든 것을 인수한 것을 말한다. 자발적으로
사유를 자제한 것이다. 자신에게 허용된 유희를 한껏 즐겨야 한다.
그게 유희다. 프로테우스다. 그게 예술의 신이다. 어린아이들이 소
꿉장난할 때, 놀이일망정 진수성찬이 왜 안 되는가? 리얼리즘은 진
수성찬은 안 된다고 하는데, 그렇지 않다. 리얼리즘을 확장해야 한
다. 비리얼리즘도 리얼리즘이다.

— 진수성찬이 모더니즘은 아니겠지요. 포스트모더니즘인가요?

— 그것도 리얼리즘이다.

— 선생님의 《화두》를 포스트모더니즘으로 보는 시각도 있습니다.

— 그럴 수도 있을 것이다. 《화두》는 여러 개의 소재의 올을 뭉쳐
놓은 것이다. 그중 최대의 화두는 죽음이다. 죽음에 관한 올이다. 타
나토스다. 문학과지성사 대표 평론가가 《화두》를 가장 정확하게 보
고 있다. 내가 마르크스라면 그가 엥겔스다.

— 선생님의 평생의 동반자이시군요.

— 그렇다.


나는 예술이 옛날얘기는 쉽고 지금 얘기면 다루기 어렵다는 그런
종류의 활동이라고 생각하지 못한다. 옛날이든 지금 얘기든 작품

안에서는 다 마음 안에서 일어나는 마음의 그림자놀이다.[156]


사모님께서 차를 내오신다.

— 논문 계획이 있는가?

나는 지난번 적어놓은 차례를 선생님께 드린다.

— 논문 계획서를 냈습니다.

나는 차례를 읽어 드린다.

— 차례를 보니 논문 전반부는 내 작품의 소재에 관한 것이고, 후반부는 미학에 관한 것이로다.

— 그렇습니다. 《화두》가 결론이면서 정점입니다.

— 이 정도라도 시종이 여일하겠구나. 소설을 꼼꼼히 읽으면 논문이 나온다. 알기 쉽게, 쉬운 문장으로 써라. 철학자들, 이론가들의 책처럼 쓰면 오히려 작품이 어려워진다.

— 그렇게 하겠습니다. 아직 미미합니다. 좀 더 치밀해야 할 것입니다.

— 《조선소설사》를 누가 썼는지 아느냐?

— …조윤제로 알고 있습니다.

— 누가 갖다줘서 읽고 있다.

— 그분 인민군이셨습니까?

— 아니다. 빨치산이다. 어떤 사람인지 알아보거라. 한국소설의 동일성 생성의 문제로 중요한 책이다.

— 그렇게 하겠습니다. 논문을 쓰고 난 후, 그동안 발표했던 소설도 정리해보고 싶습니다.

— 그렇게 하라. 아들 방에 가 보거라.

아들이 살갑게 맞아준다. 그의 방에는 온통 음반이다. CD가 벽면을 두르고 있고, 방 한가운데 진공관 앰프가 놓여 있다. 검게 번들거리는 스피커도 단단히 서 있다. 그는 클래식 매니아다. 그는 클래식에 관한 글도 쓴다. 내가 책을 모으듯 그는 CD를 모은다. 내가 읽는 책은 몇 권 정해져 있듯, 그도 정해진 음악만 들으리라. 나머지는 짐이어도 짊어져야 안심되는 사람들, 취미가 업이 되면 즐겁기만 할까.

스피커를 바꿔야겠다고, 컴퓨터를 켜서 매물을 보여준다. 나로서는 부럽기만 하다. 내가 좋아하는 트럼피스트의 곡을 몇 곡 듣고 나는 선생님 댁을 나왔다. 자정이 다 됐다. 집에 오니 새벽 한 시를 넘어서고 있었다.

# 봄날 설날

## 2002. 2.

설날 연휴여서 본가에서 차례를 지낸 뒤 처가에 다녀왔다. 그리고 최인훈 선생님 댁으로 갔다.

— 오늘은 봄날 같구나.

— 그렇습니다.

선생님은 수염을 기르고 계셨다. 선생님 입 주위가 좀 오므려져 있다. 이가 많이 빠지신 모양이다. 수염을 기르시는 이유가 있었다. 아랫니가 빠지셨는데, 윗니도 내려오고 있다고 하신다. 혈압이 높으셔서 치과 치료 받으러 가시기를 꺼리신다.

— 집에 별고 없는가?

— 예.

— 컴퓨터 교습소도 잘 운영되고?

— 현상 유지는 된답니다.

— 우리나라가 왜 그렇게 컴퓨터에 관심이 커졌나?

— 그쪽 분야에 관심이 많습니다. 정부의 캐치프레이즈가 '산업화는 뒤졌지만, 정보화는 앞서자'입니다. 인터넷 인구가 2천만을 넘어섰다고 합니다.

— 그래… 북한은 어떨까? 텔레비전에서 보면, 북한도 열심히 한다던데….

— 북한도 컴퓨터에 관심을 많이 갖고 있습니다. 해킹 실력은 세계 최고랍니다. 해킹으로 외화벌이한다는 풍문도 있습니다. 그렇지만 인터넷은 한정된 사람만이 사용하고 있다고 합니다. 인터넷 회선이 인민 모두에게 들어가면 체제 유지가 힘들지도 모릅니다. 폐쇄적인 그들의 상황으로선, 인터넷 개방이 문제가 될 것입니다.

— 그런데, 요즘 미국 대통령이 북한을 두고 막말을 하고 있던데…. 나는 예전에는 소련 정치가들을 나쁘게 보았지. 미국에는 긍정적이었는데, 이번 대통령은 정말 심해.

— 그것도 하나의 전략처럼 보입니다. 연두교서라는 것이 얼마나 그해의 정책에 큰 의미를 갖고 있습니까. 아무리 정치적인 인기용 발언이라 해도 예전 대통령에 비해 너무 과격하고 거칠다는 생각입니다. 중간평가가 있다고 해도 세련되지 못합니다.

— 그러게, 북한 사람들 얼마나 화가 날까?

— 정말 화가 날 것입니다.

— 자네 장인, 건강은 어떠신가. 이산가족 신청은 하셨나?

— 몸이 아프셔서 신청을 못 하신 상태입니다.

— 그렇겠지, 늙어 병들어 가는 우리 실향민들이 얼마나 고통을 받는데, 열강들은 아무 생각 없이 나쁜 말 하면서 이간질하고….

선생님 주름이 더 깊어지셨다. 찌푸리시는 이맛살 골이 선명하다.

— 장인어른은 이북 이야기만 하시면 눈물을 흘리십니다.

— 얼마나 가슴이 아픈 이야기인가. 강국의 사람들은 그것도 모르고, 이산가족 상봉하는 모양이 배가 아프다는 이야기지.

선생님의 시선에 초점이 흐려지신다. 회령과 원산을 생각하시는가. 조건반사처럼 북한 이야기만 하면 시선에 초점이 맺히지 않는 모습은 장인도 마찬가지였다.

— 어제 〈시사토론〉이라는 텔레비전 프로그램을 보았지. 그 사람들, 이산가족 이야기를 하던데, 통일부 장관이 참으로 식견이 있는 사람이더군. 관료가 그렇게 이야기하기 힘들 텐데…. 그는 상대편의 전쟁 위험에 대해, 대량살상무기라는 것을 한반도에 쓴다는 것은 공멸이나 마찬가지인데, 그는 그 이유가 아니라 말하더군. 지금의 평화는 과거의 가식적인 평화와는 다르다는 것이야. 경제적 가치로 환산할 수 없는 평화라는 말, 그 말이 마음에 닿았어.

— 보수 쪽 패널은 어떻게 나왔습니까?

— 아직도 전쟁 운운하고 있더군.

— 전쟁이 없을까요?

— 속단할 수 없는 노릇이지. 그렇지만, 아프칸 사태를 보자. 아프칸에 들어간 몇십 명의 미군이 하나의 나라를 허물어뜨린 것은 정말 대단한 무력 아닌가. 미국이 마음만 먹으면 북한 정도는 순식간에

파탄으로 몰고 갈 수 있을 거야.

나는 선생님의 〈주석의 소리〉를 떠올렸다. 양 체제의 합리화 달성만이 통일을 이루는 길이라는 소설 속 화자의 음성이 들렸다. 모든 열강이 한반도의 통일을 원하지 않는다. 남북 모두 이용할 수 있는데, 통일을 하게 되면 한반도가 커지고 자기들 이익보다는 손해가 있을 텐데…. 우리는 평화통일을 해야 할 것이다.

— 자네 장인은 군에 다녀오셨나? 인민군도 그렇고 미군도 그렇고 양민 학살이 있다잖아.

— 인민군을 피해 산속에서 숨어지내셨다 합니다. 월남하시고는 미군 캘로 부대에 입대하시어 대북 침투 훈련을 받으셨답니다.

— 그랬군.

— 장인께서는 부산에서 장사하시다 현저동에 자리를 잡으셨습니다. 현저동에서 살림하시면서 종로에서 자동차 부품업을 하셨습니다.

— 알아, 종로 3가, 청계천, 을지로…. 그쪽에 이북 사람들 상점이 많아. 내 고향 친구도 그쪽에 있지.

— 서울극장 앞입니다. 《소설가 구보 씨의 일일》에서 그쪽 묘사가 자세히 나옵니다. 점심때 친구분과 만나 식사하는 장면이 인상적입니다.

— 그 작품에서 친구는 냉장고니, 전축이니, 하는 가전제품을 취급하고 있지. 《화두》에도 나오지 않나.

— 예, 《화두》에도 나옵니다. 청계천…. 아바이왕순대 맛을 알자면 평생이 걸린다는 화자의 말이 가슴에 깊이 닿았습니다.

— 그래, 청계천이나 종로, 을지로는 그 사람들 입장에선 같은 구역이랄 수 있지. 실향민들 거기에 터전을 잡았어. 제2의 고향. …《화

두》 평론을 좀 찾아보는가?

— 네, 선생님, 최근에 《화두》를 잘 평한 논문을 읽었습니다. 충북대 영문과 교수님이 제임스 조이스의 《율리시즈》와 《화두》를 비교한 논문입니다. 조이스가 《율리시즈》에서 보인 여러 기법, '부재의 수사학', '애니퍼니', '숨기기' 같은 것을 《화두》의 형식에 비교한 논문입니다. 좋은 논문으로 읽혔습니다.

— 나도 보았다. 참 잘 썼더라. 세계적인 소설가의 작품을 잘 읽고, 내 작품에 비교한 것이 정말 마음에 와닿았어.

— 여러 좋은 〈화두론〉이 있는데, 손가락에 꼽을 수 있겠습니다.

나는 마침 요즘 고민하고 있는 문제에 대해 선생님의 견해를 듣고 싶어 여쭈었다. 느닷없는 질문일 수 있겠지만, 나는 그 문제를 풀어야 했다. 소설가와 현실, 작가와 화자에 대한 정리였는데, 명쾌해지지 않았다.

— 저는 소설가가 남의 꿈을 대신 꿔 주는 사람이라고 생각합니다. 그런데, 소설가의 꿈은 누가 꿔 주는 것입니까? 독자일 수도 있겠는데, 소설가는 독자의 상상력을 염두에 두고 써야 하는지, 독자를 무시해도 좋은지 잘 모르겠습니다. 저는 《화두》는 소설가 자신이 꾼 꿈이라고 생각합니다. 독자는 소설가를 상상해 봅니다. 그 꿈은 누가 꾼 것입니까? 선생님입니까? 《화두》를 읽은 저입니까? 조명희입니까? 저는 이 문제로 골치를 썩이고 있습니다.

선생님은 나를 한 번 보시고 다른 쪽으로 시선을 돌리셨다. 내 질문이 당돌하다는 표정은 아니셨다.

— 그런 고민을 할 수 있겠지. 그게 《화두》에서의 한 화두이다. 《화두》는 그 사전적 풀이 그대로 '화두'다. '화두'일 뿐이다. 서 있으

면서 앉아 있는 것이고, 앉아 있으면서 서 있는 것이다. 있으면서 없
는 것이다.

— 선생님께서 지난여름에 〈말〉지와 인터뷰한 내용 중에 '꿈을 꾸
면서 꿈 밖으로 나오려 힘을 써야 한다.'고 말씀하셨습니다. 이 말이
갖는 의미는 무엇인지요.

— 꿈을 꾸는 동안은 서술할 수가 없는 법이다. 서술하기 위해서
는 꿈 밖으로 나와야 한다. 나는 자주 아이들의 소꿉장난으로 '꿈꾸
는 것'을 비유한다. 아이들은 컵에 모래를 넣고 물이라고 마시라고
한다. 그들은 그동안은 꿈을 꾸는 것이다.

— 꿈을 꾸면서 꿈 밖으로 나올 수 없는 이치 아닙니까?

— 나는 몽유병 환자가 그렇다고 생각한다.

— 몽유병 환자는 꿈꾸는 동안 자신을 의식하지 못하지 않습니까?

— 자각몽이라는 꿈도 있다. 꿈속의 나를 바라보는 경우라 할 수 있
겠다. 나를 보고 나임을 안다는 것은 내 모습을 기억한다는 것이다.

— 저는 인간의 기억이라는 것이 꿈의 근원, 꿈을 꾸게 하는 동인
이라고 생각합니다.

요즘, 이 생각에서 더 진전이 안 된다. 기억이 꿈과 흡사하다. 기
억은 체험이다. 꿈은 체험된 영상이다. 그러나 꿈은 반드시 기억된
것만을 반복하지 않는다. 기억을 변형시켜 새로운 영상을 펼친다.
그 영상을 해석하여 자신의 상황을 객관적으로 알아갈 수도 있다.
상징, 비유, 암시가 꿈에 나타나기도 한다. 거기에는 이야기가 있고,
인물과 공간이 있다. 시간은 없다. 시간은 공간 속에 녹아들었기 때
문이다. 프로이트는 꿈을 무의식에 있는 억압된 것들의 표출이라고
했다. 소설은 꿈의 세계와 마찬가지다. 내가 썼던 소설들은 모두 꿈

이다. 기억에다가 희망을 덧붙인 셈이다.

《화두》는 꿈이다. 그것은 기억이면서 기억의 변형이다. 물론 최인훈 선생님은 선생님 자신이 꿈을 꾸고 꿈 밖에서 그것을 썼다. 꿈을 꾸는 동안, 그러니까, 평생을 꿈꾸고, 《화두》를 쓸 때는 꿈 밖에서 쓴 것이다. 그것을 읽는 사람은 다시 꿈을 꾸는 것이다. 최인훈 선생님은 《화두》가 나왔을 당시, 〈상상〉지와의 인터뷰에서 '이 소설을 쓴 경위를 말하는 것이 이 소설이다, 이런 얘기지요. 그러니까 이 소설이 따로 없고, 이 소설을 쓴 행위 자체가 소설이고 내 사상이다 그런 거죠.' 하셨다. 자기 자신의 꿈을 기술하는 자기를 본다는 것이다. 그것이 《화두》다.

자신의 평생 현실이 꿈 자체이고, 그 꿈을 대신 꾸는 행위로, 말을 적어갔을 때에만 가능한 현실이다. 자신이 꿈을 꾸고 있다는 사실을 깨닫고, 꿈의 주인이라고 인식하면서 언어화했을 때에 비로소 그는 완전한 자유인이 되는 것이다. 현실의 속박에서 벗어나게 되는 것이다. 그것이 바로 작가로서의 진실된 삶을 살았다는 것이다. 중요한 것은 독자가 그 자신이라는 것.

— 선생님, 기억의 문제를 말씀해 주십시오. 《화두》에서 레닌의 치매 상태가 《화두》 쓰기와 관련해서 매우 중요한 의미를 지니고 있다고 생각되는데요. 정말 비행기 안에서 레닌의 기사를 보셨습니까?

— 그래. 러시아어가 아닌, 그것도 영어로 읽었어. 영어였기에 더욱 내용을 잘 알 수 있었어.

— 그것은 일부러 끼워 맞추려 하는 에피소드라도 정말 우연입니다. 우연의 필연입니다.

— 그렇지. 《화두》가 바로 그 문제를 다루고 있는데, 무슨 확인처

럼, 계시처럼 레닌의 기사가 있던 것이지.

　— 기억이 없어진다는 것은 또 무엇을 의미합니까?

　나는 논문에서 이 문제를 다룰 예정이다. 문제는 바로 기억이 없는 사람도 꿈을 꾸지 않느냐는 것이다.

　— 타나토노스에 대해 지난번 이야기했을 텐데… 그 상태야. 죽음. 기억 없음은 죽음이야.

　— 뇌사상태, 치매 상태, 식물인간 등도 죽음이군요.

　— 그렇다. 죽음이다. 레닌은 위대한 이성이었다. 그런데, 죽기 전에 동물이 되었다. 우리는 언어를 지닌 동물이다.

　사고생활이 전해오는 열쇠 개념 모두를 떠올리는 힘이 〈화두〉라는 말에서 전해 온다. 마음이 벗어놓은 허물들, 마음이 머물다 간 거푸집인, 이미 틀지어진 기성의 개념들을 벗어나서 마음의 생성과 변화를 거슬러 가보려는 결의가 내비치는 말이다. 생물학에서의 발생(發生)의 개념을 의식에 적용하려는 태도다. 이 〈발생〉이라는 개념으로 의식현상을 이해하는 것이 지금의 나에게는 제일 생산적으로 느껴진다. 의식의 발생과정의 가장 분명한 궤적이 언어라는 생각이다. 언어 이전에도 의식은 있었지만, 언어의 발생을 분수령으로 해서 의식은 동물의 감각과 갈라진다. 그러나 동물의 감각과 끊어지는 것이 아니다. 아마 변모했다거나 지양(止揚)되었다고 보인다. 그런 사정을 화두(話頭)라는 개념은 잘 전하고 있다.[157]

　발생을 하지 못하면 살아있다 할 수 없는 것인가. 요즘 치매 걸린 아버지를 대상으로 소설을 쓰는 중이다. 기억이 증발한 아버지. 아버지는 아버지인가. 아버지라는 기억이 원래 없었던 분이 생물주체로서의 기억도 차츰 없어지고 있었다.

사모님께서 식사를 하라 하셨다. 꿈 이야기는 여기까지였다.《화두》가 민음사에서 절판되어 다른 출판사로 넘겨야 한다고, 다른 출판사가 정해지면 오자, 탈자를 수정해 달라고 말씀하셨고, 나는 그렇게 하겠다고 말씀드렸다.

집으로 돌아오면서 나는 선생님과의 대화에서 촉발한 생각을 이어나갔다. 내가 〈화두〉 소논문에서 밝혔듯이, 언어화된 '나'만이 진정한 '나'이다. 소설가는 언어로 뭇사람들의 꿈을 대신 꾸어 주는 사람이다. 아버지의 꿈을 대신 꾸는 것으로 나의 역할을 해야 할 것이다. 아버지는 동물의 꿈만 있을까. 내 소설을 읽는 독자에게 아버지의 꿈을 꾸게 해야 한다. '꿈을 꾸면서 꿈 밖으로 나오려 애를 써야!' 한다는 최인훈 선생님의 말씀처럼 삶을 모방하면서 살아가도록 작가는 꿈을 깨고 꿈 밖에 있어야 할 것이다.

'현실' 속에 꿈이 있는 게 아니라 꿈속에 현실이 있어. (…) 꿈속에는 반드시 현실이 있고 현실의 바깥 테두리에는 반드시 꿈이 있어. (…) '말'이란 건 현실을 넘어서기 위해서 사람이 만들어낸 날개, 화살, 그런 게 아닌가. 현실의 지평선을 넘어서 화살이 날아가면 거기서 말은 빛이 되지. 어떤 소설이건 현실을 반영했대서 아름다워지지는 않아. 현실이 끝나는 지평선에 어떤 빛, 해돋이나 지는 해가 지평선을 물들이는 것처럼 현실에 어떤 후광(後光)을 뿜게 했을 때 비로소 '현실'은 운명의 모습을 지니게 된다.[158]

《화두》는 마치 죽음을 코앞에 둔 사람이 자신의 생 전체를 펼쳐내는 것과 같은 소설이다. 화자인 '나'의 인생 자체가 소설인 것이다. 인생을 마감하기 전의 기억을 안간힘 써서 풀어낸 사람의 기술이다.

죽음을 앞에 두고 기억을 못 하게 되는 그의 꿈을 대신 꾸면서 살아가는 나. 삶에 대해 아무것도 모르면서 모두 아는 척하는 거짓말쟁이. 운명을 장난질하는 소꿉놀이 아이.

# 중고차
## 2002. 4.

최인훈 선생님 생신이어서 전화를 드리고 다녀왔다. 나도 차가 생겼기에 아이를 태우고 화정으로 달려갔다. 중고 경차다. 창작기금을 받아 투자했다. 소재를 찾기 위해 기동성을 발휘할 수 있게 됐다.

선생님은 이가 많이 빠지셨다. 듬성듬성 빠진 곳에 어둠이 뭉쳐 있었다. 입가에서 슬픔이 비어져 나오는 듯해서 나는 선생님을 제대로 바라보지 못했다.

식전에 산책하자며 선생님이 일어섰다. 주차장에 세워져 있는 내 차를 구경하고 싶으셨던 모양이다. 내 차에 오르신 선생님은 연신 차가 좋다, 좋은 차를 잘 샀다고 칭찬하신다. 나는 선생님을 모시고 일산 호수공원까지 다녀왔다. 이 차로 자주 모시게 될 것 같은 예감이 들었다.

돌아오니 선생님의 아들, 딸, 손녀가 있었다. 손녀와 나의 딸이 선생님을 가운데 두고 사진을 찍었다. 모두 활짝 웃는다. 치아가 별로 없는 선생님은 눈웃음만 지으신다.

내가 사 간 케이크를 드시며 선생님이 말씀하셨다.

— 지난번 자네가 작가와 독자에 대해 물었지? 꿈을 꾸는 사람, 꿈을 대신 꿔 주는 사람, 그가 꾸는 꿈에 대해 말이야.

— 네, 선생님.

— 답을 구했느냐?

— 작가는 엄청난 권위를 발휘해야 한다는 생각입니다. 꿈속에서 헤매지 않으려면 말입니다.

— …내 작품으로 논문을 쓸 건가?

— 네.

나는 선생님 댁에서 나와 차를 몰고 집으로 향했다. 집에 오면서 《화두》를 꼼꼼히 또 읽어야겠다고 생각했다.


그 많은 불행을 만들어내고 그 불행의 주인공들을 울게도 하고 죽게도 한 작가들은 그 〈생업〉에 종사하면서 어디서 그런 엄청난 권위를 가져왔을까? 그렇다. 권위. 그들은 자신이 있었을까? 전승된 양식의 힘을 타고 서기 노릇만 한 것은 아닐까? 스스로 지어냈다고 생각하는 표현조차도 자기 것이 아닌 줄을 생각하지 못한 데서 온 환상에 의지한 것은 아닐까.[159]

# 개정판 《화두》

## 2002. 5.

《화두》 개정판이 나왔다. 문이재에서 출간되었다. 선생님께 전화를 드렸다. 축하 인사만 드리려 했는데, 선생님께서 말씀을 많이 하셨다. 출판 과정, 수정 사항 등에 대해 알려 주셨다. 두 시간 넘게 통화했다.

> 메이플라워 아파트를 나서면
> 거기가 BUS STOP
> 쓰레기통 하나
> 몸통에 써놓은 표어
> 만나면 버럭
> Don't be a litter bug.
> ─ 〈아이오와 강가에서.2〉[160]

새로운 시가 개정판 《화두》에 붙여진 것을 확인했다. 많이 수정하셨나? 1차 출판본과 비교해 봐야겠다.

# 프로레슬링

2002. 5.

스승의 날이어서 최인훈 선생님 댁에 다녀왔다. 치매와 중풍 방지 약재가 유행하고 있었다. 유정란을 풀고 매실과 청주를 더해 수십 차례 휘저어 만든 액체를 선생님과 사모님께 만들어 드렸다.

— 새 《화두》에 대해 다른 것을 발견하지 못했는가?

— 다시 읽어봤습니다.

— 새로 생긴 '화두'는 없는가.

— 자본주의와 사회주의 문제입니다. 월러스틴과 네그리의 이론을 생각나게 합니다. 그들에 의하면 1989년 소비에트가 무너진 것은 자본주의의 승리가 아니라 사회주의의 그릇된 체제 때문이었답니다. 자본주의와 사회주의의 공모관계가 끈이 풀어진 것은 이제 자본주의도 끝을 달리고 있는 것은 아닌가, 예견하고 있습니다. 월러스틴은 소수집단의 중요성을 이야기했습니다. 네그리도 NGO와 같은 집단이 필요하다고 봅니다.

— 그렇다. 레슬링 같은 것이었지. 짜고 하는 프로레슬링. 이번에

다리를 꺾을 테니, 준비하고 있어, 다음에는 링 위에 올라가서 바닥을 칠 거야. 조심하라고… 그런 거였지.

　— 좋은 정치 제도라는 것은 로마제국의 그것과 같아야 한다고 봅니다. 즉, 군주제-귀족제-민주주의입니다.

　— ….

　— 궁극적으로 네그리는 '제국'의 형태로 되어야 한다고 합니다. 책 제목이 《제국》입니다.

　— 그 책을 보고 싶구나.

　— 네, 선생님. 사 오겠습니다. 제가 며칠 전에 발표한 원고가 있습니다. 《화두》에 대한 내용이 있습니다.

나는 대학원 세미나에서 발제한 원고를 보여 드리고 읽어나갔다. 《광장》에서 《태풍》으로, 《태풍》에서 《화두》로 이어지는 화자의 이데올로기 선택에 대한 경로를 파헤쳐본 논문이었다. 선생님께서는 '본론 3' 부분을 주목하셨다.

　　최인훈의 《화두》는 《광장》의 이명준이 택한 '자살', 《태풍》의 오토메나크가 택한 '변신'의 끝에서 지난 20세기의 냉전상황을 돌아보고, 21세기의 네트워크화 되는 '제국' 형성을 식민 지식인의 성찰로 그려낸 작품이다. 《화두》는 특히 그의 주요 주인공들이 이데올로기의 선택에서 고민하는 모습을 노회한 작가의 특유의 분석적인 아포리즘으로 제시하고 있다. 미국의 성장과 구소련 몰락의 원인을 로마제국의 합리적 제도 운용과 소비에트의 그릇된 계급제로 파악하고 있는데, 지난 소설에서의 '귀축'으로 표현되던 미국에 대한 그의 견해가 온건해져 있음을 살펴볼 수 있다. (…)

미국을 '로마'로 대비하는 화자의 발언은 로마제국의 현현을 보는 듯하다. 네그리와 하트가 공저한 《제국》에서의 '제국'의 합리적 제도 또한 로마제국의 통치 형태를 이론적 모델로 여기고 있다. 네그리는 제국의 세 가지 좋은 권력 형태 - 황제(군주제), 원로회의(귀족제), 인민적 의회(민주주의)-가 서로 조응하며 분산되어 전제정치나 과두제, 폭민 정치나 무정부주의로 변질되는 것을 막았다[161]며 앞으로의 '제국'적 구성은 그와 같은 전통적인 좋은 통치 형태를 결합하리라 예상하고 있다. (…)

그러나 로마제국에서의 철학자는 노예였고, 그 '노예철학자'는 신식민제국에서의 지식인일 수밖에 없는 것 또한 현실이다. 특히 언어예술가인 화자는 자신의 삶 자체가 자신의 세기이지만 노예이기에 식민과 냉전의 체험을 언어화하는데 눈치를 볼 수밖에 없었음을 고백한다. 탈식민주의 이론인가, 비평인가의 문제뿐 아니라 군부독재 시절 예술가의 자유의지에 대한 회오[162]가 또한 겹쳐 있기 때문이다. (…)

20세기의 동서 이데올로기로 인한 한반도의 식민과 남북 전쟁, 그 상황의 연속이 최인훈의 중심소설의 주제였고, 《화두》는 그의 결정판이라고 할 수 있겠는데, 북으로 간 조명희에 빙의된 '노예철학자'로서의 '나'는 '이명준'과 '오토메나크'보다 진솔한 선택을 하는 것이고, 이는 작가의 오랜 사유에서 표현된 것이다. 그것은 남한인가 북한인가, 자본주의인가 사회주의인가의 선택을 넘어 '대담하고 솔직하며 순진하게' 자신의 처지를 파헤침과 동시에 미래를 제시하고자 하는 욕망의 글쓰기의 산물로 볼 수 있을 것이다. 노예와 주인의 변증법을 넘어 진정한 자신이 되고자 하려는, 그 진정한 주체는 바로 괴로움의 형식을 '기억'으로 증명하려는 '소설 노동자'이기에 그렇다.

2부에서 화자는 자신을 유랑하게 한 직접적 원인이었던 냉전의 종식을 목도하게 된다. 소연방의 해체인데, 화자는 이론상 유토피아로 여겨지던 사회주의 종주국이 무너지는 모습을 보고 그 원인을 분석한다.

(…) 최인훈에게 소비에트의 지배층은 관료적인 독재정치를 하는 무리들로 파악되지, 사회주의 이념의 전수자로 보이지는 않는다. '희귀 배급품을 자기 집으로 우선 공급'하는 관료들의 부패로 소비에트가 붕괴되었다고 본다. 화자는 월북작가 조명희를 통해 진정한 사회주의 이데올로기의 실천의 한 모습을 보게 된다. 중학 시절, 작가에의 길을 자각케 해 주었던 조명희의 〈낙동강〉의 주인공 박성운의 모습이 분명히 새겨지는 것이다.

(…)

네그리와 하트 또한 소비에트의 붕괴를 관료 독재 치하에서의 프롤레타리아트의 노동 거부에서 보고 있다. 새로운 산업의 발생과 그에 따른 노동력의 개발, 창조성을 근대화에 결합시킬 수 없었기에 소비에트는 붕괴할 수밖에 없었고, 그러한 노동력을 합리적으로 운용할 수 없었던 독재관료에 의해 소비에트는 무너졌다고 본다. 여기서 새로운 산업의 발생에 따른 노동력의 주체인 노동자의 개념 또한 새로워져야 할 것이다. 네그리는 프롤레타리아트를 '자본의 지배 아래 종속되고, 자본에 의해 착취당하고 자본의 지배 아래에서 생산하는 모든 사람[163]이라 칭한다.

— 그러나 이데올로기가 먼저가 아니다. '이데올로기를 통한 자아의 발견'이 중요한 것이다. 이데올로기에 쓰러지는 자아는 진짜가 아니다. 가짜 레슬링 선수다.

— 네, 선생님.

# 연길

## 2002. 6.

박사 지도교수님을 모시고 연길 여행을 다녀왔다. 연길 사회과학원이 주최하는 비평문학상을 지도교수연구팀이 후원하고 있었다. 문학상 진행을 돕고 연길 지역을 관람하는 여정이었다. 나는 최인훈 선생님이 부탁했던 《조선문학사》를 과학원 연구원으로부터 받았다. 우리에게도 있지만, 그쪽이 원본이라 생각됐다.

최인훈 선생님께 《조선문학사》 세 권과 죽엽청주를 드렸다.

— 잘 다녀왔습니다.

— 백두산을 올라가 봤느냐?

— 예, 안개가 짙게 드리워져 있었는데, 우리 팀이 올라가니 걷혔습니다.

선생님은 《조선문학사》를 이리저리 들춰보신다.

— 순전히 한 개인에게 바쳐진 것이지만, 이전에는 그렇지도 않았지.

나는 이 책을 얻으려 그쪽 연구자와 메일을 주고 받아왔다. 그 연구자에게 주려고 운동복도 마련해 두었다. 2002년 한일월드컵 기념

운동복이었다. 그는 북한의 대학교수들과도 친분이 있다고 했다. 아마도 그쪽에서 구한 모양이었다. 원본이었다.

— 신화서점에 갔는데, 《김일성 선집》과 《팔만대장경》만 즐비했습니다. 연변출판사에는 남한 작가의 추리소설이 출간돼 있었습니다.

선생님은 책을 무릎에 놓고 쓰다듬으셨다.

— 나, 연변에서 한 2년 정도 살고 싶어. 그곳의 생활을 체험해서 글을, 소설이 아니라 에세이로 쓰고 싶어. 하지만 사정이 어렵네. 집사람은 아프고, 아들은 아직 공부 끝나지 않았고⋯. 연길 시내, 그곳이 생생하다. 도로가 눈앞에 보인다.

— 선생님, 다녀오십시오. 여건이 되면 선생님 모시고 다녀오고 싶습니다. 혹시 거기에 친척분이 생존해 계시는가요.

— ⋯먼 친척분이 계셨지. 그분 뵈러 회령에서 연길까지 왔다 갔다 했어.

— 도문에 다녀왔습니다. 중국과 북한 경계 지역입니다. 중국 군인이 서슬이 퍼런 눈빛으로 저희를 쏘아보고 있었습니다. 그 경계선 너머가 북한 땅이라는 게 믿어지지 않았습니다. 그 붉은 선이 무엇이라고⋯, 선생님은 그 경계선 때문에 평생을 떠돌지 않으셨습니까?

— 그렇다. 저기 두만강 너머가 내 고향인데⋯ 그 경계선이 가로막고 있었다. 내 생에 선을 넘을 수 있을지⋯

선생님의 마음을 전부 헤아릴 수 없겠지만, 그리움은 내게도 밀려왔다.

# 문학의 이해

## 2002. 8.

연길 여행을 꼼꼼히 복기하면서 소설 문장으로 적어나가고 있는데 서울예대 교무처에서 전화가 왔다. 시간 강의를 해 줄 수 있느냐는 것이었다. 〈문학의 이해〉라는 교양인데, 전 학년에게 열어 두어서 수강인원 제한이 없는 과목이란다. 할 수 있겠냐, 재차 물어서 나는 최선을 다해 가르치겠다고 했다.

나는 열정을 쏟을 생각이었다. 모교여서라기보다, 예술을 교육하는 사람으로서의 특수성을 마음껏 발휘하고 싶었다. 어떤 경로로 모교 교무처에서 전화해 왔는지 궁금했는데, 제일 먼저 눈에 보이는 것은 최인훈 선생님의 미소였다. 나는 선생님께 전화를 드렸다. 모교에서 강의하게 됐습니다, 열심히 하겠습니다, 감사할 뿐입니다, 하고 거듭 말씀드렸다.


# 허리앓이

## 2002. 8.

최인훈 선생님께서 전화하셔서 댁에 다녀왔다. 선생님이 요즘 허리 앓이가 심하다고 하신다. 선생님 모시고 가까운 공원이라도 산책하려 했는데, 선생님께서 나서려 준비하시다가 그만두셨다.

선생님과 나는 소파에 앉아 이야기를 나누었다.

— 여기저기 학교 강의 많지?

— 네, 과목이 네 가지입니다. 한림대학교에 과목 수가 많습니다. 강사 구하기 어렵다며 제게 많이 배정해 주었습니다. 고마운 일입니다. 대부분 교양이어서 학생 수도 많습니다. 학기가 시작되면 학생들에게 치여 정신없이 보냅니다.

— 안산 학교도 가야 해서 더 바쁘겠구나. 교통편은 어떠냐.

— 대중교통을 이용할 때도 있고, 자동차를 운전할 때도 있습니다.

선생님께서 예술 교육의 어려움에 대해 말씀하신다. 남산의 학교에서 처음 강의 시작할 때, 욕심내서 모든 것을 하려다, 아무것도 아닌 것처럼 돼 버리셨다고, 용두사미 모습이었다고 하신다.

선생님께서는 졸업생들이 문단에 나가서 활동하는 것도 좋지만, 학통이 있어야 한다고 강조하셨다. 문학적 전통과 맥이 이어지는 것이 이상적인데, 희망일 뿐이라 말씀하신다.

— 선생님께서 지도하시던 이론을 체계적으로 정리하고 설명하는 졸업생이 있으면 좋겠습니다.

내가 선생님의 예술론을 연구해서 후배들에게 전하고 싶다고, 속으로 말씀드렸다.

— 너무 야심 있게 하면 지친다. 학생들이 많아서 산만할 텐데, 튀는 것보다는 평범한 게 좋을 거야.

선생님께서는 하나의 책을 정해 강독하고 해설하는 식이 좋으리라 말씀하셨다. 《문학의 이해》라는 책이 많은데, 서강대 선생의 책을 소개해 주셨다.

— 그 선생님의 《광장을 읽는 일곱 가지 방법》을 석사 때 봤습니다. 공부의 체계가 단단하시다는 느낌이었습니다. 여러 대표적인 비

평 이론을 한 작품에 적용한 사례로 교전 같은 책이었습니다.

— 그렇더구나. 공부꾼 같지, 그 사람. 자네는 소설이 좋지만, 이번에 뜻이 있어 박사과정에 들어갔으니, 논문을 잘 써 보거라. 석사와 박사는 같은 맥락으로 잡는 것이 좋을 거야.

— 네, 선생님. 열심히 하겠습니다.


# 식민지 무의식

## 2002. 12.

선생님께서 전화하셨다. 선생님께서는 대뜸, 지난번 갖다드린 〈학술연구저널〉을 모두 읽어보았냐, 거기 〈화두론〉을 보았냐, 격양된 어조로 말씀하셨다. 지난달에 최인훈 특집이 실린 학술지를 구해 드린 적이 있었다. 선생님께서 어떤 논문에 대해 이의를 내신 것이었다.

나는 통화를 하면서 선생님이 말씀하신 책을 찾아보았다. 문제는 〈화두론〉에 있었다. 《화두》를 바라보는 연구자의 시각이 독특했다. 그는 '식민지 무의식', '계급해체'와 같은 단어에 무게 중심을 두고 《화두》를 몰아갔다. 그 개념은 사회과학, 특히 유물론적 사회과학 서적에서 자주 등장하는 것이었다. 《화두》의 화자가 갖고 있는 사상에 식민지 무의식이 깔려 있고, 계급의식이 온당치 않다는 것이었다. 특히 화자가 구소련 방문 시 아이에게 돈을 주는 행동에 주목하면서 작가의 의도가 의심스럽다는 논리였다.

선생님은 전화로 오랫동안 말씀하셨다. 작품을 바라보는 연구자의 태도가 진중치 않다는 말씀이셨다. 화자는 아이에게 돈을 주었던 행위를 반성하고 있고, 어린아이에게 자아비판을 시킨 선생님과 화해도 이루고 있음을 항변하셨다.

나는 《화두》의 그 부분을 다시 읽고 확인했다. 화자가 돈을 준 일을 후회하고, 자신의 잘못을 고민하는 장면이 선명하게 있었다. 그리고 자아비판과 선생님의 화해는 몇 차례 반복되고 있었다. 평론가의 '문학예술'에 대한 진지한 감상이 없다는 것이었다. 나는 그 논문을 빠르게 훑어보았다. 그는 '반면교사'라는 단어도 써가며 《화두》를 평가절하했다.

선생님께 그 학술 저널을 전해 드리지 않는 게 좋았을지 모르겠다. 그 평론가도 자기 논리와 입장이 있으리라, 그럼으로써 자신을 특별하게 내세울 수도 있으리라는 생각이 먼저 들었다. 나는 선생님 의견에 동의했다. 선생님과 가까워서, 선생님의 작품이어서 주관적으로 판단해서가 아니었다. 그 논자의 목소리에는 작가에 대한 선입견과 편향이 스며 있었다. 낯설었다. 어쩌면 나는 그런 비판의 논조를 읽어보지 못했기 때문일지도 몰랐다.

그렇더라도 노작가의 만년 역작에 대한 평문을 그렇게 직접적으로, 노골적으로 비판하는 태도는 별로 좋아 보이지 않았다. '아름답게' 사용하려는 문학인의 언어가 아닌 것으로 보였다. 선생님과 통화를 마치고 그 평론가와 대면해 보고 싶은 생각이 들었다.

# 《조선문학사》

## 2003. 2.

선생님께 세배 다녀왔다. 허리앓이가 여전하지만 참고 지낸다고 하신다. 노화의 현상으로 받아들이기로 하셨단다. 수염도 많이 기르셨다. 허리앓이 외에는 건강하신 모습이었다.

지난번에 구해 드렸던 《조선문학사》를 모두 읽으셨다며, 북한 문학사에 해방구가 있었다는 것이 참 소중한 부분이라고 거듭 강조하셨다.

— 3권째에 있다. 해방구의 문학기가 있었다. 연극, 소설, 시 등 북한 문학의 진수가 거기에 몰려 있다. 그것이 과연 문학으로서 진실된 역사로 기술되었는가 아닌가는 차치하고, 우리 문학의 자존심의 문제로 봐야 한다. 북한 문학이 거기에 있다는 것이다. 그것은 민족적 자존심이다.

— 몇 해 전, 북쪽에서 단군의 릉을 발견했다고 하던데요. 신화에 나온 이야기가 진실이었다고요. 북한 사람들 판타지가 대단하다는 평도 있습니다.

— 아니야. 그렇게 만도 볼 수 없어. 그것이 바로 민족주의의 근원이다.

— 네…, 신화, 단군신화를 진실로 봐야 하는 이유가 있습니다. 북한 학자, 홍기문이라는 사람의 《조선신화연구》를 본 적이 있습니다. 벽초의 아들인데, 수재라고 들었습니다. 조선신화를 체계적으로 정리했습니다.

— 문학의 역사가 민족의 역사다. 자존심이다.

선생님의 수염이 흔들렸다.

신화나 전설은 생물학적으로 이해할 주어진 기능이 아니라, 인간이 짐승에서 〈인간〉이 되기 위해서 창조한 〈제2의 감각〉이다. 그것은 배우지 않으면 〈없고〉, 배워야만 〈있게 되는〉 인간의 인공기능이다. 인공기능의 뿌리는 〈영혼〉 같은 것이 아니다. 그것은 짐승들이면 다 가지고 있는 〈감각〉이다. 감각은 가만히 놔두면 짐승의 욕심일 뿐이다. 신화적 감각은 〈재활〉되는 것이 아니라 〈배워야〉한다. 그것을 만든 옛사람들도 〈배워〉서 그것을 〈자기의 안〉으로 만들었던 것이다. 〈전승(傳承)〉된다는 것은 그 〈배움〉의 과정을 되풀이해야 한다는 말을 뜻할 뿐이지 재물을 물려받는 것처럼 되지는 않는다.[164]

선생님은 나의 박사논문 계획에 대해 몇 차례 물어보셨다. 지도교수의 학문적 관심 분야와 이력도 관심 있어 하셨다. 나는 지도교수님이 박사논문을 모더니즘 계열의 작가를 대상으로 쓰셨는데, 관심은 민족문학 쪽이라 말씀드렸다. 박사논문을 〈최인훈 소설연구〉로 설정하고, 선생님 소설 전체의 흐름을 살펴보겠다고 했다. 선생님의 문학 인생의 종점, 소설의 최종 업적을 《화두》에 맞춰 전개해 나가려 구상 중이라 답했다.

선생님은 내가 지난번에 쓴 〈화두론〉이 좋았다며 또 다른 시각을 물어오셨다. 나는 《화두》의 어조에 대해 관심을 두고 있다고 말씀드렸다. 비유와 상징의 문제로 이루어진 선생님의 문장이 무슨 경전의 어조처럼 읽힌다고, 우리의 문학사에 보기 힘든 문체라고 했다. 그것은 독일에서 괴테의 글을 국민 문체라고 말하는 것에 버금간다고 말씀드렸다.

선생님께서는 좋은 말, 이라시며 쓰다 보니 그렇게 됐다고, 아무 이론적 도움 없이 그런 문체를 이루어냈다 하셨다. 나도 선생님의 작품을 꼼꼼히 읽으며 작품의 방법론을 생각해 보겠노라 말씀드렸다.


# 대구지하철 참사

## 2003. 2.

대구지하철 1호선에서 큰 화재가 일어났다. 어떤 우울증 환자가 석유통을 객실에 뿌린 것이었다. 불은 순식간에 번져 지하철은 화마에 휩싸이고 사람들은 쓰러졌다.

승객 192명이 사망했다. 세상이 미쳤다. 불이 미친 세상을 삼켰다.


# 퇴임 강연

## 2003. 5.

최인훈 선생님의 퇴임 강연이 남산 드라마센터에서 열렸다. 선생님께서 전화로 내 차를 타고 학교에 가시는 것이 편하시겠다고 말씀하셔서 나는 선생님 댁으로 갔다. 나는 선생님 댁, 화정에서 남산으로 달려갔다.

남산 드라마센터에는 선생님의 퇴임기념 현수막이 여기저기 설치
돼 있었다. 퇴임을 아쉬워 하는 흔들림, 수고하셨다는 인사와 '존경
하고 사랑합니다'라는 현수막들이 붙어 있었다.

시작 시간보다 일찍 도착했다. 차를 세우니 선배들이 다가와 선생님
을 옛 행정실로 모셨다. 거기에 총장님과 학과장님이 계신다고 했다.
나는 차에서 카메라를 꺼내 들고 드라마센터로 올라갔다. 객석에는
이미 강연회를 보려는 사람들로 가득했다. 졸업생들과 언론사 기자
들, 교수님들과 재학생들이 모여 있었다. 나도 객석에 자리를 잡았다.

어둠 속에서 웅성거리는 소리가 들렸다. 선생님께서 무대에 오르
셨다. 총장님 축사 − 선생님 강연 − 제자 소설가들의 작품집 헌정
순이었다.

총장은 '최인훈 선생님을 알고 지냈다는 것만으로 이 세상에 와서
행복한 이유'라며 선생님의 작품을 꼭 연출하고 싶다고 했다. 최인
훈 선생님께서 계속 학교에 계시면서 후학들에게 예술론을 지도해
주시면 감사하겠다고 축사했다.

그다음, 선생님께서 연단에 오르셨다. 객석에 앉아 있는 모든 사람
들이 일어서서 선생님께 박수를 보냈다. 선생님을 향해 조도 높은 조
명이 집중돼 선생님은 손바닥으로 조명을 가리며 객석 쪽을 보셨다.

강연이 시작되자 모두 조용했다. 선생님의 말씀을 정리해본다.


**드라마, 예술의 원초적 모습**

나는 예술에 있어 '드라마'가 매우 중요한 표현 양식이라 생각한
다. 대부분의 졸업생, 재학생들이 나와 함께 교실에서 보냈기 때문

에, '극'이라든가, '드라마'라든가, '연극'이라는 것에 대해 얼마간 개념적인 이해가 된 상태일 것이다. 간단히 말하면, '드라마가 예술의 원초적인 모습이고, 예술의 장르가 분화한 이후 가장 핵심적인 양식이라 할 수 있다. 예술의 발생에 대해 이야기할 때 '연극'을 내세우는 것이 가장 조리에 맞고, 예술의 보편적인 가치를 이야기할 때, 결국 '극'적인 것의 내용에 대해 풀어가야 할 것이다. 그런 의미로 나는 소설을 쓰다가 창작생활의 적지 않은 부분을 희곡 창작에 쏟아부었다.

강연해달라는 학교 측의 제의로 보름 동안 고민했다. 오랜 동안 강의해온 나로서는 별 어려움 없을 것이라 생각했지만, 퇴임식에는 어떤 이야기를 해야 좋을지 고민하지 않을 수 없었다. 그냥 조용히 웃음만 지어볼까도 생각했다….

(선생님께서 선불교의 일화인 '염화미소', '이심전심'을 이야기하셔서 객석에서 웃음 물결이 일었다.)


## 개인에게 잠재된 문리를 트이게 해 주는 교육

나는 그동안 1년 단위, 5년 단위로 다른 이야기를 해 왔다. 그렇다고 해서 20여 년 전의 내 이야기가 완전히 달라진 것 같지는 않다. 나는 오랫동안 선(禪)에 관한 흥미가 대단했다. 예술을 하는 여러분들도 선에 대해 관심을 가졌으면 하는 바람이다. 여기서 당장 선이 무엇이고, 예술과 어떻게 연관되는가를 간단히 말할 수는 없을 것이다. 다만, 선은 우리에게 결정적인 의미를 가진 문화적 축적이라고 이야기하고 싶다. 이렇게 권하는 것은 내 취미에도 선이라는 것이 맞기 때문이다. 예술가나 교육자가 안 되었다면 나는 아마 선방에서 수행하는 사람이 되지 않았을까 생각한다.

나는 예술대학에 부임해서 문예창작 교실에서 학생들에게 창작을 교수한다는 것에 대해 많이 고민했다. 내가 학생들에게 얼마만큼의 문예창작을 가르칠 수 있을까, 학생들이 어느 정도 내 이야기를 수용할 수 있을까 하는 강박에 시달리면서 수업에 임했다. 나 혼자서 내 방식으로 모든 학생을 어느 수준으로 끌어가야 한다는 생각을 하다 보니 어떤 결론에 도달하기가 힘들었다. 여러 전공의 선생님들과 각기의 학생들의 장점을 살리는 교실로 끌어가다 보니 오히려 학생과 선생들 모두에게 좋은 수업이 되었다. 이 말은, 내가 그동안 별 교육을 못 했지만 그동안 수업을 잘 받으셨죠, 하는 말 같이 들리겠지만 선과 관련해서 생각하면 크게 잘못된 것은 아니다.

　(…) 그동안 우리 학교에서 많은 등단자가 나왔다. 우리처럼 겉보기에 작은 학교, 역사도 깊지 않은 사학에서 질 높은 소설가, 시인, 극작가가 배출되었다. 나는 그런 사람들은 처음부터 재능이 있는 상태에서 학교에 왔다고 생각한다. 물론 우리 학교 선생님들의 수업을 들었어도 시간 낭비는 아니었을 테지만, 그 학생들은 잠재적인 재주가 있었고, 그것이 자연스럽게 나온 경우라 생각한다. 인간은 로봇이 아니니까, 바깥에서 무언가를 주입한다고 해서 그것이 산출되어 나오지는 않을 것이다. 서울예술대학 문예창작과가 개인 글쓰기 로봇을 만드는 조립공장은 아니다. 살아 있는 인간을 예의 주목하면서 대화를 통해 귀를 얼마간 트이게 해 주는 정도밖에 할 수 없을 것이다. 그래서 개인에게 잠재된 문리를 트이게 해 주는 교육이 중심이 되어야 했다.

　(선생님은 물을 한 잔 마시고, 최근에 연구한 결과라면서 예술론에 대한 선생님 고유의 강의를 시작하셨다.)

## 아이덴티티 이론의 구조

$$I \text{———— 생물적 주체 ————— DNA}$$
$$i \text{———— 문화적 주체 ————— DNA'n}$$
$$i \text{———— 환상적 주체 ————— DNA}\infty$$

위의 그림을 보면 영어 'I'를 세 가지로 분류하고 있다. 인쇄체 대
문자와 소문자, 필기체 소문자가 그것. 'I'는 아이덴티티(identity), 셀
프 아이덴티티(self identity)의 이니셜을 쓴 것이다. 곧 '자기동일성',
'주체'다. 왼쪽의 대문자 'I'는 사람이면서 사람의 생물학적 주체다.
컴퓨터로 비유하자면 하드웨어, 그러니까 그릇 자체를 뜻한다. 두
번째 'i' 는 문화단위로서의 개인, 즉, 문화적 아이덴티티를 말한다.
지금으로부터 50만 년 전이나 100만 년 전쯤 유인원으로 넘어왔을
때, 그러니까 짐승으로부터 인간의 시점에 이르렀을 때, 당시의 상
태를 'i'라 부르는 것이다. 이 'i'는 아래에 'n'이 붙는다. 'now', 현재를
의미한다. 그러니까 유인원이 된 이후 계속 문화정보를 학습해서 동
물이 아닌 인간의 수준으로 된 아이덴티티를 말한다. 구석기 이후부
터 인류가 있어 왔던 동안의 고비마다 '1', '2', '3'…'n', '∞'로 표시할
수 있을 것이다. 여기서 '∞'라는 것은 인류가 앞으로 계속 존재해서
습득해야 할 것이 무한대이리라는 의미에서 붙인 것이다.

세 번째의 'i'는 인간의 또 하나의 아이덴티티, 즉 예술적 주체를
뜻한다. 환상적 주체라 불러도 무방한데, 환상적 주체라는 말은 환
상을 하는 인격을 의미한다. 'I', 즉 생물적 주체는 '닫힌 안정'의 계,
혹은 '닫힌 안정'이라는 운동의 질서에 위치한 인간을 의미한다. 인
간은 이제 이 이상 진화를 못 한다는 전제 하에 말하는 것이다. 요즘

의학계에서 인간의 DNA 구조를 해독하고 조작하려 하기 때문에 이 이론의 'I' 부분을 약간 수정해야 할지도 모르겠지만, 그렇더라도 인간은 생물학적인 종으로서는 더 이상 변화를 하지 않는다는 게 정설이다. 사자는 사자로 나서 죽고, 사람은 사람으로 나서 죽으며 꽃은 꽃으로 났다가 사라지게 된다. 위에서 말한 '닫혔다'는 의미가 바로 그것이다. '변화의 가능성이 닫혔다'는 의미다.

'안정'이란 그 결과로서 생체가 편안한 마음을 갖는다는 것이다. 변화하지 않아 더 이상 부대끼지 않는다는 말이다. 인간도 생물학적으로는 그 상태다. 교육하지 않은 인간이 있다면 아마 그런 상태일 것이다. 나머지 두 가지는 보통의 인간이 가지는 일반적인 특성이다. 'i' 부분에 대입되는 문화라는 것은 교육을 말한다. 여기서의 '교육'이란 학교에서 받는 교육뿐 아니라 부모를 통해 배우는 모든 것을 포함한다. 'i∞'라는 기호 식은 인간이 앞으로 살아가면서 배워야 할 것은 무한대이다, 라는 의미에서 나온 것이다.

이 'i'에 위치하고 있는 인간은 무척 괴로운 상태에 처한 인간의 모습이 아니겠는가. 모든 정치적이고 종교적인 갈등 상황 속의 인간이다. 앞의 'I'에 위치한 인간에게도 갈등이 전혀 없지는 않다. 생물로서의 인간 개인에게 가장 큰 갈등은 죽음일 것이다. 물론 동물들에게도 죽음의 그 순간에는 공포, 경악, 자기 분열 등의 모습을 볼 수 있다. 그러나 동물들은 죽음을 당하기 직전까지는 로봇이나 마찬가지다. 적에게 덮쳤거나 적의 이빨이 자기의 목줄기를 끊고 있을 때이니 공포의 순간적인 발생과 동시에 공포의 자연스러운 소멸이다. 그런 뜻으로 인간의 입장에서 '안정'이라고 표현한 것이다.

가운데의 'i' 부분에는 그런 '안정'이 없다는 것이다. 또한 '열려 있다'라고 제시하고 있는데, 여기에서 '열려 있다'는 것은 변화를 향해 열려 있다는 뜻이고, 좋은 의미, 나쁜 의미의 변화 모두를 포함한 변화다. 기계적으로 말하면 '불안정'이라는 말이 맞고, 심리적으로 말하자면 '불안'이라 해도 된다. 인간이 왜 불안하냐 하면, 동물과 같지 않기 때문이다.

어느 날 표범이나 늑대나 하이에나나 사자가 덮치는 그 순간에는 지옥과도 같은 공포를 경험해야 하겠지만, 나는 왜 사슴으로 태어나 육식동물에 쫓겨야 하는가, 하고 깊이 명상에 잠겨 있는 사슴은 지구상에 한 마리도 없을 것이다. 그와 마찬가지로 나는 왜 그 많은 종 중에서 피 묻은 일상에 의해서만 신진대사를 하는 사자로 태어났나, 하는 원죄의식 때문에 고개를 푹 떨구고 어느 사바나의 풀숲에서 사냥을 하는 것도 잠시 잊어버리고 뜨거운 태양 아래에서 잠깐 정신착란에 빠진 사자는 지구상에 한 마리도 존재하지 않을 것이다. 그것은 컴퓨터 하드웨어가 전원이 들어가지 않은 상태에서 혼자서 작동하지 못하는 것과 마찬가지라 보면 된다.

우리의 '불안정'이라는 것은, 인류가 끊임없이 살아 있는 동안은 기계적인 반복을 생애가 용서하지 않는다는 것을 의미한다. 그것이 바로 인간의 '불안'의 기본적인 원인이다. 진보적인 인사들에게는 받아들여지기 쉽지 않겠지만, 아닌 말로 과거, 신분 질서가 아주 엄격한 시절에 농부로 태어나 농부로 일생을 마쳐서 뒷동산에 묻혔던 사람들에게는 어떤 면에서는 평화가 있지 않았을까 생각한다. 즉, 생물적인 존재로서의 인간은 문화를 일궈가면서 열려 있긴 하지만 죽음 앞에서는 늘 불안한 존재라는 것이다.

## 인간의 열린 안정 의식, 환상 주체의 구현

그래서 앞의 문제들을 해결하기 위해 어느 때부터인가 인간이 종사하게 된 제3의 행동이 있는데, 그것이 바로 마지막 'i' 부분이다. 이 영역을 '열린 안정'이라 표현하고자 한다. 여기에서 인간의 상태는 환상적 주체로서의 인간이다. 즉 '예술', '유희', '놀이'하는 능력을 가진 인간의 상태를 말한다. 그러니까, 예술은 '열린 안정'의 상태를 유지하는 매체를 의미한다.

물론 예술도 기술이나 교육처럼 시간과 공간에 따라 변화한다. 그러나 예술에 있어서의 변화라는 것은 가운데의 'i'에서처럼 자꾸 개선된다는 의미의 변화는 아니다. 인간은 죽음이라든지, 병이라든지, 달이라든지, 남이라든지, 부부라든지, 자식에 대해서 가지고 있던 어떤 신비로움을 50만 년 전부터 이미 지니고 있었다. 동물과 갈라지는 지점부터의 인간에게는 그러한 신비에 대한 감각을 현대인보다 생생하게 가졌을 것이다. 즉 옛날의 인류들은 상당히 단순한 형식의 종교적 의식이나 예술적 표현에 대해서도 강하게 반응했을 것이다. 약간의 표현을 했음에도 많은 것을 흡수하고, 조금 건드렸음에도 온 육체가 전율했던 것이다.

내가 드라마에 대해 강하고 본질적인 견인력을 느끼는 것은, 드라마라는 형식이 인간적인 내용에 대해서 시원적이고 최초이며 깊은 충격의 힘을 가진 예술이기 때문이다.

'i'에서 '열렸다.'라는 의미는, 각 시대마다 예술 작품을 발표하지만 'I'에서처럼 생물로서의 '닫힌'이라는 행복은 없다는 것이다. 시대가 변화하면서 예술에도 무슨 유파가 나타났다가 사라지고 새로운 주의, 주장이 나타난다. '열린' 상태다. 그러니까 예술에 있어 단일한 교전, 단일한 캐논은 없다는 것이다.

예술에도 역시 새것이 항상 목소리가 크다. 단, 새것 그 자체로서 새로운 예술의 권위가 생기는 것은 아니다. 조건이 있다. 새로우면서도 결과적으로 옛날이야기와 똑같은 울림을 주어야 한다는 것이다. 그러니까, 아주 새로우면서도 아주 구닥다리인, 이 두 가지의 모순을 해결했을 때의 예술 작품에 높은 점수를 주어야 하는 것이다. 그런 의미에서 새롭지만 무한대의 새로움이라는 것에 대한 끝없는 불안을 해소해 주지는 못하는 'i' 경우에서의 새로움은 아닌 것이다. 역사의 끝으로 가면 진정 유토피아가 있는지, 죽음 후에 극락이 과연 있는지, 문화를 겹겹이 덧씌워도 그것은 언제나 불투명할 수밖에 없을 것이다. 원시의 인류는 극락이 있으리라고 여겼다. 그들은 죽은 다음에 극락으로 가리라 믿었다. 그래서 그들은 무덤에다 미리 옷을 넣고, 식량과 그릇을 넣었다. 당시의 문화는 '열려' 있는 '안정'을 가졌던 것이다. 당시 사람은 죽음을 잠을 자는 것으로 받아들였다. 졸리면 잠을 자야 하듯이 육체에 한계가 오면 의당 쉬어야 한다고 여겼다. 지금의 인간들도 깊은 무의식으로는 그런 감각이 있을 텐데, 교육을 받은 현 상태로서는, 자신만은 안 죽을 것이라는 잡된 생각이 한구석에 있다.

그러나 그것은 결코 실현되지 못할 것이다. 그 사연 두 가지, 피할 수 없는 운명의, 있으면서도 보려 하지 않으며, 그런데 실행해 보려는 그 갈등, 그 원초적 표현이 바로 드라마라는 형식이 아닐까, 그에 가장 어울리는 예술 방식이 드라마가 아닌가, 나는 그렇게 생각한다. 옛날에는 그 갈등을 종교적 의식으로 해결하려 했다. '열린 안정'을 주는 'i'를 둘로 다시 나누면, (+)와 (−)로 표시할 수 있다. (+)는 종교라는 것에 대입시킬 수 있고, (-)는 유희라는 것에 대입시킬 수 있다. 만일 내가 목사여서 내세는 정말 있다. 진정 천당은 있다고 한다면 신자들은 믿을 것이다. 예술도 그렇다. 예전의 예술은 종교에 휩싸여 있었다.

'열린 안정'이 종교에서는 (+)로 작용한다는 의미는, 인간이 종교적 신앙에 계속 몰두하면 내세에는 안정이 있다는 것과 같다. 안정의 티켓을 플러스로 발행한다고 할 수 있겠다. 교파마다 이름은 약간씩 다르지만 이 경우 확실히 지불하기로 약속한 '열린 안정 보장 티켓' 일 것이다. 그런데, 예술은 열린 안정을 제공하는 향정신성 안정제 이되, 마이너스라는 것이다.

예술이론에서, 예술에 대해 큰 범주로 나누고 있는 '유희'라는 것이 내가 지지하는 예술 개념이다. 아무리 심각한 이야기라 할지라도 예술은 형식적 의미로는 '유희'라는 것이다. 지금의 인간에게는 유한의 불안을 해소하게 해 준다는 보장을 찾을 수 없다는, 최종적인 구원이라는 것은 이제는 이성을 가지고는 기대하지 않기로 하겠다는, 인류의 문명의 주기에 도달한 경우의 인간인 경우, 몸이 너무 피로하면 잠시 눈을 붙여야 하지 않겠나.

### 죽기 5분 전, 부르는 노래

5분의 휴식 시간이 끝나면 마지막으로 공격해야 하는 돌격대원들이 있다 치자. 그들은 5분의 휴식 시간에 담배를 한 대 피우면서 '화랑담배 연기 속에'와 같은 시시한 군가라도, '울고 넘는 박달재'와 같은 유행가라도 부르지 않을까? 죽기 5분 전에 한마디 부르는 '노래', 그러니까 '담배 한 대 죽기 오 분 전에 울고 넘는 박달재'가 바로 예술이다. 그보다 훨씬 장엄하고 권위적인, 어떤 경우에는 종교의 모자 같은 것도 엉터리로 쓰기도 하겠지만, 그것 또한 5분간의 휴식 시간에 피는 담배 한 대와 같은 효능을 인간에게 제공할 것이다. 그것이 바로 예술이다.

(선생님은 예술이론에 대한 압축된 강연을 마치고 당부의 말씀을 하셨다.)

우리 학교, 우리 과에서 공부해서 개인의 인생에 어떤 보상을 받은 사람들은 본인도 유쾌할 테고, 세상도 축복해 주었으니 우리가 더 바랄 게 없다고 생각한다. 그렇지만 그러한 형식적 기회에 꼭 맞지 않는 모든 졸업생들에게, 특별히 나는 그 문제에 대해 너무 과하거나 심각하게 생각하지 말아 달라 당부하고 싶다. 언젠가 텔레비전에서 지하철 역무원이 시집을 출간했다고, 행복해하는 그의 모습을 보고 생각하는 바가 많았다. 그런 인생이 가장 훌륭하다는 결론을 내렸다.

나는 '청년들이여 야심을 가져라.', '욕망에 따라 살라.'라고 적극 권유하면서, 동시에 그렇게 욕심을 부리지 않는다고 해서 생애가 크게 잘못되지는 않는다, 라고도 말하고 싶다.


선생님의 강연이 끝나자 박수와 환호가 드라마센터를 오래도록 울렸다. 이어서 《교실》이라는 제목의 소설책을 제자가 선물했다. 소설가 제자들의 선생님 퇴임기념 헌정 소설집이다.

드라마센터 안팎에서의 기념촬영 후 선생님 모시고 퍼시픽호텔 뷔페에서 연회의 시간을 가졌다. 선생님은 아침부터 저녁까지 즐거워하셨다. 피곤해 보이지 않으셨다.

# 손님 아버지

2003. 6.

오랜만에 화창하다. 기말고사 기간이어서 강의하러 춘천에 가지 않아도 된다. 리포트 제출이다. 나중에 첨삭하기 바빠도 한 주 동안의 시간은 온전히 내 것이다. 나는 음악을 듣다가 시를 읽으면서 학교 일로부터 떠나려 했다.

떠날 수 없었다. 지난 강의시간에 언급했던 웨인부스의 《소설의 수사학》, 4장을 확인해야 했다. 내가 학생들에게 제대로 전했는지 문득 생각이 나며 학생의 질문이 귓전에 맴돈다.

— 교수님, 그렇다면 작가는 독자로부터 자유롭지 못합니까?

그 학생은 늘 수업 후반에 질문을 했다. 엉뚱한 질문이 많았지만, 날카로운 것도 꽤 있었다. 나는 《소설의 수사학》에서 발췌한 문장을 칠판에 적어 두고 설명했었다. '문학의 비순수성'이란 제목 하에 언어예술의 본질에 대해 접근해나갔다. 음악에 비교하여 문학은 그 기호의 성격상 음악처럼 순수하게 감정을 전하기 어렵다는 요지였다.

— 기호 자체가 감정이 응축돼 있고, 기표와 기의가 분리되지 않는 음악의 기호처럼 언어를 그런 상황으로 몰고 가면 문학도 음악처럼 순수하게 표현되지 않을까 합니다.

— 무의미시, 자동기술법, 비대상시 등이 그와 비슷한 시도라 할 수 있지요. 하지만 엄밀하게 봐서 그 또한 순수하지 못하다고 생각해요.

— 아리스토텔레스도 시인은 될수록 자기 자신이 직접 나서서 이야기하지 않도록 해야 한다고 말했어요. 침입적 논평은 안 된다고

했지요.

— 그렇다면 작가가 비유나 상징을 통해 정서적 효과를 만들어낸다면 예술성이 적다고 볼 수 있나요?

— 아리스토텔레스 역시 순수성이라는 추상적 법칙을 엄격하게 고수하기보다는 비극적 모방에 적합한 최대한의 효과를 원했어요. 발레리도 사고의 가장 직접적이고 가장 비감각적인 표현으로부터 어떤 일탈을 보일 때, 이 일탈들이 순전히 실제적인 세계와 구별되는, 말하자면 하나의 세계의 전조가 되어 줄 때 비로소 순수한 시적 특성이 존재하게 된다고 했어요. 하지만 그것에 따르는 분편들을 파악해 그것이 예술의 한 효과라는 한계 내에서 그것들을 다듬고 발전시켜 시로 변화시킨다고 했지요. 결국 우리의 상념과 이미지 사이, 다른 한편으로는 상념과 표현 수단 사이에 존재하는 상호 관계의 한 완전한 체계라는 인상을 줄 수 있느냐 하는 것이죠. 어쩌면 날이미지 시론이 향하는 것이 그와 비슷하다고 할 수 있겠어요.

— 소설에서도 가능할까요?

— 불란서에서 한때, '앙티로망', '누보로망' 활동이 있었죠. 그렇게 접근할 수는 있어도 그것만이 진정한 소설로서의 예술성을 담보하는 것은 아니라고 생각해요. 소설은 우리의 살아가는 이야기로, 있음 직한 이야기예요. 있는 것도 있음 직하게, 없는 것도 있음 직하게!

— 작가는 독자의 눈치를 보면 더 좋은 작품을 쓸 수 있습니까? 훌륭한 작가는 독자를 무시하는 것이 아닌가요?

— 그렇지는 않아요. 원래 예술이란 자기표현으로써, 자신의 기법을 자기 발견이라고 생각할 때 더 훌륭한 작품을 쓴다는 것은 틀림없는 사실이죠. 하지만 소설을 쓴다는 것은 최대한으로 독자에게 접

근을 가능케 하는 표현 기법을 발견하는 의미로부터 자유롭지 않아요. 소중한 주제는 작자의 소중한 내적 생활 속에 저장해 둘 것이 아니라 공공재산으로 변형시킬 의무가 있어요. 좋은 작품은 작가 개인의 이야기이지만 공동의 주제이기도 하죠.

— 작가라면 자기만 알게 써도 된다는 이야기입니까?

— 그건 아닙니다. 작가가 자기 이야기를 쓴다는 것은 결국 자기라는 독자를 향해 쓰는 것과 마찬가지입니다. 사적인 자기를 표출하는 것은 대중에게 어떤 영향을 끼치는 공적인 주인공의 발현입니다. 소설의 수사적인 것은 결국 내용과 완벽히 결합되었을 때 위력을 발휘하는 것입니다.

나는 지난 수업 때 학생과의 대화를 정리해 가면서 웨인부스의 문장을 읽어나갔다. 《소설의 수사학》은 어렵다. 문학은 어렵다.

헤드폰을 끼고 차이콥스키의 〈비창〉을 듣느라, 전화벨이 울리는 줄 몰랐다. 부재 전화가 와 있었다. 최인훈 선생님이었다. 나는 책을 덮고 즉시 선생님께 전화를 드렸다.

— 무엇하고 있었는가. 혹시 쉬는데 방해한 건 아닌가.

— 아닙니다. 책 보고 있었습니다.

선생님은 내 일정을 알고 계셨다. 학교 수업이 어느 요일, 몇 시간 있는지, 어떤 과목을 강의하는지 모두 꿰고 계시는 것 같았다.

— 선생님, 오늘 날씨가 좋습니다. 어디 산책하러 가시겠습니까?

나는 선생님을 모시며 선생님 이야기를 듣는 것이 좋았다. 교실에서 듣지 못했던 선생님의 말씀은 소중했다. 회령과 원산에서 학교 다닐 때 이야기, 피난 시절 가족 이야기, 고등학교, 대학 시절 이야기, 군대에서의 집필활동, 미국 체제 이야기 등 책에는 없는 것들이어서 더 좋았다. 선생님 개인의 생활 자체가 한국 근현대사의 흐름을 대변하고 있었다. 나는 선생님과 만나 이야기를 듣고 나면 영화 〈메멘토〉의 주인공처럼 꼭 기록해 두었다.

　나는 선생님을 찾아뵙기 전에 선생님 관련 자료를 찾아 들고 갔다. 논문이나 평론, 기사 등이었다. 그래야 나만이 듣게 되는 귀한 말씀에 대한 보답이 될 것 같았다. 선생님께서도 최근 발표된 논문이나 평문을 보는 것을 큰 즐거움으로 여기셨다. 근자에 서울대에서 나온 학위논문이 좋아 보여 찾아서 출력해 둔 원고가 있었다. 이번에는 그것을 들고 가야겠다.

　— 오늘은 날씨가 좋구나.

　— 네, 선생님. 가까운데 드라이브라도 하시죠.

　— 그래, 자네가 괜찮다면…. 어디 갈까…, 지난번에 갔던 그 고서점 어때?

　— 네, 가시죠.

　선생님을 모시고 의정부 고서점을 가본 적이 있다. 일본 책을 많이 소장하고 있는 헌책방을 발견해 한 번 모셨는데, 거기 가고 싶어 하신다. 서울역, 홍대, 동대문 등 다른 헌책방도 많이 가보았는데, 요즘 선생님은 유독 그 집만 원하신다. 그 집 주인이 선생님 연배여서 그런가 보았다. 주인은 선생님을 고등학교에서 철학 과목을 가르치다가 퇴임한 교사로, 나를 선생님의 아들로 알고 있었다. 선생님이 일본어판 《자본론》을 구입하셔서 주인이 그런 맥락으로 연관 지어 혼자 스스로 말했는데 우리가 수정을 하지 않아서 그런 줄 알게 됐다.

　주인의 책상 위에는 그가 소중하게 여기는 듯한 책들만 노끈에 묶여 있었다. 거기에 《최인훈전집》 초판본이 있었다. 선생님은 혹시 그 전집이 팔렸나 확인해 보고 싶으신 것은 아닐까.

　─ 의정부 고서점으로 모시겠습니다.

　선생님과의 여행은 고서점 가는 길이 된 듯하다. 북한산 봉우리를 어깨에 둘러치다가, 송추 계곡 사이를 돌고, 장흥 가로수길을 넘으면 의정부였다. 승용차로 도로를 밀치며 가는 40분 동안 선생님은 내게 여러 이야기를 해 주셨다.

　─ 세월이 참 빨라. …무엇무엇을 잘 알려면 한평생이 흘러야 한다는 말, 자네는 그 말뜻을 아는가.

　─ 선생님께서 몇 번 이야기하셨습니다. 《화두》에서 쓰셨고요. 순대 맛을 제대로 알자면 평생이 걸린다,고 하셨습니다.

　─ 그래….

　차창 밖을 바라보시는 선생님, 흰 머리칼이 바람에 날리고, 햇살에 스쳐 맑아지는 얼굴이었다. 희미한 미소 담은 표정이 사진에서 뵙던 젊은 시절의 선생님이시다.

　─ 나는 법학대학을 제대로 마쳐야 했어. 한 학기 남기고 졸업 못하게 됐다는 내 말을 들은 아버님 심정이 어떻겠어? 그 심정, 평생이 걸려 알게 되네.

　선생님의 깊은 회한을 또 접하게 된다. 선생님께서는 서울대학교 법학과 미졸업자라는 사실에 큰 짐을 안고 살아오셨다. 《화두》에서도, 연보에서도 유독 그 문장에 무거운 그림자가 드리워져 있었다.

　─ 선생님, 최고의 소설가로 남으셨습니다. 작품은 후대에 남으실

것입니다. 후학들이 선생님 작품을 연구하고 공부할 것입니다.

— 아버지가 꼬박꼬박 대준 등록금을 제대로 갚지 못했지. 장남으로서 조카들 결혼할 때 목돈 한번 쥐여주지도 못했고….

서울대 법대 재학 중에 사법고시 합격해서 고급관리가 되거나, 변호사 개업해서 돈을 벌거나 했으면 가족에게 힘이 돼 주었을 텐데, 그러지 못한 자신을 한탄하는 선생님의 모습을 몇 번 보았었다. 선생님의 가족에 대한 안쓰러움은 작품에서도 여러 형태로 표현되었다.

— 선생님, 《화두》에서 화자의 가족에 대한 안타까움이 잘 드러나 있습니다. 《서유기》에서도 무겁게 은유하고 있고요.

— 그런가, 나는 아무리 털어놓아도 가벼워지지 않더라고…. 오늘은 헌책방에 가지 말고 자네 집에 가는 게 어떤가.

— 그렇게 하십시오.

선생님은 처음부터 우리 집에 오시고 싶으셨던가 보다. 미리 이야기하면 여러모로 번거로울까 봐 이렇게 즉흥적인 듯이 오시려 했나 보다.

— 집에 아무도 없을 겁니다. 드실 것도 없을 텐데…. 시장하시면 가다가 음식점으로 모시겠습니다.

— 아냐. 그냥 라면 하나 끓여 먹지. 자네, 라면 끓일 줄 알잖아.

언제나 그런 선생님이셨다. 위생상의 문제도 믿지 못하셨고, 외식은 낭비라고 생각하시는 편이셨다.

집에 와서 나는 식사를 서둘러 준비했다. 요즘 메밀국수를 만들어 먹는 재미에 빠져 있었다. 아내와 아이는 내가 만든 메밀국수를 좋아했다. 간단했다. 국수만 시간 맞춰 삶아내면 됐다. 소스가 중요한데, 나만의 맛을 개발한 상태였다. 김칫국물에 고추장을 약간 풀고

파인애플을 갈아 섞어놓으면 메밀에 어울렸다. 슈퍼마켓에서 국수를 살 때 백세주도 한 병 사 왔다.

메밀국수를 뚝딱 만들어 선생님께 백세주와 함께 드렸다. 선생님은 한 그릇을 비우시더니, 또 한 그릇을 만들어달라 하셨다. 국수를 안주 삼아 백세주도 한 잔 두 잔 드시더니 한 병을 금세 비우셨다. 집에 매실주도 담가놓은 게 있어 내놓았다.

— 선생님 맛이 괜찮으신가요?

— 그래, 오랜만에 맛난 국수 먹어 본다. 백세까지 살라고 백세주도 마시고…. 고맙네.

— 선생님 만수무강하십시오.

나는 선생님 술잔이 비워지면 채우고, 비워지면 채웠다. 선생님은 김치도 맛있다 하시며 젓가락을 계속 김치로 가져가셨다. 과식, 과음하시는 게 아닌가, 걱정됐다.

— 내 DNA, 정신의 DNA를 받은 제자를 둬서 행복하다. 자네가 내 DNA 복제자야.

뺨과 코가 발그레해진 선생님께서 즐거우신 듯해서 나도 기뻤다. 오래오래 건강하게 곁에 계셔서 많은 가르침 주십사 속으로 빌었다. 〈아이오와 강가에서〉라는 노래를 불러 드리면 어떨까, 좋아하실까, 어색해하실까 고민 중에 아내와 아이가 현관을 열고 들어왔다. 아내는 아이를 데리고 서울 연신내까지 출퇴근하고 있었다. 작은 거실이 꽉 찼다.

— 선생님 오셨어요? 뭐 좀 맛난 것 드시게 해야 했는데….

아내는 밥상을 바라보고 눈을 찌푸렸다. 죄송스러움이 가득한 눈빛이었다. 어쩔 줄 몰라 하는 아내를 안심시키려 선생님이 국수와 김치를 드신다.

— 정말 맛있구나. 이런 맛난 것 처음이야.

취기가 오르신 모습이었다. 선생님의 말씀에 웃음이 자주 들어간
다. 선생님의 이런 모습은 처음이었다. 그만큼 가깝게 생각하신다는
의미였다. 아버지 같은 선생님, 시아버지 같은 손님이 선생님이셨
다. 선생님의 어린 시절 에피소드도 아주 가까운 사이 아니면 선생
님은 들려주지 않으셨을 것이었다.


…초등학교 3학년 때였다. 나를 괴롭히는 친구가 있었다. 그 급우
는 덩치가 크고 나이도 많아 학교에서 싸움으로 1등이었다. 시쳇말
로 '짱'이었다. 그 학생은 많은 아이를 괴롭혔다. 먹을 것, 입을 것,
심지어는 돈도 빼앗았다. 그래도 누구 하나 그 아이에게 덤비지 못
했다.

어느 날 내가 새 운동화를 신고 학교에 왔는데, 그 친구가 내게 그
신발을 벗어달라고 했다. 나는 다른 것은 몰라도 그 신발만큼은 벗
어 줄 수 없다는 생각이었다. 늘 부당하고 불의하다고 여기던 터에
그가 신발을 빼앗으려 달려들자 나는 그의 뺨을 한 대 후려치고 뒤
돌아 냅다 달렸다. 집까지 달리며 한 번도 뒤를 돌아보지 않았다. 그
가 쫓아오는지 마는지, 그저 앞만 보고 죽어라 뛰었다.

집에 도착하고 대문 안으로 들어서 숨을 몰아쉬고 간신히 돌아보
니, 그 악동은 없었고, 신발도 없었다. 언제 신발이 벗겨졌는지 모르
고 나는 맨발로 뛰어왔던 것이었다.


선생님은 동화구연을 마치시고 활짝 웃으셨다. 몇 없는 치아 사이

로 무지개가 피어올랐다.

— 내가 얼마나 겁이 많은 사람인지, 자네들은 모를 거야.

— 겁이 없으셨습니다. 대단한 용기셨어요.

아내와 아이, 그리고 나는 선생님을 따라 웃었지만 왠지 울어도 상관없을 것 같았다. 선생님의 소심함은 어쩐지 슬픔을 피워냈다. 선생님의 단편 〈7월의 아이들〉이 문득 떠올랐다. 그리고 《화두》에서 취사병으로 군 복무하던 병사가 왜 장교 시험을 치렀는지 알 것 같았다.

선생님께서 이제 그만 가야겠다고 하시며 일어섰다. 취기로 약간 휘청이셨다.

화정 가는 길이 고요했다. 선생님은 코를 골며 주무셨다.


사람 말고는 이 세상 모든 물질이 시간이 흐르면 자기도 변화한다. 지난해 봄을 기억하는 나무는 없을 것이다. 나이테라는 것들이 자기들끼리 옛이야기를 주고받을까. 새 나이테가 낡은 나이테가 겪었던 비바람이며 햇살을 자기 것으로 저어올릴까. 아마 그렇지는 않다. (…) 그렇게 만드는 힘이 기억인데, 그 마찬가지 인간의 힘이 그 슬픔을 이기게도 한다.[165]

# 이태준

2003. 7.

선생님께서 전화하셨다. 그렇지 않아도 전화를 드리려던 참이었다. 아침에 문창과 학과장님으로부터 전화를 받았다. 문창과 2학년 〈소설이론〉 과목을 강의해달라는 것이었다. 최인훈 선생님의 강의였는데, 선배님들이 돌아가며 강의해오시다가 내게까지 차례가 왔던 것이었다. 그 일에 대해 선생님께 말씀드려야 올바른 처신이라 생각들었다. 선생님께서 별일 없냐며 말씀하셔서, 나는 별일 있다고, 학교 문창과 강의 의뢰 건에 대해 말씀드렸다. 찾아뵙겠다 하니, 아무 때나 오라 하셨다. 선생님과 선배님들의 강좌를 이어받는 마음이 무거웠지만 발걸음은 가벼웠다. 화정 아파트에서 선생님은 밝게 맞아주셨다.

— 가을학기부터 〈현대문학특강〉을 강의하게 됐습니다. 선생님의 과목을 선배님들이 물려받아 강의하다, 제 차례가 되었습니다. 선생님의 강의여서 연속성이 있어야 할 듯싶습니다.

— 연속성이 있으면 좋겠지. 무슨 계획이 있는가.

— 우리 때는《소설가 구보 씨의 일일》을 읽었습니다. 그 책이 좋았습니다. 저도 구보 씨의 일일을 독해하면서 설명하고 싶습니다.

— 수업이 몇 시간인가.

— 2시간입니다.

— 난 3시간이었다.《이태준 단편집》을 읽어나갔지.《이태준 단편집》이 2권 있는데, 한 학기에 한 권씩 읽어나갔다. 한 권을 모조리 다룬 것은 아니고, 선별해서 강독했어.

— 깊은샘출판사에서 나온 것 말씀이군요. 1930년대 작품들인데,

요즘 학생들이 어떻게 읽는지 궁금합니다.

— 이태준 단편은 비교적 길이가 짧지. 짧으면서도 깊이가 있어. 요즘처럼 별 내용 없이 길게 늘이지도 않았어.

— 이태준 선생의 단편에 대해 상허 학회지에 발표된 논문을 몇 편 읽어보았습니다. 〈해방전후〉, 〈복덕방〉 등 당시 상황을 담담하게 그려냈다는 평가가 있습니다.

— 그렇지. 이태준의 문장이 단단해. 각 편마다 주제가 분명하고. 그 당시의 분위기에 대해 알고 있으면 더 좋은 감상이 될 거야.

— 1930~40년대의 상황을 선생님만큼 잘 아는 분이 없지요. 당시의 경제, 정치, 문화에 대해 요즘 작가들은 거의 모릅니다. 알아도 책에서 얻은 정보 정도고요.

— 그래. 해방 전의 세태를 알아야 한다. 해방 전의 한국문학의 위상도 알아야 하고. 해방 전 한글로 씌어진 소설의 문맥을 파악할 수 있어야 하겠지. 어떤 의도이고 어떤 분위기인지 하는 문제가 중요해. 그것이 없다면 작품 감상은 절반밖에 않은 것으로 나는 본다.

— 이태준 작가에 대한 평가는 대체로 문체가 좋다는 것입니다. 리얼리즘 계열이면서도 기법이 독특하고요.

— 그래. 그의 작품에 대해 많은 사람들이 긍정적으로 보고 있다.

— 구인회의 멤버이기도 했고요. 구인회 중에서 복고적이고 순수하고 담백하다는 평론이 있습니다.

— 그런 평가는 이태준의 수필에나 해당되는 것일 테다. 그러나 그렇지 않다는 것을 나는 강의하면서 알게 됐다. 이태준은 사회적인 관심이 지대한 사람이었다. 소설작품도 순전히 그런 문맥에서만 썼다. 그런데, 그것이 일제 강점기였기 때문에, 1970~80년대나 자네

시대처럼 할 말 다하는 식이 아닌, 당시의 상황으로는 그렇게 이야기할 수 없을 텐데, 하는 부분을 교묘히 예술적으로 승화하고 있단 말이야.

— 압력이 상당해서 작품화하기 어려웠을 것을, 그런 내용을 작품으로 형상화하려는 노력이 지대했나 봅니다.

— 그렇다. 사회적인 의식이 서정으로 나타난 경우라 할까. 이런 식의 표현도 약한 것이다. 서정을 빌어서 사회의식을 표현했다는 것도 아니고…. 뭐랄까. 이태준 작가의 삶이 당대의 모습과 어우러진 이태준의 문장으로 나왔다는 것이다. 그것은 그가 처한 당대의 한국 사회를 머리에 떠올렸을 때 비로소 빛이 나는 것이다. 그의 모든 작품이 그렇다.

— 그 시대적 배경을 선생님께서는 더욱 잘 아시니 말씀이 더 주옥같았겠습니다.

— 나는 이태준 소설을 강의하기 편했다. 그리고 불가불 옛날이야기를 하게 되고, 다채롭게 해방 전후를 끌어낼 수 있었다. 특히 해방 이전의 상황에 대해 학생들이 관심을 가지게 되기를 희망하면서 수업을 끌어갔다.

— 이태준 선생의 단편은 작품의 완성도뿐 아니라, 해방 전의 사회상황에 대해 감지하게 하는 역사교육서로도 좋은 소설이라고 생각합니다. 선생님께서는 그 이중의 교육 목적이 있으셨다는 생각입니다.

— 그렇지. 이태준의 작품을 강독할 때 해방 전후의 사정을 나는 잘 알기에 무궁무진하게 이야기할 수 있었다. 그리고 그의 단편은 단단하다. 주제가 명확하고, 플롯이 분명하고, 문장이 간결하고, 서

정적이면서 상징적 맛도 있다. 그 당시엔 강력했을 것이다.

— 저도 그런 강의를 듣고 싶습니다. 당대의 문맥을 현장에서 체험했던 선생님한테서 듣기가 어디 쉽습니까. 그 강연을 기록으로 남겼으면 얼마나 좋을까, 생각합니다.

— 나로서는 종횡무진, 무궁무진 그 시절을 이야기할 수 있었다.

— 저는 선생님처럼 이태준 작품 바깥의 것을 이야기해 줄 수 없을 것입니다. 그런 측면을 잘 모르니까요. 저도 《이태준 단편집》, 깊은샘과 동아출판사 것을 갖고 있습니다. 몇 편 읽었습니다. 시적 함축어도 많이 쓰고, 잘 짜여져 있으면서 깨끗한 것이 특징이었습니다. 당시 분위기도 어렴풋하게 알 수 있고요.

— 그는 이효석처럼 서정적이기만 하지 않아. 토속을 주장하지도 않고. 시사적이야. 서정적이라고, 표면적으로만 보아서는 안 되는 사회와의 밀착성이 강한 작품들이지. 자네 강의에 텍스트로써 활용하기에 난점이 있을 것이다. 그 당시를 조사해서 알려 주면 되겠지만 한계가 있겠지.

— 이태준 작품보다는 제가 수업받았던 것을 이어서 후배들에게 전한다는 의미로, 선생님의 문학론, 예술론, 소설론을 기본으로 하면서, 작품은 《화두》나 《소설가 구보 씨의 일일》을 읽어나가면 어떨까 구상해 봅니다.

— 그럴 수 있다면 좋겠다. 그것이 나는 이상적이라고 생각한다. 학통, 학풍이 필요하다. 그런데, 그것도 쉽지 않을 것이다.

— 현대작가들의 최신작을 뽑아 분석하는 식의 강의는 어떨까 생각해 봅니다.

— 많은 작가를 하는 것, 모둠냄비 같은 것은 산만해질 우려가 있

다. 많은 문화강좌 같은 데서 다 하는 것이 그런 것이지. 그보다는 중심이 있고, 소재는 한정됐더라도 깊이가 있는 것, 그 문제에 대해 자세히 알아서 설왕설래할 수 있는 것으로…. 많이 고민해 보아라.

― 네.

내가 마음대로 강의하는 내 학과목이라면 나는 후배들과 《소설가 구보 씨의 일일》 강독하고 싶었다. 내가 받았던 예술가로서의 선생님의 훈기를 충분히 나눠 줄 수 있을 것 같았다. 아니, 더 열정적으로 지도하리라 마음먹고 있었다.

선생님 댁을 나서는데, 선생님께서 내가 지난번 스치듯 했던 책을 가져다주기를 바라셨다. 총기가 대단하셨다. 그쪽에 관심이 많으시기도 했다.

《중국조선족역사산책》. 연길 사회과학원 소속 평론가가 지도교수 측의 지원을 받아 만든 꽤 두툼한 책이었다. 박사과정 초, 나도 교정에 참여했던 기억이 있다. 그 책이 출간되었다는 이야기를 지난번 흘리듯 말씀드렸는데, 선생님께서 제목을 또렷이 기억하고 계신 것이었다. 나는 다음에 뵐 때 갖다 드리겠다고 하고 현관을 나섰다.

# 조선족역사

## 2003. 7.

선생님 댁에 가서 《중국조선족역사산책》을 드렸다. 그리고 《소설론 특강》 강의계획서를 보여 드렸다. 주 교재는 선생님의 《소설가 구보

씨의 일일》이었다. 내가 학생들에게 나누어 줄 나의 분석표가 구보
씨 12장까지 있었다. 선생님은 꼼꼼히 오래 살펴보셨다.

| 第一章 느릅나무가 있는 風景 | |
| --- | --- |
| 배경 | 1969년 11월 하순 아침 – 9시 30분 – 10시 – 정오 즈음 – 1시 – 아파트 하숙집 – 자광대 학보사 – 대학강당 – 퇴계로음식점 – 여성낙원사 – 2시 즈음 – 5시 30분 '9'다방 – 성북동 '유정' |
| 플롯 (핵,주변사건) | 하루의 시간진행 – 공간에 의한 사건 발생 무의지적 기억과 소설가의 내적독백에 의한 쟁점 논증적 표출 |
| 부인물 | 오적(시인, 자광대 학보 주필), 이동기, 김관(시인, 평론가), 이홍철(동향작가), 남정우(필화작가) |
| 화자 | 서술자 – 구보 – 화자 – 초점화자 ↓ (내적독백) |
| 소도구 | 까치(소식–시집 제목), 커피, 느릅나무 잎새, 병아리 |
| 주제 | 예술에서의 추상 / 구상의 관계, 실향 소설가의 슬픔 |

| 第二章 昌慶苑에서 | |
| --- | --- |
| 배경 | 어느 봄날 1시 5분 – 창경원 – 동물원 – 식물원 |
| 플롯 (핵,주변사건) | 창경원 동물을 통한 예술가의 사색 |
| 부인물 | 없음 |
| 화자 | 구보 – 화자 – 초점화자 |
| 문장유형 | **논증 우위의 묘사** |
| 소도구 | 공작, 칠면조, 낙타, 사자 |
| 주제 | 재귀 |

— 정리가 잘돼 있다.

《중국조선족 역사산책》도 이리저리 살펴보신다. 연길 지역의 지도
와 화보가 있는데, 어떤 지역 소개는 오래 들여다보신다.

— 강의는 어렵지 않게 하면 되겠고…. 연길은 우리 항일의 역사
가 집약된 곳이다. 우리 민족 문제의 상징이 그쪽이라 볼 수 있다.

선생님께서는 연변 이야기만 나오면 음정이 높아지신다. 박자도
빨라지신다.

— 민족이 연변으로, 연해주로 갈 수밖에 없었던 이유를 알고 있
잖아. 거기에서도 우리의 삶이 있었고, 우리의 문학이 있었다. 일본
과 전투를 하면서 삶도 이어갔고 글도 썼다.

선생님의 관심은 북한과 연길의 우리 문학 상황이었다. 지난번에
북한학자를 통해 가져다드렸던 《조선문학사》도 그런 관심의 일환으
로 보였다.

— 토속을 샤머니즘으로 보거나, 서정을 빙자한 친일시를 써대는
그런 사람들과는 다른 면이 있다.

선생님은 연길에 한 달만이라도 체류하고 싶다고 하신다. 가서
《소설가 구보 씨의 일일》을 또 써야겠다고 하신다.

— 그렇게 하시면 좋겠습니다. 선생님께서 연길에 가셔서 현재의
우리 민족 모습을 보시고 우리가 가야 할 방향을 제시해 주셔야 합
니다.

나는 다른 사람보다 선생님께서 연길에 가셔서 체험하고 글로 써
주셔야 한다고 몇 차례 말씀드렸다.

# 산정호수

## 2003. 7.

더웠다. 복날이어서 더욱 더운 느낌이다. 선생님으로부터 전화가 왔다. 지난번 가져다드린 책을 모두 읽으셨다며, 소감을 나누고 싶으시단다. 나는 선생님께 달려갔다. 선생님 과목을 강의하는 준비도 말씀드려야 했다.

댁에는 선생님 외엔 아무도 없는 듯했다. 사모님과 아들이 여행을 떠나셨다고 했다. 나는 식사는 하셨는지, 않으셨으면 어디 가서 식사하시자고 말씀드렸다. 선생님은 헌책방에나 가보자고 하신다.

선생님을 모시고 의정부 헌책방을 가는 길이 익숙해져 차는 빠르게, 자연스럽게 달린다. 습하고 더운 바람이 들어와도 선생님께서는 창문을 빼꼼히 열고 차창 밖을 바라보신다.

— 자네가 갖다준 책을 다 읽었다. 청산리전투 부분을 자세히 알고 싶었는데, 너무 간단하더군.

— 그쪽에서 발행하는 역사책은 왜곡된 부분이 많습니다. 언젠가 제가 필요해서 발해사 연구를 찾아보았는데, 영 아니었습니다. 중국 학자들은 발해가 자기들 역사라고 합니다.

— 그렇겠지. 그런 맥락으로 연변을 바라보고 있을 거야. 건강이 될 때, 꼭 가보고 싶은데…. 그쪽은 어떤 의미에서는 해방구라 할 수 있어. 항일전투도 많았고, 우리는 그것을 누락하고 중국에 순응하고 있는 느낌이야.

— 선생님, 우리 젊은이들은 중국을 우방으로, 중장년층은 미국을 우방으로 생각하는 편입니다. 선생님 생각은 어떠신지요.

— ….

선생님은 답을 않으셨다. 잠시 침묵하시다 입을 여셨다.

— 우리의 우방은 우리여야 할 거야.

선생님은 오늘은 헌책방 말고 다른 곳에 가고 싶어 하신다. 산정호수에 가보시겠냐고 여쭈니, 좋다고 하신다. 식구와 몇 번 가본 적이 있다. 포천 안쪽, 이름 그대로 산정에 호수가 있는데, 장관이었다. 찾아오는 사람이 많아 북적이긴 했어도 아이와 아내가 좋아했다.

가는 길에 선생님께서 여러 질문을 하셨다.

— 지난번, 강의계획서를 잘 읽었다. 학생들에게 공들여 강의 준비하고 열심히 가르친다는 인상을 주거라. 선생들과도 교류를 자연스럽게 해 나가고. 겸손하고 너그러운 마음으로 다른 선생들과 사이를 좋게 해 나가거라.

— 네, 선생님, 그런 말씀까지 해 주셔서 감사드립니다. 이번 기회는 제게 더없이 좋은 행운입니다. 교재는 선생님의 《소설가 구보 씨의 일일》로 올렸습니다. 구보 씨의 일일은 소설가가 쓴 소설론, 소설 창작기법 등이 담긴 실제 작품이기 때문에 교과목에 적합하다는 것을 강조할 생각입니다.

— 《구보 씨의 일일》은 30년 전의 소설이어도 지금 많은 전위적인 작품에 비해 낡은 느낌이 없다. 그래서 이런 작품을 수업에 쓰는 것이 적절하다는 것을 주지시켜라.

— 네, 알겠습니다.

— 그런데, 한 시간에 한 장(章)씩 하기에는 시간이 모자라지 않을까? 나는 예전에 한 페이지, 혹은 두 페이지를 강독했지. 설명도 하고. 강사 하기 나름이겠지만, 두 시간 동안 한 장(章)을 나가기 쉽지

않을 텐데…

— 핵심어 위주로 읽을 생각입니다. 관련된 서사 요소도 설명하고요.

— 음… 그것도 방법이겠지. 첫 번 장(章)의 경우 자네 도표에 있듯 '추상/구상'이 맞아. 자네가 내 문학세계를 잘 따라온 증거라 할 수 있다. 《소설가 구보 씨의 일일》은 예술가소설, 소설가 소설, 교양소설, 성장소설이라 할 수 있는 작품이다. 소설이 뭔가를 생각하는 것으로 소설이 된 소설이다. 1장, 그 페이지, '추상/구상'에 많은 부분이 집약돼 있다. 그 부분이 마치 DNA와 같은 부분이다. 거기에 내 문학론, 예술론, 사상의 핵심이 다 들어 있다. 음악으로 한다면 주제선율이라 할 수 있다. 전체를 가늠하는 등불과 같은 경우다.

— 네.


요즘 그 부분을 해석하고 있다. 그 부분은 특별히 모든 단어가 한자로 이뤄져 있어 학생들이 어려워할 것이었다. 구체적인 해설이 필요했다.

어느새 산정호수 입구까지 왔다. 병풍처럼 둘러선 나무들, 그 사이사이로 흐르는 구름. 보는 것으로도 시원했다. 나는 산정호수 주차장에 차를 세워놓고 선생님 뒤를 따랐는데, 선생님이 자꾸 내 뒤에 계셨다. 나는 선생님 그림자도 밟지 말아야겠다는 생각대로 조심스레 선생님 뒤를 따르려 했지만, 선생님은 내가 앞장서는 게 좋겠다 하시며 내 뒤에 계셨다. 나는 천천히 호수를 돌았다. 호수를 한 바퀴 정도 걷다가 선생님과 나는 벤치에 앉았다.

말없이 호수를 바라보시는 선생님, 고요 속에서 누군가의 푸념이 들려왔다. 선생님의 웅얼거리는 목소리였다. 아버지에게 잘못했다는 선생님의 혼잣말씀이 들려왔다.

　아버님과 나는 물에서 나와 우산 밑에 와서 앉았다. 우리는 헤엄을 칠 줄 모르는 한 쌍이었다.(……) 우리는 동생들이 돌아와서 아내와 아이들과 어울려 깊지 않은 곳에서 튜브에 매달리면서 놀고 있는 것을 바라보았다.
　대서양이었다.
　두만강 상류 수원지 부근의 백두산 원시림에서 호랑이가 눈 위에 발자국을 남기면서 찾아오는 산판에서 살림을 일으켜 H읍에서 조촐한 성공을 이루어낸 것도 잠시, 피난 살림으로 남한 각지를 이리저리 옮겨 다닌 끝에 마침내 바다를 건너 이 지구상의 또 하나의 바닷가에 와 있는 것이었다.[166]


　아버지…. 산정호수를 바라보시는 선생님의 눈빛이 뜨거웠다. 호수가 끓는 것 같았다. 그늘에 있어도 더웠고 습했다. 관자놀이에서 땀이 흘러 턱으로 내려와 호수에 떨어졌다.
　포천 산정호수에서 오는 길에 선생님께서 우리 집에 들르셨다.
　나는 선생님을 거실 소파에 앉아 계시게 하고 마트에서 장을 보았다. 집에 돌아오니 선생님께서 내 방에 서 계셨다. 달마도를 바라보고 계셨다. 달마도 표구에 끼워져 있는 사진을 보시는 것이었다. 우리 집 세 식구와 어머니 사진이었다. 어머니가 해운대 해변에서 뛰시는 모습, 나와 마주 본 모습, 나의 해안 경비대 군 복무 중 첫 면회 때였다. 선생님은 내가 집에 온 줄 모르고 내 사진을 바라보고 계셨다. 오래 그렇게 계신 모양이었다.

— 선생님, 한잔 드십시오.

나는 마트에서 사 온 백세주를 올렸다. 삼겹살을 넣은 쌈을 드시며 선생님이 술을 드신다. 호수에서의 회한이 풀어지시는 듯해서 좋았다.

— 강의를 잘해 보아라. 《소설가 구보 씨의 일일》이 적당하다면 그렇게 하거라.

— 네, 선생님.

〈소설가 소설〉이야말로 어느 이론이나 기법보다 훌륭한 소설창작법 지도서였다. 문예창작과 학생들에게 알려 주어야 할 것은 그것이었다. 책을 많이 읽히고, 많이 쓰게 하는 것이 좋지만, 소설가의 창작 분위기, 창작과정의 마음 상태, 창작의 태도를 잡아주는 것이 더 중요했다.

의심 많은 마음이여 – 그대야말로 우리들의 '詩神'이다. 끊임없이 우상을 부수는 것. 그것만이 구원이다. 이끼 앉은 모든 것을 경계하라. 움직이지 않는 모든 것을 의심하라.[167]

나는 선생님으로부터 《소설가 구보 씨의 일일》을 교재로 쓰는 허락을 받아 기뻤다.

# 금강산

## 2003. 8.

지난 남북정상회담 성사 경위에 대한 특별검사의 수사가 진행되던 중에 현대아산 회장이 스스로 목숨을 끊었다. 지난해 국정감사에서 대북 지원 의혹으로 시작된 검찰의 수사, 현대 불법 비자금 운용이 문제가 돼 회장은 수사받던 중 사옥에서 투신했다.

전·현직 대통령과 재벌총수 등 국내 유력인사들과 함께 북한도 조전을 보내 회장의 죽음을 애도했다.

개인의 밀실과 광장이 맞뚫렸던 시절에, 사람은 속은 편했다. 광장만이 있고 밀실이 없었던 중들과 임금들의 시절에, 세상은 아무일 없었다. 밀실과 광장이 갈라지던 날부터, 괴로움이 비롯했다.[168]

아버지가 북한에 소를 보내고 아들 내외는 금강산 개발을 하면서 남북의 평화를 끌어가겠다는 의지를 보이던 아들 회장의 모습이 떠올랐다. 아무리 노력해도 바꾸기 어려운 이데올로기. 그 욕망의 덩어리.

어떤 시대, 어떤 계급에 태어난 인간은 제2의 혈액형이라고 할 만한 것을 가진다. 그것이 이데올로기다.[169]

# 제2병참단 세탁부대

## 2003. 8.

최인훈 선생님을 모시고 소풍을 다녀왔다. 소풍이라기보다 문학기행이었다. 《화두》의 한 배경으로 나오는 장소를 찾아가는 것이었다. 《화두》의 화자가 장편소설 심사를 위해 회사에서 마련해준 포천의 한 호텔을 가는데, 거기서 심사를 마치고 지난 군 복무 부대를 찾아보는 장면이 있다. 소설에서는 그 부대를 찾지 못하고 회상만 했는데, 선생님께서는 이번에 나와 함께 가보자 하셨다. 선생님은 소풍가는 어린이처럼 발걸음이 가벼워 보였다.

경기도 포천시 이동면 노곡리(사서함 130-19호) 제3886부대 154보급중대가 선생님의 복무 부대였다. 옛 이름은 〈제2병참단 12대대(2개중대—세탁중대, 정비중대)〉다.

11시 30분쯤에 선생님 댁에서 출발했는데, 3시 반경에 도착했다. 두 시간도 안 되는 거리였는데, 차가 밀려 4시간 동안 차로에 있게 됐다. 가는 중에 선생님께서 내 소설에 대한 독후감을 말씀하셨다. 내 장편소설과 중단편을 지난번에 드렸는데, 꼼꼼히 읽으셨다. 내 소설이 당신의 세계와 많이 닮았다고 하셨다. 나는 고교 시절 후 선생님을 뵈었고, 선생님의 소설을 읽었고, 선생님의 수업을 들었기 때문에, 그리고 그 소설들이 내게 감동을 줘서 선생님의 세계를 닮을 수밖에 없다고 말씀드렸다. 선생님의 여러 주제 의식과 '관념의 감각화'하는 문장을 나는 닮고 싶었고, 그 닮음을 자랑스럽게 생각한다고 했다.

나는 선생님께, 내 소설이 요즘 많은 독자가 찾는 여류작가들과 달라서 별로 호응이 없다고, 아쉽다고 말씀드렸다. 선생님께서 동시대의 한 여류작가 이야기를 하셨다. 그 작가의 실존이란 것이 아무런 사회, 역사적 의식 없이 자신의 고독한 현실에 대한 물음으로만 과장하는 것이 이상하다고 하셨다. 그것은 센치멘탈리즘에 다름 아니고, 지금 많은 작가가 그렇지 않은가 하셨다.

의정부를 지날 쯤, 나는 '토포필리아'에 대해 말씀드렸다. '장소애'라는 용어인데, 선생님의 '원산'이 그 개념에 해당하지 않나, 여쭈었다. 선생님은 그렇다고, 《소설가 구보 씨의 일일》의 서울 묘사도 그런 것이라고 하셨다.

그리고 새로운 반민특위 법안이 상정 중인데, 국회의원 157명이 서명했다고 하신다. 나에게 그 문제를 어떻게 생각하느냐 물으셨다. 나는 여러 난관이 있을 것이지만, 그래도 통과되어야 한다고 말씀드렸다. 선생님도 그렇다고 하신다. 그러지 않으면 정말 괴이한 나라가 될 것이라 하셨다.

이런저런 이야기를 하는 중에 일동에 진입했다. 선생님께서 시장하시다 해서 생선구이 집에 들렀다. 선생님과 나는 생선구이 정식을 시켰다. 선생님께서는 부대의 위치를 주인에게 물어보셨다. 5사단에 친구가 있어서 자주 왕래했다는 것이다. 주인은 잘 모른다고 했다. 5사단의 전화번호를 내가 114에 알아봐서 전화를 걸어보았다. 신호는 가는데 받지 않았다.

선생님과 나는 식사 후 식당에서 나와 차에 올랐다. 천천히 차를 몰아 포천으로 들어섰다. 이동 초입을 넘어서자 '포천관광호텔'이 나왔다. 나는 《화두》에 나오는 건물이 아니냐고 선생님께 여쭸다. 선생님은 약간 긴장하신 목소리로 그곳이 맞다고 하신다.

사람은 생물적 종으로서는 퇴행이 불가능하지만, 〈사회적 종〉으로서는 얼마든지 시간을 역행할 수 있다. 이 〈시간역행 능력〉은 인간의 개선을 위한 능력이자, 동시에 인간의 반사회성을 위한 능력이라는 모순된 특징이다. 자기가 거쳐온 진화의 단계는 한 사회 속에 계층적으로 공존하며, 개인의 마음속에 중층적으로 공존하면서, 조건이 주어지면 세력관계를 변화시킨다.[170]

나는 포천관광호텔 로비 앞에 차를 대고 선생님을 내렸다. 호텔은 영업을 하지 않고 있었다. 마당 아스팔트가 갈라져 있었고, 그 사이로 풀이 허리만큼 올라와 있었다. 3층 건물인데 균열한 벽들 사이로도 풀이 자라고 있었다. 선생님은 성큼성큼 로비로 들어서셨다. 로비 문이 깨져 있었다. 안으로 들어서니 냉기가 몸을 감쌌다. 오래된 먼지 냄새가 어둠 고인 로비에서 풍겨 나왔다. 나는 약간 무서웠다.

나는 조심조심 발을 옮기는데, 선생님은 어느새 2층 계단으로 오르고 계셨다. 기억이 난다며 2층으로 오르는 선생님을 쫓아 나는 계단을 밟았다. 선생님은 2층에 가서도 아무 거리낌 없이 객실 문을 벌컥벌컥 여셨다. 아, 이쯤이었나 보다. 창밖으로 계곡이 보이는, 여기 이 방에서 심사했어. 심사 끝나고 복무하던 군부대를 찾아가 보았지…. 혼잣말하시는 문장은 《화두》에서의 그 장면 그대로였다.

선생님은 희미하게 웃으신다. 선생님은 지난날의 자신을 더듬어 찾는 중이셨다. 젊은 날의 자기 모습을 거기서 발견하려 힘을 다해 회상하고 계셨다. 그리고 찾아낸 당신과의 조우에 반가움을 표하고 있었다.

호텔을 나와서 나는 선생님이 가리키는 방향으로 차를 몰았다. 부대가 계속 나왔다. 나는 차를 세우고 내렸다. 한 부대의 초병에게 다가가 5사단의 위치를 물어보았다. 선생님은 차에 남아 계시고, 나는 초병이 알려 주는 부대로 가서 2병참대대를 물어보았다. 여기저기 물어보아도 5사단 병참대대는 없었다. 사거리까지 가서 가장 커 보이는 부대로 가보았다. 자동차 정비중대였다.

거기서 물어보니, 퇴계원의 상위 부대에 예하 부대가 들어와 있는 중대가 있긴 한데, 그 부대 이름은 아니란다. 병참부대는 운천에도 있고, 의정부에도 있는데, 여기는 아니란다. 5사단은 행정부대란다. 아마 154보급중대가 아닌가, 그 이름으로 찾아보면 될 것이라 했다. 나는 무슨 말인지 잘 알아듣지 못하고, 한참을 헤매다 차로 돌아왔다. 차가 세워져 있는 바로 옆 부대에 갔다. 나는 헌병에게 병참대대를 물어보았다. 헌병은 초소 전화기로 내가 찾는 부대를 물어보았다. 바로 길 건너편 부대였다.

선생님과 나는 앞 부대로 갔다. 초병에게 방문 목적을 말했으나, 초병이 처음에는 거부했다. 외부인들은 절대 입장할 수 없다는 것이었다. 나는 사정을 말했다. 《광장》을 쓰신 선생님을 모시고 온 나의 신분을 밝혔다. 우연의 필연처럼 초병은 내가 가르쳤던 춘천의 대학 제자였다. 제자가 전화로 저간의 상황을 이야기하자, 일직사령 상사가 나타났다.

일직사령은 선생님과 나에게 친절했다. 선생님과 나를 안으로 들이고 차를 대접했다. 그리고 부대 안을 둘러보게 허락해 주었다. 선생님은 부대 행정실 벽에 붙어 있는 근무현황판을 오래 바라보셨다. 계급과 이름이 지난날과는 다를 텐데, 무언가 확인하시려는 듯 오래도록 들여다보셨다.

행정실을 나와 연병장으로 가보니, 오래된 비석이 쓰러지듯 서 있었다. 비석에는 '제2병참단 12대대'라는 글씨가 희미하게 암각돼 있었다. 고대문명의 화석을 바라보듯, 선생님은 비석을 쳐다보고 손으로 어루만지셨다. 풍화돼 흐릿한 비석 곁에서 고개를 푹 숙이고 회상에 잠긴 선생님을 보니 가슴이 아려왔다. 선생님도 가슴 아프신 모양이었다. 선생님의 눈 주위가 젖어 있었다. 어린 시절의 자신을 맞닥뜨리고 지나버린 세월에 대한 안타까움이 사무치게 다가온 모습이었다.

— 여기가 맞다. 내가 근무하던 부대 맞아. 여기서 소설 열심히 썼지.

내게 얼굴을 보이시고 말씀하시는 선생님의 눈에 눈물이 그렁그렁 맺혀 있었다.

우리는 병영 도서실에도 가보았다. 《광장》이 있었다. 한림대 졸업생이 우리 곁에 가까이 왔다. 02학번 정보통신공학부이란다. 나는 알아보지 못했다. 어떤 병사가 《광장》을 읽었다며 영광이라고 선생님과 즉석 사진을 찍었다.

일직상사는 선생님과 나를 당직사령의 사무실로 안내했다. 한쪽 벽면에 역대 중대장 이름들이 쓰여 있었다. 그들의 이름 속에는 선생님께서 말씀하시던 선임은 없는 것 같았다. 그분이 소설가인 선생님을 자랑스럽게 여겨 작업하는 데 많은 배려를 해 주었다고 하셨다. 그 중대장은 아마도 운천에 간 모양이라고 하셨다. 행정실 바깥으로 나와 부대 내무반 건물 쪽으로 가니, 커다란 세탁기들이 천막 그늘 아래 누워 있었다. 세탁중대가 맞았다. 세탁물도 뭉텅뭉텅 쌓여 있었다.

선생님과 나는 부대를 나섰다. 차를 출발하고 일동을 벗어나려는 참에 차를 멈췄다. 선생님께서 부대 견학을 허락해 준다는 게 쉬운 일이 아닌데, 라고 하시며 당직사령에게 책이라도 보내줘야겠다고 주소를 알아 오라고 하셨다. 나는 부대로 다시 향했다. 가는 길에 구멍가게에 들러 음료수도 한 박스 샀다.

나는 초병에게 음료수를 전해주고 부대 주소를 알아 왔다. 그리고 선생님 댁으로 차를 몰았다. 선생님은 지난번 텔레비전을 보니 신사임당도 당시에 노비를 많이 받았다고 하셨다. 언젠가 그 말씀을 하셨던 것으로 기억하는데, 또 하신다. 남녀평등의 생각이 당시에 더 견고했다는 것이다.

형이상학과 노예제도, 남존여비사상의 변화, 실학과 실천의 문제 등을 엮어서 말씀하신다. 《화두》의 화자를 마주하는 듯한 기분이었다.

화정에 도착하여 차를 마시고, 병참대대 상사에게 부칠 선생님의 《광장》 사인본을 받아 들고 일어섰다. 더 이야기를 나누고 싶지만 시간이 늦었다고 하시면서도 예술가소설, 소설가 소설인 《화두》와 《소설가 구보 씨의 일일》에 대한 내 의견을 재차 물으셔서 나는 노드롭 프라이의 갈래 구분을 응용해 말씀드렸다.

집에 오니 새벽 1시 30분이었다.

# 추상과 구상

2003. 9.

오늘은 안산에서 강의하고 왔다. 〈소설론 특강〉 첫 수업이었다. 다녀와서 잠깐 눈을 붙이고 있는데, 선생님으로부터 전화가 왔다.

— 있구나, 뭐 하는 중이었는지, 방해가 안 됐으면 좋겠는데….

— 아닙니다. 선생님. 그러잖아도 선생님께 전화 올리려 했습니다.

— 예대 수업했지?

— 네, 선생님, 〈소설론 특강〉 첫 수업을 했습니다.

— 어떤 식이었는지 궁금하구나.

— 〈소설가 구보 씨의 일일〉 1장 진도 나갔습니다. 전부 꼼꼼히 읽지는 않고, 부분을 읽고 설명하는 식이었습니다. 그리고 그와 관련한 서사이론도 공부하고요. 1장의 내용 중 구보 씨의 슬픔, 관념의 감각화 기법, 구보라는 인물의 처지에 관해서도 이야기했습니다.

— 구보 씨의 처지라면?

— 그는 실향민이고, 홀아비 소설가…. 소설 쓰는 일로 하루하루를 보내는 사람의 상황을 이야기했습니다. 그런 사람의 송진 같은 슬픔에 대해 말했습니다. 그리고 내적독백과 의식의 흐름 기법에 대해서도 말해주었습니다. 서사이론에 관련한 강의였습니다.

— 서사이론?

— 주로 웨인부스의 《소설의 수사학》에서 발췌한 것입니다.

— 구보 씨의 일일에서 중요한 부분이라면 어떤 내용을 말하는지….

— 30쪽, 31쪽 '추상/구상' 부분입니다.

— 어떻게 해설했는지 궁금하구나.

— 네, 강의한 내용을 되새겨 보겠습니다.

**抽象과 具象은 서로 배척할 것이 아니라 공존해야 한다는 것 /[171]**

— 예술계, 특히 문학계에서는 리얼리즘에 대한 논의가 늘 활발했다. 리얼리즘이 왜 필요한가, 진정한 리얼리즘 정신은 무엇인가 등인데, 특히 모더니즘(아방가르드)과의 갈등이 첨예했다. 어떤 의미에서 보면 추상은 모더니즘, 구상은 리얼리즘이라고 대비할 수 있다는데, 그 둘은 배척할 게 아니다. 같이 있어야 한다.

**時代에 따라서 歷史는 열려 있는 것처럼도 보이고 닫혀 있는 것처럼도 보이지만, 현재 인간의 文明은 그러한 明暗이 2項對立式으로 널뛰기를 하면서 번갈아 執權한다는 表現을 하기에 어울리는 고비는 지났다는 것 /**

— 두 사상, 두 문예사조는 시대에 따라 우위에 있거나 유행하기도 했다. 신/인간, 유심/유물, 지배/피지배, 중심/주변 등등의 흑백논리, 이항대립의 대립과 갈등의 시대가 아니고 서로 같이 존재한다는 것으로 이해해야 한다.

**抽象과 具象도 한 時空에 同時에 存在하는 生의 얼굴이라고 봐야지 한쪽만으로 결판내려면 生을 일그러뜨릴 수밖에 없다는 것 /**

— 순수/대중, 귀족/민중, 본격/통속, 사회주의/자본주의, 모두 끌어안아야. 모두 한 그릇 안에 있는 것으로 파악하면 좋겠다. 한쪽으로만 치우치면 삶은 일그러지고 만다.

일그러뜨릴 때는 그것이 言語의 展開形態인 繼起的 敍述의 限界에서 오는

方法的 單純化임을 自覺하는 餘裕가 있으면 좋지만 그런 虛構의 操作을 實體化하려 들면 敎條主義가 된다는 것 /

― 교조주의란 것이 특정 이론을 절대시하여 현실에 억지 적용하려는 것이다. 그 교조주의처럼 특정 사조에 맞추려고만 하지 말아야 한다. 특히, 문학의 표현 도구인 언어는 그 대상 자체가 아니므로 현실과의 융통성을 이루어내도록 노력해야 한다.


藝術은 現代文明에서 單一한 儀式을 가질 수 없다는 것 /

― 예술은 제의에서 그 원형을 찾을 수 있다. 즉 제사 절차에 소용되는 노래와 춤, 의상, 장식, 제사장의 말, 등등이 음악, 무용, 미술, 문학이 되었다는 발생설이 있다. 그것은 정치와 분리되면서, 즉 신의 시대에서 인간의 시대로 넘어오면서 신을 위한 예술이 아니고, 인간 개인을 위한, 귀족 계층을 위한, 민중 계층을 위한 예술로 분화돼 왔다. 정치적, 노동적, 제의적, 개인적 등 다양한 예술이 존재하는 것이 현대의 모습이다.


儀式典範을 統一하려 할 것이 아니라 分派가 택한 典範 各己의 테두리 안에서 얼마나 感傷을 克服했는가를 가지고 信心을 저울질하는 길밖에 없다는 것 /

― 하나의 예술 양식을 캐논이라 여겨 단일한 캐논으로 삼으려 하지 말아야 한다. 각양각색, 예술품의 다양성을 인정하는 것이 좋다. 그렇게 하되, 각기의 작품 안에서 감상자에게 보편성을 띤 내용과 형식의 인상을 주도록 해야 할 것이다.


文學이 그 가운데서도 특별한 障壁을 가진 것은 認定해야 한다는 것 / 感覺

藝術과 같은 純粹한 音階의 設定이 不可能하다는 것 /

— 문학은 그 표현 도구가 '언어'이므로 언어가 가진 이중적 특성, 즉 기표/기의, 시니피앙/시니피에 등을 벗어나기 힘들다. 언어는 음악의 음표처럼 무한 감각의 전달력을 지니지 못한 기호이다.

文學의 音階는 複合音階로서 風俗의 指示를 包含하지 않을 수 없다는 것 /

— 언어가 가진 특성상 당대의 의미를 문학에 담아야 한다. 그것이 문학이 애초에 지닌 걸림돌이면서 특장점이다.

그러나 藝術이라는 이름으로 묶인다면 다른 藝術과 다름이 있을 수 없다는 것 /

— 문학도 예술이어서 예술로서 가져야 할 감각적 감동을 주려 노력해야 한다.

아마 詩心의 높이가 그 가늠대일 것이라는 것 / 明月이나 梧桐나무에는 發情하는 詩心이 人事의 正邪에는 發情하지 말아야 한다는 것은 原理의 一貫性에 矛盾된다는 것 /

— 문학창작가는 대개 자연현상을 소재로 창작한다. 그렇지만 정치와 사회, 역사와 문화, 인간과 종교 등 모든 문제를 대상으로 할 수 있다. 이를 의연히 바라보며 작품화해야 할 것이다. 그 모든 것이 언어의 본질, 언어의 현상과 깊은 관련이 있다. 언어가 인류의 모든 것을 구조화한 이데올로기의 아이콘이므로 그것으로 순수한 감정을 끌어내기 어렵다. 그러므로 그것을 깔아뭉개거나 해체하는 등의 여러 전략을 써야 할 것이다.

現實의 어느 黨派를 支持할 것이냐 하는 立場을 버리고 가장 높은 詩心의 領域에서 醉한 것은 無差別射擊할 것 / 友軍의 行動限界線이라고 해서 射擊을 延伸하지 말고 詩心이 허락할 수 없는 地帶에는 융단 爆擊을 加하여 利己心에 대한 殺傷地域을 造型할 것 /

　― 현대의 문명은 다양하여 제각각의 주장을 지닌 채 변화, 발전해왔다. 현실을 설명하는 여러 주장과 여러 방법이 공존하고 있는 상황에서 문학창작가는 어느 한쪽의 입장에 치우치지 말고 그 여럿을 아우를 수 있는 위치에서 창작활동을 해야 한다. 부득이 한쪽의 주장을 선택한 상황에서 그 주장에 서 있는 입장이라도 도취한 상태여야 한다. 그 주장이 눈치를 주더라도 영향을 받지 말고 더욱 취하거나 취하려 노력해서 그 주장에 편입하려는 입장을 경계해야 좋은 예술작품이 나온다.

　그렇게 해서 詩가 人事를 두려워할 것이 아니라 人事가 詩를 두려워하게 할 것 /

　― 작품은 창작자 개인이 만들었지만, 그것은 전 인류의 것, 이라는 의미에서 문학창작가가 개개의 주장과 개개의 눈치를 본다면 좋은 창작가가 아니다. 오히려 현실의 여러 주장이 눈치를 보도록 창작품을 만들어야 한다. 과거에 권력자에게 아첨하는 문학이 있었는데 그것은 잘못이다.

　泣斬馬謖에서 泣도 버리지 말고 斬도 버리지 말 것 / 泣이냐 斬이냐 하는 虛僞의 2項對立의 惡循環에서 벗어날 것 / 泣은 조강之妻에게 斬은 斬망나니 手에게 돌리고 孔明은 泣斬할 뿐이라는 것 /

― 공명이 신임했던 부하 마속은 공명의 뜻을 어기고 산정에 진을 치는 바람에 사마의에게 패하고 만다. 공명은 마속을 아꼈지만 명령을 어겼기에 그를 울면서 죽일 수밖에 없었다는 '음참마속'의 고사가 있다. 거기에서, 공명은 진심으로 울지 않았을 것이고, 진심으로 마속을 칼로 치고픈 마음도 없었을 것, 공명은 단지 대의(大義)―(통일, 인민을 사랑함)를 생각했을 뿐, 그것만을 위했을 뿐, 단지 우는 모습을 보이면서 참했을 뿐이다. 읍이나 참이냐 치우치지 말고 둘 다 버리지 말 것. 그 둘의 갈등은 그 자체로 허위일 뿐이라는 것. 단지 공명은 읍참의 모습만 보여주었을 뿐이다.

예술은 인간이다, 라는 까닭에서가 아니고 예술이라는 칼을 들었으면 칼이 가자는 데로 가야 한다는 것 / 그런 匠人 意識 /
― 예술은 인간을 위한, 인간에 의한 것이지만, 예술은 또한 그 자체로 인간 세계를 초월하는 종교와 같은 것이므로, 그 목적 없는 목적을 이루기 위해서는 목적 자체를 없애고 그저 만들어가야 할 뿐, 그런 자세로 예술활동을 해야 한다는 것.

因緣으로 흐린 自己의 利害打算의 눈을 스스로 眼盲케 하여 失明을 얻은 다음 詩의 물레를 돌릴 것 / 눈먼 손이 뽑은 詩의 명주실을 풀리는 대로 버려둘 것 /
― 인간사의 이해관계, 심적 물적 이해타산은 인연에 의한 것이므로 그것을 단호히 잘라버리고, 그것을 셈하거나 그것을 보려는 눈을 스스로 찔러 장님이 된 상태에서 예술을 할 것, 그런 눈먼 상태에서 나오려는 글쓰기를 그저 놓아둘 것.

그러면 카이자의 몫은 카이자가 가져갈 것이고 하느님의 몫은 하느님이, 異
邦人들과 단군 열두 支派도 제 길이만큼 잘라 갈 것이라는 것 / 그런 물레질.

— 《누가복음》의 인물 카이자 왕조시, 바리새인들이 예수님을 시
험해보기 위해 카이자의 얼굴이 들어간 동전을 들고 예수에게 이것
을 카이자에게 세금으로 바치는 게 옳은가, 하느님께 바쳐야 옳은
가를 질문했다. 예수님은 그저 바치라고 했다. 그러면 '카이자의 몫
은 카이자에게, 하느님의 몫은 하느님에게' 돌아가리라고 대답했다.
그리스도인들은 카이자도 하느님이 세워준 것이므로 카이자의 것도
모두 하느님의 것이라 해석한다. 그런 창작 태도를 가져야 할 것이
다. 그러면 모든 계층, 모든 계파, 모든 감상자들이 각자대로 가져가
감상할 것이다.


나는 30쪽과 31쪽의 문단을 모두 해설하고 숨을 돌렸다.

— 그렇다. 문학은 구상적이어야 하면서 추상적이어야 한다. 현실
적이면서 그 현실을 부정해야 한다는 모순…. 아무튼 30페이지 그
부분은 중요하다. 그 부분은 얼마나 책을 읽고 생각해 보아왔는지,
아는 만큼 이해하게 될 것이다. 그 부분을 특별히 한자를 그대로 드
러낸 이유도 있다. 압축적이면서 중요한 부분이라는 것이다. 대중소
설을 어떻게 자리매김해야 하는가, 그에 대한 답변으로 31페이지의,
'가장 높은 詩心의 領域에서 醉한 것은 無差別射擊할 것'이라는 그
문장이 좋다고 생각한다. 베토벤의 음악과 재즈의 명곡의 우열은 없
다고 본다. 그 안에서 감상(感傷)을 얼마나 극복했는가가 중요하다.

— 철저히 객관적이어야 한다는 것입니다. 센티멘털리즘을 극복
해야 한다는 것으로 압니다.

― 그렇지! 감상주의는 안 된다. 구보 씨의 일일에서 나오는 이야기는 구조주의니, 포스트콜로리얼리즘이니 하는 사조가 나오기 훨씬 전의 이야기다. 지금에야 이런 이론적 움직임이 있지, 그때는 전혀 아니었다. 어느 한쪽만 내세우고 서로 으르렁거렸지. 학생들에게 그런 이야기를 강조하는 것이 좋겠다.

― 예술가는 모든 이데올로기의 꼭대기 위에 있어야 한다는 것입니다.

― 그래. 그리고 문학의 경우, 그 시대 상황을 배음에 깔고 있기 마련이다. 내가 어디에선가 말한 적 있는데, 외국의 작품을 읽을 때 유념해야 할 것이 있다. 플로베르라든지, 발자크, 톨스토이를 읽을 때, 그 작품에 놓여 있는 그 나라의 시간적 배경을 이해해야 제대로 읽는 것이다. 자연과학은 그럴 필요가 없겠지. 어떤 수학식의 출현이 200년 전 화학자의 업적이라면 그때의 과학 법칙의 잘잘못은 굳이 따질 필요가 없을 것이다. 하지만 과학사, 수학사, 생물학사 등 과학의 역사를 쓰는 입장에서는 그것이 필요하기도 할 것이다. 예를 들면 2000년 전의 '0'의 발견이 의미하는 바 같은 것이다.

― 순수과학은 진리와 같아서 시공간을 초월하지만, 문학은 다르다는 말씀이십니다. 당대와 그 지역의 분위기가 중요하다는 것입니다.

― 그렇다. 문학은 발표 당시의 문제가 중요하게 취급돼야 한다. 구보 씨의 일일 같은 경우도 그렇다. …아무튼 첫 수업을 어떻게 진행했는지, 궁금해서 전화했다.

― 저는 먼저 학과목의 특성을 이야기했고, 교재의 중요성, 적합성을 안내했습니다. 그리고 가장 중요한 것은 30~31쪽 '추상/구상 ~' 부분의 해설이었습니다.

— 그렇지, 그 부분에 내 예술론의 핵심이 들어 있다. 그 장르의 게임 규칙 안에서, 그 게임 규칙의 노예가 되지 않고 말이다. 물론 처음에는 노예가 되어야 하겠지, 그런 이후에는 자유자재로, 파격까지도 구사할 수 있는 그런 문학예술….

— 그런 문학예술의 창작이 참 어렵습니다, 선생님.

— 자네의 소설집 《바다를 노래하고 싶을 때》, 〈여름을 묻다〉와 같은 작품이 인상적이었다. 자네가 그런 작품을 쓸 때, 그때 어떤 것이 소설적인 것으로 적당했을까, 소설이라 할 부분이 어떤 것으로 다가왔을까 하는 것을 생각했다. 젊은 작가들은 어떤 마음으로 소설이라는 양식을 대하는지 추측해 보기도 했다.

— 읽어 주셔서 감사합니다.

— 자네와의 대화를 위해서라도 나는 자네의 소설, 〈여름을 묻다〉, 《바다를 노래하고 싶을 때》를 세 번 정독했다. 역시 작품은 여러 번 읽어봐야 한다는 생각이 들었다. …자네가 쓴 〈화두론〉이 무척 마음에 들었다. 내 세계의 한쪽을 가장 정확히 보고 있다고 판단했기 때문에, 나는 자네와 내 생각이 무슨 종이 한 장의 차이가 없는 줄 기대했지만 역시 그럴 수는 없을 것이다. 아까 한 얘기대로 작가들의 체험, 수십 년의 생활 차이, 그들의 시대적 겪음이 있으니까. 그렇다면 사람이 사람을 이해한다는 것이 불가능한가, 하고 생각해 볼 수 있겠지. 예를 들어 외국사람하고 어떤 커뮤니케이션이 이뤄지겠는가, 하는 극단적인 생각도 들 수 있기 때문이다.

— 저로부터 그런 생각까지 하셨다니 죄송하기도 합니다.

— 자네와 나의 다른 점이 있다면 어떤 점인지, 주의할 게 있다면 무엇인지를 파악하려는 의도였다. 생각해 보니, 역시 세대의 문제

가 걸렸다. 자네가 지난번에 이야기했듯, '개념의 감각화'라는 문제에 결국 봉착하게 되더라. 내게는 사회과학이라는 분야, 그와 관련한 패러다임이 지배하고 있다고 본다. 그런데, 거기에 내가 완전히 함몰되거나 거기에 먹혀 버리면 안 된다고 생각해 왔다. 소설도 예술이니까, 예술은 또 그러면 안 되지. 그렇다고 무슨 순수서정이라 할까, 하는 식으로 문학을 생각하는 것은, 내 삶의 이력상 잘 안 되더구나. 내 교양 형성과정이랄까, 독서의 많은 부분이 그것만으로는 해결이 안 됐다. 내 작품에는 사회과학적인 방법론 속에서 예술과 문화의 세계를 알려는 시각이 들어 있다.

— 선생님의 작품에는 여느 사회철학자보다 더 깊은 사색의 결과가 있다고 생각합니다. 선생님의 소설이 어렵다는 측면은 거기에서부터 오기도 하고요.

— 그럴 수도 있겠지. 작가이기 이전에 나는 세상을 바라보기 위한 사회과학의 독서 축적이 많다. 그래서 자네하고는 그런 부분이 일치하지는 않는구나, 하는 생각이 들었다. 자네의 작품들을 보니, 자네에게는 '음악'이란 장르가 많이 배어 있음을 알겠다. 지난번 이야기에서 군대에서조차도 그런 업무를 했다 하니 더 그렇겠구나 하는 생각이 들었다. 그래서 곰곰이 생각해 보니, 내게서 가진 사회과학이니, 철학이니 하는 부분이 자네에게는 음악 장르로 용해돼 있는 것 아닌가, 하는 생각을 하게 되더라.

선생님께서는 지난번 산정호수나 병참부대에 갔을 때, 차 안에서 나눈 이야기를 회고하시는 것 같았다. 우리 최근 소설에서 사회과학적 사고가 배어 있는 소설이 별반 없고, 그를 소설화해도 자연스럽지 않다는 내용이었다.

— 네, 우리의 현대소설의 핍진성의 문제를 말씀드린 것으로 기억합니다. 인물이 사투리를 쓰지 않는 경우도 그렇고, 인물의 교양 정도도 잘 드러나 있지 않고요. 그저 화자가 설명하는 식의 기법으로 쓰였다는….

— 소설가 소설, 예술가소설 같은 것에 대한 생각을 우리 문학사에서 재조명해 주어야 하지 않을까, 소설가 소설의 경우 소설가가 주인공이면 그의 사유, 그의 관념이 들어가는 것이 자연스러운데…. 사유가 들어가면 관념적이라느니, 현실과 멀어져 있다느니 하는 그런 평단의 풍토가 있다. 사유의 형식으로 표현되는 것에 대한 거부감이 평론계에 있다는 것이다.

— 네, 그런 소설을 관념적이니, 철학적이니 하는 평가가 있습니다. 현실과는 동떨어져 있다고도 하고요.

— 방금 읽었던 구보 씨의 일일 30페이지와 같은 경우, 그런 것을 즐겨하는 소설가도 있음을 우리 문단은 평가해 주어야 한다. 박태원이라든지, 장용학이라든지, 나라든지…. 소설이라는 큰 흐름 속에 한국 신문학이 원론적으로 배척하려는 것을 소설이라는 오지랖 속에 끌어안는 힘이랄까, 또는 그런 형식을 즐기는 소설가들에게 그런 것은 안 된다는 평가들은 예술이라는 순수한 의미에서의 정답 없는 장르에 대해서는, 예술가에게는 자유일 수밖에는 그런 태도에 모순된다. 많은 사람들이 그렇게 안 했다는 것이 부지불식간에 전통, 본격이라는 갈래를 씌우고 그 나머지는 거기에서 벗어나기에 예술에서 제외시키려는 태도가 잘못이라는 것이다.

선생님께서는 지난번 〈광장론〉을 쓴 박사 선배의 예를 다시 들었다. 이명준을 에로스적인 측면에서만 바라볼 수 없다고 하신다. 이명준은 이미 먹물이 들어간 지식인이고, 사유를 즐기는 사람인데, 에로스만을 강조하는 것은 옳지 않다고 하신다.

— 우리에게는 익숙하지 않은 작품으로 볼 수 있습니다. 그럼에도 《참을 수 없는 존재의 가벼움》 같은 소설은 또 높이 평가하더라고요. 《백경》, 《율리시즈》도 철학소설이라 할 수 있고요. 주인공이 사변적이고, 화자가 겉으로는 에로스이지만 다른 쪽, 철학의 문제에 중심추를 두는 걸작도 많습니다.

— 그래, 맞다. 나의 경우 대부분 그런데, 주인공의 사유 부분, 그런 깊은 철학, 미학적 서술은 그 소설작품 안에서 충분히 작품의 목적에 기여하고 있다. 그런 것이 플롯 상에 유의미하게 작동하고 있다면 그것은 작품의 합목적성에 부합하고 있지 않겠냐.

— 맞습니다.

— 자네가 잘 알겠지만, 음악의 경우 작곡가의 의도에 의해 실제 자연 음을 넣지 않냐. 대장간, 시계 소리 등등이 바로 그런 것이라 할 수 있지. 소설에서는 방금 읽었던 30페이지 그 부분이 그런 경우다.

— 주인공 내면의 의식은 보통 사람의 경우 생활과 연속된 내러티브로 보겠지만, 구보 씨의 이론적 사유 부분은 어떤 면에서는 심리 묘사에 해당될 수 있겠습니다.

— 그렇지. 대부분의 평자들이 그런 사유 부분이 주인공의 성격, 작가의 세계관, 인생관, 스토리 전개상의 필요로 표출하고 있다는 식으로 해설하고 있는데, 나의 경우는 다른 작가들의 서정묘사, 심리묘사가 그렇게 표현되어 있다고 해설해 주는 것이 옳다고 본다. 주인공의 성격상 어쩔 수 없이 그런 표현이 되었다고 해 주어야 한다는 것이다. 이 주인공은 참으로 논리적이고, 추론적인 상태에 있

구나, 이 주인공은 의식이 섬세한 상황이구나, 하는 분석이 있어야 한다는 것이다.

— 그래서 수업 시간에 말했습니다. 좀 낯설고 어려울 수 있는 이런 《소설가 구보 씨의 일일》도 우리는 읽어나가야 한다고 말해습니다. 구보 씨의 마음과 그의 사상이 어떻게 구성되어가는지 이해해야 한다고 말입니다.

— 모순된 이야기지만, 어려움을 다 해소할 수 있는 법은 강사나, 교수에게 없다. 두 시간 강의에서 깨달음을 손에 쥐어다오. 그러지 않으면 등록금이 아깝다, 라고 할 수는 없잖냐. 그것은 받아들이는 사람의 수준에 달려 있다. 한마디에라도 거기서 얻을 수 있고, 백 마디 해도 얻지 못하면 할 수 없다. 음악도 그렇지 않냐. 음악회를 같이 갔다 해도, 기막힌 연주를 감상하는 사람이 있는가 하면 그렇지 못하는 사람도 있을 것이다.

선생님은 비유의 달인이시다. '근기'라는 말도 있듯, 내게 음악을 비유하여 쉽게 전달되도록 표현해 주신다. 충분히 파악하고 있다고 생각하고 있었지만 더욱 깊이 이해되는 시간이었다.

# 에피파니

2003. 9.

선생님께 다녀왔다. 박사과정 중에 외국어 시험이 있는데, 시험 날과 강의 날이 겹쳐서 휴강했다. 그 이유를 말씀드리고 지난번 수업 내용도 궁금해하실 듯해서 찾아뵈었다.

　― 〈소설론 특강〉 수업했습니다. 〈창경원에서〉 진도 나갔습니다. '유록화홍(柳綠花紅)', '사자배회(師子徘徊)', '상기(想起)' 등의 개념을 설명했습니다. '개체발생은 계통발생을 반복한다'는 의미를 부연하기 위한 개념 설명이었습니다. 이번 장은 서사이론 개념 중 화자의 문제, 그리고 선생님의 창작론의 핵심 문장을 설명하기 위한 밑그림 형식의 강의였습니다. 〈창경원에서〉 마지막 부분, 구보 씨의 환상, 구보 씨가 자신에게서 훌렁 빠져나와 탑돌이를 하는 부분이 가장 중요하다고 생각합니다. '콘그리게이션(Congregation)'. 모든 동물이 백치스런 가면을 쓰고 서로가 서로의 뒤꿈치를 밟는, 서로가 서로에게 미안한 탑돌이를 하는 장면[172]입니다. 불가해한 환상의 국면이지만, 이 상황이야말로 종교적, 예술적 상황이 아닌가, 생각합니다.

DNA∞의 국면이라고 학생들에게 전했습니다. 개체발생 개념도 함께 말입니다. 서사학에서의 초점화자가 마지막 화자, 즉, 환상주체가 아닌가 생각해 봅니다. 처음의 '구보'는 생물주체의 구보, 두 번째 서술자 구보는 문명주체의 구보, 환상주체의 구보는 초점화자, 혹은 독자라고 보는 게 어떨는지요.

선생님은 눈을 감으신 채 내 말을 모두 들으시고, 입을 여셨다.

— 자네가 내 생각을 잘 파악하고 있는데…. 초점화자라는 개념이 잘 들어오지 않는다. 가령, 나라는 상자 속의 상자들을 생각해 보자. 자네가 생각하는 화자들로서의 나, 즉 생물주체 I는 큰 상자 속의 나이고, 두 번째 상자 속의 나는 소문자 i, 즉 문명주체 나, 마지막 상자 속의 나는 필기체 $i$는 환상주체 나이다. 자네 도식에서 초점화자가 무한대라는 것은 내 도식에서는 잘 안 맞는다고 본다.

— 저는 실제 창작의 상황에서 글쓴이가 화자를 어떻게 운용하면 좋은가를 전하고 싶었습니다. 여러 구보 씨 중 초점화자로서의 구보 씨를 내세우고 싶었습니다.

— 그래도 좀…. 또 하나의 개념. '에피파니(epiphany, 신적인 혹은 초자연적인 것의 출현, 현시顯示, 강림降臨을 뜻하는 영어 단어)'. 이 장면을 다른 말로 하면 에피파니의 상태다. 지난번 충남대 선생이 〈화두론〉을 에피파니 개념에 의지해서 썼더라고, 나는 그 경우가 적절하다고 생각한다. 〈창경원에서〉의 49페이지, 문제의 그 단락은 에피파니의 상태에 도달한 것이다. 그 단락에서 구보는, 생물주체의 I로서의 구보가 아니고, 문명주체의 i로서의 구보도 아니고, 환상주체의 $i$로서의 구보도 아니다. 구보 바깥으로 훌렁 빠져나간 구보도 아니고, 뒤에 남은 구보도 아니다. 그럼 누구인가.

선생님은 말씀을 끊으셨다가, 잠시 후 이으셨다.

— 콘그리게이션(Congregation), 회중, 즉 집단 전체를 말한다. 구보가 자신이 아닌 동물이며 식물들, 뒤를 밟아간다고 하는…. 삼라만상 전부, 어떤 존재라 해도 좋다. 정신도 아니고, 물질도 아닌, 그 전체를 말한다. 그 상태라면 '나'라고 할 수 없겠지. 그것은 나와 너를 가르는 인칭이니까. 그러니까 삼라만상 전체가 통틀어 나라고 할 수 있겠다.

— 선생님께서 〈진화와 완성으로서의 예술〉에서 소아와 대아라는 말을 사용하셨습니다. 소아와 대아의 다른 차원을 말씀하시는 것인가요?

나는 지난번 대문자 I는 유물론이고, 소문자 i는 유심론의 입장이라는 선생님의 말씀이 떠올랐다.

— 아니다. 소아에서 벗어나서 대아로서의 자기가 되는 것, 그럴 때는 이미 그것은 자기확대라는 뜻도 아니다. 내가 어디서 그렇게 해석하기도 했다. 대문자 I, 중간 i에 '+'라는 실수라고, 그런데 마지막 i는 무한대이지만 '−'부호를 붙여야 한다고 말이다. 그것은 환상이라는 것이다.

— 〈예술이란 무엇인가〉에 있습니다. 거기서 종교와 예술의 모습을 대입하셨습니다. 더 구체적으로는, 환상, 또는 꿈의 상황으로 말씀하셨습니다.

— 그렇다. 그 원의 중간까지는 과학으로서의 실체, 마지막 i는 현실의 인간 두뇌 속에 발생하는 환상이다. 단 모양이 현실과 똑같다는 것이다. 꿈속의 현실이라는 것이다. 꿈속에 현실이 있고, 꿈속에 '나'가 있다. 생물주체, 문명주체, 마지막 주체도 꿈속에 있다. 관찰

하는 '나', 관찰당하는 나도 있는 것이다. 꿈속에는 나가 항상 있다. 관찰하는 것은 언제나 나다. 꿈을 꿨다는 것은 꿈의 현장에 '나'가 있다는 것이다.

— 소설창작에서는 초점화자의 상황과 흡사합니다. 꿈꾸는 내가 보이는가, 보이지 않는가, 그 상황에 놓인 '나'라고 할 수 있습니다. 초점화자의 운용이 잘 돼야 독자에게 현실감을 줄 수 있습니다. 여러 구보 중 초점화자로서의 구보가 자연스럽게 발현되어 독자에게 다가가는 역할을 해 줍니다.

— 그것보다, 더 넓게, 내 이론에 집중해 보자. 꿈은 우주이다. 단 '一'로써의 우주로 볼 수 있다. 꿈은 삼라만상이다. 탑돌이 상황은 에피파니의 상태라는 것이다. 시를 쓰는 학생이라면 그 대목이 큰 울림을 주었을 것이다. 그 부분은 산문이라기보다 시가 돼 있는 것이다. 사르트르나 다른 문학이론가들이 시인과 소설가를 구별하고, 시와 산문을 구분 짓는데, 나는 그럴 필요가 없다고 본다. 옛날 문인이라면 산문, 운문 모두 썼다. 퇴계나 이이도 시를 썼다. 자네 논문의 갈래 구분에서처럼 그들의 시는 교술이겠지. 하지만 그들은 교술과 시와 산문을 편의상 구분했을 뿐, 모두 문장으로 생각했다. 모두 다 언어 표현이고 언어 예술이다. '대단한 철학가지만 문장이 나쁘다'라는 것은 언어모순이다. 대단하다는 것은 이미 대단한 문장이라는 의미다. 표현력이 거기에 따르지 못하고야 대단한 철학에 어떻게 이를 수 있겠는가. 49페이지는 산문과 운문의 섞어 짜기로 볼 수 있다. 이 부분은 일거에 서정시에 도달한 것이다.

— 이 상황의 환상스러움은 낯설음의 최고조에 이릅니다. 그 상태로 세상과 합일되는 나를 느낄 수 있게 됩니다. 서사에서의 '화자' 문

제와 연결해 보면 어떨까 생각하고 그를 이해하기 쉽게 합니다. 창작에서 가장 중요한 화자라는 존재의 인식과 그의 운용에 대해 지도하려 합니다. 작가와 독자 사이 화자가 존재하는데, 일인칭이니 삼인칭이니 하는 시점은 독자의 선택이 최종 결과된 것이 아닌가 생각합니다. 작가는 독자에게 이야기를 효과적으로 전달하기 위해 '조율'하는 것 아닙니까.

— 조율하는 거지. 조율이란 말이 나왔으니…, 나는 〈메타볼리즘의 3형식〉에서 그 상황을 '속도'라는 개념으로 설명했다. 자네가 말한 서술자–화자–초점화자의 운용이 그것이다. 에세이에서 '속도를 조절해'서 그 효과를 내는 것이라고 말했지. 서술화자가 속도가 느리고, 가운데 화자 속도는 중간, 속도가 무한대가 됐을 때, i∞로 표현하는 것이다. 그래서 속도를 거꾸로 감속시키면 i∞에서 가운데 화자(기술적주체)가 되고, 서술자(현실주체), 작가의 현실이 되고, 가속하면 다시 i∞ 화자, 예술적인 화자가 되는 것이다. 최종에는 결국 예술적인 화자도, 주인공도 아닌, 삼라만상의 존재, 주객이 합일이 돼버린…. 주체가 되는 것이다. 동양의 사상이 그런 것 아닌가 생각한다. 동양사람들이 가져왔던 고민, '화두', 타자와 나, 우주와 나의 합일, 어떻게 하면 하나가 될 수 있는가, 하는 고민으로써의 결과가 그런 것이었다고 본다. 나는 그것을 이론화한 것이고….

— 그 상황을 설명하기가 까다롭습니다. 작가와 인물, 그리고 화자와 독자 사이의 관계를 그림으로 만들어 제시해 주어도 명쾌하게 다가가는 것 같지 않습니다.

일종의 자기 – 연기(演技)라고나 부를 그런 것이다. 〈글쓰기〉라는 것을 자기를 모델로 삼아서 그 과정을 연기해 보이는 것이다. 〈나〉라고 하지만 〈나〉는 기계가 아니기 때문에 〈글쓰는 나〉와 〈그저 나〉는 자동적으로 일치하지 않는다. 〈그저 나〉는 어디까지고 〈글쓰는 나〉는 어디까지인가. 그 두 가지 〈나〉는 어떻게 서로 옮아가는가를, 그리고 〈글쓰는 나〉를 강화하기 위해서 나는 어떻게 하는가를 학생들 앞에서 연기해 보여주는 것이 글짓기 교육이라는 것.[173]

— 결국 화자를 인식케하고 화자를 자연스럽게 운용하는 그것이야말로 글쓰기의 기본 아닐까요. 글쓰기 교육자는 학생들에게 화자를 알게 해 주는 것이라 생각됩니다. 예술 속의 나, 진짜 나에 도달하게 해 주는 것 아닐까요.
— 그렇다.


# 근현대문학

## 2003. 9.

선생님께서 전화하셨다. 헌책방에 가보려 하는데, 시간이 되면 함께 가자는 것이었다. 나는 시간 된다고 하고, 인터넷으로 선생님 관련 논문이 있는지 검색해 보았다. 최신의 논문이 나왔으면 전해 드리려 했는데, 없었다.

선생님과 남산 밑 타워빌딩 서점에 간다. 가는 중에 이런저런 이야기를 나눈다.

— 지난번 이야기했던 연변 학자들은 잘 있는가?

— 네, 선생님. 열심히 공부하고 있습니다. 그들은 좀체 속내를 진실로 드러내지 않는 것 같습니다. 언제나 커튼이 드리워진 채입니다. 같은 민족, 형제라고 하면서 그렇지만도 않아 보입니다. 결국 중국인입니다. 어디까지 형제애를 발휘해야 하는지….

— 민족 문제가 그런 것이다. 공동사회에서 이익사회로 변화되지 않았더냐. 부부간에도 그렇다. 평생을 같이 살아도 이혼하지 않느냐. 조국을 버리고 귀화하는 사람도 많잖아.

차가 진행하지 못한다. 은평구에서 서대문구로 넘어가는 도로가 주차장처럼 돼 버렸다.

— 요즘, 구보 씨가 탑돌이 하는 모습이 자주 떠오릅니다.

— 자네의 논문에서 '마지막 자아의 동일성 구현'이라는 말이 좋은데, 그 속에 예술의 의미가 담겨 있다. 예술의 상황은 DNA−DNA′−DNA∞에서 환상주체가 먼저이고 이성적 자아가 그것을 짓누르는 상태다. 갓난아이들을 보라. 그들에겐 기호행동이 있는데, 행동을 위한 기호행동 이전에 행동으로써의 기호행동이 먼저 있는 셈이다. 아이들은 엄마에게 기호행동을 배워간다.

— 학생들에게 선생님의 예술론과 결부해서 《소설가 구보 씨의 일일》을 읽혀 나갑니다.

— 내가 평가받고 싶은 것은 내 이론적 생각을 개성적인 것으로 받아들여지는 것이다. 우리의 학계는 대부분 외국 사조의 개념에 기대는 경향이 있다. 학위논문에서 늘 하는 얘기를 보면, 자기가 알아낸 것도, 외국의 저명한 이론가의 개념에 맞는다는 식이더라. 뒷부분을 보거나 각주를 보면, 외국의 이론가를 들면서 그가 이미 이렇

게 말해주었다는 식으로 기술하고 있다.

— 그렇습니다. 자기 생각이고, 자기가 발견한 것인데도 외래이론에 부합한다고 합니다. 자기 생각이 어떠합니까, 하고 외국 이론가들에게 기특하지 않냐고 칭찬받고 싶어 하는 것으로 보입니다.

— 그런 식도 뭐 상관없다고 생각하는데, 내 경우에는 작가가 실지 창작하면서, 오래 생각해낸 결과라고 보면 되겠다. 문학이란 무엇인지, 창작이란 것이 무엇인지, 인생의 안에 있는 것이 소설이어서 소설을 생각해 보니, 사회니, 역사니, 정치니, 문화니 하는 것들을 함께 생각해 본 것이다.

— 선생님께서는 그 생각이 남들보다 깊으셨습니다. 스스로 생각하셨고요. 대개 우리 학자들은 외국 개념을 원용하고 그에 맞는 작품과 그에 맞는 작품의 단락을 찾아 꿰맞추는 경우로 평론 활동하는 듯싶습니다.

— 그런 모습이다. 내 경우, 굳이 선행하는 것이 있다면, 자네가 논문에서 대입했던 자크 모노[174]의 사상이다. 나는 자크 모노를 그동안에 몰랐다. 그의 책이 집에 있었는데, 이번에 자네 소개로 꼼꼼히 읽어봤다. DNA의 생물학적 개념을 이야기해 놓은 것이더구나. 그런데 그는 생물학하고 철학이 함께 붙어 있더구나. 가령 상대성원리의 아인슈타인과 같이 물리학의 원리만 아니고, 거기서 출발한 불확정성의 원리의 모양새 같더구나. 그런 식으로 과학이 인문학, 철학, 정치, 문화 등과 함께 하는 사고가 여러 측면에 영향을 끼치는 힘 같은 것이 있다.

— 학문이 깊으면 모두 통하는 것 같습니다. 자크 모노의《우연과 필연》을 저는 선생님께서 이미 읽어보셨던 줄 알았습니다. 리처드

디킨스의 《이기적인 유전자》는 선생님보다 후에 나왔지만 말입니다.

— 그런 의미에서 내 이론도 다른 선행하는 것과 관련 있지만, 직접적으로는 소설을 쓰는 과정에서 나온 것이다. 1960년대 중반부터 이론적 이야기가 나오기 시작했다. 〈문학과 현실〉이란 에세이부터다. 자크 모노 식으로 우연히, 자기한테 책임이 없는 생을 받아서 거기서 작가 생활을 한 경우, 프랑스, 영미, 러시아와는 다른 행보가 있지 않았겠냐. 그것을 감안해 줘야 한다는 말이다.

— 네, 선생님. 언제 말씀드린 것 같은데, 정신분석도 일제 강점기에서 일본 사람과 우리나라 사람하고 같은 이론과 임상으로는 적용이 안 될 것입니다.

— 그렇다. 지구촌이 돼 버렸으니, 모두 같은 조건으로 살아야 한다는 것처럼 말하고 있더라. 전통이나 풍속이 다른데 말이다. 그런 의미에서 보면 자네가 말한 포스트콜로리얼리즘의 태도가 우리 경우에는 가깝다고 볼 수 있다.

선생님께서 지난번 말씀드린 《저항에서 유희로》[175]라는 책을 보신 모양이었다.

— 똑같지는 않지만 그런 관점으로는 적당하다는 의미다. 우리는 적어도 200년, 300년 동안 선발주자는 아니잖냐. 선발주자의 침략과 약탈이 있었지. 그들은 인권이니 어떠니 하면서 200, 300년 동안 세계 인류를 구하기 위한 것처럼, 무슨 자원봉사단처럼 행세하고 다니잖냐. 후안무치하고 뻔뻔스럽고, 잔인한 태도다. 신사복 입고 약한 사람 괴롭히는 폭력배들…. 번지르르하고 규모가 큰 문명의 정수를 차지하고 약한 나라들 겁주고…. 지금 그런 모습 아니냐.

— 의리 있는 조폭도 많습니다. 가난한 사람들도 돕는….

— 그렇다. 자기들이 세계가 하지 말라는 전쟁을 해놓고는…. 약한 나라들에 아직 완전히 소거하지 않는 전쟁을 은근히 부추기는 것 아니냐. 그걸 못하겠다면 전비, 즉 돈을 내라는 것 아니냐. 그 모습이 동대문파, 종로파들이 자영업하는 사람들 돈 뜯어내는 모습과 뭐가 다르냐. 거기다가 정치학자, 이론가들 내세워 오점은 지우고 학문이라는 이름으로 근사하게 덧씌우고 있잖냐. 민주, 인권, 사회보장, 경쟁, 복지 등의 그럴싸한 개념을 내세우고 말이다.

— 학술적 권위로 포장해서 잘 모르는 사람들을 위압하는 태도입니다.

— 영미문학을 봐라. 거기에 무슨 그 같은 문제점이 있어 보이냐, 그럴 듯하지. 있다면 미국의 흑인문학에 지금 같은 문제가 있지. 그것은 흑인들의 입장이 그랬으니까, 목마른 사람들이 우물 판다고, 포스트콜로리얼리즘이라고 등장한 것이겠지. 남미는 세계적 규모의 흑인들 입장 아니겠느냐. 지식인들이 강대국의 하청인 노릇을 하면서 거짓말 스타일의 흉내를 내는 것으로는 진지한 문학이 안 되니까, 명목상으로는 민중이 아님에도 불구하고, 침략, 비침략, 약탈, 비약탈 같은 것이 중심이 되는 문학, 그런 소재나 주제로 쓰는 문학을 취급하고 있잖냐.

— 남미의 환상적리얼리즘이 환영받는 이유를 알겠습니다.

— 영국의 몇백 년의 문학적인 수사학의 기법들과 개념들 봐라. 텔링보다는, 쇼윙이니, 스토리 아닌 플롯, 영웅보다 보통 사람들의 이야기니, 유머가 문학의 본질이라느니, 비참한 것도 웃으면서 이야기해야 한다느니…. 그런 것들은 시간이 있고, 여유가 있는 사람들의 숨결 고르는 방법이다.

— 우리의 창작과 문학이론도 그들을 흉내 내는 것은 아닌가, 반성합니다. 철학도 마찬가지고요. 국문학 작품을 외국에서 그들의 이론을 공부한 잣대로 평가하는 방식이 저는 늘 마뜩잖았습니다. 모두가 그 이론을 구관조처럼 떠들어대고 있고요.

— 남들이 100년 걸리는 것을 10년 안에 해내야 할 때는 거기에 진지하게 반응해야 한다는 식이지. 서구식 영미문학의 특징인, 작은 것 속에 진리가 있으니, 큰 이야기로 하려 들지 말아라. 하나님은 작은 것 속에 있다는 식, 부분 속에 신이 있다느니 그런 어법…. 그런 태도가 자네가 말하는 후기식민주의에도 있더구나.

— 그에 대한 반성이나 변화에 대응하기 위한 한 방법으로, 프로이트 무의식에 탈식민주의 이론을 대입한 학자도 있습니다. 파농[176]이라는 사람입니다.

— 하여튼 지구촌이 되어버려 상당히 급해 보인다. 조그만 병 속에 큰 병이 들었기 때문에 편안한 입장이 못 되는 것이다.

— 글로벌이 우리의 것을 버리라는 것은 아닐 텐데요. …구보 씨가 여러 측면에서 사유하고 있습니다.

— 내 경우, 이론을 위해서 이론을 전개한 것은 아니고, 소설과 현실을 깊이 들여다보니 그렇게 된 것이다. 작품이 그렇게 돼 버린 것이지. 《화두》는 온통 그런 사유 아니더냐.

— 네, 그렇습니다.

# 한일병원

## 2003. 9.

최인훈 선생님 댁에 다녀왔다. 선생님을 모시고 한일병원에 갔다. 한일병원은 누님이 근무하시는 직장이다. 거기 가서 선생님께 몇 가지 검사를 진행하고 독감예방백신을 맞게 해드렸다. 선생님은 차 안에서 갈현동 집 이야기를 하셨다. 아파트로 이사해서 편하긴 하지만, 그 집도 좋았다고 하신다. 나는 갈현동 집을 문화유적화해서 기념건물이 되기를 바랐다고 말씀드렸다. 외국에서는 문화 인물을 여러 각도로 기념하고 사람들에게 홍보하는데, 우리는 그런 생각들이 없어 안타깝다고 했다. 갈현동 집은 《화두》가 생산된 곳이고, 선생님과 가장 어울리는 공간이라고 말씀드렸다. 선생님도 동의하셨다.

갈현동 집이 선연했다. 감나무 정원, 탑, 2층 서재, 넓은 지하실…. 겨울에 석유보일러를 세게 돌려도 춥고, 여름은 더웠지만 운치가 있었다. 지금은 병풍처럼 다세대주택이, 둘러서 있지만 몇 년 전까지만 해도 주변에 집도 몇 없었다. 문득, 이태준 선생의 〈수연산방〉이 떠올랐다.

— 논문은 언제쯤 제출할 생각이냐.

— 네, 계획 중입니다. 제 앞에 선배가 둘 있습니다. 그 사람들이 곧 써 내리라 봅니다. 그 뒤 제가 제출하는 순입니다.

— 자네가 유일한 내 제자이다. 내 제자가 내 작품으로 논문을 썼다. 한 사람뿐이다. 《화두》 개정판 서문을 보면 거기에 핵심이 담겨 있다.

— 초판본, 개정판 본 서문을 여러 차례 읽었습니다. 특히, '기억'

문제를 강조하신 문장이 중요하다고 생각합니다.

— 기억이 생명이다, 라는 말이 그것이다. …우주 탄생, 빅뱅까지 거슬러 올라가고 싶다. '화두'가 우주다. 흩어졌다, 한 개의 점으로 모인다. 한 개의 점이 터지고, 우주가 팽창한다는 설, 다른 한편으로 우주가 한 개의 점으로 모인다는 설. 그 두 가지가 모두 옳다고 생각한다. '화두'는 그 터지고 모이는 긴장 상태를 쓴 것이다.

— 선생님, 개정판 서문에 쓰셨지요. 기억을 환기하는 악보처럼 읽어달라고요. 그리고 종교의 문제도 말씀하셨죠.

— 그렇다. 자네의 논문에서 마지막 문제. 한국에서의 사회주의 문제. 그것에 대해 나는 이렇게 생각하고 있다. 그것은 사회주의, 마르크스적 사회주의가 아니다. 그렇다고, 유럽식, 프랑스 좌파 사회주의도 아니다. 소련의 부조리한 그리스정교파 주권 하에 있다가 레닌이 받아들인 사회주의도 아니다. 중국 식도 아니다. 영국 것도 아니다. 내가 신봉하는 사회주의는 17세기 프랑스에서 불어닥쳤던, 혁명 사상의 밑거름이 되었던 고전적 사회주의다. 최초의 사회주의라 할 수 있다. 그것이 가장 이상적인 사상이었다. 마르크스와 엥겔스 이전의 것이다. 《전쟁과 평화》를 썼던 톨스토이가 《전쟁과 평화》 마지막에 논문식 문장으로 쓴 것이 있다. 그는 그럴 수밖에 없었을 것이다. 그리고 그것이 크게 잘못된 것도 아니다. 나는 《화두》를 그런 식으로 봐도 무방하다고 생각한다.

선생님과 나는 병원 일을 마치고 화정으로 돌아왔다.

〈생물구성체〉와 〈지리적구성체〉라는 자격에서는 그렇게 간단한 관계 위에 〈사회구성체〉라는 그물을 한 겹 더 얹으면서부터 적어도 이 풀과 인간은 이미 〈형제〉라는 규정만으로 연결되지는 못하게 되었다. 이 풀은 아득한 그 옛날이나 지금의 이 순간이나 여전한 그 〈생명구성체〉로 산다는 〈달인(達人)〉의 경지를 유지해 온다. 그러나 사람은 일정한 주기를 두고 변해 온 〈사회구성체〉의 구성원리를 〈사회화〉한, 즉 내면화해서 자기의 구성원리로 터득한 생활자가 되어야 했다. (…) 나는 풀이다. 그러나 풀이 아니다. 나는 풀이면서 풀이 아니다.[177]

서재에서 옷을 갈아입고 나오신 선생님의 손에 책이 들려 있었다. 대만에서 번역한 《광장》과 《하늘의 다리》였다. 선생님은 《하늘의 다리》라는 제목의 잘못을 이야기하셨다. 《하늘의 다리》를 《幻想的 橋》라고 번역한 것이었다. '다리'를 '각(脚)'으로 해야 옳은 번역이었다. 번역자가 교수라고 하셨나, 내 추측으로 그가 읽지 않은 상태일 것이고, 제자들이 번역한 것을 그가 맞추었을 뿐, 충분히 감수가 이뤄지지 않은 모양이라고 말씀드렸다. 선생님은 연변대학 사람의 《광장》에 대한 비평에 대해서도 말씀하셨다. 그가 '동무'라는 표현의 잘못을 문제 삼았다고 했다. 김일성에게 '동무'라고 표현할 수 없다는 것이란다. 김일성은 신과 같은 존재인데, 표현한다면 '동지'가 맞다고 했단다. 선생님은 그가 어린 학자여서 모르는 소리라 하신다. 평등을 강조하던 그 당시에 누구는 동무고 누구는 동지라는 것은 이미 불평등을 전제하고 있다고 것이다. 북한의 코뮤니즘은 그것부터가 잘못이라는 말씀이었다. 지독히 불평등한 사회 속에서 어찌 진정한 사회주의가 이뤄지겠느냐는 것이었다.

남과 북, 모두 비판하는 《광장》을 자세히 읽어보면 어느 쪽을 더 비판하고 있는지 알게 된다. 선생님의 마음속, 노동당에 대한 반감이 짙게 깔려 있다. 선생님은 미국 이론가인 시모어 채트먼의 패스티쉬을 언급하면서 나의 논문을 또 말씀하신다. 나는 부담스러웠다. 박사논문을 빨리 써내라는 의미로 받아들여졌다.

저녁 식사 시간이 돼서 나는 선생님께 《하늘의 다리》 대만 번역본을 돌려드리고 현관을 나섰다.

# 〈황해문화〉
## 2003. 11.

최인훈 선생님께서 〈황해문화〉에 단편을 발표하셨다. 〈바다의 편지〉다.

> 어머니, 오래지 않아 이렇게 부를 수도 생각할 수도 없게 될 것입니다. 마지막 인사를 드립니다. 요즈음 자주 보는 물고기 떼가 여기저기서 나를 건드리면서 지나간다. 물고기 떼의 한 부분은 내 눈 속을 빠져 나간다. 아마 그들에게는 기차굴 놀이 같은 동작일 테지.[178]

내 수업을 듣는 수강생이 〈황해문화〉 겨울호를 수업 마치고 건네주었다. 나는 빈 강의실에서 단숨에 단편을 읽어내려갔다. 바닷속 깊이 빠져 있는 느낌이었다. 먹먹한 바닷속에서 한 줄기 선율이 들려 온다. 첼로로 연주되는 슈베르트의 〈아베마리아〉.

깊은 곳에서 무겁게 끌어당기는 첼로 소리는 슬픔을 온몸으로 전하고 있었다. 나는 집에 와서 잠들기 전까지 슬픔에 빠져 있었다.


# 《봄으로 가는 취주》, 〈바다의 편지〉

## 2003. 12.

나의 제2 소설집 《봄으로 가는 취주》가 출간됐다. 내 소설집보다 선생님의 〈바다의 편지〉 발표가 나는 더 무겁게 다가온다. 〈바다의 편지〉에 대한 비평을 언젠가 꼭 작성해야겠다고 생각하던 차에 선생님으로부터 전화가 왔다. 나는 《봄으로 가는 취주》를 들고 선생님께 달려갔다.

— 선생님, 〈바다의 편지〉 잘 읽었습니다. 좋았습니다. 내용과 형식 모두 최고였습니다. 거장의 작품입니다.

— 그래. 고맙다. 구체적인 독후감을 듣고 싶다. 하나의 작품이 나왔을 때는 그 작가와 그 시대의 모든 것의 연관 하에서 바라봐야 한다고 생각해. 〈정읍사〉 같은 것은 예외일 수 있겠지. 〈정읍사〉는 정읍사 아닌 텍스트와는 아무 관련을 지을 도리가 없지 않느냐. 작가가 누군지도 모르고. 따라서 바깥에 상황이나 동일 작가의 다른 작품과 연관시킬 뭣도 없지 않느냐. 동시대에 어떤 작품들이 있는지도 모르고. 그럴 때는 어쩔 수 없지.

사모님께서 커피와 사과를 내오셨다. 사모님을 번거롭게 해 드려서 언제나 죄송했다.

— 비유가 적절치 않겠지만. 옛날 도자기는 관요, 민요할 것 없이, 그냥 도자기가 아니냐. 서명이 없는 그런 제품 말이다. 그냥 장인들이 만든 것이지. 그런데, 피카소의 어떤 작품이 나왔다 하면, 그것은 피카소라는 사람의 개인과 작품을 분리할 수 없지. 피카소의 다른 작품 전체가 한 점의 도자기 바깥의 행간으로서 그것과의 관련을 요구한다는 것이다. 그것은 피카소의 전문가들에게는 잘 보일 것이다. 보통 사람들도 그런 안내를 받아 감상할 수 있겠지.

— 작가역사주의비평이론이 있습니다. 작가의 작품경력, 시대상황 등에 관련지어 비평하는 시각입니다. 그런데, 주관적이고, 인상적이라는 한계가 있기도 해서 그 후에는 형식주의, 구조주의 비평이론이 나왔습니다.

— 인상주의 비평이라도 그것은 예술사적 맥락에서 필요할 거야. 그 작품이 당대, 현대 유럽 예술에서 갖는 의미는 무엇인가 하는 평가까지도 이뤄져야 하겠지.

— 어떤 면에서는 그것이 의미가 클 수 있습니다. 작품만으로, 작품에 드러난 형식미만으로 작품의 가치를 판단하게 되면 지나치게 기계적이어서 예술작품 창작에도 좋지 않은 영향을 줄 수 있을 것입니다. 세상 보는 시각도 좁아지고 창작과 비평의 확장성이 떨어지게 되니까요.

— 그게 맞다고 본다. 그런 식으로 이번 〈바다의 편지〉도 자네를 포함하는 전문가들은 그 바깥의 사정에 대한 것이 작품에 용해돼 있음을 알아볼 것이다. 99%의 독자는 연구자가 아니어서 그 작품만 보겠지. 그 외 여러 애호가에게는 중간 정도의 감식안이 있겠고. 이 작

품을 어떻게 읽는가, 나로서는 궁금해. 〈황해문화〉 편집인들 말고는 자네가 처음으로 읽은 것을 이야기해 주는 것이어서.

— 네, 주간님의 해설이 의미 있습니다. '문학적 유서'라고 쓰고 있습니다. 저는 이 작품을 이전 작품과의 연관성에 주목하고 있습니다. 특히 《화두》와의 연관성, 그리고 1인칭 화자의 문제에 주목하고 싶습니다. 《화두》와 《크리스마스 캐럴》 외에는 선생님 작품에는 1인칭 화자가 없는데, 이 작품에 1인칭을 사용하고 있습니다. 그것도 아주 특별하게 말입니다. 영혼의 화자가 말을 하는 것이 유의미하고 중요하게 보입니다. 시에는 보통 화자가 '나'이지만, 소설에서는 자신 있게 1인칭을 쓰기 거북하게 여기는 작가가 많다고 봅니다. 더군다나 〈바다의 편지〉에서는 영혼의 '나'가 나와서 진술하는 식이고요. 육체와 정신이 합일된 '나'의 발화는 선생님께서 꾸준히 생각해 오셨던 예술론이 용해되어 나오는 것이 아닌가, 생각해 봅니다.

— 음…. 틈나는 대로 더 읽어봐. 줄거리 파악 이외에도 다른 것들이 다가올 거야.

— 중간 이후부터는 시에서의 감각적 표현을 넘어선, 인류에게 전하는 메시지가 계속 나옵니다. 읽기가 진행될수록 말입니다. 절정 부분 이후 문학 인생을 살아온 화자가 삶을 마무리하며 시대의 아픔과 언어예술의 올바른 방향을 토로하고 있다고 보입니다.

— 자네가 그렇게 받아들였다면 흐뭇하다. 자네가 아까 말한, 《화두》와의 연관성, 1인칭주인공시점 등의 이야기는 중요한 것이다. 언젠가 자네가 읽었다고 했던데 계명대학교에서 나온 것 있지. 생각나는가?

— 네 있습니다. 계명대 석사던가요. 〈내적독백에 의한 서술법〉이

라는 논문이지요.

— 그걸 말하는 것이다. 내적독백, 의식의 흐름에 착안해서 쓴 석사논문이 있다. 나의 중요한 측면이 이 사람에게 눈에 띄었구나, 생각했었다. 자네가 말하는 1인칭 운운하는 것에 주목했더구나. 나는 3인칭을 주로 썼지, 양적, 질적으로 거기에 의지하다시피, 3인칭 내적독백으로 말이야. 그랬던 이유는 내가 1인칭에 대한 태도를 분명히 정하지 못해서였지. 자신 있게 하기에 뭔가 꺼려지는 느낌이었다. 그래서 3인칭을 쓰면서도 아쉬움이 있었다. 전능의 시점이긴 해도, 뭔가 좀 허전함이 있었지.

— 우리 세대는 과감히 1인칭을 씁니다. 선배님, 아버님 세대에서 1인칭 소설이 보기 힘든 것은 사회적 분위기나 서사에 대한 시각이 우리 때와는 달라서 그러셨으리라 추측합니다.

— 사실주의에 충실한다 해도, 좁은 의미의 사물을 3인칭시점에서 전부 소상히 한다는 것이 겸연쩍었지. 그러나 1인칭으로 내치기에 거북하게 만드는 게 있더라고. 나로서는 내적독백으로 1인칭의 분위기를 자아내려 했던 거지. 간접화법이나 의식의 흐름도 그런 의미의 기술법이었고.

— 선생님의 소설은 어색하지 않습니다. 3인칭이어도 1인칭처럼 다가오는 소설들은 초점화자의 운용이 잘된 것으로 볼 수 있습니다.

— 그런 데 비하면 한국 근현대시의 관점은 그런대로, 이미 시의 서정성이라는 것을 음풍영월에 집어넣은 것도 아니게 됐어. 스펙트럼이 광대해졌고 여러 기법을 많이 용인하고 있는데, 소설에는 아직 촌스럽지 않은가 생각해.

— 우리의 시가 기법적으로도 많이 발전했다는 견해가 있습니다.

그래서 전통이 없어졌다는 우려도 있고요.

— 어쨌거나, 나는 그러다가 《화두》를 썼는데, 《화두》는 3인칭이 아니지. 그전의 작품에서 보이는 간접화법이나 내적독백이 없는 셈이지. 1인칭은 그냥 내적독백이야. 《화두》를 쓸 때는 그동안 1인칭에 대한 나의 머뭇거림, 그에 대한 타협안 같았던 간접화법, 의식의 흐름은 소멸된 것이지.

— 《화두》는 1인칭주인공시점입니다. 1인칭주인공시점은 화자와 인물이 밀접한 게 특징입니다. 수필처럼 말입니다. 수필과 달리 소설에서는 의도적으로 화자를 인물과 떨어트리기도 해서 독자로 하여금 인물의 상황을 거리감 있게 연출하면서 서사의 핍진성을 높입니다. 《화두》는 그를 잘 활용한 소설로 보입니다.

— 그렇게 보는 게 맞아. 내가 3인칭보다 1인칭이 자연스럽다고 여기고 자신 있게 이를 활용하겠다는 단안의 이유가 있어. 소설을 안 쓰는 동안에 생각하고 썼던 문학론, 예술론 관련 에세이들이 있었기 때문이야. 예술이란 게 뭔지, 문학이란 게 뭔지, 소설은 또 뭔지, 하는 생각에는 기술에 대한 문제가 걸려 있었어. 결국 쓴다는 것은 무엇인지, 인칭은 무엇인지, '1인칭 나'와 '3인칭 그'의 효과상의 차이가 어떻게 생기는지, 그것의 객관적 근거가 무엇인지 하는 문제도 포함돼 있어.

— 소설 쓰기에 그런 차이와 효과에 대해 생각하다 보면 정말 한도 끝도 없이 고민하게 됩니다. 선생님께서는 궁극까지 치달으셨고요.

— 바쁜 세상을 사는 사람치고는 너무 방대한 시간을 거기다 바보같이 다 집어넣은 것이지. 한없이 넓은 갯벌에 지게에다 자갈을 지어나른 셈이라 할 수 있겠지. 그런 식으로 간척지를 만들겠다는 희망이

었지. 그래서, 내가 어느 정도 발을 디디고 바다로 나갈 정도의 좁은 방파제 같은 것은 만들지 않았나 싶어. 그래서, 《화두》를 집필할 수 있는 내부의 어떤 근거가 있게 됐지. 그러니까 한국문학에서 유행하는, 1인칭 소설의 특징인, 유년기의 서정이라든지, 감수성과 심리의 상징적 표현을 넘어서는 내용과 방법을 획득하지 않았나 한다.

— 그렇게 보입니다. 제가 미약하게나마 그를 감지했고, 부끄럽게 논문으로 써 봤습니다.

— 자네가 《화두》의 방법론에 대해 썼지. 이번 〈바다의 편지〉에는 더 말하고 싶은 게 있었는데, 자네한테 보이는지, 어떤지….

— 《화두》를 통해 많은 것을 말씀하셨는데, 《바다의 편지》에 또 다른 중요한 무엇이 있는지…. 저로서는 백골이라는 화자의 문제가 굉장히 특별하다고 봅니다.

— 한국문학에는 별로 바다가 나오지 않잖아. 몇몇 사람들이 어부나 어촌을 배경으로 하고 있긴 하지. 민중의 바다, 섹스의 바다, 생활 터전의 바다 등은 있지만, 나의 바다는 그것들과는 다르지. 시의 경우, 한국 근현대문학에서 바다가 시작되기도 하지. 이광수의 《무정》에 해당되는 최남선의 〈해에게서 소년에게〉라는 시가 있는데, 그것은 그냥 통념적인 바다지. 특별히 문학적 가치를 둬야 하는 바다는 아니고, 그 이후 한국문학은 소설 배경이 대부분 '육지'에 관련해 있잖아. '땅', '대지', '토지', '산', '산맥' 등등. 해방 전에 이광수의 《흙》이 있고, 해방 후 이기영이 《땅》을 썼고, 이태준은 《농토》를, 박경리는 《토지》를 썼잖아. 바다 배경은 별로 없잖아.

— 그렇네요. 대하소설이라고 하면서 대부분 땅에 관련한 것들입니다. 김남천의 〈대하〉라는 단편이 있습니다.

— 그래, 이기영의 《두만강》이라고 있는데, 본 적 있는가?

— 제목만 알고 있습니다.

— 일제 강점기에 우리 민족이 두만강을 건너 북간도에 이민 가는 장면으로 시작되는 긴 소설이야. 2만 매가량 될 거야. 거기에서의 '두만강'은 정치적 의미의 강이야. 강 자체의 생명력이라든지, 우주적 상징 의미로서의 강은 아니지. 정치적 심볼로서의 강이야. 민족의 비극과 민중의 고통을 목도한 강. 바다를 소재로 소설 쓴 작가가 몇 있지만 그들의 바다는 노동의 바다, 섹스의 바다 같은 것이야. 내 소설과는 근본적으로 다르지. 대지 위에 굳게 서라는 식의 배경은 아니지.

— 배경 속에 인물이 있습니다. 이번 〈바다의 편지〉에서는 백골이 주인공입니다. 그것도 특별합니다.

— 그래, 우리 문학의 인물은 모두 살아 있잖아. 〈바다의 편지〉에서처럼 죽은 사람이 나오더라도 샤머니즘에 기댄 것이 대부분이야. 이번 작품은 죽음을 다루더라도 샤머니즘과는 상관없어. 나의 인물은 인류의 대변자라고 봐도 될 거야.

— 구조주의에서 말하는 보편적 상징으로서의 소재, 인류를 환기하는 백골로 보입니다. 인류학과 정신분석학, 레비스트로스, 바슐라르 등이 연구해온 문제를 담고 있는 주인공 말입니다.

— 그렇다. 굳이 학문적 계보를 따진다면 인류학이나 민속학, 미개사회연구, 신화학 같은 것이겠지. 인간의 문화사가 올라갈수록 국경이라는 것을 넘어서는 범인류적인, 한 종으로서의 공통적인 유형이란 것이 강하게 설명의 열쇠로 등장하는 데, 나는 그런 것과 가깝다.

— 우리 근현대문학에서 김동인이 그런 죽음의 인물을 다루기도

했습니다. 신비롭습니다.

— 김동인은 인간의 논리를 마취시켜 색다름을 보이려 했지.

— 인간의 숨어 있는 심리를 환상으로 드러내려는 태도였습니다. 작가들마다 주제를 드러내기 위한 소재나 배경을 주인공이 걸치고 있습니다. 〈바다의 편지〉는 그보다 더 근원적인 문제를 다루고 있어 보입니다. 어떤 각성의 경지랄까요.

— 내 경우는 백골이니까 그런 옷을 걸칠 수 없지 않느냐, 나는 살이고 뭐고 걸칠 것 없잖아. 살이 있으면, 황색인종, 백색인종이냐를 따져야 하고, 옷을 입는다면 동양 두루마기냐, 서양 양복이냐를 갈라야 하고, 북쪽 인민복이냐 남쪽 경찰복이냐 따져야 할 것 아니냐. 그런 것 다 빼고, 내장도 없고, 뇌수 없이 백골만 남은 상태에서 남는 것은 뭔지, 남아 있다면 무엇을 이야기해야 하는지. …한 작가가 자주 취급하는 배경과 어우러지는 특별한 인물의 상황, 그런 것을 한국문학사의 연구방법에서 취급해줘야 한다. 음악에서의 라이트모티브 같은 것 말이다.

— 음악에서는 같은 선율, 몇 마디 멜로디가 여러 작곡에 자주 나타나기도 합니다. 같은 작품에는 주제선율의 반복과 재현이 당연히 있고, 그 주제를 다른 작곡가가 변주하기도 합니다. 너무 좋으니까요.

— 김 주간이 해설을 잘했다. 오랫동안 내 마음속에는 바닷속에 누워 있는 익사자의 이미지가 있었지. 그건 《광장》의 이명준의 모습 아니겠느냐. 이명준의 백골이 지금도 할 말이 있어서 발화하는 듯한…. 죽은 다음에는 그만이어야 할 텐데, 그는 죽은 다음에도 뭔가 결단력이 없는 인간이어서 계속 생각만 하다가 입을 열어 말을 하는 장면 장면…. 잠시 후면 의식이 없어지는 직전에 하는 말들 뿐이잖아.

— 그 중얼거림이 소설 전체이고, 그것은 개체발생의 원시적 모습을 상상하게 합니다.

— 좋은 표현이다.

— 〈황해문화〉를 받아들고 읽고 또 읽었습니다. 선생님의 소설과 주간의 해설, 그리고 《광장》과 《화두》의 주인공을 떠올리면서 말입니다. 그리고 선생님의 창작 방법론이 여기에 다 녹아 있지 않은가, 하는 생각이 들었습니다. 시인들의 관념의 감각화, 심리의 묘사화 등의 창작기법은 이 작품의 전체 내용이 말해주고 있습니다.

— 좋은 말을 해 줘서 내가 좀 힌트를 주겠다. 《화두》의 결말을 잘 읽어 보거라. 거기에 나는 매우 중요한 것을 넣었다. 평론가들이 그 것을 짚어봐 주었으면, 하는 중요한 것이다. 지금까지는 나오지 않았다. …아니다, 자네한테 말하는 것이 안 좋을 것 같다. 자네를 위해 남겨 두어야 할 것 같다.

— 저는 막연하게 제가 썼던 논문, 〈화두의 구조와 예술론의 관계에서〉의 마지막 챕터, 자기동일성의 구현과 깊이 연관돼 있다고 생각합니다. 《화두》의 화자는 언어예술가입니다. 언어예술가는 기호를 통해 이데올로기를 부정하지 않습니까. 그가 그 기호를 찾아냈을 때 진정한 '나'를 성취해내지 않습니까. 그 마지막 '나'가 진정한 '나' 아닙니까.

— 그와 흡사하지. 백골의 지금 입장하고, 《화두》의 화자가 소설을 써야겠다고 생각하는 입장하고 같은 것이다. 그것이 바로 《화두》의 마지막의…. 원자의 핵, 핵 속의 소립자라고도 볼 수 있는 것이다.

— 선생님, 〈바다의 편지〉 마지막 부분에서, 백골 화자가 이제 마지막이라면서, 세포막이 허물어진다는, 바닷물이 된다는 …. 그런

표현 있지 않나요? 그것이 의미하는 바가 또 굉장합니다. 《화두》 개정판 서문에서 새로 쓰셨는데, '기억이 곧 생명'이라는 말씀입니다. 그것과 연관되기도 합니다.

— 좋은 맥락이다. 《화두》의 결말과 〈바다의 편지〉의 라이트 모티브… 죽어가는 사람의 마지막 말 아니냐, 편집주간은 논리적, 문학적, 양심선언, 입장선언으로서의 유언을 말하지만, 나는 더 철학적, 심리적 측면에서의 유언을 염두에 둔다. 그 뜻이 바로 《화두》의 마지막 페이지에 있다.

나는 책상 위에 늘 놓아두고 있는 《화두》 2부의 마지막 페이지를 생각해 본다. 집에 가면 꼭 확인해봐야겠다.

— 선생님께서 자주 말씀하신 범신론적 태도를 생각하게 합니다.

— 그런 면도 동의한다. 나는 단 한 명의 독자를 향해, 자네 같은 독자를 향해 쓴다. 그런 사람이 얼마나 많으냐 하는 문제는 다음의 욕심이고, 단 한 사람이라도 있으면 순수한 의미에서 쓴다는 보람을 찾은 것이다.

— 제 아내는 이 소설을 읽고 무척 슬프다고 합니다. 저도 이 소설을 읽으며 슬픈 음악을 한 편 듣는 듯했습니다.

— 좋은 이야기다. 그런데, 독자가 자네 한 사람뿐이라는 것이 스산하다. 좀 우울하다. 감상적이랄 수 있지만, 어디 사람이 살아 있는 동안 감상적으로 되지 않을 수 있는가. 살아 있다는 것이 감상적이라는 것인데, 어떤 감상이냐가 문제겠지. 문학이 감상적이면 안 된다는 둥, 감상을 버려야 한다는 둥 하지만, 그런 좁은 의미가 아니다. 감상을 벗어났다면 백골이 되었다는 것인데, 나는 아직 백골이 안 됐다. 좋은 쪽으로 감상적이어야 한다는 것이다.

— 네, 선생님.

집에 돌아와 《화두》 2부의 마지막 페이지를 펼쳐봤다.

기억의 밀림 속에 옳은 맥락을 찾아내어 그 맥락이 기억들 사이에 옳은 연대를 만들어내게 함으로써만 나는 나 자신의 주인이 될 수 있겠다. 그 맥락, 그것이 〈나〉다. 주인이 된 나다.[179]

# 〈바다의 편지〉 녹음
## 2004. 1.

베토벤의 현악 4중주 16번을 배경음악으로 깔고 〈바다의 편지〉를 낭독하면서 녹음했다. 서사저널, 《내러티브》에 논문을 발표해야 했다. 서평인데, 나는 〈바다의 편지론〉을 쓰려 계획 중이다. 이동하는 시간이 많아 카세트 리코더를 들고 다니며, 운전하며, 누워서 허리 펴서 쉬는 동안에 들으려 했다. 귀는 늘 열려 있으니까 반복해서 텍스트를 듣는 것이었다.

나중에 선생님께도 들려 드려야겠다.

# 유일한 예술론, 명백한 해석

## 2004. 1.

새해를 맞아 박사 지도교수님을 모시고 중국에 다녀왔다. 장춘이었다. 지도교수님은 조선족문학연구라는 프로젝트를 진행 중이어서 중국의 여러 지역을 답사 중이다. 나도 연구원이어서 수행해야 했다.

한국에 돌아온 다음 날 최인훈 선생님께 전화드렸다. 댁으로 부를 줄 알았는데, 사모님께서 감기가 심하시다며 만남을 다음으로 미루셨다. 대신 전화를 통해 말씀을 많이 하셨다. 논문 계획, 예술론, 바다의 편지, 근현대문학 등등 여러 화제가 있었다.

— 논문계획서를 제출했습니다. 〈최인훈 소설 연구—예술론과 창작소설의 관계를 중심으로〉입니다.

— 그래, 잘했구나.

— 선생님의 예술론과 창작론을 체계화하고 해설한 다음, 그를 방법론 삼아 선생님의 소설을 분석하려 합니다.

— 분석하는 방법론을 공부한 사람, 그 체계를 알고 있는 사람의 입장에서는 보이겠지. 즉 현미경을 가진 사람에게는 균이라는 게 존재하지만, 육안밖에 없는 사람에게는 균이 없다는 경우가 지금 이와 같은 상황이다.

— 예술론을 연구하지 않았더라도 상식상의 감상은 이뤄지리라 봅니다. 어쩌면 그게 더 좋을 수도 있지 않을까 생각해 봅니다. 《바다의 편지》를 그저 슬프다고 느끼는 독자도 많은데, 그런 감상이 어쩌면 더 소중하지 않을까, 생각해 봅니다. 저는 분석적으로 달려들

게 됩니다. 슬픔은 합리의 끄트머리에서나 조금 전해 받고요.

— 음악의 경우도 그렇겠지. 음악에 대한 내면 분석적 이해가 있는 사람과 아닌 사람이 있겠지. 그러나 결과로써의 감동은 마찬가지겠지. 하지만 거기까지 도달하는 과정은 분명 다를 것이다. 지난번 자네가 〈바다의 편지〉를 기억의 문제로 접근했다는 것은 좋은 일이라고 봐. 편집주간의 해설에서도 최인훈 전체의 작품에 대한 또 하나의 열쇠 같은 거라 했지.

— 시 쓰는 사람들한테는 더 깊은 감명이 있으리라 봅니다. 시적 상상력이라 할까요, 그런 것들이 잘 녹아 있습니다. 한 편의 슬픈 대서사시라 할까요.

— 나도 그렇게 생각한다. 한국의 상황을 잘 압축하고 있는 대서정시라면 이 작품이라 소개할 수 있지 않을까. 대하소설 가지고서만 이 상황을 설명할 수 있는 건 아니니까.

— 프로테우스, 만물일체 등 선생님의 창작인식담론, 예술론과 관련이 깊습니다. 예술론이 녹아 있는 작품이라 할 수 있습니다. 진정한 자아를 찾는 일, 그것의 끝을 〈바다의 편지〉에서 전하고 있습니다.

— 아쉽다. 이런 이야기를 평론가들이 많이 해 주었으면, 다른 제자들도 해 주었으면, 하는 안타까움…. 인생이 그런 거지. 무상하지.

— 앞으로 많이들 이야기하리라 봅니다.

— …이런 생각 해봤다. 《소설가 구보 씨의 일일》을 꼼꼼히 다시 읽어보라고 권하고 싶다. 《화두》는 나중에 나왔는데, 《화두》가 갑자기 나온 게 아니라는 것. 나는 구보 씨에 이르러 미학적 입장을 구축했다. 소설과 예술 이야기에서 시작해서 예술 이야기로 끝나잖냐. 예술과 사상이 하나가 돼 있는 예술가가 주인공이 되는 소설은 우리

문학사가 없었다. 박태원도 한 편만이었지. 나는 한 권의 책으로 만들었다. 그건 전무후무한 것이다.

— 김동인, 정한숙, 이제하, 이문열, 이청준 선생 등이 예술가소설을 쓴 적 있어도, 소설가 소설은 박태원 선생 이후 처음이죠.

— 우리 소설이 이광수 이래 무슨 계몽이다, 사회변혁이다, 순수문학이다, 라고 해왔잖아. 순수라고 해봤자, 전근대적 서정성의 유지라든지, 정치경제학적인 시야는 불문에 부치고 1920, 1930년대 일제 식민지 하에 있어서의 도시근대화, 거기에서 온 외래문화와 그 교육을 받고 처음 정신적인 형성기를 맞은 한국 예술가, 소설가, 시인들이 도시문화를 담백하게 그려야 한다는 식이었지. 요즘으로 말하면 포스트모더니즘이나 세계화 같은 것이지.

— 제1차 세계대전 후를 모더니즘 출현이라 보기도 합니다. 지금은 포스트모더니즘이 유행합니다. 연구자나 작가들 모두 관심이 그쪽에 몰려 있습니다. 거기에, 페미니즘, 포트스콜로니얼리즘, 미니멀리즘이 다리를 걸치고 있는 형국입니다.

— 나는 내가 1930년대 문학 선배가 된 듯하다. 《화두》에다가도 그렇게 썼다. 나는 역사라는 것이 움직이는 방식, '역사의식', 이런 걸 역사의식이라고 하는구나, 하고 말이야. 우리 근대는 계몽이 우세였지. 새로운 것, 서양의 것이 좋으니 과거 것은 빨리 없애버리자는 식의 의식이 있었다. 그의 마지막 형태가 이광수였고. 그다음이 프로경향 아니면 순수경향이었다. 우리의 순수라는 것은 무당푸닥거리에다가 산문예술의 옷을 입힌 것으로 보인다. 자네는 실감이 없겠지만, 당시 소설이란 것은 농촌 이야기가 60~70%를 차지했다. 주인공은 순이, 돌쇠였고 농촌을 배경으로 한 가족 이야기였다. 그게 아니

면 이상(李箱)인데, 이상을 긍정적인 것으로 보는 시각이 많다. 그를 우리 문학사에 괄호로 넣으면서 무게 있게 다룬다. 이상은 사회경제적인 시야가 없는 게 한계지만, 그것이 그의 행복이기도 할 것이다. 그가 만일 일본 징용 노래를 불렀다면 모든 것이 엉터리라고 판단할 거야. 보들레르에게는, 프러시아 군대가 파리에 입성할 때 '오 그대들은 영웅, 해방자 어서 오시오'라는 시는 없다 이거다. 그냥 파리가 얼마나 타락한, 악마의 도시인가 하는 것만을 얘기했는데, 그게 어떤 자기변명의 뭣도 없이 철처하잖냐. 그러니까 추악한 것을 꿰뚫어 넘고 근대적 아름다움의 한 가지 샘플이 프랑스, 서양 문학사에 기록돼 있는 것이다.

— 악마주의나 퇴폐주의에 대해서 수업 때 말씀하신 것이 기억납니다. 퇴폐라는 것은 진정 퇴폐주의가 아니라고요. 에드거 앨런 포라든지, 스티븐스 같은 사람들이 데카당의 구심점으로 자리 잡고 있습니다. 그들이 퇴폐적으로 놀았든 아니든, 어쨌든 그들은 열심히 썼습니다.

— 한국의 신문학은 그동안 너무 긴급 상황이 많았기 때문에, 인간 의식 자체를 신화의 화두로 삼는 소설은 쓰이지 않았지. 물질 자체를 직시해서 마침내 물이 문제가 아니라, 물이라는 것이 산소와 수소 원자의 배합이라는, 그런 분석적인 문제의식은 없었지. 경황이 없었던 사회였던 거야. 지금도 그렇다.

— 그렇습니다. 지금까지도 국문학사에서 임화의 근대 이식문화론을 뛰어넘는 이론가들이 없는 모양입니다. 아직도 임화 이야기를 계속하는 중입니다.

— 임화가 그거 하기에 적합하고 좋은 사람임은 분명하지. 임화와

동시대였던 카프. 임화와는 다른 태도였던 카프가 있었다. 그런데, 카프를 비판하기 위해 임화를 내세우는 것은 절반밖에는 방어력이 없다고 나는 본다. 임화도 가지고 있고, 이상도 가지고 있는, 남극과 북극처럼, +,−처럼, 양전자와 소립자처럼…. 그런 날카로우면서도 단단한 이론은 없다는 것이다.

— 임화도, 카프도 아우르고 수긍하는 우리 전통의 이론은 찾아볼 수 없습니다.

— 우리 문학은 그럴 처지가 아니었지. 권력자가 바뀌면 지금까지 주장하던 것에 자신이 없어가지고 입장을 확 바꾸는 태도…. 순수문학을 주장하던 친구들이 아무 해명도 없이 사회변혁 문제에 대해 우물우물 타협을 한다든지, 사회변혁 입장의 사람들이 별다른 이론적 반영 없이 그 반대의 극으로 달려가는 그런 거 봐라.

— 그렇습니다. 과거 일제를 반대했다가 친해지는 사람들, 그리고 우리 시대의 운동권 친구들이나 그 반대의 친구들이 그런 모습입니다. 이론적 견실함, 구조적 철저함이 없었던 게 아닌가 생각됩니다.

— 이론이 전혀 없다는 것은 아니지만, 어떤 파국에서도 여전히 건재할 수 있는 그런 경지였던 것이 아니었지. 확고부동한 이론적 확립이 덜했던 것으로 본다. 나는 그들을 비난하는 것은 아니다. 정치적이거나 인간적이거나 아무것도 안 한 것은 아니니까. 꿈이 있었다. 하지만 힘이 모자랐다. 힘이 모자랐기 때문에 너희는 가짜였어. 나쁜 인간이었어. 다른 의미의 권력을 추구한 거야, 하고 말하는 것을 나는 반대한다. 그렇지만, 힘이 없고 체력 부족이었다는 것을 아프게 지적하는 것까지는 안 할 수 없다는 것이다.

— 대세에 빌붙어 변화무쌍하는 것보다 체력을 키워야 하지 않는

가, 하는 지적은 해도 되지 않겠습니까. 그조차 못 하게 하거나 무시하면 안 된다고 생각합니다. 전투력을 기르기 위해 최선을 다했다면, 전쟁에서 싸워서 비록 패배하더라도 떳떳할 수 있을 것입니다.

— 그렇지. 나는 그런 문제를 작품 속에서나 에세이에서 꾸준히 이야기해 왔다. 내실 다지기보다 바깥에서 오는 새로운 이론에 깜짝깜짝 놀라는 태도, 겉치레의 댄디즘을 가지고 영혼의 어머어마한 천재라고 나팔을 불어대는 태도. 그런 싸구려 낭만주의에 경도하지 않고 나는 자연과학자의 태도로 내 작업을 해왔다. 퀴리 부인이 젊을 때 어느 날 어떤 한 가지 아이디어가 떠올라, 수십 년 동안 실험에 실험을 거듭해서 결국 이루어낸 발견처럼 봐줘야 한다는 것이다. 실험의 데이터를 가지고 말하는 과학자의 그것과 같은 태도라고 말이다. 내 작품 12권의 특징이 그런 것 아닌가?

선생님의 통화 말씀 어조가 격하게 다가왔다. 수화기를 통해서도 그 격함, 그 뜨거움이 전해져왔다. 나는 화제를 바꿨다.

— 기말고사는 《소설가 구보 씨의 일일》, '추상/구상' 부분을 해설하라는 것이었습니다. 학생들이 그 부분을 성실하게 준비해서 써왔습니다. 우리 때와는 다르게 요즘 학생들은 정보습득력이 참 대단하다고 생각했습니다. …제 박사논문의 테마가 선생님 소설을 선생님의 예술론으로 파악하는 것입니다. 그런 의미에서 〈구보 씨의 일일〉은 좋은 1차 자료입니다. 선생님의 예술론이 독보적이어서 의의가 있습니다.

— 의의가 있다는 것은 현재 예술론에 초점을 맞춘 논문은 없다는 것이다.

— 선생님의 환상에 대한 관점을 몇 연구자들이 좀 다르게 바라보

고 있습니다.

— 환상적인 것은 안 된다, 현실에 발을 디뎌야 한다는 반복이지.

— 선생님의 소설을 두고 관념적이라느니, 현실과 멀어져 있다느니, 하는 관점은 환상과 현실을 바라보는 시각의 차이에서 기인하는 것 같습니다. 선생님은 현실도 어떤 면에서는 환상의 부분으로 보시는데 말입니다.

— 그렇지. 유권해석으로써의 전지전능한 현실 개념이라는 것은 인간으로서 근본적으로 거기에 무한히 다가가야 하지만, 실체로서는 그럴 수 없는 것이 인간의 근본적인 생김이 아니냐는 것이다. 유일한 입장이 전 근대적인 지식인들에게는 주어져 있었지. 그것을 신이라고 생각한 것이다. 데카르트가 말하는 '생각의 능력'이라는 것은 신의 능력을 갖춘 존재라는 뜻이었다. 실존주의 경우에도 신이라는 것을 그런 의미로 정리했다. 그 후 근대적인 지성이 무엇을 가지고 확인하였는가가 중요하지. 자네의 경우, 필연과 우연, 그것이다. 현대 물리학자 이후의 필연 개념을 자크 모노가 가진 것이다. 그에게는 뉴턴은 필연이 아니지. 단서가 붙은 회의론의 비판의식을 용서하면서 조건부로, 현재로서는 이렇게밖에 말할 수 없다, 만일 조건이 이러저러하다면, 하는 단서를 달고, 그럴 때는 근사한, 합리적인 해석은 이거다. 이런 식이지.

— 〈바다의 편지〉에서는 합리를 뛰어넘는 세계를 보여주고 있지 않습니까? 예술 그 자체 말입니다. 그것이 예술의 현실이고 예술의 진리가 아닐까요.

— 진리가 있다, 없다 할 수 있는 의식이 없는 상황을 말했다. 이런 생각을 에세이와 작품에 많이 소개해왔는데, 그런 것을 알아보는

사람이 없다는 게 아쉽다. 누군가 해줘야 하는데, 않는 것을 내가 어찌하겠냐. 후대에 누가 하겠지. 나는 시간 있을 때 한 편이라도 더 세련되고 정리된 것을 내놓으려 노력해야 할 것이다. 이번 것도 그런 맥락에서 화제를 제공한 것이다.

— 제공 정도가 아니라 저는 충격을 받았습니다. 《화두》도 있지만 서사시로서의 〈바다의 편지〉는 두고두고 읽히리라 봅니다.

— 알아주는 독자가 한 명뿐이어서… 아쉽구나.

〈문학〉이라는 것은, 그 종사자로 하여금 그 당자의 〈생물인류학적 자질〉을 넘어서, 그 자질을 눈멀게 하면서까지 그 당자가 속한 유(類)의 운명인 〈문화인류학적 자질〉의 극한의 벼랑 끝까지 내모는 버릇을 가지고 있었다. 무당이 신명내는 일을 〈엄살〉이라고 느낀다면 이 순간에 그는 무당이 아니고 그저 아낙네가 된다.[180]

# 교재
## 2004. 02.

선생님께서 전화하셨다. 학교에는 별일 없냐고 물으셔서 나는 강의평가에서 나온 학생들의 주관적인 의견을 말씀드렸다. 내 강의평가를 선생님께 보고할 필요까지는 없지만, 선생님께서 강의하시던 교과목이었고, 또 선생님께서 학생들의 반응을 늘 궁금해하시기도 해서 솔직하게 말씀드렸다. 강의평가에서 객관적 점수는 나쁜 편이 아니었는데, 주관적 내용에서 교재를 문제 삼고 있었다. 교재를 좀 더 다채롭게 해 달라는 의견이었다. 《소설가 구보 씨의 일일》 외의 소설도 취급해 달라는 것이었다. 학생들에게 선생님의 예술론과 창작론의 소중함을 알려 주려는 의도가 잘 전해지지 않는 이유는 선생님께서 아직 현장에 계시기 때문이었다. 학생들은 최인훈 선생님을 강의실에서 직접 뵙고 싶어 하는 것이었다.

— 대학은 초등학교처럼 과목 전체를 강사 한 사람이 맡아 하는 것이 아닌데, 학생들이 자네에게 욕심이 있구나. 대학강의는 자기 과목에 대한 전문성을 인정받고 종적으로 깊이 파고들어 가는 것이 아니냐. 자기가 제일 잘하는 것을 모범을 보이는 것이다. 다양한 교재를 강의해달라는 학생들의 요구사항은 과도하다. 다른 교과목이 있지 않으냐, 다른 교재는 다른 교과목에서 취급하고 있으니까.

— 그렇습니다.

— 학생들은 본인들이 활발히 참여하지 않고, 지각, 결석하면서 귀 두 개만 가지고 앉아서… 옛날 선생은 학생들에게 엄격했지. 코 묻은 아이들, 매질까지 했단 말이다. 중요한 원리는 암기를 시켜서, 그것을 기본으로 자기 세계를 펼치게 했다. 요즘 학생들은 너무 공부를 안 하는 것 같다. 가끔 방송대학이라는 프로를 보는데, 거기 선생들이 수업 끝나면 "여러분들 수고했습니다"라고 하더라. 수고했으면 자기가 했지, 선생이 왜 그런 말을 하는지 모르겠더라. 교재로 그것을 택한 바에는, 그걸 계속하거라. 다양한 교재 요구는 잘못됐다고 생각해. 학생 쪽에서는 동일 작가의 다른 작품을 해달라고 해야지. 성의만 있다면 한 작가의 전집 전부를 읽어야 하지.

— 선생님의 예술론, 문학론이 얼마나 독창적이고 소중한지, 학생

들은 잘 모르고 있습니다. 물론 창작에 긴급히 써먹을 수 있는 기교를 가르쳐 달라는 태도가 나쁘지 않지만, 문학의 원형, 소설의 본질, 작가의 역할 등이 먼저 단단히 자리잡아야 한다는 것에는 크게 관심이 있지 않아 보입니다. 지나고 나면 《소설가 구보 씨의 일일》이 얼마나 많은 것을 시사하고 있었는지 알게 되리라 봅니다.

잃어보지 않았기 때문에 잃는다는 일이 가져오는 무력감을 모르는 사람들 - 그것이 새 세대다. 실지의 잃음이 아닌 〈잃음〉이라는 〈말〉은 다른 종류의 소유인 것이다. 그리고 예술은 바로 〈다른 종류〉의 삶이다.[181]

— 어떤 작가의 예술론이 일생 어디에 들어 있는가를 생각해 봐야 할 것이다. 나는 1980년대에 '예술이란 무엇인가'라는 화두를 가지고 이십 년을 보냈다. 학생들하고 교실에 있었던 시간이었다. 그동안 작품을 쓰지 않고 그 화두에 매달렸다. 그리고 그렇게 해서 쓸 수 있었던 소설이 《화두》다.

만일 1980년대의 침묵이 없었다면, 세계의 대격변이 있었을 때, 그것을 금방 자기화해서, 자기의 실존적 문제를 받아놓고, 이십 년을 가만히 있었던 동안, 결코 사유의 신경이 녹슬지 않았다는 것을 그렇게 증명할 수 없었겠지. 기회가 왔을 때, 그런 준비가 발휘된 것 아니겠느냐. 그리고, 지금도 가끔 《소설가 구보 씨의 일일》을 들춰 보면 사유가 녹록지 않았구나, 하는 생각을 하게 된다. 그것을 1970년에 썼으니, 34년 전쯤 이야기다. 지금보다는 아는 것이 덜할 때, 지식이 없었을 때 쓴 건데, 화두에 직면하고 있는 절박함이 빡빡하게 느껴진다.

지금은 여러 측면에서 여유가 있다는 장점이 있었지만, 그때는 1960년 데뷔 후 1970년, 그러니까 10년 후에 쓴 소설이어서 긴장이 더 있었지. 그러니까, 《소설가 구보 씨의 일일》이 내 사유 생활의 반환점, 터닝포인트라고 생각한다. 《서유기》까지만 하더라도 내가 상당히 고전한 거지. 《하늘의 다리》부터가 고투에서 조금 이륙한 상태고, 그다음에 쓴 것이 《소설가 구보 씨의 일일》이다. 그다음이 《태풍》. 그다음에 형식적으로 정제감을 필요로 하는 '희곡'의 세계로 간 것이지. 《소설가 구보 씨의 일일》이 그 중간에서 터닝포인트 역할을 한 것이다.

— 선생님의 창작행로를 언젠가 제가 그림으로 도식해 본 적이 있습니다. 논문에다 그려서 넣고 해설해 보인 적 있습니다. 선생님의 용어, '현실의식'과 '상상의식'을 두 축으로 놓고 그에 해당하는 작품을 대입해놓았습니다.

— 그 도식, 자네 논문에서 봤다. 내 창작이 그렇게 흘러갔지. 내 예술론에 대해 연구한 사람은 현재까지 자네가 유일하다. 나는 자네한테 《소설가 구보 씨의 일일》이 도움이 되길 바란다. 나도 그랬다. 매일 같은 텍스트여도 인간은 녹음기가 아니기 때문에 똑같은 말을 할 수는 없다. 매번 개진하는 말이 되고 더 정연하게 말을 하게 될 것이다. 여러 학생 중 내 이야기에 귀를 기울이는 학생은 한두 명밖에 없었다. 나머지는 쇠귀에 경 읽기였다. 실력이 아니라, 성의였지. 나는 그 한두 명을 향해 강의했다. 과거 서당처럼 회초리를 들 수도 없고…. 그리고 나를 향해 이야기했다. 나를 납득하기 위한 강의였다. 이런 예술론을 내가 이야기해도 좋은가, 그런 글쓰기 방법

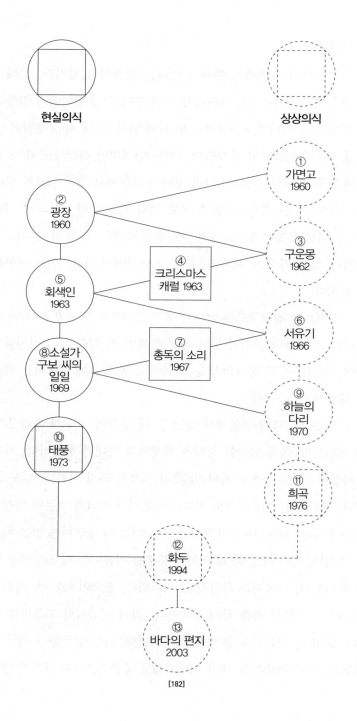

현실의식

상상의식

② 광장 1960

① 가면고 1960

③ 구운몽 1962

⑤ 회색인 1963

④ 크리스마스 캐럴 1963

⑥ 서유기 1966

⑧ 소설가 구보 씨의 일일 1969

⑦ 총독의 소리 1967

⑨ 하늘의 다리 1970

⑩ 태풍 1973

⑪ 희곡 1976

⑫ 화두 1994

⑬ 바다의 편지 2003

[182]

론은 보편성을 가지는가, 하는 문제였다.

　— 대학이라는 제도가 원래 이론을 연구하는 곳 아닙니까. 어떤 대학에서 특별한 이론이 나오고 그 전통이 깊으면 이는 인류를 위해서도 좋은 것으로 생각합니다.

　— 이론을 알고 있는 사람으로서는 원리가 훤히 보이지만, 모르는 사람에게는 보이지 않는 법이다. 언제 이야기하지 않았더냐. 현미경을 가진 사람에게는 균이라는 게 존재하지만, 육안밖에 없는 사람에게는 균이 없다고. 그 경우가 지금 이와 같은 상황이다.

　— 다른 사람들에게는 예술론을 연구 않았더라도 일반적인 감상이 있습니다. 하지만 저는 감상의 깊이를 헤아리는 척도를 가지려 하는 것입니다. 그게 선생님의 예술론이고요.

　— 알고 있다.

# 병풍

## 2004. 3.

노무현 대통령 탄핵 소추안이 통과됐다. 국회 안은 아수라장이었다. 어떤 국회의원의 울음은 어떤 국회의원을 미소하게 했다. 울거나 미소하는 국회 모습을 텔레비전에서 보고 있는데, 선생님께서 전화하셨다. 당신의 연구실은 어떻게 되는지 궁금하시다는 것이었다. 전임 교수가 새로 부임되는 모양이었다. 나는 시간강사여서 학과의 행정에 대해 자세하게 아는 바가 없었다. 연구실이 모자라서 선생님 방을 새로운 교수의 연구실로 대체하려는 움직임이 있는 것 같았다.

선생님 연구실에 들어가 본 적이 있었다. 학과 사무실 건너편에 있는 방으로 선생님의 브로마이드 액자가 책상 곁에 놓여 있었고, 거의 비어 있는 책장에는 〈예장〉과 학교 출판사에서 나온 교양서가 몇 권 있었다. 선생님이 학교에 나오시지 않기에 시간을 많이 맡고 있는 강사들의 휴게실이 돼 버린 연구실이었다. 병풍도 있었다. 졸업생이 만들어 준, 선생님의 〈소설창작론〉의 압축된 도식이 그려진 병풍이었다. 나는 그 도식을 해독하려는 욕망이 있었다.

선생님의 연구실은 오래도록 보존해야 할 것이다. 선생님께서 지상을 떠나시더라도 선생님의 연구실은 보존되어야 할 것이다. 서울예술대학교, 문예창작과는 선생님이 계셨기에 존재했던 학과였기 때문이었다.

예술이란, 불러내는 것. 먼데 것을 불러내는 것. 가라앉은 것을 인양하는 것. 침몰한 배를 끌어올리는 것. 기억의 바다에 가라앉은 추억의 배를 끌어내는 것. 바닷가. 표류물(漂流物)을 벌여놓은 바닷가. 그렇게 캔버스 위에 기억의 잔해 찌꺼기들을 그러모으는 일.[183]

선생님을 기억하는 일, 선생님의 체취가 아직 남아 있다면 그를 보존하는 일은 예술학교를 지키는 일이 될 것이다.

# 가마골

2004. 5.

학교의 스승의 날, 교강사 합동 행사 뒤 선생님께 달려가 찾아뵈었다. 선생님께서는 기다리신 듯, 외출복으로 차려입으시고 거실 소파에 앉아계셨다. 나는 선생님과 식사하기 위해 예약해 둔 송추 가마골에서 모시고 갔다. 선생님께서는 고기를 많이 드시고, 또 냉면까지 한 그릇 말끔히 비우셨다.

그리고 집에 모시고 가서 백세주를 올렸다. 한 병을 드시고 와인도 석 잔 드셨다. 많이 취하셨다. 우리 집에서 나가실 때, 내 부축을 받으셨다. 혼잣말로 '아버님이 미국에서 오신다'고 하셨다. 나는 무슨 소설의 문장을 말씀하시는 줄 알았다.

# 자랑스러운 서울대 법대인상

2004. 6.

최인훈 선생님으로부터 전화가 왔다. 서울대 법대 동창회에서 '자랑
스러운 법대인상'을 준다기에 받겠다고 하셨단다. 나는 축하드린다
고 말씀드리고 찾아뵈었다.

  그동안 여러 문학상, 문화상을 거부하셨는데, '자랑스러운 서울대
법대인상'을 받으시네요, 그 상의 의미가 크신가 봅니다, 하고 내가
말씀드리니 선생님께서 빙그레 웃으셨다. 사모님께서는 다른 상은
상금이 많았어도 거부하시더니, 이번 상은 상금 한 푼도 없는데 받
으신다고 아쉽다는 어조로 말씀하셨다. 선생님도 존경스러웠고, 스
스로 속되게 낮추시며 선생님을 높이는 사모님도 커 보이셨다.

  선생님은 행사 때 선생님 식구를 내 차로 움직여 줬으면 하셨다.
나는 선생님을 모시게 되어 영광이라고 하고 돌아오는 길에 서울대
법대를 졸업한 고숙님께 전화를 드려 그 행사에 대한 정보를 얻었
다. 고모부님은 최인훈 선생이 동문인 줄 몰랐다고, 문화인으로서의
업적을 인정해 주는가 보다고, 그 행사는 공개적이어서 누구든 참관

452

해도 무방하다고 하셨다.


# 프라자호텔

## 2004. 6.

최인훈 선생님을 모시고 프라자호텔에 갔다. 서울대 법대인상 행사
가 열리는 곳이다. 지난 주말, 선생님께서 '자랑스러운 서울대 법대
인상' 행사 일정을 메일로 보내셔서 나는 아내와 답사를 다녀왔었
다. 대리 주차의 모습도 봐 두었다. 선생님과 사모님을 어떻게 모시
는 것이 세련될까, 고민해왔었다.

행사는 11시에 시작해서 리셉션까지 약 두 시간 펼쳐지리라 예상
했다. 선생님 내외분을 모시고 프라자호텔 앞에 차를 댔다. 로비 앞
에서 주차 도움 경비원이 나와서 대리 주차를 해 주었다. 주차하는
차종은 대부분 세단이었는데, 내 차 아벨라는 코믹했을 것이다.

프라자호텔 행사장에 올라가니 동문회장과 화정에 사는 졸업생
내외, 그리고 옛 조교가 와 있었다. 나는 준비해간 카메라에 행사 모
습을 담았다. 아내도 처남에게 빌려 간 캠코더로 선생님 주변을 맴
돌며 행사장과 선생님을 필름에 새겼다.

올해 수상자는 세 명이었다. 선생님 내외분은 수상자 가족 곁에
나란히 앉아 있었다. 사모님은 여유로워 보이시는데, 선생님은 긴장
해 있었다. 나는 선생님이 그렇게 긴장하신 모습을 처음 보았다. 잔
기침을 하시더니, 멈추지 않았다. 연신 기침을 하면서 결국 자리에

서 일어나 화장실을 가셨다. 내가 따라가 선생님 손을 잡아드렸다. 기침이 멈추지 않아 토하기 직전이셨다. 사레가 크게 들리신 모양이었다. 몇 차례 헛구역을 하고 나서야 기침은 멈추었다.

시상식이 끝나고 다른 공간에서 리셉션이 열렸다. 나는 카메라를 들고 환한 모습으로 동문과 담소를 나누는 선생님 모습을 계속 찍었다. 법대 10회 동기 중 한 분이, 선생님은 졸업도 않았는데 상을 준다는 말을 몇 번 하셨다. 선생님은 그때마다 웃으셨다. 앞니가 없는 선생님 입이 미안할 정도로 활짝 열려 있었다. 지난번 한일병원 치과에서 가치를 했는데, 깜빡 잊으신 모양이었다. 다른 동기분이 아내와 내게 비서냐고 물어와, 나는 비서 겸 제자라고 말했다. 그분이 사진 나오면 자기에게도 보내 달라며 명함을 주었다. 건설사 회장이었다.

리셉션이 끝나고 일행은 호텔 정문에서 대리 주차를 해둔 차에 올라 화정으로 왔다. 화환과 상장, 상품을 들고 선생님 댁 현관을 들어서니 아들이 맞아주었다. 소파에는 연로하신 할아버지께서 물끄러미 우리를 쳐다보셨다. 서재에서 옷을 갈아입고 나온 선생님께서 노인분을 소개해 주셨다. 선생님의 아버님이셨다. 미국에서 오셨단다. 나는 선생님이 자랑스러운 법대인상을 수상하셔서 아버님과 선생님의 마음이 가벼워지셨으리라는 생각이 스쳤다.

— 곁에서 도와줘 고마워요.

그 자리에 있던 모든 사람들, 선생님, 사모님, 아들, 아내, 모두 할아버지의 말을 못 들은 모양이었다. 자신들의 행동과 시선에 맞춰져 있는 모습이었다. 나는 똑똑히 들었다. 메마르고 작은, 약간 이북 사투리가 섞여 있는 할아버지의 음성, 지금도 선연하게 들려온다.

# 바다의 노래

## 2004. 9.

〈바다의 편지론〉을 〈내러티브〉에 발표했다. 요약해본다.

…의식을 부여잡을 수 없도록 에너지가 고갈된 '백골'이라는 육체는 경험도 어긋나기 시작하는 해체의 과정을 겪으면서 차츰 죽음의 순간을 맞아가고 있다. 비록 감각을 체험하는 의식이 육체 부위마다 다르기는 하지만 죽음을 인식하는 과정은 아직 죽음이라 할 수 없다. 또한 그것을 체현해내는 '말'이 혼미하고 때로 혼선을 일으킨다고 해서 생명이 사라진 것이라 할 수 없다.

한편, '나'의 육체에 붙어 있는 의식이 '나'의 생명의 결과이긴 해도 반드시 '나'만의 것은 아니라고 화자는 말한다.

그렇다면 '나'라고 할 수 있는 의식은 어디에서 시작되고 어디에 머물러 있다가 나타나 '나'임을 일깨우는가.

(…)

'추억이 나'이고 '나'의 추억은 내가 보고 느낀 것을 경험한 의식이어서, '나'의 의식의 소멸은 현대 의학에서의 죽음을 일컫는 말이다. 그런데, 나의 직간접적인 체험은 전부 나의 것이라 단정할 수 있는가, 또, 내 육체가 경험한 추억을 인식하는 의식은 육체가 없으면 불가능한가, 육체가 의식을 인식하는가, 의식이 육체를 인식하는가, 더욱이, 경험을 인식하려는 의지는 꼭 내 의식에서만 이뤄지는가.

(…) 기억된 체험은 '나' 아닌 다른 것으로 옮겨가기도 한다. '나'는 나를 의식하면서 다른 것들에 의해 의식되기도 하기에 나의 체험은

나 아닌 다른 것에 의존되기도 할 것이다. 그 과정들 속에서 백골이 체험하고 있는데, 이는 전통적으로 종교적 감수성과 마찬가지라 할 수 있다. 한 번뿐인 삶이 종국에 다다르면, 다시 다른 곳에서 다른 것으로나마 살아지겠지, 하는 희망이 종교의 본질이다. 유한의 불안을 해소하기 위해 다른 생물들에게는 없는 종교라는 의식의 수준을 갖게 되면서 인간은 더욱 인간다울 수 있게 되었고, 자연과 우주를 이해하게 되었으며, 종교적 활동이 자신을 주인으로 끌어주리라는 신념으로 이만한 문명을 이뤄냈다고 할 수 있을 것이다.

(…) 우주 저쪽에서 지금 자신의 말을 되풀이하고 있을 다른 나가 언젠가 지구상에 다시 나타나지 않을까, 하는 희망이 기독교에서의 '부활'이고, 불교에서의 '윤회'가 아니던가. 그러므로 백골의 소멸되는 의식은 이미 생명의 시작이고, 죽음은 탄생의 다른 표현이다.[184]


이론가들, 특히 정신분석학, 사회과학, 철학의 이론가들, 그것도 서양의 이론가들에 의해 분석하는 논문이 아닌, 필자가 중심이 된, 논자가 중심이 된 논리를 끌어가면서 문장을 쓰고 싶다.


# 존재감
## 2004. 9.

최인훈 선생님께서 내가 쓴 〈바다의 노래-바다의 편지론〉에 대해 여러 차례 칭찬해 주셨다. 지난주에 〈학술저널〉을 전해 드렸는데,

몇 차례 읽고 또 읽으셨다며 전화해 오신 것이다. 당신의 작품에 대해 내가 이런 식의 평문을 쓰기를 원하신다고 하셨다. 나는 자신감을 얻어 《화두》에 대해서도 이렇게 쓰는 중이라고 말씀드렸다. 선생님의 예술론을 토대로 한 논문이라고 첨언했다.

한편으로는 소설을 써야 한다는 조바심도 생긴다. 선생님의 예술론을 해독하면서 시작한 석, 박사과정의 공부는 나의 시간과 멀어지기도 하면서 소설가로서의 내 존재도 멀어지게 하는 느낌이 짙어지는 요즘이다. 나는 예술가인가 학자인가. 이런 생활은 어디까지, 언제까지 할 수 있을까.


> 너무 좋은 말만 입에 달고 살다 보니 그 환상을 정말 살아야 하는 벌을 피할 수 없게 되는 삶. 하는 소리인 줄만 알던 말이, 정말 있는 무서움이 소식이라는 소식.[185]


# 상호텍스트

### 2004. 10.

안산의 학교는 축제로 들떠 있었다. 춘천의 학교도 학술제가 한창이었다. 나는 오전에는 춘천으로, 저녁에는 안산으로 달려갔다. 두 군데 모두 초대를 받았다. 뜬벌이 생활은 길 위에서 시간을 많이 보낸다.

밤에 선생님께 전화가 왔다. 선생님께서 예대학보사와 인터뷰한 내용을 메일로 보내셨다고 검토해 보라 하셨다. 지난번 학보사에서 대담하셨는데, 학생들이 원고를 정리해서 못 미더우신 모양이었다. 나는 맞춤법 교정 정도만 보고 잘됐다고 말씀드렸다.

　예술은 연극에서 그 원형을 찾을 수 있고, 연극예술은 제의에서 발생했다는 것을 힘주어 강조하시는 말씀이었다. 그리하여 예술에 대한 감각은 제의를 염두에 두라고 하셨다. 선생님께서는 내 수업에 대해서도 물어오셨다.

　— 지난주에는 〈노래하는 사갈〉을 읽고 설명했습니다. 구보 씨와 샤갈의 예술적 태도가 흡사하다는 이야기, 그리고 상호텍스트성에 대해 이야기했습니다.

　— 상호텍스트?

　— 네, 샤갈 전 팸플릿 문장이 소설에 그대로 들어가 있는 페이지입니다. 일종의 패스티시로 포스트모더니즘의 창조 기법입니다. 음악에서는 혼성곡의 의미로 많이 쓰입니다.

　— 그렇다. 내 작품은 그렇게 봐야 한다. 패스티시 기법으로 말이다.

　— 〈팔로군 좋아서 띵호아〉에 나오는 평론가 김견해, 김공론 씨는 서울대에 계신 그 평론가분이 생각납니다. 그분 맞으신가요?

　나는 확인하고 싶었다.

　— 창작해낸 인물이다. 읽는 사람들이 당대의 문단의 정보, 당시의 풍경을 좀 알고 있으면 그런 관련성을 유추해낼 수 있겠지. 그러나 그것은 착각이다.


　예술은 실물이 아니라, 실물을 인간이 자기 기억 속에 끌어들인 기호(記號)의 계(系)인데, 문학의 경우에는 자꾸 실물과의 물신(物神)론적 혼동이 생긴다는 것.[186]

나의 수업은 차츰 정예 학생만 듣는 편으로 흘러갔다. 수강생의 인원은 요일에 따라, 시간에 따라 달라지지만, 내 수업은 고정적이었다. 소설을 쓰는 학생 위주이고, 다른 대학을 졸업하고 온 학생들이 많았다.

— 작품을 쓸 때, 그 작품에는 선행하는 작품들의 목소리가 들려온다. 허밍이다. 구보 씨의 일일을 쓸 때는 박태원이 허밍해 주었다. 학생들에게 그것을 알려 주어야 한다.

—《화두》에 그와 같은 문장이 나옵니다. 빙의가 된다고, 그때 법열을 느낀다고 말입니다.

내가 곧 이상이며, 박태원이며, 이태준이며 그리고 조명희이기까지 하다는 느낌이 주는 이 법열(法悅)을 어떻게 부인할 수 있겠는가. 법열, 그렇다. 〈화두〉라는 말은 마땅히 법열, 이런 계열의 말이 화답해야 할 질문의 형식이지 싶다.[187]

— 그래, 텍스트는 그냥 하늘에서 뚝 떨어지는 것이 아니다. 사회, 문화, 정치, 경제, 교육 등 모든 것을 고민해왔던 선대의 작가들의 문장이 있고 흐르는 맥에서 나오는 것이다. 그것이 문맥이다. 무릇 표현이라는 것은 비표현의 부분, 또는 표현 이전의 부분이 아래에 깔려 있다. 빙산의 꼭대기처럼 노출된 것이 소위 텍스트라는 것이다. 주요 내용은 아래에 있다는 것이다. 윗부분만 이야기하는 것은 소위 형식주의라든지, 교조주의가 된다.

— 학생들은 최신 작가 작품을 알고 싶어 합니다. 만족할 만한 작품을 소개하고 있습니다. 그러나 주된 읽기는《소설가 구보 씨의 일

일》, 《화두》입니다. 그 작품에 담겨 있는 변하지 않는 부분, 문맥의
원류에 대해 이야기해 주고 있습니다. 예술의 원론에 해당하니까요.

— 맞다. 그래도 거기가 학교니까. 명색이 연구기관이니까. 입시
경향을 예고하는 학원, 점수를 하나 더 따게 하는 데가 아니잖느냐.
무슨 문화센터, 강습소 등과는 다른 점이 있다면 바로 그런 것에 있
다. 최근 작품이라 하지만, 허밍으로 울리는 부분이 많은 작품이 좋
다. 그런 작품을 읽어서 알아내고 많이 씹어서 음미할 수 있는 부분
에 의미가 있다. 옛날 선비들도 과거의 것을 읽는 것에 일생을 보내
지 않았더냐. 지금 우리가 산업이 발전하고 살림이 나아졌다고 해
서, 조선조의 문인들이 스스로 만족했던 정신적인 취미의 세계가 전
혀 의미 없어진 것은 아니거든. 지금도 산수화 배우러 다니는 사람이
존재하잖아. 산수화 그리면서 애를 써서 선을 몇 개 친다는 게 뭐가
중요해, 차라리 자동차 디자인을 해 보지, 라는 말은 성립하지 않아.

— 네, 그렇습니다. 문화센터 같은 데서 하고 있는 창작교육은 뿌
리 없는 조화를 만드는 방법만 지도하면 됩니다.

— 학교에서의 문학교육도 문제라고 봐. 고등학교 검인정 국어 문
학 교과를 보자, 엄청난 교조주의 아니냐. 1학년보다는 2학년, 2학
년보다는 3학년으로 고급화되어야겠으니 시험이 지식 위주 아니겠
느냐. 문학이나 철학에 무슨 정답이 있냐 말이다.

— 프랑스에서는 철학 공부를 바탕으로 하는 논술 시험이 있습니
다. 바칼로레아라고 합니다.

— 그런 얘기 들어봤다.

— 우리도 논술시험이 있지만, 바칼로레아는 제시문도 없고, 출처
도 없습니다. 그냥 한 문장을 제시하고 논하는 문제입니다.

— 우리도 그렇게 해야 하지 않나? 자네는 그렇게 하겠지? …요즘은 무슨 작업하는가.

선생님은 내가 학위논문을 빨리 제출했으면 하신다.

— 지난번 〈바다의 편지〉를 낭독하고 녹음했는데, 이번에는 《화두》를 녹음 중입니다. 1부 중반까지 낭독했습니다. 장개석 사망 부분입니다. 저는 이동시간이 많아서 오며 가며 듣기 좋습니다.

— 그래, 수고하거라.

# 유토피아의 꿈

### 2004. 11.

선생님을 모시고 한일병원에 다녀왔다. 지난번 치과 치료 외에 다른 과도 보고 싶다고 하시기에 예약해 두고 진료를 보러 갔다. 화정에서 쌍문동 한일병원으로 가는 길은 시원하게 뚫려 있었다. 차량도 많지 않은 길을 여러 걱정을 밀어내며 선생님과 달려간다.

선생님과 나눈 대화는 아직도 차 안을 맴돌고 있다. 뜨겁고 무거운 말씀이 차에 가득하다. 나는 집에 돌아와 차 안의 말을 끄집어내 노트에 다져 넣는다.

— 《화두》는 아포리즘의 문장으로 점철돼 있습니다. 우리 문학에서 그런 문장은 특별하다고 봅니다. 이성의 기호가 언어이기는 해도, 예술로 취급하려면 감성을 건드려 줘야 하는데, 선생님의 언어는 감성이 섞이지 않은 순수 이성의 문장입니다. 그러면서 감성을

울리는 부분이 많은 것은 아마도 소설가의 생활을 진실되게 적어나간 장면이 펼쳐져 있기 때문이 아닌가 합니다.

— 그런 모습이던가? 그런 걸 만족시켜야 한다고 생각해서 스타일도 그런 아포리즘 형태로 하고, 아포리즘이지만 순전히 뭐 논리적인 거라든지, 혹은 무슨 개념 정리하듯 하지 않았지. 《화두》라는 소설의 '화자'가 특정 개인의 생애 일부를 소설 속에서 내면적으로 활용하는 느낌에 가까워지도록 해 보려 노력했지.

— 바로 그렇습니다.

— 그런 부분이 많이 전달되면 작품이 훨씬 깊이가 있어 보이리라 예상하면서 적어나갔지만, 그 부분이 위력을 발휘 못 하는 독자한테는 아무 전달되는 바 없이 그냥 넘어가기도 할 거야. 20세기 세계사라든지, 유럽사라든지, 냉전, 구소련 붕괴라든지, 특별히 그런 것에 조예가 있는 사람들에게는 낫겠지만…. 자네는 이번에 녹음까지 하면서 정독하고 있다니, 그런 부분이 자네에겐 어떻게 보이는지, 궁금하다.

— 저도 그 부분 다시 꼼꼼히 읽어보았습니다. 선생님께서는 '고르바초프'라는 인물을 그다지 긍정적이지 않게 평가하셨잖습니까. 《화두》에서의 평가를 염두하고 다른 사회학자들의 견해를 보니 생각이 바뀌었습니다. '고르비'가 뭐 대단한 능력자, 추앙받는 개혁자, 혁명가라고들 이야기하고 있지만, 그렇지만은 않다는 것입니다. 선생님께서 조망하고 있는 바에 의하면….

— 나는 시점이 다르지.

— 사람들의 인식을 새롭게 합니다. 소련을 보니, 확실히 이론과 현실이 다르지 않은가, 다시 한 번 생각하게 되고, 인류에게 만약 역

사발전단계가 있다면, 그렇게 해보려 했던 것이 너무 조급하지 않았나, 생각됩니다.

— 조급이란 말을 최소한 할 수 있겠지.

— 2부 모스크바 여행 부분을 읽으면 여러 생각을 하게 됩니다. 더 연구해 봐야 합니다. 문학연구자들은 잘 모르리라 봅니다.

— 그 부분은 내가 일종의 전공이나 마찬가지지. 많은 시간을 들여 내 나름 생각을 집어넣은 분야거든. 그러나 그게 독자에게 얼마나 전달될까…. 독자가 아는 만큼 비치겠지.

— 선생님의 '바다거북이'를 주목해야 할 것으로 보입니다. 구소련의 정치 경우에 대입해서 해석해도 되지 않나 생각합니다.

— 그래서 자네가 전에 이야기하던, '우연과 필연'이 있잖아. 누구?

— 자크 모노요.

— 자네는 그 사람이 머릿속에 있는 사람이기 때문에 지금 말하는 '바다거북이'가 들어올 거야. 나의 사회인식론이랄까, 역사철학이랄까, 그것이 최소한은 자네 문제의식하고 교차하는 지점이라고 생각해. 그런데, 대부분의 소설은 그런 것을 미리 머리에 두고 쓰지 않으니까. 그런 것이 소설의 무슨 난외주기, 소설 담론의 밖에 있는 것 같은 경우에는 위력을 발휘하기 힘들겠지. 그런데, 《전쟁과 평화》라고 있다. 그 소설은 제일 마지막 장이 논문으로 돼 있다. 역사는 영웅이 만드는가, 민중이 만드는가, 라는 테마의 논문이다. 톨스토이 생각은 어땠다고 보는가.

— 톨스토이는 역사는 민중이 만든다고 생각했습니다.

— 그래, 그렇게 긴 소설로 소설의 작법을 지켜 가지고 왔는데, 소설 제일 끝에 논문으로 마무리했다. 리얼리즘 소설의 대가도 필요에

의해서는 의미 있는 파격일까, 뭐 그렇게까지 한 것이다. 나도 그 부분, 단상으로 쓴 부분, 그 형식 말고 다른 어떤 걸로 쓸 수 없었다.

— 선생님 말씀처럼 예술에 정답이 없습니다. 작법 교과서처럼 쓰는 것은 또한 교조주의 아닙니까.

— 문제는 그거다.

— 소설은 정치적 담론과 달라야 한다는 말들을 합니다.

— 소설은 살아가는 이야기 아니냐. 그리고 나 같은 소설가, 역사철학이나 사회과학 연구에 많은 시간을 보내온 사람의 이야기는 또 다르게 봐줘야 한다.

— 선생님은 과학적 예술가죠. 사회과학의 논리가 예술로 나타난 특별한 경우입니다. 그리고 상상이 아니라 피부에 접해온 것들입니다.

— 말 잘했다. 나는 아직 소련이 막 붕괴하는 여진과 먼지 냄새가 날 때, 그냥 그 사태와 동시에 그 문제를 평생 고민하던 개인이 맞닥뜨린 실체를 쓴 거야. 그런 입장에 서 있는 사람이라는 것은 그 당시에 어느 특정한 사람밖에 더 있겠냐.

— 그런 특정 작가에 대한 예우가 전제돼야 합니다. 역사전기비평이 그런 것이라 배웠습니다.

— 신문 몇 줄 읽고 쓸 수 있다든지, 앞으로 20년쯤 후에 누가 역사소설로 쓰는 것과는 차원이 다르지.

— 언젠가 선생님께서 말씀하신 적이 있습니다. 이순신 장군은 어떤 음식을 어떤 손으로 드셨을까, 그때의 바다는 어떤 색깔이었을까 등등 그 사실을 모르기 때문에 역사소설은 쓰기 어렵다고 하셨습니다.

— 그렇다. 역사를 대할 때 제일 벽을 느끼는 것은 과연 그 당시의 사람들은 그 순간에 어떤 내적 의식 상태가 돼 있는가야. 상상으로

허구를 구성해 볼 수밖에 없잖아. 나는 소련 붕괴라는 역사적 현장에 있었다. 그리고 과학적 입장에서 그 사태를 지켜보려 애썼다.

— 더군다나 선생님께서는 평생 그 문제와 씨름하시지 않으셨습니까. 일반 이론가, 정치학자, 사회학자하고는 다르고 작가적 상상력도 다른 소설가들과 다르시고요.

— 다르지.

— 가장 위에서 조망하시는 입장으로 생각됩니다. 그 분야에서 선생님만한 전문가는 없는 형편이니까요. 구소련 당시의 정치 국면을 가장 정확히 보시지 않았나, 가장 정확한 정치적 판단을 하셨으리라는 신뢰로부터 생각해야 합니다. …많은 사람들이 고르바초프를 두고 인민을 해방시킨 위인이라고 추앙하고 있는데, 선생님께서는 그것이 아니라고 쓰셔서요…. 어쩌면 2, 30년 후에는 그때 그렇게까지 할 게 아니었구나, 하는 생각들을 하지 않을까, 추측도 해 보게 되고요.

— 그렇지. 누구든지 마음만 먹으면 아무 제국이나 무너뜨릴 수 없진 않겠냐. 나는 구소련이 붕괴될 현실까지 나타내고 있는 문제가 많은 사회구성체였을까, 고민하고 고민해 보았지. 문제없는 사회는 세상에 없지 않느냐? …망했다는 것 자체에는 당연히 문제가 있지. 그렇다 해도 사람으로 치면, 문제 있는 사람은 존엄사 시켜야 하느냐? 완전 건강자라는 사람은 세상에 없잖냐. 생명으로서의 인간과, 사회구성체와 직결해서 비유하는 것은 옳지 않겠지. 사회구성체라는 것은 어느 정도 기계적으로도 개선이 가능한 것이고, 개인의 병은 유전이나 운명적인 요소가 있기 때문에 그걸 감지했더라도 고칠 수 없을 경우도 있겠지…. 그런 의미에서 나는 구소련이라는 걸, 유럽문명의 여러 문제점에 대한 화두, 유럽문명 안에서 나온 양심의

소리라 할까 비판의 소리에 의해서 나온, 그 이념에 의해서 시작된 어떤 정치현상으로 보는 것이지. 그런데, 그 이념을 실천하는 과정에서 여러 가지 시행착오, 인간적인 실천자들의 능력이라든지 하는 문제가 돌출하게 된 거지. 출발했던 그 시점에서의 긍정적인 의미는 자꾸만 체감됐다고 봐야겠지.

— 어떤 개선안이나 대안은 없었을까요?

— 당시에 중국이라는 나라의 리더는 그러지 않았음을 상기해 봐야 할 것이다. 중국의 리더는 스스로를 지키며 변화하지 않았더냐. 물론 그들도 문제가 많지만, 적어도 붕괴까지는 가지 않았잖느냐. 엄청난 제국을 고르바초프 모양으로…. 처음에는 결코 거기까지 갈 작정이 아니었던 것 같지 않은 게 분명한 일을 자꾸 몰고가서는 마지막에는 끝장냈다는 말이다.

— 등소평과 다르다는 말씀이시군요.

— 그렇다. 참 아깝다는 것이다. 아깝다는 것이 러시아 민족을 위해서가 아니라, 그게 20세기 화두였다는 것이다. 그런 식으로 사회구성체를 그냥 휴지처럼 버릴 거면, 지난 백 년 동안 그토록 많은 사람들이 그 구성체에 대해서 그토록 많은 기획을, 인간적 기획을 거기에다가 연계시키려 괴로워했겠느냐 이 말이다.

— 지성들의 최고점이 거기에 있었다고 봅니다.

— 아무튼 우리나라 역사만 하더래도…. 그동안 사회주의자들은 다 나쁜 놈들이냐? 사회주의자들을 빨갱이라 하는데, 사회주의자들이 망나니에다가 순 부랑자들이라 할 수는 없잖아. 내 입장은 북한의 주석이 나쁘다, 그거지. 그는 빨갱이도 뭣도 아니다. 빨갱이가 나라를 사십 년이나 지배하다가, 기껏 아들을 그 자리에 앉힌다? 그들

에게 사회주의니 공산주의니 하고 갖다 대는 것은 잘못이다. 나쁜 사람들이야.

— 주체사상에 기댄 사람들은 그렇게 생각지 않을 겁니다.

— 나는 소설가다. 내게도 미학이 있단 말이다. 자네도 알다시피 내 에세이 여러 권 중, 《문학과 이데올로기》와 《유토피아의 꿈》이 있다. 내 미학적 두 가지 명제가 그거다. '꿈', '유토피아'라는 것이다. 순수문학적 표현은 '꿈'이고, 사회적 의미를 강조하는 경우에는 '유토피아'야.

— 〈구운몽〉, 《서유기》 등 선생님의 주요 소설은 꿈과 상상입니다. 유토피아도 꿈 측면으로 보시고요.

— 유토피아라는 게 원래 없는 고장이라는 원어에서 나왔다. 말뜻과 같은 그런 곳은 없지만, 인간이 인간 사회에 대해서, 이 현실 속에서 늘 기준으로 삼고 싶어 하는, 이 세상을 초월할 정도로, 야무진 현실 속의 현실. '꿈'이다. 역시 꿈하고 관계되는데, 꿈은 우리가 발명한 것이 아니잖아. 그야말로 계통발생의 과정에서 인간의 의식이 취하게 된 한 가지, 의식의 양식이거든.

— 하지만 유토피아는 현실적으로 우리가 추구해야 하는 이상의 것 아닌가요. 실천을 위한 의지가 들어 있고요. 꿈과는 또 다른 현실적인 목적, 지향하는 바 등이 포함됩니다.

— 그런데, 유토피아가 곧 현실로 즉시 실현될 수 있다고 생각해서는 안 된다, 그런 경계심이 필요하다. 그러니까 유토피아는 의미 없는 거다, 이런 말은 안 되겠지. 가령, 자네가 잘 아는 음악에 비유하면, '음악은 소리의 유토피아다.'라고 표현할 수 있겠다. 그러면 음악인들은 내가 지금 표현하는 취지를 알아들을 것이다. …아무튼 그

런 것에서 내 사유는 시작되고 발전했지.

　―《화두》라는 작품이 선생님의 그동안의 꿈과 유토피아라는 두 큰 축을 직결한 작품이라 생각됩니다. 화자 평생의 고민이 그 두 축에 있고요.

　― 그렇게 볼 수 있다. 꿈에만 치우친 것도 아니고, 유토피아만 취한 것도 아니고…. 그렇다고 해서 논문도 아니고. 그런 것들 전체를 '나'라고 명명된 사람의 생애의 살아 있는 부분으로 쓴 거지. 내가 뭐 20세기 정치사를 기록한 것은 아니잖냐. 자네는 소설가이면서 연구자이기 때문에, 그런 이점을 잘 살려서 알아봐 주길 바란다. 논리주의자의 눈만이 아닌, 또 하나의 창의적이고 감정적인 안경을 부착해서 바라봐 주었으면 한다는 것이야.

　― 선생님께서 말씀해 주시는 것으로 큰 도움을 받고 있습니다.

　― 나도 즐거움이랄 수밖에 없지. 내 생각을 계승한다는 식이지, 우리의 이런 관계는 사실 나한테는 귀중한 거고, 이런 대화가 있어야 옳다고 생각해. 2년 동안 몇 시간 교실에 앉아 있다가 서로 갈라져 버리면 뭐가 남겠냐? 거기서 뭔가 전달한다는 것도 시간이 너무 짧고, 너무 빠듯한 일정상 몇 개의 소설 독서, 그리고 그냥 우정만 남겠지. 그것도 훌륭한 거지만, 지금 우리가 얘기하는 이론적 계통 같은 것은 아니잖냐.

　― 네, 그렇습니다. 제게도 시간이 많으면 좋겠습니다. 선생님, 늘 건강히 지내십시오.

　나는 선생님을 병원에서 댁으로 모셔다 드리고 집에 왔다.

# 윤회와 허밍

2004. 12.

선생님께서 전화하셨다. 선생님께서 어디에서 전화하시는지 상상해
본다. 서재에서 전화하시는지, 거실에서 전화하시는지 궁금하다. 댁
에는 전화기가 네 개 연결 돼 있는 줄 알고 있다. 서재, 거실, 안방,
현관 벨인데, 아마도 서재에서 전화하실 것 같았다. 거실에서도 하
시는 것 같지만, 그때는 사모님, 아들도 외출했을 때일 것이다.

　선생님의 통화는 대개 몇 시간 동안 이어진다. 선생님께서는 내
식구들의 근황을 묻고 또 물으시고, 당신의 주변 사람들에 대해서도
되풀이 말씀하신다. 모든 말씀은 선생님의 특별하신 최근 생각과 판
단이 스며 있었다. 그런 선생님의 생각을 걸러 정리하는 것은 내 몫
이고 의무이기도 했다. 선생님의 말씀을 녹음할 수 있다면 좋겠다는
생각이었다. 나중에 두고두고 되풀이 들으면서 연구할 수 있으니까.
그러려면 수백 개의 녹음테이프가 필요할 것이다. 이렇게나마 메모
하고 회고하여 정리하는 것이 얼마나 다행인지 모르겠다.

　— 자네가 갖다준 논문을 읽다가 전화해본다. 자네의 에세이도 다시

읽었고, '바다'를 생각해 보는데, 또 다른 중요한 의미가 떠올라서….

— ….

— 말하자면 '님의 침묵'이 주는 것과 같은 그런 것이다.

— 그러고 보니, 한용운의 시 구절구절이 《바다의 편지》에 겹쳐집니다.

— 어떤 한 작가가 자기의 생에 여러 가지 의식의 경험 겪은 끝에 도달한 현재, 그 지점은 바다에 닿아 있다. 어떤 전통의 바다. 전통적 형이상학의 울림에 자연스럽게 도달돼 있다. 한용운을 비롯한 정말 수많은 한국문학 작품이 불교적인 그런 세계, 불교적인 형이상학에 가깝지. 그렇다고 모든 한국문학 세계가 불교라는 것에 집결돼 있다는 것은 아니다.

— 선시(禪詩)와 같은 경우는 직결돼 있습니다.

— 현대 우리의 시문학계에서 한용운 같은 사람은 불교의 정통 직계겠지. 그러나 신문학 이후 다른 정신형성과정을 겪은 나의 경우에는 불교보다 비불교적인 온갖 것들이 겹쳐 있다.

— 사회과학, 철학, 미학, 생물학 등 서양 사상의 여러 것들을 사유해 오셨죠.

— 그렇다. 동양사상도 불교보다는 유교나 도교를 읽고 생각해왔는데…. 결과는 좀 전의 거기에 맞닿아 있는 느낌이다.

— 각성의 바다를 의미하시는지요.

— 그런 것일 수도 있겠다. 개체발생의 경과라 하는 것은 비록 어떤 동일한 종의 계통발생을 되풀이했다 할지라도 개체마다 다르다. 거기에는 차별성이 있다. 같은 스님이라 할지라도 업이 다 다르듯이…. 〈님의 침묵〉과 느낌이 같으면서 다르다는 생각.

— 한용운의 '님'하고, '어머니'는 흡사한 뉘앙스입니다. 소설 전체는 '타고난 재가 다시 기름이 됩니다'처럼 '윤회'와 같은 느낌입니다.

— 윤회지.

— 한용운의 〈님의 침묵〉 주제가 《바다의 편지》 주제가 같다고 볼 수도 있겠습니다. …어제는 《화두》 2부의 3장에서, 화자가 이태준 생가를 방문하여 사유를 펼치는 장면을 읽었습니다. 이태준이란 작가를 알게 되면서 그의 단편이 뛰어나다는 것을 알게 됐다는 장면입니다. 안타까운 것은 이태준 선생이 북으로 넘어가 고철 수집하는 일을 했다는 내용입니다. 고철 수집하면서 북의 작가회의 사람들에게 자기비판 받는 장면을 묘사하는 부분입니다. 선생님의 지금 말씀을 들어보니, 《화두》 화자의 어린 시절 자아비판과 겹치고, 《바다의 편지》의 주제, 지금 말씀하셨던 윤회라는 말이 또 겹칩니다. 단시일 안에 문학이 이뤄지는 게 아니고 소중한 것은 연속성을 가지고 겹치는 과정이라는 말씀으로 들립니다. 한국문학사는 단시간에 이뤄지지 않았다고 생각해 봅니다.

— 그렇다. 박태원의 〈소설가 구보 씨의 일일〉도 내가 쓴 구보 씨의 모습으로 윤회한 게 아니냐.

— 맞습니다. 선생님의 구보 씨를 또 어떤 시인이 윤회로 표현하고, 최근에는 인터넷 구보 씨도 나왔습니다.

— 문학사 안에서의 작품들의 윤회가 분명 존재한다. 《화두》라는 게 그렇다. 자기가 평생 만난 위대한 정신들의 이름, 그 정신의 사인을 한 당자들이 개인적인 서명의 구속에서 벗어나서 위대한 보편성을 가지고 있기 때문에 다른 사람의 이름 아래에서도 또 반복된다는 거지. 바늘 끝 위에 수천 명 수만 명의 천사가 설 수 있다는 말도 있

지 않냐. 그러니까, 자연과학적인 의미에서의 물리학의 법칙, 한 공
간은 한 물체밖에는 차지하지 못한다는 법칙에서 벗어난 거지. 정신
의 세계, 인간의 의식 세계라는 것이 그렇다. 내 속에 남이 들어와
있다가 다시 남에게도 들어가고….

― 선생님께서 그런 말씀 하신 게 기억납니다. 허밍이라고요.

― 그렇다. 내가 작품 하나 쓸 적에 한용운이 멀리서 허밍하는 소
리가 들리고, 이태준이 허밍하는 소리가 내 작품 속에서 들리고, 박
태원도 중얼거린다는 것이지.

― 윤회, 부활한다는 말씀도 《화두》 서문에서 하셨습니다.

― 작품을 읽는다는 것도 작가가 작품을 쓸 때의 그 사람으로 환
생, 부활, 윤회하는 일이 아니겠느냐. 내가 아님에도 불구하고, 이게
나다. 그런 거지. 음악을 들을 때도, 자기가 지금 듣고 있는 음악에
엄청 감동했다면, 그때 작곡가가 된 거지. 그 곡이 된 거지.

― 선생님, 《소설가 구보 씨의 일일》에서 '상기'라는 말이 있습니
다. 7장의 주제어인데, 지금 선생님께서 말씀하시는 부분, 윤회라는
말과 같지 않나 생각합니다. 그 이야기를 학생들에게 하려 합니다.

　삶의 기억을 잊어버리는 것이 두려워 일부러 떠올리는 삶의 기
억.[188]

　상기(想起), 그것이야말로 가장 훌륭한 상상력이다. 상상력은 없
는 것을 지어내는 힘이 아닌 것. 자기 자신을 기억의 바다에서 불러
내는 것. 나르시스의 능력이다. 그런 인간이란 어떤 인간일까. 야누
스다.[189]

— 선생님의 소설에는 기억, 상기, 회상, 추억 등등의 단어가 많이 나옵니다.

— 그래. 언제 얘기하지 않았더냐. 《화두》에 나오는 문장, '…을 하려면 한평생이 걸린다'라는 문장, 기억나는가.

— 네, 화자가 청계천을 떠올리고, 청계천의 맛집, 순댓집을 떠올리면서 독백하는 말입니다. '순대 맛을 제대로 알려면 한평생이 걸린다'고요.

— 그렇다. 살다 보면 같은 경험이 여러 번 있을 수 있겠지만, 그때마다 흘려보냈다가 다시 또 반복하기도 한다. 글에서도 어떤 문제가 자꾸만 반복되면 결국은 상당히 의미 있는 것이기에. 똑같은 결론에 도달하게 된다. 그 테마가 일생 동안 되풀이되는데, 그것이 윤회라는 것이다. 의식의, 주제의 윤회라는 것이다. 《화두》라는 작품 전체가 여러 주제가 자꾸만 되돌아오는 소설이다. 텍스트의 윤회라는 것이다. 음악이 바로 그렇지 않더냐.

— 소나타 양식이 대표적입니다. 주제 선율을 제시하고, 반복합니다. 발전하면서 또 제시됩니다. 그런 후 주제 선율이 재현되고요.

— 처음 출현했던 모티브가, 마지막 코다에 이르기까지. 크게 작게 단독으로 화음을 거느리고, 대위법으로 맞서면서 자꾸만 반복하는 게 음악 아니냐.

— 바로 그렇습니다. 선율의 윤회와 부활입니다. 좋은 선율은 다른 곡에서도 쓰입니다. 다른 작곡가가 변주곡으로 만들기도 하고요.

— …그렇게 해서 오랜 침묵이 값어치 있는 결과로 나왔다는 것. 자세히 들여다보면 거기에 많은 것들이 한 번 읽어서, 메시지 하나를 전달했다고 해서 그걸로 다시 볼 필요는 없는 텍스트는 아니라는

것이다. 그런 성격을 인정해 주는 것. 우리 신문학사에서 어떤 텍스트가 그런 위치에서 그런 효과에 도달하기는 쉽지 않았다는 것이다.

— 그런 의미 부여가 돼야 합니다.

— 서양 작가의 경우에는 그런 경지에 도달한 산문작가가 많이 있다. 그리고 그들을 평가할 때, 인류에게 가르침을 준다느니, 사회를 옳게 비판한다느니, 사물을 정확하게 파악한다느니 하고 있다. 틀린 말은 아니지만, 그것만이 예술로서의 전부가 아니므로 난점이 생긴다. 그렇다면 인문과학과 산문소설의 차이는 뭔가, 산문의 텍스트가 예술적으로 훌륭하다는 것은 무엇을 의미하는가, 하는 것이다.

— 소설문장의 아름다움은 표현에 있지만, 그 표현은 서사적인 충격으로 인해 얻어지는 인생의 뜻이라고 생각됩니다. 진정성이 있어야 하고 선한 마음을 일깨우는 서사가 있는 소설이 아름답습니다.

— 좋은 말이다. 더 구체적으로는, 사상과 감정을 언어를 통하여 미적으로 표현해야 한다는 것이다. 여기서 '미적'이라는 것이 중요하다. 아름다운 언어로 표현되어야 한다는 것인데, 아름다운 언어라는 것이 마치 무슨 염료처럼 파는 게 있어서 그걸로 염색하면 그런 느낌을 준다느니 하는 것은 없지 않느냐? 그 텍스트 안에서 아름다움이라는 것이 결과적으로 나오는 것이지. 아름다움이라는 풀, 접착제, 아교들을 준비해서, 아름답지 않은 것을 풀로 서로 연결해서 붙이는 것은 아니지. 아름다움이라는 기성 재료는 없고, 그런 공작 놀이도 없다는 것이다.

—《화두》낭송 녹음이 거의 끝났습니다. 녹음을 마치면 매체에 담아 전해 드리겠습니다.

— 많은 독자가 있겠지만,《화두》를 녹음한 독자는 자네가 유일할

것이다. 《화두》라는 작품은 그저 플롯이나 줄거리가 흘러간다는 것에 주목할 작품이 아니다.

— 그냥 흘려서 들을 것이 아니라, 되풀이해서 들어야 됩니다. 한 시간짜리를 듣는데, 이틀이나 걸립니다. 반복해서 들어야 하니까요. 그래야 제대로 들은 느낌이 듭니다.

— 문학이 그렇지. 그냥 스토리만 전달되기만 하면 안 되지. 철학적 결론만 이야기해서도 안 되지. 흘러가면서 흘러가지 않는, 흘러가지만 그대로 머물러 있는 성격을 동시에 가지고 있는, 그런 것이 시의 본질이기도 하고 무릇, 예술적인 문장의 본질이지. 좋은 소설은 계속 논리가 전개되지만 끊임없이 원점으로 돌아오는 그런 성격이 꼭 있어야 된다고 생각해. 앞으로 계속 나가면서 뒤엣것은 극복되어서 없어져야 한다는 것과는 다르지. 나간다고 한다는 것에 영원히 나가지 않게 되는 것이 있어야 할 것이다.

— 그런 성격은 좋은 예술품에 있습니다. 그런 성격을 《화두》가 가지고 있다고 봅니다. 그런 성격이게끔 하는 어떤 원리가 받쳐주고 있습니다. 선생님의 예술론처럼 말입니다.

— 그렇지, 자네가 연구했던, 앞으로 연구할, 예술론은 바로 그런 바탕을 이야기하고 있다. 그 테마를 쓴 사람이 없잖아. 쓰는 것만으로도 의미가 있다. 가치 있는 언급이라면, 뒤에 오는 연구자들이 모두 다 거기로부터 통과해야 할, 필수적인 텍스트가 될 것이니까. 성의 있는 읽기를 했다는 것을 가장 밑천으로, 자신감으로 살릴 수 있도록 잘 들여다보거라. 자네 자신이 자네 박사논문을 다시 읽더라도 만족할 수 있게 해 보거라.

— 네, 그렇게 하겠습니다.

선생님은 어서 논문을 쓰기를 바라신다. 나도 빨리 써내어 부담을 덜어야겠다는 생각이 간절하다. 하지만 시간은 늘 내 편이 아니었다. 내 쪽으로는 오지 않았다.

# 100인의 증언

## 2005. 1.

새해를 맞아 최인훈 선생님 댁에 가서 세배 올렸다. 교육방송에서 제작한 〈100인의 증언〉 프로그램에서 선생님에 관한 내용이 화면에 나와 녹화테이프를 구입해 두었는데, 인사하면서 드렸다.

선생님께서 논문을 언제 쓸 거냐 물으셔서 올해 안에 쓰겠다고, 가을학기에 낼 예정이라고 말씀드렸다. 다음 해에 지도교수님이 안식년이어서 논문을 제출해야 했다.

— 선생님께서는 세계사적 사건을 직감하시는지요. 예민한 생물체들이 천재지변을 감지하듯 선생님께서도 세계사의 변화를 직관적으로 알게 되시는지, 궁금합니다.

— 그것참 반가운 말이다. 1960년 그때도 그랬는데…, '화두'를 들고 있어야 세계사에 큰일이 있을 때 말할 거 아니냐. 많은 사람이 단편적인 이런저런 발언을 남겼지만, 그 지진이 터지고, 여진이 남아 흔들리는 중에 그 사태 자체를 붙잡아서 작품으로 한 경우는 국내외에 없지 않느냐.

— 자주 말씀하셨듯 《광장》이 바로 그런 경우겠지요.

— 나만한 시각을 가진 사람은 부지기수 있겠지. 나만한 현실인식이랄까, 사회과학적 안목이 있을 수 있겠지. 능력 있는 학자나 이론가, 문학자들 부지기수 있잖냐. 그러나 그 두 개가 결합되는 경우는 흔치 않다.

— 그런 경우 없습니다.

— 그동안 《광장》만 얘기했잖냐. 격동하는 그 당시 1년. 해체돼서 비판받는 중이고, 미래가 어떻게 되리라 예측할 수 없는 오리무중의 상태…. 누가 5·16을 예측이나 했겠냐. 격동의 그 페이지는 진보적 상황이 시행착오를 거치면서 나아간다고 생각했지. 하루아침에, 더구나 정치권 바깥에서, 선거라는 것을 거치지 않은, 무명의 집단에 의해 권력 찬탈이 저질러지고…. 그것이 왜 그런지 그 무시무시한 미국도 그 앞에서는 꼼짝 못 했지. 미국이 군의 지휘권을 가진 땅에서, 피지휘 하에 있는 부대 안에서 공산주의 전력을 가지고 있는 어떤 군인이 저지른 일이었다.

— 《광장》의 마지막 장면이 떠오릅니다. 이명준이 바다에 투신할 수밖에 없던 이유가 있었습니다.

— 그런 거였다고. 그러니까 나는 《광장》 이후에 〈구운몽〉을 썼다. 전집에서 《광장》과 같이 묶여 있는 게 〈구운몽〉이잖아. 책의 분량 때문에, 편집상 《광장》 단독으로 책을 내기 어려워서 〈구운몽〉을 《광장》에 같이 붙여놓은 게 아니다. 그런 것을 지적한 평론가는 하나도 없다.

— 〈구운몽〉의 환상, 미궁에 빠진 주인공의 모습이 그렇게 해서 나온 것이군요.

— 그렇다. 《광장》과 〈구운몽〉 사이에는 5·16이라는 역사적 사건

이 있었다. 5·16 전에 4·19가 있었다. 그 직후에 《광장》이 가능했고, 《광장》을 쓴 작가가 5·16이라는 격변을 맞은 후 자기표현으로 나온 것이 〈구운몽〉이야. 환상도시에서 무명의 한 사람이 방황하는 이야기다. 《광장》은 비교적 정제된 형식을 취하고 있다. 그런데 순식간에 풍이 달라지잖아.

— 대부분의 평론가들이 《광장》 이후의 작품을 환상으로 보고 있죠. 문학사나 평론가들이 얘기할 만한 것임에도 언급을 안 하고 있더라고요. 《광장》 이후의 작품들이 대부분 일제강점기와 독재 현실의 부조리함을 은유하고 있다고 봅니다. 그러다가 희곡 이후, 1994년에 《화두》가 터져 나오고요.

— 그렇지. 어디 가서 반국가단체에 서명하고, 그런 것만 가지고 참여를 했다느니, 서명 안 했다 해도 진실성이 모자라느니 하던데, 그렇게 말하는 것은 문학이라는 것을 부정하는 태도라고 본다. 출판이라는 형식 속에서, 나는 '비유'라는 형식으로, '환상'이라는 방식으로 현실과 싸웠다. 그럼에도 왜 사실주의적으로 말하지 않았느냐, 왜 중앙정보부 정문 앞에 가서 큰 소리로 말하지 않았느냐, 하는 것은 문학예술을 잘 모르는 태도다.

— 이번 교육방송 프로그램을 보니, 《광장》에 대한 여러 사람들의 언급도 문학관에 따라 조금씩 다르더라고요.

— 자네가 잘 봤다. 자네의 경우 내 문학에 대해 내면적으로 깊은 감수성을 가지고 있는 편이어서 그런 것을 발견할 수 있구나. EBS에 나온 사람들은 모두 나이 든 사람들 아니냐. 그 사람들, 최인훈이라는 작가와 생물학적인 연령을 같이한 사람들이기 때문에 1960년대와 《광장》에 대한 언급이 자연스레 그렇게 된 것이라고 본다. 여러

가지 발언이 솔직한 것은 또 아니더라…. 인간적인 요인, 문학적인 요인, 당파적인 요인, 경우에 따라서 나도 모르는 인간적인 반감 등이 곁들여 있지.

— 한군데 모여 심포지엄을 한 것도 아니고, 여기저기 찾아가 증언 형식으로 한 인터뷰를 모아놓은 필름이라 그럴 수 있다고 봅니다.

— 인간세계가 그런 것이다. 우리가 아리스토텔레스에 대해서는 반감이 없잖아. 너무 시공간이 떨어져 있으니까. 아리스토텔레스는 텍스트만 가지고 얘기할 수밖에 없으니까.

— 〈명동백작〉도 저번에 봤는데, 공부가 많이 됐습니다.

— 그 프로그램은 문학 이야기만 하지 않더구나.

— 시대 상황 중심이었습니다. 전쟁 끝나고 폐허가 된 명동에 다시 문인들이 찻집에 모여서 예술을 이야기하는 상황을 보여줍니다. 1960년대에 들어와서는 《광장》에 초점을 맞추기는 했습니다. 시인 김관식, 천상병도 조명했습니다.

— 나도 봤다. 아쉬운 것은 그 사람들 기행이나 인품만을 말하지 말고, 그 작가들의 작품 세계를 내용 있게 접근했으면, 했다.

— 의정부에 천상병 묘지가 있다는 것을 처음 알았습니다. 시인의 〈귀천〉을 소개하면서 〈천상병 문학제〉가 열린다고 설명하는데, 시에 대해 평을 해 주었으면, 했습니다. 평을 싣지 못하면 시 전문이라도 보여주었으면, 하는 아쉬움이 있었습니다. 그렇더라도 당시의 폐허 상황은 잘 묘사해 주었습니다.


폐허는 미(未)개발지와는 다르다. 미개발지는 그저 물질일 뿐이지만 폐허는 사람 손이 간 땅이다. 그러면서 평지에 덕지덕지 분칠한 손때 묻은 땅이 아닌, 말하자면 지령(地靈)의 살결과 엉킨 채로 있는 땅이다. 지령은 무너져내린 벽돌 틈으로 수시로 들락거렸다. 지령은 낯가림 않는 평등의 신이다. 지령은 거드름도 없는 소박한 신이다. 모든 폐허는 이름 없는 한 신의 제단이다.[190]


— 많은 문인이 남한의 폐허를 남기고 북한에 대한 기대를 가지고 넘어갔지. 그들의 입장과 그들의 문학에 대해서도 심도 있는 평가와 해설이 있어야 하는데….

— 조심스러운 일이었지 않았나 봅니다. 그래서 월북작가들의 이름도 제대로 밝히지 않았고요.

— 북한에 대한 기대가 컸다고 할밖에. 일제 강점기 당시에도 어쩔 수 없는 기정사실로 생각했다가 해방이라는 예상치 못한 일을 당하니까 정신 수습하기 힘들었을 테고…. 해방 후 6·25 전쟁이 날 때까지도 현실에 밀착된 말을 하려는 자세가 충분치 못한 상황이지 않았나 생각해. 그런데, 6·25라는 사건이 터지니까, 많은 사람들이 역사의 방향이 그쪽으로 가리라는 감이 있었을 거야. 그러니까, 당시 한국문학의 주요한 문인들은 모두 월북해버렸지. 남았다는 사람 중에 이름 있다 하는 사람들은 토속적이고 서정적인 것만 추구하던 소설가, 시인이었지.

— 그러던 중에 4·19가 터지고《광장》같은 소설이 나오면서 한국문학의 지형이 넓어진 것이죠. 그 프로그램에서는 충격이라고 표현했습니다.《광장》이전과 이후의 문학 지평이 달라졌다고요.

— 확실히 그 이전과는 다른 문화 의식이었지.

— 그런데, 아직도 우리 문학사는 좀 편향돼 있는 듯합니다. 조명

희도 《화두》에서나 알 수 있게 되었고요. 이런 편향은 문학권력이 작용한다는 것일 수도 있습니다. 우리가 몰랐던 좋은 문학인들은 친일문학권 밖에 섰던 분들이 많고요.

— 예술계도 권력 놀음과 비슷해지는 경향이 있지. 학문이나 예술은 그러지 말아야 한다지만, 그것도 정치와 떨어질 수 없겠지. 월북했던 문학인 대부분이 어렵게 지내다가 쓰러지셨다고 들었어.

— 잘 먹고 잘살려고 문학을 하는 것은 아니라고 생각하지만, 참 안타깝습니다.

— 그렇지. 우리나라는 그렇지만도 않은 것 같다. 외국문학사를 한번 훑어보거라. 외국문학에도 그런 사람이 있는지. 한 나라의 사회적인 통념에서 굉장히 혐오스러운 행적이나 시를 썼는데 문학사에서 애호 받고 있는지, 없는지….

— 보르헤스가 권력자의 편에 서서 좀 욕을 먹긴 했다고 알고 있습니다. 도서관장 역임 말입니다. 그렇더라도 그것은 그렇게 큰 물적 보상을 받는 건 아니었고, 그저 책을 많이 보고 싶다는 욕심이었다고 생각됩니다.

— 그런가, 아무튼 외국에서는 내 보기엔 그런 문제가 되는 사람은 없는 것 같다. 같은 나라말로 시를 쓰고 있는 사람이 괴롭힘을 당하고 있는 같은 민족을 선동하는 시를 쓰고….

— 선생님께서 문학은 정치를 넘어서야 한다고, 그 위에서 조망하면서 그릇된 정치를 비판해야 한다고 말씀하셨죠.

— 그랬지. 한쪽만으로 치중한 감상주의를 극복해야 한다고 했지. 외국의 점령을 오래 받았기에 정신이 혼미해졌는가 할 수 있겠지만…. 모든 사람이 그렇지만은 않았잖아. 조명희 같은 사람도 있었

단 말이다. 좀 전에 말했듯 외국에는 그런 사람 없다. 미국문학사에 있더냐, 중국문학사에, 일본문학사에 있더냐. 일본을 배신한 시인이 일본의 대표 시인이다, 라는 소리를 못 들었다.

— 언어예술가는 어떤 면에서 정치를 벗어나지 못하게 됩니다.

— 요즘 서울대 교수 하나가 서울대 교정 어디에 텐트 치고 일 년 동안 시위하고 있잖냐. 그동안 한국미술사에서 중요한 화가로 언급되고 있는 사람이, 일제시대의 일본 군인들 싸우는 모습을 미화한 사람이 있다는 것이다. 그런 사실을 논문에 썼는데, 재임용에서 탈락시켰다는 것이다. 그것이 부당하다는 것이란다. 그래서 농성 중이란다. 문학 쪽만이 아니다. 미술계에서도 그렇다.

— 그 기사 알고 있습니다. 서울대 미대 교수 재임용 사건. 지난번 선생님께서 잠깐 언급하셨습니다. 그래서 찾아봤습니다. 법원에서도 미대 교수에게 복직하라는 판결을 내렸습니다. 하지만 서울대 측은 재임용을 안 하고 있답니다. 법원에선 그 교수가 연구실적도 우수하고, 학내 비리도 없고, 인신공격도 안 했는데, 왜 재임용을 거부하는지, 사회통합에 문제가 있다고 했습니다. 단지 친일문제를 거론했다는 이유로 판결을 무시하는 것은 헌법정신을 위배하고 있다고 합니다. 학생들에게도 의견을 묻는데, 반반씩이라 합니다. 친일에 대한 의견이 그렇습니다. 저도 가끔 물어봅니다. 거의 반반씩입니다.

— 학생들도 절반씩 나눠진다? 친일시인에 대해?

— 그렇습니다. 학번에 따라 다르지만 거의 반반입니다. 학생들이 역사나 정치에 관심 없거나 대세에 눈치를 보는 것 같습니다.

— 그런 걸 분별하려고 공부하는 중일 텐데, 예술의 표현에도 개

입될 수밖에 없을 텐데…. 예술가는 사회나 정치에 무관하게, 감동하는 작품에만 신경 쓰면 된다는 생각일 테지. 하지만, 잘못된 권력에 아첨하는 그림이 멋지다고 그 작품을 거실에 걸어놓을까?

— 부끄러워해야 할 것입니다. 그래서 저는 학생들에게, 여러분들은 그러지 말아라, 뒤통수에 총부리가 들이닥쳐도 쓰지 말아야 할 것은 쓰지 말아야 한다, 라고 말합니다.

— 참회시를 쓰면 분위기가 다를 수 있겠지. 하지만 그런 것도 없고….

— 지난번 고창에 갔습니다. 석박사 대학원생들의 세미나가 그쪽에서 있었습니다. 박사 중 한 사람이 그 시인을 대상으로 논문 준비 중이었습니다. 그는, 600편의 좋은 시가 있는데, 6편의 나쁜 시는 덮어줘도 되지 않은가, 하는 말을 했습니다. 기념관에는 좋은 시, 나쁜 시 함께 전시돼 있습니다. 고창의 청년단체에서 나쁜 시도 전시하는 조건으로 기념관을 열라고 했답니다.

— 자네가 갖다준 교육방송 프로그램 부제목이 〈자유를 향하여〉다. 부제가 뜻하는 바를 알겠다. 우리의 정신사가 그동안 많이 왜곡돼 있고, 부자유했단 의미겠지. 백인들의 근대사 300년 역사에서는 '정치적인 자유를 향해서'와 '예술적인 자유를 향해서'가 서로 분리되지 않은 상태에서 발달해왔다. 예술의 자유를 위해서 정치적인 행동이 있었다. 그리고 정치에서 인간이 자유롭기 위해서는 자유로운 예술과 과학이 있어 왔다는 것이었다. 그렇게 두 개가 서로 떨어질 수 없이 하나라는 것이다. 700개 중에서 7개가 좋지 않다고 해서, 반인간적인 면이 조금 있다고 해서 인간이 아니라고 할 수 없지 않냐는 것이겠지. 그건 물질적 측면일 뿐, 예술을 하는 우리하고는 다른 차

원이지. 99가지 좋은 얘기했지만, 그것을 파괴하는 1가지가 잘못된 것이라면, 그를 위대하다고 부르는 데에는 커다란 제약이 있다고 봐야지.

— 선생님께서는 이번 프로그램을 보니 격세지감이시겠습니다. 저는 풍문으로만 듣다가 실제로 공중파를 통해 사람들이 옛날의 좋은 점, 나쁜 점을 마음껏 이야기하는 것을 보니까 신선합니다. 특히 나쁜 점이 눈에 많이 띄는데, 이제 그것을 드러내놓고 말하기도 하는구나, 공부가 많이 됐습니다. 선생님께서는 감회가 새로우시겠습니다.

— 감회가 새롭더라고. 그 사람들도 그렇게 말하니 다행이야. 그 사람들 그동안 모두 입 다물고 있었으니, 나는 그 속을 잘 모르겠고…. 말해야 할 것을 입 다물고 있는 것도 소극적으로 공격하는 것과 마찬가지거든. 과거에는 다 모른 체하고 그랬는데, 그래도 다행이라고 생각한다. 공의 일을 사적인 것으로 곡필을 했다는 태도가 동시대를 산 사람한테는 다 보이지. 보이는 데도 감히 그렇게 하는, 그야말로 문학권력이란 것도 만만히 볼 게 아니다. 양심대로 도저히 할 수 없는 그런 이권과 권세 놀음이니까. 거기서 살아남는 것은 문학적인 실력밖에 없다. 분서갱유해서 그 사람 책을 없앨 수는 없으니까.

— 실력을 키워야겠다는 생각입니다. 이번 교양방송 잘 봤습니다.

# 신비평적 치과치료

## 2005. 01.

선생님을 모시고 치과에 다녀왔다. 지난번의 가치(假齒)는 사용하시는 것 같지 않다. 앞으로 어떻게 하는 것이 좋은지 치과에 가서 의사에게 물어보시겠단다. 선생님께서는 스케일링 정도만 하실 것이다. 혈압이 높으셔서 조심해야겠다는 생각이셨다. 음식 드시는 것에 크게 불편하지는 않으시단다. 사모님께서 고생하시는 중임을 알겠다.

오후 두 시, 병원 가는 길은 차가 거의 없었다. 선생님은 연신 "가슴이 시원하다", "뻥 뚫리는 기분이야", "체증이 내려가네"라고 내 차를 이용하는 미안함을 덜어내는 말씀을 하신다.

— 논문이 잘되어 가는가?

— 개요를 작성하는 중입니다. 큰 틀은 선생님의 예술론을 정리하면서 체계를 잡는 일입니다. 그리고 그 체계를 방법론으로 선생님의 소설 대부분을 분석하는 일입니다. 그런데, 박사지도교수님은 리얼리즘 이론을 많이 보라 하십니다. 석사지도교수님은 서사이론에 대해 관심 많으시고, 깊이 있는 논문을 많이 쓰신 분이어서 형식주의적 측면을 강조하십니다. 영미 신비평과 구조주의 이론을 신뢰하시는 편이십니다.

— 그런 이론적 바탕이 기본적으로 있어야 하겠지. 이론 공부가 많을수록 나쁠 필요가 없다고 봐. 신비평이나 형식주의를 취급할 때 조심해야 할 것은 그것이 문학이라는 장르, 소설이라는 양식을 염두에 두어야 한다는 것이다. 음악이 아니니까. 음악이면 그렇게 해도 어느 정도는 음악비평으로는 무리가 없겠지. 음악에서의 내용은 결

국 형식을 말하는 것이니까.

— 그렇습니다.

— 가령 베토벤의 교향곡을 두고 형식비평만 하지 말고 베토벤이 살았을 때, 나폴레옹의 관계를 이야기해야 한다든지, 유럽 19세기의 시대적 배경을 먼저 살펴야 한다든지 하는 것은 음악평론으로 큰 부분을 차지 않아도 된다고 봐. 음악에 대한 평론은 그런 것을 말하지 않아도 무방하겠지. 베토벤의 어떤 작품, 어떤 마디가 작곡 당시의 무엇을 상징하고 있을까, 하는 것을 말하기는 불가능하지 않냐는 것이지.

— 음악 자체만을 분석하고 해설할 때는 그렇습니다.

— 그런 것이지. 그처럼 문학을 분석할 수도 있지. 형식만으로 말이야. 하지만 소설은 그 뒤에 직간접적인 작가의 체험이 있어.

— 작가역사비평 측면은 그것을 강조한 것입니다. 하지만 작가와 그 시대 상황을 연결하여 비평하는 것은 자칫 인상비평이 될 가능성이 큽니다. 작품의 가치 평가가 주관적으로 됩니다.

— 그럴 수 있겠지. 작가의 경험적 문맥은 이미 다 아는 상황이니까 탈색하고 작품의 형식에만 초점을 맞춰 분석해서 가치 평가를 해보겠다는 태도도 좋겠지. 사회적인 소설도 그 사회문제를 통찰하고 있는 시각 이상의 것이 있어야 작품으로서의 생명력이 유지되리라 본다. 예술적 생명력이 무엇인지를 규명하는 것이 중요하다.

— 그래서 선배들의 연구논문을 다시 한 번 읽어보고 있습니다. 작가 심리주의나, 구조주의 이론에 기대고 있습니다. 역사전기 비평 방식을 탈피해 보고자 하는 태도입니다. 작품 구조의 유기적 관계를 연구하면서 언어학, 기호학도 대입하면서 연구했는데, 선생님 말

씀처럼 그런 문제가 나옵니다. 유기적으로 잘 결합했다 해서 어쩌란 말인가 그런 질문이 나옵니다. 문학예술은 음악과 다르게 시대와 사회문제가 늘 끼어 있는데, 하는 문제가 닥치면 다시 작가에 대해 이야기합니다. 작가에 대해 이야기를 할 때 프로이트와 라캉의 이론을 들이댑니다. 작가의 심리를 해석하려고 인물을 통하는 것입니다. 주인공의 생각과 행동을 작가를 통해 보려는 태도입니다. 최근에는 자크 라캉의 도식을 원용해 작가의 '주체'에 초점을 맞추고 있습니다. 그렇게 되다 보면 모든 작가도 같은 잣대를 마찬가지로 적용할 수 있는데, 최인훈 선생님만의 독특한 세계를 이해하는 데 한계가 있게 됩니다. 제가 생각하기로는 선생님께서는, 《화두》만 보더라도 우리나라에 국한하지 않고, 전 인류의 문제로 끌어가고 있지 않은가. 《바다의 편지》는 우주라는 시공간 문제, 생명의 문제. 존재라는 문제를 심각하게 형상화하고 있지요. 그런 것들이 어떻게 도출되는지 고민 중입니다.

　— 좋은 고민이다. 다른 사람들 연구도 그런대로 의미가 있지. 거기에 자네가 어떤 것을 더 보탤 수 있는지 생각해야겠지.

　— 서양의 해체주의와 동양의 선불교철학과 결부하면 뭔가 나올 듯합니다. 하지만 그것도 도식화될 것으로 보이고요. 선생님 작품에 여러 이론을 들이대는 것 자체가 무리 있어 보이기도 합니다. …그래서 선생님의 작품에는 선생님의 예술론이 가장 어울리지 않는가, 잘 들어맞지 않은가 생각합니다.

　— 어떤 의미에서는 표층적이지 않은 음악분석을 예로 들 수 있겠지, 아까 음악과 문학의 차이에 대해 이야기했잖아. 문학과 달리 음악은 형식이 전부라 했지만, 깊이 들어가면 음악 장르도 작곡자의

시대정신이랄까, 자신의 민족정신이랄까, 하는 게 있겠지.

— 음악에는 국경이 없다, 그러나 작곡자에게는 조국이 있다,는 말이 있습니다.

— 바로 그거야! 나는 그런 것을 말하고 싶은 거다. 음악가에게 그 음악이 나오게 된 객관적인 큰 흐름이라는 게 있을 것이다. 민족음악, 민족성의 선율 같은 기본적 배경이 있잖아.

— 네. 각 나라마다 전통음악이 있습니다. 우리나라 국악처럼 말입니다.

— 그렇지. 그런데, 시대가 변해서 나라 경계가 없어져 모든 인류에게 통용되는 음악도 있고, 그 민족에게만 적용되는 음악이 있겠지. 그것을 뭐라 할지….

— 그런 것 있습니다. 나라마다 고유한 악기가 있고, 소리가 다릅니다. 거기에서 나오는 음으로 만들어진 기본 음계가 있고, 그 민족 특유의 선율도 있습니다. 마치 미술의 화풍처럼 말입니다. 서예도 중국풍이 있고 일본풍이 있듯, 나라나 민족마다 특징 있는 선율과 소리가 있고 나름의 질서가 있습니다. 궁상각치우, 우리의 오음계처럼 말입니다.

— 내가 원하는 것이 바로 그거야. 살아 있는 어떤 작곡자가 자신이 가장 애착 갖는 어떤 소리의 미적 세계 속에서 헤엄치다가 멋지게 수족이 놀려지는 어떤 운동의 단면을 말한다. 그 분위기에서 선율을 받아 채보한 것이 소중한 것이다. 문학의 경우에는 이른바 현실이란 것이지. 《광장》이라면 집필 당시를 말하는 것이지. 지금으로부터 45년 전에, 어떤 사람이 생활하다가 자기 둘레에 대한 끊임없는 정신적인 탐구와 성찰, 뭔가 불투명한 혼돈 속의 것에 대해서 다

른 사람들의 설명이나 다른 방식의 그런 요약에 대해 만족지 못하고 결국 '광장'이라는 풍경으로 붙잡았을 때와 비슷하달까.

— 《광장》이라는 작품을 쓰던 그 시절의 상황, 집필 분위기가 작가의 정신과 육체에 배어 있다는 말씀이시죠.

— 그래. 이를테면 스포츠 중계를 하는 사람은 스포츠 현장에서 눈으로 경기를 보면서 시시각각의 판단을 내려서 게임 끝날 때까지 자기 나름대로 그 어떤 흐름을 쫓아간 것이 아니냐. 작가도 그런 것이겠지. 살아가면서 자기 주변 세계를 체계가 있는 어떤 그림으로 그려 나간 것이지. 그러니까, 아까 말한 형식비평에는 작가의 구체적인, 살아 있는 어떤 운동의 많은 차원이 너무 생략돼 버리는 것이지. 소설의 형식을 이루는 공간이니 시간이니 하는 요소들에 대한 생각을 작가는 자연스럽게 자신의 환경 속에서 움직여가는 배경으로 활용한 것이지, 공간, 시간에 대한 연구를 위해 소설을 쓴 것은 아니라는 말이다. 그런 것도 있을 수는 있겠지. 철학의 어떤 섬세한 분파에서…. 누구지 그런 것을 연구한 사람?

— 언어실증주의, 논리철학 같은 경우 말씀하시나요. 러셀이나 비트겐슈타인의 생각들이라는 게 그렇다고 합니다.

— 그래, 그런 것도 있지만, 그보다 한 걸음 더 들어간 것. 너덜너덜한 현실이니, 구체적인 것이니 모두 탈색해 버리고, 형식으로만 남는, 기본적인 패턴을 연구하는 경향 말이야. 형식사회학이니, 형식경제학이니, 형식정치학이니, 형식법학이니 하는 것….

— 예전에 형식논리학이라고 있었습니다. 내용은 제거하고 오로지 그 형식적 원리, 개념, 판단, 추리의 모든 형식을 연구하는 학문이라고 있었는데, 지금은 없다고 들었습니다.

— 그렇지, 그런 한계가 있다는 것이다.

— 《광장》은 선행연구가 많이 있습니다. 《태풍》이나 《화두》는 학위논문이 거의 없습니다.

— 〈화두론〉은 아직 출발하지 않은 상태라 보인다. 어떤 의미에서 유리하다고 할 수 있지. 《화두》는 20세기 끝에 가서 아무도 예측하지 못했던 대격변을 문학이라는 형식으로 거의 유일하게 쓴 것이니까. 한국뿐 아니라 세계문학에도 《화두》와 같은 작품은 없다고 봐야 할 것이다. 많은 영혼들이 그 이데올로기 때문에 괴로워하지 않았더냐. 마치 태양의 주위를 많은 위성들이 돌고 있는 것처럼…. 그런 실체가 갑자기 없어졌는데도 아무 반응이 없다면 이상하겠지. 태양이 갑자기 없어졌다고 한다면 없어진 것을 다시 붙잡을 수는 없겠지만 어디로 갔나, 왜 갑자기 그렇게 없어졌나 하는 것을 연구하는 것이 과학자의 몫이겠지. 러시아 사태의 경우, 러시아는 그대로 있지만, 거기에 있던 자연의 다른 모습을 취하고 있던, 어떤 방대한 인간적인 현실은 사라졌지 않느냐.

— 인간의 현실은 있는데, 사상은 사라진 경우라 하겠네요.

— 인간의 사회가 자연과는 다르다는 것, 그 소식, 그 《화두》를 쓴 것인데, 관전평이라고 할까…. 자네 바둑을 두나?

— 바둑 못 둡니다.

— 바둑을 두고 나면 복기하잖냐. 시나리오를 바탕으로 바둑을 둘 수는 없겠지. 판이 끝나면 완성된 것이지. 사후 시나리오가 있는 셈이지. 복기는 시나리오를 처음부터 해 보는 것이야. 창작과 비평의 관계를 비유적으로 말하면 그런 것이 아닐까.

— 《화두》는 20세기 세계사에 대한 명철한 이성의 성찰이라는 생

각이 듭니다. 제가 사회과학적 경험과 공부가 모자랍니다. 그 반성이 예술로 치달아 버리게 됩니다. 사회학에 대한 사유에 특별함이 없는 부분이 부담입니다.

— 좋은 부담이라고 생각해.

— 사회주의를 바탕으로 했던 정권이 몰락해 버렸다는 충격은 지성이나 이론에 대한 회의로 다가옵니다. 많은 지성이 그를 궁극점으로 두고 달려갔지만 몰락해 버린 이유는 그렇게 간단치 않습니다. 《화두》는 미국과 소련이라는 대국에서 실제 체류로 겪은 사람의 실경험으로 쓰인 소설입니다. 그 저변의 사회과학적 논리를 해석하기엔 제 사유가 얕습니다. 단견이지만, 선생님의 작품을 정독한 저로서는 선생님의 주제는 결국 이데올로기 비판이라고 봅니다. 그 억압적인 이데올로기가 꼴사납게 인간을 앞에 버티고 있고, 그것을 탈피하려는 생각들이 개개인한테는 다 있는데, 사회적 동물인 인간은 그를 못 벗어난다는 것입니다. 그래서 종교나 예술이라는 환상적 자기동일성을 가지면서 잠시나마 자유로워지게 되었다는 결론을 짓게 됩니다.

— 고민 많이 하거라.

— 네, 선생님.

20세기를 산 우리 나라 사람들은 자기를 다스릴 원칙 없이 이 세기를 정신적 피난민으로서 표류하였다. 공동체적 〈감정〉의 등가물로 〈민족주의〉가 등장했고, 공동체적 〈이성〉의 등가물로 〈사회주의〉가 수입되어 각각의 신도들을 모았다.[191]

# 신념

## 2005. 2.

동년배 시인 Y 군과 함께 최인훈 선생님 댁에 세배 다녀왔다. 선생님과 정치 이야기를 많이 했다. 보건복지부 장관이 자신을 고문했던 국회의원을 찾아가서 악수하는 장면을 보고 깜짝 놀랐다는 말씀, 권력을 위해서라면 저런 생각과 행동도 불사할 수 있다는, 삶의 아이러니에 대해 생각이 많다는 말씀. 지난 운동권 세대도 마찬가지라는 말씀. 신념이 없는 386이라 하신다. 자신을 죽이려 했던 권력자의 기념관을 세워주는 행태도 매일반이라는 말씀.

— 우리는 백지 위에서 고민할 수밖에 없다.


# 페니실린

## 2005. 5.

스승의 날 시기여서 최인훈 선생님을 모시고 일동에 갔다. 일동은 변함이 없었다. 포천관광호텔은 여전히 폐쇄, 방치된 상태이고 주변의 수풀은 우거져 있다. 〈빼앗긴 들에도 봄은 오는가〉, 라는 이상화의 시 제목이 떠올라 선생님께 말씀드렸더니, 그렇구나, 꼭 맞는 말이다, 하셨다.

차 안에서, 관광호텔을 구경하면서, 둑 아래 벤치에서 선생님의 말씀을 들었다. 논문 진행 상황을 물어오셔서 나는 이론적 근거로 선생님의 예술론과 원효의 《대신기신론소》를 면밀히 검토 중이라고 말씀드렸다.

— 불교가 우리의 전통이다. 외국의 것, 우리 현실과는 잘 맞지 않는 외국이론을 지지부지 끌고 다니는 모습이 보기 안 좋더라. 자네가 내게서 미적 경험을 논리적으로 받은 제자로서 유일하다. 어떤 연구기관이 있다면 연구의 핵심을 전수 받은 경우가 아니냐.

— 저로서는 학부시절 선생님 강의를 직접 받은 사람으로 유리한 조건이라 할 수 있습니다.

— 지난번에, 자네의 〈바다의 편지론〉을 내가 칭찬했잖냐. 그것은 본격적인 논문과 다른 점이 있지. 자네가 문장을 예술작품이라고 생각하며 자유롭게 썼기에 그런 훌륭한 것이 나왔다고 생각해. 나는 그 글을 읽고 감동하지 않는 사람들은 글에 대한 감식력이 없는 사람이라고 생각해. 작품을 꼼꼼히 읽고 학술논문을 넘어 2차 에세이를 쓴 것이 아니냐. 그것이 좋다고 생각해.

— 감사합니다. 학위논문은 형식에 맞추어야 하므로 약속된 글쓰기가 요구됩니다.

— 내 예술론 그림을 보면, 수학이나 기하학이나 좌표를 설명하는 수학 시간에서의 설명하고 똑같은 방식으로 내러티브가 돼 있어. 자네가 많은 것을 다루고 있지만, 자네 자신이 공중에서 헤매면 읽는 사람들은 뭔가 심오한 것 같지만 어렵다고 할 수 있다. 나는 공중에 뜬 허랑방탕한 얘기를 한 것이 아니거든. 아무리 여러 이론과 많은 분량의 이론적 내용이라 해도 짤막한 공식 하나로 표시되고 있을 수 있어. 무궁무진한 사유의 결정으로 그 수식이 나온 것이겠지. 한 줄 수학 공식이 우주를 대표하지 않냐. 나는 고금동서의 예술이론하고

완전히 동떨어진 말을 하지 않았어. 다만 다르다면, 내레이션 방식을 비예술적으로 했을 뿐이야. 비예술적으로 예술을 정의하려 했다는 말이지.

— 그 대표적인 것이 〈예술이란 무엇인가—진화의 완성으로써의 예술〉이 아닙니까.

— 그게 기본이지. 신념을 가진 사람들이 주의해서 읽어 준다면, 내 에세이는 알 것도 모를 것도 없는 거야. 그냥 상식의 한 가지를 화두로 잡은 선승이 엉덩이가 썩을 때까지, 자기에게 납득될 때까지 생각하고 생각한 끝에 나온 거야. 나는 납득됐어. 그렇다면 남한테도 전달되지 않겠느냐는 거지.

— 퇴임강연 이후 말씀하신. 결국 '좋은 것은 새로우면서 구닥다리'…라는 아포리즘이 예술에 대한 진리로 다가옵니다.

— 고전이 바로 그런 것이지. 그 에세이에서도 말하고 있듯, 공자나 예수가 오래전에 말했는데, 철학이 뭐가 필요하냐, 아리스토텔레스 이후에 철학사가 필요 없지 않는가 하면, 또 그렇지 않다는 거야. 그 에세이에서 페니실린을 예로 들었지. 옛날에는 적은 양의 페니실린에도 균이 죽었는데, 지금은 내성이 생겨서 그것으로는 안 된다는 거야. 균의 힘이 막강해진 거지. 같은 성격의 균인데, 단위를 높여야 박멸되지 않겠어? 예술가들도 사람들의 영혼을 치료하기 위해서는 페니실린 균을 당대에 맞게 훈련시키고 배양해서 주사를 해야겠지. 자네 말대로 같지만 같지 않아.

— 선생님의 예술론에 대해 어떤 학자가 언급한 것을 보니까, 개론서, 입문서라 조심스레 평가절하했습니다. 하지만, 저는 개론이라는 것이 더 소중하다고 생각합니다. 문화이론이 더 다양해져 혼돈스

러운데, 원론적, 개론적이고, 일반화할 수 있는 통론이 필요합니다. 다양화, 다기화되는 현실에서 원중심을 잡아 줄 수 있는 기준이 절실한 상황이지요.

— 그렇지, 기준이 필요해. 그 외의 부분은 각론이라 할 수 있지. 시작법, 소설작법 등은 당장 효과적일 수 있지만, 그를 바탕으로 창작을 하다가 막히는 경우가 많을 거야. 문득 창작이란 무엇이고, 예술이란 무엇인지, 다시 반성해서 전진해야 새 경지가 뚫릴 것 아니냐. 예술에 대한, 창작에 대한 원초적 의문이 들 때의 설명이 필요하다면, 내 이론이 적절하지. 개론적이다, 원론적이다 할 때, 그건 당연한 말이다. 아이슈타인의 예를 들자면, "당신, 그걸로 대륙간탄도탄을 만드는 공정을 말해봐"라고 하는 것과 마찬가지야. 아이슈타인은 조그만 자기 방, 한 뼘 책상에서 종이와 연필을 가지고 만든 거야. 그는 대학박사과정에서 배운 수천 년의 서양 물리학의 데이터베이스에 들어가 있는 선행하는 업적들을 모두 상속하고 있는 것이지. 그 사람의 이론이 공식에 맞느냐 어쩌냐 하는 것은 다른 사람이 실험하면 되잖아.

— 실제로 아인슈타인의 이론이 일식현상 때 증명됐다고 합니다. 그의 공식이 맞았습니다.

— 그걸 가지고 개론이니 원론이니 하는 말은 논의의 장르를 혼동하고 있는 거지.

— 너무 많은 이론이 쏟아져 나옵니다. 개론이나 원론, 입문 등이 더 소중하다고 봅니다. 선생님의 예술론처럼 말입니다.

— 나도 창작가인데, 그런 사정을 왜 모르겠어. 예술이란 무엇인지 똑부러지 말 못 해도 수십 년 동안 소설이나 드라마를 쓸 수 있겠

지. 하지만 그 모든 것의 사유적인 개괄이란 것은 별도의 문제지.

선생님과 나는 오랜 시간 앉아서 이야기를 나누고, 사진을 찍고, 부대 앞까지 갔다. 선생님은 지난번과는 달리 선생님의 친구가 근무하던 부대에 가보고 싶어 하셨다. 선생님을 차에 모셔두고 나만 내려 초병에게 방문을 청하니, 민간인 출입 금지라고 잘라 말한다. 선생님께 말씀드리니 그냥 집으로 가자고 하신다.

댁으로 향하는 중에 우리 집에 들를 수 있으면 좋겠다고 하신다. 나는 아내에게 전화를 넣어 선생님 모실 준비를 시켰다. 선생님께서 우리집으로 향하는 중에 부동산이 늘어선 곳에 차를 세우신다. 컨테이너로 임시 건물을 만들어놓은, 중개업자들이 몰려 있는 곳이었다. 선생님은 전망 좋은 곳에서 여생을 보내면 좋겠다는 말씀을 많이 하셨다. 지난번에는 포천 외곽 지역을 가는 중에 여기, 여기서 내리자, 하시곤 즉흥적으로 부동산업소를 찾으시기도 했다. 아파트 생활이 답답하시기도 할 것 같았다. 컨테이너 부동산은 사람들이 없어 나는 다시 차에 올랐다.

집에 가니 아내와 아이가 맞았다. 아내가 불고기를 만들어 굽고, 나는 백세주를 사와 잔에 따랐다. 선생님은 고기를 많이 드시고 백세주도 한 병을 비우셨다. 선생님께서는 딸아이와 대화를 나누신다. 나는 《윤동주평전》을 보여 드렸다. 나중에 선생님 평전은 제가 쓰겠다고 말씀을 드렸다. 선생님께서는 당연하다고 말씀하셨다. 선생님은 또 아버님 말씀을 꺼내셨다. 장남으로서 한 일이 없다시며 눈을 감으셨다.

화정으로 가는 차 안에서 선생님은 《화두》가 앞으로는 읽히지 않을 것이라 하셨다. 나는 그렇지 않다고 말씀드렸다. 나는 월러스틴의 최근 저작을 읽은 터라 그의 견해를 말씀드렸다. 그는, 윌슨의 자유주의와 레닌주의는 공모관계였고, 자본주의의 내적 모순 때문에 체제에 변화가 있으리라 예견하고 있다. 서유럽과 동유럽이 손잡고 미국을 견제하리라는 것, 미국은 일본과 손잡고 긴장을 유지하려 할 것이란다. 긴장이 무너지면 제3차 세계대전이 일어날지 모른다고 했다. 그것을 막기 위해 조그만 운동들이 많이 일어나야 한다는 것이 월러스틴의 논리였다. 선생님의 《화두》는 그때 다시 조명될 것이라고 나는 말씀드렸다. 선생님은 그 사람, 식견 있다고, 그의 책을 보고 싶다고 하셨다.

# 예술탐험

## 2005. 6.

선생님 특강이 있어 모시고 안산, 학교에 갔다. 명예교수로서 학기 중에 몇 차례 강의를 진행해야 한다는 교무처의 권고가 있었다고 하셨다. 나는 선생님 특강 중에 모시겠다고 말씀드린 바 있어 차를 몰았다. 첫 특강 장소는 안산 예비군 훈련 강의장이었다. 전교생을 대상으로 하는 강의여서 초대형 강의 공간을 빌린 것이었다.

교무처장이 선생님을 소개하자 대형 스크린에 영상이 올라온다. 지난 1994년, 〈김한길과 사람들〉이란 방송 프로그램에 출연하셨던 영상이었다. 사회자인 김한길 씨가 선생님의 《광장》과 《화두》에 대해 질문하고 답하는 모습이 펼쳐졌다. 선생님, 저 때만 해도 젊으셨다. 엷은 자줏빛 선글라스 쓰신 선생님 얼굴이 훤했다. 풍성하고 검은 머리카락을 넘기시고 빠르고 높은 음성으로 담담하게 말씀하시는 선생님, 기운이 넘치는 역사처럼 보인다.

10분 정도 흐르던 영상이 끊어지고 선생님께서 연단에 오르셨다. 학생들이 박수로 환영했다. 선생님의 강연 내용을 정리해본다.


### 거인유예(居仁遊藝)

'거인유예'는 인(仁)에 의해 생활하고, 더 높은 경지의 정신생활은 예술로 한다는 뜻이다. 인(仁)은 사랑이라는 말이다. 에로스보다는 아가페에 해당된다. 무릇 인간과 같이 있는 모든 것을 다 끌어안고 사랑하라는 것이다. 상당히 넓은 의미를 인이라는 글자가 포함하고 있다. 좋은 것의 극치와 같은 것을 인이라 표현했다. 인간적인 윤리로써의 '인'이라든지, 철학적 의미의 '아가페'만으로는 다 수습할 수 없는, 인간의 내적, 외적 행동에 대한 지도원리, 추진의 역할을 하고 있는 것이 있다면 종교다.

다시 말해서, 사회과학적인 진리, 윤리적인 가치 등이 인(仁)이라고 본다면, 거기에 보태지는 인간생활의 또 하나의 영역이 종교라 볼 수 있다. 그리고 또 하나 덧붙여서 우리에게 제일 가까운 예술이라는 분야. 이것도 종교와 같은 역할을 한다. 인이라는 것을 포함할 수 있다. 동물에게는 없는 부분이다. 동물은 자기 자손에게 인이라는 것을 행하지만 종교와 예술은 없다.

사람에게는 세 가지 커다란, 존재 형식이 있다. '인(仁), 성(聖), 예(藝)'가 그것이다. 제일 앞엣것이 윤리에 해당하는 것이다. 다른 말로 한다면 법칙(LAW)이다. 그다음 성(聖)은 종교의 세계다. 마지막 예(藝)는 예술을 말한다.

(선생님께서 잠시 말씀을 멈춘다. 그리고 '염화미소'의 일화를 소개하신다. 학생들이 웃는다. 그리고 다시 강연을 이어가신다. 강연이 끝나면 학생들이 《광장》을 드라마로 제작, 방영한 KBS의 특집극을 시청하게 돼 있는 모양이다. 선생님은 《광장》 집필과 발표 당시, 그리고 《광장》에 대한 평단의 분위기를 말씀하신다.)

### 남북전쟁과 《광장》

1960년에 한국의 남북전쟁이 일어났다. 3년 동안 전쟁하다 보니 많은 사람이 죽고, 피차 상대방 측 포로가 됐다. 북쪽 포로가 17만 정도 됐는데 대부분은 거제도 수용소에 있었다. 북한에도 남쪽 군인 16만, UN 군인 5만 명 정도가 포로로 잡혀 있었다. 전쟁이 끝나면 서로 포로를 교환한다. 원대복귀한다. 보통 다른 나라끼리의 전쟁인 경우 가족이 있는 고향으로 가게 되는데, 우리나라의 경우는 고향으로 가지 않겠다는, 원대복귀 않겠다는 포로들이 생겨났다. 북한 포로 중에 그런 경우가 많았다. 7, 8만 정도의 군인들이 북쪽으로 안 가겠다는 것이었다. 남한 쪽 병사도 몇 있었다. 북쪽에서는 자기들 포로를 전부 돌려달라고 하고, 우리 쪽에서는 가고 싶다는 사람만 보내라 하고, 서로가 주장해서 접점을 찾지 못했다. 정전협약 때 그러면 남한도, 북한도 아닌, 한반도 지역 바깥으로 보내자고 했다.

《광장》이라는 소설은, 남쪽에서 살다가 월북해서 전쟁이 나자 북쪽 군인이 되었다가 남쪽으로 내려온 병사의 이야기다. 그가 남쪽에서 포로가 돼, 중립국으로 가는 배를 타고 가다가 바다 위에서 실종된다.

《광장》의 주인공, 이명준을 나는 이렇게 평가한 적이 있다.

〈책을 모으고, 미라를 구경하러 다닌다.

정치는 경멸하고 있다. 그 경멸이 실은 강한 관심과 아버지 일 때문에 그런 모양으로 나타난 것인 줄은 알고 있다. 다음에, 부채의 안쪽 좀 더 좁은 너비에, 바다가 보이는 분지가 있다. 거기서 보면 갈매기가 날고 있다. 윤애에게 말하고 있다. 윤애 날 믿어줘. 알몸으로 날 믿어줘. 고기 썩는 냄새가 역한 배 안에서 물결에 흔들리다가 깜빡 잠든 사이에, 유토피아의 꿈을 꾸고 있는 그 자신이 있다.[192]

이명준이 행방불명 되기 전, 의식 속 자신의 모습을 그려보는 장면이다. 이 장면은 매우 깊은 내부 초점화[193]가 이뤄지고 있다. 이 외에도 내부 초점화 상태로 진술하는 단락은 곳곳에 분포되어 있다. 분명한 3인칭시점이어도 1인칭시점처럼 보이게 하는 기술은, 남북의 이념이나 체제 비판 등 외부적 사건 자체에 대한 의미 부여보다는 그 사건들이 주인공인 이명준의 의식에 얼마나, 어떻게 영향을 미치고 그의 행동에 작용하는가에 초점을 맞추고자 하는 작의에서 오는 것이다. 현대의 소설에서, 소설이 다루고 있는 사건의 문제성도 중요하지만 그 문제에 대처하는 인물의 내면도 소중하다면(아니, 역사적 사건보다 그것에 영향을 받는 개인의 내면이 더욱 소중할 것이다.) 《광장》은 이명준을 통해 체제 이데올로기를 비판하려는 단순한 구조가 아닌, 이데올로기로 인해, 한 개인이 어떻게 좌절하고 방황하며 그 끝에 어떤 성찰을 얻어내어 행동으로 옮기는가를 파헤친 소설이다.〉

## 이명준의 행방불명

이명준의 상황처럼 당시 인도로 향하는 배에는 76명이 있었다. 실제로 바다에서 실종된 사람은 없다. 인도, 브라질, 아르헨티나 등에서 살아갔다. 논픽션 얼게 위에다 픽션을 만든 것이다. 문학평론가들 중에도 상당히 '인'에 해당하는 부분을 강조하는 평론가들이 많아서, …이명준을 왜 이렇게 나약한 도피주의자를 만들었느냐, 살아야지, 남, 북 모두 싫다면, 외국에 가서라도 조국 통일운동에 종사하는 게 맞지 않는가, 하고 평했다. 사나이가 한 번 간다고 하면 가는 거지, 배 위에서 실종되다니…, 그렇게 평하는 사람들이 많았다. 작가로서 부담이 상당히 많은 평이다. 밝은 것을 택하라, 퇴폐 대신 건전해라, 나약하지 말고 씩씩하라, 라는 말이다.

〈자기가 무엇에 홀려 있음을 깨닫는다. 그 넉넉한 뱃길에 여태껏 알아보지 못하고, 숨바꼭질하고, 피하려 하고 총으로 쏘려고까지 한 일을 생각하면, 무엇에 씌웠던 게 틀림없다. 큰일 날 뻔했다. 큰 새 작은 새는 좋아서 미칠 듯이, 물속에 가라앉을 듯, 탁 스치고 지나가는가 하면, 되돌아오면서, 그렇다고 한다. 무덤을 이기고 온, 못 잊을 고운 각시들이, 손짓해 부른다. 내 딸아. 비로소 마음이 놓인다. 옛날, 어느 벌판에서 겪은 신내림이, 문득 떠오른다. 그러자, 언젠가 전에, 이렇게 이 배를 타고 가다가, 그 벌판을 지금처럼 떠올린 일이, 그리고 딸을 부르던 일이, 이렇게 마음이 놓이던 일이 떠올랐다. 거울 속에 비친 남자는 활짝 웃고 있다.[194]

《광장》의 결말. 갑판 위에서 이명준이 담배 한 대 피우며 허깨비를 느끼고 무언가 잃어버렸다는 조바심을 갖게 되는데, 마지막에 갈매기를 바라보며 그 조바심이 사라지는 장면이다. 최인훈의 '인간의 메타볼리즘의 3형식'대로 이명준이 '환상주체'로 올라서는 장면이다. 이명준은 그동안 지녔던 조바심을 갈매기를 통해 해소시켜 '거울 속에 비친 남자가 활짝 웃는' 모습을 보면서 바깥 대상과 자기 안의 기억을 일치시킨 기쁨을 얻어낸다. 환상객체가 환상주체와 합일되는 순간이다.〉

## 4·19와 《광장》

1960년 4월 19일에 혁명이 일어났다. 4월 18일 전날에 고려대 학생들이 안암동에서 시위하러 나오는 걸 종로 5가쯤에서 정치깡패들이 기다리고 있다가, 갈고리, 쇠몽둥이들로 습격한 사건이다. 거기 분노해서 그 이튿날, 고려대 학생뿐 아니라, 서울 시내 학생들이 일어나서 광화문에 몰려서 정부 물러나라, 하면서 시작된 것이 4·19혁명이다. 건국 이후 대통령직에 있던 이승만 대통령이 국민의 항의에 굴복해서 대통령 자리에서 떠나고 하와이로 망명했다.

4·19혁명 직후에 굉장한 자유 분위기가 갑자기 생겼다. 그동안 못했던 말을 시민들이 말하기 시작하고 방송들이 말하기 시작하고, 작가들도 그동안 쓰고 못 썼던 걸 쓰기 시작하고…. 그런 분위기에 젖어서 《광장》이라는 작품을 쓴 것이다.

〈이명준의 마지막 행동을 두고도 많은 논평이 있었는데, 필자는
이명준의 행방불명이 현실의식과 상상의식의 괴리에서 오는 독자와
이명준의 '어질머리'의 결과라고 판단한다. 복잡했던 역사를 잠시나

마 4·19를 통해, 그 어질머리를 상상해 보았을 것이다. 이명준의 착란과도 같은 행동은 집필 현재 역사의 지평이 열려 있지만 작중 주인공에게는 닫혀 있을 때의 역설적인 의미에서의 분열인데, 이는 최인훈의 '현실비판'으로서의 문학론, 그리고 '현실을 부정하는 방법으로서의 언어예술' 론을 상기시키는 종결부라 보아도 될 것이다. 그러나 4·19는 잠깐의 빛을 남기고 오랫동안 어둠 속에 잠들어 있게 되고 만다. 이명준의 행방불명처럼.〉

4월 달에 혁명이 일어났는데, 그 소설을 그해 〈새벽〉이라는 종합교양지 11월호에 발표됐다. 4월에서 10월까지, 반년 정도 열심히 썼다.

### 현실의 예술화

```
현실의 사건  →  기록  ┐   ①현실의 진행대로(A+B+C…)
A+B+C….    →  전달  ├→ ②표현의 선택순(B+C+A…)
장면       →  표현  ┘   ③생략·강조(주제의식에 따라)
```

예술 표현의 기록에 대해 내 창작 경험에 의해서 간단히 말해 보겠다. 제일 왼쪽에 있는 것을 사건이라고 말해도 좋고, 장면이라고 해도 좋겠다. 이 우주 안에 있는 과학적인 어떤 사건이다. 시간, 자연 시간의 순서에 따라. 아침 다음에 점심, 점심 다음에 저녁, 그다음에 밤처럼 뒤로 돌아가지 못하는, 그야말로 필연적인 순서에 따라 진행되는 사건을 말한다. 자연은 진공을 싫어한다. 자연에는 빈자리라는 것이 없다. 제각각 자리를 차지한다. 자리 차지하면 다른 것은 못 들어온다.

그런데 그 사실을 써나갈 때, 쓰는 사람마다 다르게 표현된다. 그의 쓰기 목적에 따라, 즉 주제의식에 따라 순서를 바꾸게 된다. 대부분의 표현에서 1번의 경우는 있기 어렵고, 원칙적으로 2번이다. 그리고 예술적인 표현은 3번이라 할 수 있겠다. 2번과 같은 현상이 왜 생겼는가, 하는 것을 간단히 말하는 것이다. 그 방식은 대개 두 가지다. 뭔가를 깨버리든지, 아니면 어떤 것을 강조하든지다. 또는 그냥 가볍게 지나간다든지 하는 식이다.

## 연극은 예술의 줄기세포

나는 예술 장르 중에서 연극을 최고라고 생각한다. 오천 년 전, 만 년 전, 이만 년 전, 십만 년 전에도 나는 분명히 예술이 있었다고 생각하고, 그 예술은 종교행사와 마찬가지였다고 본다. 종교의 진행 방식이 꼭 연극 같다고 생각하자. 종교행사에는 시도 있고, 무용도 있고, 음악도 있고, 미술도 있다.

종교행사를 주재하는 사람을 종교에 따라 목사, 무당, 스님 등으로 부르고 있다. 그들은 특별한 의상과 소도구를 썼다. 연극에서의 주인공이다. 연극이 인간의 문명적인 상징행위 중에 가장 오래된 원형질이다. 원형이란 말이 철학적이고 어려운 말일 수도 있으니, 요즘 용어로 한다면 '줄기세포'라 표현하고 싶다. 줄기세포가 각 세포로 되는 뿌리니까.

# 서울대 권장도서

2005. 7.

최인훈 선생님께서 전화하셔서서 내 근황을 물으신다. 그 질문은 선생님 관련 소식을 묻는 것이기도 하다. 나는 선생님 관련 최근 소식을 말씀드렸다. 서울대 국문과 교수가 쓴 서울대 권장 도서 100권 중, 박경리의 《토지》 부분에 대한 내용을 전해 드렸다. 대한민국에는 대문호 두 사람이 있는데, 남에는 박경리, 북에는 최인훈이라고 했다는 글이다. 선생님, 좋아하셨다.

# 문창 특강1

2005. 10.

서울예술대학 다동 강의실에서 문예창작과 학생을 대상으로 선생님의 특강이 있었다. 나는 선생님을 모시고 문예창작과 강의실이 모여 있는 다동으로 갔다. 203호 강의실. 문예창작과 학생들이 수업하는 공간이다. 오후 5시. 선생님을 기다리는 학생들로 빼곡하다. 극작과 학생도 많았다. 선생님은 지난 대형 강연 때보다 훨씬 가벼운 몸짓과 즐거운 표정이셨다. 오랜만에 문창과 학생을 만나기 때문으로 보였다.

### 진화의 완성으로써의 예술

《길에 관한 명상》을 가지고 있는 학생들이 많이 보여 좋다. 여러분들에게 하고 싶은 말은 《길에 관한 명상》에 있다. 특히 그 안에 있는 〈예술이란 무엇인가〉라는 에세이를 주목하라. 내가 자신 있게 쓴 원고여서 여러분이 얻는 것이 많겠다고 생각한다. 나는 소설 한 편을 쓰는데 들인 시간보다도 이런 이론적인 에세이를 하나 만들어내는 데 더 큰 공력을 기울였다. 지금 생각해 보면 나는 창작가보다는 명상가, 철학자가 어울렸을 것 같다. 가톨릭의 수사나 불교의 참선 수행자가 맞지 않았을까 한다. 〈예술이란 무엇인가〉는 창작의 수행 끝에 얻은 결론 같은 글이다.

(나는 선생님의 〈예술이란 무엇인가〉를 스무 살 시절부터 지금까지 수 차례 읽어왔다. 이 글을 해설한 글도 발표했었다.)

〈최인훈의 예술론에 관련한 여러 에세이 중에서 대표적인 것은 '진화의 완성으로서의 예술'이란 부제가 달린, 〈예술이란 무엇인가〉[195]이다. 최인훈은 우주 속에서 지구가 형성된 후 살아가는 여러 생물 중에 인간만이 갖게 된 종교를 예술에 대입해놓고 있다. 인류에게 있어 문명의 발달로 약화된 거룩한 것의 드러남,[196] 곧, 성현(聖現)을 최인훈은 예술행동을 통해 경험해 낼 수 있다고 본다. 이 에세이에서 최인훈은, 지구는 45억 년 전, 생명은 40억 년 전에 탄생, 진화를 거듭하여 50만 년 전에 완성되었다는 물리학, 진화학의 이론을 도입하면서 논의를 전개한다. 지구의 환경이 변화하고 생명체들이 진화하여 완결에 이른 지금까지, 인간만이 변화하지 않으면서 변화해온 데에 문제가 있다고 한다. 45억 년 후 태양계의 소멸까지 지속될 문명의 발달, 혹은 문화의 진보를 이뤄나가는 인간이어서 동물과는 다르게 변하지 않으면서 변하는 특성이 인간에게는 있다는 것이다. 그래서 최인훈은 인간의 구조식을 'Iii'[197]이라고 붙이고 있다. 생물적 자기동일성을 갖추기는 동물과 다를 바 없지만, 인간은 거기다가 문명적인 자기동일성을 얹게 되었기에 두 가지 자기동일성이 있는 셈이고 그것은, 50억 년이라는 먼 시간까지 계속되리라는 전제 하에서이다.

그런데, 현대의 문명인이 고대의 원시인보다 평온을 유지하며 삶을 영위해 나가느냐, 하면 그것은 그렇지 않을 수도, 그럴 수도 있을 것이다. 문명은 교육을 통해 전해지고 교육의 양과 질은 사람마다 개인적인 차이가 있을 것이다. 또한 교육을 통한다고 해서 현대인이 고대인보다 평화를 누리고 살아간다고 자신 있게 말할 수는 없다. 어쩌면 현대인이 고대인보다 더 많은 고통을 받고 있을지도 모른다. 그중 가장 큰 고통은 유한을 인식하면서부터 오는 죽음에 대한 공포라고 할 수 있다.

인간이 인식하게 되었던 유한에 대한 불안마저 완전히 해소[198]할 수는 없다. 인간은 오래전부터 고통을 줄이는 방법을 고안해놓고 있었고, 그것이 또한 문명의 발전을 이루게 하는 원동력이 되기도 했다.

(…) 종교와 예술은 유한의 불안을 해소시켜주고, 무한을 경험하게 해 주는 역할을 하고, 인간은 그러한 의식의 수준을 예로부터 갖고 있었다는 것이다. 즉, 인간은 세 가지의 아이덴티티를 포함하는 존재인 것이다. 인간은 이러한 세 가지 아이덴티티가 있어 먹이사슬의 최고 위치에 있으며 무한까지도 경험하는 능력을 갖게 된 동물이다.

요약하면, 인간은 생물적이고, 문명적이며 종교·예술적 아이덴티티를 함께 지닌 존재이며 이 상태가 앞으로도 인류가 갖는 자기동일성이라고 최인훈은 말하고 있다. 그런데 마지막 'i' 즉, 종교·예술적 자기동일성에서, '종교는 이 상태를 현실로 주장한다'면서 '(i=무한)+'라는 수학 기호로 표현하고, '예술은 이 상태를 약속된 환상으로만 주장한다'며 '(i=무한)−'로 표현하고 있다. 종교는 절대자라고 상정한 존재와의 연결을 통하거나 그 도그마를 믿음으로써 현실로 주어지는 아이덴티티이고, 예술은 작품이라는 약속된 매체를 통하여 환상으로 주어지는 아이덴티티를 말한다. 즉, 예술의 자기동일성은 환상을 현실로 착각하여 얻게 되는 아이덴티티다.

인간이 진화할 수 있는 최종의 목적지는 '나'와 우주가 합일된 자기동일성의 능력을 가지게 되는 것인데, 그것을 바로 종교나 예술이 환상으로 경험시켜 주고 있다. 그래서 최인훈은 '진화의 완성으로서의 예술'[199]이라는 한마디로 예술에 대해 간명하게 표현하고 있다.〉

## 나라는 망했지만 산하는 여전하구나

'국파산하재(國破山河在)'. 중국의 두보라고 하는 시인의 시 구절이다. 옛날, 글쓰고 글 읽는 사람들은 거의 아는 글귀다. 옛날의 글공부라는 것은 그 이전의 훌륭한 명문을 흉내 내는 것이었다. 우리의 판소리, 고사, 고문을 보면 유명한 글귀를 베껴서 자기화했다. 그게 시면서 멋이라고 생각했다. 우리의 해방 전 시 〈빼앗긴 들에도 봄은 오는가〉도 그렇다. 시인의 머릿속에는 '국파산하재'라는, 동양 문인들이라면 다 알고 있던 글귀가 있었을 것이다.

'성춘초목심(城春草木深)'. 나라는 망했는데 풀과 나무는 한참 물이 오르고 있구나, 라는 뜻이다. 우리 선배 문인들은 그 두 구절을 거의 본능적으로 몸에 담고 있었다. 한 나라가 망하고 흥하지만 자연은 여전하다는 뜻이다. 예전의 지식인들한테는 그렇게 간단한 표현 하나로 마음의 거문고 줄을 울리는, 그런 것이 있었다. 정신의 어떤 급소 같은 것이다.

## 컴퓨터와 인간

얼마 전에 신문에서 과학 기사를 보았다. 컴퓨터에 관한 것이었다. 컴퓨터가 인간의 뇌하고 어떻게 다른가 하는 이야기였다. 간단히 말하면 아무리 컴퓨터가 발전한다 할지라도 인간의 뇌하고는 본질적이 다른 상황이다라는 것이다. 컴퓨터의 소프트웨어와 하드웨어는 서로 분리할 수 있다. 즉 컴퓨터 안의 정보와 컴퓨터 본체는 다른 것이란다. 그리고 저장 장치인 하드웨어에 들어 있는 정보를 지워버린다 해서, 하드웨어가 무게가 좀 줄어든다든지, 또는 아파서 괴로워한다든지 그런 것은 없다. 그런데 인간의 뇌인 경우에는 뇌에 있던 기억의 부분이 어떤 일 때문에 지워져 버리면, 다른 기억에 영향이 있다는 것이다. 나는 그 기사를 보고 참 어려운 이야기를 쉽게 잘한다고 생각했다.

### Mutantis, Mutadis

우리말 발음으로는 '뮤텐디스, 뮤테이티스'다. 가끔 영어로 된 이론서를 보면 이 구절이 나오는데, 뜻은 '필요한 수정을 가하여'다. 또는 '적절한 수정을 가하여'라는 것이다. 이론적인 문장을 쓰다가 그 뒤에 'Mutantis, Mutadis'라고 써놓으면 앞에 쓴 일반론은 그때그때 적절한 고려사항을 참작하면 많은 경우에 통할 수 있는 원칙이 될 수 있다는 뜻이다. 나는 이 말이 어느 순간에 상당히 좋은 문구다, 라고 생각했다. 이를테면 문장을 써나갈 때, 어떤 긴박감, 간명한 분

위기를 자아내는 효과가 있고, 긴 설명을 간단히 마무리하는 용도로
도 쓰일 수 있다.

## 한평생이 걸린다

내 책에는 여러 번 나오는 문장이 있다. 사람이 일생을 살아봐야,
좀 시간을 지내 봐야 간단한 이치도 뼈에 사무치게 된다는 말이다.
무슨 설명을 알아들었다고 해서 그렇게 금방 진리가 머리에 쏙 들어
오지 않는다. 신문 보니까, 어떤 어린이가 대학원생이 됐다고 한다.
일종의 천재 아동이다. 그런데 그 학생이 고등수학문제는 잘 풀어낼
수 있어도 훌륭한 시나, 훌륭한 소설은 지금 수준에서는 못 쓸 게 분
명하다. '~하자면 한평생이 걸린다'가 그 의미다. 음식 하나를 예를
들어서, '겨울에 먹는 냉면 맛이 얼마나 깊은지 알자면 한평생이 걸
린다.'라는 차원은 그 천재 아동이 지금 알 수는 없을 것이다. 뭐 그
것도 앞으로 백 년 뒤, 오백 년 뒤에는 해결될지 모르겠다. 하지만
지금 우리 문명에서는 불가능하다는 것이다.

그러나 그렇지 않을 수도 있다. 나처럼 나이 많은 사람이 좋은 소
설을 쓸 수 있고, 어린아이는 좋은 소설을 못 쓰는가 하면, 그건 또
아니다. 그렇지 않은 또 묘한 데가 있다. 나이 든 사람이 여러 요건
으로써 아주 잘할 수 있겠지만, 경력과 연륜이 도달하지 못하는 부
분이 있다. 박사라든지, 70살 살았다느니 하는 것은 별로 의미가 없
다. 나이와 학식이 필요 없다는 것이 아니라, 학식으로는 어떤 의미
에서 본질적인 문제는 전혀 해결되지 않는다. 여러분은 현재 상태로
도 좋은 글을 쓸 수 있다. 그것을 쓰냐 안 쓰냐 하는 것은 여러분 하
기 나름이다.

# 문창 특강2

2005. 11.

선생님을 모시고 특강을 진행했다. 문예창작과 학생들이 선생님의
희곡 〈어디서 무엇이 되어 만나랴〉를 실연하는 시간을 갖는다. 학위
논문을 쓰는 중이어서 늘 피곤하고 늘 몸살기가 있었다. 그래도 선
생님을 모실 때만큼은 정신을 차리려 애썼다. 학생들의 연기 연습이
끝나고 선생님의 강연이 이어진다.

### 그림 같은 바다, 바다 같은 그림

두 문장이 있다. '그림 같은 바다, 물결 소리가 들릴 것 같은 바다
그림'. 이 두 문장은 예술이란 것이 무엇인지 알려준다. 이 두 문장
이 만나는 지점을 'P'라 한다면 P점이 의미하는 바가 예술의 뜻이다.

'그림 같은 바다'라는 말은 실제 바다를 보고 하는 말이다. 그다음,
'물결 소리가 들릴 것 같은 바다 그림'은 마음속에 있는 바다의 모양
을 그려놓은 것이다. 하나는 그림을 보고 말하는 것이고, 또 하나는
실물을 보고 하는 말이다. 그런데, 마음에 드는 것을 왜 그림 같다고
할까? 마음에 드는 바다, 이렇게 말하지 않고, 그림 같다고 말하는
것에 대해 생각해 봐야 한다.

그리고, '물결 소리가 들릴 것 같은 바다'. 이것은 실물이 아닌, 실
물을 대신한 그림자에 대해서 정말 진짜 같다, 이런 말이다. 그 앞에
물결 소리가 들릴 것 같다는 그 뜻은, 그림이 아니라 진짜 같다, 거
기에 걸어 들어가면 빠져 죽을 것 같구나, 라는 말이다.

그림을 칭찬하는데, 꼭 진짜 같다는 말을 한다. 바다의 그림인데,

진짜 바다인 것 같아서, 거기서 금방 물결 소리가 들릴 것 같다, 혹은 거기에 손을 담그면 손이 적셔질 것 같다, 이런 말을 한다. 하나는 진짜 물건을 보고 그림 같다고 하는 게 칭찬이고, 진짜 아닌 것을 보고는 진짜 같은 것에 높은 점수를 받을 수 있다는 뜻이다.

　두 문장을 만족시키는 문장을 지으시오, 라는 문제에 제대로 답하면 바로 예술적인, 문장이다. 컴퓨터의 화면상의 바다는 실물은 아니고, 종이도 그렇다. 바다라는 낱말일 뿐이다. 그것을 진짜처럼 느끼게 써라 그것이다. 그것이 실재가 아니라 거짓말같이 누군가가 나를 감동시키느라고 만들어놓은 느낌이 되도록 쓰라는 것이다. 하나는 상당히 인공적인 느낌이 들도록 하라, 또 다른 하나는 인공적인 느낌이 안 들고 꼭 진짜같이 하라는 모순되는 요구를 하는 것이다. 가끔 창작가들이 기교적인 문장이 좋으냐, 가끔은 기교를 부리지 않은 것이 좋으냐 하면서 논의한다. 상당히 헷갈리는 말을 많이 하지만, 진심을 말하는 것이다.

# 문창 특강3

2005. 11.

선생님의 특강이 극작과 연습실에서 있었다. 학생들이 선생님의 희곡 〈옛날 옛적에 훠어이 훠이〉를 연기한다. 이번에는 학생들이 어디서 준비했는지 소품과 의상까지 갖추었다.

　연극 연습이 끝나고, 선생님, 판서하신다. 판서를 마치고 강의하신다.

**글쓰는 마음**

1. 잘 아는 소재를 택하라.

어떤 것을 쓸까 고민될 때, 잘 아는 소재를 택하라.

2. 남의 것을 모방하지 말라.

지금 어떤 것이 유행인지 따라하기보다는 자신한테 절실한 것을 쓰라. 그것을 제대로 썼으면 남들이 자기를 모방하게 될 것이다.

3. 많이 고쳐라.

문장이 좋으냐 멋있냐 하는 정답은 없으니까 자꾸 고치면 나쁘게 수정되지 않는다.

4. 친구들과 토론하라.

글 쓰고 싶어 하는 사람끼리 친구가 돼서 자극을 받는 것이 좋다. 글을 쓰려면 그런 분위기가 필요하다. 어떤 정신적인 동아리라는 것은 강력한 것이다.

5. 많이 읽으라.

많이 읽으면 거기서 별의별 길이 나온다. 많이 읽지 않고 좋은 글 쓰는 방법은 없다. 굉장히 많이 읽어야 한다. 어찌 보면 너무 허공에서 헤매는 것 같은, 불이 없는 캄캄한 허공에서 헤매는 것이 읽기다. 그러다가 자기 길을 만난다.


**〈옛날 옛적에 훠어이 훠이〉**

나는 한참 소설을 쓰다가 어느 순간 희곡을 쓰기 시작했다. 소설은 잘 쓰이지 않는데, 희곡은 잘 쓰이는 시간이 있었다. 머리에 장면 장면이 잘 지나가는데, 소설에서는 문장이 나오지 않던 게, 희곡은 너무 신나서 쓰게 되었다. 마치 무당이 굿하듯 그렇게 미친 듯이 써나갔다.

소설 쓰기에 회의가 든 이유는 아마도 시점의 문제 때문이 아닌가, 한다. 시점의 문제가 소설의 모든 것이라고 생각한다. 누구의 입장에서 써나가야 하는가, 하는 문제. 가령, 자살하는 사람의 마지막 순간이다, 라고 할 때, 그 사람의 마음속의 상황을, 쓰는 사람은 알까? 본인밖에 모르는 것을 누가 쓸 수 있는지…. 하지만 작가는 태연히 쓰고, 독자도 자연스럽게 읽는다

실제로 가능하지 않더라도 소설은 허구이니까 허용되는 것이다. 물리학적으로 불가능한 경지, 그것을 시점이 약속하는 것이다. 나는 소설을 쓰려 약속을 했지만 자꾸 의심이 들고, 회의가 들면서 쓰기 힘들어지게 됐다. 그런데, 희곡에서는 거기로부터 좀 자유로워졌다.

〈옛날 옛적에 훠어이 훠이〉는 아기장수 설화 탄생 이야기다. 옛날에 지방마다 이런 내용의 전설이 있었다. 아기장수가 태어났는데, 저세상으로 보냈다는 이야기다. 뛰어난 자식이 태어났는데, 부모가 왜 죽였을까, 참 슬픈 이야기다.

마을 공동의 어떤 압력에 의해서 힘없는 가족이 집단의 힘에 눌려서 인륜에 어긋나는 일을 한다는 것이다. 그것이 개인적인 범죄가 아니라, 집단에 소속된 사회 자체의 비문명적인, 권력에 약한 당대 사람들의 공동 범죄라 볼 수 있다. 이 연극은 미국에서도 공연했다.

(선생님의 말씀 중에 문득, 나는 《화두》가 생각났다. 화자가 미국에서 자신의 연극공연을 보면서 상념에 빠지는 상황, 이 부분이 좋아서 해설을 붙여놓았었다.)

〈최인훈은 모든 것으로 변신하는 '프로테우스' 같은 삶이 예술가

의 인생이라고 한다. 범신론적 세계관을 갖고 창작에 임해야 독자를 진정한 DNA'∞의 자리로 이끌 수 있다고 누차 강조한다.

마음과 물질이 결코 둘이 아니고 하나라는 사실이 눈에 보이고 손에 만져지는 이만한 통일. 나는 괜히 쇠줄을 만져보고 레일을 아래위로 훑어보았다. 괜히랄 것은 없다. 내 머릿속에서 떠올랐던 날개 달린 하늘의 말에서 순리대로 실꾸리에서 실이 풀리듯 풀려나오는 것이 이 레일이고 이 쇠로프다.[200]

최인훈의 예술적 태도에 적합한 인용이다. 무아(無我)라는 말을 생각나게 하는 문단이다. 만물이 나이고, 프로테우스 같은 나라는 존재는 결국은 없는 나와 다를 바 없다는 것이라고 이해할 수 있다. 그러나 '나'가 있기에 만물도 있다. '나'가 지금 여기 있을 때, 나타나는 것들이 만물이다. '나'가 '말보다 좀 더 무거운 〈말〉'로 지시할 때 그들은 그제야 제 형태를 드러내 제구실을 하는 것이다.〉

나쁜 정치가 있는 사회의 가난한 가정에 그 사회를 구원할 뛰어난 인물이 나왔다. 어찌 보면 예수 같은 사람이다. 우리나라 구세주는 아기장수다. 우리가 편안한 것은 나쁜 정치에 저항한 사람들이 있기 때문이다. 청계천의 노동자 전태일 같은 사람도 그렇다.

### 톨스토이의 《예술이란 무엇인가》
톨스토이의 《예술이란 무엇인가》를 다시 읽었다. 역시 훌륭한 책이다. 톨스토이는 인기 있는 예술이론가라고는 할 수 없다. 도덕적 측면만 강조해서 심심하다는 이야기가 많다. 그는 예술을 '사람들 사이에, 형제자매됨의 느낌을 유지하게끔 하는 것'이라고 정의하고 있다. 그 얘기는 예술 시간이 아니라 교회나 성당에 가면 늘상 하는 것으로 들린다. 우리는 하늘에 계신 아버지의 형제자매이기 때문에 사랑해야 한다, 이웃을 사랑해야 한다는 말, 이 말은 사회 성원들이 서로 끈끈한 문명적인 공동생활자로 여기며 살아가라는 뜻이다. 공동 이익에 대해 어긋나는 극단적인 이기주의자들은 처벌해야 한다는 것이다. 물론 괴로움도 함께 나눠야 한다는 형제자매됨을 이야기하고 있다.

톨스토이는 복잡하고 어려운 이야기 끝에 이렇게 훌륭한 말을 했다. 실제로 톨스토이는 귀족 출신이어서 땅도 많았는데, 농민들한테 땅을 나눠주었고, 자기도 직접 농사를 지었다. 학교와 병원도 세웠다. 나중에 유산을 가족에게 남기지 않고 농민들에게 주겠다 해서 가족 불화가 있어 가출했다가 감기들어 사망했다.

# 문창 특강4

## 2005. 11.

극작과 강의실에서 네 번째 선생님 특강이 열렸다. 선생님 모시고 화정에서 안산 가는 길이 막혀 조교에게 전화를 걸었다. 좀 늦을 수 있다고 전했다. 선생님은 바깥 풍경을 보시다가 주무신다.

### 《공동사회와 이익사회》

선생님이 양복 안주머니에서 종이를 꺼내 보시며 칠판에 적어나
간다.


1. TEXT＝ROBOT
2. 開眼
3. 이야기 - 이야기(내용)

　　　　이야기하기(형식)
4. 예술 - 현실＝예술 직결

　　　　현실≠예술 분리
5. 이익사회와 공동사회(퇴니스)
6. I(생물주체) - i(문명주체) - í(상상력의 주체) self identity 자기동일성


페르디난트 퇴니스가 쓴 책이 있다. 《공동사회와 이익사회》, 꼭 읽
어 보도록 하여라. 공동사회란 이백 년 전의 모든 인간 사회 모습이
다. 국가라는 것이 지금처럼 형성되지 않았던 모습. 이렇게 서울 사
람하고, 제주도 사람들하고 동시에 소통이 가능하기 이전의 옛날 사
회를 말한다. 촌락, 가족, 친척, 부모 형제들의 사이가 인생의 전부
였던 인류사회의 한 이백 년 이전의 상태다. 그 이후, 근대사회라 할
까, 반드시 자본주의 사회라 할 수 없겠지만, 대부분 농업사회에서
장사를 하고, 공업 상품을 만드는 것이 인간 사회의 모습이 된 그 이
후의 사회를 이익사회라 한다. 앞으로의 사회는 철저하게 이익을 추
구하는 사회가 될 것이다.

## 예술행동은 현실행동

옛사람들의 행사는 종교행사이면서, 예술공연이면서, 정치행사고 동시에 경제행사이기도 했다. 우리도 페스티벌이 많지 않은가. 축제에서 '제(祭)'라는 말, 제사이다. 축제를 예술공연이라 하지, 종교행사라고는 말하지 않는다. 공동사회에서의 부족 축제는 종교행사, 정치행사였다. 민족의 단결과 애족심을 촉구하는 행사였다. 외국세력이 올 때에 전 민족은 자기 목숨을 내놓겠다고 결의한다. 조상님이 물려주신 이 공동사회를 지키겠습니다. 절대 비겁하지 않지 않겠습니다, 하는 행사를 벌인다. 그것은 곧 군사 행동이었다.

그리고 경제 행동도 함께했다. 행사 때 물건을 사고 판다. 제사 때 진설할 술이나 떡도 마련해둬야 한다. 제사 후 그것을 먹으며 노래하고 또 기도하고. 이런 물건을 진설하기 위해서는 돈이 필요했을 것이다. 경제활동의 결과다. 또 하나, 공연행사가 있다. 우리의 현재 모습인 예술공연이 그렇다. 보이지 않는 신을 향해 예배 양식에 따라 절도 있는 공연을 했다. 몇만 명의 사람이 일제히 두 번 절하고 한 번 반절하고 등등 각본에 있는 것 같은 동작을 취하는 일종의 집단 무용을 행했다. 아주 넓은 의미의 예술공연을 말한다.

'현실행동'이 곧 '예술행동'이 돼서 같은 시공 속에서 연속해서 거행되고 있다고 볼 수 있다. 과거에는 이 모든 것이 예술행동이면서 정치행동, 경제행동, 종교행동이었다. 여러 가지 갈래가 분화돼 있는 사회에서는 이렇게는 안 된다. 문창과 학생이면서 무용과 학생은 아닌 것처럼. 그렇지만, 옛날 한국 문인들은 대개 글씨를 잘 썼다. 난초, 매화도 잘 그렸다. 피리도 잘 불고, 거문고도 잘 뜯었다. 공자는 노래도 잘하고 춤도 잘 추었다고 한다.

또한 전쟁조차도 예술과 하나라고 봤다. 서양 전쟁 영화를 보면 200~300년 전만 해도 칼로 찌르고 발로 차는 중에, 사령관 곁에서 악대가 군악을 연주하고 있다. 돌격하는 군인들이 악대의 공연에 맞춰서 싸우는 모습, 그것이다. 나폴레옹도 그랬다. 전쟁도 예술 중의 하나다.

### 세례명, 법명, 호

가톨릭에서는 이름을 새로 지어 받는다. 세례명. 속명은 자기 본래의 이름이고 세례명이 또 있다. 불교에서도 법명이라고 있다. 보통 속명보다 위에 있는 이름이다. 또 우리의 옛 문인들은 호가 있다. 나는 이런 것이 예술의 아이덴티티에 속한다고 본다.

예술가는 교회 없는 종교가이다. 절간 안 다니는 예술가, 모스크가 없는 하느님 숭배자. 생에 대한 전통적인 권위를 인정할 수 없게 된 이후의 종교적인 행동이 예술이다. 자기 자신을 목사나, 중이나, 이런 것과 가깝다고 생각한 것이다. 지도적 입장이 아니라, 평신도 종교인인데, 교전이 없다. 예술가의 《성경》은 작품이다. 여러분이 기말작품으로 제출하는 것, 그것은 '사제 경전'으로 볼 수 있다.

### 枯木寒岩

말라 죽은 나무가 선 것처럼 움직이지 않고, 마음은 죽은 재처럼 아무 생각이 없다는 뜻이다. 우리의 전통적 철학에서 깨달았다는 것은 '한암고목'과 같은 차원의 사람을 말한다. 큰스님들과 대유학자들이 평생 바라는 것은 일생 동안 이런 상태로의 마음이 된다는 것이다. 우리나라에서 제일 글씨를 잘 쓴 사람인 추사의 〈세한도〉를 떠올려보라. 어떤 의미에서 예술활동은 신선놀음이다. 작품은 신선놀음 각본이라 할 수 있다.

# 일심이문

2006. 1.

최인훈 선생님 댁에 새해 인사 드리러 갔다.

— 학위논문을 쓰는 중입니다. 박사논문 제출 전에 우선 연구 성과가 있어야 해서 〈화두론〉을 냈습니다. 지도교수님께서 좋은 논문이라고 칭찬해 주시고 학회에 연결해 주시겠다고 하셨습니다.

나는 선생님께 〈최인훈 화두의 구조와 예술론의 관계〉 논문을 드렸다. 선생님께 결론부터 보시고, 다시 본론을 천천히 읽어나가셨다. 나는 조용히 차를 마셨다.

— 잘됐다. 학위논문도 〈최인훈론〉인가.

모두 읽으시고 눈을 끔벅이셨다.

— 네, 그렇습니다. 요즘 선생님의 예술론에 체계를 잡고 있습니다. 선생님의 작품 분석 방법론으로 삼을 생각입니다. 그리고, 원효의 《대승기신론 소 별기》를 읽고 있습니다. 어렵지만, 계속 읽고 있습니다. 선생님의 현실행동, 기호행동의 도식과 일심이문의 경로를 대비할 생각입니다.

— 내 예술론은 〈인식론〉을 바탕으로 한 것이다. 의식 중에서도 창작의식이겠지. 의식이란 것이 내부구조가 어떻게 돼 있나, 왜 그

렇게 생겼나, 그런 구조를 가지고 외부에 적응행동을 할 때, 그 외부와의 관계는 어떻게 되는가 등의 문제를 연구한 것이다.

― 현실행동, 기호행동의 도식을 만드셨지요. 그 도식을 불교에서의 육식과 육근의 관계와 인식의 과정에 도입해볼 생각입니다. 유식론인데, 아직 선명하지는 않습니다. 계속 고민 중입니다.

― 일단, 내 예술론을 자네가 잘 이해하고 있다. 거기에 성별(聖別)이라는 말에 주목해 보거라. '인간 개체의 내부의 성별'…. 이 부분도 나는 많은 불면의 밤을 새우고 만들어낸 표현이다. 소위 예술행동에 있어서의 외부라고 생각되는 것. 가령 음악의 경우에는 가수라면 인간의 목소리라든지, 악기를 통해 나는 소리라든지. 무용이라면 인간의 몸짓, 문학에는 문자, 말 등…. 이것은 성별되지 않은 현실의 눈으로 볼 때는 모두 물질일 뿐이야. 현실의 물체일 뿐이다. 그러나 약속의 공간인 예술이라는 입장에서는 각각의 물리적인 심볼들은 이른바 성별된 형태로 나타난다는 것이다. 성별됐다는 것은 예술의 시공 속에서 시간과 공간이, 물질과 의식이 초시간적으로 상호 전환될 수 있다고 하는 약속이다. 나무가 물이 될 수 있고, 내가 바다가 될 수 있고, 바다는 산이 될 수 있다는 것. 바다는 산이다, 나는 너다, 어제는 오늘이다, 시간은 공간이다. 작은 것은 큰 것이다. 이런 현실 세계의 인과율과 물질법칙이 적용되지 않기로 한 그 세계라는 것으로써 선언된 시공이라는 말을 '성별된'이라고 표현한 것이다. 교회에서 세례식 할 때 하는 것과 같다. 빵 한 조각 포도주 한 잔을 예수의 살과 피라고 하잖나. 그것이 바로 성별된 것이다.

― 그런 의미에서 종교와 예술에서 '약속'이라는 말이 소중하다고 생각됩니다.《문학과 이데올로기》에서 말씀하셨습니다. 그것이 바

로 기호행동 스스로가 현실을 위한이 아니라, '현실로써의 기호행동'이라고 말입니다. 문학에서 꽃이라고 말할 때는 그것은 현실의 꽃이 아니라 DNA∞ 공간에 있는 꽃을 지시하는 것이라고요.

— 그것을 성별이라는 말로 대치해도 되겠다.

— 약속된 현실은 작위적인 것이고, 그것을 작위적이지 않게, 자연스럽게 형성하려는 노력이 예술이라고 생각됩니다. 그 표현은 약속임을 잊도록, 또 다른 현실로 만들어주는 예술가의 태도이고, 그 태도로 잘 표현했을 때, 작품의 가치가 매겨진다고 봅니다.

— 그렇지. 내 예술론은 형이상학적, 연역적인 개념, 언어개념을 먼저 정립하고, 그 사이에 형식 논리를 꿰맞춘 것보다는 쓴다는 과정을 자기분석하는 과정에서 나온 것이다.

— 선생님의 소설에서는 창작의식을 고민하는 부분이 많습니다. 《소설가 구보 씨의 일일》, 《화두》, 《하늘의 다리》, 《회색인》 등등 예술과 창작에 대한 모습을 의식적으로 표현하시려 합니다. 어떤 부분은 의식이 너무 깊어서 따라 들어가기 힘들기도 합니다. …옛사람들은 모두 예술생활자였다고, 모든 행동이 예술행동이었다고 하신 말씀이 기억납니다.

— 옛사람들뿐 아니라 현대인에게도 그런 속성은 있어. '현실로써의 기호의식'의 부분인 상상력이라는 것은 예술작품을 대할 때만 비로소 만들어지는 것이 아니라, 원래 있는 환상이라는 인간의 어느 단계에 도달한 인간의 의식이 있다는 거지. 보통사람도 다 있는 능력이야. 그게 있으니까 예술작품을 감상하고 환상의 상태에 들어올 수 있는 것 아니냐. 정도의 차이가 있을 것이다. 독해라는 것은 독해 능력이 있으니까 독해하는 것이지. 그 능력이 없는 사람한테야 아무

리 말해도 소귀에 경 읽기 아니겠느냐.

— 《화두》에 '밸브를 열어라' 하는 문장이 있습니다. 그 말을 알아듣고, 연기하거나, 연기 감상의 상태로 돌입하는 것이나 마찬가지로 보면 되겠죠.

— 그런 것이다. 자네가 기왕 발견했다면 세상에 알려야 할 것이다. 세상도 알아주기 바라고…. 알아주기는커녕 잘 모르는 녀석들이 생물학 실험실에 들어와서, 부지깽이로 비커를 깨트리고, 어지르고 똥도 싸고 하는, 그런 형국이다.

— 〈길에 관한 명상〉, 〈문학과 이데올로기〉 외에 예술론을 여러 작품에서 추출하고 있습니다. 그리고 〈인간의 메타볼리즘의 3형식〉과 창작방법의 관계를 설명해나가는 중입니다. 그리고, 요즘 불교 서적을 보다 보니까, 선생님 이론과 맞닿아 있는 게 많아 보입니다. 그 부분을 저로서는 발견으로 생각하고 있습니다. 신중하게 써야 할 것 같습니다. 자연과학의 공식처럼 머릿속에 들어오게 되니까요. 그것을 잘 설명하면 글을 읽는 사람들이 예술을 창작하고 감상하는 자세의 해결점이 주어지지 않나 생각합니다.

— 그래도 알아듣지 못하는 사람이나, 알아듣지 않겠다는 사람에게는 도리 없을 거야. 이번에 자네 학위논문 과정도 그렇겠지. 자네 자신을 위한 비망록처럼 써 보거라.

— 네, 알겠습니다.

나는 선생님께 대답하고 댁을 나섰다. 선생님께서는 대화를 더 나누기를 원하시는 눈치를 보이셨지만, 나는 논문을 마무리해야 했다. 시간이 없었다. 특히, 〈창작의식의 흐름도〉에 대한 해석을 붙여야 했다. 대승의 유식론과 관련지어 설명하는 중이었는데, 좀 더 설명

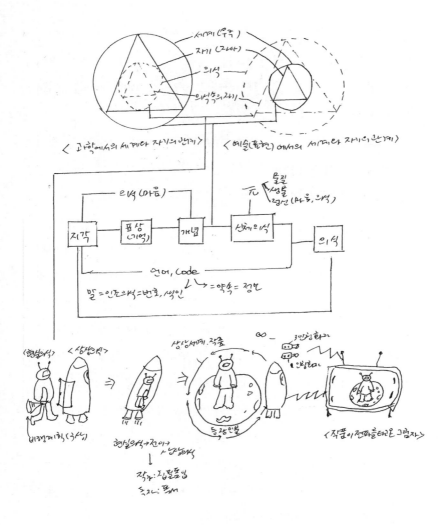

하고 다듬어야 했다.

　앞 도표는 선생님 수업 자료다. 선생님 연구실에 병풍처럼 세워져
있는 그림을 지난번 선생님 특강 때 모시고 갔던 참에 메모해 두었다.
디자인을 전공한 수강생이 선생님께서 수업 때마다 칠판에 그리시는
수고를 덜어드리려 병풍으로 제작했단다. 내가 학창시절 수강하던

〈소설론 특강〉의 도식이 이렇게 섬세하고 복잡하게 변해 있었다.

　나는 이번 논문에서 이 강의용 차트를 〈창작의식의 흐름도〉라 명명하고 설명해나가는 중이었다.

　　…위의 도식은 현대인이 세계와 자기와의 관계를 파악할 때 의식의 내포와 외연의 상태를 나타낸 표이다. 실선으로 그려진 원은 과학에서의 세계와 자기의 관계를 의식으로 본 것이다. 그를 '현실의식'이라 한다. 그리고, 점선으로 그려진 오른쪽 원은 예술에서의 세계와 자기와의 관계를 나타낸 표이다. 그 관계를 인식하고 있는 의식은 '상상의식'이다. 왼쪽 원은 세계 속에 자기가 들어 있고, 오른쪽 원은 자기의식 속에 세계가 들어 있는 상황이다. 현실의식을 실선으로 표현하고 있는 이유는, 인류가 공통으로 처한 현실이어서 확실하게 표시할 수 있다는 의미이고, 상상의식은 개개인의 자유로운 의식의 상태이기에 점선으로 처리되어 있다. 그러나 개인의 자유의식이어도 그 안에 있는 현실은 뚜렷한 모습이어서 실선으로 그려놓고 있음을 알 수 있다. 그러니까 상상으로 세계를 파악하려는 예술적 상황에서는 자기의식이 상상적인 의식 안에 현실의식으로 분명하게 자리하게 된다.

　작품 창작과 수용의 측면으로 본다면, 작품을 쓰거나, 읽기 시작하는 상태는 현실의식이 상상의식에 감싸여 또 다른 현실을 구축하는 셈이 된다. 앞서 〈인간의 Metabolism의 3형식〉에서 살펴보았던, 객체인 자연의 감각적 도구를 수용해 주체가 그를 도구화해서 다시 객체에 되돌려 주는 형태가 순식간에 이뤄진다고 하겠다.

　최인훈은 이와 같은 경로를 섬세하고 정연하게 구도화하고 있다.

먼저 객체라고 할 수 있는 현실의식 층위의 의식은 원 아래의 표에서처럼 전개된다. 우리는 현실에서 받은 자극을 오감각에 의해 분류된 형식으로 지각한다. 그 지각을 표상화하여 기억으로 저장한다. 글을 쓴다는 것은 표상에 적합한 언어를 찾아 지각을 확인하는 행위이다. 지각을 언어화하는 이전 단계에 신체의식의 영역이 존재한다. 신체의식은 인류가 그동안 계통발생에서 생성한 기호(언어, 코드 등) 이전의 것으로 '현실의식'에 가까운 의식이다. 앞서 살펴보았듯 예술에서는 현실의식 안에 상상의식이 엄존한다. 예술(표현)의 창조와 수용에서 이 의식이 무한속도로 변환된다.

　글쓰기 표현에도 이와 같은 의식의 경로는 마찬가지로 적용된다. 이러한 창작과 감상의 의식의 회로를 우주여행의 상황에 비유해보자. 그림은, 우주선을 타고 우주 여행하는 우주인을 독자가 모니터로 보는 경로에 대입한 모습이다. '상상의식'을 우주선으로, 우주인을 '작가'에 대입한다. 우주인이 비행계획(작품구상)을 가지고 우주선을 타면 창작에 돌입하는 것이다. 그는 삼인칭이나 일인칭 화자(카메라)로 우주를 여행하는 장면을 지구상에 송출한다. 그 전파를 위성수신장치가 받아 그림으로 변환돼 텔레비전에서 시청할 수 있게 된다. 이때 우주인은 '주인공', 우주선 안의 카메라 장치는 '화자', 그리고 지구에서 모니터로 그 모습을 감상하는 지구인은 '독자'로 보면 된다.

　이처럼 선생님 도표를 해설하면서 논리를 다듬고 있다. 더 첨예하게 만들어나가야 할 것이다.

# 유식

## 2006. 4.

박사학위 논문을 제출하고 심사받는 중이다.

선생님께도 한 부 드렸다. 선생님께서 밤에 전화하셔서 좋은 논문이라 하신다. 불교 유식론을 빼면 어떻겠는가, 말씀하신다. 나는 답을 못 드렸다. 나는 불교신자가 아니어서 불교철학을 체화하지 못했지만, 인식의 경로를 그만큼 세세하고 체계적으로 설명하고 있는 문서는 아직 보지 못했다. 선생님의 창작의식과는 약간 다른 면이 있어도, 유식론은 이미 검증된 인식이론이어서 빼버리면 논문의 무게가 떨어질까 우려됐다. 선생님께서는 당신의 이론만으로도 충분하다 생각하시는 모양이지만, 객관적이고 검증된 논거가 더 필요했다.

나는 확답을 못 드렸다. 아마 빼지 못할 것이다. 선생님께서 논문 심사과정을 재차 물어보셔서 나는 심사일정을 세세히 말씀드렸다.


# 완성 피로

## 2006. 5.

논문이 완성돼 제출했다. 학교에서 점검하는 세미나를 거치고 심사위원에게 전했다. 심사에서 통과됐다. 정신없었다. 육 개월 동안 강의 외의 시간에는 책상에 앉아 있었다. 잠을 거의 자지 못했다. 감기 몸살 약으로 버텼더니, 결국 탈이 났다. 온몸이 퉁퉁 부어 병원에 갔다. 한방에서는 쉬라 하고, 양방에서는 갑상선 기능저하증이란다. 간 수치도 높아지고 고혈압에 고지혈증도 겹쳐 있었다. 몸이 심하게 망가져 있었다.

걸어가는 팔다리가 내 것이 아닌 것 같았다. 세상이 달라 보였다. 낮에는 노랗고, 밤에는 하얬다. 내가 보던 세상이 아니었다. 중간고사 일주일 동안 잠만 잤다. 하얀 잠이었다.

누워 있는데, 선생님으로부터 전화가 왔다.

— 논문이 통과됐습니다. 교정 후 다시 제본해 심사위원님들과 도서관에 제출하면 끝입니다.

— 큰 짐을 내려놓았으니 다행이다. 현재까지 별로 아픈 데도 없이, 큰일 해냈으니 좋다. 그 사람들이 자네한테 검은 띠를 줬잖냐.

— 심사위원분들이 도움을 주셨습니다. 이론적으로, 표현적으로 조언해 주셨습니다. 선생님께 가장 감사드립니다. 선생님의 예술론을 가지고 논문 쓰게 된 것에 감사하고 기쁩니다.

— 나도 뿌듯하고 즐겁다. 많은 학생들을 가르쳐왔지만, 지금과 같은 구체적인 즐거움을 누려 보지 못했다. 이런 글을 쓴 학생이 단 한 명도 없었다. …앞으로 DNA∞를 남한테 얼마든지 종횡무진으로 설명할 수 있는 힘을 가져달라, 하는 게 내 바람이다.

— DNA∞란 개념이 특별히 동양에서, 특히 한국에서 생성되어 좋습니다. 문화 이론으로 동양예술철학이 전무한 상황에서 'DNA∞'는 큰 가치와 의의가 있습니다.

# 논문 밑줄

## 2006. 5.

스승의 날의 맞아 선생님을 모시고 일동에 다녀왔다.

화정 댁으로 돌아오니 선생님께서 지난번 제본해 드린 내 논문을 보여주신다. 여러 군데 밑줄을 그어놓으셨다. 선생님은 책을 읽으시며 형광펜으로 밑줄을 그어놓으시는 것으로 독서를 확인하시는 습관이 있었다. 여러 색의 형광펜을 사용했으면 재독, 삼독하셨다는 의미다. 내 책에도 형광펜 색이 여러 가지였다.

*예*

앞서의 현실의 오감각을 통해 경험한 지각과 그것을 언어로 일원화한 의식의 심층에 그 모두를 포괄하는 의식이 있다고 했는데, 앞의 의식을 객체로 대입한다면 그에 대응하는 주체가 객체를 인식하는 과정으로 압축할 수 있다. 이 이면에 상상의식이 있는데, 상상의식 내부에 현실을 인식하는 주체와 상상하는 주체가 있고, 주체의 인식의 취득에는 또한 현실의식과 상상의식이 작용한다. 상상의식은 둘로 기능한다. '현실에 귀속되는 상상의식'과 '상상으로 남는 상상의식'이 그것이다. '현실에 귀속되는 상상의식'은 상상이 상상의식 안에 있는 현실 주체가 취득한 현실의식으로 편입되고, '상상으로 남는 상상의식'은 상상의식 안의 객체(자연,인간,기호)와 호응한다. 이는 예술의 창작과 감상의 과정과 마찬가지이다.

그리고 앞 장에서 살펴본, DNA′라는 문명정보전달기구의 전달과정의 회로였던 기호행동이 상상의식 속에서 다시 발현된다. 즉, '현실행동'과 '기호행동'이 그것이다. '현실행동'(상상의식 속에서)현실과 상상이 용착되어 나타난 행동을 말한다. '기호행동'은 '현실행동'을 *기호* 가능케 하는 매체로서의 행동이다. 이는 또 둘로 나눌 수 있는데, '현실에 귀속되는 기호행동'과 '상상의 기호일 뿐인 기호행동'이다. '현실에 귀속되는 기호행동'은 예술행동의 목적이 분명해서 객체에 직접 영향을 주는 기호행동으로 볼 수 있고, 상상의 기호일 뿐인 기호행동은 객체에 영향을 주기도 하지만 상상행동 그 자체만으로도 만족한 행동이라고 볼 수 있다. 예술을 위한 예술 행동이라고 필자는 판단된다.

나아가 필자는 위의 의식의 흐름도를 소설창작의 집필 과정에 비유해 보려 한다.
*에게* 우리는 언어라는 기호로 문장을 쓸 때 먼저 기체험92)된 감각을 환기시킨다. 감각을 다시 경험하려는 것인데, 이는 마음이 작용되는 것이다. 즉 우리가 보는 형상은 시각으로, 듣는 소리는 청각으로, 맡았던 냄새는 후각으로, 혀로 느꼈던 맛은 미각으로, 피부로 느꼈던 것은 촉각으로 받아들여 저장되었다가 마음이 환기할 때 그 감각은 어떤 흔적처럼 떠올려진다. 그 흔적은 개개인이 저장해 두었던 상을 특별한 모습으로 다시 불려지면서 개념으로 용축된다. 모두 마음, 혹은 의식의 작용이다.

그런데, 우리의 의식은 통상적으로 그 동안 받았던 교육에 의해 감각의 내용을 일상의 현실에 맞춰 분류시키려 한다. 즉, 표상화된 감각의 기호를 현실에 맞도록 분별하여 개념화시키려 하는 것이다. 특히 언어는 인간이 사회 생활을 하는 데 있어 가장 적절하게 용축되어

---

92) 여기서 체험된 기억이란 뇌세포가 받아들여 저장한 모든 것, 상상, 꿈, 실체험 등을 모두 포함한다. 앞의 모식도의 개념에 대입하면, 과학에서의 현실의식을 수용한 상상의식 상태에서의 의식의 체험을 말한다.

白線、內外、物心―以─如口
空即是色 色即是空

— 자네 책 전체가 내 예술이론을 상당히 잘 파악하고 있다고 보여. 특히 방법론 적용 부분이 좋아. 실용적으로 잘 꾸며놓았더군. 《광장》에 잘 적용하고 있어서 좋았어. 《태풍》은 더 분명하게 할 필요는 있고.

선생님께서 무엇을 지적하시는지 알 것 같았다. 오토메나크를 대상으로 했던 DNA∞의 응용부다.

그는 나파유 사람이 갖고 있는 '신화'를 자신도 빙의했다고 굳게 믿고 있었다. '나파유 정신'을 자기화함으로써 자기 민족을 타자화시키는 데 성공했다고 여기는 청년이었다. 그리고 그것은 곧 니브리타에 대한 증오심으로 자연스레 연결되어 그의 신념을 더욱 굳건하게 만들었다. 당연히 니브리타의 피식민국인 아이세노딘을 나파유주의로 해방시키는 데 일말의 죄의식도 없는 것이었다. 그런 나파유 정신의 소유자에게는 더 이상의 이상적인 이데올로기가 개입될여지가 없었다. 그에게는 공명심만 남게 되는 것이다.

(…)

위와 같은 오토메나크의 주관이 나파유 인이라면 절대 틀린 것은 아니다. 그런데, 오토메나크는 나파유 민족이 아니었다. 그는 그 사실을 의도적으로 감추고 있었다. 현실이 그렇게 만들기도 했지만 자기동일성의 올바른 형성과정에서 어쩌면 그것은 하나의 과정[201]일 수 있다. 오토메나크의 신념은 그러니까 자신의 의식 속을 헤매기는 하지만 자신의 생존적 상황만을 인식하고 있는 상태라 할 수 있다. 달리 말해 그는 자신의 신념에 대해 알면서도, 문명적이고 국제적인 상황을 파악하지 못하므로 모르는 것이다. 최인훈 식이라면 열린 불안정의 상태, 즉, DNA′라는 문명적 자기동일성의 상태라 할 것이다. 불안정하지만 열린 DNA′[202]이다.


— 어떤 긍정적인 좋은 단계라 해서, 그것을 문화 부분에 지도 원리로 삼으려 했던 데 큰 문제가 있다, 라고 한 말이 좋았다.

— 그것은 선생님께서 우리에게 늘 가르쳐주신 부분입니다. 교조주의를 경계하라고 하시던 말씀이셨습니다.

— 그래, 그리고 DNA∞에 대한 또 다른 인식을 자네가 오토메나크를 통해 이야기하고 있어 반가웠다. 인간의 자기동일성의 세 부분을 내 작품의 주인공들에게 적용하고 있는 것도 유효하다고 생각해. 그리고 예술 작품이라 할지라도, 자기동일성의 부분이 예술 안에서 어떻게 적용되는가로 작품 수준을 가늠할 수 있다는 자네의 말도 좋은 이야기다.

— 오토메나크의 혼돈스런 정신 상태가 그의 DNA를 표현하기 어렵게 했습니다. 문명주체를 환상주체화하려는 태도가 지식인들에게 있는데, 오토메나크의 경우가 그렇지 않은가, 생각해 보게 됐습니다.

— 그래서, '불안정하지만 열린 DNA′'라고 했던 자네의 표현은 조금 수정돼야 할 것 같다. 밑줄 부분을 읽어 보거라.

— '불안정하지만 열린 DNA′.'

— 그 부분이 자네가 혼동스러워 한다는 증거야. 그것을 '열려 있지만 불안정한 DNA′'의 운동과정의 어느 한 단계에서 열림이 완성된.'이라면 어떨까.

— 좀 더 선명해졌습니다. 그렇다면, 열림이 완성됐다고 착각하는, 이라면 어떻겠습니까?

— 그래, 자네 말처럼 열리기는 열려 있지만 DNA'인 경우에는 아무리 그것이 열려 있더라도 완성된 열림이 아니니까. 한없이 열린다고 하는 개방성에 긍정과 진보성이 있지만, DNA'라고 하는 것은 그것 자체의 성격에 의해서 닫혀질 수가 없기에 안정될 수가 없지. 왜냐하면 끊임없이 열려 있다는 것이 장점이니까. 열려 있다는 점은 긍정할 것이지만, 그 자체가 절대로 닫혀서는 안 된다는 성격 때문에 역설적인 것이지. 현실의 세계에서는 이 모순은 해결될 수 없는 것이야. 그것을 해결하기 위해서 열려 있으면서 동시에 닫혀 있기도 한, 닫혔다는 표현 대신에 완성이라고 한 것이지.

어조의 흐름에 큰 다름이 없지만 선생님께서는 꼼꼼히 살피셨다. 선생님의 철저하신 성품이 여기서도 드러난다.

— 저는 '착오'라는 단어에 무게를 두고 있었는데, 이번에도 넣어야겠습니다. 완성되리라 착각하는, 이라고 수정해야겠습니다.

— 그래야겠다. 완전히 열려 있으면서 완전히 닫혀 있다고 하는, 현실로써는 불가능한, 상반하는 성격을 착각의 형식을 빌려 실현시킨 것이 인간의 발명품인 예술이다 이거지. 옛날식으로, 종교다 이거지.

선생님께서 논문의 다른 페이지를 펼치셨다.

— 그리고, 여기. '오토메나크는 이중적인 식민 상황에 대한 지식인이며 동시에 인간이기도 한 청년이기 때문이다.' 이 줄도 나는 상당히 중요하다고 생각해. 라캉 이론을 인용한 것이 금방 머리에 안 들어오지만, 이 부분에 대응시켜놓은 자체는 아주 뛰어나다고 생각한다. 내가 자네 글을 이해하기로는 이런 경우가 완전한 패배주의 하나만으로는 로봇을 만들 수 없다, 인간이기에 그렇다, 하는 것인가?

— 네, 그렇습니다. 식민자들에 의해서 패배주의에 빠진 경우에도

532

인간을 완전히 패배주의 하나만으로 조립된 로봇처럼 만들 수 없다고 생각합니다. 패배주의에 완전히 사로잡힌 노예인 경우에도 그에게는 죽지 않는 인간으로서의 자긍심이 살아 있다는 것입니다.

— 그러니까 부활할 수 있다, 부정적인 부분을 배척하겠다는 자발적인 결심만 하면 인간은 부활할 수 있다, 라는 것이겠지. 그것이 로봇이 아닌 인간의 특성이라는 것이겠지.

— 네, 그렇습니다. 인간과 기계의 차이가 바로 그렇다고 봅니다. 로봇은 주입된 것만으로 활동하지만, 인간은 그 이상의 것으로, 주입된 것들의 관계를 형성해서 활동하는 존재입니다.

— 그 부분이 뛰어나. 자네 이번 논문 곳곳마다 필자가 상당히 단단한 어떤 정신적인 내면을 가지고 있다는 것을 긍정하게 하는 부분이 산재해 있어. 그래서 참 좋다고 생각했어. 여기도 같은 부분을 예를 들면 '그 청년은 이중적인 식민상황에 처한 지식인이면서 동시에 인간이기 때문이다'라는 문장. '이중적'이란 것은 피식민지적인 성격이 있으면서도 동시에 인간이기도 하다는 것으로 나는 받아들인다. 노예가 우세한 부분이지만, 열성 부분으로 자유인의 성분도 소멸당하지 않고 있다는 것이지?

— 네, 그런 의미입니다. 노예이지만 양심이 있고, 정의로워야 한다는 것입니다. 그래서 나중에 카르노스의 의견도 받아들일 수 있었다는 것입니다.

— 그래. 완전히 노예가 됐다면, 상대방이 아무리 좋은 말을 해도 그 사람에게 침투해 들어갈 수 없지. 교육이 불가능한 동물이라면 그 경우에 해당하겠지. 또 로봇인 경우에는 입력된 정보의 원칙하고 어긋나는 정보를 아무리 외부에서 주입해도 받아들일 수 없는 것이

지. 인간은 로봇이 아니다, 라는 것이지.

— 네⋯. 그리고⋯, 선생님께서는 요즘 비평가들이 라캉의 개념을 기계적으로 대입하는 문제에 대해서 어떻게 생각하십니까?

— 상상계, 상징계, 실재계? 거기서 상징계라는 것은 무엇을 의미하는지, '상징'이라는 말 때문에 혼란이 오더구나. 상징이라는 것은 보통, 리얼하다던지, 현실의식이라고 라캉은 사용하잖아. 원래는 그보다 더 넓고, 비유적인 진폭의 의미영역 아닌가. 현실의식의 반대라고 보는 것이지. 나는 상상과 상징은 같은 의미라고 생각해. 상상계를 떠나서 상징계로, 상징계를 떠나서 실재계로⋯. 그러니까 가장 이상적으로, 진리에 가까운 영역이 실재계라고 라캉을 말하는 것 같은데, 그런 것인가?

— 그렇다고 봅니다.

— 그렇다면, 프랑스 말로의 상징, 심볼이라는, 영어식 말이라면 모르겠는데 명명 방법이 혼란을 주는 것 같다. 그래서 《태풍》의 경우, DNA 이론을 자네가 맞게 표현하고 있다고 봐. 내 이론을 잘 대입하고 있어. 이를테면, 당시 일본 군국주의자들이 자기들의 대동아공영권 이론을 자기 신화에 대입하고 있는 부분 말이야. 자기들 나라는 하느님 나라다. 하느님 나라의 정치노선이기 때문에 이것은 보편성이 있다. 대동아공영권 이론은 자기네 나라의 정치원리뿐 아니라 한국은 물론이요, 한국 이외의 중국과 동남아를 포함한 아시아권 전체를 말하는 것이지. 지금으로 보면 말이 안 되는 이론 아니냐. 자기들의 국수주의 이론을 가지고 다른 나라가 보편적 이론으로 받아들여도 하등의 불리함과 모순이 없다는 얘기니까, 그런 이기주의적 생각이 어딨냐.

─ 자민족중심주의입니다. 편리한 선민의식이고요.

─ 자네의 파악이 옳다. 여기에 나의 DNA 이론을 맞춰도 들어맞게 되지. 당시 이광수를 비롯한 한국의 지식인들이 모두 대동아공영주의의 앵무새가 된 거야. 한국 사람도 일본 사람이 되어야만 진정한 한국 사람의 행복이 열린다고 우리 민족에게 강요한 거야. 지금 생각하면 상당히 그로테스크하게 들리는 소리지. 어떻게 그렇게 간단한 이치를 몰랐을까, 하지만, 지금도 똑같지 않으냐? 영어공용어론자도 있잖아.

─ 세계화에 따른 실용적인 견해입니다만, 우리 말을 갈고 닦는 일이 더 급하다고 생각합니다. 일제 강점기의 잔재로 식민지근대화론자도 있습니다. 정신대 할머니를 매춘이라 보는 사람도 있고요. 비평가들이 외국이론을 가지고 한국작품을 평가하는 것도 어찌 보면 비슷한 태도로 보입니다. 그래서 보편성을 가진 우리 이론이 개발되어야 합니다. 그러기 위해 연구해야 하고요. 인문학자들, 외국이론을 수입해서 알려주는 것만이 최고라 생각합니다. 대학교수님들은 외국에서 공부해온 것을 전파하기 급급합니다.

─ 어떤 이론도 절대적인 이상주의로 몰고 가서는 안 된다. 아무리 그것이 좋은 의미의 진보적인 것이라 할지라도 말이다. 이론은 종교라든지 예술과 같은 그 약속상 완전에 도달했다고 하는 유희의 세계, 놀이의 세계에 들어가서 지도자 노릇을 하면 안 된다는 말이지. 예술이나 문화를 아는 체하는 정치가보다는, 실용주의밖에는 모르는 정치가가 문화나 예술의 세계에서는 환영할 만하다. 과거의 구소련이라든지, 히틀러라든지, 일본 군국주의와 같은, 권력과 이데올로기가 예술과 정치 사이에 있는 그 변별성의 울타리를 넘으려고 했

지. 예를 들면 미시마 유키오 같은 사람이지. 미시마 유키오는 어느 시점에서 해괴한 일을 하기 시작했다, 알고 있지?

— 네, 그 사람 천황제 찬성하면서 군국주의를 부활하자고 외쳤죠.

— 그래, 이전의 미시마 유키오는 그런 일을 하리라고는 상상을 못 했어. 상당히 반정치적인, 문화 우월적인 사람이었는데, 점점 파시스트가 된 거지. 자기네 나라의 천황제 문화가 세계에서 제일이다, 일본 사람들은 그것을 따라야 한다, 라고.

— 그 사람이 할복했잖습니까. 《금각사》 같은 좋은 작품 쓰다가, 〈우국〉도 썼죠. 신군국주의를 외치면서 할복자살했습니다.

— 〈우국〉도 벌써 잘못된 것이다. 〈우국〉이라는 소설은 일본의 만주 침범 직전에 소장파 군국주의 군인들이 쿠데타를 일으켜서 나라를 접수해야 한다는 내용이야. 자기들이 나라를 구하지 않으면 안 된다는 엉뚱한 생각을 하면서 죽음을 미화하지. 문민주의의 원칙을 뛰어넘는 쿠데타였어. 〈우국〉에서 그들이 주장했던 파시즘이 발전해 상층 군부도 거기에 굴복하고, 온 나라가 거기에 휘말려 들어 대동아공영권이란 이론이 국책이 된 거지. 국책의 선으로 온 나라 체재가 단일화돼서, 중국과의 전면전쟁에 확신을 가지고 밀어붙이려 했다. 중국에서 끝판을 내려면, 결국 영국이나 미국이 장개석을 지원하기 때문에 전쟁의 완결이 안 된다는 판단으로 태평양전쟁으로 들어간 것이지.

— 네⋯. 그런 군국주의 분위기가 일본을 지배하고 있었군요. 일본은 죽음을 찬미하는 분위기도 있는데, 미시마 유키오가 그런 성향을 잘 받은 작가로 보입니다.

— 아무튼 자네 논문이 잘돼 있다고 생각해. DNA′라고 하는 것에

어느 특정한 단계를 이상화해서 다른 것, 문명을 이루는 다른 측면을 종속시키려 할 때 전제주의, 반자유주의, 반지성주의 같은 모습이 된다는 것이지. 자네도 그런 생각이지?

— 교조주의로 인한 전체주의에 대한 경각입니다. 어떤 의미에서는 사회주의리얼리즘이 그런 가능성을 띠고 있다는 것이고요. 선생님께서도 그런 경향성을 조심해야 한다고 말씀하셨습니다.

— 그런 거지. 가능성이 아니라, 구소련은 그렇게 했다고 봐. 또, 북한 문학은 그렇게 돼 버렸지. 자네가 가져다준 《조선문학사》를 보면 그렇게 흘러갔던 것을 알 수 있겠더라. 김일성이 자기가 빨치산 운동할 때 직접 창작했다는 《피바다》며, 《어느 자유대원의 수기》며, 그런 것이 20세기 조선민족이 창출한 최고의 예술이라고 하더라고. 폭압정치로 인민 위에 군림하는 김일성 일가가 무슨 문학을 했다고…. 그런 것을 알면서도 우리 정치가들은 돈도 주고 비료도, 쌀도 주지 않더냐. 그것하고 똑같은 입장을 문화인도 가져야 하는지, 나는 그게 옳은지 잘 모르겠다 이거다. 충정은 충분히 이해하는데, 정치가들 들러리 서 주는 거 아니냐? 지금 북한 집권층이 자기들의 체제를 유지하는데 들러리 서 주는 모습 비슷하지. 그런 고민을 어떤 방법으로든지 해 나가면서 어떤 독창적인 태도를 취하는 것이 지금의 역사 단계에서 한국 작가들이나 예술가들의 모습 아니냐. 에누리 없는 지성의 태도가 곧 예술의 태도하고도 통하는, 그야말로 열림이 완성된 태도를 취하는 것이 예술 중에서도 언어예술의 특징인데, 북한에서 서로 만나서 포옹이나 하고, 백두산 천지에 가서 대성통곡이나 하고…. 그게 한국 언어예술가가 할 태도냐, 그거야 센티멘털리즘은 만족시키겠지만, 창조적인 구석은 아무것도 없다는 것이다.

— 문학의 실천적인 측면으로, 행동이 필요하다는 취지이기도 할 것입니다….

— 옛날에 구소련에서도, 스탈린이 살아 있을 때 소련 국경 바깥에 서구세계에서의 소련 옹호론자들이 있었다. 그 태도가 지금 하고 똑같이 보이더라. 지금 소련을 비판하면 소련이 갖고 있는 진보적인 측면조차도 반대하는 것이 된다고 봐. 그러면 득을 볼 것이 누구냐, 제국주의자들 하고 자본가들 밖에는 없잖냐. 북한에 대해 우리의 이론을 적용한다면, '열려 있지만 그 자체가 자신이 완성돼 있다고 자처해서 이론적으로 모순이 되는 입장을 가지고 반대 세력을 허용하지 않는 일당 독재'라 할밖에 없다. 또는 '정치를 지도하고 집권할 뿐만 아니라 문화조차도 자기들이 이래라저래라해야 한다는 그런 상상계의 질서를 그대로 상징계에 옮겨온 체제가 북한 체제'인 것이다. 그리고 남한 체제는 처음에는 그렇게 됐는데도 그동안의 체제 자체가 갖고 있는 느슨함 때문에 반대 세력을 물리적으로 말살한다는 것이 불가능해진 세력들의 세계였지. 그래서 결국 4·19도 일어나고, 1980년대에 학생들과 재야 시민 세력에 의한 저항도 생겼지. 어쨌든 3당 합당에 의한 반쪽짜리 민간에 의한 민주화 단계도 거치고 지금에는 마침내 완전히 군부세력을 형식상으로는 다 배제한 순수 민간세력이 집권하고 있잖냐.

— 그렇습니다. 선생님께서 정리해 주셔서 더 분명해졌습니다. 우리가 가야 할 길도 알겠고요.

— 자네가 잘 분석하고 정리했다. 우리의 DNA∞는 인간 사회에서 필요한 부분이야. 우리 예술가들은 이런 생각을 잘 간직하고 있어야 할 거다.

— 문명주체를 발전시켜 예술주체화 된다는 식의 저의 논리 전개는 불교의 수행단계에 대입해 보려는 생각이 적용된 것입니다. 작품에 대입하려니 이런 논리가 나왔는데, 선생님께서 그 부분에 마음이 불편하시다면 더 섬세하게 수정해놓겠습니다.

선생님께서 논문을 펼쳐 넘기시다가 한 부분에 멈추시더니 내게 보여 주신다.

---

터'150)로 해결하려는 시도도 있다. 『소설가 구보씨의 일일』에서는 이야기를 전하는 매개자임과 동시에 인물인 구보가 그 화자의 역할을 하고 있다. 그러니까 작가인 최인훈의 '현실의식'을 화자인 구보씨가 '상상의식'으로 받아들여 인물인 구보씨의 이야기를 독자에게 전하는 셈이다.

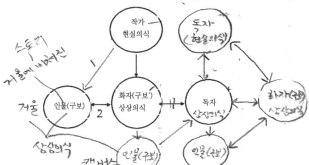

작가는 인물이 벌이는 사건의 발화를 화자에게 일임하여 독자에게 정보의 양과 질을 조율한다. 누보로망 계열의 소설처럼 '카메라의 눈' 기법으로 현실을 아무리 객관적으로 묘사한다고 해도 완벽한 묘사는 이뤄낼 수 없다. 더욱이 언어라는 도구는 의미가 시공간의 변화에 따라, 또 독자의 수용에 따라 달라지기에 화자는 항상 이야기 전달에 유의해야 할 것이다. 객관적인 묘사를 수행하려는 누보로망에서는 화자가 그래서 거울의 역할을 한다. 『소설가 구보씨의 일일』에서는 인물이 구보이고, 화자도 구보인데, 최인훈 식이라면 구보 '로 비유할 수 있겠다. 최인훈의 인간 현상의 세 분류를 계속하면, 생물주체인 구보와 독자 사이에서 기술주체인 구보 '가 '보여주기'의 역할을 하는 거울로서 기능한다고 보면 될 것이다. 구보의 심리 상황, 구보가 읽는 책의 내용, 구보의 내,외적 세계관의 표출을 구보 '가 주인물인 구보의 내부와 외부를 들락거리며 즉, 초점화자로 기능하면서 독자에게 구보의 행동과 사유를 전하는 것이다. 구보의 행동과 사유에 독자가 깊은 감응을 일으킬 때 독자는 환상주체, 즉 구보∞가 형성됨은 물론이다.

150) 시모어 채트먼, 강덕화 한용환 역, 『영화와 소설의 수사학』, 동국대출판부, 1999.

나의 그림에 또 그림을 얹은 메모를 보여주시는 선생님의 사유는 끝도 없어 보였다. 한없이 펼쳐진 연구력이셨다. 나는 선생님의 아이디어를 반영하지 않았다. 얼마간 설명한 터였고 정확히 따라갈 수 있을까 우려했기 때문이었다. 언젠가는 내 도식과 선생님의 도식을 합치고 자세히 해설할 날이 올 것이다.

— 아니다. 그동안에 수고 많았다. 그 정도로도 나는 충분히 좋아. 그리고, 자네 책 어디엔가 현대문명을 환희라 했던데, 환희를 두고 테크놀로지에 의해서 지배 가능한 자연의 부분이라고, 좋은 이데올로기의 사용이라면 제대로 된 이성이라고 썼잖아. 그 부분이 빛난다.

— 과학의 발전을 이데올로기의 확대라고 생각해서 그렇게 썼습니다. 그리고 좋은 이데올로기라는 것은 제대로 사용된 이성이라는 판단으로 그렇게 표현했습니다.

— 그렇다면 이렇게 쓰면 더 좋겠다. 신화라는 것을 생각하자. '제대로 사용된 이성으로써의 이데올로기'라고. 환희를 지배하는 테크놀로지가 아무리 훌륭하다 할지라도, 사회의 지배를 제대로 사용된 이성으로써의 이데올로기 대행 역할을 해서는 안 된다'고 말이다.

— 선생님의 DNA∞의 의미가 보다 선명해집니다. 어찌 보면 이미 《문학과 이데올로기》에 그런 말씀을 하셨음에도 저는 돌아갔습니다.

— 그렇지. 하지만 그때와는 좀 더 세세하고 예리하게 돼 갔지.

— 선생님의 연구는 큰 기본 틀이 있습니다. 그것을 조금씩 다듬어가셨고요.

— 내가 말하는 DNA∞는, DNA′에 ∞라는 것을 붙일 수 없다는 것이 기본이다. 언젠가 자네에게 말했던. 현대 테크놀로지에 정보화시대의 미학이론이라는 이야기는, 정보 자체를 미학적 원리로 그대로

받아들인 것이 아니라, 확대해석한 것이지. 정보 이론은 현실계에 통용된 개념이라면, 내 종교와 예술 개념은 다 환상이면서 하나는 '+환상', 진짜로 그렇게 주장하는 환상이고, 예술은 약속하에 그러자는 '−환상'이라는 것이다.

— 선생님의 정보라는 개념의 도입이 또 생생합니다. 종교나 예술은 발달되어 가는 테크놀로지로써도 구원할 수 없는, 인간의 불완전성을 위해 고안해 낸 인간의 내면 정보라고 생각됩니다.

— 그게 맞다. 그리고, 자네가 한 말, 제대로 사용된 이성으로서의 이데올로기라는 표현이 좋은 의미로 다가온다. 이데올로기를 극복한다느니, 없앤다느니, 하는 게 나의 입장은 아니지. 나쁜 이데올로기를 극복하고 좋은 이데올로기를 창안해내고 통용시켜야 한다는 것이 내 주장이다. 왜냐하면 이데올로기 없이는 인간은 못 사니까. 자네가 다른 데서 말했잖아. 최인훈의 입장은 그렇다고 해서, 지금의 테크놀로지를 폐지하고 원시사회로 돌아가려고 하는 것은 아니다, 라고. 자네가 내 이론을 옳게 파악하고 있는 것이야. 내 의견이자, 그걸 승인했으니, 자네 이론이기도 한 게 아니냐?

— 아닙니다. 선생님 이론이죠.

— 아냐, 내가 창안자이겠지. 창시자이지만, 지금 자네가 그걸, 대체로써 받아들인다면, 그건 자네 이론이기도 하지. 왜냐하면, 진리란 것은 만인의 것이니까.

— 저는 학교에서부터 선생님의 이론을 배워 알고 있지만, 이 글을 읽은 사람들은 좀 낯설게 받아들였습니다. 특히 DNA∞에 대한 개념에 의문을 갖고 있어 보였습니다. 불교의 개념을 대입하면 이해하기 쉬울 것 같아 유식이론을 대입해 보았습니다.

— 그런 비유와 대입이 적절해 보인다. 진여(眞如), 아뢰야식…. 하지만 그것은 불교에서의 유식론을 개념화한 것이어서 내 것과는 좀 거리를 두었으면 좋겠다.

선생님께서는 기성 이론이나 종교철학과는 다른 차원의 실재, 예술의 창작과 감상에 대한 이론을 만들어놓고 싶어 하신다. 더 정합성을 갖춘 DNA∞의 개념으로 만들어놓고 그것을 쉽고 정확하게 내가 설명하시길 바라신다. 그래서 나로서는 임시방편으로 적당한 것이 불교의 진여라 생각해왔고, 라캉의 실재계와 흡사하다고 보았다. 그것은 DNA와 DNA′와의 변별되는 지점에 대한 설명이 요구될 때 적절하다는 생각 때문이었고, 작품 해석의 방법론으로 적용할 때 유효하다는 생각에서였다.

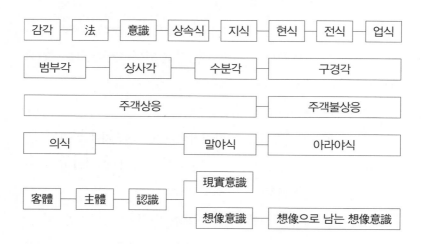

최인훈의 창작의 흐름에 대승불교에서의 마음의 흐름을 대입시켜본 도표가 위의 그림이다.

대승불교에서는 오직 한 마음 즉, 일심을 성취하여야 해탈에 이를 수 있다고 본다.[203] 일심에는 두 개의 측면이 있는데, 하나는 진실 그대로의 마음인 '심진여문(心眞如門)', 그리고 끊임없이 요동하는 마음인 '심생멸문(心生滅門)'이 그것이다. 심진여문이 실재의 측면에서 파악되는 마음이라면 심생멸문은 현상의 측면에서 파악되는 마음이다. 위의 그림에서 마음의 실재의 흐름이 바로 최인훈의 의식의 흐름과 마찬가지이고, 심생멸문은 무명, 즉 마음을 흐리게 하는 여러 오염된 모습이다.[204] 실재의 측면과 현상의 측면은 개념상의 구분일 뿐, 본래부터 하나의 존재라고 볼 수 있다. 왜냐하면, 최인훈식의 표현으로 인간은 DNA라는 유전정보에 결박되어 태어나 DNA'라는 문명의 현상을 받아들여야 살아갈 수 있는 존재이기 때문이다. 그래서 인간은 태어나서 사회생활을 위해서 어쩔 수 없이 현상에 물들 수밖에 없는 존재이다. 대승에서의 염심, 즉 오염된 마음이 그에 상응된다.[205]

인간은 생물적 존재이면서 문명을 일궈나가는 의식을 가진 존재이기에 문명에 오염될 수밖에 없다. 오염을 스스로 버리지 못하기에 불안하며 고통을 떨쳐버릴 수 없는 존재이다. 이를 떨쳐내기 위해 대승은 모든 것이 하나의 마음의 작용이라 보고 이를 모르는 상황을 무명이라 부르고 있다. 일심은 진여인데, 진여를 모르는 것을 무명이라 본다. 문명을 체험한 인간은 어쩔 수 없이 문명을 버릴 수 없기에 무명을 안고 살아야 한다. 대승에서는 무명으로 오염된 마음의 단계를 하나씩 하나씩 제거해 나가 하나의 마음의 자리를 찾으면 해탈에 이를 수 있다 말한다. 그 자리는 무한하며 변하지 않고 모든 것을 두루 포용하는 전 우주의 영역이라 할 수 있다. 최인훈은 이 단계의 결과를 '열락'으로, DNA∞의 자리라 이름 붙이고 있다. 즉 예술을 통해 법열에 이를 수 있다는 것이다.[206]

— 나는 DNA∞와, DNA′를 대립적인 개념으로 생각하는 것을 경계해야 한다고 봐. 이론의 전개상 세 가지로 나누었지만, 살아 있는 사람에게는 세 가지 모두 잠재적으로 포함하고 있다고 생각해. DNA ∞가 다른 것들을 다 내재적으로 포함하고 있다는 것이지. 일단 사람이 된 다음에는 DNA만으로 존재하기는 불가능하다는 얘기야. DNA∞라는 것은 DNA′의 논리적인 완성 상태지. 그러니까 그 두 가지가 어디에서부터 어디까지, 국경선 모양으로 그어져 있다고 하기는 어려워. 그런 경계 영역까지 꼭 구분해야 체계적이지 않은가, 할 때는 설명이 필요해. 붉은색과 분홍색을 어떻게 구분해야 하느냐 했을 때 감식하기가 어렵긴 하지만, 이론적으로는 어떤 함량이 이상적으로 완성됐다고 하는 것으로 약속될 수 있겠지. 빨간색의 함량이 그보다 못한 것이 분홍색이라는 식으로.

선생님은 다른 이론이나 다른 개념으로 당신의 이론적 체계를 설명하는 것이 부정확하다기보다는 독창성이 훼손된다는 우려도 있으신가 보았다. 그리고 내 책을 꼼꼼히 읽어가시며 내게 설명을 더 확실히 하시겠다는 뜻으로 조금씩 수정하고 조정하시는 느낌이 강했다.

— 자네가 내 이론을 가지고 내 작품을 분석했을 때, 《서유기》에 대한 부분은 정말 훌륭해. 자네가 표현한 '《서유기》 전편에 걸쳐 가장 애틋한 장면이다'라는 문장 있잖아. 자네가 《서유기》를 읽고 내가 하고 싶은 말을 한마디로 표현했더라고, 깨달은 사람 아니면 나오지 못할 말이라고 생각해. 이것이 바로 DNA∞의 표현이라고 보는 거

야. 그런 느낌, 이를테면 에피파니지. 작품 전체가 에피파니겠지만 어떤 대목이 특히 그렇게 예술로 표현된다면 바로 그거야. 자네의 안목이 내 작품에 대한 에피파니고 DNA∞라고 할까.

— 선생님, 그렇게 봐주셔서 감사합니다.

— 아니다. 한 문장으로 그의 진면을 보게 되는 것이다. 무슨 이론이나, 무슨 개념적인 학식 이후, 문학이나 예술을 이해하는 제일 마지막에는 식별력 있어야 되거든. 감식력 말이다. 이게 진짜 맞습니다, 진짜입니다, 고려 중기 관요에서 나온 겁니다, 그때 대체로 이런 흙으로 이렇게 했어요, 라고 감정을 하잖냐. 그건 깊은 이론을 가지고 있다는 거지. 전문 감정가도 이론으로 모두 수식화할 수 없는, 뭐랄까, 흔히 말하는 지혜라든지, 혜안이라든지 하는…. 지혜와 이론이 다른 거라고 나는 생각 안 해. 지혜와 이론 사이의 무한한 상호 환원이 있는 거지. 자네의 그 문장으로 자네가 도달한 수준을 나는 인정하는 것이다.

—《화두》에서도 그런 부분 있습니다. 동생들이 개업할 때, '나' 화자가 도와주지 못하는, 그런 아쉬움…. 아버지가 미국에 남아 달라고 이야기할 때, 선뜻 말 못 하고 방황하는 장면 등이 이런 부분하고 다 연관돼 있다고 봅니다.

—《서유기》와《화두》와의 연관을 자네는 그렇게 보는구나.《화두》의 마지막 장면, 마지막이 미국에서 온 전화로 끝나지 않았더냐. 그 전에 20세기여, 인류여…. 인류의 개통발생이여 하고 온갖 평가 해 주면서, 나중에는 이론이 서정이 되고, 논리가 감각이 된 그런 상황, 자네가 말한 사유가 감각이 된 상황이지.

—《바다의 편지》는 온통 그렇습니다.

— …솔직히 말하면, 자네가 무척 바쁠 텐데, 짧은 시간 안에 이렇게까지 써낼 줄은 몰랐다. 기대하지 않았는데, 정말로 자네 글이 어떤 수준에 도달해 있어. 특히 《서유기》에 대해서 풀어낸 좋은 그 대목을, 독자들이 그 묘미를 알아주면 좋겠다.

— 《서유기》 읽으면 독자 모두 알게 되리라 봅니다. 마냥 상상의식 속으로 들어가는 것이 아니라, 더 깊은, 아뢰야식까지…. 독고준의 무의식 깊은, 구렁이로 변신하는 상처까지 읽게 되리라 봅니다. 저로서는 선생님께서 이렇게 좋게 평가해 주시니 영광입니다. 행복합니다. 그동안의 고생이 보상을 받는다고 생각합니다.

나는 남아 있는 차를 모두 마시고 심호흡을 했다. 어깨가 가벼워지고 가슴이 활짝 펴졌다. 집에 가서 한잠 푹 자야겠다는 생각이 간절했다.

# 화자 = DNA∞

## 2006. 5.

선생님 댁에 갔다. 사모님께서 가까운 데 좋은 식당이 있다 하셔서 내 차로 두 분을 모시고 갔다. 화정역에 있는 백화점 뷔페였다. 뷔페 음식을 먹고 차까지 마시고 댁으로 돌아왔다.

— 이번 논문 수고했다. 자네가 내 수업을 들었던 제자로서 나는 그동안의 교육자 생활에 보람을 느낀다.

— 감사합니다, 선생님.

— 그런데, 작품 적용할 때, 어떤 작품에서는 잘 대입되고 어떤 작품에서는 조금씩 어색하기도 하더라. DNA′가 이상적으로 발전하면 DNA∞가 된다는 식의 적용이 그렇다. …DNA∞라는 것은 DNA′하고 연속되기도 하고, 분리되기도 하지. 차별성도 있고 동일성도 있다는 뜻으로 파악해야 한다. 자네가 불교를 빗대서 하는 말, 뭐더라.

— 유식론에서 말야식과 아뢰야식을 말씀하시는지요.

— 그렇다. 물론 그 둘이 같은 것은 아니지. 일단 DNA∞가 더 높은 거지. 그런 관련도 있긴 하다. 그런데, 나는 DNA′, 열린 불안정의 분

야에서는 아무리 그것을 개선했다고 하더라도 DNA∞는 안 된다고 정의하고 있다. 그를 염두에 두고, 그렇다면 DNA∞로 도달하는 것이 인간에게 바람직한, 윤리적인 태도인가, 하면 그것도 아니라는 입장이다. 나는 인간의 윤리와 인간의 유희즘과는 다르다고 보는 거야.

— 그런 윤리적인 측면까지는 감안하지 못했습니다. …유희가 윤리에 종속되는 것도 경계해야 한다고 봅니다.

— 예술적으로 허용된 정신의 진화적인 완성 상태와 현실적으로 윤리적인 완성도를 요하는 상태를 공통으로 취급할 수 없다는 것이다. 돈으로 친다면 미국의 달러와 한국의 원화의 환율을 똑같이 취급할 수 없듯이…그동안 소설의 주인공을 그런 식으로 분석하는 평론가들도 많더라. 내 이론에서는 그 두 개가 서로 다른 화학성분이 있음을 전제해 달라는 것이다.

선생님께서는 개념을 더 적확하게 다듬어 나가시고 확인하시는 차원으로 내게 이해를 구하셨다. 그 이해가 충분한지 내게 또 물으시며 확인해나가셨다.

— 부지불식간에 현실의 윤리적 측면에 맞춰 주인공의 잘잘못을 가리기도 합니다. 제 논문에도 그런 부분이 있다면 조정해보겠습니다. 예술은 역시 환상이고 유희라는 선생님의 말씀이 맞습니다. DNA∞에 이른다는 것도 그렇습니다. 또 다른 비유를 들자면 자기가 예술활동을 할 때, 연주하거나 노래할 때 거울을 통해서 자기를 바라보더라도 전혀 이상하지 않은 상태가 DNA∞입니다. 거울을 치워버리거나, 현실로 돌아가면, DNA′의 상태라 보고 있습니다.

— 그렇게 볼 수 있다. DNA∞가 DNA′ 상당의 고도의 생활을 하는 것은 사실이겠지만, 거울을 보면서 잡념 없이 자기를 바라보는 희랍

신화의 그 사람 있지. 나르시스. 그 사람은 죽는 순간까지 몰입상태에서 벗어나지 못했다는 것이다.

― 네, 《광장》의 이명준이 그런 경우라고 저는 봤습니다.

― 그렇지. 이명준이 행방불명됐다는 것은 일반사람의 눈으로 보면 죽었다고 표현할 것이다. 나아가 왜 자살하느냐, 라고 할 수 있을 것이다. 하지만, DNA∞의 전형적인 인물의 자리로서는 점수 만점인 사람인 것이다.

― 그 사람, 이명준은 아주 만족스럽게 자기 유희의 상태에 빠져들어 간 것으로 볼 수 있겠습니다.

― 맞는 이야기다. 정말 자살하려면 정확한 날짜 한날한시에 맞춰 자결해야겠지.

선생님은 손을 허공에 저으며 눈을 감으신다. 이명준의 바다 위에서의 행방불명을 두고 몇 평론가들이 부정적으로 보았던 평문을 회고하시는 듯했다. 가느다란 손가락, 유독 크신 엄지손가락을 활짝 폈다 오므리시는 제스처가 섬세하게 느껴졌다. 선생님의 사유 같은 손가락. 저 가느다란 손으로 개성 있고 정통 있는 소설과 희곡을 만드셨다.

예술이라는 것은 현실을 모사하기 위하여 창작자의 마음이 동원되는 것이 아니라 창작자와 감상자의 마음의 평화를 위하여 현실이 동원되는 것이라는 생각과도 일치하였다.[207]

― …그리고 자네가 말하는 구조주의에서의 개념 중, 파블라와 수제 부분에서, 수제가 의미하는 바를 명확히 해야 할 것이다. 자네가

말하는, 의도된 우연을 개입시킨 플롯 구성방법이라는 말은 수제를 뜻하는가?

— 그렇습니다. 파블라가 선생님께서 말씀하시는 현실의식, 상상의식의 구분에서 현실의식이라면, 수제가 상상의식이라고 보았습니다. 수제는 작가의 상상에 의해 우발적 사건을 발생, 발전시켜 필연에 도달하는 과정이라 할 수 있습니다. 선생님께서 현실을 위한 상상의식, 현실에 귀속되는 상상의식으로 섬세하게 나누셨는데, 그때, 수제는 또 다른 파블라와 수제로 나눌 수 있겠습니다.

— 나는 구조주의라든지, 러시아 형식주의자들의 이론을 문화사적인 개관으로만 알고 있을 뿐 구체적인 생각이 없었다. 자네와 대화하다 보니까, 파블라니 수제니 텍스트니 하는 개념들이 들어왔을 뿐이다. 그런데, 상상의식이 곧 수제라는 등식은 아니라는 사실을 알아둬야 한다.

— 텍스트의 물신화와 연관이 있어 보입니다.

— 텍스트라는 것 자체가, 수제도 포함하고 있다고 생각할 수 있는데, 그렇지 않다. 텍스트는 여러 가지 수제를 통해서 변화될 수 있다. 수제가 다르면 내용도 다르다는 것이다. 러시아 형식주의자들의 말에 따라 형식이 다르면 내용이 다르다는 말이 맞다고 생각하는데, 길은 달라도 도달하는 지점은 같다는 말과 같다.

— 저는 상상의식이 파블라와 수제면서 현실의식과 상상의식의 합일체라고 생각했습니다. 저는 선생님의 개념을 우선으로 하고, 다른 이론과 개념을 대입하려 했습니다. 그래서 조금씩 차이가 생깁니다. 수제 또한 그렇다고 봅니다.

— 덩어리 전체로서의 파블라를 보자. 일단 발표한 작품은 자네

말대로 구경각에 도달한 작품이다. 그리고 작품들의 수준이 다르다고도 했지. 그 단계가 왜 생기는가, 그것은 수제의 세련도에 따라 그 안에서 또 등급을 나눌 수 있다는 것이다.

— 파블라에 대한 작가의 의도를 수제라고도 말할 수 있겠습니다. 또는 관점, 세계관이라고도 할 수 있겠고요. 그 관점의 신선함과 세련됨이 예술작품의 수준을 결정한다고 봅니다.

— 그럴 수 있지. 자연현상에 대한 에피파니가 그에 해당되겠다. 그런데, 에피파니라는 것을 이야기할 때, 작품 전체를 말하느냐, 어떤 부분을 말하느냐의 입장이다. 에피파니라는 말에는 부분적인, 순간적이라고 하는 그런 뜻이 들어가 있거든…. 작품 전체에서도 클라이맥스에 해당될 수 있겠지. 종교에서의 사제의 마음, 예술에서의 창작가의 상상력이라 할 수 있겠다. 예술의 세계는 화자의 세계관, 정서, 의도, 꿈, 희망이라는 것이 파블라에 영향을 준다는 것이다. 그 화자 영향의 결과가 수제라는 것으로 보면 될 것이다.

— 독자는 작가가 운용한 화자의 간섭에 따라 파블라를 또 나름으로 해석합니다. 독자 또한 자신의 독해 능력, 독서 분위기, 세계관에 따라 색다르게 작품을 이해합니다. 작가, 독자 모두 화자가 개입되고 그것이 수제라고 생각됩니다.

— 그게 좋겠다. …그리고, 지난 내 특강의 호응은 어떠냐? 여러 개념을 이야기했지. 그때 중요한 것 말했는데….

몇 달 전 학교에 모시고 갔던 일을 선생님께서는 기억하시고 특강의 내용에 대해서도 내 의견을 물어보신다.

— 학생들이 국파산하재, 성춘초목심. 뮤텐디스, 뮤테이티스 등을 입에 올리고 다닙니다. 그만큼 인상 깊은 강연이셨습니다.

# 진여

## 2006. 6.

선생님께서 헌책방을 가자고 하셨다. 의정부 헌책방에서 일본소설 문고를 사셨다. 오는 길에 양주에서 유명한 국숫집에 모시고 갔다. 국수를 드시며 몇 차례, 국물이 맛있다고 하셨다.

선생님과 나눈 이야기의 핵심을 정리해본다.

— 자네의 논문에서 내 예술론 응용 부분, '이상적인 가치가 DNA ∞이고, 이름만 다르게 DNA'가 돼서는 안 된다'는 내용이 좀 불분명하다.

— 저는 환상이라고 약속한 한에서만, 이라고 자주 언급해놓았습니다. 저는 선생님의 환상 아이덴티티를 그렇게 알고 있습니다. 문명 주체인 DNA'라는 것은 과학, 기술, 정치 이데올로기 등입니다. 종교라 하더라도 이상한 교조주의로 적용될 때에 한에서, 라고 생각했습니다. 그에 반해 DNA∞라는 것은 자기가 환상을 취하려 하는 자세에 있었을 때 취득할 수 있다고 생각합니다.

— 그렇지. 그러니까, 종교 집단이 '반공투쟁의 일선에 선다'던지 하는 것은 이미 종교의 테두리를 넘어섰다고 생각해.

— 일반인들의 어떤 특정 종교에 대한 비판도 그런 데 있지 않나 생각됩니다. 우리가 정치인들은 희화화하더라도 종교인들은 희화화하지 않는 것도 그런 측면에 볼 수 있지 않나 봅니다. 희화화할 수 있을 때는 어떤 특정 종교가 개인의 재산 축적이나 집단 자살, 혹은 이단이라든가 하는 상식적인 비판이 일어납니다. 순수한 DNA∞ 상황을 벗어나는 부분이 아닌가 생각합니다. 여러 가지 현실적 억압을

벗어나고자 할 때, 어떤 환상이나, 안정을 취하고자 하는 자세를 갖췄을 때, 모든 물적, 심적 이해타산을 떠난 자세가 DNA∞라고 알고 있습니다.

— 그런 의미에서 성자라는 경우에는 내가 말하는 것이 또 뒤집어지지. 예수나 석가의 경우에는 DNA′는 곧 DNA∞야. 테레사 수녀 등 모든 순교자들 있잖아. 그들의 경우, 정치행동이 곧 예술행동이었던 사람이지. 자기 인생을 시(詩)처럼 산 거지. 그리고, 고대인들에게는 그 세 가지 아이덴티티가 하나였다고 봐도 되지 않을까. 아직 사회가 분화되지 않고, 인구라 해야 고작 몇백 명 정도로 군락을 이루고 살았을 때, 지도자니 뭐니도 없었을 때에는 DNA, DNA′, DNA∞가 하나가 돼 있었으리라 가정하는 거야.

— 모든 것이 분화되지 않고 하나였던 고대의 상황을 지난 학생들 특강에서도 말씀하셨습니다. 생활이 곧 종교이고 예술이었다, 모든 상황이 제의였고, 제의형식이 곧 연극이며 예술이었다고요.

— 그 뒤 점점 도구의 사용과 더불어 사회의 여러 가지 분야가 생긴 다음부터 분화되기 시작하지. 지금 말하는 예술적인 가치는 무엇이고, 윤리적 가치는 뭐고, 생물학적 가치는 뭐냐, 하고 나눠지는 거지. 지금 우리가 살고 있는 사회는 이제 넘어설 수 없는 생활 상태를, 문화를 가지게 됐어. DNA∞, 종교적, 예술적 가치는 윤리적인, 정치적인, 경제적인 정의라고 하는 실제의 것에는 적용이 안 되지. 머릿속에서만 있는 구원의 상태지.

— 현대인에게 선생님의 DNA∞란 법열(法悅), 진여와 같은 상태로 봅니다. 그 상태로 일상생활을 할 수는 없을 것입니다. 그래서 선생님의 표현으로 환상주체에서 예술에 해당하는 것을 'DNA∞−'입니다.

— 그렇지. 그런데, 나는 종교의 상황에서도 그렇다고 봐. 진여의 상태가 그 사람이 죽을 때까지 이어진다고 볼 수는 없다는 게 내 입장이야. 위대한 조사들이 평전에 나와 있듯 한 번 깨달으면 평생, 영원히 깨달음 상태로 살아갔다는 것처럼 쓰여 있는데, 나는 그렇게 생각하지 않아. 위대한 선사들조차도 그냥 깜박깜박하면서 살아갔을 거야. 하지만 그 상태를 경험한 것과 아닌 것은 천양지차겠지. 사랑의 경우도 그렇지. 애인들끼리도 한 번 사랑한 사람들이 깜박깜박하면서 있어서는 안 될, 상대방에 대해 배신도 하잖아. 예수가 마음에서도 간음하지 말라고 할 때, 그럴 수 있다는 것을 전제한 것이니까. 위대한 애국자라도 마음속에서나 바깥으로나 흠이 될만한 행적이, 그 사람의 정치적인 생애에도 있었지 않을까, 생각하는 것이지. 간디를 성인이라고 하는데, 간디의 생애를 세세하게 파헤친 사람의 말을 들으면 완벽한 성인의 모습은 아니라고 하더라.

— 저로서는 선생님께서 《소설가 구보 씨의 일일》에서 표현하셨던 '추상/구상' 부분의 결말과 《임제록》 제시 부분이 예술창작가의 DNA∞를 말씀하시는 것으로 생각됩니다. 동물하고는 다르게 인간은 꿈을 꾸고, 그것을 실현할 수 있기에 DNA∞가 결코 허무맹랑하지 않다고 봅니다.

— 《소설가 구보 씨의 일일》에 나오는 '추상/구상', 그것으로 본질에 접근해보자. 순수서정과 사회참여의 대립, 이름은 뭐라든 그 두 가지 경향이 있는 게 사실 아니냐? 내용을 위주로 하는 것을 구상이라고 할 수 있고, 그 반대편이 추상이라 할 수 있는데, 그 두 가지는 서로 마주보면서 달려가는 두 가지의 열차라고 생각해봐. 자기 취미에 따라서 어느 열차에 타든 그건 취미의 문제겠지. 그래도 그 두 가

지가 문학에 묶인다면 공유되는 부분이 있을 거 아냐? 그게 뭔가, 하는 질문이 있다면 자네는 뭐라 생각하는가?

— 그것은 DNA∞ 부분입니다. DNA∞라는 것이 추상이니, 구상이니, 참여니, 순수니 하는 우리 문학의 논쟁을 모두 아우르고 수렴하는 상태라고 생각합니다. 모두 DNA∞의 상황입니다. 그것은 텍스트 안에서만 취득될 수 있는 상황이고요. 그를 취하지 못하는 추상이니 구상이니, 참여니 순수니 그런 것들은 모두 DNA∞의 전단계에 있을 뿐이라고 봅니다.

— 상상력 속에 두 가지 분파다, 이런 의미겠는데, 내 도식에도 있지. 현실에 속하는 상상의식과, 상상으로만 남는 상상의식이라고 구분해 놓았잖아. 현실로써 행사하는 상상의식이라는 분야가 바로 추상과 구상이 함께 속하는 상위개념이겠지. 구상/추상이라고 하지만 그것은 상상의식으로만 남는 상상의식이라고 하는 상위개념 아래 하위개념이지. 그것을 다른 구체적인 말로 자네의 형식구조주의에서 말하는 '화자'라고 생각해. '화자'. 구상이든 추상이든 거기에는 내레이터라는 게 있으니까. 그렇다면 현실 세계에는 내레이터가 있는가, 없는가? 우주나 역사 자체의 이 세계에는 내레이터가 있는가 말이야. 비가 오고, 눈이 오고, 사람이 태어나고, 사망하는 이 현상…. 소설 속 작중세계의 원본이라고 하는 이 현실 세계에는 내레이터가 있는가?

— 내레이터가 있죠. 인류에게 해당한다면 공통의 집단무의식이 될 수도 있겠습니다. 모든 사람들에게 변하지 않는 습관 같은…. 본능의 어떤 몸짓….

— 그걸 말하는 게 아니고…. 자네는 인간의 현실 속에서 정신적

인 부분을 말하고 있는데, 나는 그게 아니야. 눈이 온다 하는 것은 누가 말하는 거냐, 비가 오고 있다 라는 것은 것은 누구의 말이냐. 눈이 온다고 하는 이 현상 자체의 내레이터는 누구냐, 하는 물음에 어떤 답이 있을까.

— 그것은 유심론자들에 의하면 신이라 할 수 있겠습니다.

— 그렇지! 바로 그거야! DNA하고 DNA′의 화자는 신이다, 그거야. 비유적으로 말하면 신은, 말하는 것이 곧 존재하는 것이다, 그거야. 기독교 《성경》〈창세기〉에서 태초에 말이 있었느니라, 하잖아. 말이 곧 신이잖아. 신께서 빛이 있으라 하니, 빛이 있었다. 하늘이, 땅이 있어라 하니, 하늘과 땅이 있잖아. 말일 뿐인데, 빛이 생겼잖아. 나는 그걸 말하는 거야. DNA와 DNA′의 세계의 내레이터가 신인데, 신의 말은 곧 말하는 내용의 물질적인 존재라는 것이다. 그런데, 예술의 작중세계에서의 신은 누구냐?

— 그건 '화자'로 볼 수 있습니다.

— 화자지. 그런 차이가 있다는 것이다. 그걸 잘 생각해 보거라. 내 수식, 'X, W−I, X″'가 그거야. 바깥, 왼쪽에 있는 X가 신이고, 안에 있는 X′가 화자란 얘기야. 문학에선 화자겠지만, 음악인 경우에는 작곡자, 연주자가 되겠지. 이를테면 음악이라고 하는 환상의 실현자이지. 그걸 말하는 거야. 도식을 풀이하자면 그런 것이지.

세계와 나의 관계를 W(세계)−I(나)로 표시하자, 이 나 I는 세계 W와 나 I를 의식의 형태로 소유하고 있기도 하는데, 이 관계를 I(W′−I′)로 표시한 다음 두 식을 합치면 W−I(W′−I′)가 된다. I의 입장(현실적인 나의 입장)에서 보면 (W′−I′)는 자신 속의 정보이다. 그런데 W와

I를 한 조(組)로 삼는 계(系)를 X라 한다면

$$\begin{matrix} W-I \\ \llcorner X \lrcorner \end{matrix}$$ 라 표시할 수 있다.

이 X가 범신론적 뜻에서의 신(神)이라 이해해도 될 것이다.

이 X를 I의 의식에도 표시하면

$$\begin{matrix} & I'-W' \\ W-I & (\llcorner X' \lrcorner) \\ \llcorner X \lrcorner & \end{matrix}$$ 라는 식을 얻는다.[208]

　내가 인용한 부분인데, 선생님은 이 수식을 매우 중요하게 생각하신다. 나는 왼쪽과 오른쪽을 세계와 나, 그리고 현실과 환상이라고 생각하고 논문에 대입해놓았다. 선생님께서는 '수제'라는 개념을 이렇게 이해하시는가, 그러면 그게 맞는 것이었다.

# 현실의식, 상상의식

## 2006. 6.

　선생님께서 집에 다녀가라 하셔서 찾아뵈었다. 허리가 편찮으셔서 사위네 한의원에 가서 가끔 치료를 받는다고 하신다. 내가 지난번 저주파 치료기를 사다 드렸는데, 열심히 쓰시더니 요즘 안 쓰신다고 사모님께서 말씀하신다. 사위가 그 분야 전문의여서 그분을 통해 치료 중이신 모양이었다.

　선생님은 허리가 아프시다면서 소파에 거의 누워 계신 자세로 과일도 드시고, 차도 드신다. 선생님은 여러 개념을 반복해서 말씀하시고, 내게 확인하시고, 또 물어보시고 답을 들으신다. 이번에는 새로운 아이디어가 있다면서 부르신 것이었다. 점점 더 확장되면서 정확하게 하시려는 선생님의 의지와 열정이셨다. 나는 당장은 힘들어도 나중에는 귀중하게 되리라는 생각으로 열심히 메모해 나갔다.

선생님께서 말씀 도중에 문득 소파에서 일어나셨다. 그리고는 서재에 들어가셨다 잠시 후에 나오셨다. 선생님의 손에는 메모지가 들려 있었다. 선생님께서 내 책을 읽으시다가 어떤 생각이 나셔서 메모하신 모양이었다.

나는 책이 나온 상태여서 선생님의 메모는 활용하지 않았다. 이미 본문 4장에서 그 내용을 풀이해놓기도 했다. 선생님의 메모글을 받아 읽으며 나는 감동했다. 정말 철저하신 분이었다.

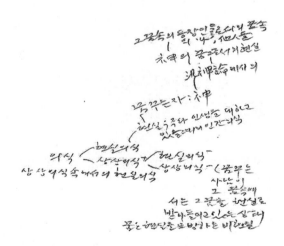

— 자네의 이번 학위논문, 잘 썼어. 내 작품을 내 이론으로 분석해서가 아니라, 체계가 잘돼 있고, 무엇보다 내 작품과 이론을 누구보다 애정을 가지고 봤다고 생각해. 앞으로 많은 사람들이 이 논문을

징검다리로 활용하기를 바라네. 자네도 이번으로 끝이 아니라 계속 수정 보완해 나가면 좋겠다.

— 그렇게 하겠습니다. 선생님께서 지도해 주신 덕분입니다. 스무 살 시절부터 지금까지 선생님의 말씀을 가까이 들어온 결과입니다. 저는 행운아입니다.

— 그리고, 내가 여전히 관심 있는 것은 DNA′와 DNA∞의 차별과 동일성, 연속과 비연속의 관계야. 내가 자네와 대화를 나누고 나서 또 생각해 보았지. 이번 사례를 들어보면 쉬울 것이다. 성인(聖人) 있지.

— 성자(聖者)요.

— 그래.

선생님은 메모 된 종이를 가져오시어 내게 보여주신다. 메모해 두라고 하셔서 나는 종이에 적는다. 지난번 말씀 도중에 예수님 이야기가 나왔는데, 그 이야기에서 촉발된 아이디어신가 하는 생각이 들었다.

— 우리가 알고 있는 성자는 두 가지 차원의 DNA가 있다고 보는 것이다. 〈성자=현실적 생애〉, 〈성자의 전기〉. 이 두 가지의 관계를 확실히 하는 것이 결국 DNA′와 DNA∞의 관계야.

— 이렇게 양분해놓으니까, 변별되는 특성이 잘 드러납니다. DNA′가 성자의 생애이고, DNA∞ 부분이 성자의 전기입니다.

— 그렇다. 그리고 이것은 이런 의식과 관계 있다.

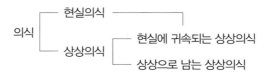

우리가 앞에서 늘 말했던 의식의 갈래와 같아. 현실의식이라고 한

부분이 성자의 생애에서 작동하는 의식이지. 성자가 현실에서 움직일 때는 현실의식이라는 부분을 가지고 움직이지. 그리고 상상의식이라고 하는 것은 성자의 생애에서 정신적인 내용이야.

— 원래 상상의식 하위 갈래에 현실에 귀속되는 상상의식이 있고요. 상상으로 남는 상상의식이 있었습니다…. 그런데, 선이 생겼습니다.

— 그래, 현실에 귀속되는 상상의식과 현실의식을 선으로 연결했어.

— 아, 전에는 현실의식과 상상의식을 구별하시고 떼어놓으셨는데, 이제는 연결해놓으셨습니다. 그 연결로 새로운 의미가 형성되고, 해결되는 듯 보입니다.

— 그렇지. 성인이 실생활을 하면서도 무슨 의식이 있었을 거 아냐. 그 의식의 내용이 이를테면 상상의식 부분을 현실의식에서 작동시키고 있는 거야. 무슨 말인지 알겠지.

— 네, 현실적 생애에서 성자가 현실 생활에서 성자로 생각할 때 상상의식이 작동되고 있다는 말씀…. 그 자신의 의식, 즉 자의식을 말씀하시는 것으로 들립니다.

— 그렇지. 현실에 속하는 상상의식을 활용하고 있다는 거지. 성자도 생각 없이 그냥 순전한 의미의 육체만이 자동적으로 움직이는 것은 아니겠지. 그때 움직이는 의식의 상태를 현실에 귀속되는 상상의식이라고 하는 것이 성자의 현실 생활에서 작동하고 있다는 것이지. 그 작동하는 의식이 형식적으로 볼 때는 그 밑에 상상으로 남는 상상의식하고 그 내용은 똑같겠지. 똑같지만, 하나는 성자전이면, 성자전이라고 하는 언어 표현의 공간에서만 존재하는 어떤 정신적인 내용을 지시하는 것이겠지.

— 그것은 텍스트입니다.

나는 〈파블라 – 스토리 – 텍스트〉의 관계를 떠올렸다. 하지만 선생님의 의식의 경로는 더 섬세하다.

— 그러니까 현실에 귀속되는 상상의식이 성자의 육체에 달라붙은 의식이고, 상상으로 남는 상상의식은 성자전의 텍스트에 있는 어떤 정신적인 내용이라고 보면 되겠네요. 결국 현실적 생애 안의 성자를 DNA′라 볼 수 있겠습니다. 그리고 텍스트인 성자전이 DNA∞입니다. 그 DNA′에는 DNA∞가 포함돼 있고요. 성인이라할 사람에게는 일반 사람과는 다르게 DNA∞ 부분이 크겠습니다.

— 그렇지. 그것이 그 사람을 성자라고 부르게 되는 아이덴티티의 내용이지. 그러나 그 내용은 성자의 머릿속에 있는 의식이다 이거야. 성자의식. 그게 그 사람을 지배하는 거지. 다른 의식으로 못 가게. 그리고 독자가 그 성자전을 읽을 때 독자의 머릿속에 발생하는 상상의식, 또 성자 자신이 자기의 자서전으로 썼다면 그때의 책에서 느끼는 메시지가 바로 그거야.

나는 선생님께서 스승의 의식을 내게 주입하는 지금의 의식을 떠올렸다. DNA∞가 바로 지금의 상황인 것이다.

— 성자전은 성자가 죽은 다음에도 독자의 머릿속에서 끊임없이 똑같은 내용이 개체발생될 것이겠지.

— 그것이 상상으로 남는 상상의식이라 할 수 있겠습니다.

— 그렇지. 종이 안에만 있는 그것. 나는 결국 상상으로 남는 상상의식이 예술의 본체라고 생각하는 거야. 똑같은 내용이라 할지라도 그것이 성자 자신에게 있을 때는 성자의 구체적인 현실의식이라 할 수 있지. 그 사람에게 있어서의 현실의식은 DNA∞라 이거야. 지난번에 특강할 때 했던, '담지'라고 하는 말을 빌리면, 그 담지체가 다

르다는 거야. 이해되지.

— 네, 성자의 현실의식으로써의 DNA∞는 성자의 육체에 담긴 신경세포를 담지체로 한 것입니다. 그리고 예술로써의 DNA∞, 그 성자 의식은 언어라고 하는 표현 담지체에 담겨 있는 어떤 메시지라고 생각됩니다.

— 그래 맞다. 1+1=2라는 진리의 식이 있다고 하자, 하나는 그를 발견한 수학자의 머릿속에 있는 내용이고, 다른 하나는 비록 수학자의 육체가 없어졌더라도 기호에 의해서 모든 사람이 그 내용을 알게 되는 것이지. 비슷한 예로 칸트가 한 이야기가 있는데, 그는 어느 저서에서 '현실의 100원과 상상 속의 100원의 차이'를 말했지. 100이라는 수치는 같지만, 진짜 100원은 100원짜리 물건을 살 수 있는 100이고, 다른 하나는 머릿속에 있는 100이다 이거지. 어디 가서 머릿속에 있는 100원을 가져가 물건 달라면 미친 사람 아닌가, 하고 비유한다고. 좀 부정적인 예로, 성자전을 읽었다고 독자가 성자는 되지 않는 것이지.

— 현실적 생애에서 성자가 현실생활할 때의 의식은 거의 상상으로 남는 상상의식과 현실에 귀속되는 상상의식의 구분이 없을 수도 있겠습니다.

— 그럴 수 있겠지.

— 문득 《화두》가 떠오릅니다. 선생님의 자전적 소설은 상상으로 남는 상상의식의 부분이지만, 선생님 입장에서는 현실에 귀속되는 상상의식이 많이 작동된 상황이 아닌가, 생각됩니다.

— 그렇게 볼 수도 있을 것이다. 자네가 쓴 〈화두론〉에, 언어가 된 나가 진정한 나라고 한 부분이 그렇겠지. DNA∞의 부분. 아무튼, 성

자전의 사례를 잘 생각해 보거라.

— 네, 알겠습니다. 저는 지난 글에서 선생님의 '의식의 모식도'를 해설하면서 그 부분을 악기나 거울에 비유한 부분이 있는데요.

— 그렇다, 거울의 비유가 적절하다고 본다. 거울에 비친 영상이 DNA∞에 해당하는 영역이고, 거울 바깥에 있는 실체는 DNA′에 해당한다고 보면 될 거야. 아까 말한 DNA′에 DNA∞가 속해 있다고 생각해. 거울 속에 있는 DNA′는 DNA∞인데, 거울 속 영상과 영상의 주인공의 머릿속은 차이가 있겠지. 하나는 유리하고 수은이라고 하는 물질세계에 비친 그림자고, 하나는 살아 있는 인간의 대뇌피질의 어떤 물질의 상태라는 것이지. 거울 속이나 거울 밖이나 둘의 삶은 매한가지라고 볼 수는 없을 것이다. 거기에 담지자가 바라보는 태도도 개입될 수 있고. 그에 따른 혼란도 있겠고….

— 저는 꿈꾸는 사람의 상황으로 비유했습니다. '현실에 귀속되는 상상의식'이 꿈꾸는 사람의 상황이고, '상상으로 남는 상상의식'은 꿈속에서 거울을 보는 형국이라고 말입니다.

— 그렇지. 꿈속의 거울을 볼 필요 없이, 꿈 자체가 거울이지. 그리고 우리는 꿈이라는 걸 깬 다음에도 기억하잖아. 또 꿈속에도 깨었다, 꿈으로 들어갔다 하는 어수선한 꿈도 있지? 그때의 꿈을 꿈이라고 퍼뜩 생각하는 것은 꿈속의 그것이 아니라, 현실의식이지. 남아 있는 현실의식과 완전한 꿈의 의식이 순간적으로 교차한다고 보면 되겠지.

— …요즘, 상상의식과 현실의식이 겹치는 상황을 소설 속 에피소드로 넣는 중입니다. 어떻게 묘사하는 게 좋을지 고민하고 있습니다. 결국, 화자의 문제입니다.

— 정신이 오락가락할 때까지 고민하는 거지.

— 문학은 어렵습니다.

— 어려운 걸 택하는 사람이 문학가다. 아무튼 나로서는 자네가 소중하다고 생각해. 자네에게 내 이론을 전수하고 싶은 거야. 그래야 내 생각이 우주에 살아남을 거 아냐? 내가 글씨로 써놓은 건 그런 거고 그걸 누군가 설명해줘야 할 거 아냐. 그동안 이런 연구를 하나도 안 했다는 게 이상할 뿐이다. 너는 써라, 나는 관심없다, 그런 거 아니냐. 생각해봐라. 이상하잖아. 지금까지 한국의 고전문학이든 신문학이든 문학, 예술에 대한 논리적 화두를 잡고 수십 년 해왔는데 아무도 거들떠보지 않는 게….

선생님께서는 오랜 시간을 공들여 세운 자신의 예술이론과 창작의식론을 무명 창작가인 나만이 연구하는 것이 안타깝고, 안쓰러운 모양이시다. 자주 그런 모습이셨지만, 논문 작성 후 더 그런 심경을 자주 토로하신다.

선생님의 예술론이 얼마나 귀중한지 글로 피력해놓았지만, 그것을 눈여겨 보아주는 사람은 거의 없는 현실이 안타까웠다.

# 리포트의 눈물

## 2006. 7.

학생들이 제출한 기말 리포트를 읽는다. 〈바다의 편지〉를 읽고 감상문을 써내는 것이 기말고사였다. 거의 다 읽는 중에 선생님으로부터 전화가 왔다.

— 뭐 하고 있었냐?

내가 전화를 드리지 않으면 선생님께서 전화하신다. 선생님의 전화 첫 말씀은 별일 없나, 아이는 학교에 있나, 쉬고 있는 거야…? 등인데, 요즘은, '뭐 하고 있었냐?'이다.

— 학생들 기말 보고서를 읽고 있었습니다. 선생님의 《바다의 편지》 독후감입니다.

— 그런가? 어때, 잘 썼어?

— 네, 잘 파악하고 있습니다.

나는 선생님께서 궁금해하실 것 같아서 가장 나은 독후감을 읽어드렸다. A4 두 장 분량의 리포트는 나의 평문과 〈황해문화〉 주간의 평문을 잘 섞어 자기도 어머니한테 보내는 편지글로 적은 글이었다. 4년제 대학을 마치고 대학원 대신 예술대학을 진학한 학생인데, 졸업을 앞둔 자신의 막막한 처지에 빗대어 감성 짙게 써나갔다. 학생 리포트를 읽는 내 목소리가 수화기에 전해지고, 선생님께서 가끔 경해(驚駭)로 잘 듣고 있다는 것을 확인해나가는 시간이 이어졌다. 15분가량 읽어나가다 문득 파도 소리가 들리는 것 같았다. 수화기 너머에 바다가 펼쳐져 있는 듯싶었고, 바다에 깊이 숨어 있는 백골의 중얼거림이 들려왔다. 울컥, 목울대를 막아오는 격한 숨이 뱉어지면서 나는 마지막 문장을 제대로 읽지 못하고 꺼이꺼이 울어버렸다.

— 왜, 왜 그러느냐….

— …..

— 무슨 일 있냐?

— 아닙니다, 선생님….

— 괴로운 일 있는가? 누가 못살게 구는가?

— 아니요, 그냥 학생의 글이 너무 슬퍼서요. 〈바다의 편지〉도 그렇고, 거기에다 자기 형편을 얹은 학생의 형편이 생각나서요….

수화기로 눈물이 넘쳐흘러 들어갈까 봐 나는 간신히 숨을 몰아쉬며 말씀드렸다. 몇 차례 심호흡하니 진정돼갔다. 선생님은 조용하시다.

— 학생이 잘 썼구나. 백골의 이야기를 잘 파악하고 있어. 그 아이는 시를 쓰는가?

— 시, 소설 모두 잘 씁니다. 다른 보고서에서는 선생님의 최근 대담까지도 찾아서 인용했더랬습니다.

— 그 정도의 아이라면 혼자 두고 강의해도 의미 있겠다. 대학원에선 그렇게 하지 않냐. 그 정도면 안심하고 말할 수 있지. 전달이 됐나, 어땠나 하는 심경 잡치는 일은 없겠지. 종강했을 텐데, 뭐 하고 있는지 궁금해서 전화했다. 그만 쉬거라.

— 네, 선생님, 내일 전화 드리고 찾아뵙겠습니다.

# DNA∞와 종교

## 2006. 7.

종강해서 선생님께 전화 드리고 찾아뵈었다. 〈바다의 편지〉 학생 리포트도 보여 드렸다. 나는 몸이 좋지 않았다. 감기 몸살 약도 일절 먹지 않고, 비타민제와 한약을 지어 먹어도 별반 나아지지 않았다. 기운이 없었다. 어제 선생님께 〈바다의 편지〉 독후감을 읽어 드리며 눈물을 쏟은 것도 몸이 허해진 탓으로 생각됐다. 선생님께서도 허리며, 다리며, 어깨가 아프시다 하시는데, 내 논문을 또 읽으셨다고, 이야기를 전하고 싶어 하신다.

— 내가 막연하게나마 생각하기에, 불교는 대승이건 소승이건 DNA∞라는 것을 실제로 존재하는 세계라고 보고 있는 것 같다. 스님들이 깊이 참구하면 세상의 과거와 미래, 개인의 운명도 예언하게 된다고 하고, 자기 자신은 육체가 없어짐에도 불구하고 세계에 엄연히 존재한다고 믿는다는 것.

— 주체가 없다는 것, 무아를 중요하게 생각하는 종교라고 생각합니다.

— 무아라는 것도 무아라고 생각하는 유의 개념이라고 나는 생각해. 돌멩이나 나무는 유아니 무아니 그런 생각조차도 않는다. 그런데, 인간만이 무아라는 말을 하고, 공이라는 말을 하는데, 그것은 공이라는 의미의 충족, 무라는 의미의 유겠지. 그 말을 붙잡고 있는 동안은 그렇다는 것이지. 선불교는 불립문자라고 하고도 숱한 말을 쏟아내고 있지. 진짜로 말로 할 수 없으면 아무 말도 하지 말아야 될 거 아냐. 그리고 본인은 그냥 멸망해 버리면 그만일 텐데, 그 경지를 전수하겠다면서 숱한 말을 했다는 거지.

선생님께서 내가 방법론으로 대입한 불교의 유식론을 없애도 되겠다고 말씀하신 것이 기억났다. 나는 선생님의 의견을 받아들이지 않았고, 그를 더 선명하게 선생님의 의식의 모식도와 비교 대입했었다.

— 나는 종교적인 해탈이라고 하는 것과 내 DNA∞라는 것에 선을 긋고 싶다. 내 DNA∞를 진여로 알아달라, 라고 내 입으로는 말을 못한다는 거야. 그래서 나는 기껏해서 종교의 경우에는 DNA∞를 진짜

로 주장한다는 의미에서 + 부호를 붙이고, 예술은 −로 붙였지. 거기에 +, − 한 것은, 하나는 실제로 가능하고, 하나는 실제로 불가능하다는 말이 아니라, 전통적인 의미의 종교에서 확립된 약속은 오랫동안 공동체가 약속해 왔기에 +라고 인정해 주고, 예술가나 창작가가 자기 손으로 만든 텍스트 안에 존재하는 어떤 정신상태는 텍스트를 읽는 순간에만 마음속에 현출되는 '환상'일 뿐이다, 그런 거지.

— 저로서는 선생님의 예술론의 이해를 돕기 위해 기성의 다른 이론을 도입해보았습니다. 선생님의 예술론을 훼손하거나 곡해하지 않으려 애썼습니다.

— 아무튼 그런 건데, 자꾸 얘기해도 내 입장에서 같은 얘기하는 데 지나지 않고, 지금 읽은 자네 논문도 그 자체로 틀린 건 아니니까.

— 가장 이상적인 것은 그런 기성의 이론 없이 올곧이 선생님의 예술론의 쉬운 설명일 텐데, 쉽지 않습니다. 〈메타볼리즘의 3형식〉에 붙인 저의 설명도 그렇습니다. 마음에 들지 않으시더라도 용서해 주십시오. 더 깊이 생각해서 어떤 간명한 설명이 나오면 그때 다시 고치도록 하겠습니다.

— 그렇게 해 주면 좋겠다. 나로서는 지금 발표된 게 최선의 텍스트야. 자네가 해 주어야 할 거야. 쉽고, 정확하게, 그리고 간명하게 해 주어야겠지.

— 메타볼리즘 3형식에서 12−1 부분이 중요하다고 생각합니다. 인류 외의 생물은 결국 DNA에서 빠져나오지 못하며, DNA′와 DNA∞를 성립시키지 못했다. 인간의식의 환상성이 결국 DNA′를 가능하게 하였고 DNA∞는 의식이 보는 저 환상성을 제도적으로 세련시켰을 뿐, 의도적으로 만들어낸 것이 아니다, 라는 말씀입니다. 그것은 원

래 그렇게 돼 버린 채 삶을 영위하는 인간이라는 종의 모습이라 봅니다.

— 그렇지. '원래 있는 것을 활용했을 뿐, 없는 데서 만들어낸 것은 아니다', 라는 거야. 나는 그것을 의식의 근원적인 어떤 결함이라고 생각한 거지. 자네도 착오라고 표현하지 않았나? 그거야. 내 생각에 우리의 의식이라는 것은 근원적으로 실제 있는 것과 없는 것을 마음속에서는 구별이 안 된다, 이거지. 구별하려면 마음속으로 떠오르는 것이 실제 바깥에 있나, 없나 찾아봐야겠지. 마음이라는 것을 창고라고 생각하면 창고 속에 있는 장부책에 여러 가지 있다고 돼 있는데, 그것이 진짜로 창고 속에 있나 없나 의심되면 계속 재고조사를 해 봐야 하겠지. 바깥에 그런 것이 없으면, 그건 있다고 장부에 적어 놨을 뿐, 실제 없는 경우가 많지. 그냥 창고지기의 환상이었겠지. 창고지기는 창고에 들락날락하면서 쌓였던 것을 가져오거나 없으면 관계없는 물건들의 내용을 서로 연결해 내놓기도 하지. 물건이 하도 많아서 헷갈리기도 하는 거야. 페가수스 같은 것은 말과 독수리를 연결시킨 것 아냐? 서로 다른 것, 말이 날개를 달 수 없고, 독수리가 말처럼 다리를 가질 수 없잖아. 그 두 가지를 결합시킨 것이지. 그 두 가지 결합은 그 인간의 머릿속에서 만들어진 개념과 개념과의 결합이지.

— 인간은 시뮬레이션 기능하는 말을 하게 되면서 경험을 추론하는 능력도 갖추게 되었다고 합니다. 그뿐 아니라, 마음과 몸이 따로 움직이는 경우도 많습니다. 저번에 어떤 텔레비전 프로를 보는데, 한쪽 팔이 없는 사람이 나와서 이야기하는 것을 들었습니다. 기관사인 그 사람은 열차 사고로 팔을 잃어 움직일 수 없게 됐는데, 물건을

쥐려고 자꾸 없는 팔을 뻗게 된다고 합니다.

— 그 경우도 착오에 해당되는 것이지. 아까 말했듯 실제로 없는데, 있는 것으로 환상하는 동물이 인간인 거야. 다른 동물은 자기 환경을 그대로 받아서 살아가는데 인간은 뭔가 자꾸 만들어내려 한다는 것이지. 페가수스라는 동물을 상상해서 비행기를 발명했잖아. 그리고, 생물학에서는 조산설이라고 있어. 원숭이는 태아에서 뇌를 완성시켜 세상에 나오는데, 사람의 아기는 그렇지 않다는 거야. 원숭이는 있는 것과 없는 것을 완벽히 구분하는데, 인간은 그렇지 못한 것이지. 미완성된 뇌로 세상에 나와서 불완전하다는 것이지. 그 불완전성을 창조성이라고 부를 수도 있을 거야.

— '개체발생을 주도하는 환상주체는 생물주체가 수용한 자연 객체의 여러 요소를 극대화된 감각으로 변환시키는데, 여기서 의식의 근원적 착오가 일어난다'라고 메타볼리즘을 해설해봤습니다. 그것이 예술이라고요.

— 일어난다, 라는 표현이 좀 어색하네…. 좀 더 생각해 보도록 하자. 그러니까, 불완전한 우리의 뇌 상황이 오히려 상상력이라든지, 창조성이라든지 하는 긍정적인 의미를 주었다고 볼 수 있지. 그것이 현실을 위한 상상력으로 전용되면서 과학을 추진하는 창조적인 아이디어의 출발을 만들었고, 그게 현실로 전용되는 그런 상상력이 아니고, 그것 자체로 없는 것을 있는 것으로 할 때, 즉 상상으로만 남는 상상의식의 영역에 있게 할 때 그것이 예술이라는 것이지. 그것은 인간이 그런 상태를 의도적으로 유지하겠다고 하는 동안, 텍스트에 자기의식을 집중하고 현실의식을 차단해서 문을 닫아 버리고 있는 동안에만 존재하는 의식상태지.

나는 선생님 댁에서 돌아와 선생님의 말씀을 천천히 복기했다. 선생님의 DNA∞ 개념이 더욱 분명해졌다. 내 이해를 위해 여러 수식을 더하시고, 새로운 비유를 들어 주신 선생님께 감사드린다.

선생님의 생물학적 관심과 지식은 선생님의 예술론에 큰 영향을 주었음이 확실했다. 자크 모노, 리처드 도킨스, 헤켈 등의 이론이었는데, 선생님은 그들의 책을 보지 않으셨다. 아니, 보지 못하셨다. 시간적으로 그들보다 먼저 생각해내시고 발표하신 것들이었다. 선생님의 사유는 선구적이고 깊다. 그리고 과학이 그런 것처럼 정밀하다. 나는 선생님과 이야기를 나눌 때, 불교의 연기설이 어른거렸고, 《소설가 구보 씨의 일일》, 〈창경원에서〉 구보 씨가 동식물원을 구경하고 나와 탑돌이하면서 겪었던 환상체험이 떠올랐다. 삼라만상 모든 것이 서로 얽혀 서로의 뒤를 밟고 있었다. 선생님의 사유, 생물학자의 개념, 예술이론에 대한 나의 정리도 얽히고설켜 서로를 쫓고 있었다.

불성이란 상상력의 다른 이름이다. 샤카는 위에서 아래로 내려왔으니 사랑이요 만적은 아래서 위로 올라갔으니 노여움이다. 사랑과 노여움은 손바닥과 손등이다. 상상력이 없는 사자는 우리에 가두어야 한다. 사자가 자유스럽기 위해서 염소가 한을 품어서는 안 된다는 것.[209]

# 봉선사

## 2006. 8.

최인훈 선생님을 모시고 봉선사 다녀왔다. 봉선사는 남양주에 있는
데, 나는 양주를 거쳐 포천 방향으로 갔다. 집식구들과 몇 차례 다
녀왔었다. 봉선사는 고려 때 운악사를 세조의 비 정희황후가 중건한
절이다. 곁에 '광릉', 세조의 릉도 있다. 수목원도 들러보려 했지만
예약을 못 해서 봉선사만 모시고 갔다.

차 안에는 내가 최근에 노트북으로 연결해서 만든 내비게이션이
있다. 용산에서 위성 수신장치를 사 와 노트북에 연결한 내비게이션
이었다. 선생님은 그 장치를 보고 신기해하신다. 정품 내비게이션을
사려면 석 달 치 강사료가 필요해서 내가 이것저것 부품을 구입해
조립한 내비게이션이었다. 선생님은 나의 손재주를 감탄해 하시며,
그런 아이디어로 글을 부지런히 쓰라 하신다.

봉선사는 광릉수목원 건너편에 있다. 선생님과 나는 주차장에서
내려 사찰로 천천히 올라갔다. 오르는 길 곁에 여러 선사들의 기념
비, 그 끝자락에 '이광수 기념비'가 있다. 나는 선생님을 이광수 비로
안내했다. 선생님은 오래도록 비 앞에 서 계셨다. 언젠가 봉선사와
이광수의 인연 관련 글을 읽었던 내용을 선생님께 말씀드렸다.

— 이광수 선생은 당시 주지 스님이었던 '운허 스님'의 8촌 형이라
합니다. 이광수 선생이 이곳에서 자신의 잘못을 참회하며 글을 남겼
습니다. 〈꿈〉, 〈나-소년편〉 등이 여기서 쓰여졌으리라 봅니다. 최서
해의 〈탈출기〉도 봉선사에서 쓰여졌다고 합니다.

선생님과 나는 사찰 안을 천천히 둘러보았다. 나는 대웅전에 들어

갔지만, 선생님은 본당에는 들어오시지 않고 바깥에서 부처님상을 오래 바라보셨다. 사찰 부엌 입구, 시멘트의 균열된 틈새로 풀이 돋아나는 모습을 보고 선생님께서 의미 있는 말씀을 하신다.

— 풀이 돋아나는군.

나는 김수영이 생각났고, 민중이란 단어와 연결했다. 아마 들어오면서 대승불교에 대한 내 의견을 말했던 때문인가 보았다. 선생님은 스님들이 얼마나 좋은 생활을 하는가, 혼잣말로 웅얼거리셨다. 겨울에 따뜻하지, 여름에 시원하지, 얼마나 좋아…. 언젠가 우리 동네에 있는, 화재로 소실된 사찰 회암사를 보시면서도 그런 비슷한 말씀을 하셨다. 정도전이 타락한 불교를 정리한 것이 나쁘지는 않았다시면서도 선불교의 수행자가 되고 싶다고 하신다. 선생님은 불교 철학, 선불교에 대해 깊은 이해가 있으신 것으로 나는 알고 있다. 선생님은 철학적으로 불교를 신뢰하지, 교리를 믿는 편은 아니었다.

선생님께서 이광수 기념비는 아마도 자녀가 만들었으리라 말씀하신다. 자녀가 미국에 있는 것으로 안다고 하신다. 이광수를 기념하는 것은 이것 뿐일 것이라 덧붙이셨다. 선생님은 여러 글에서 이광수에 대해 평하고 있다. 소설에서, 에세이에서 선생님의 이광수에 대한 관심은 다각도로 이뤄지고 있다. 특히 《서유기》에서는 독고준과의 만남에서 이광수를 흥미롭게 다루고 있다.

고통스러운 근대인의 드라마를 곧바로 걸어간 사람이 있습니다. 이 사람을 보십시오. 이광수 선생입니다. 그는 동시대 동료들이 탐미로, 복고로, 은둔으로, 풍월로, 서민 취미로 각기 비켜섰을 때, 근대 문학의 결론의 예각(銳角)한 창 끝으로 곧바로 걸어갔습니다. 그리하여 그는 배신했습니다. 스스로와 민중을, 믿음이 있었으므로 배신이 있었던 것입니다. 돌을 던질 사람이 있거든 던지십시오.[210]

선생님은 독고준을 통해 이광수를 식민화된 지식인의 전형으로 민족성보다 '문화형'에 가까이 다가간 인물로 바라보셨다. 이광수의 겨레를 사랑하는 마음은 탐미주의자나 복고주의자보다 더했던 사람이었다. 그러나, 이광수는 일제 말기에 우리의 문화형을 포기해야 한다는 논리를 폈다. 일본의 제국주의로 서구의 침략적 자본주의를 막을 수 있다면 주변의 식민국민들이 일본의 제국주의에 동조해야 한다는 논리였다. 최인훈 선생님은 이를 비판했다. 우리 민족이 노예로 계속 살아갈 수밖에 없다는 이광수의 오판을 비판한 것이었다.

선생님과 나는 약수터에서 물을 한 잔 마시고 불교용품 파는 매점에 들러 소품을 샀다. 내가 기념이 될 만한 물건을 사 드린다고 하자, 선생님께서 먼저 향꽂이를 샀다. 두 개를 사서 하나는 내게 주시고, 당신은 다른 하나를 가지셨다. 풍경 소리처럼 들리는 종과, 향도 사셨다. 더 많은 것을 사려 하시자, 내가 말렸다.

돌아오는 길, 우리 집에 가시자 하셔서, 나는 딸아이에게 전화를 걸어 집 안을 치우게 했다. 그리고 사모님께 늦으시리라 전화를 넣었다.

우리 집에 도착해서 나는 선생님께 백세주를 올렸다. 선생님은 멸치와 고추장을 안주 삼아 백세주를 드신다. 딸아이에게 한문을 열심히 공부하라고 하시면서 한 잔, 한자는 두 자로 이루어진 문자라고 하시면 한 잔, 양과 음으로 이루어진 글자라시며 한 잔 하시며 백세주 한 병을 모두 비우신다. 내게는 학위취득을 축하하신다. 내가 선생님을 기쁘게 해 드려 좋다고 말씀드리자 또 한 잔 하신다. 아내가 왔다. 아내에게 현모양처라시며 또 한 잔 하신다.

취기가 있으신지, 지난날 하셨던 가족 이야기를 다시 하신다. 장남으로서 가족을 제대로 돌보지 못해 죄스럽다고 하신다. 그리스 신화에 나오는 어떤 신처럼 칼을 머리 위에 달고 다니는 긴장으로 살아오셨단다.

집에 가시겠다며 일어서시는데, 약간 휘청이셨다. 화정으로 가며 당신의 연극을 왜 공연하지 않는지, 서운하시다는 말씀 끝에 주무신다. 모시고 집에 돌아오니 새벽 2시다.

# 소설낭독
## 2006. 9.

어제 선생님께서 속초에 가자고 하셨다가 몇 시간 뒤에 취소하셔서 전화를 드렸다. 바람 쐬고 싶으시냐고 했더니 그렇다고 하셨다. 선생님께서 일동에 가보자고 하신다.

일동으로 가는 중에 차에서 내가 녹음한 〈바다의 편지〉를 들었다. 지난번에 선생님께 들려 드렸는데, 또 듣고 싶다고 하신 것이었다. 좋은 소설을 낭독한 것을 듣는 즐거움이 있었다. 묵독도 좋지만 낭독도 좋은 글이 있다. 이제 모든 독서는 묵독이지만, 음독, 낭독도 이렇게 좋은 글이 있다. 〈바다의 편지〉는 서간체여서 더욱 낭독이 좋게 느껴졌다. 선생님도 눈을 감고 깊은 감상에 빠져 계셨다.

나는 차를 일동 포천관광호텔 앞에 주차했다. 선생님께서는 차에서 내리자마자 관광호텔 안으로 들어가셨다. 포천관광호텔 안을 오래 구경하시고 소방서 뒤편으로 갔다. 고즈넉했다. 선생님께서는 여기서 살고 싶지만, 안사람이 싫다고 할 것이라고 말씀하셨다.

돌아오는 길에 우리 집에 가자고 하셔서 집으로 모셨다. 지난번 내 중편소설을 기억하시고 말씀하신다. 또 하나 그와 같은 수준의 작품을 써보라고 하신다. 집에 드실 것이 없었다. 나는 지난번처럼 고추장에 멸치를 냈다. 선생님께 포도주를 드리니 그와 곁들여 드셨다.

# 한 말씀
## 2006. 12.

드라마센터에서 소설창작 선생님의 정년 기념행사를 치렀다. 최인훈 선생님을 모시고 행사장에 갔다. 최인훈 선생님께서 한 말씀 하시는 순서가 있었다. 선생님께서는 참석하시는 것이 어색하신 모양이었다. 거기에다 한 말씀까지 해야 한다는 것이 부담이신 모양이었다.

학과장과 학생회, 그리고 동문회에서는 최인훈 선생님께서 참석하시기를 희망했고, 한 말씀해 주시기를 원했다. 내가 방울을 달 수 있는 쥐였던가 보았다. 소설창작 선생님의 정년기념행사에 누구 하나 나서는 사람이 없어서 내가 전 과정을 기획하고 추진했다. 최인훈 선생님을 모시는 것도 학과에서 내게 맡겼다. 나는 아무리 조심스럽게 말씀드려도 예고 없이 강연하라는 것에 언짢으실 줄 알았다.

행사가 진행되고, 선생님께서 결국 좋은 말씀 많이 해 주셔서 한

숨을 돌렸다. 여러모로 의미 있는 행사였다. 특히 최인훈 선생님께 죄송하고 감사했다.

# 시 선생님 타계
## 2007. 2.

잠이 오지 않아 새벽까지 시를 읽었다. 시창작 선생님의 시였다. 왠지 선생님의 시를 읽고 싶었다. 선생님의 〈새와 길〉을 두 차례 낭송해 보았다.

학교 수업 후 집으로 오는 길에 시창작 선생님의 부음을 문자로 받았다.

'우리 시 선생님 별세. 오후 5시 20분'

사흘 전에 동기인 Y 시인으로부터 시 선생님이 중환자실에 계신다는 전화를 받았었다.

# 문상
## 2007. 2.

최인훈 선생님을 모시고 문상을 갔다 왔다. 삼성의료원 지하 2층 16호. 시창작 선생님이 누워 계신 곳이다. 아들과 최인훈 선생님을 내 차로 모셨는데, 식은땀이 났다. 요즘 체력이 최하로 떨어져 있다. 갑상선 기능 저하증세에다 위궤양이 겹쳐 있었다. 혈압도 약을 먹을 정도로 높아 있었다. 나는 신체의 모든 반응이 늦었다. 몸이 퉁퉁 붓고 근력이 거의 없었다. 논문 후유증이 있다던데, 그것이었다.

삼성의료원에 도착하기 전에 Y 시인에게 전화를 넣었다. Y 시인이 로비에서 선생님을 맞았다.

시창작 선생님 영정을 보니 눈물이 나왔다. 최인훈 선생님은 여러 문학인으로부터 인사를 받았다.

# 김사량

## 2007. 2.

선생님이 찾으셔서 댁에 갔다. 2006년에 나온 경북대와 한양대 석사 논문의 초록과 차례 출력본을 드렸다. 집에는 아무도 없었다. 사모님이 여행 중이라신다. 선생님이 손수 냉장고에서 음식을 꺼내 식사를 차려 주시고 차까지 끓여주셔서 송구했다.

— 최근 문학잡지에 실린 글을 봤는데, 문제가 있다고 생각해. 해방 전 문학에 대해 정리한 논문인데, 좀 불분명하더라고. 조선총독부가 한글을 쓰지 말라고 한, 그 이전까지 일제시대의 우리 문학이 한국 근대문학이라고 본다는 논리야. 일제여도 한글로 작성했으니 조선총독부 문학과 독립한 한국 근대문학이라고 써놨더라고.

— 일제의 검열을 통과한 작품을 한국문학으로 인정하면, 친일문

학도 인정하는 것인가요?

— 그 글을 쓴 사람, 문학의 속성을 잘못 이해하고 있지 않은가. 기준도 모호하고. 그의 논리는 내 이론으로 한다면 DNA 단계의 문학 아닌가 한다. 문학이라는 것은 한국말이라고 하는 DNA 형식을 가지고, DNA′와 DNA∞가 내용으로 된 장르 아니냐.

— 음악이라면 그 평론가분의 말씀도 합당합니다. 음악은 시공간에 영향을 받지 않으니까요. 일제강점기든 해방 후든 엔카는 엔카고 트롯은 트롯이니까요.

— 그렇지, 일제 탄압 문학, 검열 문학도 있었잖아. 그것을 찾아 한국문학의 원류로 삼아야 하잖아. 부지불식간에 식민지근대화론과 같은 말을 하는 거야. 우리의 민족 언론사라 하는 경우도 그와 비슷하지. 총독부 관보에 대응하는 민보의 성격이었지. 조선총독 정치체제 하에서의 민간 PR, 민간 교도기관이 아니었겠나 싶어. 그런 이중적인 성격을 가지고 자기들 편한 대로 민족을 위하는 독립언론이라고 내세우는 거지.

— 제가 공부하기로 일제 탄압 문학도 있다고….

— 자네, 김사량이라는 작가 알지? 그 사람 작품 읽어봤어?

— 대학원 과정 중에 다룬 적이 있습니다.

— 《노마만리》라는 작품 봤나?

— 《노마만리》요. …기행문 형식으로 쓴 것 말인가요?

— 그래, 그 사람이 해방되던 해 전반기에 총독부 명령에 따라 중국에 있는 일본군 위문단으로 선발돼서 중국에 갔어. 중국에 가는 중에 탈출해서 중국군에 들어간 거야. 그때 연안으로 가는 과정의 이야기야. 노마라는 게 명마의 반대지. 비루먹은 나귀를 타고 만 리

를 갔다는 이야기가 《노마만리》야. 그러니까. 1945년 우리가 해방되던 그해 전반기에 한국의 한 작가가 일본군하고 중국군의 전선을 월경하는 이야기, 중국군 지역으로 들어가서 거기서 활약하고 있는 한국군 부대로 들어간 그런 얘기야. 1945년에 책으로 나왔어. 필자 자신은 6·25 이전에 북한으로 갔어. 그 사람은 6·25동란 때 북한군 종군기자로 참전했다가 행방불명 됐지.

— 망명 작가네요.

— 그렇지, 《노마만리》는 망명기록인 거지. 그 작품이 일제시대에 관련한 형식상의 최고의 작품이다, 라고 나는 보는 거야. …그리고 소위 카프문학이 총독부 체제에서 총독부의 체제를 넘어서는 발언을 한 한국문학이다, 그러잖아. 그러니까, 카프 이외의 문학하고는 그런 의미에서 질적으로 다른 거지. 총독의 체제에서 발표됐으면서도 총독 체제를 논리적으로 인정하지 않은 문학은 카프 문학뿐이지. 거기에 의미가 있는 거지. 《노마만리》는 갈 데까지 간 거지.

— 《화두》에서는 조명희가 그렇게 했다고 쓰여 있습니다. 망명 작가라고요.

— 그렇다, 일제 안에서 더 이상 뭐하겠느냐, 하겠다면 몸이 이 체제에서 자유로운 국경 바깥에 존재할 수밖에 없다, 그래서 망명한 거지. 그랬는데, 망명한 자리에서, '너는 일본의 스파이로 왔구나'해서 총살당하지. 정치적으로나 문학적으로나 일제시대를 말할 때 가장 상징적인 사람으로 나는 파악한 거야.

— 그래서 《화두》는 조명희로 시작됩니다. 그의 작품으로요. 낙동강 칠백 리….

— 나는 이를테면 소설이라는 형식을 취한 〈조명희론〉을 쓴 셈이

야, 〈조명희론〉은 나의 인생론이라 할 수 있지.

— 《화두》의 화자는 고등학교 때 〈조명희론〉을 써서 큰 칭찬을 받았습니다. 그리고 작가가 되리라는 예언도 들었고요. 결국 조명희로 인해 작가가 되셨고, 《화두》를 쓰셨습니다.

— 그렇다. 그 모든 것의 뿌리였던 소련이라는 국가에 대한 정치적, 철학적, 문학적 의미를 생각하고 철저하게 쓴 것이 《화두》라는 작품이지. 나는 조명희가 어떻게 죽었는지 몰랐는데, 소련이 붕괴하면서 딸이 한국에 와서 텔레비전 프로에 출연해서 알게 됐어. 그 촉발점이 《화두》의 화두가 된 거야. 《화두》라는 작품은 개인적인 자서전 속의 한국의 20세기 전반사를 관련시킨 그런 작품이 된 거지. 자네 박사지도선생이 조명희에 관심을 가졌더구나. 자네가 갖다준 책 《조명희》를 보고 놀랐다.

— 저도 선생님의 관심하고, 지도교수님하고의 관심이 일치하는 점이 놀라웠습니다.

— 그 선생 논문을 참조한 자네 논문을 보니 '시간'과 '기억'이라는 문제가 주요 테마더라구. 그 선생의 견해를 20세기 전반 한국문학사에 적용시키면, 조명희 이외의 모든 작가는 인생을 살았으되, 그 의미에 있어서 절반밖에는 못 살았다는 것이지. 오직 조명희란 사람이 한국의 20세기 문학의 영웅들보다 높은 위치에 있어야 한다는 것에 나도 같은 생각이야. 김사량도 해방되던 해 봄에 조명희와 똑같은 일을 한 거지. 월경한 거지. 조명희는 그 사람보다 불행한 삶이었지. 망명 직후 그쪽의 동지들 손에 의해서 누명을 쓰고 총살을 당했으니까. 얼마나 비극적이냐. 마치 희랍비극의 주인공 같은 사람이지.

— 그런 비극의 주인공에 대한 강한 끌림으로 선생님 '화두'를 풀

어내게 되셨군요. 어릴 때부터 휴화산처럼 부글거리다가 인생 정점에 이르렀을 때, 용암이 폭발하듯 터져 나온 것이네요. 필생의 작업으로 《화두》를 쓰신 것입니다.

— 그런 거지. 그런데 지금 《화두》를 누가 취급하냐. 내가 어떤 대접을 받냐….

선생님께서는 평단의 아쉬움을 계속 말씀하셨다. 그리고 당신의 작품에 '가족 재건'이라는 테마를 놓고 해석해도 좋겠다고 권하셨다. 당신 희곡의 마지막 작품 〈첫째야 자장자장, 둘째야 자장자장〉에서 남매가 호랑이를 피해 나무 타고 올라가다 떨어지는 것도 파괴된 가족 이야기고, 아버지와 깨지고 애인하고도 깨진 《광장》의 이명준도 마찬가지라 하신다.

— 《태풍》도 그렇지 않냐. 친일파로 있던 가족 때문에 역사의 죄인이 된 것, 역시 깨어진 가족이지. 거기서 벗어나서 부활의 논리로, 아이세노딘의 건국 공로자가 된 것, 그리고 옛 애인이었던 여인의 딸을 양녀로 삼는다는 것. 꼭 피를 나눠야만 가족은 아니라는 것까지 나갔지.

— 그러고 보니 《크리스마스 캐럴》, 《서유기》, 〈바다의 편지〉 등도 같은 맥락으로 보입니다.

— 그렇게 생각되지 않냐? 거기도 그 논리가 맞는 것 같아. 깨어진 가족과 가족의 복원을 향해서 움직이는 플롯이고, 주인공들이고, 갈등이지.

— 현대문학사에 최인훈 선생님처럼 단단한 이론을 세운 작가는 없습니다. 창작방법론은 대개 러시아 형식주의나, 프랑스 구조주의로 대변하고 있습니다. 그런 것들은 외국 것입니다. 선생님의 예술

론, 문학론을 보편성을 띤 우리의 자생이론으로 첨예하게 논리를 세워나가야 하지 않나 생각합니다.

— 그런 것이 내가 희망하는 바야. 내 생각에는 일단은 힘들여서 많은 일을 했다고 생각하는데, 그것이 가까운 제자에 의해서 잘 관리되고, 잘 정리되고, 분류되고, 보존돼서 가치 있는 것으로 남겨지게 되길 바라는 것이지.


# 일본 단편소설

## 2007. 3.

선생님을 모시고 포천에 가려다가 의정부 헌책방을 들렀다. 의정부 여고 앞의 헌책방이었다. 일본서적이 있었다. 선생님은 상기된 얼굴이셨다. 원하는 것을 찾으신 모양이었다. 젊은 시절 학교 도서관에서 읽었던 일본 작가의 단편인데, 번역본이 없어 그 작품을 다시 읽고 싶어 하시는 것이었다.

일본 단편 모음집이 묶여 있었다. 선생님은 한 권을 사셨다. 그리고 그 책방 주인이 소개해 준 다른 헌책방 집에 갔다. 의정부의료원 옆집이었다. 원하는 책이 없었다. 3차로 다른 책방을 갔다. 그곳에도 원하는 책은 없었다. 나머지 책방은 열지 않아서 찾기를 그만두었다.

그 길로 포천으로 향했다. 일동, 선생님께서 지난번에 궁금해하시던 아파트로 갔다. 포천관광호텔 곁에 있던 아파트는 알고 보니 군인 관사였다. 선생님은 전원생활을 원하시는 것 같은데, 근처에 큰 병원이 없고, 교통도 불편하다고 말씀드렸다.

선생님께서 우리 집으로 오셔서 나는 들쭉주를 냈다. 읽고 싶었던 책을 사서 안심이라고 하셨다. 저녁에 아내와 아이가 왔다. 아내가 인사를 올리고 술을 올렸다. 선생님은 손녀가 학교에서 어떤 아이에 게 놀림을 받는다며, 선생의 지난 어린 시절을 이야기하셨다.

지난번 말씀하셨던 에피소드와 비슷했다. 국민학교 시절, 자신을 못살게 굴던 학생을 넘어뜨리고 도망한 이야기였다. 당신께서는 행 동하는 사람은 아니라고 하신다. 생각하고 책만 보는 인생이었다, 가족들에게 죄송하다는 말씀을 다시 하신다. 무신론자지만, 신이 있 다면 나쁜 존재라고 말씀하신다. 《소설가 구보 씨의 일일》, 구보 씨 가 가끔씩 '神家놈'이라고 한탄하는 장면이 떠올랐다. 선생님께서 내게 이제는 소설을 쓰라고 권하신다. 요즘 젊은 작가들은 아무것도 아닌 것을 길게 쓴다고 하신다.

# 소요산
## 2007. 10.

선생님을 모시고 소요산에 다녀왔다. 사람들이 많았다. 우리나라에 는 등산을 취미로 하는 사람들이 많다. 선생님은 가다가 나뭇가지를 주우셔서 계속 쥐고, 들고, 짚고 걸으셨다. 선생님과 나는 자재암까 지 올라가서 쉬다가 내려왔다.

선생님께서 내가 새로 쓴 소설을 읽어 보고 싶다 하기에 중편소설 〈봄이 끝날 때〉를 드린 적이 있는데, 그 소설 독후감을 계속 이야기 하셨다.

— 〈봄이 끝날 때〉, 좋다. 그동안 자네가 소설가로서 대표작이 없어서 고전했는데, 이번 작품을 대표작으로 해도 좋으리라 본다. 〈여름을 묻다〉나 그 뭐지, 학생들 연주하는 소설, 그것도 좋지만, 이번 것은 그보다 원숙한 모습을 보이고 있다. 문학판도 정치판 못지않은 곳이어서 잘 활동해야 하는데…. 결국, 작품이 말해주는 거니까. 이번 작품으로 좋은 입지가 되리라 본다. 그런데, 자네는 논문으로 차분하다고 인식되는 경향이 있어서, 논문도 계속 써 보거라.

— 소설을 좀 더 열심히 썼어야 했는데, 게을렀습니다.

— 이번 소설은 자네하고 가까운 이야기로 보인다. …가족에 대해 너무 심각하게 생각 말아라. 가족을 선택할 수 있냐? 내가 책임질 수 있는 건 나밖에 없어. 자유로운 건 학자, 예술가의 입장이다. 운명, 집안은 선택할 수 없다. 괴로움을 안다. 자중자애(自重自愛)라는 말 아느냐. 이 세상에는 자기를 사랑하지 않으면 나를 사랑해 주는 사람이 없다. 왜냐하면 다들 바쁘니까. 자기를 사랑하는 수밖에 없다. 나는 문학이란 것, 소설이란 것의 위치가 거기에 있다고 생각한다. 문학은 계통발생의 입장에 있지 않고, 개체발생에 집착하는 인간 문화의 부분이다. 이 세상에 태어난 모든 사람은 가치가 있는데, 자기한테는 절대가치지만, 사회, 회사, 국가, 민족, 조직에서 나라는 것은 특별한 의미가 거의 없다. 나한테는 내가 최고 아니냐. 내가 죽고 없으면 이 세상은 없는 거니까.

— 제가 이번 소설을 쓰면서, 선생님의 어떤 부분을 강하게 이어

받았다는 느낌을 받았습니다.

— 좋은 이야기다.


소설의 주인공에게는 세 가지 얼굴이 있지 않을까 생각한다. 첫째는 소설 속에서 지니는 그 자신의 얼굴이다. 둘째는 그를 창조한 작가의 꿈으로서의 얼굴이다. 셋째는 독자가 자기들 나름대로 의미를 부여하고 해석해서 이루어지는 얼굴이다.[211]


# 정론

## 2007. 11.

선생님께서 전화하시어 지난번 내 소설 이야기를 또 하셨다. 내게 오라는 신호로 알고 찾아뵈었다. 나는 의정부 '헌책백화점'을 모시고 갔다. 선생님은 일본 소설 문고판 몇 권을 구입하셨다.

— 자네의 이번 소설, 내용이 좋다. 인간의 가장 밑바닥 지층, 기억 아니냐. 정치적인 주제도 아니고, 무슨 윤리적인 주제도 아니고, 사회적인 부조리를 주목한 것도 아니고 말이야. 그야말로, 인지과학의 분야 아니냐, 인간의 사회적 문제니, 윤리적인 문제니, 직업 경제적인 문제니, 그건 전부다 정상적인 사람들의 문제 아니냐? 일할 능력이 있음에도 취직이 안 된다느니, 똑바로 살자고 하는데, 정치적으로 맞지 않는다든지 하는 것은 이데올로기의 문제인데, 이거는 그보다 훨씬 더 인간의 조건에서 아래층에 있는 부분을 다룬 소설이다.

— 선생님의 소설과 예술이론 덕분입니다. 영감과 자극을 많이 받았습니다.

— 그리고, 자네가 찾아다 준 학위논문…. 내 소설을 정론(政論)으로 본 거 있지? 내 소설이 정론을 주로 다룬 소설들이다, 하는 입장에서 쓴 논문이더라.

— 헤겔에 비교하고, 니체와 섞어서 펼쳐나갔습니다.

— 철학자들을 그렇게까지 구체적으로 인용한 논문은 처음 봤다. 어쨌든 호의를 가지고 썼더구나.

— 상당히 여러 가지 공부를 한 느낌이었습니다.

— 어디 학교 논문인가?

— 서울시립대학교 박사입니다.

— 정론이 많이 있는 소설이라는 입장에서 내 작품을 다루어서 좋은데 아쉬운 것은, 그러면 그런 식으로 정론적 입장을 취한 소설은 다 가치가 있는가, 할 때, 나는 그렇다고는 생각 안 한다. 정론의 주제를 가졌더라도, 나는 소설을 쓴 거지, 정치 이론을 쓴 게 아니잖냐. 정치 이야기를 그렇게 하면서 소설이라는 미적 구조가 과연 돼있느냐 어쩌냐 하는 논의는 논문에 없더라고. 내가 몇 번 말했듯, 연세대 교수의 언급을 주목해야 할 것 같다. 그런 정치, 경제학적인 학문의 세계와 중첩되는 주제와 어떤 한 개인의 생애와 분리될 수 없도록 엮어져 있다. 자기는 그 작품의 가치가 거기에 있다고 생각한다는 거지. 소설작품의 원문이 갖는 의의, 감칠맛 있는 문장이 작품 전체에 퍼져 있는 것이 좋은 소설이라는 판단이다. 그런 의사표시가 있어야 나는 문학적으로 좋은 논문이라고 생각하는데…. 내가 본 모든 문학작품을 다룬 논문이, 그런 문학적인 감식안은 별로 없어 보

이는 글이더라고. 그런 의미에서 자네 소논문 몇 개가 그러한 감수성이 배어 있어 좋다는 거야. 문학을 가지고 운위한, 해당 작품에 대해 문학적인 장점을 평가하는 그 느낌이 잘 나와 있는 그런 글이란 거지. 박사 그 사람이 공부 많이 한 만큼 문학적 감상도 표현해 줬더라면 좋았을 것이다.

— 학위논문의 성격상….

— 학위논문이어도 시 장르에 대한 것은 꼭 그렇지만도 않더구나. 시인론도 그렇고…. 아무튼 모두가 고마운 일이다.


# 나무 막대

## 2008. 1.

선생님을 모시고 봉선사에 다녀왔다. 이광수, 최남선, 채만식의 친일과 그 이후의 행적에 대해 평가하셨다. 최남선은 반민특위에 체포돼. '내가 민족 앞에 대죄를 지었다, 할 말이 뭐가 있겠나, 민족의 심판을 기다릴 뿐이다'라고 속죄했다고 말씀하신다. 채만식의 자식은 '유족된 몸으로 사죄드린다. 아버지가 민족 앞에 저지른 대죄에 해서 유족된 몸으로 사죄드린다'라고 했단다. 그런데, 이광수는 아무 사과 없었고, 그의 딸은 잘못에 대한 아무 표정이 없다고 하신다.

선생님은 봉선사에서 내려오는 길에 나무 막대를 어디서 가져오시어 들고 다니시다가 우리 집에 두셨다. 나의 지난 소설도 또 이야기하신다. 왕십리가 애틋하게 토포필리아로 나오는데, 그 배경을 문학으로 표현한 조해일 소설가, 최은하 시인을 말씀하셨다. 나는 조해일 선생의 〈왕십리〉는 읽어 알고 있는데, 최은하 시인은 몰랐다. 선생님께서는 시집 제목까지 정확히 말씀하셨다. 〈왕십리 안개〉.

선생님을 댁에 모시고 돌아와 최은하 시인에 대해 알아보니, 선생님과 동년배셨다. 최은하 시인의 본명은 최은규이고, 전남 강진에서 유년기를 보내고 서울 왕십리에서 오래 살았다. 한영고등학교에서 은사 황패강 선생님을 만나면서 문학에 입문했다. 무학교회, 도선동, 마장동 등의 지명이 최은하 시인 관련 정보에 적혀 있어서 반가웠다.

# 추모식

## 2008. 2.

고인이 된 시창작 선생님의 추모식에 다녀왔다. 드라마센터에서 열린 추모식에는 많은 원로 문인과 평론가, 시인들이 참석했다.

돌아오는 길에 최인훈 선생님을 선배 시인의 차로 모셨는데, 나는 어쩌다 함께하게 됐다. 댁으로 돌아오는 늦은 밤. 선생님께서 하신 말씀.

― 말로 시를 만드는 게 아니라 말이 곧 시다.
― 날이미지는 말로 세계를 만드는 것이다.
― 하나님의 세계가 곧 시다.

화정역 부근 차창 밖으로 바라보이는 밤하늘, 컴컴한 하늘에 유성 하나가 꼬리를 길게 늘어뜨리고 떨어진다. 나는 환하게 밝아졌다.


# 북오프

2008. 5.

스승의 은혜 주간이어서 최인훈 선생님 댁에 갔다. 선생님께서, 서울역, 게이트 웨이 타워 'book off'라는 일본 헌책방에 가자고 하신다. 가는 길은 넓었지만 차가 많아 막혔다.

선생님께서 북한에는 우리처럼 잘 정비된 도로가 없으리라 말씀하신다. 평양 외에는 모두 먹고살기 힘들 것이라고, 참으로 이상한 나라, 이런 개화된 세상에 아직도 저런 정치를 하고 있고, 인민은 영양실조로 죽는 나라, 그런 나라도 유지되는 게 신기하다고 말씀하신다.

선생님과 나는 일본 문고본 몇 권 사서 댁 근처로 돌아왔다. 선생님께서 두부전골 집으로 안내하셔서 나는 차를 그쪽으로 몰았다.

선생님은 이북 사람들이 《화두》를 읽으면 좋아하리라는 이야기를 몇 번 하신다. 연변에 가보고 싶다는 말씀, 윤동주는 기독교적이고, 이상은 묘한 사람이라는 말씀도 하신다. 농담도 하신다. 당신, 돌아가시면 관에서 일어나리라는 것. 내 이름을 부르리라는 것. 선생님께서 두부전골을 드시며 즐거워하시니, 나는 좋았다.

# 3차 전집발간 기자간담회

## 2008. 11.

최인훈 선생님으로부터 전화를 받고, 기자간담회에 다녀왔다. 전집
발간 출판사에서 주도한 선생님 기자간담회였다. 명동의 프레스센
터 1층 로비에서 사진을 찍고, 식당에서 간담회가 진행됐다. 주요
언론사 기자들과 카메라맨들로 식당 안은 붐볐다.

선생님 좌측에 문학과지성사 대표가, 오른쪽에 〈한겨레신문〉 문
학 선임기자가 앉았다. 나는 사진을 찍으며 현장 상황을 메모했다.
간담회에서 나온 주요 내용을 정리해본다.

### 4·19의 서기

출판사 대표 : 지난 1994년에 2차 개정판 전집발간이 있었습니다.
이번이 세 번째인데, 내용적으로 《화두》,《길에 관한 명상》 등을 포
함하여 15권이 나왔습니다. 선생님 소회 말씀 듣고, 기자분들 질문
하시는 형식으로 진행하면 좋겠습니다.

기자 : 약관의 나이 24살에 《광장》을 쓰셨습니다. 그때, 《광장》과
지금 《광장》에 대한 소회를 말씀해 주시죠.

선생님 : 나는 아직도 《광장》의 초판에 나와 있는 '작가의 말' 서문
의 심정이 생생합니다. 젊은 나이에 자기한테 부닥친 사건에 대해
서 문학이라고 하는 대단히 유리하고 강력한 의식을 가진 문장으로
소회를 남길 수 있었다는 게, 역사를 사는 하찮은 한 개인으로서 심
각하게 회상됩니다. 《광장》을 여러 차례 수정했습니다. 특정 작품의
경우, 작가도 없어진 다음, 독자는 살아 있는 시점이 생기는 경우가

많습니다. 우리가 지금 고전을 보는 것처럼 말입니다. 다행히 작가가 소멸하지 않고, 여러 가지 기회가 주어진 바에는 권리가 있는 나 자신이 아직 정신력이 있는 동안에 뭔가 한 글자라도 좋은 모습으로 후대 독자에게 보내고 싶은 게 수정의 이유입니다. 이번 판에도 역시 한 부분은 고쳐진 곳이 있습니다. 여러분이 시간이 있으시면 심심풀이로 찾아보셔도 좋을 것입니다.

기자 : 어떤 부분이 수정됐는지, 내용 근간은 유지하시고, 표현의 문제인 듯 같은데, 구체적으로 알려 주시면 좋겠습니다.

선생님 : 궁금증을 남겨야…. 다 이야기하면 재미없을 것 같네요.

기자 : 4·19와 작품 발표가 밀접하게 연관돼 있다고 보는데요. 역사학자들의 사관, 해석이 있잖습니까. 4·19를 보는 선생님의 시각은 어떠하신지요.

선생님 : 20세기 우리 역사가 겪은 것 중, 나는 3·1운동과 4·19를 2대 대사건이라고 표현하고 싶습니다. 3·1운동은 일제 점령 후 10년 뒤에 한국 사람들이 자기 처지를 어떻게 생각하는지 표현한 것으로 봅니다. 그 때문에 임시정부라는 게 지금 새삼스럽게 이야기됩니다. 좌파든 우파든 그 이후 그 자장 속에서 움직인 것으로 봅니다. 그렇게 해서 남북 각각의 분단 정부가 생겼는데, 8·15 후 남한 지역에 살았던 사람들이 8·15 후 1960년 4월까지 자기들의 삶에 대한 생각을 3·1운동 수준으로 각계각층에서 의사표시한 것입니다.

공화정에서의 정부의 정통성이라는 것은 헌법에 있습니다. '권력은 국민으로부터 나온다'는 그것은 대원칙이고, 구체적인 의미는 선거에서 나온다는 것인데, 공정 선거라는 것이 어떤지 국민들이 알고 있던 터에 터져 나온 것입니다. 4·19는 남한에 거주했던 한국 사람들의 인간적인 민심이 역사에 자랑스럽게 기록된 사건입니다. 유감스럽지만 북쪽에서는 아직 그런 경험이 없다는 것에 역사의 슬픔이 있습니다. 남쪽에서는 4·19를 가졌다는 것이 《광장》 집필의 추동력이었습니다. 그때 나는 1950년 전쟁 난 직후에 남으로 피난 온 사람이기 때문에, 북한에서 살았던 감각을 가지고 있습니다. 지금은 북한도 그때보다도 달라진 것 같아서 자신이 없지만, 원칙적으로 그 얘기가 그 얘기일 테고, 《광장》을 쓸 때는 그 인상이 남아 있었습니다. 4·19가 큰 조명등처럼 역사의 빛을 비추었기에 덜 똑똑한 사람은 원래 자기보다는 좀 더 투명해질 수 있었고, 또 영감이나 재능이 좀 부족했던 예술가들도 갑자기 착상이 머리에 떠오른 것 같은 분위기였습니다. 그래서 나는 이런 이야기를 할 기회가 있을 때마다 시대의 '서기'로서 쓴 것이라고 말해왔습니다.

### 세계사의 드라마를 지켜보다

기자 : 이번 전집에 포함된 《화두》에 대해서도 말씀해 주시죠.

선생님 : 소련 붕괴가 없었더라면 내 말문이 열리지 않았을 것입니다. 나한테는 또 역시 4·19 수준의 사건이었습니다. 4·19는 그런대로 한반도의 생리로서의 대사건이고, 내 문명관, 내 역사관으로서는 소련 붕괴는 세계사적인 드라마를 충격적으로 목격한 것입니다. 1917년에 그런 나라가 만들어졌을 때하고는 격이 다른 사건으로 보입니다. 러시아라는 지리적인 생활자들이 거기에 힘에 부친 선수기용이었던 것 아니겠는가, 역사의 신에 의해서 그 선수한테는 과분한 대시합에 기용된 거라고나 할까요. 우리나라 역사를 지배했고, 식민지시대의 민족을 되살리려 했던 운동자들이, 지금 흔히 말하는 좌

파, 우파라는 식으로 자연히 자기 입장을 정리하게 한 그런 세력이 대사변을 벌였던 것이죠. 그동안의 소련이 내겐 큰 '화두'였는데, 그렇게 사라지면서 《화두》가 터져 나왔습니다. 그리고 지난번 초판본에는 원문만 있고 해설이 없었는데 이번에는 해설이 있습니다. 대단히 상식적이면서도 격조 높은 해설들입니다.

기자 : 《화두》도 수정하셨나요?

선생님 : 이번 《화두》도 상당히 중요한 한 군데를 손봤습니다. 분량은 많지 않지만, 초판 때 자료가 있었고, 접어두었던 것을 지금 활용해서 참고했습니다.

기자 : 근황을 말씀해 주십시오.

선생님 : 2001년에 학교에서 정년퇴임했습니다. 화정에서 유쾌하고 살고 있습니다. 시간이 많으니까 옛날에 보던 책들을 되풀이 읽고 짧게나마 글을 쓰면서 지냅니다.

기자 : 선생님이 말씀하셨듯, 사회의 사건을 바탕으로 소설을 쓰셨고, 어떤 평자는 정치적 작가라고 하는데, 그에 대해 한 말씀해주십시오.

최인훈 : 그렇습니다. 내 속에서는 정치와 언어예술이라는 것이 얽혀 있어서 정치'와', 라는 말로 분리되지 않습니다. 학제 간의 전공의식이 너무 상식화되어버린 오늘날의 정신문화에서는 지난한 이야기처럼 들릴 수 있을지 모르겠습니다. 지금처럼 다원적인 시대에 어느 한두 개의 수사학만이 독점할 수 없게 됐습니다. 인터넷에서 이러구저러구하는 것도 마찬가지 아닌가요. 아침에 문 열 때, 저녁에 퇴정할 때, 공동묘지 담당 사무소에서 안내방송밖에 없다면 바람직하지 못할 것입니다. 그게 나는 불가능한 입장이 된 것 같아서 나에

게 뭐라하든 나는 괜찮습니다.

　기자 : 《광장》에서 쓰신 대로 지금도 그렇다고 생각하시는지요.

　선생님 : 근본적으로 다를 것 없겠죠. 수십 년 지났는데, 시효가 있다 없다 하는 그런 차원의 텍스트는 아니라고 생각합니다. 실제로 《광장》의 내용과 비슷한 사건, 자국불송환을 원하는 사건이 발생했어요. 소설이라는, 적어도 예술의 말석에 있는 장르에 있어, 현실과 달라 어색하지 않은가, 하는 말은 별로 실감이 없습니다

　기자 : 최근에 쓰신 건 없나요?

　선생님 : 2003년에 들어와서 〈황해문화〉라는 잡지에 〈바다의 편지〉라는 작품을 썼습니다. 그 작품이 큰 반향을 일으켜서 한국 문단이 발칵 뒤집어지리라 생각한 것은 아니지만, 관심을 더 가졌으면, 하고 바랐습니다. 〈바다의 편지〉 후 작품은 더 긴박하고 간명하다고 볼 수 있어요.

　기자 : 선생님 말씀 들어보니까, 거의 마지막 원고가 언어예술의 극한적 시도 같은데요. 소설이라는 장르라 보기 어려울 수도 있겠네요.

　선생님 : 그럴 수 있겠습니다. 내가 그런 형식으로 처음 주자는 아닐 거예요. 베케트 같은, 조이스의 《피네건의 경야》와 같은…. 그것은 영어권 사람들도 탐독 곤란한 거라 했으니까요.

　기자 :《광장》은 탈고까지 얼마나 걸리셨나요?

　선생님 : 한여름 걸렸어요.

　기자 : 구상이 있었나요?

　선생님 : 구상의 기억은 지금 없어요. 4·19가 충동질한 건 분명한데…. 4·19 이전부터였는지 잘 모르겠어요.

## 서울 법대 미졸업자

기자 : 서울대 법대는 왜 그만두셨나요?

선생님 : 그 당시 내가 형편없는 사람, 얼뜨기였기에 그랬어요. 백배 후회합니다. 법학 공부를 해갖고 다른 길로 안 갔다는 것을 후회하는 게 아니라 하다못해, 학교를 졸업이라도 해야 했어요. 부모님께 정말 죄송스럽습니다. 나는 아르바이트를 해서 고학한 적도 없어요. 박봉의 부모님께서 꼬박꼬박 등록금 내주시고 용돈까지 주셨어요. 내가 그 입장이라면 어땠을까 생각하면 너무 소름 끼쳐요. 내 부친은 거기에 대해서 가볍게라도 한마디 없으셨어요.

몇 년 전에 아버님이 한국에 오신 적이 있어요. 〈자랑스러운 서울법대인상〉이라는 것을 내가 탔어요. 서울 법대 졸업장보다는 못하지만, 모처럼 한국 나들이 나온 아버님께 상장을 보여 드려서 너무 좋았습니다. 이 나이 되도록 종교도 없고, 쓸쓸하다느니, 이 나이 되도록 무슨 세계관을 수립 못 해서 괴롭다느니 하는 것은 지금 내가 답한 그런 거에 비하면 아무것도 아닙니다. 남들은 못 해서 안달이던 공부를 안 하고 부모님이 기대하던 대학을 졸업 못 했던 것, 그것에 비하면요.

기자 : 선생님의 아버님께서 생존하시나요.

선생님 : 올해 나이 아흔여섯입니다.


## 통일과 평화의 문제

기자 : 월남 세대라는 입장에서 통일보다는 평화가 중요하다고 언젠가 말씀하셨는데요. 지금은 어떠십니까?

선생님 : 〈상황의 원점〉이라는 1980년대에 쓴 에세이에서 남북상

황을 말했죠. 거기서 내 견해를 얘기했어요. 남과 북의 분단국가가 오래오래 전쟁 없이 평화롭게 유지된다면 좋은 새끼 비둘기가 나올 것이라고요. 한쪽이 다른 쪽을 무력으로 설득하려는 방법을 하지 말고, 그런 미련을 다 끊어버리고 핏줄로서도 가장 가깝고 역사적으로도 가장 가까운, 남북이 같이 살아가는 방법을 찾자고 했죠. 덮어놓고, 남북이면 하나지, 하는 그런 것이 아닌, 절대로 싸우지 않는다는 국시를 양쪽에서 지키면서 남쪽은 남쪽 블록에서 가장 훌륭한 국가가 되고, 북쪽은 북쪽 블록에서 가장 훌륭한 사회주의 국가가 된다면, 결국 나중에는 하나가 되지 않겠는가 말이에요. 칼 하나가 되려 하지 말고, 노력한 결과, 평화라는 철학 속에서 날마다 새롭게 태어나는 그런 정치를 해서 전쟁 위험 없이 살았으면, 당대에도 좋고, 자손에게도 좋은, 그런 것 이상 방법이 있는가 하는 그런 말을 썼죠.

지금 내겐 어떤 정보도 없고, 일급의 평론가가 갖고 있는 특별한 루트도 없으며, 내가 무슨 실질적인 영향력으로 남북문제를 소신으로 밀고 나갈 혁명가도 아니어서요. 문학적 생활 속에서 남북문제를 바라본 것이에요.

출판사 대표가 선생님께 식사를 권하면서 기자간담회는 마무리하게 됐다.

# 최인훈 문학 50년을 읽다

## 2008. 11.

선생님 3차 전집 발간 기념 심포지엄에 다녀왔다. 선생님을 모시고 홍대앞 출판사 문화원에 갔다.

'최인훈 문학 50년을 읽다'라는 현수막이 걸려 있는 강의실 공간으로 들어서니 많은 사람이 선생님을 기다리고 있었다. 연구자와 애독자, 문화원 수강생들이었다. 나는 카메라 뷰파인더로 선생님을 주시했다.

심포지엄은 출판사 원년 발행인의 축사로 시작됐다.

### '최인훈학'의 진전을 위하여

최인훈 선생의 문단 생활 반세기를 즈음해서 15권의 새로운 최인훈 전집을 간행함을 축하드린다. 기회에 '최인훈 문학 50년을 읽다'의 뜻깊은 심포지엄에도 치하를 올린다. 본인은 지난 《광장》 40주년 기념 심포지엄에서 이제 우리 문학에서 '최인훈학'이란 주제를 설정할 수 있지 않겠는가라고 타진해본 적이 있다.

서지 목록에서 최인훈 작품들에 대한 박사—석사 혹은 학술지의 논문들까지 뽑아 모으면 최인훈 작품에 대한 연구 자료들은 누구보다 가장 높이 쌓일 것이다. 생존하고 있는 작가에게 연구 자료가 이처럼 많이 축적된 것은 보수적인 우리 국문학계에서 예외적일 정도이며 이것은 그가 우리 소설가 중 가장 활발한 접근과 분석, 아주 적극적인 평가와 명예를 받아왔음을 말해주는 일일 것이다.

최인훈의 장르를 넘나드는 창작의 면밀한 검토와 장르 간 비교 연구도 가능하다. 분단의 역사 문제부터 사랑과 구원의 인간적이고 종교적인 문제의 의미 분석도 이뤄져야 한다. 본인은 피카레스크, 패러디 등 실험적으로 모색한 여러 모더니즘적 방법들을 적극 평가한 적 있는데 그 수법들의 의미와 효과들이 재조명되어야 할 것이다. 그가 그의 모든 작품을 한글 문체로 고쳐 쓴 일도 깊이 음미 되어야 할 것이다.

이 자리를 빌려 '살아있는 고전'으로서의 최인훈의 문학과 작품들에 대한 후학들의 더욱 활기찬 연구 작업에 격려를 보낸다.

이어서 현 대표의 출간 경과보고가 있었다.

그리고 선생님의 답사가 이어졌다.

### 남북조 시대 작가의 의식의 서사시

이번 모임으로 언론에서 인터뷰 요청이 있었다. 그러나 나는 연구자나 주최 측을 취재하라고 했다. 이번 심포지엄의 주체는 최인훈이 아닌, 출판사와 비평가이기 때문이다. 그런데 생각해 보니, 이렇게 꾸준히 내 책에 관심과 홍보를 아끼지 않는 출판사에 대한 예의가 아닌 듯해서 지난번 기자간담회에 참석했다. 자리는 유쾌했고, 기사도 잘 발표됐다.

나이가 든다는 것이 참 괴상망측하다고 생각한다. 내가 노인 행세를 하는 게 옳은지, 연부역강(年富力强)하다는 자세가 좋은지 잘 모르겠다. 나 정도의 사람도 한국문학사에서 일정한 자리를 차지하고 있는 바에는 본인이야 뭐라고 생각하는지 몰라도, 무슨 말을 하는 것은 돌이킬 수 없는 자국을 한국문학사에 남기는 것이다. 그래서 선불교에서 하듯 말하지 않는 것이 제일 좋다고 생각하는데, 그럴 수는 없을 것이다.

아까 축사를 해 준 김 선생님과는 참 오랜 인연이다. 1960년대 〈동아일보〉 기자 때 나를 취재했다. '의식의 서사시'라고 내 세계를 표현했는데, 내 문학이나 내 사고방식을 잘 표현했다고 생각했다. 그 서사시의 주격을 인간으로 표현하지 않고 의식으로 표시한 것이 전폭적으로 아주 막강한 무기로 자리를 만들어 준 것이었다. 그 이후에도 쭉 그런 관찰자였고, 1994년 《화두》 출간 직후에 쓴 논평을 이번에 《화두》 새 전집판에 재록하는 것으로 허락해 주셨는데, 그것 역시 '남북조 시대 작가의 의식의 서사시'라고 했다.

예술은 무엇이라고 생각해야 하는가. 그것이 나한테는 큰 '화두'이다. 나는 '인간의 메타볼리즘의 3형식'이라는 도표에 의한 논문을 발표한 적이 있다. 거기서 예술에 대한 정의와 예술의 갈래, 예술가의 의식의 서사시적 표현과정을 말해놓았다. 수학식으로 표현했는데, 이를테면 어떤 특별한 강박증 소지자였던, 의식 관찰 작업자가 남겨놓은, 그것만으로 특별한 가치가 있는 것을 하겠다는 의지의 표시였다.

마지막으로, 고맙다는 인사를 거듭 드린다. 감회로운 세월에 이런 자리를 만들어 주신 출판사와 그 출판사 자신의 몸이기도 한 김 선생에게 감사를 드린다. 그리고 심포지엄에서 발표를 맡은 연구자 여러분들에게 고마움을 표한다.


선생님 말씀이 끝나자 '최인훈 문학 50년을 읽다'의 심포지엄, 발표와 토론이 진행되었다.

21세기에 다시 읽는 최인훈 문학의 문제성이라는 기조 강연이 있은 다음,

  − '광장', 탈주의 정치학

  − 〈총독의 소리〉와 〈주석의 소리〉에 관한 몇 개의 주석

  − 역사라는 이름의 카오스(서유기론)

  − 비판의식과 문학적 상상력(소설가 구보 씨의 일일론)

  − 자발적 무지, 억압된 것의 귀환, 부활의 길(태풍론)

  − 현실의 流形人, 인식의 世界人, 그 가역반응(화두론)

  − 새로운 세계질서라는 꿈(에세이론)

  − 설화적 형상을 통한 인간의 새로운 해석(희곡론)

순의 발표와 토론이 이어졌다. 토론 중, 나는 선생님을 모시고 화정으로 돌아왔다.

# 아이덴티티 이론의 구조

## 2009. 1.

그동안 써놓은 〈최인훈 작품론〉을 모아 단행본으로 출간했다. 선생님께 새해 인사하면서 드리고 왔다.

선생님은 그동안 주례를 섰던 사람을 모두 알겠는데, 어떤 시점의 부분만 기억이 안 난다며 물으셨다. 나는 내가 대개 알고 있는 사람들의 이름을 말씀드렸다. 모두 겹치는데, 한 사람만 가물가물하다고 하신다. 나는 혹시나 해서 지난 조교를 핸드폰 전화번호에서 찾아

전화를 넣어 보았다. 맞았다. 선생님께서 기억이 안 나는 사람은 지난 조교였다.

3차 전집발간 기념 심포지엄의 분위기에 대해서도 물어오셨다. 나는 출판사 대표님의 축사와 선생님의 답사가 좋았다고 말씀드렸다. 선생님은 당신의 답사를 정리해서 원고로 만들어달라고 하셨다. 나는 그렇게 하겠다고 했다. 그리고 심포지엄에서의 〈광장론〉 발표를 잘 들어보았냐고 물으셨다. 나는 잘 들었다고 답했다. 특히 지난번에도 물으셨던 상징계와 실재계에 대해 또 물으셔서 같은 대답을 했다.

# 독후감

## 2009. 1.

선생님께서 전화해 오셨다. 세배 때 드렸던 나의 단행본, 《아이덴티티 이론의 구조》에 대한 독후감이었다.

수화기 너머로 들려오는 선생님의 목소리는 높았고, 호흡은 가팔랐다. 나는 수화기를 귀에 붙이고 말씀을 빠르게 정리하며 질문에 답해나갔다. 나의 귀와 손은 선생님 말씀보다 뜨겁고 바빴다. 정월, 한겨울인데도 땀이 맺혀 노트에 떨어졌다. 지난번의 가르침과 겹치는 부분이 있어도, 나는 처음 듣는 것처럼 응했다.

— 자네 책을 보니까 즐거워서 이렇게 전화해본다. 좋은 일 했어. 읽어 보니까 틀린 곳이 없어. 책의 2부를 내가 특히 몇 번 읽어봤다. 내 예술론을 적용하는 부분, 그 원리가 잘 원용되고 있다고 봐. 그

게 목적이고 그래야 말이 되니까. 104쪽, '은혜가 죽음으로써 환상주체를 온전히 지니지 못하게 되는 결말에 이르고 있다.' 그 부분은 잘됐는데, 그다음 페이지, 첫 문단의 끝 '환상주체로서의 깊은 인식의 기쁨을 주고 있다.' 이제 그 두 문구는 상반되는데, 왜 그런가?

— 첫 번째 문장은 주인공 입장이고, 나중 것은 독자의 것으로 생각하자는 의미입니다. 작가가 인물을 통해서 그렇게 환상주체를 지니지 못하게 함으로써, 독자한테는 더 깊은 환상주체의 기쁨을 준다는 의미입니다.

— 나는 여기가 상당히 잘돼 있다고 생각해. 이 의미를 그렇게 알아채는 독자가 몇 명이나 될까, 걱정스러워서 그러는 거야. 상당히 절묘하게 원리가 응용되고 있어. 외부적인 파블라로만 《광장》의 서술을 읽으면, 마지막에 주인공은 그야말로 죽음으로써 환상주체에 들어서지 못하게 되는 거 아니야. 자살한다는 게 그거지. 희망이 없는 거지. 끝장인 거야. 그러는데, 나중에 '환상주체로써의 깊은 인식의 기쁨을 주고 있다'는 자네 말에 의하면 서사이면서 묘사이고, 객관적인 기술이면서도, 1인칭적인 자기중심이기도 하고, 또 아라야식, 말야식 같은 것으로 한다면, 바깥으로만 보는 냉정한 눈에서는, 마치 이명준의 마지막 모습이 말야식을 가지고 가는 것처럼밖에는 볼 수 없을 거 아냐. 인생의 실패자지. 그러나 그것을 묘사한 작중화자의 입장에서 볼 때는 아라야식에 도달했다 이거지. 그러니까 웃는 거 아니냐는 표현. 말야식이라면 울면서 가야지, 왜 웃겠어. 여기서는 무의식으로부터 해방돼 올라온 거지. 자네가 예술론의 원리라는 칼을 가지고 해부를 잘하고 있더라고. 그리고, '환상주체와 환상객체와 합일되는 순간이다'라는 표현이 적절하다고 생각해.

― 선생님의 이론을 응용해 보았습니다. 독자들이 마지막 문장을 읽고 난 다음 떠오르는 이미지가 그럴 것이라는 판단이었습니다. 이명준은 현실의 인간이 아니라, 텍스트 상의 시적인 이미지처럼, 모든 말야식적, 현실적 속박에 의해서부터 벗어난 사람이 된다는 것입니다. 그것이 환상객체. 그런 환상의 의식상태가 DNA∞이고 그것이 주인공의 의식이면서 독자의 의식이라고 본 것입니다.

― '독자 또한 이러한 문장을 읽으면서 환상표현주체로 올라서게 된다'라는 부분이 그렇다고. 이제까지의 〈광장론〉에서 마지막 장면을 이렇게까지 분명하게 해부해서 보인 경우는 드물어. 막연하게 가까운 분위기로 파악한 논문이 몇 개 있지만, 논리적으로 이렇게 딱 부러지게 말한 논문은 일찍이 없었어.

― 선생님의 DNA−DNA′−DNA∞가 논문을 체계적으로 쓰기에 편리하게 해 주었습니다. 독자의 환상주체가 이명준으로부터 씌운 것이라 봅니다.

― 그렇지. DNA라는 칼로 이렇게 비프스테이크를 딱딱 잘라내면서, 이 부분은 삼겹살층이다, 이 부분은 지방층이다, 하고 이야기할 수 있게 된 거지.

― 선생님의 예술론이라는 칼과 역사인식을 따라가려다 보니, 선생님의 표현까지 따라가게 됩니다. 오랜 시간 선생님을 뵈어오면서 작품과 이론을 섭렵하니 논리의 정합성도 높아지는 듯싶습니다.

― 아무튼 여기서는 바깥으로 보면, 이명준은 자기 문제를 해결 못 하고 가는 거 아냐? 기술주체로서도 실패한 인생으로 끝나려는 순간이고. 자네도 앞에서 말한 것처럼, 바깥으로만 보는 말야식, 소승적인 입장에서는 애인도 이미 죽어버렸으니까. 사랑에도 실패한

인간이 아니냐, 돈에 속고 사랑에 울고 식으로 한다면, 역사에 패배하고, 사랑에 비극적으로 실패하고 그런 것이지. 여기서는 원래 작품의 미학적 의미는 그게 아니고, 사랑의 승리자로 가는 거야. 그러나 바깥에서 보기에는 닫힌 역사의 지평에서 실존적인 불행도 한 개의 양수에 다 불행만을 가지고 익사해 버리는 그런 사람이 되는 건데, 작품의 미학적 차원에서는 전부 승리한 영웅인 거지. 보통의 센티멘털한 대중소설처럼 값싼 무슨 주관적인, 자기 기분만으로 역사에서도 이겼다고 하는 화장은 여기선 하지 않는다는 태도지. 제일 마지막 페이지에 필자의 대담을 끌어대서, 자기가 4·19 같은 역사의 위대한 승리를 만나지 못했더라면, 가면고와 같은 내면적인, 동양의 고전적인, 자기 해탈의 과정만을 뒤쫓는 그런 타입의 작가로 가지 않았을까 하는 자네의 추측도 좋은 문장으로 보인다.

선생님의 말씀은, '이명준의 착란과 같은 행동은 집필 당시, 열려 있지만 주인공에게는 닫혀 있을 때, 역설적인 의미에서 분열'이라는 문장을 두고 하시는 것으로 들렸다. 나는 어느 작품에서든 주인공의 마지막 행동에 대한 작가의 판단에는 정답이 없다고 보는 편이다. 설정해 둔 주제나, 작가의 세계관이 확고하다 할지라도, 작품을 쓸 당시의 분위기, 그때 작가의 감정상태, 컨디션 등이 결정하게 한다. 이명준의 죽음에 대한 여러 해석이 모두 맞을 수 있지만, 모두가 완전히 옳다고는 볼 수 없다. 작가 또한 뭐라 결정적인 발언을 할 수가 없다. 그는 집필 당시 그런 장면이 떠올랐고, 그 상황을 적었을 뿐이다. 그 이후, 합리적인 변을 해보일 뿐, 창작 당시의 그 충동과 흥분에 버무려져 나오는 표현을 똑같이 경험하는 것은 거의 불가능하다고 본다.

　— 단행본은 글씨가 작아 잘 보이시지 않을 텐데, 눈이 피로하시 겠습니다. 선생님께서 잘 봐 주시면 저는 좋은데, 선생님 피곤하실 까 걱정됩니다.

　— 나는 괜찮다. 이 책은 우리 같은 창작자들에게 창작하는 마음을 명증하게 정리해 준다는 의미에서 중요하지. 음악과 학생들이 악전 이라는 것을, 음악이론이라는 것을 배울 거 아냐. 음악이론을 배운 다 해서, 아름다운 멜로디가 그 사람 머리에서 나와준다는 보장을 못 하지만, 그래도 안 배우는 것보다는 낫지. 빠르게 이해할 수도 있고.

　— 선생님 이론이 음악에서 화성기법이라고 할까요. 대위법이라 고 할까요. 그런 것처럼 보여지게 되기를 바랍니다. 더 선명하게 정 리해 나가겠습니다.

　— 악전이론과 실제 작곡은 다른 층위겠지만, 이론의 한계 안에 서는 마치 작곡이 가능한 것처럼 논리가 첨예해야겠지. 그리고, 〈태 풍론〉도 좋았다. 그런데, 문명주체와 환상주체가 흔들리는 모습도 있더구나. 오토메나크의 경우, 오토메나크의 나파유주의가 잘못됐 다고 하는 것은, 상대적으로 더 합리적인 에로크주의를 택해야 할 그런 땅 위의 운명에 있는 사람이기도 하지만, 나파유주의를 마치 DNA∞처럼 착각했다고 말하면 잘못이라는 거야.

　— 애로크주의나 나파유주의나 모두 DNA'로 생각하는데, 제가 나 파유주의라는 DNA'가 그릇된 이데올로기라는 생각에서 그런 표현 을 했던가 봅니다. 저는 모든 주의는 종교가 되면 잘못이라고 생각 하고 있습니다. 선생님의 '유토피아의 꿈'이라는 표현처럼 말입니다.

　— 그것은 맞다. 어떤 '주의'라도 DNA∞는 아니야. 그렇게 될 수가

없다는 게 내 이론이지. 그런데 오토메나크가 DNA∞에 있는 것처럼 해설돼 있는 부분이 있어서 하는 말이야.

— 저는 《광장》 이명준의 행동 후 오토메나크의 선택이 달라보여서 DNA이론에 대입해보자는 취지였습니다.

— 주의를 짓자는 것은 좋지만, 자네 말처럼 어떤 좋다는 주의도 주의일 뿐, DNA∞는 아니라는 것이지. 인간의 구원은 DNA∞에 있다. 즉 예술만이 인간을 구원한다는 것이지. 그러니까, 자네는 지금 예술을 주장하고 있느냐, 아니면 문명인으로서의 이상주의를 주장하고 있느냐 하는 데서 착오가 있는 거야. 사랑의 문제, 에로티시즘도 일견 그와 비슷해. 우리가 에로티시즘과 맞먹을 수 있는 애국심이나, 에로티시즘과 비견할 수 있는 예술적인 감동을 만들기는 상당히 힘들지. 공자님도 그랬잖아, '공부를 여자보다 기쁘게 생각하는 사람을 만나기는 힘들다'라고.

—《태풍》에는 DNA이론을 딱 재단해서 넣기가 좀 어려웠습니다. 이명준과 오토메나크라는 주인공의 상황에 맞추려다 보니 그런 결과가 나왔는데, 작품 전체의 분위기나 서사 진행의 측면, 혹은 카르노스라는 인물의 이미지를 부각하면 가능할까 싶습니다.

— 자네가 앞으로 더 잘하리라 본다. 나보다는 응용력이 좋아 보이니까. 자네 문장도 상당히 세련돼 있어. 말도 안 되는 것을 비비 꼬는 논문들이 얼마나 많은데, 그런 엉터리 문장으론 안 돼. 유행하는 옷자락을 이리저리 꿰맞춘 문장들, 그런 게 없어야지. 그냥 밥을 먹듯이 쓴 문장임에도 불구하고 완벽하게 생각한 끝에 나온 순한 문장이 나는 가장 좋은 문장이라고 생각해. 그런 의미에서 〈서유기론〉은 문장이 좋다. 이 논문이 이지적 에세이로서도 훌륭한 저작이 됐

다고 생각해. 자네의 사색이 내 의도대로 잘 따라왔다는 증명으로 나왔으니까. 이제 됐다. 정말 좋은 얘기야. 제자가 수천 명 있으면 뭐하냐, 이론을 계승하는 제자가 진정한 제자지. 선생에겐 수천 명 제자 앞에서 떠들어도 그걸 받아서 다듬고, 이름 붙일 때는 이름을 붙이고, 걸어가는 사잇길을 내고, 품종 씨앗을 만들어내는 그런 제자가 있어야 좋은 거지. 잘됐어.

— 그동안 많은 사람들이 미학, 예술철학을 해놨는데, 우리 고유의 자생적인, 예술론, 예술철학, 창작의식을 선생님처럼 이렇게 섬세하게 파고들어간 적은 없다고 봅니다. 저는 앞으로 더 쉽고 정확하게 설명해나가야 하리라 생각합니다. 이런 작업이 소중하고, 가치 있다고 독자들도 알아주길 기대할 뿐입니다.

# 백내장 수술

## 2009. 2.

선생님께서 백내장 수술을 하셨다. 며칠 눈이 흐릿한 것 같아 병원에 갔더니 백내장이라는 진단결과가 나와 수술 날짜를 예약해 두셨단다. 나는 전화를 받고 아침 일찍 일산병원으로 갔다.

일곱 시인데도 안과에는 사람이 많았다. 대개 백내장 수술환자들이었다. 보호자들과 앉아서 스마트폰으로 백내장 정보에 관해 찾다 보니 선생님과 아들, 그리고 사모님이 오셨다. 선생님은 긴장해 있었다. 눈은 예민한 부분 아닌가, 책을 더 봐야 하는데, 라고 선생님이 낮게 말씀하셨다.

선생님께서 외래에서 시력 확인, 동공확대 약물 투여 등을 받고 환자복으로 갈아입으셨다. 수간호사에게 수술에 대한 유의사항을 들으시고, 환자복으로 갈아입고 나오셨다. 나는 상기되어 있는 선생님 표정을 보고 혈압약을 드셨냐, 물어보았다. 안 드셨다는 뜻으로 고개를 가로저으셨다. 수간호사에게 그 사실을 전하고 수술실로 들어가는 선생님을 배웅했다.

20분 정도의 수술이 끝나고 선생님은 안정실로 오셨다. 내게 항생제 반응검사에 대해 물으셔서 나는 수술 시 반응 없는 사람에게는 투여하지 않는다고 간단히 답해 드렸다. 그런 이야기가 수술실에서 있었나 보았다. 선생님은 내 대답을 듣자마자 눈을 감고 주무셨다.

40분 정도 있다가 집으로 돌아왔다.

돌아오는 길에 우주복을 입은 우주인의 모습을 '문명의 태'라고 비유한 선생님의 에세이가 생각났다. 수술복을 입고 수술실로 들어가는 선생님의 뒷모습이 어른거렸기 때문인지도 모르겠다. 선생님은 20세기의 태(胎)처럼 보인다.

우주복과 우주선에 들어 있는 '사람'의 모습처럼 눈물겨운 것은 없다. 얼마나 잘 보호되어 있는가. 춥지 않게, 덥지 않게, 눌리지 않게, 심장이 압박받지 않게, 해로운 광선이 뚫지 못하게, 우주 캡슐이라 부르는 모양인 그 상자는 꼭 '胎'처럼 보인다. 우주 캡슐은 문명이란 것을 즉물적으로 표현한 모형 같은 것이다. 사람이 '문명의 태' 속에서 살고 있다는 것을 그처럼 한눈에 보여줄 수가 없이 보여준다.[212]

# 〈한스와 그레텔〉

## 2009. 5.

스승의 날 주간이어서 선생님을 뵈려고 전화를 드렸는데, 선생님께서 연극을 보러 가자고 하신다. 나는 선생님을 모시고 동숭동 아르코극장에 갔다. 소극장이어서인지 관객이 빼곡 들어차 있었다. 나는 연출자가 안내해 준 좌석에서 앉아 선생님 곁에서 〈한스와 그레텔〉을 관람했다.

이 희곡은 그림 형제의 동화 〈헨젤과 그레텔〉에서 원용한 작품이다. 계모가 숲속에 버린 헨젤과 그레텔을 히틀러의 비서 한스와 그리고 그의 아내 그레텔로 변화시켜 드라마화했다. 선생님의 희곡은 설화와 전설을 변용한 것이 많다.

유대인 학살의 책임에 대한 비밀을 알고 있는 한스는 30년 동안 감옥에 유폐돼 있다. 감옥에서 렌즈를 닦는 한스의 연기가 출중했다. 한스 역의 배우가 좀 불쌍하다는 생각도 들었다. 그의 방백이 많은 희곡이었는데, 어떤 방백은 하나의 문장이 세 페이지에 걸친 것도 있었다. 그 대사를 외느라 얼마나 고생했을까, 생각하면 참으로 배우가 대단하다는 생각이 들었다.

관람을 마치고 선생님께 그런 말을 하니, 선생님께서, 한 번 정도 쉬게 해 줄 걸, 하시며 배우에게 미안해하신다. 로비에서 연출자와 선생님이 대화를 나눌 때, 제자가 멀리서 인사를 해온다. 지난번 선생님의 《바다의 편지》 독후감을 감동 있게 쓴 제자다.

# ⟨어디서 무엇이 되어 만나랴⟩

## 2009. 7.

⟨어디서 무엇이 되어 만나랴⟩를 관람했다. 명동예술극장 재개관 기념 공연이다. 선생님께서 오라고 하셨다. 내가 모시려 했는데, 극장 측에서 사람이 왔다. 원작자에 대한 예우였다. 선생님과 사모님, 그리고 나는 극장 측 승용차로 명동예술극장에 갔다.

명동예술극장에 내리니, 선생님의 딸과 큰손녀가 와 있었다. 나는 팸플릿과 선생님의 희곡집을 샀다. 극장 크기 때문인지, 지난 ⟨한스와 그레텔⟩ 연극보다는 사람이 적어 보였다. 자리에 앉으니, 희곡집을 출판한 회사 대표가 왔다.

나는 선생님의 희곡을 모두 읽은 터라 내용을 잘 알고 있었다. 특히 이 연극은 학교 재학 시절, 연극과 학생들의 공연으로 본 기억이 있다.

꿈속 같아요. 지금껏 살아온 게 모두 꿈속 같아요 … 지금 꿈속 같아요. 꿈에 본 일을 생시에 그대로 당하면 놀라지 않겠어요?[213]

아까부터 나는 꼭 꿈을 꾸는 것 같았지요. 그 옛날 아버님께서도 온달에게 시집 보내신다던 그 말이 이렇게, 이렇게 이루어질 줄이야 …… 인연이요, 업이라고 하셨지요? 이게 인연이요 업이 아니고 무엇 입니까? 하필이면 이 길목에 온달의 집이 있고, 집을 나온 내가 여기서 발길이 멈춰지다니….[214]

〈어디서 무엇이 되어 만나랴〉는 선생님 희곡의 초기작이다. 《삼국사기》 열전에 나오는 온달 이야기를 패러디한 희곡이다. 이 작품은 선생님의 주요 소설 〈구운몽〉, 《서유기》, 《회색인》의 에피소드에서 자주 보이는 '꿈' 관련 대사가 많다. 꿈이 현실이고 현실이 곧 꿈이 되는 경지는 불교의 무아론, 연기설과 맞닿은 주제로 보인다.

장군은 꿈속에서 맺으신 백년가약을 생시에 당하시고 평생을 그 꿈이 이어진 것으로 생각하셨지요. 장군이 그렇게 말씀하시더군요. 그 꿈이 잊히지 않는다고 그 꿈속에 아직 사는 것 같다고요.[215]

원래 설화에서 평강공주는 인연에 따른 지아비에 충실하는 인물 이지만, 선생님의 극에서는 자신의 복수를 위해 온달을 이용하는 마녀와 같은 인물로 나온다. 꿈에서 헤매는 듯하면서 현실의 욕망 충족을 얻으려는 인물로 그려진다. 꿈과 현실의 구분 없이 살아가는 공주는 어쩌면 끝없는 욕망을 향하는 우리 현대인의 모습일지도 모르겠다.

관람을 마치고 관객과 원작자의 만남 시간이 있었다. 최인훈 선생님이 극 무대에서 관객들의 질문에 응하는 형식의 시간이었다. 관객들은 바쁜 일이 있다는 듯 극이 끝나자마자 많이 빠져나갔다.

관객 : 선생님의 희곡은 시적 표현이 많습니다. 하지만 공연에서는 잘 발휘되지 않는 것 같습니다. 그에 대한 원작자의 의견을 듣고 싶습니다. 특히 서막 부분은 너무 안일하게 연출한 느낌입니다. 어떠신가요.

선생님 : 나는 희곡을 음악에 비유하자면, 작곡가의 악보라 생각합니다. 연출자는 오케스트라 지휘자이고요. 모든 스텝은 연주자라 하면 되겠습니다. 연출자의 의견은 악곡 해석에 따라 다를 것입니다. 시처럼 표현하기 어려울 텐데…. 연출자의 몫이라고 생각합니다.

관객 : 선생님의 소설 주인공은 모두 사유적인데, 희곡은 그렇지 않습니다. 그런 인물을 다룬 희곡을 쓰실 의향은 없으신가요.

선생님 : 〈한스와 그레텔〉을 보셨는지 모르겠는데, 그 작품의 주인공은 대단히 사유적입니다. 너무 사유적이어서 문제가 되기도 합니다.

관객 : 마지막 장면에서 반드시 공주를 죽일 필요가 있었는지요.

선생님 : 지금은 어떻게 보일지 모르겠지만, 그 당시엔 그 결말이 최선이었습니다. 베토벤과 모차르트에게 마지막 악장을 왜 그렇게 처리했는가, 라고 묻는 것과 같은 맥락이라고 보면 되겠습니다.

관객 : 근황은 어떠신가요. 창작은 계속하시는지….

선생님 : 예술가에게 은퇴란 없습니다. 예술의 훈기가 오면 씁니다. 지금은 훈기를 기다리고 있습니다.

관객과의 대화 시간이 끝나고 희곡집 사인회가 있었다. 사인회에서 선생님께서 사인하고 손녀가 도장을 찍었다. 선생님 사인회까지 마치니 모든 일정이 끝났다.

선생님과 가족, 그리고 나는 화정으로 가서 커피를 마시며 연극에 대한 이야기를 나눴다. 선생님이 내 의견을 물어오셔서 나는, 서막이 급하게 진행된 것, 여인의 하늘 승천 장면이 희미했던 것, 온달 모의 기절, 거문고 타는 장면, 사랑 장면 등이 없었다는 것을 말씀드렸다. 선생님께서는 공주의 발랄한 연기를 문제 삼으셨다. 온달 장군이 죽었을 때, 공주가 슬퍼하지 않는 것은 이상하다고 말씀하셨다. 사모님은 의상이 너무 어두웠다고 하셨다.

나는 집으로 돌아와 언젠가 선생님께서 말씀하셨던 희곡에 대한 경희대 석사논문을 국회전자도서관에서 찾아 읽었다. 그는 논문에서, 최인훈은 개인의 자유를 용납 못하는 이데올로기에 대한 비판으로 희곡을 창작해냈다고 한다. '민중을 억압하는 전체주의'를 비판하면서 개인의 자유로운 의사를 존중하는 휴머니즘에 바탕을 둔 희곡이라 의미 부여하고 있다.


# 연극 관람평

2009. 7.


아내와 아이가 〈어디서 무엇이 되어 만나랴〉를 보고 왔다. 선생님께서 주신 초대권을 이용한 관람이었다. 중학교 일 학년 딸아이는 마지막 장면을 보고 울었다고 한다. 눈이 내리는 벌판에 온달 모가 조용히 무대 중앙으로 나오는데 눈물이 쏟아졌다고 한다. '온달 모'역을 맡은 배우 연기가 훌륭했다. 그녀의 존재가 무대를 무겁게 채우고 있었을 것이다.

아이가 연극 제목이 왜 〈어디서 무엇이 되어 만나랴〉인지 물어서 나는 고민하다가 불교의 연기설에 대해 말해주었다. 아이가 이해했는지 어땠는지 몰라도 나는 여러 비유를 들어 이야기해 주었다. 이야기를 지어내는 사람들은 그에 대해 잘 알고 있는 것이 좋으리라고 말했다. 최인훈 선생님은 아주 잘 알고 계시리라고 덧붙였다.

나는 아내의 소감도 물어보았다. 서막에서 주제가 포괄적으로 나오는데, 이번 공연은 너무 소홀히 처리한 느낌이라고 아내가 말했다. 관객들이 희곡집을 많이 사 가고 있단다.

저녁에 선생님께서 전화로 물어오시어 나는 아이와 아내의 관람평을 전했다. 선생님께서 아이가 기특하다고 하신다. 나는 올해 들어 중단편소설을 네 편 썼다. 지금도 쓰는 중이다. 발표 지면이 마땅치 않아도 시간이 날 때마다 썼다. 가족에 관한 이야기다. 내 체험도 반영되었지만, 소설이고, 허구다. 선생님께서 쓴 것을 보여달라고 하셔서 지난여름에 보여 드렸다. 좋은 소설이라고 하신다.

# 동랑극단

## 2009. 11.

학교에서 동랑극단 재건 기념으로 〈옛날 옛적에 훠어이, 훠이〉를 공연한다는 현수막을 보았다. 수업을 마치고 집에 돌아오자마자 선생님께 전화를 드렸다. 공연 소식을 전하니, 물론 알고 계셨다. 내가 모시고 가겠다, 하니 선생님께서는 연출가가 당신의 의견을 반영하지 않는다고 공연 보는 문제는 생각해 보겠다고 하신다.

선생님께서 내 불안정한 생활에 대해 안쓰러워하시는 기운을 전해 받을수록 나는 점점 초라해지는 기분이 들었다. 실은 아내와 딸아이에게도 미안한 나날들이었다. 소설가로 이름이 있는 것도 아니고, 박사학위 취득했다고 정식 교원으로 임용되지도 못했다. 시간에 떠밀리듯 쫓겨가는 세월의 시간강사, 봄과 가을에만 차비와 식사비 정도의 돈을 버는 강사 생활이 언제까지 계속될지 몰랐다.

밤에 선생님으로부터 전화가 왔다. 선생님은 드라마센터에 안 가시겠다고, 사모님과 함께 연극을 보러 가라고 하셨다. 보고 나서 관람평을 전해달라고 말씀하시고 전화를 끊으셨다. 내 창작은 내가 하는 것이고, 내 길은 내가 가야 하리라는 생각이 들었다.


비전이란 적극적인 것이지요. 전에는 무엇인가가 '밖'에 있다고 생각해서 자의의 밖에서 그것을 찾으려고 '탐색의 순례'를 했었는데, '그러나 그것은 그렇지 않다, 밖에서 찾을 수 있는 게 아니라 결국은 자기 자신이 만들어야 하는 것이다.'라는 것을 깨닫게 되었어요. 그래서 찾는 것이 아니라 '자기 손'에 '지금' 닿는 것을 가지고 '무언가를 만들려고 하는' 입장으로 바뀌었어요. 찾는 입장에서 만드는 입장으로.[216]

# 아기 승천

2009. 11.

사모님을 모시고 드라마센터에 갔다. 드라마센터 로비에 가니 옛 조교가 달려와 사모님을 모시고 갔다. 옛 조교의 딸이 〈옛날옛적에 훠어이, 훠이〉 여주인공을 맡았다. 그녀는 아직 고등학생이지만 배우다. 어릴 때부터 드라마에서 아역을 맡아와 연기가 괜찮았다. 연극 무대 경험이 적어서 그런지 발성은 약했다. 아내 역을 그런대로 해냈다. 아기장수 설화를 바탕으로 정치가 어지러웠던 시기의 민초들의 삶을 환유하고 있는 작품이어서 배우들의 현실감 넘치는 연기가 중요했다. 특히 비루한 시절을 살아가는 우리의 어머니, 아버지 역할이 중요했다. 말더듬이 남편은 제대로 보여주는 것 같았는데, 어머니가 자연스럽지 않은 느낌이었다. 아직 배우가 어렸기 때문으로 보였다. 그럼에도 애쓰는 모습이 좋았다.

관람을 마치고 화정으로 오는 중에 선생님이 사모님께 스마트폰으로 전화를 걸어오셨다. 통화내용을 짚어보니 행사 분위기, 연출에 대해 물어보시는 모양이었다. 사모님은 웬만했다고 하셨다. 나는 사모님을 댁 앞에 내려 드리고 집으로 왔다. 집에 도착해서 선생님께 전화했다. 선생님께서 연극 감상평을 듣고 싶어 하셨다. 나는 솔직히 말씀드렸다. 아내의 발성이 약하고, 음악이 퓨전이어서 신선했지만, 좀 스산했고, 끝 장면, 아기장수의 승천 무대가 어색했다는 의견을 냈다. 선생님께서는 그럴 것이라고, 당신께서 원작에 충실함을 원했는데, 잘 지켜지지 않았다고 말씀하셨다. 연출가는 나름 재해석하여 새로움을 보여주고 싶었던 모양이라고 말씀드렸다. 뮤지컬 요소를 넣으려 시도한 느낌이었다.

인생에는 연습이 없고 따라서 인생을 노래와 춤으로 이룰 수는 없습니다. 그러나 우리는 말과 움직임을 노래와 춤처럼 살고 싶다는 것은 사람의 큰 바람이기 때문에 비록 삶의 한 부분이나마 우리는 말과 움직임을 노래와 춤으로 살고 있습니다. 이것이 예술이라 불리는 것입니다.[217]

# 국가 브랜드

## 2009. 12.

최인훈 선생님의 연극 〈둥둥 낙랑 둥〉이 문화계의 국가브랜드 작품으로 선정됐다고 한다. 나는 화분을 들고 선생님께 축하 인사를 올렸다. 화정 선생님 댁 거실에 잠깐 앉았다가 곧장 국립극장으로 출발했다. 오늘 공연을 보러 문화부장관이 온다는 연락을 받으셨단다. 선생님께서 굳이 장관 오는 날 관람하실 필요는 없지만, 국가브랜드 공연의 혜택에 대해 장관의 설명을 직접 듣고 싶어 하셨다. 나는 선생님 사인이 담긴 《광장》과 '희곡집'을 들고 따라나섰다. 옛 조교의 차량을 이용했다. 조교가 와서 기다리고 있었고, 배우 딸도 함께 있었다. 사모님과 선생님, 그리고 나와 배우 딸까지 한 차에 올라 국립극장으로 향했다.

극장에 도착하니 관계자가 아래층으로 안내해 준다. 문화부장관이 있는 테이블 곁이었다. 선생님은 장관 테이블로 가시어 장관에게 인사를 했다. 장관은 배우 경력이 있었다. 지금의 대통령을 극화한 드라마에서 극중 대통령 역을 맡아 열연했다.

선생님이 내 손에 든 책 서류봉투를 장관에게 건네며, 내 희곡을 장관이 연출하시면 좋으리라 봅니다, 하고 말씀하셨다. 장관은 최인훈 작가님을 존경하고 있습니다. 꼭 연출하겠습니다, 라고 했다. 두 분은 환하게 웃었다. 선생님은 정작 장관한테 물어보리라 했던, 국가브랜드공연에 관해서는 지나치고 말았다. 국가브랜드공연에 대해 인터넷으로 찾아보니 일반 국민의 교양 함향에 의의 있는 작품을 국립극단에서 지정하고 국가에서 공연을 지원하는 작품을 뜻했다. 지난번에는 〈태〉가 선정돼 국립극장에 올려졌다.

# 〈둥둥 낙랑 둥〉
## 2009. 12.

아내와 아이도 〈둥둥 낙랑 둥〉을 보았다. 사모님과 선생님도 면밀히 보고 싶다 하시어 함께했다. 눈이 많이 내렸다. 밤사이 내렸나 본데, 그 위에 쌓이고 있어 길은 미끄러웠다. 이렇게 많은 눈은 처음이었다. 내리는 눈 위로 사람들과 차량이 기어가고 있었다. 국립극장을 오르는 도로 위에 서너 대의 차량이 멈춰 있었다. 헛바퀴만 도는 차가 눈에 묻혀 서 있었다. 내 차도 몇 차례 흔들렸지만 간신히 극장에 올라섰다.

낙랑의 북아 나 또한 지금 와서는 너의 마음과 같다. 너를 울게 하고, 네 울음소리를 들으며, 내 나팔을 울렸어야 했을 것을, 그랬 다면 내가 사랑한 사람의 머리를 건질 수도 있었을 것을 … 낙랑의 북아 네가 지키고자 한 사람의 손에 찢긴 낙랑의 북아, 내 네 소리 를 듣기가 소원이노라, 네 소리와 고구려의 나팔 소리가 어울려 울 리는 속에서 하늘의 뜻을 물어볼 수만 있다면, 낙랑의 북아.[218]

힘 있고 아름다운, 시와 같은 작품이다. 관람을 마치고 댁으로 가 는 중에 감상을 물으셔서 연출의 몇 가지 아쉬운 점을 말씀드렸다. 굿하는 장면, 영혼결혼식이라는 에피소드는 좀 어색했다. 〈둥둥 낙 랑 둥〉의 천재적 발상은 공주의 쌍둥이 설정이고, 주제는 《광장》과 닮았다고 말씀드렸다. 선생님께서 딸아이에게도 감상을 물으셨다. 난쟁이가 불쌍하다는 딸아이의 말에 선생님께서는 '가장 뛰어난 감 식안'을 가졌다고 몇 차례 말씀하셨다.

# 함북문화상
## 2010. 3.

선생님께서 전화하시어 근황을 물으신다. 나는 소설을 쓰는 중이라 고 말씀드렸다. 수고하라며 끊으시려다 오늘 특별한 일이 있었다고 말을 이으셨다. 서울 구기동에서 〈함경북도 도민상 예술상〉을 받으 셨단다. 이북5도청에서 수상하는 것이라 하셨다. 제가 모시고 함께

해야 했는데요, 하고 말씀드렸더니 괜찮다시며 연보에 추가해도 될 일이라 자네가 알고 있는 게 좋을 것 같아 말하는 것이라 하셨다.

# 자기반영 소설

2010. 7.

학기가 끝나 선생님께 다녀왔다.

— 건강은 괜찮으신지요.

— 조금씩 어렵지만, 노화현상이라고 생각하고 그러려니 하고 있다. 집에 무슨 큰일이 있었다고 들었다.

— 네, 아버님께서 돌아가셨습니다.

— 어디로 모셨나?

— 충북 음성, 가족 봉안당에 모셨습니다.

— …연변에 가본 적 있다. 삼합에서 회령이 바로 코앞이다. 큰 산이 가로막고 있어도 옆은 보이지. 그 마을이 내가 태어난 곳이다. 북한 사람들이 오락가락하는 모습 보이더라. 자네 소설에서 나오는 공간, 자네가 말하던 토포필리아, 그 분위기, 그 감정이 눈앞에 어른거리지. 연길에 큰 도로가 생겼더라고.

— 저도 보았습니다. 무슨 활주로 같기도 하고요. 연변대와 사회과학원 사이에 난 도로가 황량해 보였습니다.

— …..

— 어디 가셔서 바람이라도 쐬시죠.

선생님께서 그러자, 하셔서 포천이나 연천으로 가려 했지만, 서울역 '북오프' 책방에 가는 걸음이 전부였다. 책방 가는 도중 근황을 알려 주셨다. 먼 거리 산책보다 최근에 있었던 당신의 일을 알려 주려는 게 우선이셨다. 당신의 사건을 자세하게 말씀하셨다.

— 자네 책에 보면 2008년 연보가 마지막인데, 2009년 〈한스와 그레텔〉, 〈어디서 무엇이 되어 만나랴〉, 〈옛날 옛적에 훠어이 훠이〉, 〈둥둥 낙랑 둥〉 등 대표 희곡들이 공연됨. 2010년 3월 함북문화상 수상. 2010년 4월 등단 50주년 기념 4·19 대담…, 이런 일들이 있어 왔잖아.

— 정리해서 첨가하겠습니다.

— 이화여대에서 최근에 박사논문이 나왔어. 요즘 '자기반영'이라는 개념이 유행하나 봐. 그 주제로 여류 연구자가 좋은 논문을 썼어. 《화두》까지 잘 정리했더라고. 내 패러디 작품도 잘 분석하면서 그동안 내 작업이 계주 모양으로 이어져 왔다고 하더라고. 결국 예술가 소설로 마치게 되는데, 이는 자기반영의 글쓰기로 잘 실천하고 있는 경우라 하대.


'북오프'에서 이런저런 책을 뽑아 천천히 들춰보시는 선생님을 나는 천천히 지켜보며 서 있다. 나는 다리, 허리가 아파오는데, 선생님은 자세를 조금도 흐트러뜨리지 않으시고 책에 몰입해 계신다.

돌아오며 내게 운전하게 하는 게 미안하신지, 그동안의 내 소설에 대한 독후감을 좋게 말씀하신다. 내 소설은 현실에 대한 관찰이 날카롭다고 하신다.

현재를 바라보는 시선이 분명해야 한다. 사회역사 인식이 없는 것은 좋지 않다. 민중이나 민족, 그런 말을 안 해도 현재 자기가 사는 시간에 대해 고민을 깊이 하면 된다. 문학의 본질은 거기에 있다. 역사의식은 없고, 모더니즘, 미니멀리즘만을 따라가는 것은 쓸모없다고 말씀하셨다.

# 《독고준》

## 2010. 9.

추석 연휴를 맞아 아내와 함께 최인훈 선생님 댁에 다녀왔다. 아내는 오랜만에 선생님을 뵙는 것이었다. 우리는 절을 올리고 소파에 앉았다. 사모님도 차를 내오시고 앉으셨다.

— 건강하십시오.

— 좋은 글 많이 써라. 글 쓴 것 있으면 보여주었으면 좋겠는데.

— 없습니다. 선생님 논문 제목을 정리해봤습니다.

나는 내 글 대신 정리해서 출력한 선생님의 최근 논문 목록을 드렸다. 선생님은 목록을 한참 읽으셨다.

— 《화두》에 대한 논문은 없군. 아직 앞으로 내 연구 거리가 남았다는 증거 아니냐.

— 그렇습니다. 2010년 상반기에만 석, 박사 논문 9편이나 나왔는데, 《화두》에 대한 것은 없습니다.

선생님께서 서재에 들어갔다 나오셔서 《독고준》이라는 책을 보여

주신다. 나도 인터넷에서 연재하는 것을 몇 회 읽은 적이 있었다. 한 작가의 문학과 정치에 대한 담론으로 읽혔다. 그의 〈제망매〉를 인상 깊게 읽은 터여서 완결본을 기대했다. 나도 인터넷으로 구입해 읽었다. 아버지의 일기와 딸의 사색이 어우러진 형식이 돋보였다. 장편이라 그런지 의도적으로 호흡을 길게 끄는 느낌이어서 긴장미는 덜했다. 그 또한 개성이었다. 선생님께서도 좋게 평가하신다. 단, 왜 주인공이 자살했는지, 꼭 그래야 했는지 개연성에 의심이 든다고 하신다.

그 뒤, 최근 평론가들에 대해, 일제 치하 소설가, 시인에 대해, 14살 된 손녀의 글과 그림 솜씨에 대해 이야기하셨다. 사모님께서 집에서 만드셨다며 주신 된장을 받아들고 아내와 나는 댁을 나섰다.

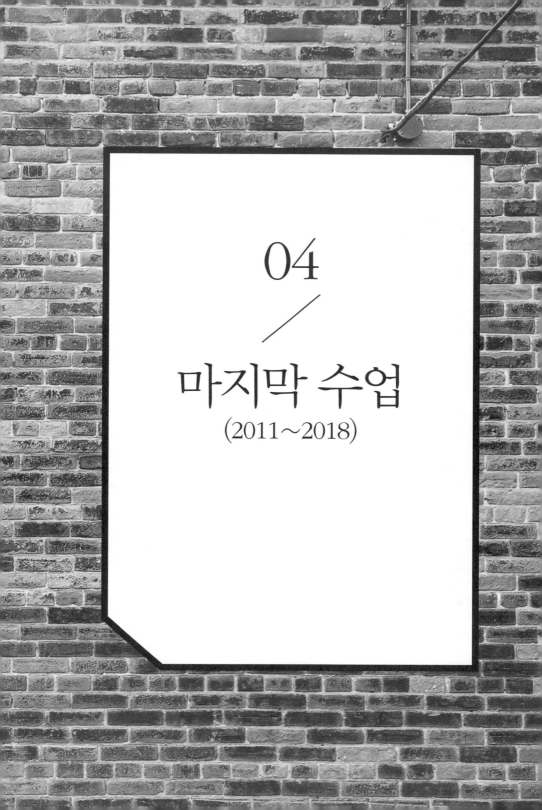

04
/
마지막 수업
(2011~2018)

# 마라톤

## 2011. 3.

최인훈 선생님을 모시고 신촌 '북오프'에 다녀왔다. 서울역점은 사라지고 없었다. 건물이 깨끗이 비어 있는 상태였다. 실망하시는 선생님…. 나는 이전 안내문을 읽고 전화를 걸어 신촌점의 위치를 알아냈다.

선생님과 신촌점에 갔지만 선생님은 간단히 살피시고는 그냥 나오셨다. 볼만한 책이 없다고 하신다. 1920, 1930년대 우리의 카프 결성기에 일본에서는 외국 사상서 번역 붐이 일었다고 하신다. 그때 양질의 번역이 많았다고, 철학, 문학을 헌책방에서 찾아보는 즐거움이 컸다고 하신다.

— 가장 행복했던 때가 헌책방 다닐 때야. 군부대 시절도 그렇고.

화정 댁으로 돌아와 차를 마신 뒤 집에 돌아가려 하는데, 선생님이 다시 앉히고 원고를 보여주셨다. 최근에 쓰신 소설이라신다. A4 반 장 정도의 서사시 같은 분위기의 산문이었다. 인생을 마라톤에 은유하는 문장이 유독 눈에 박혔다. 비쩍 말랐지만 군살 없고, 강철 같은 근육질의 마라톤 선수가 그려졌다. 선생님께서는 여전히 힘이 세시다.

# 수연산방

## 2011. 4.

최인훈 선생님과 함께, 성북동 이태준 가옥 〈수연산방〉에 다녀왔다. 아침 일찍 선생님으로부터 전화가 왔다. 무얼 하는지 궁금해서 전화했다고 하신다. 날씨가 좋다는 말을 강조하시기에 어디 산보하시겠냐고 여쭈니 일단 집에 오라신다.

저녁부터 두통이 심하더니, 아침에 재채기가 연신 터져 나왔다. 몸살기는 없는데, 콧물과 기침이 계속 나왔다. 선생님 댁에 도착해서도 기침은 멈추지 않았다.

선생님께서 식사를 손수 차려 드시려다 만 모양이셨다. 사모님께서 감기가 심해져 병원에 가셨단다. 선생님 턱수염이 더욱 길어 있었다. 언뜻 보면 선생님은 만년의 톨스토이 같았다.

성북동 〈수연산방〉에는 사람들이 많았다. 이태준의 가옥이라는 사실도 잘 알려져 있는 전통찻집이어서 손님이 끊임없이 들어왔다. 성북구청에서도 관심을 두고 지원해주는 모양이었다. 빈 테이블이 없어 선생님과 나는 한옥을 구경하다가 나왔다. 집 바깥을 둘러보시며 '참 견실하게 꾸려놓았다' 하셨다. 나는 선생님의 시선을 쫓으며 '상허 선생님의 외손이 관리한답니다'라고 말했다. 가옥을 여기저기 살펴보는데, 누군가 선생님을 알아보고 다가오려다가 발길을 돌린다. 문학소녀로 보였다. 이런 데서 알은체하는 것도 용기가 필요할 것이다.

굴러가는 돌에 이끼가 앉지 않는다는 말이 있지 않은가? 진짜란 것은 이끼가 앉아야 하는 것일세. 그게 문화라는 것이지…. 문화란 한 시대의 고귀한 전사(戰士)들이 모두 죽은 후에 그 묘비명(墓碑銘)의 형태로써, 혹은 진혼곡(鎭魂曲)의 형태로써만 가능한 것.[219]

시장하실 것 같아 식당을 찾아 둘러보니 선생님께서 저기 가자, 하셔서 따라갔다. 한정식집이었다. 언젠가 와 본 적이 있으신 것 같았다. 자연스럽게 방을 찾아 들어가셨다.

선생님과 나는 식사를 하면서 〈수연산방〉과 같은 분위기로 갈현동 옛집을 만들어놓았으면, 하는 생각을 같이했던 모양이었다. 선생님께서 갈현동 옛집의 정원에 있던 감나무를 말씀하셨다. 나도 그 감나무에서 딴 감을 몇 번 맛보았다고, 감칠맛이란 바로 그 맛이라고 말씀드렸다.

《화두》에 나오는 '~맛을 제대로 알자면 평생이 걸린다', 라는 문장의 의미가 새롭게 다가왔다. 식사 때 잠시 멈추었던 기침이 다시 나와서는 멎지 않았다.

# 경운조월(耕雲釣月)

## 2011. 9.

'경운조월(耕雲釣月)'. 추석 연휴를 맞아 선생님 댁에 가니 선생님께서 그 글씨 이야기를 하신다. 의정부 헌책방 주인의 자리 위에 걸려 있는 글씨 표구였다. 오래전부터 마음에 두신 것 같았다. 최근에 갔을 때는 그 글씨에 대해 주인과 많은 말을 나누셨다. 주인은 자신의 증조부 글씨라며 증조부께서 유명한 서예가이고, 다른 자손보다 자기에게 몇 점 주셨다고, 유물처럼 보관하고 있다고 했다.

선생님은 내게 글씨가 좋다고, 의미도 좋다고 주인이 판매할 수 있는지 물어봐 달라신다.

나는 당장 헌책방을 찾아가서 주인에게 글씨를 팔라고 했다. 주인과 흥정 끝에 적정선의 금액을 주고 화정으로 돌아갔다. 선생님 댁 거실에 글씨 표구를 걸어놓으니 사모님께서 표구 값을 주셨다.

선생님은 글씨를 계속 보시며, 글씨의 작품성과 뜻을 물으셨다. 힘이 있어 보이는 글씨체라고, 세속의 명리를 좇지 않고 선비의 삶을 추구한다는 뜻으로 알고 있다고, 동양의 선(禪)적이면서 선(仙)적

이미지가 떠오른다고 말씀드렸다.

선생님이 바라보시는 '耕雲釣月'에 선생님의 모습이 걸려 있었다.

# 박경리 문학상

2011. 10.

'토지문화관'. 최인훈 선생님께서 〈박경리 문학상〉을 수상하는 원주로 향했다. 지난주에 춘천으로 강의하러 갈 때 문학관에 들러 박경리 문학상 관계자와 행사에 대해 의견을 나누었다. 선생님께서 시상식과 리셉션을 센터장과 상의해 진행해 보라 하셔서 들렀던 걸음이었다. 시상 후 선생님 강연이 있는데, 선생님과 상의 끝에 강연보다 선생님께서 《바다의 편지》를 낭독하시는 것으로 정했다. 나는 센터장에게 낭독 배경음악과 텍스트 원전을 이야기해놓은 상태였다.

그런데, 행사에 문제가 생겼다. 선생님께서 원주병원 응급실에 실려 가신 것이었다. 나는 집에서 출발했고, 선생님과 사모님은 토지문화관에서 보낸 차로 움직이던 터였다. 일찍 도착해서 아무리 기다려도 선생님이 오시지 않아 센터장에게 물어보니 그녀가 조심스럽게 위기 상황을 전했다. 나는 당장 응급실로 달려갔다.

선생님께서 〈박경리 문학상〉 첫 회 수상자였다. 이번 행사는 원주시뿐 아니라 우리나라 문학계의 큰 축제였기에 모든 언론에서 주목하고 있었다. 행사 날 주인공이 없으면 어떡하란 말인가, 라는 입장보다, 나는 선생님의 건강이 걱정됐다. 지난번 손녀의 졸업식에서

630

쓰러지신 적이 있다는 사실도 생각났다. 선생님은 고혈압과 뇌혈전 증상이 있는 상태였다.

원주병원 응급실에는 사모님이 계셨다. 사모님도 탈진 상태로 간신히 내게 저간의 사정을 이야기하셨다. 차가 원주시에 진입하는 중, 선생님께서 심한 어지럼증과 구토증으로 고통스러워하셨단다. 뇌신경에 문제가 있는가 싶어 곧장 가까운 병원으로 달려온 것이란다.

CT를 찍은 상태여서 결과를 기다리는 중에 나는 아들에게 전화를 넣어 상황을 전했다. 선생님을 뵈니 주무시고 계셨다. 안정제를 투여한 것 같았다. 젊은 여의사가 CT 결과를 이야기했다. 별 이상 없고, 잠시 쉬시면 좋아지리라 했다.

시상식 시간이 가까워 오면서 내게 전화가 오기 시작했다. 센터장, 동문회, 선배, 후배가 전화를 걸어와 선생님의 상태를 물어왔다. 나는 괜찮다고, 안정을 취하면 된다는 의사의 말을 전했다.

선생님께서 일어나셔서 내 차에 오르셨다. 나는 침착하게, 빠르게 달려 토지문화관에 도착했다. 시상식 시간에 정확히 맞췄다.

선생님을 기다리는 사람들을 헤치고 사모님과 선생님이 연단을 향해 걸어가셨다. 선생님께서는 아무 일 없었다는 듯 꼿꼿하셨다. 경과보고와 시상, 축사, 그리고 선생님의 답사가 이어졌다. 선생님은 답사를 마치고 강당을 나가셨다. 행사는 식순대로 무리 없이 진행되고, 〈바다의 편지〉는 동문들이 한 단락, 두 단락씩 나눠 낭독했다고 한다. 나는 선생님과 사모님을 차에 태우고 성남으로 향했다. 분당에 한의사 사위가 있었다. 모든 사람이 선생님의 건강을 걱정했는데, 안심이었다.

# 《바다의 편지》증정본

## 2012. 4.

언제나 평안하기 바라는 부모님처럼 선생님도 마찬가지였지만, 4월이면 더 선생님 생각이 많다. 스승의 날도 가까워지고, 생신도 있기에 그렇다. 나는 선생님께 전화 드리고 찾아뵈었다.

선생님은 활기 있어 보였다. 봄날이어서도 그렇지만 책을 내서서 그런 느낌이었다. 건강해 보이셨다.

— 자, 이거 받으라우.

선생님께서 소파에 앉자마자 간이 탁자 위에 올려져 있던 책을 내게 주셨다. 무슨 이유인지 북한 사투리도 섞인 밝은 어조셨다. (선생님께서는 한암고목처럼 늘 이성적이셨지만, 아주 가끔 격한 감정을 보이실 때도 계셨다. 그때 선생님의 말씀에는 이북 사투리가 섞이기도 했다.)

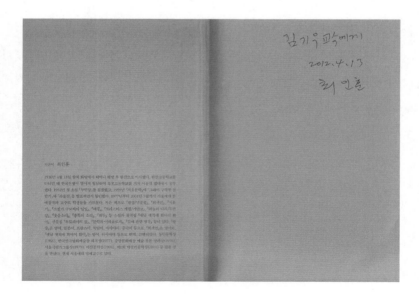

나는 황송했다.

《바다의 편지》라고, 선생님의 예술론을 집대성한 책이었다. 거기에는 선생님의 육성이 담긴 〈바다의 편지〉 낭독 CD도 들어 있었다. 선생님께서 직접 사인하신 《바다의 편지》 증정본을 내게 주시는 것이었다.

이 책은 나의 보물이다. 선생님 평생의 사유가 담긴 유산이다.

# 행복한 돼지

## 2012. 9.

최인훈 선생님께서 부르셔서 댁에 갔다 왔다. 대통령 선거에 대한 말씀이 길게 이어졌다. 요즘 젊은 사람들의 역사의식 실종에 대해 안타까워하신다. 너무 빨리 과거를 잊는 경향이 있다고 하신다.

— 자동차회사 대표가 젊은이들에게, '먹이 바뀐 것만 좋아하는 행복한 돼지' 운운한 것을 깊이 새겨야 한다. 우리가 이렇게 경제 성장을 이룰 수 있었던 이유는 두 가지, 일본한테서 받은 피해 보상금을 종잣돈 삼아 경제를 발전시켰고, 미국이 군사적 긴장을 완화해 준 때문이다. 일본은 우리의 6·25 전쟁으로 막대한 이득을 보았다. 우리의 지금 상황은 1930년대와 흡사하다. 정신을 똑바로 차려야 한다.

선생님께서 낮지만 강하게 말씀하셨다.

# 불계승

2013. 1.

딸아이와 함께 최인훈 선생님 댁에 가서 세배 드렸다. 아이가 장학생으로 대학 입학하게 돼서 인사를 드리고 싶었다. 선생님의 수염은 점점 많고 길어졌다. 바깥을 다니시는 일이 거의 없다고 하셨다.

'교집합', '불계승'

두 단어가 선생님의 요즘 화두라 하신다. 딸아이가 효도하고 있다며 당신의 대학 미졸업에 대해 말씀하신다. 부모님께 죄송한 마음을 이야기하신다. 선생님께서 이루신 업적에 비하면 대학 졸업은 미미할 것이라 위로해 드려도 선생님은 아니라고 하신다. 딸아이에게 장학금을 활용하여 앞으로는 깊이 있는 책을 읽으라 당부하셨다.

선생님께서 생각 중이라는 두 단어에서 내가 금방 떠오르는 말은 '개체발생'이었다. 완전한 개인의 자유가 인정되는 사회의 안정성이라는 문장도 꾸려졌다.

선생님은 내게 '경운조월'의 의미를 또 물으신다. 나는 달빛 어린 강에서 낚시하는 선비 이미지, 청빈하게 살아가며 자기 공부에 몰두하는 학자가 떠오른다고 말씀드렸다. 선생님께서는 그렇다고 하셨다.

선생님은 아이에게 책을 많이 읽으라고 또 말씀하셨다.

책 읽기에서 나는 〈인류의 본질〉인 〈생물 수준의 지각(知覺)을 기호라는 인공 신경세포의 도움에 의해 초생물적 수준으로까지 증폭하는 일〉이라는 학교에 다니고 있었다.[220]

# 강아지

## 2014. 1.

선생님께 세배 드리러 갔다. 시추 종의 강아지를 기르신다. 아들이 유기견을 데려왔단다. '우저'라 이름을 지으셨다. 우저를 무척 좋아하신다. 부드럽고 섬세하게 쓰다듬으시는 손길에 강아지는 편히 잠들어 있다. 한 손으론 강아지를 쓰다듬으시고 다른 한 손으로는 책을 펼쳐 드셨다. 선생님의 끊임없는 독서와 사색의 모습.

우리는 짐승들처럼 우리의 지난날의 시간을 몸속에만 담아두지 않고 몸 밖에 떼어놓은 법을 알게 되었다.[221]


# 세월호

## 2014. 4.

인천에서 제주로 향하던 여객선 '세월호'가 진도 인근 해상에서 침몰하면서 승객 304명이 사망·실종됐다. 노란 리본은 하늘 땅을 흔들었다. 안산 지역 고등학생들이 많이 사망했다. 나는 안산에 가면 가슴이 먹먹해 왔다. 물이 막는 숨을 어찌하란 말인가, 숨을 쉬지 못하는 괴로움이 어땠을까를 상상하면 눈물부터 나왔다.

화물 과적, 무리한 선체 증축이나 조타수 운전 미숙이 사고원인이라던데, 가장 큰 원인은 '평형수' 부족이 아닌가 싶단다. 나는 '평형

수'라는 말을 최인훈 선생님으로부터 들은 적이 있다. 'Ballast'. 큰 배가 물 위에서 흔들림 없이 안전하게 운행하려면 무게가 있어야 하는데, 그 무게를 유지하는 것이 'Ballast', '평형수', '헛짐'이라 한다.

최인훈 선생님은 작품에도 그런 평형수가 있어야 한다고 강조하셨다. 처음 선생님으로부터 'Ballast'라는 단어를 들었을 때, 그것을 작품의 플롯이라고 생각했는데, 지금은 그보다 더 구체적인, 작품이 존재하는 이유, 창작자의 동기, 감상자의 현현의 매개 같은 것으로 이해하게 됐다.

평형수 없는 배는 큰 위험에 처하듯, 작품에도 헛짐이라 할 무언가를 마련해 둬야 할 것이다.

# 신고전 26선

## 2014. 5.

스승의 날을 맞아 선생님 뵈러 갔다. 《광장》이 〈한겨레신문〉이 선정하는 〈신고전 26선〉에 뽑혔다. 선생님께 기사를 스크랩해서 보여 드렸다. 선생님께서 무척 좋아하셨다. 의정부 헌책방에서 일본 철학서를 사시고, 포천 욕쟁이 할머니집에서 정식을 드셨다. 그런 다음 선생님과 나는 광릉에 다녀왔다.

# 제자의 제자

### 2014. 9.

국회전자도서관에서 〈바다의 편지에 나타난 최인훈의 예술론〉 논문을 출력해서 선생님께 드렸다. 내게 소설을 공부한 제자의 숙대 석사논문이었다. 선생님께서 일별하시더니 수미일관되게 잘 쓴 논문으로 보인다고 말씀하셨다.

— 이 연구자가 자네 제자라면 정말 반가운 일이다. 앞으로 성의 있게 지도하고 함께 즐거운 연구해 나가라고 하셨다.

— 네, 알겠습니다.

그의 논문은 내가 해석한 《바다의 편지》를 선생님의 예술론의 발현으로 보고 있다. '상상력'이라는 의식 작용을 의도적으로 강화한 상태를 예술의 표현과 감상이고, 이는 《바다의 편지》에서의 백골의 자기동일성의 현현이라고 설명하고 있다. 내 논문을 변용하여 해석하는 그의 문장은 단단해 보였다. 《문학과 이데올로기》의 '기호행동'과 〈예술이란 무엇인가〉의 '환상주체'라는 개념을 대입하여 《바다의 편지》를 분석하고 있는데, 어색하지 않았다.

기억마저 흐릿해가는 죽음 상황에서 현재의 인류에게 유서로 형상화하고 있다는 주장이 설득력을 얻으려면 창작의식의 문제도 면밀히 살폈어야 했다. 글에서 내 논문도 자주 인용하고 있는데, 거기서 선생님의 의식의 모식도 관련 부분을 넣고 함께 설명해나갔으면, 하는 아쉬움이 있었다. 하지만 그 부분이 어려울 수도 있겠다는 생각도 들었다.

# 서울대병원

## 2014. 10.

최인훈 선생님께서 나를 찾으신다. 전집 발간 출판사 첫 편집동인인 평론가 김 선생님께서 별세하셨단다. 김 선생님은 지난 2010년 4월 '최인훈 작가 등단 50주년 기념'으로 선생님과 대담한 분이셨다.

생전에 나와도 몇 차례 마주친 적이 있었다. 1987년 〈동아일보〉 신춘문예 본심 심사위원이셨다. 그때 내 작품이 최종심까지 올라갔는데, 작위적이라는 평을 받았다. 최인훈 선생님 딸의 결혼식에서도 뵈었고, 출판사 대표 모친상에서도 뵈었다. 마주칠 때마다 내가 인사하면 활짝 웃어 보이셨다. 인사치레여도 나는 고마웠다. 이제 고인이 되어 서울대병원 영안실에 누워 계신다.

선생님의 안식을 기원한다.


# 격조

## 2015. 1.

서울예술대학 강의가 없어진 뒤로 선생님께서 나를 찾으시는 일이 드물어졌다. 특별한 행사가 아니면 전화도 안 하셔서 소원해지는 듯 싶었다.

세배를 드리러 갔다. 선생님은 한결같은 모습으로 올해에는 좋은 일 많거라, 하는 덕담을 주셨다. 선생님과 거리를 다시 좁혀야겠다고 생각하다가 집에 왔다.

# 팔순 식사

2015. 4.

선생님 생신을 맞아 선생님, 사모님과 함께 외식했다. 딸아이와 함께였다. 선생님 연보에 따르면 올해가 팔순이셔서 나는 동영상을 만들어놓았다. 중학 시절부터 마흔 초반까지의 선생님 사진을 여기저기서 찾아 스캔해놓았다. 중고등학교 시절에서 군 복무와 전업작가 시절까지는 출판사와 신문사를 뒤졌고, 결혼 후 교수 시절과 갈현동 《화두》 집필 모습은 나의 지난 촬영을 정리했다. 나는 자료를 바탕으로 PPT연보를 만들어두었다.

나는 선생님께 노트북으로 그 내용을 보여 드리고, 소풍하였다. 딸아이와 사모님, 그리고 선생님과 나는 양주 허브공원으로 갔다. 햇볕이 따스하고 바람은 시원했다. 선생님께서는 동물원에 있는 염소를 오래도록 바라보셨다. 사모님은 봄나물을 캐서 봉지에 담으셨다. 양주가마골에서 식사를 마치고 화정으로 돌아왔다. 선생님, 사모님 모두 즐거워하셔서 좋았다.

# 〈그레이구락부전말기〉로부터
# 〈바다의 편지〉에로
## 2015. 5.

선생님 팔순 겸 사은회가 명동 퍼시픽호텔 연회장에서 열렸다.

〈'그레이구락부전말기'로부터 '바다의 편지'에로〉라고 쓴 현수막 앞에서 나는 사회를 맡아 행사를 진행했다.

최인훈 선생님의 연보를 소개하면서 중간중간 선생님의 대표작을 일부분 낭독하는 것이 행사의 주요 내용이었다. 노래와 기타 연주, 〈바다의 편지〉를 극화한 마임 공연도 있었다. 선생님의 말씀은 동문들의 웃음과 눈물을 자아냈다. 선생님과 사모님께서 즐거워하시는 모습을, 미소로 지켜보는 동문들을 바라보니, 나는 긴장이 풀리고 호흡이 넓어졌다.


# 유럽한국학회—최인훈 문학토론회
## 2015. 6.

독일의 보쿰대학에서 열릴 〈최인훈 문학 토론회〉를 앞두고 선생님 댁에서 교수 모임이 있었다고 신문에서 보았다. 선생님 관련 기사가 뜸하다가 단신으로 소식이 올라온 것을 인터넷에서 보았다. '작가는 한손에 현대사라는 수갑을 차고 있다.'라는 기사 제목이 눈에 띄었다.

내용을 읽어보니, 오월 말에 선생님 댁 거실에서 몇 분의 한국 교수와 독일 교수가 환담을 나눴다고 한다. 다음 달에 유럽한국학협회 주최로 독일의 보쿰대학에서 열릴 〈최인훈 문학 토론회〉에 선생님께서 직접 갈 수 없기에 모인 자리였단다. 나는 한국 교수분이 자신의 홈페이지에 올린 동영상을 꼼꼼히 들여다보았다.

한국교수: 최인훈은 한국 현대사를 학구적으로 다루면서도 예술적 완성도를 추구했다. 그는 한국의 설화와 전설 등을 패러디하면서 한국문학의 연속성을 찾으려고 했다.

선생님 : 나는 드라큘라 영화를 좋아했다. 사찰의 불상이나 성당의 예수상 앞에서 느끼지 못한 영감을 얻었다. 다른 한국 작가가 샤머니즘에서 영감을 얻듯이 나는 드라큘라에게서 많은 것을 느꼈다. 내 소설 〈구운몽〉은 관 속에 누웠던 사람이 깨어나 마치 드라큘라의 성(城) 속을 돌아다니듯이 도시를 배회하는 것이다.

독일교수 : 중국 소설 《서유기》가 한국에 수용된 과정을 연구하다가 최인훈의 소설 《서유기》를 읽게 됐다. 이 소설은 여러 목소리를 지니고 있다. 한 이데올로기만 절대적 진리를 갖고 있지 않다는 주제를 알게 됐다. 지금 선생님의 《화두》를 읽고 있다.

선생님 : 《화두》를 읽으면 나의 삶과 문학 활동을 알게 된다. 나는 아마추어 철학자이면서 아마추어 역사가이다. 지난 100년 동안 한국 역사를 사회철학의 관점에서 바라보려 했다. 한국 소설가는 현대사라는 수갑을 차고 있다. 우리 소설은 서양에서처럼 문학의 아름다움만 탐구할 수 없었다. 내 소설 《광장》을 괴테의 《파우스트》와 비교해서 연구한 사람도 있다. 두 작품이 모두 같은 문제를 놓고 각자 답변을 쓰는 것이라고 했다. 관점에 따라서 이렇게 볼 수도 있구나, 하는

생각이 들었다.

　한국교수 : 지금 문학은 노작가의 고견을 듣고 싶어 한다. 선생님께서 신작을 발표해 주시면 좋겠다.

　선생님 : 내 선배들에 비해서 내 문학은 행복했다. 선배들은 먹는 문제를 해결해야 했고, 쓰고 싶어도 쓸 수 없는 게 많았다. 내가 이상이나 이태준의 상황이었다면 어떻게 했을까를 고민 중이다.

　한국문학의 특성에 대한 선생님의 생각은 되풀이해서 들어도 의미 깊었다. 우리는 선진국의 문학과 또 다른 세계를 갖고 있음이 당연함에도, 그래서 소중함에도 부지불식간에 선진의 주류 문학계와 비교하여 가치평가한다. 우리는 아름다움만을 탐구할 시간이 없었다는, 그래서 역사와 문학의 수갑을 한 팔씩 차고 있다는 선생님의 말씀이 옳았다.

# 한글박물관

### 2015. 6.

선생님 댁에 가니, 어느 단체에서 사람이 왔었다고 말씀하신다. 〈국립한글박물관〉에서 기획특별전을 열 예정이라며 기획팀장이 찾아왔었다고 하신다.

　전시 주제는 〈소설 속의 한글〉. 소설가들이 한글을 다듬는 작업을 제일 잘하는데, 한글박물관에서는 조명을 하지 않았다, 여러 작가도 참여하는데, 선생님께서도 참가해 주십사하는 내용이었다.

선생님께서 나한테, 어떻게 생각하냐, 물으셔서 그런 기획이라면 《광장》이 적합하지 않을까요, 하고 나는 대답했다. 《광장》만큼 한글 표현을 위해 계속 다듬어 나간 작품은 없을 것이라고 말씀드렸다. 잠시 후, 팀장이 왔다. 나는 제자라고 나를 소개했다. 그의 이야기를 들으니 선생님께서 아직 출품 결정을 하지 않으신 것 같았다. 적극적으로 참여하실 의향은 없는 느낌이었다. 선생님 중심이 아니고, 여러 작가와 어울리는 자리로 보였다.

팀장은 연락을 기다린다고 하고 떠났다. 선생님께서 결정하실 일이어서 내가 무어라 말씀드리기 어려웠다. 나는 《광장》의 변화를 얼추 알고 있었다. 〈새벽〉지에 전재할 당시 서문에는 이렇게 쓰여 있었다.

'메시아'가 왔다는 2천년 래의 풍문이 있습니다. 신이 죽었다는 풍문이 있습니다. 신이 부활했다는 풍문도 있습니다. 코뮤니즘이 세계를 구하리라는 풍문도 있습니다. (…) 인생을 풍문 듣듯 산다는 건 슬픈 일입니다. 풍문에 만족지 않고 현장을 찾아갈 때, 우리는 운명을 만납니다. 운명을 만나는 자리를 광장이라고 합시다. 광장에 대한 풍문도 구구합니다. 제가 여기 전하는 것은 풍문에 만족지 못하고 현장에 있으려고 한 우리 친구의 얘깁니다.[222]

1961년판 《광장》에서는 많은 문장을 현재형으로 고쳐놓으셨다. 그 뒤 민음사에서 《광장》이 간행되는데, 처음 발표했을 때의 600매 정도 분량이 800매로 늘어났다. 거기서 한자어를 한글로 대체하며 갈매기의 상징을 바꾸신다. 문학과지성 전집판에서는 문장이 간명해지면서 쉼표를 자주 사용하여 리듬감이 훨씬 살아난다.

최근에 또 수정하시려 한다며 내게 그 내용에 대해 의견을 물어오신 적이 있었다. 이명준이 인민군 장교로 남한에 내려와 윤애와 태식을 괴롭히는 장면을 꿈으로 처리하고 싶으시단다. 나는 즉답을 못 드렸다. 선생님께서 충분히 고민해 결정하신 내용일 것이었다. 전쟁 중인 이명준의 불안한 심리가 인정되는 장면이어서 꿈이 아닌 현실이어도 큰 무리는 없을 것 같다고 작게 말씀드렸는데, 못 들으신 것 같았다.

그는 어떻게 밀실을 버리고 광장으로 나왔는가. 그는 어떻게 광장에서 패하고 밀실로 물러났는가. 나는 그를 두둔할 생각은 없으며 다만 그가 '열심히 살고 싶어 한' 사람이라는 것만을 말할 수 있다. 그가 풍문에 만족지 않고 늘 현장에 있으려고 한 태도다. 바로 이 때문에 나는 그의 이야기를 전하고 싶어진 것이다.[223]

이번 개정판에서 고친 것은 한자어를 모두 비한자어로 바꾼 일이다. 예술로서의 소설 문장의 본질은, 표기법에 따라서 높고 낮아지는 것은 아니며, 또 결정되는 것도 아니다. 표기를 가지고 나타내고자 하는 심상에 따라 결정되는 것이다. 그러나 관례적 표현과 어떤 심상이 오래 결합되어 쓰이고 보면, 심상의 형성과정-의식과 현실 사이의 싱싱한 갈등의 자죽이 관례적 표현으로서는 나타내기가 미흡해 보이는 때가 올 수 있다.[224]

이 전집판이 가로쓰기로 바뀌게 되었다. 그동안 차츰 자리잡아온 가로쓰기의 관행에도 맞추고, 새로 나온 표기법에도 맞출 수 있게 된 이번 판이 독자들에게 더욱 가까운 형식이 되기를 바란다. 이번 판에서도 몇 군데 내용이 고쳐졌다. 언제나처럼 큰 흐름에는 영향이 없고 그 흐름을 조금이라도 도와줄 수 있게 하려고 하였다.[225]

《광장》을 수정하고 개정판을 내실 때마다 쓰신 서문을 모아놓고 읽어 본다. 선생님의 마음의 흐름을 조금이나마 알게 된다. 《광장》을 읽을 때 새로움이 배가되는 느낌이다.

# 쓰고, 고쳐 쓰고, 다시 쓰다

## 2015. 7.

국립한글박물관 특별전 〈쓰고, 고쳐 쓰고, 다시 쓰다.─소설 속 한글〉 전시회에 다녀왔다. 선생님께서 전화하시어 박물관의 기획특별전이 어떤 형식으로 열리고 있는지 궁금해하셔서 모셨다.

선생님과 사모님을 태우고 국립한글박물관에 도착하니 기획실장이 맞았다. 개막식 때 《광장》을 극화한 연극이 있었다고 했다. 선생님께서 기획실장과 이야기를 나누는 중에 나는 사모님과 전시장을 둘러보았다.

여러 작가의 여러 소품이 전시되고 있었다. 선생님의 《광장》 초판본과 개정판본이 전시돼 있었다. 그 외에는 없었다.

# 별드레공원묘원

## 2015. 10.

최인훈 선생님을 모시고 전집 발간 출판사 평론가 선생님의 1주기에 행사에 다녀왔다. 양평 별드레공원묘원은 멀었다. 가는 중에 선생님과 최근 나온 학위논문 이야기를 나눴다. 나는 소설창작으로 정신없어 최근 것은 찾아보지 못했다. 선생님께 죄송한 마음이었다.

《최인훈 소설의 불교적 성격》이 좋다고 하셨다. 선생님의 거의 모든 소설을 불교의 개념에 맞춰 논증해 나갔는데, 불교 신도들이 보면 좋은 해설서로 보일 것이라 말씀하셨다.

나는 선생님을 묘원에 내려 드리고 《최인훈 소설의 불교적 성격》을 스마트폰으로 주문했다. 1주기 행사장에서 발행인 선생님, 대표님, 주간님이 선생님을 반겼다. 평론가 사모님께서 선생님을 보고 눈물을 흘리셨다.


# 죽엽청주

## 2016. 1.

선생님께 세배 다녀왔다.

선생님은 최근의 북한 미사일 발사에 대해 화두를 꺼내셨다.

― 왜 언론사에서는 북한의 위성실험을 '도발'이라고 하는지 모르겠다. 북한 사람들은 위성 발사라고 하는데…. 도발이라고 하니까

그 사람들 기분이 얼마나 나쁠까.

— 유엔안보리의 결의를 위반했다고 합니다.

— 그런가, 위성실험 위반인가?

— 그것은 정확히 모르겠지만, 도발이라는 표현은 좀 과격한 느낌이긴 합니다.

— 그쪽 사람들을 무시하는 표현이지.

— 그것을 빌미로 미국이 사드를 한국에 배치하겠다고 합니다. 사드 배치는 중국을 견제하는 것으로 보입니다.

— 그렇겠지. 앞으로 말들이 많겠구나.

강아지를 쓰다듬으시는 선생님의 손길이 부드러웠다.

나는 화제를 돌려 최근 언론에 발표된 선생님 관련 기사를 드렸다. 논문발표 목록도 함께 프린트해왔다. 〈한국일보〉에 기사가 났고, 캐나다 교환교수의 《광장》 칼럼도 있었다. 최근에 발간한 내 작품집도 드렸다.

— 열심히 살고 있구나, 그렇게 해야지. 고생하면 언젠가 볕들 날 온다.

사모님께서 만들어 주신 국수를 먹으며 선생님은 내가 따라드리는 죽엽청주를 드신다. 한 잔, 두 잔 계속 드시니 사모님께서 식탁으로 오시어 말린다. 요즘 술을 많이 하신다고, 건강 조심해야 하신다며 술을 못 드시게 했다. 나는 선생님께서 무슨 고민이 있으신가, 내가 원인인가, 고민했다. 내가 못나서, 이렇게 저렇게 죄송스러웠다.

# 힘든 시절

2017. 1.

최인훈 선생님으로부터 전화가 왔다. 세배를 왜 안 오냐고 하신다. 나는 곧 가겠다고 말씀드리고 화정으로 달려갔다. 작년에 많이 찾아 뵙지 못했다. 설날, 생신날, 추석 때 외에는 뵙지 못했다.

　내 나이도 벌써 중년을 넘어서고 있었다. 50대 후반인데, 뭣하나 이룬 것 없다는 생각이 부쩍 들면서 여러 가지가 의미 없고 부질없어 보였다. 딸아이 공부 끝나고, 시집 보낼 때까지 힘을 내야 한다고 다짐하지만, 힘들었다. 노력하지만 내가 넘어야 할 세상의 문턱은 너무 높았다.

선생님을 찾아뵀다. 여러 화제로 많은 말씀을 하셨다. 어수선한 정국, 촛불 시위, 대통령 탄핵 가능성, 시창작 교수의 10주기 행사, 현대시인들의 현대적 표현 모호함.

— 현대시는 이미 회화성을 띠면서 시인 개인의 내면 풍경을 서로 난해하게 하려는 시합을 벌이고 있는 듯합니다. 최근에 월터 J. 옹의 《구술문화와 문자문화》를 읽었습니다. 그는 말이 매체에 갇히면서 활기가 떨어졌다고 합니다. 문자문화시대여서 정보의 기록과 전달 같은 긍정적인 면은 많지만요.

— DNA와 같은 것이 문자겠지. 기록된 문장으로 문명을 복제하고 전수하잖아. 문학도 그렇고.

— 그렇습니다. 월터 J. 옹은 구비문학은 없다고 합니다. 문학은 인쇄매체로부터 시작했다는 의미입니다. 문학은 점점 내면화되고 심리화되는데, 매체 특성상 그렇게 될 수밖에 없다고 생각합니다. 종이에 적힌 것을 읽는 게 묵독(默讀)이잖습니까.

— 묵독이지.

— 옛날에는 시가 노래였는데요. 신라 향가, 고려가요 조선 시조 등 시를 적고 노래도 했는데, 지금은 낭송도 어색해합니다. 앞으로 매체가 더 발달하면 낭독문학, 노래문학 등도 살아나리라 봅니다.

— 그렇게 되겠지. 그에 맞는 소설이 〈바다의 편지〉 아니냐.

— 네, 선생님께서 낭독 녹음을 잘해두셨습니다. 제자들, 후대에는 잘 들으리라 봅니다.

— …서울대 법대에서 내게 명예졸업장을 준다는데….

— 아, 그런 일이 있으셨군요. 축하드립니다. 학위를 받으시면 좋겠습니다.

— 졸업식 때 한마디하라고 해서 고민 중이야. 가지 않아도 될 것 같기도 하고. 이렇게 늙은 나이에 졸업장은 무슨…. 지난번에 〈자랑스러운 법대인상〉을 받았잖아.

선생님께서는 부모 형제들에게 미안하다고 또 말씀하신다. 아마도 졸업식장에 가실 것 같았다.

— 남산학교, 드라마센터 앞에 오동나무가 있던 것 알아?

— 네, 나무가 큰 게 있었죠. 잎이 큰 나무, 그 나무 뒤에 스쿨버스가 늘 주차하고 있었습니다. 1986년에 선생님께서 〈문학과 이데올로기〉 수업을 그 버스 안에서 하셨더랬습니다.

— ….

선생님은 문득 생각났다는 듯 한시를 읊으신다. 두보의 시로 들렸다.

— 〈문학과 이데올로기〉 뒷부분이 중요하다. 현실의식, 상상의식과 연결하면 될 것이다.

— 네, 현실행동과 기호행동 부분입니다. 동물학자 리처드 도킨스

의 '밈' 개념과 선생님의 DNA' 개념이 상통하는 부분이 많습니다. 물론 선생님께서 훨씬 전에 발표하셨죠.

선생님은 미소로 답하셨다.

집에 돌아오니 선생님이 읊으시던 한시가 떠올라 인터넷으로 검색해 보았다. 아무리 찾아도 없었다. 잠시 후, 선생님과 대화 초반, 학교의 '오동나무'에 대해 내게 물으셨던 것이 퍼뜩 생각났다. 왜 오동나무를 말씀하셨을까, 하는 궁금증은 곧 해결됐다. 남산 학교의 오동나무와 《화두》의 오동나무가 겹쳐졌다. 나는, 화자가 조명희의 〈낙동강〉 독후감을 소설처럼 써서 칭찬을 받던 《화두》의 그 장면이 어른거렸다.

> 교실이다
> 창 밖에 큰 오동나무가 있다
> 젊은 교사가 교단에 서 있다
> 출석부르기를 막 끝냈다
> 고등학교 1학년 문학 시간이다
> (…)
> 그 박성운에게 작문의 필자는 자기를 일체화시킨다. 박성운은 필자의 이상적 자아다. 그런 입장에서 그는 작문을 써낸다. 그 작문이 선생님에 의해 극찬된다. …동무는 훌륭한 작가가 될 거요.[226]

최인훈 선생님께선 고교 시절의 오동나무가 남산학교의 오동나무로 옮겨졌기를 바라셨던 것은 아닐까.

# 명예졸업식

## 2017. 2.

선생님께서 서울대 법대 졸업식장에서 학위를 받으셨다.

관악캠퍼스 법대 강당에 가니 현수막이 걸려 있었다. 〈2016년 법대, 법학대학원 졸업식, 최인훈 선생(1952년 입학) 명예졸업〉

나는 시간보다 일찍 가서 졸업식장 안팎을 카메라에 담았다.

졸업식장에 선생님 식구들이 왔다. 선생님과 사모님께서 학장 곁에 앉아 계셨다. 선생님 명예졸업장 수여 순서가 되자 언론사와 관계자들이 연단 앞에 모여 사진을 찍어댔다. 선생님, 명예의 종과 졸업장, 꽃다발을 받으시고 답사하셨다. 명예졸업장 수여 경로, 졸업을 못한 이유, 헤겔 법철학 독해 등의 말씀을 하셨다. 말씀이 길어지자 관계자가 말씀 중인 선생님께 메모를 건네기도 했다.

나는 선생님 사진을 찍고 나서 돌아왔다.


# 복기

## 2017. 4.

선생님 생신을 맞아 찾아뵈었다. 바둑의 기보, 복기 이야기를 들려주셨다. 작가의 작업은 삶의 복기이고, 평론가들은 작품을 복기하는 것이라고 하셨다.

# 장욱진 미술관

2017. 8.

소설책이 나와서 선생님 댁에 갔다. 나의 세 번째 소설 작품집이다. 선생님께서 좋아하신다. 선생님께서는 당신께도 좋은 일이 있으셨다고 잡지를 보여주셨다. 〈한국번역문화원〉에서 선생님을 특집으로 다루고 있었다.

선생님께서 가까운 데 산책이라도 하자고 하셔서 모시고 장욱진 미술관에 갔다. 화정에서 20분이면 가는 거리다. 그림을 구경하시다, 다리가 아프신지 벤치에 앉아 출입구 쪽을 보신다. 관객을 안내하는 직원에게 이것저것 물으신다.

— 어떻게 하면 여기서 근무할 수 있나요, 월급은 어느 정도인가요, 무슨 일을 주로 하나요?

갑작스러운 노인의 질문에 당황한 직원이 답을 않고 전화를 받는 시늉을 한다. 내가 대신 아는 대로 답해 드렸다. 이 기념관은 시청에서 관리하고 있고, 주관은 유족, 유족 중에 딸이 도맡아서 전기기획도 하고, 강의, 교육, 체험행사를 진행한다고 말씀드렸다.

선생님께서는 내게 화정 댁에서 기념관까지, 우리 집에서 기념관까지 어느 정도 거리인지 물으셨다. 나는 스마트폰 지도를 찾아 보여 드렸다. 중간이구먼…, 하고 말씀하셨다. 선생님과 나는 관람을 마친 뒤 미술관을 나와 바로 옆 카페에 들어갔다. 카페 손님이 선생님과 나뿐이었다.

선생님은 아이스크림을 드셨다. 아주 맛있게, 말끔히 비우셔서 하나 더 주문했다. 아이스크림을 소중하다는 듯 수저로 얹어 조심스럽

게 입으로 가져가시는 모습이 어린이 같았다. 선생님도 그렇고, 나도
그렇고 대화의 중심이 이리저리 옮겨 다니고 있었다. 침묵이 싫다는
듯 생각이 떠오르는 대로 이야기를 이어갔다. 더위 탓일지도 몰랐다.
그러나 결국은 선생님의 예술론이나 작품과 관련된 주제로 돌아갔다.

― 《문학과 이데올로기》를 다시 읽어보았다. 쓸 때의 긴장을 확인
했다. 정신이 팽팽했었지.

― '현실을 위한 기호 행동, 현실로서의 기호행동'이 생각납니다.
당시 한 단락 읽고 두 시간 설명하시는 수업이셨죠.

― '개체발생은 계통발생을 되풀이한다'는 말이 중요하다.

― 네, 그렇습니다. 선생님의 예술철학을 압축하는 말씀입니다.
겹겹이 쌓이는 우주의 모습을 연상시킵니다.

― 그런 이미지다. 나는 자전하면서 공전하는 지구의 모습에 비유
했지.

― 최근에 논문이 나왔습니다. 서울대 박사논문. 〈예술가소설과
세계텍스트〉라는 제목으로 《회색인》과 《서유기》, 그리고 조이스의
《젊은 예술가의 초상》과 《율리시즈》를 비교한 논문이었습니다. 충남
대 영문과 교수가 조이스의 《율리시즈》와 《화두》를 비교한 소논문도
있었습니다.

― 나는 법학을 전공했어도 철학을 쫓아다녔다. 일본어판 《세계사
상》 서적을 찾아 읽었어. 과거 일본에서 젊은이들 사이에 허무주의가
유행했다. 화양폭포라는 데서 어떤 젊은이가 우주를 알고 싶어 자살했
다는 사건도 생각나네…. 자네는 이상이라는 사람을 어떻게 보는가.

― 우리 문학사에 특별한 존재라고 봅니다. 작품도 특별하고요.
그 시절에 글을 썼으면서도 어떻게 한 줄도 사회 문제를 다루지 않

았는지…. 어떤 평론가는 이상의 〈오감도〉를 항일시라고 해석하기도 합니다만….

— 그러게, 총독부를 거닐면서 어떻게 그토록 철저하게 자기 생각만 할 수 있었을까.

— 똑바른 정신으로 일제를 살아가기 어려워서, 정신이 힘드셨으리라 생각됩니다.

— 그래, 그런 것 같아. 아내를 다른 남자들과 놀게 하면서 자기 세계에 빠져 있는, 힘든 정신머리를 가진 사람…. 나는 윤동주를 높게 평가해. 윤동주의 시를 봐, 얼마나 투명해?

— 〈뉴스타파〉라는 방송에서 친일파 후손을 찾아 인터뷰하는 프로그램이 있었습니다. 많은 후손이 회피하거나 잘못을 인정하지 않았습니다. 그런데, 원로시인 한 분이 인터뷰에 응했습니다. 문학인으로서 조부의 잘못된 선택을 인정하고 부끄럽다고 말했습니다. 그런 발언하기 어려웠을 텐데, 그분은 대신 사죄하겠다고 했습니다.

— 잘한 일이구나. 우리 근현대사에서 잘한 일, 두 가지가 있다. '소녀상'과 《친일 인명사전》 간행이다.

— 네…. 《두만강》을 다시 읽었습니다. 일제강점기 당시의 분위기가 잘 살아 있었습니다. 저는 언젠가는 《두만강》과 《화두》를 연결해서 분석하고 싶습니다. 특히 《화두》의 그 사회주의 선언 같은 문서상의 사건이 실제 벌어진다면…. 우리 주변의 열강의 움직임으로 그 끝에 통일이 되면서 조명희의 선언 같은 그런 일이 일어난다면….

— 그런 일은 없을 것이다. 로마는 무너졌다. 소련이 무너졌으므로 그런 일은 없으리라 본다.

화정에 돌아가서 사모님께서 삶아 주신 국수를 먹고 집으로 왔다.

# 절대문감

2017. 10.

최인훈 선생님께 다녀왔다. 지난 추석 명절 때 찾아가지 못해서 겨울 오기 전에 뵙고 싶었다. 학회지에 실은 논문도 보여 드리고, 이번 계절에 발표했던 소설도 보여 드려야 했다.

선생님은 좀 마르셨다. 치아가 거의 없어 보였다. 수염을 엄지손가락으로 쓸어보시는 습관이 생기신 듯했다. 낭랑한 어조는 여전하셨다. 여든을 훌쩍 넘기셨는데 총기가 대단하시다는 느낌이었다. 피곤하지 않으신지, 세 시간 동안 계속 말씀하셨다.

— 요즘 텔레비전을 보니 미국과 북한이 서로 으르렁거리며 곧 결전이 벌어질 태세야. 어떻게 될까.

— 잘 모르겠습니다. 긴장은 늘 되지만, 우리가 어찌할 수 없는 문제여서….

— 미국 대통령이 세계적으로 신임을 많이 잃고 있지 않냐. 최강국의 수장이 말본새가 영 아니야. 막말하고 욕까지 하면서 북한 핵무기 개발 막으려 하잖아. 자기들은 핵으로 단단히 무장하고 세계를

위협하면서 말이야. 우리 역사를 중국 역사라고, 알지도 못하는 말을 지껄여대고….

— 한국을 중국의 속국으로 안다고 했답니다.

— …어찌해야 할까. 핵을 쓰면 북한은 물론 우리도 그 피해가 막대할 텐데. 후폭풍이 상당하지 않은가. 핵으로 피해 본 일본 나가사키, 히로시마 사람들은 아직도 후유증에 시달리고 있잖아. 징용 간 우리 민족도 마찬가지였고.

— 세계 많은 나라 사람들이 한국 사람들은 전쟁에 무감각하다고, 불안해하지 않는다고 합니다.

— 그럼 어쩌란 말이야. 학교도 가지 말고, 직장도 가지 말란 거야?

— 유럽 몇 국에서 평창올림픽 불참 고려 중이라 합니다.

— 어찌 될까. …미국이 저렇게 나서면 북한도 가만히 있지 않을 텐데.

— 잘 모르겠습니다. 미국 대통령은 재선을 위해 이런저런 전략이 있는 것 같습니다. 북한을 자기네 편으로 만들려 하지 않을까 생각해 봅니다.

— 중국이 그렇게 놔둘까?

— 벼랑 끝 전술로 오락가락하면서 최장 거리 미사일을 완성하려는 북한의 속셈이 보이기도 합니다.

잠시 침묵이 흘러서 나는 텔레비전 옆에 있는 그림을 본다. 손녀딸이 그린 최인훈 선생님의 초상이다. 정말 잘 그렸다.

— 천부(天賦)로 보입니다.

— 그래, 타고났어. 저런 계통은 타고나는 게 있어야겠지. 문학도 그렇지 않은가. 저렇게 그림으로 생을 보내기를 바라는데…. 뒷받침

이 있어야 하겠지.

— 감각예술은 정말 천부의 재능이 필요합니다. 음악에는 절대음감(絕對音感)을 타고나는 사람이 있습니다. 미술에는 절대색감이고요.

— 절대음감? 그게 뭔가?

— 절대음감은 어떤 소리를 듣자마자 그 소리가 어떤 음계에 위치되는가를 즉각 알아차리는 감각 능력입니다. 가르친다고 되는 것이 아닙니다. 모차르트 일화가 있습니다. 모차르트는 네 살 때, 돼지가 꿀꿀대는 소리를 듣고 "F#"이라고 했답니다. 최근 다큐멘터리 보니까 여러 음계를 동시에 알아차리는 아이도 있습니다.

— 그런 것은 동물에게도 있을까? 실험을 해 보았을까?

— 그건 모르겠습니다.

— 절대색감은 뭔가?

— 색에 대한 비상한 센스입니다. 영상에 대한 기억이고요. 한 번본 것은 뇌 속 사진으로 박혀 그대로 재현할 수 있습니다.

— 그걸 어떻게 실험하지?

— 어떤 아이에게 풍경을 한 번 보게 하고 그리게 했습니다. 완벽하게 그려냅니다.

선생님, 내 논문을 들여다보신다.

— 그 논문은 수정 후 게재 판정을 받고 싣게 됐습니다. 선생님의 단편소설을 분석했습니다.

— 체계가 적절한 것 같군.

— 선생님은 예술가이면서 과학자이십니다. 아주 엄밀하게 인류의 의식을 진단하고 있습니다. 생명주체, 문명주체, 환상주체로 말입니다.

― 나는 구조주의니, 신비평이니, 정신분석이니 하는 서구이론들이 마음에 닿지 않아. 정확히 맞는 것 같지도 않고…. 그래서 고민해 보니까 그런 결과가 됐지.

― …올해 노벨문학상 수상자가 일본계 영국인이 됐다고 보도가 나왔습니다. 일본은 벌써 세 명이나 탔네요.

― 노벨상은 없었으면 좋겠어. 돈 많은 나라들의 잔치 아니야? 스웨덴에서 한국인들의 상처를 알아나 보겠어? 그들에게 '절대문감(絕對文感)'이 있는지 모르겠어.

― 어느 신문에서 우리가 노벨문학상을 타려면 어떤 방식이 좋을지, 평론가들이 의견을 나눴습니다. 우리나라는 1930~1940년대 출생 작가들이 희미해지면 더욱 수상권에서 멀어지고 있다는 의견입니다. 선생님도 거론됐습니다. 사회, 역사 문제보다 인류 보편의 본질을 다루는 문학이 좋겠다고도 하고요. 혹은 우리만의 고유한 문학 세계를 개발해서 보여주어야 한다고도 했습니다. 마르케스의 '마술적 리얼리즘'같은.

― 그렇게 해야겠지. 하지만 문학은 음악보다 여러 문제가 있지 않나?

― 알려야 된다고 봅니다. 제3세계권도 많이들 타고 있으니까요.

― 언론도 너무 놀아나고 있어.

― 우리 국민도 관심이 많아 보입니다.

― 그만하자. 자네는 이런 와중에서도 글을 썼으니 용하네. 나는 눈앞의 현실을 늘 주시하면서 패러디해 왔을 뿐이야. 이런 현실이 내겐 꿈처럼 보였으니까.

―《태풍》연재하실 때 어떤 압력이 없으셨습니까? 그런 알레고리

를 권력에서 읽어 냈는지는 모르겠지만…. 지난해 집권당이 문학 교과에서 《광장》을 빼겠다고 하는 선언처럼 말입니다.

— 《태풍》이 큰 문제가 되리라고, 또 많이 읽히리라고 생각하지 않았겠지. 실제로도 그렇고.

— 예술가와 과학자의 삶을 살아오시면서, 고단하실 텐데…. 선생님, 어디 아프신 데는 없으시죠?

— 멀쩡해.

그 외, 담배 끊은 이야기, 허리 아픈 이야기, 혈압 이야기, 아들 이야기, 부모님 이야기 등을 하셨다.


# 침묵

2018. 1.

최인훈 선생님께 세배 갔다. 사모님은 보이지 않고 처음 보는 여인이 차를 내온다. 선생님께서 인사시켜 주신다. 며느리라고 하신다.

선생님, 예전처럼 말씀을 많이 하지 않으신다. 내 이야기만 들으신다. 내 이야기에 한마디 응답하시고 침묵, 내가 말씀드리면 또 한마디하시고 침묵…. 침묵이 오래간다. 몸도 많이 마르신 것 같다. 안색이 밝지 않고 수염도 힘이 없어 보였다. 어디 편찮으시냐, 물으니 고개만 저으신다. 잠을 주무시지 못한 것처럼 피로해 보여 나는 그만 일어섰다.

가려고 하니 앉아 있으라며 손을 풀럭거리신다. 며느리가 사과를 내오자 식사를 준비하라고 작게 말씀하신다. 나는 공연히 며느리에게 일감을 만들어준 것 같아 미안했다. 괜찮다고, 시장하지 않다고 말해도 선생님은 꿈쩍도 않으신다. 선생님과 나는 별 이야기 없이 부엌에서 나는 소리에 귀를 기울였다. 도맛소리, 그릇 옮기는 소리가 멎자 식사가 마련됐다며 며느리가 부른다.

식탁에 앉으니 며느리가 음식을 내놓는다. 국수였다. 나는 선생님께, 아름다운 부인을 만난 아들 걱정 않아도 좋겠고, 이런저런 일을 도와주는 새 식구가 있어서 든든하시겠다고 말씀드렸다.

# 무언의 유언

2018. 3.～7.

선생님께서 위독하시다는 아들의 전화를 받았다. 대장암 말기시란다. 나는 전화를 걸어 선생님과 통화했다. 병환 이야기는 모르는 척하고 안부를 묻는 중에 울음이 터졌다. 내가 선생님 보고 싶다며 찾아뵌다고 하니, 선생님은 가족이 알아서 할 것이라며 오라고 할 때까지 기다리라고 하신다. 당신 스스로 깊은 병이 있다는 것을 알고 계시는 것 같았다.

그로부터 4개월 동안 나는 선생님 댁과 병원을 오가며 선생님 투병 상황을 지켜보았다. 아니, 선생님은 투병 중이 아니셨다. 운명을 받아들이시고 담담히 견디시며 마지막을 기다리는 시간들로 보였다.

누워 계신 선생님 뵈러 가는 나의 걸음은 늘 급하고 무거웠다. 덤프트럭을 끌고 가는 듯한 기분이었다. 선생님 생전 마지막 생신날, 시인 선배와 함께 찾아뵈었다. 선배는《화두》재발간 출판사 대표이기도 했다. 선배는 일부러 밝은 분위기를 만들려 말을 많이 했다. 그는 선생님을 기리는 일에 대해서 여러 의견을 제시했다. 소파에 간

662

신히 앉아 계신 선생님은 고개를 끄덕이시기만 했다.

아무 말씀하지 않으시는 선생님 곁에 소설책 한 권이 놓여 있었다. 톨스토이의 〈이반 일리치의 죽음〉이었다. 표지의 어두운 그림이며 '죽음'이라는 글씨가 눈을 찌르고 들어왔다. 소파에 앉아서 책을 읽을 기운은 없으실 텐데, 읽으시더라도 서재에 누워 팔에 얹어 보실 텐데….

나는 집에 돌아와 당장 톨스토이 작품집을 찾았다. 그 작품은 톨스토이 단편선에 실려 있었다. 세 편이 묶여 있는 오래된 책이었다. 〈이반 일리치의 죽음〉도 읽은 기억은 있었지만, 주요 장면이 선명치 않아 나는 다시 정독했다. 이반 일리치가 암에 걸려 죽음을 맞닥뜨리는 과정을 세세하게 그리고 있는 작품이었다. 그가 식구들을 불쌍히 여기면서 죽음의 고통에서 해방되듯 선생님도 그런 상황인가, 하는 생각이 들었다. 마지막 장면, 이반 일리치가 '용서해줘'라는 말을 실수로 '지나가게 해줘'라고 내뱉는 장면은 톨스토이에 얹힌 선생님의 세계관처럼 보였다.

그는 아내에게 아들을 가리키며 말했다.
"데리고 가….불쌍하다…당신도….".그는 또 "프로스치(용서해 다오)"라고 말하려다가, 그만, "프로푸스치(지나가게 해)"라고 말하고 말았다.[227]

'용서' 대신 '지나갈'뿐이라는 것. '용서'도 인간이 만들어놓은 욕망의 산물이고, 이념에 불과하다는 것. 선생님께서 소파에 놓인 이반 일리치의 죽음을 바라보시며 전하는 무언의 유언처럼 들려왔다. 40

년 동안의 가르침에서 마지막 수업이었다.

선생님의 생애 끝 한 달 동안 나는 일주일에 세 번 이상 병원을 찾았다. 선생님께서는 차오르는 복수로 몸은 괴롭지만, 정신은 편안해지신 모습이었다. 심신의 고통을 견디는 방법으로 모든 것을 내버려두시려는가 싶었다. 몇 마디 하지 않으시고 눈으로만 뜻을 전하셨다. 나는 선생님 가까이 있으려 했다. 선생님의 손을 이렇게 오래 잡아보기는 처음이었다. 선생님의 복수 찬 배를 쓸어보는 것도, 선생님을 안아 휠체어에 옮기기도, 휠체어 탄 선생님의 등을 긁는 것도, 선생님 발과 종아리를 어루만지는 것도 처음이었다.

모든 것이 처음이었고 마지막이었다.

## 영면
### 2018. 7. 23

선생님께서 영면하셨다.

# 14,600날의 기억

그가 지금 있는 자리에 있는 것은,
그 모든 〈뒤〉를 잊지 않은 수십억 년의 〈기억〉들이 있었기 때문이다.
─《화두》 2부에서

선생님, 안녕하십니까. 자하연 묘지에서 지난 추석연휴 때 뵙고 석 달 만입니다. 제 손은 뜨거운데 묘석이 차갑네요. 손가락 끝에서 전류가 흐르는 듯합니다. 날씨가 춥습니다. 오랜만에 인사 올립니다. 인사 드릴 때마다 언제나 격조했다는 죄송함이 먼저 드는 것은 선생님께서 제자에게 전해주시는 걱정에 여전히 보답을 못 해 드리고 있다는 반성 때문입니다.

소년 시절 선생님의 소설을 처음 접하고, 학교에서 선생님을 직접 뵙고 난 뒤 지금까지 선생님께선 제 곁에 없으신 날이 없었습니다. 심신이 밀접해 있던 40년의 나날이었습니다. 선생님과의 육체적 만남은 만사천육백 일째가 마지막 날이었습니다. 이제는 자하연묘원에서나 뵐 수 있게 됐습니다. 하지만 여전히 선생님께서는 제 곁에 계십니다. 《화두》를 읽을 때마다 당신의 현실을 꿈으로 적으셨던 선생님의 꿈을 제가 다시 꾸게 되니 제겐 선생님이 아직 현실에 계시는 중입니다.

선생님께 받았던 은혜에 답하는 것이 문학 공부 열심히 하고, 글쓰기에 집중하는 일일진대, 편지글도 여전히 이렇게밖에 시작할 줄 모르는 둔한 문장을 넓게 헤아려 주십시오. 선생님의 《화두》에 대한 논구의 글을 편지글로 쓰려는 이유는 좀 더 자유로운 자세로 《화두》를 다시 읽어보겠다는 생각에서입니다. 대부분의 평문이나 논문이 외국의 이론을 작품 해석의 도구로 삼아 작품의 특정 문단을 떼어내거나 문장을 분해해서 기계적으로 이론에 적용하는 재구의 형식이라고 생각해와서, 그런 식이라면 꽉 끼게 맞춘 제복에 무거운 헬멧 쓰고 넥타이까지 졸라맨 느낌이 되지 않을까, 스스로 겁을 낸 탓이기도 합니다. 그러면 할 말을 다 못하고, 힘을 제대로 쏟아붓지 못할 것 같다는 생각이기도 했습니다. 방법적으로 세련되지 못하고, 거칠고 주관적인 문장이 되더라도 더 정직하고 진실한 독후감이 되리라, 어쭙잖은 합리가 껴들어 있습니다.

1994년, 《화두》가 발간되었던 해를 기억합니다. 기후부터 예사롭지 않았던 해였습니다. 봄부터 시작한 이상 열기는 여름에 이르자 폭발하듯 온 나라를 데웠습니다. '100년 만의 더위'라는 기록을 남겼지요. 북한의 수반이 쓰러지면서 정국도 수상한 기운이 감돌았고, 집안에도 여러 일이 겹쳤습니다. 조모가 돌아가시고 딸아이가 태어났습니다. 《화두》가 나오자 많은 매체에서 서로 다투듯 보도했습니다. 언론뿐 아니라 우리 제자들도 선생님의 《화두》의 탄생에 환호했습니다. 20년 동안의 면벽에서 돌아서 세상을 향하셨기 때문이 아닙니다. 우리는 《화두》에 새겨진 글자 한 자 한 자에 선생님의 정신과 육신, 선생님의 시간과 공간이 모두 들어 있다는 생각이 들어 이제

《화두》를 통해 선생님을 늘 뵐 수 있게 되었다고 기뻐했습니다.

  예술과 문학을 창작하는 후배와 제자, 역사와 사회를 정리하고 해석하는 학자, 철학자, 종교인, 정치연구가, 출판인, 언론인 등 많은 사람이 선생님을 향해 숙연함을 보였습니다. '장엄한 교향악을 듣는 듯하다', '최고의 지성의 문장으로 20세기를 조망했다', '세계사의 현관', '포스트모던조차 깜짝 놀랄 파격의 형식'…. 등등의 격찬이 터져 나왔습니다. 물론, 몇몇 평자들은 형식에 부담을 느끼기도 하고, 사건 중심보다 사유 중심의 내용 전개에 불만을 보이기도 했지만, 대부분은 선생님의 여전하신 힘에 찬사를 보냈습니다.

  1994년 당시 저도 그처럼 크게 감동했습니다. 그리고 졸업논문을 작성하기 위해 또 읽었을 때는《화두》의 진면이 더 세세하게 보였습니다. 이제 서간체 형식의 독후감을 쓰려고 또 읽으니《화두》는 그 당시만큼 객관적으로 보이지 않고, 선생님의 숨결과 체온이 먼저 다가옵니다. 나중에 또 어떤 독후감이 올지 모르겠지만, 지금으로서는《화두》가 곧 선생님이고, 선생님의 기억이라는 느낌이 강합니다.

  선생님, 기억나시죠? 1986년 봄날이었습니다. 제가 남산의 학교에 다닐 때입니다. 민주사회에 대한 열망이 고조에 달하던 시기였지요. 시민과 학생이 모두 같은 마음을 갖고 그 어느 때보다 긴장을 갖고 사회를 바라보던 때였습니다. 남산, 예술대학 아래쯤에 '국가안전기획부'가 자리 잡고 있었지요. '안기부'라는, 이름만으로도 두려움과 불안이 일던 행정기관, 그 기관이 증·개축을 하려는지 밤낮없이 공사 소음을 내고 있었습니다. 우리는 시끄러워서 제대로 공부를 할 수 없었습니다. 몇몇 학생들은 '안기부 물러가라'라고 외치기도 했습니다. 그런데, 우리가 내세운 핵심 이슈는 당시의 민주화 열

기에 부응한, '밀실정치 하지 말라', '고문정치 그만두라'라는 구호가
아닌, '공부에 방해되니 물러가라'라는 것이었습니다. 정치적 이해에
맞춘 구호가 아니라, 우리의 당면 현실에 걸맞은 소박하고 구체적인
주장이었습니다. 예술학도여서 가능한, 가장 현실적이고 가장 이상
적인 외침이었습니다.

　선생님께서도 안기부 공사 소음을 견디기 어려우셨던가 봅니다.
수업 도중에 조용한 강의실을 알아보라 하셨습니다. 아무리 찾아다
녀도 소음을 막아낼 강의실은 없었습니다. 선생님께서는 "나를 따르
라."하고 간단히 말씀하시고는 강의실을 나오셨습니다.

　우리가 선생님을 따라 들어간 곳은 학교 건물 뒤에 세워져 있는
통학버스였습니다. 우리는 모두 그날 〈소설론 특강〉을 버스 안에서
들었습니다. 선생님께서는 버스 운전석 뒤에 서 계시고 우리는 좌석
에 앉아 〈문학과 이데올로기〉를 읽었습니다. 현실의 악조건을 개선
하기 위해 거리에 나가 외치지는 않았어도, 이데올로기에 휘둘리지
않고 꼿꼿이 서 있기 위해, 선생님께서는 또랑또랑 문학을 강의하셨
고, 우리는 가슴 깊이 새겨넣었습니다.

　우리는 선생님을 무척 닮고자 했습니다. 무게가 느껴지는 선생님
의 손짓과 몸짓, 꼿꼿한 걸음걸이, 약간 높은 음정의 음성, 그대로
기록하면 명문장이 되는 말씀말씀…. 선생님을 닮아가면 세상의 이
치를 알아갈 것 같았습니다. 박태원, 이태준, 이용악, 최서해, 임화,
이상 등등, 수업 시간에 우리에게 숙독을 권하신 선배 작가들의 문
학을 선생님께서 닮으셨듯이, 우리도 그렇게 하고 싶었습니다. 선생
님께서는 "한 개인에게는 자기가 사는 시대라는 환경은 절대적이다.
우리가 과거의 사람들을 판단할 때의 함정은 우리에게는 이미 파악

된 정보를 가지고 지난날의 환경 속에 자기를 놓는 일이다. 그래서 자동적으로 옛사람들보다 현명한 사람이 된다.”(《화두》 2부 60면.)라고 말씀하시면서 곧 “이것은 야바위다. 그들은 캄캄한 밤 속에서 열심히 찾고 있는 중이었다. 한 치 앞이 보이지 않는 것이 역사다.”라고 하십니다. 그래서 우리가 올바르게 본받고 진정 닮아가려면, “그들과 우리 사이에 바른 대응 관계를 찾자면, 우리 환경에 대한 우리 태도를 객관화시키는 작업을 해야 한다. 그럴 때의 대수(代數)적 거울로서 옛사람—옛 시대는 도움이 된다. 나에게 박태원의 〈구보 씨⋯〉는 그런 거울이었다. 그 거울 속에 비친 나를 그려 본 것이 나의 〈구보 씨⋯〉였다.”(《화두》 2부, 61면.)라고 가르쳐주십니다.

거울 속의 자기 모습을 보는 이상과 박태원, 이태준과 이용악 모두 같은 정신과 모습이었습니다. 시간이 지나 다른 세대의 작가들이 태어났어도, 거울을 보고 자신을 향해 말하는 목소리와 모습은 선배 작가와 다르지 않습니다.

그동안 선생님께서 발표하신 소설은 그리하여 후배 작가들에게 반복해서 이어져 나갑니다. 《광장》과 《회색인》에서의 이데올로기에 휘둘리는 인간의 소외문제는 동년배와 1940년대 생의 후배작가들에게 영향을 주었고, 〈웃음소리〉와 〈라울전〉, 〈칠월의 아이들〉의 부조리한 세계에의 섬세한 인식의 표출은 리얼리즘이나 새로운 감수성의 작가들에게 전승됩니다. 그리고 〈구운몽〉과 〈하늘의 다리〉의 예술혼은 제자들이 예술가소설로 다시 승화시켰습니다. 《소설가 구보 씨의 일일》은 많은 후배 작가들이 그 형식을 전해 받아 같은 제목과 형식으로 발표하고 있습니다. 〈주석의 소리〉와 〈총독의 소리〉의 역설적 어조와 독백체는 포스트모던 경향의 젊은 작가들에게 영향을 주었습니다. 《태풍》의 대체역사 방식도 인터넷 소설에서 다시 보는 듯합니다. 이 모든 것은 선생님의 희곡 작품과 《화두》에 와서 합일되어 우리 문학의 원형적 정형으로 남게 되리라 생각합니다.

이상과 박태원, 이태준 등을 이어받으신 선생님의 세계를 본받으려 했다고 하지만, 사실 우리는 《화두》가 발표되기 전까지 다른 소중한 사람을 눈치채지도 못했습니다. 선생님한테는 숨겨진 청동거울과 같은 선배 작가가 또 있었습니다.

'조명희.'

선생님께서 고등학교 1학년 때 감명 깊게 읽었던 〈낙동강〉의 작가 조명희 말입니다. 작문 선생님으로부터 '나중에 훌륭한 작가가 되리라'라는 칭찬을 받았지만, 선생님께서는 그 칭찬을 조명희로부터 받았다고 생각하고 계시지요. 그만큼 선생님께서 존경했던 작가입니다.

우리는 우물 안 개구리였습니다. 나라의 사정상 올바른 글을 쓸 수 없다면 나라 밖으로라도 나가 진실을 외쳐야 했는데, 우리는, 다른 양식도 아닌 사회 변화와 역사에 민감하고 잘못된 세상을 꾸짖을 '말'을 다루는 예술가인 우리는, 행동을 잘못해 왔음을 알고도 반성하지 않는 이완용처럼, 글씨만 훌륭하면 용서될 줄 알았던 우리는, 진정, 몰랐습니다. 망명 작가 조명희를 말입니다.

선생님께서는 필생의 대작 《화두》 2부의 스토리라인으로 조명희를 찾는 여정에 두고 계십니다. 조명희의 딸이 아버지의 유고를 찾아 헤매는 다큐멘터리를 보면서 화자인 '나'는 〈낙동강〉을 회상하고, 조명희를 찾아, '나'를 찾는 여행을 합니다.

여기서, 《화두》의 줄거리를 살펴보아야겠다는 생각이 듭니다. 《화두》는 어떤 페이지를 펼쳐놓고 읽기 시작해도 깊은 사유로 빠져들 수 있도록 구성된 소설입니다. 마치 인터넷의 포털사이트와 같이 수많은 '화두'들이 창(窓)이 되어 문이 열리기를 기다리고 있지요. 그리고 그 창들은 우리의 세상, 20세기의 인류사를 정리하면서 21세기를 예감케 하고, 우주에까지 열려 있습니다. 아무 페이지를 펼쳐놓고 읽기 시작해도 우주로 나아갈 수 있고, 어떤 행을 읽기 시작해도 세상을 음미할 수 있습니다. 그렇게 희한한 마력이 있는 소설이 《화두》입니다.

장편소설 《화두》는, 겉으로는 서사의 합리적 연결이 드러나 있어 보이지는 않습니다. 사건의 연쇄가 무척 복잡해 보이는데, 이는 사건 진행이 주인공의 회상의 발생으로 진행되기 때문입니다. 그 발생이 불규칙적으로 일어나는 듯 보입니다. 곧, 주인공이 기억해내는 사건을, 화자가 독자에게 전해주는 방법이 매우 다양하기에 그렇습니다. 다층적인 화법의 구사이고, 복선적인 시간의 진행입니다. 독자가 사건의 시간을 따라가기보다는 사유의 지대를 탐색해 가게 하는 소설이 《화두》입니다. 그래서 겉으로는 사건들의 연쇄가 복잡해 보여 독자의 이해를 위해 스토리라인에 대한 안내가 필요하다는 생각이 듭니다. 줄거리는 다음과 같습니다.

소설을 끌어가는 화자인 '나'는 1991년 가을의 어느 날, 〈낙동강〉을 처음 읽던 어린 시절을 떠올립니다. '나'는 서울 명동에 있는 예술대학의 문예창작과 교수이면서 소설가이기도 합니다. 오랫동안 소설을 쓰지 않은 나는 소설을 써야겠다는 욕망이 일어 여러 생각을 합니다. 생각의 중심은 나의 체험에 대한 회상입니다. 회상을 철저히 해내려 '나'는 안간힘을 다합니다.

나는 함경북도 H읍에서 태어나 8·15 광복 직후 중학교에 진학하기까지 그곳에서 지냅니다. H읍은 전쟁에서 패하기 시작하는 일본의 마지막 저항지로, 늘 긴장이 감돌았습니다. 나는 유년기를 그곳에서 보내며 소련과 중국, 그리고 일본의 문물을 모두 체험합니다.

나의 아버지는 H읍에서 벌목장을 운영하는 상인이었습니다. 가장으로서 경제활동에 전념하는 아버지는, 나라가 식민 지배에서 벗어나면서, 북한의 공산주의 정책에 의해, W시에 소재한 국영 목재 회사의 평직원으로 전직합니다. 내 가족은 아버지를 따라 W시로 이사하고, 나도 중학교와 고등학교 2학년까지의 시간을 W시에서 보냅니다. 아버지의 한결같은 '생활'처럼 나도 '책 읽기'로 나의 생활을 변함없이 해 나갑니다.

중학 시절, 나는 학교의 벽보를 만드는 주필 활동을 해왔는데, 어느 날, 학교 운동장에 방치해둔 바윗덩어리가 보기 흉하다는 글을 벽보에 썼다가 '자아비판'을 받게 됩니다. 당시의 어린 마음에도 '자아비판'은, 내가 소자본가 출신이라는 이유가 컸다고 생각됩니다. 지도원 선생과 급우들로부터, 벽보에 쓴 글로 사상의 잘못을 추궁받았던 '자아비판회' 사건은, 그 후 내 마음에 커다란 상처로 자리하게 됩니다. 나의 문학 창작과 사유의 중심은 그 상처의 치유 과정의 산물이라 해도 다를 바 없습니다. 나는 평생을, 그 사건에 대해 나 자신이 납득할 답을 얻게 될 때까지 책을 읽고 사색하는 데 바칩니다.

중학교 졸업 후, 나는 고등학교에 진학하면서 작문 선생님으로부터 조명희의 〈낙동강〉 독후감을 잘 썼다는 칭찬을 받습니다. 훌륭한 작가가 되리라는 예언을 듣고 나서 나는 더욱 고민에 빠집니다. 나로서는 벽보의 문구나 독후감을, 같은 마음으로, 같은 나의 희망으로 썼을 뿐인데, 이렇게 상반된 평가를 받게 되는지, 혼란스럽지 않을 수 없습니다.

6·25 전쟁이 터집니다. 내 가족은 LST를 타고 남한으로 피난합니다. 나라 전체가 LST와 같던 시절, 나는 나의 생활인 책 읽기와 사색으로 유랑의 한스러움을 견뎌 나갑니다. 고향에서 읽었던 〈낙동강〉의 주인공인 박성운이, 국어 선생인지, 지도원 선생인지, 조명희인지, 또는 나인지, 알아내려 책을 읽고 글을 쓰는 일에 내게 주어진 시간 대부분을 보냅니다.

1987년 봄을 기억합니다. 나는 뉴욕행 비행장 로비에 앉아 있습니다. 버지니아에 있는 동생 가족과 아버님을 만나고 내 희곡을 공연하겠다는 블록포트대학으로 향하는 중입니다. 공항 로비에서 W시의 교무주임을 봅니다. 그는 1950년에 남한의 피난지이던 M시에서도 마주친 적이 있었지만 나를 모른 체했던 사람입니다. 여러 체험으로 여러 '자기'가 있을 수 있는, 생물·사회적 존재가 인간이라는 사실을 깊은 의미로 받아들이게 하던 사건입니다.

나는 피난 후의 생활을 회상합니다. 아버지는 북한에서처럼 자수성가를 이루지 못하고, 어머니가 피난지에서 행상과 국밥집을 운영하여 주된 가정 경제를 꾸려나갔습니다. 나는 M시에서 고등학교를 마치고 대학 법학과에 진학하지만, 법학에는 왠지 관심이 가지 않습니다. 내게는 지난 시절의 자아비판회 사건과 조명희에 관한 생각이 가득합니다. 나와 우리 가족, 우리 민족을 이렇게 유랑하게 만든 사건의 진상과 연원도 어린 시절의 두 사건과 연관이 있음을 알고 그에 대한 명쾌한 답을 찾으려 책을 읽고 글을 씁니다. 장편소설을 쓰느라 학교 수업을 빼먹어 졸업을 못 하게 된 나는 군에 입대합니다.

오히려 군 복무 기간이 내 대학 시절이라 할 만큼 군대에서 많은 공부를 하게 됩니다.

미국에는 1973년 가을에도 온 적이 있습니다. 대체역사 형식의 장편소설을 막 끝내고 아이오와대학에서 주관하는 창작프로그램에 참석하기 위해서였습니다. 그때, 아이오와 창작프로그램에 참여하고 미국에 4년 동안 더 머물며 휴식을 취하면서 소설《밀실》을 개작하고, 희곡을 창작했습니다. 한국을 떠나 미국에 머물면서 보다 객관적인 시각으로 한국을 볼 수 있게 되었습니다. 미국이라는 큰 나라에 대해서도 깊이 생각해 보는 시간을 가졌습니다. 미국은 '오래된 나라'이며 로마처럼 망할 것 같지 않다는 생각이 들기도 했습니다. 아이오와에 머물 때 어머니가 돌아가십니다. 어머니의 죽음으로 가족은 모두 비통해하고, 나도 어머니에 대한 그리움으로 오랜 시간 슬픔에 잠깁니다.

어릴 적, H읍에서 어머니를 잠깐 잃어버렸던 기억이 있습니다. 어머니를 따라가다가 놓치면서 느꼈던 '영원'에 대해, '나'라는 실재에 대해 앎을 얻습니다. 그런 생각을 하다가 잠이 들었는데, 내 이름이 쓰인 비석을 읽는 꿈을 꿉니다.

나는 아이오와 창작프로그램이 끝났어도 미국에 머물며, 워싱턴 DC의 서적 창고에서 서적 정리 일을 합니다. 카를 마르크스의《자본론》을 그때 숙독합니다.《자본론》을 읽으며 20세기의 세계정세를 객관적이고 냉철하게 판단할 수 있는 시간을 갖습니다. 그와 함께 장개석, 주은래, 프랑코 사망, 솔제니친 망명, 워터게이트 사건, 김대중 납치 사건 등 국내외 20세기 역사 변동의 중심에 섰던 인물들의 사건을 접하면서 역사와 정치에 대해 새로운 시각을 갖게 됩니다.

미국에서 가족과 보내고 휴식하며 생각을 다져나간 나는 미국에 남아 같이 살자는 아버지의 권유를 받고 깊은 고민에 빠집니다. 가족의 유랑에 동참해야 하는지, 귀국해서 한국어로 글을 계속 써야 하는지 갈등합니다. 그러다가 우연히 한국의 '아기장수 설화'를 발견하여 읽고 뭐에 홀린 듯이 희곡을 씁니다. 나는 꿈꿀 힘이 남아 있을 때, 꿈을 계속 꾸리라 결심하고 한국으로 돌아옵니다.

귀국하면서 예술대학 문예창작과 교수로 부임합니다. 후학을 위해 예술에 대한 이론화 작업에 몰두하면서 희곡도 계속 써나갑니다. 나는 한국문학 연속성의 파악을 위해, 특히 월북 문인들의 행적과 작품 활동에 관심을 기울여 그들의 작품을 모으고 정리합니다. 내게는 서울 성북구 성북동에 있는 이태준의 옛집을 방문하는 일이 큰 기쁨입니다. 상허 이태준의 숨결이 밴 '수연산방'을 둘러보면서 나는 '나'에 대해 깊이 생각해 봅니다. 상허는 월북했고, 나는 가족을 따라 월남했습니다. 대학교수직을 맡고부터 일상은 평온해졌지만 부유하는 듯한 내 마음은 여전합니다. 시간이 흐를수록 옛날의 기억이 더욱 선명해지고, 나와 가족을 유랑하게 만든 연원이 또렷하게 알아집니다. 자아비판회를 주도한 지도원 선생을 만나는 상상을 더 자주 하게 되고, 분단을 고착화한 열강들에 대해 분노를 느끼며, 우연적인 역사 상황을 개탄합니다. 볼셰비키 혁명, 소련 건국, 동유럽의 개혁 등이 지금 나를 있게 한 원인이라 할 수 있고, 사회의 현실에 동원될 뿐, 나 스스로 어쩌지 못하는 사회의 구조와 그를 끌어가는 이데올로기가 원망스럽습니다.

어느 날, 나는 한 문학지의 신인 공모 작품 심사를 위해 의정부 북쪽으로 여행을 합니다. 그곳에서 나는 오랜 시간 군 복무를 했고, 그

시절 등단해서 많은 작품을 써냈습니다. 법과대학을 중퇴하고 군에 입대해 버린 일은 아버지의 기대를 저버린, 죄송스러운 일입니다. 하지만 나는 책 읽기에 열중했고 소설 창작에 성의를 다했습니다.

1989년 11월에 미국에서는 부시가 대통령에 취임했고, 베를린에서는 동서 간 자유 왕래가 시작됩니다. 소련의 고르바초프는 평화공세를 펼쳐 보이는데, 그것이 자연스러워 보이지 않습니다. 혁명 이후, 사회주의를 실천하겠다던 소련의 정치가 그릇된 방향으로 흘러가는 듯한 모습을 보면서, 나는 이성의 그릇된 사용이 안타까울 뿐입니다.

1990년 5월에 나는 조명희가 총살되었다는 보도를 듣습니다. 〈낙동강〉의 작가 조명희가 숙청당했다는 소식과 그의 딸이 아버지의 원고를 찾는다는 방송 다큐멘터리를 봅니다. 소련이 붕괴하고 이라크에 폭격이 가해지는 전쟁이 발발하는 혼돈의 세계정세가 계속됩니다.

나는 1992년 초가을에 구소련을 여행하는 시간을 갖습니다. 크렘린궁전과 모스크바 시내를 돌아보고, 톨스토이, 푸시킨, 도스토옙스키, 체호프의 묘소에 참배하면서 착잡한 심경에 빠집니다. 소련은 냉전 시대를 끌어가던 종주국이었지만 미국과는 분위기가 전혀 다릅니다.

구소련 여행 중에 나는 조명희를 가두게 했던 증거 문서에 섞여 있던 연설문을 읽게 됩니다. 이상적인 사회주의 국가 건립을 목표로 망명해 투쟁했던 조명희, 〈낙동강〉의 주인공 박성운을 창조하고 스스로 그처럼 살고자 실천했던 조명희, 내겐 어린 시절부터 영웅이었던 그 조명희의 마지막 절규가 들려오는 듯한 연설문입니다. 연설문을 읽고 또 읽으며 감동합니다.

나는 지도원 선생과 작문 선생, 조명희와 나를 생각하면서 서울로 돌아옵니다. 서울행 비행기 안에서 우연히 레닌의 기사를 접하게 됩니다. 레닌은 죽기 전에 치매에 빠져 바보처럼 돼 버렸다 합니다. 대사상가도 치매에 걸리면 인간 이하로 전락해 버리는, 인간의 한계에 대해 나는 깊이 생각합니다.

나는 결심합니다. 기억이 있을 때 언어로 기록해 두어야 하겠다고, 언어로 된 기억 자체가 곧 생명이고, 길이라고, 그것이 바로 진정한 '나'의 발견이고 나를 이루는 전부라고 생각하면서 소설을 쓰기 시작합니다.

선생님, 얼마나 참아야 진실한 나를 깨울 수 있을까요. 얼마나 기다려야 내가 진정 알아질까요. 선생님, 소설 쓰기는 결국 나를 찾는 노역이 아닙니까. 여러 '나'를 내세워 그동안의 체험을 회상하면서, 회상과 동시에 나를 다시 연기해 나가면서 참된 나를 찾는 일이 소설 창작 아니던가요.

여러 '나' 중에서 역사의 소용돌이에 휘말려 만신창이가 되어 버리고 결국 총살을 당하고 말았던 조명희를 찾는 '나'의 발견으로써의 '화두'가 《화두》가 아니던가요. 그뿐 아니라, 《화두》엔 다른 화두도 무수히 많이 있습니다. 그래서 무어라 한마디로 말할 수 없는 작품이 《화두》입니다.

그중에서 제가 주목한 '화두'는 '예술'입니다. 현실 사회주의 체제의 몰락 이후 지구 전체가 자본화로 접어든 시기로 보이는 지금, 여기에서, 우리가 숨을 쉬고 살아가야 한다면, 꼴사납게 분단된 상태로 불안스럽게 유지하고 있는 한반도라는 변방의 국가를 유토피아라고 여기게 할 수 있는 유일한 길이 있다면, 예술의 길밖에 없지 않겠는가, 하는 '화두' 말입니다. 그 길이 오히려 인간다운, 철저하게 인간다운 길이 아닌가, 하는 고민 그 자체가 '화두'가 되어 우리를 강하게 끌어가고 있습니다.

선생님께서는 예술을 정의하시려고 많은 시간과 노력을 바치셨습니다. 그래서 그 결과로 여러 권의 에세이집을 남기셨습니다. 그것은 예술이라는 '화두'에 대한 선생님 식의 개념이 돼 있습니다. 동양에서 용맹정진의 상징어인 화두는 선생님께 와서는 "마음이 벗어놓은 허물들, 마음이 머물다간 거푸집인, 이미 틀지어진 기성의 개념들을 벗어나서 마음의 생성과 변화를 거슬러 가 보려는 결의가 내비치는 말"(《화두》 2부, 22면.)이라 구체적인 정의를 내리십니다. 그리고 생물학에서의 '발생'이라는 뜻을 사람의 '마음'에 비유하시면서 더 명료하게 '화두'의 개념을 풀어나가고, 더 발전시켜 예술 창작의 방법, 창작 과정에서의 의식의 흐름의 모습으로 설명하고 계십니다.


발생이라는 개념으로 의식 현상을 이해하는 것이 지금의 나에게는 제일 생산적으로 느껴진다. 의식 발생과정의 가장 분명한 궤적이 언어라는 생각이다. 언어 이전에도 의식은 있었지만, 언어의 발생을 분수령으로 해서 의식은 동물의 감각과 갈라진다. 그러나 동물의 감각과 끊어지는 것이 아니다. 아마도 변모(metamorphosis)했다거나, 지양(止揚)되었다고 보인다.

〈발생〉과 〈물질대사〉는 발생한 것이 유지된다는 선후관계가 중요한 것이 아니라, 〈물질대사란 발생의 압축된 반복〉이라고 불러야 할 것 같다. 생활의 매 〈순간〉이 생명의 진화과정 〈전체〉의 고속도 반복이라는 이미지. 물질대사 자체가 계통발생의 반복이며, 다만 발생이라는 단계를 매개로 삼고 있는 것이다. 공전하면서 자전하는 지구의 운동처럼. 마음은 변화하면서 변화하지 않는다. 이 모순을 표현하자면 마음은 〈발생〉하고 〈발생〉을 반복한다고 하면 되지 않을까. (《화두》 2부, 22면.)

《화두》의 위 문단에 그동안 선생님께서 우리에게 전하고자 했던 예술론의 핵심이 들어 있지 않은가 생각합니다. 선생님의 예술론을 정리해 봅니다. 선생님의 예술론과 관련된 선생님의 에세이뿐 아니라, 창작품에서 예술적 성찰의 문단들과 주제가 표출된 문장들을 발굴해내어 제 나름대로 체계를 세워보고 재구성해 봅니다. 《화두》는 선생님의 예술론과 창작방법론에 따라 생산된 소설이라고 믿기 때문입니다.

선생님의 예술론은 크게 네 가지 갈래로 나뉩니다. 첫째는 생물 발생학과 문화인류학적 측면에서 인간이 예술을 시작하게 되는 과정, 그리고 그 형성에 생성된 개념의 재정리 차원에서의 포괄적인 예술론이고, 둘째는 문학예술의 목적과 역할을 표출한 것입니다. 그리고 셋째는 예술을 현실과 환상과의 관계에서 파악한 인식론적 정의이고, 넷째는 예술의 창작과 감상의 과정을 심리학적 측면에서 다가간 창작기법 이론입니다. 이미 선생님께서 많은 공력을 기울여 세워놓은 예술론을 제가 또 부연하면 선명도가 떨어질까 우려됩니다. 그렇더라도 저의 정리가 선생님의 작품 세계를 이해하는 데 충분히 도움이 된다고 생각되어 설명이 필요합니다.

선생님의 예술론 중에서 가장 근원적이라 할 수 있는 에세이는

〈진화의 완성으로서의 예술〉입니다. 이 에세이에서 선생님은 인간을 세 가지 자기동일성(Self Identity)의 생명체로 정의하고, 인간이 예술적 자기동일성을 취득하게 된 과정과 그의 역할을 밝혀가면서 예술을 정의하고 계십니다. 동물과 인간은 생물적 자기동일성의 존재로서는 다를 바 없지만, 인간은 거기에다가 문명을 얹게 된 문명적 자기동일성의 동물이기도 합니다. 인간들은 직립 보행하면서 놓여진 손으로 문명을 계속 발전시켜왔고, 한 번 맛본 문명을 인간은 더 특별하게 경험해 보려고 끊임없이 개발해 가고, 그 걸음은 멈추게 되지 않을 듯 보입니다. 선생님께서는 이러한 인간을, '문명이라는 과정을 통해서 그 욕망이 무한한 것에 이르지 않고는 쉴 수 없는 존재'라 표현하십니다.

그러나 아무리 무한에 도전한다 해도 우리는 완전하게 유한에 대한 불안을 해소할 수는 없을 것입니다. 우리는 시간의 벽을 뛰어넘지 못하는 일회적인 존재이기에 그렇습니다. 그러나 우리는 오래전부터 그 불안을 덜어내려 종교와 예술을 고안해내었습니다.

선생님께서는 종교와 예술적 자기동일성을 취하게 되면서 인간은 편안한 상태를 갖는다고 말씀하셨습니다. 종교적 상황은 절대자라고 상정된 존재와 연결되거나 그 도그마를 믿음으로써 현실로 주어지는 자기동일성의 취득 상태이고, 예술적 상황도 작품이라는 약속을 통해 환상적 자기동일성을 이루게 돕습니다. 환상주체에 도달한 사람은 아무 구속됨 없이 자유로운 상태가 됩니다. 종교와 예술 상황에 이른 사람은 자유인, 혹은 자연인, 또는 원시인처럼 보일 것입니다. 그래서 선생님께서는 예술가들을 '원시인이 되기 위한 문명한 의식'을 지닌 사람으로 비유하기도 하셨습니다.

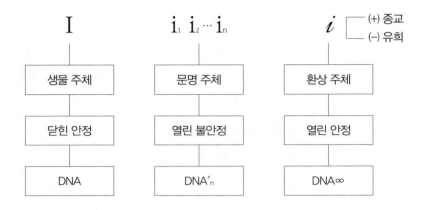

선생님의 예술론을 도형화한 것이 위의 표입니다. 최근까지 발표된 선생님의 예술에 대한 총체적 이론의 압축입니다. DNA라는 생물의 유전정보전달물질을 원용하여 예술이론에 사용하고 있는 선생님의 발상은 그 누구도 흉내 내지 못할 것입니다. 그림대로 인간은 세가지 층위의 자기동일성을 지닌 생물입니다. 생물적 주체로서는 닫혀 있지만 안정된 심리적 상황입니다. 문명을 일궈나가면서 인간세계는 한없이 열려 있을 듯하지만, 개개의 인간들은 한 번밖에, 그것도 평균 여든 해밖에 살지 못합니다. 그 일회성, 유한함을 이겨보려고 인간은 종교와 예술활동을 하면서 심리적으로 안정을 취하게 되었습니다. 그러니까, 예술은 우리를, 이 세계 말고 다른 세계로 날아가게 하는 무한속도를 지닌 로켓이라고도 할 수 있을 것입니다.

저는 오래전부터 인간의 '기억'의 문제에 관해 관심을 가져왔습니다. 제겐 아직도 매우 절실한 주제입니다. 아마도 스무 살 시절, 선생님의 〈문학과 이데올로기〉와 〈소설을 찾아서〉를 교재로 한 〈소설론 특강〉을 들으면서 기억에 관한 근본 물음은 시작되지 않았나 싶습니다. 선생님께서는 어느 날, '예술은 생명의 기억 유희이다.'라고 언명하셨지요. 40억 년 전의 단세포의 기억에까지 도달하려는 기억 놀음이 예술이라는 말씀이셨습니다.

우리를 이해시키려고 수많은 비유와 압축된 잠언, 세밀한 그림, 하다못해 강의실 커튼 속에 숨었다가 나타나시는 연기까지 해 보이셨어도 저는 선생님의 강의를 모두 알아듣지는 못했습니다. 40년 동안, 그 수업의 분위기를 간직하다가 정리하는 글을 쓰려고 기억해냈습니다. 책의 내용과 선생님의 말씀말씀, 우주선을 그리시는 선생님의 손에 들린 분필의 움직임까지 되새겨보려 힘을 써보니 이제야 조금 알 것 같습니다.

지금 우리는 복잡한 사회를 살아가고 있어서 한 가지의 원리로 삶의 물음에 답할 수 없게 되었습니다. 예술가도 마찬가지일 것입니다. 기술이 발전하면서 우리는 예술이 기술에 많이 기대어 있어 둘의 구분이 쉽지 않습니다. 그래서 선생님께서 지적하십니다. '사람들이 옛날에는 상상이나 환상으로 만족했던 부분을 오늘날에는 과학이나 기술의 힘으로 현실적으로 해결한다.'(《길에 관한 명상》, 81면.) 라고 현대 과학과 예술의 관계에 대해 진단하신 다음, 예술이 단순한 기술이 되지 않기 위해서는 '인간이 과학에 눈을 뜬 다음에도 존재할, 문명의 원초 형태에 존재했던 상황의 현실과 이상의 조화에 대한 인간의 욕망을 만족시킬 상징 기호를 고안해내는 일.'이라고 가르쳐 주십니다. 그것의 원초적 양식은 바로 연극이라 강조하셨습니다.

선생님께서 강의 시간에 예를 들었던 '아이들의 소꿉장난' 비유가 이제야 얼마나 적절한지 알겠습니다. 소꿉장난할 때, 아이들은 어른들의 모습을 흉내 내면서 가짜로 음식을 먹고, 가짜로 역할을 바꿔가며 놀이에 몰두합니다. '밖을 잊어버리고 안의 그림자에 사는 일', '신의 마음 밥을 먹는 일.'이라는 연극에 대한 선생님의 또 다른 언명처럼 우리는 마음속의 거울을 바라보고 마음 밥을 먹으며 현실을 견딥니다. 아이들의 소꿉놀이처럼 말입니다. 어느 시대 어느 나라의 아이들이라도 그렇게 세계를 모방한다는 유전된 유희 규칙, 그의 연속성….

그런데 문제는 가끔 연속성이 깨지는 데 있습니다. 기억상실이지요. 치매환자가 대표적인 예입니다. 아무리 육체가 건강해도, 자기의 체험과 자기의 개성을 잃어버리면 무슨 소용입니까? 그는 단지 본능의 기억밖에 없는, 선생님 식의 표현대로라면 생물적 자기동일성밖에 없는 동물과 마찬가지인데요. 정말 끔찍합니다. 가족 중에 그런 사람이 있다면, 그런 정신질환자와 같이 생활한다는 것은. 그것은 신과 같은 인내를 필요로 한 일일 것입니다.

선생님께서도 가장 우려하셨던 바가 '기억상실'입니다. 문학은 기억상실을 방지하는 훌륭한 예술 양식입니다. 개인의 경험뿐 아니라 가족, 민족, 인류의 체험을 기록하기에 언어만큼 좋은 기호는 없을 것입니다. 그 언어를 예술 표현의 도구로 삼기에 문학은 어떤 예술 장르보다 기억의 복원과 유지를 구체적으로 해낼 수 있습니다. 그러나 반대로 다른 감각예술 장르보다 감성적 울림이 한정될 수 있습니다.

선생님께서 언제 말씀해 주셨지요. 인간의 현실을 환상하는 것이 예술의 본질이고, 환상을 다시 현실화하려는 것이 예술작품의 역할이라고 말입니다. 예술 작품의 창작이나 감상은 문명적 행동을 지닌 DNA'를 넘어 '우주를 환기'하는 행동이고, 인류의 태곳적 체험을 기억하기 위한 것이라 말입니다. 그런데, 한 번 정해지면 기호뿐 아니라 형식도 잘 변하지 않는 음악과 같은 예술 양식과는 비교가 안 될 만큼 불리한 조건을 가진 장르가 문학입니다. 매일 닦지 않으면 금세 녹이 슬어 못 쓰게 되는 청동그릇이 문학이기도 합니다. 낮잠 자고 일어나면 변해 있는 지금의 기술 발전 시대에 문학은 한눈팔면 독자에게 환상의 현실감을 줄 수 없는 예술 양식이 되고 맙니다.

《화두》에 연결해서 말씀드립니다. 언어예술가인 화자가 자신을 찾는 과정, 자신의 삶을 정확한 언어로 붙잡아 두려는 행동이 예술행동이라 믿고, 기억의 아이콘인 언어를 통해 완전한 자기의 기억을 복원하려는 용맹정진이 《화두》의 본뜻이겠지요.

우리의 잘못된 근대화, 그 과정에서 발생한 기억상실을 화자는 무척 안타깝게 여기고 있습니다. 기억상실이 두려운 화자는 선배작가들을 본으로 삼아 문학활동을 하기도 합니다. '나는 우리 문학 연속성의 단절에 항의하고, 〈민족의 연속성〉을 지킨다는 역사의식을, 문학사 의식의 문맥에서 실천하고 싶었다.'(《화두》 2부, 51면.)라는 화자의 말은, 그 연속 행동 자체가 곧 예술행동, 즉, 체험의 환기행동이라고 제 마음에 새겨집니다. 그러한 문학행동은 우리 문학의 원형을 찾고 지키려는 강인한 의지이기도 합니다. 우리는 더 참아내야 하고 더 밝혀내야 합니다. 우리의 오판으로 잘못 들어선 역사의 길목을 우리는 꼼꼼히 되짚어 보고 잘잘못을 깐깐하게 따져보아야 앞으로 제대로 된 길을 가게 될 것입니다. 그래서 선생님께서는 바둑에서의 '복기'처럼 이태준을 비롯한 월북작가의 길을 살펴보려 하셨지요. 그리하여 '노예의 언어가 아닌 저항자의 언어에는 인간성의 가능성에 대한 낙관주의와 적당한 쾌락주의, 활달한 창의성, 끝까지 추구되는 강인성—이런 모든 측면도 꽃피웠을 것.'(《화두》 2부, 69면.)이라고 월 북한 선배작가들의 마음을 읽어내셨지요.

선생님께서 자주 북쪽을 바라보시는 이유는 그쪽이 생물적이고 정서적인 고향이시기도 하지만, 우리 민족의 또 다른 기억의 세포가 거기에 엄존하고 있어서라고 생각합니다. 위축되거나 사라져간 기억세포를 되살려내는 줄기세포가 북에도 있기 때문일 것입니다.

공공의 삶의 약속인 '언어'라는 기호를 운용하는 문학종사자라면 사회의 발전과 질서를 위해 언어를 올바로 사용해야 합니다. 많은 사람 위에 군림하여 억압하려는 잘못된 권위를 비판하는 목소리도 키워야 할 것입니다. 그런데, 우리의 문학사는 한때 거꾸로 갔던 적이 있었습니다. 식민을 찬양하고 우리의 기억을 잊어버리자는 말을, 그 무섭고 두려운 말을 아무 거리낌 없이 강한 어조로 내뱉은 적이 있었습니다. 그에 반해서 조명희는 우리에게 얼마나 올곧은 정신을 보여줍니까? 선생님, 《화두》는 잃어버린 조명희, 우리의 잃어버린 기억, 숨어 있던 우리 민족의 줄기세포를 찾는 소설이 아닙니까? 죽은 사람은 말이 없지만, 그의 작품을 통해, 그의 행적을 통해 우리는 우리의 자아에 들씌워진 그의 몸을 느끼고, 우리의 귓전에 울리는 그의 전언을 듣습니다.

'자아'라 하지만, 우리가 소설을 쓰거나 읽을 때는 우리의 자아라고 할 것이 따로 없다는 생각입니다. 그저 우리는 주인공에 얹혀 사건을 겪어나갈 뿐입니다. 주인공을 우리이게 하는 존재는 '화자'입니다. 작가와 인물과 독자 사이에서 말을 하는 또 다른 자아입니다. 화자가 인물과 작가와 독자 사이에 존재한다고는 하지만 그 층위를 나누자면 매우 복잡합니다. 세분하자면 한도 끝도 없을 것 같습니다.

마치 손오공의 분신처럼, 똑같은 손오공이 무수히 많듯이 말입니다.

선생님께서는 그 존재에 대해서도 여러 차례 밝히셨습니다. '나'가 없는 게 아니라, '나'가 수없이 많고, '나' 외 모두가 '나'라고 하셨습니다. 《소설가 구보 씨의 일일》, 〈창경원에서〉의 구보 씨가 그를 대변하고 있습니다. 구보 씨가 '창경원'에 가서 동물을 구경하고 쉴 때 문득 보았던 회중(會衆)의 장면, 구보 씨의 몸에서 또 다른 구보 씨도 훌렁 빠져나가 그 회중의 무리에 섞여, '모든 것들이 서로의 뒤를 밟고 밟히는' 그런 탑돌이, 삼라만상 그 자체가 우리의 자아의 모습이겠지요. 수업 시간에도 선생님께서는 소설가는 모든 것으로 변신하는 '프로테우스' 같은 삶을 살아야 한다고 하셨습니다. 범신론적 세계관을 갖고 창작에 임해야 독자를 진정한 DNA'∞의 자리로 이끌 수 있다고 가르쳐주셨습니다.

용마는 레일 위를, 움직이는 사람의 뜻대로 몇 번 오갔다. 그럴 때마다 쇠 구조물 어느 부분이 돌아가는 소리가 났다. 연극에 관계한 처음부터 나는 무대의 이 부분이 좋았다. 그것은 마치 〈상상력〉이라는 것의 힘줄이며 다리며 팔이며 어깨며 하는 것을 보는 듯하였다. 아주 옛날에 기구 공장 안에서 움직이는 그 검은 물체들의 세계 같기도 하고, H에서 살 때 아버지의 제재소에서 본 기계의 톱 같기도 하고, 공구 창고의 그 잘게 나누어진 선반마다 가득 차 있던 공구(工具)들과 복잡한 보이지 않는 선로를 통해서 연결돼 있는 세계 같기도 했다. 머리와 손과 기계 사이의 이만한 가까움. (…) 이 로프는 거리에 이어지고, 공항에 이어지고, 서울에 이어지고, 버지니아에 이어지고, 나의 머릿속의 세포에 이어져 있다. 영혼이란 것이 끼어

들지 않고도 구성이 분명한 회로다. 그러니까 괜히가 아니다. 나는 나 자신의 두 손바닥을 한 번에 비벼보는 셈이다. 내 다리를 두들겨 보는 셈이다. 이 기계들은 내 마음의 의신(義身)들이었다. ─ 글자처럼, 말처럼, 말보다 좀 더 무거운 〈말〉 ─ 연극에 나오는 온갖 것들, 배우들, 소도구들, 장치들, 무대 뒤의 기계들은 그런 〈말〉이다. 옛날에 H에서 보던 그 커다란 전기톱이며, W의 기관구의 기관차들이며, 공구 창고의 도구들이며를 보면서 마치 뼛속의 가려움처럼 잡히지 않던 그 무엇은 이 사실이었다. 나는 그것들에 넋을 잃었을 뿐 그것들과 말을 나눌 수 없었다. 그것들은 다 이름이 있었는데도 우리는 뜻이 통하지 않았다. 그것들은 그것을 움직이는 사람의 몸이었다. 그것들과 말을 하자면 그것들을 움직이는 사람이 되어야 했다. 지금은 알겠다. 내가 만져보는 이 쇠줄과 레일을 나는 느낀다. 내 성대의 울림을 느끼듯이. 그들은 나다. (《화두》 1부, 215~216면.)

저는 이 부분이 참 좋습니다. 선생님께서도 다시 읽어도 좋으실 부분이라 생각해서 많은 분량임이어도 인용해보았습니다. 무아(無我)라는 말이 있습니다. 만물이 나이고, 프로테우스 같은 나라는 존재는 결국은 없는 나와 다를 바 없다고 저는 이해합니다. 그러나 '나'가 있기에 만물도 있습니다. '나'가 지금 여기 있을 때, 나타나는 것들이 만물이라는 생각입니다. '나'가 '말보다 좀 더 무거운 〈말〉'로 지시할 때 그들은 그제야 제 형태를 드러내 제구실을 합니다. 말 놀음 같지만, 우리처럼 언어로 예술을 하려는 사람들은 그것은 정말 뼈저리게 체득되는 진실입니다.

《화두》는 그와 같은 과정을 아주 정밀하게 보여주고 있습니다. '정밀하게 보여준다'라는 표현은 약합니다. '용맹정진'이란 단어도 약합니다. 의학적 발전을 위해 자신을 던져 실험에 몰두해 있는 과학자의 모습에 비유하면 어떨는지요. 자기 몸을 실험 대상으로 삼아 수술대에 자신을 올려놓고 자기 육체에 서슴없이 해부용 가위를 들이대는 과학자. 자기의 뇌뿐 아니라 자신의 뼈를 부수고, 살점을 뜯어내 다시 맞춰가는 순진무구한 과학자가 《화두》의 '나'가 아닌가 생각해 봅니다.

《화두》의 주인공인 '나'는 냉전 시대의 최대 피해자인 실향 가족의 '장남'인 '나'이면서, 소설을 쓰는 '나'이면서, 한 가족의 가장인 '나'이면서, 문학을 가르치는 교수인 '나'이고, 희곡작가인 '나'입니다. '나'를 실험대상으로 삼아, 나를 이루고 있는 세포들과 나이게 했던 세계와의 관계를 낱낱이 해체한 다음 다시 봉합하는 전 과정이 《화두》라는 책의 모습입니다.

석가모니 부처가 깨달았던 것은 '空'이라 합니다. 그 깊은 사유의 의미를 제가 어찌 안다고 하겠습니까 만은, 불립문자, 직지인심, 교외별전, 이심전심이라는 무아의 경지, 언어로는 空에 들 수 없다는 말은 빈말이 아니라는 것은 어렴풋이 느낍니다. 언어로 지어진 세계란 허상에 불과하다는 것을 의미하겠지요. 허상을 이루는 것도 공이기에, 그러기에 더욱 적확한 언어가 요구됩니다. 허상인 나를 그냥 언어가 아닌 '좀 더 무거운 언어'로 알아야 할 게 아니겠습니까? 선생님께서는 그것을 일러 '화두'라고 말씀하신 것이 아닌지요. 나와 세계의 잘잘못을 언어의 해체와 통합을 거치면서 더 확연하게 질서화해서 공을 보이겠다는 뜻이 《화두》라고 저는 파악합니다.

우리는 선생님께 배웠습니다. 세계와 나를 언어화하는 과정, 내

의식의 안팎의 모습을 문학으로 형상화하는 원리를 배웠습니다. 우리가 그림을 통해 본, '창작의식의 모식도'는 선생님께서 수년간 창작이론 강의를 해 오신 결과물입니다. 제가 재학 중일 때는 우주선을 탄 우주인의 모습만 칠판에 횡횡 떠다녔는데, 졸업 후 20년이 지나 선생님 뵈러 연구실에 가 보니 그림은 구체화되어 작품으로 병풍처럼 펼쳐 서 있었습니다.

그림은 언뜻 전기장치의 회로도처럼 보입니다. 그러나 오래 자세히, 바라보니 선생님의 그동안의 예술론과 창작이론의 압축이라는 것을 알게 됐습니다. 추사의 〈세한도〉처럼 후학을 위해 남겨주신 작품이자 창작 교과서입니다. 혹시 인간 중에 지구보다 큰 인간이 있어 지구의 모습을 지구만한 눈으로 바라본 결과, 인간의 의식의 모습을 한 장으로 그려냈다면, 아마도 그와 같은 모습이 아닐까, 상상해 봅니다.

또한, 그림은 불교에서의 화두 참구의 방법을 도식화한 듯해 보이기도 합니다. 하지만 말로 전할 수 없다는 불교의 깨침의 과정을 설명해놓은 그것에 버금가고 어느 부분은 더 구체적이고 명료하다고 봅니다. 창작하는 사람들의 마음의 모습이 바로 그러하겠지요.

'지각 — 표상 — 개념 — 신체의식'은 우리가 일상생활을 해 나갈 때의 의식입니다. '현실의식'이라고 하셨지요. 현실의식은 언어라는 기호로 집약될 수 있습니다. 선생님께서는 '언어'로 수렴되는 의식화 과정을 더 세분해서 제시하시며, '상상의식'이라 명명해놓고 계십니다. 서양에서는 정신의 숨어 있는 지대를 무의식, 잠재의식 등으로 표현하고 있는데, 제겐 그저 막연하다는 생각이었습니다만, 선생님의 구분은 세세하고 또렷합니다.

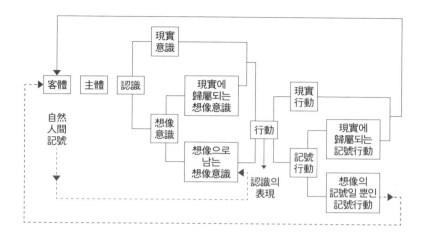

　위의 그림처럼, 마음의 작용을 눈에 보이도록 원리화해 놓으시려는 것은 자기를 잃지 않겠다는 의지의 발현입니다. 자기 자리를 찾아가는 마음의 지도입니다. 조선후기 실학사상을 계승해 근대적 개화에 연결한 김정호의 〈대동여지도〉처럼 우리 모두에게 기억을 잃지 않고, 자기임을 쉽게 확인하여 미래를 준비하도록 지도를 만들어주신 것입니다.

　그것은 또한 《화두》라는 작품의 세 지층과 맞닿아 있습니다. '나'의 한 생애로서의 '현실', 한 생애에 대한 회상으로서의 '의식', 그리고 한 생애에 대한 회상의 기록으로서의 '언어'입니다. 선생님께서 문학을 일러, '현실의 탁본'이라고 간명하게 말씀하신 적이 있습니다. 정말 그렇습니다. 문학가로서의 '나'는 '나'를 탁본하기 위해 나의 삶의 회상에 안간힘을 다해 원본대로 언어화합니다. 시간에 늘 패배할 수밖에 없는 인간에게 유일하게 허용된 기억의 힘을 최대한 쏟아부어 시간을 거꾸러뜨립니다. 골리앗 같은 시간을 기억의 힘으로 넘어뜨리는 기술, 그것이 《화두》의 방법론입니다.

'인간은 회상의 동물'이라고 선생님께서는 자주 언급하셨습니다. 달리기 선수가 왼발이 나간 다음 오른발이 나오는 것도 회상의 한 작용이라고, 모든 관습과 리듬이 회상이고 그 운동이 곧 생명이라고 말입니다.

선생님의 희곡 〈한스와 그레텔〉에서 주인공 한스가 전범으로 30년을 감옥에 갇혔어도 견딜 수 있었던 것은 철저히 기억해냈기 때문입니다. 개인의 기억이 국가의 기억이고, 국가의 기억이 세계의 기억이며, 그것이 곧 인류의 기억, 우주의 기억이 된다는 것을, 그러니까, 개개인의 기억들이 얼마나 소중한 것인가를 뼛속 깊이 체험한 한스였습니다. 《화두》의 '나'도 기억을 최선의 가치로 생각합니다. '〈앞〉에 무엇이 있다는 약속은 사라지고, 법칙이나 〈예언〉의 신빙성도 떨어진 시대에 인간은 어디에 의지해야 하는가. 오직 〈뒤〉밖에 더 무엇이 있겠는가. 〈뒤돌아보는 것〉만이 이 암흑에서 그가 의지할 수 있는 힘의 근원이다. 그 뒤돌아봄이 그의 이성의 방식이다.'(《화두》 2부, 533면.)라고 하셨듯, 이 혼돈의 시대에 우리를 우리이게 할 것은 기억뿐일 것입니다.

서사물로서 《화두》의 시간 변조와 공간 활용에 대해 생각해 봅니다. 회상의 중층구조가 《화두》를 이루게 하는 형식입니다. 회상으로 진입하는 화자의 태도에 따라 회상 방식은 크게 세 가지로 나뉩니다. 첫째는 화자가 '회고한다', '기억난다'는 표출을 하고 회상의 국면으로 들어가는 형식이고, 둘째는 과거의 어떤 사물과 현재의 사물과 연계시키는 방법, 혹은 감각의 매개체나 특정 이미지 등을 기억의 활성 도구로 삼는 경우입니다. 셋째는 그런 표출이나 매개 도구없이 직접 회상하는 방법입니다. 현재인지 과거인지, 사건의 시간은 명확히 인지 안 되지만, 마찬가지로 회상입니다. 《화두》는 이처럼 회상 기법의 백화점 같은 소설입니다.

화자는 어떤 규칙이 없이 시간의 질서를 무시하며 회상하고 있는 듯합니다. 화자 스스로 회상의 혼돈 속에 빠져 있는 듯 보입니다. 그렇지만 가만히 들여다보고 생각해 보면 그 모든 회상의 장면 장면이 두 가지 핵심기억에 의해 조율되어 변주하고 있음을 알아차릴 수 있습니다. 중학시절, 자아비판회 사건과 고교시절, 조명희의 〈낙동강〉 독후감 칭찬 사건, 그 두 사건이 바로 '나'의 원초적 기억입니다. 장수설화를 희곡화한 〈옛날 옛적 이래도 좋고~〉에서 용마를 움직이게 하는 레일처럼, 《화두》를 구성하고 있는 회상의 대동맥과 대정맥은 '자아비판'과 '독후감 칭찬'입니다. 두 개의 큰 핏줄에 모든 핏줄이 걸쳐져 있습니다.

그 사건은 지금의 '나'를 있게 했고, 나는 그 사건을 회고하면서 자신을 놓지 않고 있는 것입니다. 한스는 감옥에 갇혀 있었지만 '나'는 북한 H읍에서 W시로, 남한 목포에서 부산으로, 부산에서 대구로, 대구에서 서울과 의정부로, 미국과 소련까지, 많은 곳에 나를 남깁니다.

그래도 나의 마음의 공간은 '교실'입니다. 한스의 렌즈처럼 말입니다. 나는 북한에서의 그 '교실'을 벗어나지 못합니다. 마음을 들여다보는 렌즈가 교실이니까요. 자아비판과 독후감 칭찬을 받던 그 교실을 향해 빛이 모이고 또, 거기서 빛이 퍼져나갑니다. 시간의 거인을 꼼짝 못 하게 하는 중심 공간, 시간이 녹아들어 간 공간은 교실과 W시입니다.

인문학에 '토포필리아(Topophilia)'라는 개념이 있습니다. '장소애'라고 번역할 수 있습니다. 사람에게 정서적 영향을 끼쳤던 장소일 경우, 그 사람이 그 장소를 자주 그리워하거나 그 장소에 가면 잠재된 의식이 일깨워지는 경험을 하게 되는데, 이를 두고 '토포필리아'적인 상황에 있다고 합니다.

《화두》에는 또 다른 토포필리아적인 공간이 있습니다. 포천의 군부대입니다. 《화두》의 '나'는 그 장소가 애틋합니다. 나는 문학공모에 응모한 작품을 심사하러 관광호텔에 묵습니다. 심사 후에 군 복무 시절이 생각나서 그쪽으로 택시를 타고 가 봅니다. 그러나 부대는 흔적만 있을 뿐 사라지고 없습니다. 군대는 내게 대학과 같은 곳입니다. 나는 법과대학 졸업을 포기하고 논산에서 대구로, 금곡으로, 포천으로 이동하는 군대생활을 7년 동안 하면서 많은 공부를 합니다. 시간이 날 때마다 책을 읽고, 휴가 나오면 고본점에 가서 책을 삽니다. 포천의 세탁중대에서도 근무를 마치면 독서하고 글을 쓰면서 세상과 인생을 알아갑니다. 세탁중대는 나의 인식의 성장을 크게 도와준 장소입니다. 진정한 대학공부를 했고, 문단활동을 했던 곳입니다. 그런데, 그 부대는 이제 어디로 갔는지 보이지 않습니다.

선생님, 제 기억에 2003년 8월 5일, 포천이라는 장소가 있습니다. 선생님 모시고 포천군 이동면 노곡리에 갔지요. 승용차로 우리 집에서 한 시간가량이면 도착할 수 있는 거리임에도 모시지 못해 늘 죄송했습니다. 그날은 선생님도 저도 시간이 비어 있었고, 날씨도 화창했습니다. 문학답사를 하듯, 《화두》에 묘사된 포천의 도로와 풍경, 부대의 이미지들을 더듬어 갔습니다. 《화두》에서의 '나'는 찾지 못했던 세탁중대를 선생님과 제가 찾아냈습니다. 과거, 선생님께서 근무하셨던 제2병참단은 현재, 다른 이름의 부대로 바뀌어 있었습니다. 물어물어 찾아간 부대 앞, 초병에게 사정을 이야기하고 방문을 허락받은 선생님과 저는 휴일의 부대를 돌아볼 수 있었습니다. 당직사령이 아직도 세탁 업무를 맡은 부대의 내력을 확인시켜 주었고, 선생님께서도 여기저기 살피면서 지난날을 찬찬히 더듬어가시고는 재회의 기쁨을 보이셨습니다. 특히 주춧돌에 새겨진 '제2병참단'이라는, 풍화에 마모되어 희미해진 글씨의 흔적을 바라보시며 돌을 어루만지실 때는 눈물을 글썽이시는 모습이셨습니다. 선생님의 모습을 곁눈질하면서, 저는 잠시 낮잠을 자다가 현실로 돌아와선 까닭 모를 서러움으로 눈물을 적실 때의 기분이 들었습니다. 어디 잠시 사라졌다가 돌아온 사람처럼 선생님이 꼭 그렇게 보였습니다.

천막 같은 숲에서 책을 읽다가 5군단에 근무하는 친구를 만나러 시내를 거슬러 가다가, 문득, 이야깃거리가 생각나 수첩에 메모하고, 하숙집에서 밤을 새워 소설을 지어내는, 선생님의 청년기 모습이 눈에 선연했습니다. 집으로 돌아오는 차 안에서 뒷거울에 비친 선생님의 주름진 얼굴과 하얗게 센 머리카락이 낯설어 보였습니다. 이젠 골조만 남아 있어 차갑고 마른 공기가 고여 있는 '포천관광호텔'을 둘러보시던 선생님의 작은 체구도 한량없이 쓸쓸해 보였습니다.

하지만 선생님께서는 기운 세고 꼿꼿하신 모습으로 곧 돌아오셨습니다. 단단하던 근육이 물렁해지셨어도, 사자의 갈기 같던 머리칼이 하얘지셨어도, 부드럽고 온화한 기운이 전해져 왔습니다. 《화두》를 읽고 읽으며 부드러워진 마음이 그와 같지 않을까 생각했습니다. 〈그레이 구락부 전말기〉로부터 이어져간 갈등은 《화두》에 이르러 화해에 이른 듯 보입니다. 평생을 소환당했던 자아비판의 자리와 독후감 칭찬을 받던 자리는 우리 제자들이 대물려 받아도 겁이 나지 않도록 잘 매만져 주셨습니다. 우리는 시간 낭비하며 방황하지 않아도 됩니다. 20세기의 냉전체제는 사회주의와 자본주의의 대결에서 자본주의의 승리로 끝이 났다고 하지만, 진정한 '이성'은 잘못된 현실에 굴절되면서 적응이 어려웠을 뿐, 시간이 흐르면 체제 스스로 힘을 바꾸게 되지 않을까 생각해 봅니다. 조명희를 총살한 이성은 조명희가 믿었던 이성이 아닙니다. 현실의 벽에 부딪혀 환상할 수밖에 없는 이성, 꿈속에서나마 진정한 평등과 평화를 얻고자 우리는 선생님의 가르침으로 환상합니다. 조명희에 들씌워진 '나'를 찾는 예술로 나는 조명희를 살려내고, 나 또한 연기하면서, 죽음을 넘어서는 회상의 방식으로 열린 안정, DNA'∞에 도달하여 진정한 평화를 얻습니다. '용마'를 움직이게 하는 레일처럼 선생님께서 만드신 창작의식의 흐름도를 따라가면 모두 하나가 되는 평안에 도달합니다.

선생님께서는 '어떤 맛을 제대로 알자면 평생이 걸린다.'라는 말씀을 자주 하십니다. 한평생이라 할 만한 세월을 살아보지 못했기에 섣불리 그 뜻을 알겠다고 할 수는 없습니다만, 체험과 그 인식의 온전한 자기화, 혹은 현실과 꿈의 일치화, 그 자유로운 넘나듦, 그것이 어렵다는 뜻으로 받아들여집니다.

또 선생님께서는 '꿈을 꾸면서 꿈 밖으로 나와야 한다.'라고도 말씀하셨지요. 예술 행위는 꿈꾸는 행위입니다. 예술가는 남의 꿈을 대신 꿔주는 사람입니다. 남의 현실을 자기 안에 넣어 꿈으로 버무려 밖에 내놓는 사람이지요. 선생님께서 우리에게 꿈꾸는 기술을 가르쳐주셨습니다. 한평생 걸려야 제대로 꿈 맛을 볼 줄 아는 방법을 얻겠지만, 우리는 《화두》를 통해 좀 더 빨리 알게 되었습니다. 나를 잊지 않는 것, '나'가 처한 모든 곳에서 주인이 되는 것, 그것이 방법이라는 것을 말입니다.

　선생님께서 '나'를 잊지 않기 위해서 《화두》를 쓰셨듯이, 저도 선생님을 잊지 않기 위해 이 편지를 씁니다. 14,600날 동안 흐르던 화두는 그 몇 곱절의 나날, 아니 영원한 기억으로 흐르겠지요.

　선생님, 다시 뵐 그때까지 안녕히 계십시오.

2023년 1월 김기우 올림.

> 사람은 기억 때문에 슬프다. 세상은 흘러가도 기억은 남는다.
> (…) 슬픔은 영원히 남는다. 그렇게 만드는 힘이 기억인데,
> 그 마찬가지 인간의 힘이 그 슬픔을 이기게도 한다.
> ―《화두》1부에서

- 1936년 4월 13일 함북 회령에서 아버지 최국성 선생님과 어머니 김경숙 여사 사이에서 4남 2녀의 장남으로 태어남. (실제 탄생은 1934년임)

- 1943년 회령북국민학교에 입학. 여기서 5학년 1학기까지 국민학교를 다님.

- 1945년 해방을 맞음. 소련군의 공산정권에 의해 그의 부친은 부르주아 지로 분류됨. 가족은 이주를 결심함.

- 1947년 함남 원산으로 이주함. 부친은 사업경영을 그만두고 원산제재 공장에 취직함. 당시 학제는 9월에 신학년이 시작되었는데, 최인훈은 학년을 뛰어넘어 원산중학교 2학년에 입학.

- 1950년 원산중 졸업 후 원산고 재학 중 6·25 발발함. 10월에 시작된 국군 철수를 따라 12월에 원산항에서 LST편으로 전 가족이 월남함. 한 달 정도 부산 피난민 수용소를 거쳐 외가 쪽 친척이 있는 목포로 이주함.

- 1951년 목포고등학교에 전학하여 1년 동안 수학함.

- 1952년 부산으로 돌아와 서울대 법대에 입학함. 부친의 일터가 강원도 영월이어서 가족 모두 강원도에 있었지만 작가 홀로 부산에서 학교를 다님. 최초의 장편소설 《두만강》을 집필함. 환도하는 서울대학을 따라 서울 청파동에 정착함.

- 1955년 〈새벽〉지에 잡지 책임추천의 형식으로 시 〈수정〉이 추천됨.

- 1956년 서울대학교 법대를 한 학기 남기고 중퇴함.

- 1957년 군에 입대함. 1963년까지 7년 동안 통역장교로 근무하면서 문단 활동을 활발히 함.

- 1959년 〈자유문학〉 10월호에 〈그레이 구락부 전말기〉를 발표. 〈라울전〉 (〈자유문학〉, 12월호)이 안수길에 의해 추천되어 공식적으로 등단함.

## 〈그레이 구락부 전말기〉

　6·25 전쟁 이후 폐허의 터전 속에서 미래가 암담한 청년들의 모습을 그린 수작이다. 1950년대 후반 어둡고 답답했던 시대를 배경으로 자유를 갈망하는 허무주의적 지식인 청년들의 고뇌와 방황이 오롯이 표현돼 있다. '그레이 구락부'는 '회색클럽'이란 뜻으로 소설 속 청년들의 비밀 친목 모임 이름이다. 좌/우의 대립 속에서 어디에도 편향되지 않는 작가 특유의 사상이 데뷔작에서부터 보인다.

　— 현은 책에 빠져 살아가는 청년이다. 행동보다는 사유가 즐거운 그는 창(窓)을 바라보며 세상에 대한 냉소로 시간을 보낸다. 그러한 현에게 친구 K가 비밀 결사에 참여하자고 제의한다. 그렇게 모인 현과 K, M, C. 그들은 세상과 단절하고 자신들의 순수함을 지키기 위해 비밀 결사, 〈그레이 구락부〉를 결성한다. 그룹에 미스 한이라는 여성이 가입되고, 그들은 그녀에게 이성의 감정을 갖지 않는다는 결의 후 그녀의 가입을 허락한다. 그녀의 별명은 키티. 그들은 키티에게 이성의 감정을 가지면서 갈등한다.
　어느 날 현은 K와 키티가 함께 있는 것을 보고 그레이 구락부를 탈퇴하기로 마음먹는다. 현은 마침 형사에게 붙잡힌다. 불온 단체를 결성한 혐의다. 현은 자신들의 구락부가 잡스러운 모임이었다고 자책한다. 현이 키티의 제명을 통보하자 키티는 그레이 구락부를 비난한다.

• 1959년 〈자유문학〉 12월호에 〈라울전〉을 발표함. 추천완료작.

## 〈라울전〉

　작가의 소설 등단 뒤, 두 번째 발표작이다. 〈그레이 구락부 전말기〉와 더불어 2회 추천작으로 인정받은 단편소설이다. 현실에 고뇌하고 종교에 귀의하려는 우리 인간의 모습이 날카롭게 그려져 있는 작품이다. 바울과 라울의 모습을 통해 신 앞에서 인간의 한계를 보여주고, 인간 삶의 우연성을 드러내고 있다.

— 라울과 바울은 제사장 집안에서 태어나 어릴 때부터 한 랍비 밑에서 공부하고 함께 랍비가 된다. 그런데, 두 사람의 성격은 정반대다. 라울은 조심성 있는 모범생이지만, 바울은 조급하고 불성실했다. 라울은 어릴 때부터 바울에 대해 콤플렉스를 갖고 있었다. 그는 신에 대한 믿음이 누구보다 깊고 경전 공부도 많이 했다. 하지만 항상 바울보다는 인정을 못 받는다고 생각한다.

시험을 앞두고 바울이 무심코 내뱉은 《성경》 구절을 일부러 외지 않았는데 시험은 바로 그 구절이 나오는 등, 우연히든 아니든 그같은 일이 계속되자 자신은 신의 사랑을 받지 못하는 존재라 생각한다. 그러나 라울은 스스로 신을 위해 노력하는 사람이라고 생각한다. 나사렛 예수의 존재에 대해서도 일찍이 확신을 뒀지만 머뭇거렸다. 그러나 바울은 예수를 따라나섰다. 라울은 신앙심을 적극적으로 표현해야 할 시기에 정반대의 행동을 한 자신을 원망한다. 어쩌면 신에 대한 원망일지도 모른다. 항상 마음속으로 자신의 지적인 우수함을 자랑했으나 중요한 고비에서는 바울보다 많이 뒤처졌다.

• 1960년 〈9월의 다알리아〉(《새벽》, 1월), 〈우상의 집〉(《자유문학》, 2월), 〈가면고〉(《자유문학》, 7월) 발표. 우리 문학사의 기념비적 작품인 《광장》을 대전 병기창에서 백지에 수기로 집필. (《새벽》, 11월)에 발표하면서 문단의 주목을 받음.

### 〈우상의 집〉

전쟁 뒤 폐허 복구의 시기, 젊은이들에게는 안개 속 같기만 한 미래를 은유한 단편이다. 문학예술의 메카였던 당시의 명동 모습이 현실감 있게 구현돼 있다. 당대 문단 풍경을 통해 문학청년의 희망과 절망을 그려낸 단편소설의 정석과 같은 작품이다.

서사의 반전으로 주제가 드러나는데, 독자는 충격과 함께 전쟁의 부조리함을 깨닫게 된다. 문학청년이었을 작가의 당시 모습과 문단 상황이 잘 드러난 작품이다. 현실을 부정하는 방법으로 현실을 꼼꼼히 그려내야 한다는 작가 고유의 창작방법론이 이 작품에서부터 적극적으로 드러나고 있다.

― 남북전쟁 후, 부산으로 옮겼던 서울이 다시 돌아왔던 무렵, '나'는 문단에서 확고한 존재인 'K' 선생이 있는 아리사라는 찻집을 찾는다. 기인(奇人)인 선생님에게 나는 점점 호기심이 생겨 찻집에 자주 가게 된다. 그의 이야기에 끌리기 때문이다.

K 선생은 전쟁의 트라우마에 시달리고 있다. 폭격이 있었던 날, 넘어진 기둥에 깔린 짝사랑하던 여인을 내버려 두고 도망친 자신을 원망한다. 그의 인간미에 나는 더욱 호감을 갖는다.

어느 날 나는 오랫동안 선생의 모습을 볼 수 없었는데, 결국 정신병원에서 그를 찾아낸다. 나는 의사로부터 그에 대해 말을 듣고 충격을 받는다. 그는 정신이상자이며 그가 했던 이야기는 모두 거짓말이었다는 것이다. 나는 전쟁으로 인한 정신적 물질적 폐해를, 절규하는 선생의 모습에서 찾아본다.


## 《광장》

작가의 대표작. 《광장》을 기점으로 한국의 전후 근현대문학의 작품 성향이 갈리게 된다. 우리 문학의 기념비적인 작품인 《광장》은 이명준이라는 주인공을 통해 우리 근현대사 갈등의 연원을 드러내고 반성의 측면을 명철하게 제시한다. 이념이나 체제 비판보다 관련 사건들이 주인공의 의식에 얼마나 영향을 미치고 작용하는가에 초점을 맞춰 서술된 작품이어서 당시 청년의 내면을 잘 따르며 읽어야 흥미가 배가 된다.

작가는 현역군 생활을 하던 1960년, 4·19 열기에 휩싸여 대전 병기창에서 손으로 6개월 동안 써 내려갔다고 한다. 포로교환 기사를 보고 구상해서 집필까지 1년 정도 걸렸다고 한다.

《광장》에 대한 사랑이 깊어 작가는 지금까지 10번 수정을 가하여 예술적 완성도를 높였다. 독자와 문학예술을 향한 작가의 사랑의 열기는 아직도 뜨겁다 할 수 있다.

《광장》의 서사는 작가의 다른 작품보다 비교적 단순한 구성으로 이뤄져 있다. 현재진행사에 과거사가 액자 형식으로 끼워져 있는데, '현재'는 동지나 바다 위의 타고르 호 선상의 사건들이고, '과거'는 남한과 북한의 체험들이다. 소설이 다루고 있는 사건의 문제성도 중요하지만, 그 문제에 대처하는 인물의 내면도 소중히 서술돼야 좋은 작품이다. 《광장》은 이명준을 통해 공공의 파블라를 비판하려는 단순한 구조가 아닌, 그로 인해 한 개인이 어떻게 좌절하고 방황하며 그 끝에 어떤 성찰을 얻어내어 행동으로 옮기는가를 파헤친 소설이어서 독자에게 꾸준히 읽히고 있다.

― 전쟁 포로 이명준은 전후 제3국으로 가는 '타고르' 배에 올라 있다. 그는 갈매기를 바라보며 지난날을 회상한다. 배경은 광복 후 남한. 철학과 대학생 이명준은 책을 읽으며 삶의 보람을 느끼지만, 곧 부질없음을 알게 된다.

그는 갈빗대가 버그러지도록 뿌듯한 것을 찾고자 애쓴다. 그런데, 월북한 아버지로 인해 S서에 불려가 호되게 고문을 당한다. 윤애의 사랑을 삶의 보람으로 삼아 살아가려고 하지만 윤애의 무의식적인 몸의 거부 때문에 실망한다.

이명준은 새로운 삶을 시작하려고 월북한다. 인민을 억누르는 이북의 현실을 보고 그는 좌절한다. 이북에서 은혜를 만나 삶의 참 보람을 찾는다. 이명준은 은혜와 헤어지면서 삶의 의미를 잃는다.

6·25 전쟁이 일어나 이명준은 인민군 장교로 참전한다. 그는 남한으로 내려가 윤애의 남편이 된 태식을 고문함으로써 자신의 존재를 확인하려고 한다. 그러한 가학 또한 아무런 소용이 없는 짓임을 알게 된다.

이명준은 은혜를 다시 만나 그녀의 사랑을 통해 삶의 의미를 찾는다. 그러나 그녀가 전사함으로 삶의 의미를 잃는다. 이명준은 타고르 배를 따라오는 두 마리의 갈매기를 바라보다가 바다에서 행방불명된다.

• 1961년 2월 《광장》(정향사)을 단행본으로 출간. 〈수囚〉(〈사상계〉, 7월) 발표.

## 〈수囚〉

한국 모더니즘 시작을 알리던 대표적 작품, 이상의 〈날개〉를 연상케 하는 작품이다. 세상과 유리된 채 정신병원에 갇혔지만, 행복하다는 '나'를 통해 암담했던 군사독재 시절을 은유하고 있다. 시적인 문체로 인간의 내면을 예리하게 묘파해낸 작품이다.

작가는 자신의 예술론에서 인간의 구조식을 'Iii'라 칭하고 있다. 생물주체인 'I'는 인간의 생물적 입장에서의 주체성을 말한다. 인간에겐 또 하나의 자기 모습인 문명주체 'i'가 있고, 문명으로 해결하지 못한 부분을 채워주는 환상주체 'i'가 있다. 생물주체인 'I'에 '닫힌 안정'을, 문명주체인 'i'에 '열린 불안정'을, 그리고 환상주체 'i'에는 '열린 안정'의 심리적 상황을 대입할 수 있다.

〈수囚〉는 세 가지 주체의 모습을 담고 있다. 작품에 드러나기로는 닫힌 안정에 속한다고 볼 수 있다. 그러나 작품을 읽어가는 독자에게는 열린 안정의 주체로 다가간다.

― 〈수〉의 주인공은 닫혀 있는 공간에서 "난 행복하다고. 여기서 살게 해줘서 고맙다고. 지루하지 않다고. 아코디언은 능글맞다고. 또 곱다고. 지루하지 않다고. 나는 갇혔다(囚)."라고 반복한다. 이는 시간에 봉인된 근대 이후 우리의 모습과 흡사하다. 근대 이전의 시간관념과는 다른 시간관이다. 현대인은 시간으로부터 놓여나면서 오히려 현재 시간의 높은 벽을 실감하고 불안해한다. 주인공은 과거에 붙들려 바깥 현실과 미래에 대한 불안으로 자신을 스스로 과거에 붙잡아두거나 자기 주변의 특정 사물에만 집착하는, 갇혀 있는 인물이다.

• 1962년 〈구운몽〉(《자유문학》, 4월), 〈열하일기〉(《자유문학》, 7, 8월), 〈7월의 아이들〉(《사상계》, 7월) 발표.

### 〈구운몽〉

우리는 4·19의 환희에 휩싸여 민주화를 이룰 수 있다고 예견했지만, 곧장 군부의 군화에 눌려 억압의 시간을 맞는다. '5·16'이 그것이다. 작가는 이 작품을 《광장》과 함께 책으로 묶어놓은 의도가 있음을 말한 적이 있다. 독자에게 4·19와 5·16의 격변을 함께 체감케 하려는 뜻이 숨어 있는 것이다.

《광장》 이후의 세계는 그만큼 이상적인 현실이 아니었다. 구상적이지 않고 추상적이었다. 〈구운몽〉은 바로 그러한 악몽의 세계를 그린 작품이다. 어떤 평론가는 이 작품을 가브리엘 가르시아 마르케스의 《백년 동안의 고독》에 버금간다고 논한다.

― 간판공인 홀아비 '독고민'은 며칠 만에 집으로 돌아와 자신에게 온 편지를 읽는다. 옛 연인 '숙'으로부터 모월 모일 그 장소에서 만나자는 내용이다. 민은 약속 장소로 나가 오래 기다리지만 그녀는 나오지 않았다. 집에 돌아와 편지를 다시 펼쳐보니 날짜는 일주일 전이었다. 약속 날짜가 이미 지나 있었던 것을 착각했다. 독고민은 행여나 다시 그녀를 만날까, 거리를 나서면서 몽환의 세계로 빠져든다.

무용수와 시인들이 모여 자신에게 '선생님'이라며 달려든다. 민은 그들로부터 달아난다. 이번에는 노인들이 '사장님'이라 부르며 회사의 운영을 맡긴다. 민이 다시 거리로 도망치자 그들이 쫓아온다. 마침 정부군 방송이 들려온다. 반란군 지도자가 도주하고 있다는 방송이다. 지도자는 독고민 자신이다. 민은 체포되어 총에 맞지만, 방탄조끼를 입고 있어 살아난다. 그는 차를 타고 가서 어떤 방에 들어가는데, 그곳에서 동지들과 혁명에 관해 이야기한다.

이튿날 아침, 신경외과 박사 김용길 원장실에서 조수가 병원 앞에 동사자가 있다고 김용길에게 보고한다. 그의 이름은 독고민이다. 이후 영화 시사회 장면에서 고고학(考古學) 관련 이야기가 나온다. 거기에서 발굴된 화석이 화제다. 키스하는 남녀의 화석이다.

### 〈7월의 아이들〉

작가의 단편소설 중에서 서정적인 묘사가 탁월한 작품이다. 작가의 소설 문장은 논증과 설명이 많은데, 이 작품은 온통 묘사로 이뤄져 있다. 어린아이들의 모습이 섬세한 수채화로 표현되는데, 이야기 자체는 비극적이다.

― 초등학교 3학년 '철이'는 노란 아이라 불린다. 영양이 좋지 않은 아이다. 아버지는 병이 들었고, 형은 세상을 떠났으며, 엄마는 석탄을 주우러 다닌다. 어느 날 구슬치기를 하다가 구슬 세 개가 토관 속으로 떨어지자 대장

이 철이 보고 주워 오라고 시킨다. 철이는 2개째 주울 때까지는 애들이 부르는 소리에 응답했다가 3개째 찾을 때는 대답을 하지 않는다. 철이는 아이들이 궁금하게 될 때쯤 갑자기 튀어나와 애들은 으악 소리를 지른다.

수업종이 친다. 수업 중에 대장이 샤프로 철이를 찌르는 장난을 해서 선생님은 그 둘을 교단 옆에 벌을 세운다. 수업 후에 비가 갑자기 크게 내리기 시작한다. 교사는 학생들을 서둘러 귀가시키고 자신도 퇴근한다.

선생님은 벌서던 대장과 철이를 까먹고 귀가했다. 철이와 대장은 기다리다가 선생님들도 모두 퇴근한 것을 보고 학교를 나선다. 토관 속으로 물줄기가 거세게 빨려 들어간다. 대장은 먼저 징검다리를 건너가 철이에게 넘어오라고 했는데, 철이는 급류에 휩쓸려 사라진다.

• 1963년 4월 육군 중위로 예편함. 〈크리스마스 캐럴 1〉(《자유문학》, 6월), 〈금오신화〉(《사상계》, 문예중간호), 《회색인》(《세대》, 6월 1964년 6월까지 연재) 발표.

## 《회색인》

1963년 6월부터 1964년 6월까지 〈세대〉에 〈회색의 의자〉라는 제목으로 연재되었던 장편소설이다. 《두만강》, 《소설가 구보 씨의 일일》, 《화두》가 작가의 자전적 내용을 많이 담고 있듯 이 작품 또한 작가의 실제 경험이 많이 투영돼 있다. 지적 체험으로써의 경험인데, 작가의 근현대사에 대한 사유가 단단하게 박혀 있는 장편이다.

4·19 혁명 직전의 한국 사회를 공간으로 청년의 고뇌와 허무를 명철하게 그리고 있어 많은 문학가, 사회철학가, 역사가가 애독하고 있는 소설이다.

— 1958년 어느 비 내리는 가을 저녁에 국문학도이자 소설을 쓰는 독고 준에게 친구, 김학이 찾아온다. 학은 학술 동인지 〈갇힌 세대〉에 실린 준의 작품에 관해 이야기하며 준에게 동인회 가입을 권한다.

준은 자신을 현실에 뿌리내리지 못하고 방황하는 이데올로기의 피해자로 생각한다. 학은 혁명을 꿈꾸는 급진적 행동주의자인 데 반해, 준은 사색적이고 소심하다. 준은 학이 떠난 뒤 떨어지는 빗방울을 바라보며 몽상 속에 빠진다. 어린 시절의 집과 학교, 그리고 아버지와 자신의 모습을 회상한다. 스스로를 현실에서 분리하며 사회 부적응자로서의 자신을 한탄한다.

1959년 비 내리는 여름날 저녁, 김학이 독고준을 찾아온다. 두 사람은 술을 마시며 많은 이야기를 나눈다. 대화 끝에 김순임에 관한 이야기가 나오자 한순간 분위기는 어색해지고 만다. 시간이 늦어 김학은 돌아가고, 독고준은 오랫동안 잠들지 못하고 뒤척이다가 아래층에 있는 이유정의 방문을 열고 들어간다.

• 1964년 〈크리스마스 캐럴 2〉(《현대문학》, 12월), 〈전사연구〉(《여성》) 발표, 〈전사연구〉는 후에 〈전사에서〉로 개제(改題).

## 《크리스마스 캐럴》

《크리스마스 캐럴》은 5부로 구성된 연작소설이다. 작가는 여러 작품을 통해 우리 근대 정신의 이식에 대한 문제를 무겁게 다루고 있다. 이 연작 《크리스마스 캐럴》은 해학적으로, 가벼우면서도 날카롭게 그 문제에 접근하고 있다.

1960, 70년대의 크리스마스는 억압된 욕망의 분출을 합법적으로 보장해주는 해방구였고, 거꾸로 야간통행금지가 개인의 시공간을 박탈하면서 지배의 유용한 규율로 존재하는 이국의 명절이다. 작가는 이 작품을 통해 우리 근대 정신의 아이러니와 군부권력시대의 암울함을 면밀히 살피고 있다.

## 〈크리스마스 캐럴 1〉

나(철)는 아버지의 부름을 받는다. 아버지 방으로 건너가 크리스마스 밤에 외박하려는 여동생 옥이에 관해서 이야기를 나눈다. 나는 옥이의 외박이 나쁘지 않다고 생각하지만 아버지는 극구 반대한다. 아버지는 딸이 외박하지 못하도록 옛날이야기를 하거나, 화투놀이를 벌인다. 시간이 흐르고 대문밖에서 꼬마 합창대의 노랫소리가 들린다. 식구 모두 현관 밖으로 나간다. 그제야 옥이는 크리스마스이브가 지나가 버린 것을 깨닫고 갑자기 허리를 흔들면서 트위스트를 추고 노래를 부른다.

## 〈크리스마스 캐럴 2〉

다시 크리스마스가 되고 아버지는 나를 불러 이번에도 옥이가 외박하지 못하도록 한다. 이번에는 교회에 나가기 시작한 어머니도 외박하려 한다. 나는 아버지와 신금단 부녀 상봉 사건에 관한 이야기를 나누게 되고 아버지와 의견이 대립하게 된다. 부자의 논쟁은 결국 통일에까지 이어진다. 아버지와 나는 긴 대화를 나누고 그 와중에 옥이와 어머니는 교회로 가 버린다. 아버지와 나는 옥이와 어머니가 눈 위에 새겨놓은 발자국을 허망하게 바라본다.

## 〈크리스마스 캐럴 3〉

어느 날 아침 가족의 칫솔이 모두 없어지는 사건이 발생한다. 나는 처음에는 당혹스럽지만, 그것으로 호들갑을 떠는 옥이를 보고 과잉반응이라 생각한다. 나는 아버지와 함께 '아녀자의 행동'을 비웃는다. 정오쯤에 나는 편지 한 통을 받는다. '행운의 편지'였다. 이 편지를 다른 사람에게 보내면 복이 오고 안 보내면 화가 온다는 내용을 담은 편지였다. 아버지는 이런 저주 섞인 장난이 꼭 아녀자의 짓이나 기독교인의 장난과 같다는 말을 하고, 그 행운의 편지를 태워버린다.

## 〈크리스마스 캐럴 4〉

그는 외국 우표가 붙은 편지를 받고 과거를 회상한다. (이 작품은 3인칭, '그' 시점이다.) 그는 가죽 세공으로 유명한 도시에 유학 중이다. 대학 기숙사에서 《성경》 책을 고양이처럼 끼고 다니는 노파를 본다. 그는 노파가 떨어트린 《성경》 책을 줍는다. 《성경》 책에 끼워져 있는 편지를 열어 읽어 보니 지난 유학 시절 친구가 보낸 것이었다. 그 속에는 노파에 대한 충격적인 이야기가 적혀 있었다. 노파는 사실 《성경》의 내용에는 아무 관심이 없었고, 《성경》 책 커버를 애지중지했는데, 그 커버는 그녀가 일하던 병원에서 죽었던 그녀 애인의 살가죽이라는 것이었다.

## 〈크리스마스 캐럴 5〉

나는 자정이 되어 잠자리에 들려다 겨드랑이 가려움증으로 깨어난다. 겨드랑이에 통증이 느껴져 아버지에게 물어본다. 아버지는 '근대란 폐륜의 별명'이라고 결론 내린다. 겨드랑이 가래톳은 밤 12시부터 새벽 4시 사이에 나타나고 밖으로 나가면 씻은 듯이 사라졌다. 그 후로 나는 통금 시간에 거리를 걷는다. 그 재미로 가래톳을 기다리기까지 한다. 4·19가 지나고 두 달간 가래톳 증상이 없었는데, 다시 발생한다. 크리스마스이브에 다시 증상이 나타나 거리로 나갔지만, 겨드랑이는 많은 사람이 있으면 더 아파져 왔다. 새해가 되고 다시 밤거리로 나가보니, 시청 앞 광장에서 피투성이 학생들이 시체를 들고 퍼포먼스를 하고 있다.

- 1965년 평론 〈문학은 현실 비판이다〉(《사상계》, 10월) 발표.
- 1966년 〈놀부뎐〉(《한국문학》, 봄호), 〈웃음소리〉(《신동아》, 1월), 〈크리스마스 캐럴 3〉(《세대》, 2월), 〈크리스마스캐럴 4〉(《현대문학》, 3월), 〈크리스마스캐럴 5〉(《한국문학》, 여름호), 〈정오〉(《현대문학》, 10월) 발표, 〈서유기〉(《문학》, 6월) 연재. 〈웃음소리〉로 〈사상계〉가 제정 〈제11회 동인문학상〉 수상.

## 〈웃음소리〉

작가는 이 작품으로 〈동인문학상〉을 수상한다. 작가의 많은 작품이 주인공의 사유와 의식의 문제에 초점이 맞춰져 있는데, 이 단편은 특히 인물의 심리를 깊게 파고들고 있다.

세계를 인식하는 현대인의 모습이 한 여인의 내면을 통해 관류하고 있는 작품이 〈웃음소리〉다. 작가의 작품 활동 시기의 어두웠던 현실에서 한국인의 허무와 불안, 고뇌와 번민 등이 환청과 같은 '웃음소리'로 대변되고 있다고 볼 수 있다.

— 그녀는 바(bar) '하바나'의 종업원인데, 순정을 바쳤던 '그'와 이별한다. 그녀는 근무했던 술집의 마담에게 밀린 월급을 받는다. 이튿날, 그녀는 자살을 감행하기 위해서 기차를 타고 P온천을 찾는다. 그곳은 '그'와 추억이 서린 장소다.

그녀는 자살을 감행하기로 하고 산속으로 간다. 그곳에 남녀가 잔디에 누워 있다. 여자의 짧은 웃음소리가 들린다. 다음 날, 같은 시간에 다시 그 장소에 갔더니 오늘도 그 남녀는 벌써 와 있었다.

사흘째 되던 날, 그녀는 점심때가 되어 다시 산으로 올라간다. 그런데 그 빈터에는 십여 명의 사람이 모여 있었다. 놀랍게도 거기에는 그 남녀의 주검이 거적때기에 덮여 있었다. 이미 일주일 전의 시체라는 것이었다.

그 뒤 P온천에서 일주일을 더 묵고 서울로 돌아오는 기차 안에서 그녀는 웃음소리를 듣는다. 귀에 익고 사무치는 목소리, 그것은 바로 그녀 자신의 웃음소리였다.


## 《서유기》

중국 명대 작가 오승은의 《서유기》를 패러디한 작품이다. 원작은 삼장법사가 불경을 가지러 천축으로 향하는 내용인데, 최인훈의 《서유기》는 주인공 독고준의 어린 시절 공간인 W시로 가는 여로형 소설이다. 이 작품은 앞의 장편 《회색인》의 후속편으로 보아도 무방하다. 이유정의 방으로 들어가면서 《회색인》이 끝나고, 이유정의 방에서 나오며 《서유기》의 여행이 시작된다.

원작에서 손오공과 삼장법사가 온갖 마귀를 만나 싸움을 벌이듯, 이 작품은 한국 역사의 인물들을 만나 대화하며 사건을 벌여나간다. 독고준은 소설 속의 모험에서 우리 역사에 큰 영향을 끼친 인물들과 조우한다. 이순신, 논개, 이광수, 조봉암 등이다. 독고준이 인물들과 만나서 겪는 대화와 사건의 주된 내용은 '민족성'이다.

이순신과 원균이 사학자에게 불려와 혁명에 대해 질문한다. 이순신의 애국심은 민족성에 닿아 있다. 독고준은 논개도 만난다. 논개는 한국의 여성성을 상징한다. 사해동포주의를 찬동하는 이광수에게서는 갈대 같은 당대 지성의 민낯을 본다.

— 새벽 두 시, 이유정의 방에서 나온 독고준은 계단을 내려서다 체포된다. 독고준은 거미줄이 쳐진 어두운 돌 복도를 지나 방에 들어서 쇠고랑을 차게 된다. 그는 자기를 찾는 신문 광고를 보고 W시의 여름을 떠올린다.

그는 진찰실에서 간호사와 의사 둘을 만나 술잔치를 벌인다. 그리곤 복도로 다시 나와 지하철 정거장에서 일본 헌병에 끌려 고문실로 들어간다. 그는 고문실에서 논개를 만나고 기차역으로 나선다. 거기서 역장을 만나고 기차를 탄다. 기차 안에서 상해정부의 방송을 듣다가 여름을 환상한다.

석왕사에 도착하여 다시 역장을 만난 독고준은 감찰관이 된다. 그는 역장의 소개로 죄수들을 만난다. 의심 많은 사학자 죄수와 이순신, 원균의 말을 듣는다. 독고준은 문득 꿈을 꾸는데, 가을날 아침, 자신이 구렁이로 변신한 모습을 보고 깜짝 놀란다. 그는 동생들에게 구렁이로 변한 자신의 모습을 보일 수밖에 없는 안타까움에 슬픈 나날을 보내다가, 지난 중3 때의 어느 집 방공호 안을 회상한다. 그와 동시에 자아비판회의 불안을 상기한다.

독고준은 자아비판회 교실에서 스피커를 통해 기소되어 북파간첩으로 몰린다. 그는 천주교회당에서 교실로 들어서고, 지도원 선생을 만난 후 석방되어 자기 방으로 돌아온다.

- 1967년 1965년 조인된 한일협정을 계기로 풍자소설 〈총독의 소리 1〉(《신동아》, 2월), 〈총독의 소리 2〉(《월간중앙》, 8월) 발표.
- 1968년 〈총독의 소리 3〉(《창작과 비평》, 겨울호), 〈주석의 소리〉(《월간중앙》, 4월), 산문 〈공명〉(《월간중앙》, 4월) 발표. 첫 단편집 《총독의 소리》(홍익출판사) 간행.

## 《총독의 소리》

작가는 《총독의 소리》를 1967년 〈신동아〉 2월에 발표하기 시작한다. 이 작품은 1976년 〈한국문학〉 8월호에 4부를 발표하기까지 전 4부의 형식으로 기획된 연작소설이다.

이 작품은 '매체가 메시지'라는 커뮤니케이션 학자 맥루한의 정언을 떠올리게 하는 소설이다. 광복 후 일제가 한국을 떠나 있지만, 여전히 총독이 라디오를 통해 담화를 발표하고 있다는 설정으로 이뤄져 있다.

라디오라는 매체가 갖는 메시지적 성격, 전파를 타고 사람의 마음을 흔들어놓는 지시적인 말의 위력을 소설의 형식으로 전개한 역작이다. 총독은 우리의 잘못된 정치, 문화 상황을 역설로 전파하고 있다.

— 《총독의 소리》의 내용은 모두 한국의 현실 정치에 대한 구체적인 비판이다.

〈총독의 소리 I〉은 남한의 부정선거와 4·19의 좌절에 대한 비난이고, 〈총독의 소리 II〉는 1·21 무장공비 침투 사건과 미군 함정 푸에블로 호 납치 사건 등 북한 문제에 대한 토로이다. 분단의 고착화 과정에 일본의 역할과 미국의 개입을 비판하는 내용이다.

〈총독의 소리 III〉은 일본 작가 가와바타 야스나리의 노벨상 수상과 관련하여 한국의 민족성을 야유하며 문화주체로서의 자각을 일깨워 주고, 〈총독의 소리 IV〉에서는 유럽의 제국주의 팽창과 냉전의 논리가 약소국에게 얼마나 가혹한가를 7·4 남북공동 성명에 맞추어 재확인하고 있다.

• 1969년 〈옹고집뎐〉(《월간문학》, 6월), 〈온달〉(《현대문학》, 7월), 〈열반의 배〉(《현대문학》, 9월), 〈소설가 구보 씨의 일일 1〉(《월간중앙》, 12월) 발표.

## 《소설가 구보 씨의 일일》

작가의 《소설가 구보 씨의 일일》은 한국 소설계에서 모더니즘의 기수로 불리는 박태원 동명 단편소설을 패러디한 작품이다. 원작의 미진했던 부분이라 할 수 있는 현실에 대한 인식과 비판을 더욱 첨예하게 드러내고 있다.

작가는 《소설가 구보 씨의 일일》에서 박태원의 모더니즘적 기법을 받아들이면서 현실을, 리얼하고 총체적인 시각으로, 예술가의 사유를 드러내면서 바라보고 있다. 작가의 예술론에 기대 말하면 '현실의식'의 도구로 활용된 상상의 기호를 통해 현실 부정의 방법을 적극적으로 기법화 한 작품으로 볼 수 있다.

《소설가 구보 씨의 일일》은 작가가 소설에 대한 여러 실험을 거치고 희곡 창작으로 진입하기 전에 쓰인 소설이어서 표현 방식이 특별하다.

작가의 문학론에 씌워 말하면, 《소설가 구보씨의 일일》의 여러 단편은 현실의식이 상상의 기호에 조화롭게 혼용되고 있다. 이러한 작가 특유의 사유와 언어 조탁의 아름다움에 매료된 후배들이 이 작품을 원형으로 같은 제목의 작품을 쓰게 된다.

— 단행본 한 권이 총 15편의 단편소설로 엮어졌다. 소설가 '구보 씨'의 하루 과정으로 이뤄진 소설인데, 그중 몇 편을 소개해본다.

첫째 장 〈느릅나무가 있는 풍경〉은 구보 씨가 아침에 일어나 까치 소리를 듣는 장면으로 시작된다. 그는 '자광대' 학보사 주최 문학제에 참석해 평론가, 시인과 함께 강연을 마치고 잡지사에 들렀다가 다방에 간다. 차를 마시면서 현재의 문학에 대해, 자신의 북한 고향에 대해 상념을 펼친다. 구보 씨가 원로시인의 출판기념회에 참석했다가 하숙집으로 돌아가는 장면으로 소설은 끝난다.

이 소설을 읽으면 당시의 문단 풍경과 문학 쟁점을 자연스럽게 떠올리게 된다. 군부독재 시절의 표현 탄압에 대한 분위기도 스며 있다.

2장 〈창경원에서〉. 구보 씨는 봄날, 창경원의 동물을 구경한다. 소설을 쓰다가 진행이 안 되면 동물을 보거나 전람회 가는 것을 즐기는 구보 씨. 창경원의 여러 동물을 보면서 문화, 정치, 예술에 대해 사유하는 내용으로 이뤄진 장이다. 동서양 문물과 한국의 역사, 예술철학 등 구보 씨의 사색은 넓고 깊다.

7장 〈노래하는 蛇蝎〉에서는 예술가로서 구보 씨 특유의 사유가 펼쳐진다. 구보 씨는 러시아 화가 샤갈의 그림 전시회에 간다. 그는 러시아를 배경으로 한 환상적인 샤갈의 그림을 바라보며 이북의 고향을 회상한다.

샤갈과 같은 처지의 예술가인 구보 씨는 자신의 예술도 샤갈과 같은 색채와 사상임을 토로하고 회한한다.

• 1970년 〈소설가 구보 씨의 일일 2〉(《창작과비평》, 봄호), 〈하늘의 다리〉(《주간한국》 연재) 발표. 평론집 《문학을 찾아서》(현암사) 간행.

### 〈하늘의 다리〉

〈주간한국〉에 연재한 작품이다. 실향민의 아픔이 주제인데, 화가로서 환상을 자주 체험하는 주인공을 내세워 전쟁의 상흔을 이야기하고 있다. 작가가 중학생을 보낸 원산이 소설 속 주인공 김준구의 고향이다.

작가는 〈하늘의 다리〉에서 환상성 짙은 현실을 작품 안에 끌어들이고 있다. 추상과 구상이 다르지 않다는 작가의 예술관이 반영된 작품으로 볼 수 있다. 월남한 일가족이 사라져 버리고, 잔인한 살인 사건이 일어나고 있으며, 멀쩡해 보이는 아파트가 갑자기 무너지는 등, 당대 현실이, 하늘에 다리가 걸려 있는 환상만큼이나 이해할 수 없다.

현실에 대한 비현실성, 문학이란 현실비판이고 현실부정이라는 작가 특유의 문학 개념과 맥을 같이하는 작품이다.

— 주인공 김준구는 6·25전쟁 때 원산에서 단신으로 월남하여 서울에서 미술가로 생활한다. 김준구는 소설가 한명기가 연재하는 소설의 삽화를 그리는 일과, 미술적 재능을 확장해 사업에 성공한 김상현과 함께 일한다.

어느 날 고향 원산에서 미술 선생이었던 한동순으로부터 편지를 받는다. 편지 내용은 서울로 가출하여 술집에서 일하는 자신의 딸 한성희를 찾아서 데리고 있어 달라는 것이었다. 준구는 부탁을 수락한다. 그는 요즘 환상으로 하늘에 떠 있는 다리를 자주 본다.

준구는 한성희를 만난다. 그녀는 크리스마스 이틀 전 그의 집에 왔다가 다음 날 메모만 남긴 채 행방이 묘연해진다. 김준구에게 한성희는 '하늘의 다리'처럼 모호한 존재로 남는다.

그러던 중 한동순의 사망 소식을 접하고 준구는 부산으로 내려간다. 북적이는 부산행 기차는 피란 시절에 탔던 LST가 연상된다. 그는 이런 현실에서 예술이 무슨 역할을 할 수 있는지에 대해 깊이 고민한다.

어느 날 신문에서 살인 사건 기사를 읽는데, 피살자가 한성희인 것처럼 느끼게 되고, 마포의 아파트가 무너져 내린 사건에 충격을 받는다. 비상식적인 일들이 넘치는 현실 속에서 준구는 부산으로 내려간다. 그는 한명기에게 한동순 일가족과 관련된 사건을 소설로 써 달라는 편지를 보낸다.

• 1970년 11월 17일 신문회관 3층에서 이헌구 선생의 주례로 원춘삼 씨의 장녀 원영희 씨와 결혼. 희곡 〈어디서 무엇이 되어 만나랴〉(《현대문학》) 발표.

### 〈어디서 무엇이 되어 만나랴〉

작가는 습작 희곡 〈온달〉과 〈열반의 배-온달 2〉를 쓰고 다음 해에 완성도 높은 첫 희곡 작품을 《현대문학》에 발표하는데, 〈어디서 무엇이 되어 만나랴〉이다. 이 작품은 고구려 설화, '바보온달과 평강공주'를 바탕으로 했다. 설화가 소재라지만 아이디어만 빌려왔을 뿐, 새로운 의미를 창출하고 있는 희곡이다.

'바보온달과 평강공주' 설화는 단순한 미담으로 공주와 바보의 결혼 이야기지만 작가의 희곡에서는 인간의 권력 욕망과 그 결과의 비극성을 전하고 있다.

— 평강공주가 자주 울어 아버지는 울음을 그치게 하는 방법으로 울면 바보온달에게 시집보낸다고 한다. 놀림 때문이 아니라 권력다툼으로 인해 궁궐에서 빠져나온 공주는 늠름한 온달을 만난다.

공주는 권력에서 밀려난 왕권을 다시 세우려 계획을 짠다. 온달을 장수로 키워 옛 영광을 되찾으려 하는 것이다. 복권을 위해 온달을 이용하지만, 온달은 정권 다툼의 희생양이 되고 만다. 싸움에서 패배한 공주마저 죽임을 당하게 된다.

- 1971년 〈소설가 구보 씨의 일일〉을 〈갈대의 사계〉라는 제목으로 고쳐 〈월간중앙〉에 연재. 〈무서움〉(〈문학과지성〉 9월), 발표. 《서유기》(을유문화사) 간행.
- 1972년 《소설가 구보 씨의 일일》(삼성출판사) 간행.
- 1973년 장편소설 《태풍》(〈중앙일보〉) 연재.

## 《태풍》

《태풍》은 작가가 미국 아이오와로 가기 전 〈중앙일보〉에 연재했던 소설이다. 희곡 창작에 매진하기 전, 소설 창작으로서는 마지막 작업이었다. 《태풍》은 냉전 이전의 제2차 세계대전 상황의 알레고리를 통해 현재의 신식민지적 상황을 증언하고 미래를 제시하고 있는 작품이다. 변방의 불안한 상황을 유지하고 있는 분단된 상태의 한반도의 과거와 현재, 그리고 미래를 말하고 있는 장편이다. 피식민지 현실의 진실을 인식하고 있는 지식인이 취해야 할 올바른 태도는 어떤 모습인가를 알레고리로 드러내고 있다.

작가는 《광장》의 '이명준'과 비교해 《태풍》의 주인공 '오토메나크'를 현실 극복의 의지가 충일한 인물로 만들었다. 허구이긴 해도 작품에서의 국가 이름은 식민현실을 반영한 것으로 볼 수 있다. (애로크는 한국, 나파유는 일본, 니브리타는 네덜란드·영국, 아이세노딘은 인도네시아 등으로 유추된다.)

— 오토메나크는 애로크라는 피식민지국의 자본가 자손이면서도 나파유라는 제국주의 국가의 열렬한 동조자 청년이다. 할아버지와 아버지의 친나파유적인 활동으로 유복한 가운데 나파유에서 유학을 하며 나파유주의자로 성장한다. 그는 직속상관인 아카나트 소령으로부터 중대한 임무를 부여받게 된다. 아이세노딘이라는 남태평양 섬나라의 영웅적 독립투사 카르노스를 감시하는 것이다. 그리고 니브리타 여성 40명과 카르노스를 포함한 아이세노딘 독립운동가 5명을 배에 싣고 동아이세노딘에 대기하는 것이다.

그는 카르노스를 감시하던 중에 니브리타가 아이세노딘에게 행한 온갖 악랄한 식민정책을 서류로 읽게 된다. 그의 민족인 애로크도 나파유국에 의해 고통을 받았으리라 생각하니 그는 심란해지기 시작한다. 그가 방황하는 중에 아만다라는 여인이 나타나고 둘은 사랑에 빠지게 된다. 둘의 사랑이 절정에 달했을 때 포로를 이동시키라는 명령을 받고 그는 포로 수송에 전력을 다한다. 배는 니브리타 여인들의 선상 반란과 태풍을 만나 파괴되어 버린다.

오토메나크는 카르노스와 협력해서 아이세노딘을 독립국으로 만들어낸 바냐킴으로 살아간다. 아이세노딘은 나파유의 패전에 이어 니브리타와의 결전에서 승리하여 독립한 것이다. 카르노스가 대통령으로 취임하고 20년 동안 숨어서 카르노스를 도와 아이세노딘을 독립국으로 탄생시킨 오토메나크는 독립유공자로 추앙받는다.

- 1973년 미국 아이오와대학의 〈세계 작가 프로그램〉의 초청으로 9월 미국으로 가서 4년간 체류. 김소운의 번역으로 《광장》(일문판)을 일본의 동수사에서 출간. 김현, 김윤식의 〈한국문학사〉에서 '전후 최대의 작가'라는 평가를 받음.
- 1976년 미국에서 5월 귀국. 〈옛날 옛적에 훠어이 훠이〉(《세계의 문학》, 창간호), 〈총독의 소리 4〉(《한국문학》, 8월) 발표. 산문집 《역사와 상상력》(민음사) 간행.
- 1976년 《최인훈 전집》(문학과지성사) 간행 시작. 극단 〈산하〉에서 〈옛날 옛적에 훠어이 훠이〉를 최초로 공연.

### 〈옛날 옛적에 훠어이 훠이〉

이 희곡은 '아기장수와 용마 설화'를 모티브로 창작되었다. 장수의 탄생과 용마의 울음은 왕권에 대한 도전이었기에 아기를 모두 죽여 버린다는 설화는 우리나라뿐 아니라 세계 곳곳에서 전해오고 있다.

작가는 이 희곡에서 설화의 반메시아적인 이율배반의 비극을 강조한다. 미래의 구세주 현현, 미륵 정토사상은 민중의 삶에 늘 깔려 있었다. 아기장수가 죽임을 당하면서 민중은 평안을 찾게 되는 아이러니한 상황은 정치 사회적인 인간의 심리를 드러내고 있다.

작가가 미국 체류 중 쓴 작품으로 〈세계의 문학〉 창간호에 발표됐다. 작가는 말했다. 워싱턴 근처 작은 도시의 서점 창고에서 우연히 아기장수 설화를 발견하고는 무엇엔가 사로잡혀 며칠 밤잠을 이루지 못했고, 귀신에 홀린 듯이 써 내려간 작품이라고 말이다.

— 첫 마당, 눈 내리는 저녁, 아내는 남편을 기다리며 바느질을 한다. 조와 콩을 얻어온 남편은 곧 해산하게 될 아내를 위해 얻어온 곡식으로 밥을 지어 준다. 남편은 도적이 끓는다는 말을 아내에게 전한다.

다음 마당, 아내는 배고파 우는 아이를 달래고 있다. 개똥어멈이 도토리묵을 갖고 와서 동네에 장수가 태어났다고 한다. 용마가 울기 때문이다. 남편은 포졸들이 용마를 잡으러 산으로 갔다고 알린다.

셋째 마당, 관가에서 용마를 못 잡아 관졸들이 마을 사람들에게 화풀이한다. 부부는 밭일하러 나가려다 방 안의 모습을 보고 놀란다. 아기가 걸어 다니는 것이었다. 자신들의 아기가 바로 장수라는 것을 알고 부부는 두려움에 떤다.

넷째 마당, 남편이 아기를 죽여 묻고 돌아오자 아내가 목을 매 숨져 있다. 용마가 울고 용마 탄 장수가 부모를 데리고 승천한다.

• 1977년 〈봄이 오면 산에 들에〉(〈세계의 문학〉, 봄호) 발표. 〈옛날 옛적에 훠어이 훠이〉로 한국 연극영화예술상 희곡상 수상. 서울예술전문대학 교수 취임.

### 〈봄이 오면 산에 들에〉

작가가 1977년 봄, 〈세계의 문학〉에 발표한 희곡이다. 한 편의 서정시와 같은 대사로 점철된 이 작품은 가족애를 주제로 하고 있다.

배우의 말더듬증과 침묵, 슬로우 모션 같은 행동, 거북이걸음 같은 전개가 작품의 특성이다. 이는 작가의 의도로 우리의 전통, 가족 사랑, 서정과 자연스러움 등이 작품에 배이도록 한 장치다.

배우 연기의 느림이 작품에서 빛난다. 실제 공연에서는 배우들이 일인 다역을 맡는데, 인형과 탈로 역할 변신하는 연출로 흥미가 배가 된다. 한국 고유의 정서인 한(恨)과 가족에 대한 애틋함, 생명과 자연에의 경외와 조화가 작품 저변에 흐르고 있다.

— 깊은 산속, 달내라는 처녀가 김을 매고 있는데 그녀를 좋아하는 마을 총각 바우가 나타나 몰래 다가간다. 바우는 나라의 성 쌓기에 불려갈지도 모른다면서 달내에게 혼인을 맺자고 간청한다. 달래는 아무 대답을 못 한다.

겨울밤, 새끼 꼬는 아비와 바느질을 하는 달내, 꿈에서 누군가 슬피 울며 문을 열어 달라고 한다. 그때 문밖에서 목쉰 여자가 문을 열어달라고 한다. 달내는 엄마 같다며 문을 열어주자 하고, 아비는 죽은 사람이라며 열어주지 않는다. 다음 날, 포교가 와서 사또가 달내를 후첩으로 생각하고 있다며 시집보낼 준비를 하라고 재촉한다. 아비는 아무 말이 없다. 이때 바우가 나타나 소문에 들리는 달내의 이야기를 묻는다. 아비는 바우에게 달내와 함께 달아나라고 한다. 아비는 달내에게 어미의 비녀를 주며 잘살라고 당부한다.

그 밤 달내는 꿈에서 어릴 적 산불로부터 구해주었던 엄마의 모습을 보며 엄마를 두고 못 간다고 하자 아비는 잊으라 한다. 달내를 부르는 여자의 목소리가 들린다. 달내는 엄마라며, 아비의 손을 뿌리치고 일어나 뛰쳐나간다. 문둥이 엄마였다.

• 1978년 〈둥둥 낙랑 둥〉(《세계의문학》, 여름호), 〈달아 달아 밝은 달아〉(《세계의 문학》, 가을호) 발표. 〈옛날 옛적에 훠어이 훠이〉로 〈제4회 중앙문화대상 예술부문 장려상〉 수상.

### 〈둥둥 낙랑 둥〉

이 작품의 소재는 '호동왕자와 낙랑공주' 설화인데, 낙랑공주가 쌍둥이라는 작가의 특별한 설정이 작품의 주제를 받치고 있다. 인류의 영원한 질문인 '사랑'에 대한 작가의 응답을 볼 수 있는 희곡이다.

최인훈 예술론의 본질, '제의'가 이 작품의 내용 중에서 효과적으로 재현된다. 연극이란 장르가 예술의 '줄기세포'라는 작가의 전언은, 이 작품을 통해 거듭 확인할 수 있다.

〈둥둥 낙랑 둥〉, 장면 장면의 극적 전개뿐 아니라 대사의 서정성은 최인훈 희곡의 높은 문학성을 감득게 한다.

— 호동왕자에게 죽었던 낙랑공주가 다시 나타나 사랑을 맹세하는 장면으로 시작된다. 꿈이었다. 호동은 승전보를 가지고 고구려로 귀국한다. 왕비는 아들인 호동과 쌍둥이 동생인 낙랑공주가 서로 사랑하는 사이였음을 알고 있다. 낙랑공주가 호동을 위해 북을 찢었기 때문에 자명고가 울리지 않았고, 낙랑국이 패했다는 사실도 알게 된다. 왕비는 호동에게 복수를 시작한다.
사랑 재연 놀이를 하는 왕비와 호동. 호동은 왕비를 낙랑공주로 착각한다. 왕비도 복수심에 불탔지만, 호동을 좋아하게 된다. 둘은 사랑의 관계로 발전하고 잠자리를 함께한다.
고구려는 오랫동안 가뭄에 시달리고 있다. 그 와중에 고구려 정적들에게 낙랑신을 모신다는 모략을 받은 호동은 주몽신을 불러내는 굿에 불려 나간다. 굿에서 호동은 낙랑의 북을 친다. 왕비는 호동을 죽이라는 명령을 내리고 자신도 낙랑공주라 생각하며 자결한다. 비가 내리기 시작한다.


## 〈달아 달아 밝은 달아〉

이 작품은 작가의 다섯 번째 희곡으로 〈심청전〉을 모티브로 했다. 〈봄이 오면 산에 들에〉처럼 제목부터 리드미컬하다. 내용 또한 자연스러운 운율이 배어 있다.
작가는 이 작품에서 고전 소설의 주제인 '효'를 거부하고 자본주의의 속성을 고발하고 있다. 욕망에 의해 파멸돼가는 한 여자의 비극을 담백하면서도 냉소적으로 그려내면서 현실을 비판한다. 이미 〈심청전〉을 알고 있는 독자로서는 불편할 수 있지만, 역설의 충격을 주고자 한 것이다.

— 심청은 매춘부가 되기 싫어 배에서 바다로 뛰어내리다가 실패한다. 매음굴 '용궁'에서 조선인 김 서방을 만나 고국으로 돌아오는 배를 타지만, 왜국 해적들에게 납치되어 윤간을 당하는 등 고난을 겪는다. 그 후 심청은 할머니가 되어 조선으로 겨우 돌아오게 된다는 충격적인 내용이 희곡의 결말이다.

늙고 병든 심청이는 자신의 인생 이야기를 동화처럼 들려주기 위해 동네 아이들에게 우리가 아는 〈심청전〉의 내용을 읊어 주지만, 아이들은 그 이야기를 믿지 않고 '청청 미친 청'이라는 노래를 부르며 심청이를 조롱한다.

- 1979년 3월 미국 뉴욕주의 브록포드대학의 연극부 조오곤 교수 번역으로 〈옛날 옛적에 훠어이 훠이〉 공연. 원작자 자격으로 초청되어 2월 미국에 감. 7월 《최인훈 전집》이 문학과지성사에서 완간. 산문 〈원시인이 되기 위한 문명한 의식〉(《문예중앙》, 겨울호) 발표. 〈서울시 문화상〉(문학부문) 수상. 〈달아 달아 밝은 달아〉로 〈서울극평가그룹상〉 수상.
- 1980년 《왕자의 탈》(문장사) 간행. 《하늘의 다리》(고려원) 간행. 산문 〈상황의 원점〉(《문학과지성》, 봄호) 발표.
- 1981년 《느릅나무가 있는 풍경》(민음사) 간행. 김현과의 대담 〈변동하는 시대의 예술가의 탐구〉(《신동아》, 9월) 발표.
- 1982년 희곡 《한스와 그레텔》(문학예술사) 출간. 산문 〈광장의 이명준〉(《정경문화》, 6월) 발표.

### 〈한스와 그레텔〉

〈한스와 그레텔〉은 1981년 〈세계의 문학〉 가을호에 발표된 작품이다. 작가의 희곡은 모두 우리나라의 전통 설화를 모티브로 하고 있는데, 이 작품은 예외여서 발표 당시 논란이 있었다. 소설에서처럼 관념적이고 추상적이라는 평가도 있었다.

작품은 현대의 비극이었던 제2차 세계대전을 배경으로, 국가와 개인, 폭력과 사랑을 이야기하고 있다. 이 희곡이 우리에게 던지는 최종 질문은 진정한 인류애와 개인성이란 무엇인가이다.

'한국의 셰익스피어'라 불리는 작가는 〈한스와 그레텔〉을 세계적인 작품으로 희망한 것으로 보인다. 가상역사극이라 불러도 되는 이 작품은 작가의 평생 주제인 이데올로기와 개인의 문제를 세계적인 시각으로 다루고 있다.

— 시대 배경은 제2차 세계대전, 히틀러의 심복 한스 보르헤르트는 유대인을 볼모로 연합국과의 휴전을 이끌어내야 한다. 독일은 패했다. 한스 보르헤르트는 패전 후 전범으로 30년을 감옥에서 지낸다.

한스는 자신만의 간수 X에게 석방을 주장한다. X는 세 가지 선서에 동의해야 석방될 수 있다고 누차 강조한다. 한스는 진실을 증언하지 못하는 침묵에는 선서할 수 없다고 거절한다. 그리고 자신의 렌즈를 만드는 일로 세월을 견뎌 나간다.

- 1984년 〈달과 소년병〉(《한국문학》, 6월) 발표.

- 1987년 4월 미국 뉴욕의 〈범아시아 레퍼토리〉 극단에서 공연하는 〈옛날 옛적에 휘어이 휘이〉의 참관차 미국에 감. 브록포드대학의 공연과 달리 전문 극단에 의한 본격 공연임.

- 1988년 〈길에 관한 명상〉(한진그룹 사보 〈길〉), 〈광장의 주인공 이명준에 대한 생각〉(《월간중앙》, 6월), 〈도버의 흰 절벽〉(《씨네마》, 10월) 등의 산문 발표.

- 1989년 창작선집 《달과 소년병》(세계사) 간행. 산문집 《길에 관한 명상》(청하출판사) 간행. 창작선집 《웃음소리》(책세상) 간행. 《회색인》(영어판)을 시사영어사에서 간행.

- 1990년 〈최인훈 특집〉(《작가세계》, 봄호) 발표. 문학예술론집 《꿈의 거울》(우신사) 간행.

- 1992년 단편선집 《남들의 지붕 밑에서》(청아출판사) 간행. 《봄이 오면 산에 들에》(프랑스어판) 출간.

- 1993년 러시아 여행.

- 1994년 장편소설 《화두》(1, 2권)를 민음사에서 간행. 《광장》 프랑스어판(Acres Sud) 출간. 러시아를 두 번째 여행하고 〈봄이 오면 산에 들에〉 모스크바 공연 참관. 《화두》로 제6회 이산문학상 수상.

# 《화두》

이 작품은 작가가 1959년 〈그레이 구락부 전말기〉를 발표하면서 왕성하게 소설을 창작해온 이래, 1976년 이후 희곡 창작에 전념하다가, 1994년에 세상에 내놓은 장편소설이다.

《화두》는 4,000매 분량의 1, 2부로 나누어진 고백체의 소설로 논평, 희곡, 소설, 에세이 등 복합장르로 쓰여졌다. 20년 만의 면벽 끝에 나온 작품이어서 내용과 형식, 모두 거장의 걸작이라는 평가를 받았다. 고교시절 조명희의 〈낙동강〉을 읽고 쓴 '독후감 칭찬'과 중학생 시절 '자아비판회'를 경험한 작가의 '조명희 찾기'가 소설의 플롯이다. 한국문학사의 선배들, 특히 조명희에 빙의되어 한국어로 작품을 쓰는 '나'는 나를 찾아가는 《화두》를 완성하여 진정한 '나'를 깨닫는다.

— 1992년 가을, '나'는 소설을 쓰기 위해 지난날을 회상한다. '나'의 고향은 함경북도 H읍이다. 나는 8·15 광복 직후 중학교에 진학하기까지 그곳에서 생활했다. 가족은 아버지를 따라 W시로 이사하고, 나도 중학교와 고등학교 2학년까지 W시에서 지낸다. 나는 중학교에서 벽보의 주필로 활동하다가 '자아비판'을 받게 된다. 나는 중학교 졸업 후, 고등학교에 진학하면서 국어 선생으로부터 조명희의 〈낙동강〉 독후감을 잘 썼다고 칭찬을 받는다. 이후 나의 전 생애는 자아비판과 독후감 칭찬의 연원을 사유하는데 바쳐진다.

1987년 봄, 나는 미국 버지니아의 동생 집에 가서 아버지를 뵌다. 아이오와에 머물 때 나의 어머니가 돌아가신다. 어머니의 죽음으로 가족 모두 오랫동안 비통해했고 나 또한 어머니에 대한 회상이 깊어진다. 우연히 한국의 '아기장수 설화' 한 꼭지를 발견하고 꿈꿀 힘이 남아 있을 때 써야겠다는 결심으로 한국으로 돌아온다.

한국에 돌아오면서 나는 예술대학 문예창작과 교수직을 맡는다. 1989년 초여름, 나는 후학을 위해 예술에 대한 이론화 작업에 몰두함과 동시에 희곡 창작에 열의를 바친다.

나는 1990년 5월에 조명희가 총살되었다는 보도를 듣는다. 어린 시절부터 존경해왔던 〈낙동강〉의 작가 조명희가 숙청당했다는 소식과 그의 딸이 아버지의 원고를 찾는다는 다큐멘터리를 접한다. 나는 1992년 초가을에 구소련을 여행하는 시간을 갖는다. 구소련 여행 중에 나는 조명희의 연설문을 보게 된다. 연설문을 여러 차례 읽는다.

나는 〈낙동강〉의 주인공 박성운과 지도원 선생, 그리고 조명희와 자신을 비교하며 서울로 돌아온다. 서울로 돌아오는 비행기 안에서 치매에 걸린 레닌의 기사를 읽는다. 나는 결심한다. 위대한 사상가도 치매에 걸리면 인간이 아닌 것처럼 보이듯, 기억이 있을 때 기록해두어야겠다고 다짐한다. 나는 '나'를 기록하는 소설을 쓴다.

- 1996년 최인훈 연극제가 열림. 《광장》 100쇄 간행 기념회가 프레스센터에서 열림.
- 2001년 4월 13일 《광장》 발간 40주년 기념 '최인훈 문학 심포지엄'이 세종문화회관에서 개최. 《광장》 40주년 기념 고급 장정본 2,000부 한정판으로 출간. 서울예술대학 문예창작과 교수를 정년퇴임하고 명예교수로 취임. 5월 19일 서울예술대학 동랑예술극장에서 정년퇴임 고별강연. 제자들의 헌정 창작집 《교실》 출간.
- 2002년 《화두》를 수정 보완하여 문이재에서 출간.
- 2002년 〈최인훈 특집〉(〈작가연구〉 하반기) 발표.
- 2003년 〈바다의 편지〉(〈황해문화〉 겨울호) 발표.

### 〈바다의 편지〉

〈바다의 편지〉는 작가가 2003년 겨울, 〈황해문화〉에 발표한 단편소설이다. 작품 뒤에는 주간의 해설이 붙어 있다. 주간은 '문학적 유서'라는 제목으로 노작가의 필생의 문학적 신앙고백이라고 썼다. 《화두》 이후 9년 만에 유서처럼 쓰인 〈바다의 편지〉는 평생을 문학으로 살았던 작가의 최후의 말이 들어 있다. 이 짧은 작품 안에는 장편소설 《화두》가 압축돼 있고, 작가 일생의 화두가 고압의 감성으로 농축돼 있다.

백골이라는 특별한 화자 설정, 그 자체가 주제를 현현하고 있는데, 작가는 백골을 통해 문학과 예술에 대한 뼈 아픈 성찰을 토로한다.

〈바다의 편지〉는 노작가가 낭독한 CD도 있다.


— '인민의 나라'에서 훈련을 받은 한 젊은 수병(편지글에서의 화자 '나')이 칠흑 같은 그믐밤, 일인승 잠수정으로 휴전선을 넘어 해안으로 침투하려다 적의 공격을 받는다. 간첩 활동을 위한 훈련을 받아온 젊은 수병에겐 홀어머니가 계시다. 수병은 태어나기도 전에 아버지를 여읜 상태였고 아버지와 나라 사이에 어떤 불화가 있었지만, 그 비밀을 알지 못하고 죽음을 맞이하게 된 것이다.

의식이 돌아올 때까지 얼마의 시간이 흘렀는지 모르지만, 그는 자기 몸의 '세 배 쯤'한 간격으로 벌어져 차가운 바닷속에 누워 있는 백골이 된 자신을 보고 슬퍼한다. 더 슬픈 것은 임무를 수행하고 돌아가 어머니를 뵐 수 없게 되었다는 사실과 아버지와 나라 사이의 불화의 원인이다.

그는 이제는 공부할 수도, 음악을 감상할 수도, 취직해서 세상을 알 수도, 연애를 해 볼 수도 없게 되어 버린 자신을 한탄하지만 언젠가는 임무 때문에 잠수정을 타야 하는 바다가 아닌, 아름다운 돛배들의 놀이마당이 된 바다에서 어머니와 다시 만나게 되는 희망을 노래한다.


• 2004년 〈자랑스러운 서울 법대인상〉 수상.

• 2005년 《길에 관한 명상》(솔과학) 증보판 간행.

• 2006년 6월 〈곤니치와, 호동왕자〉(《둥둥 낙랑 둥》) 한남대에서 일본어 대사로 공연.

• 2007년 1월 《한국연극의 어제와 오늘》—프랑스에서 한국연극 소개 책자 출간. 12월 〈달아 달아 밝은 달아〉 서울시극단 창립 10주년 기념 공연.

• 2008년 4월 〈봄이 오면 산에 들에〉 제22회 광주연극제에서 공연. 6월 〈感動韓國人的短篇小說〉《한국인이 즐겨보는 단편소설》이 중국의 민족출판사에서 번역, 출간. 11월 21일 《최인훈 전집》 발간 기념 심포지엄이 문지문화원에서 개최.

- 2009년 〈한스와 그레텔〉, 〈어디서 무엇이 되어 만나랴〉, 〈봄이 오면 산에 들에〉, 〈옛날 옛적에 훠어이 훠이〉, 〈둥둥 낙랑 둥〉 등 대부분의 희곡이 공연.
- 2010년 3월 〈함북문화상〉 수상. 4월 〈4·19 정신의 정원을 함께 걷다〉 김치수 평론가와 대담.
- 2011년 10월 29일 〈제1회 박경리 문학상〉 수상.
- 2012년 단행본 《바다의 편지》(삼인) 간행.
- 2014년 5월 〈책 읽는 사회문화재단〉과 〈한겨레신문〉이 꼽은 '새시대 고전26선'에 《광장》 선정.
- 2015년 5월 〈'그레이구락부전말기'로부터 '바다의 편지'에로〉 팔순사은회 개최.
- 2015년 7월 독일 보쿰대학에서 〈최인훈 문학 심포지엄〉 개최.
- 2016년 7월 도쿄 국제기독대학 주최 제20회 일본 아시아 학술대회에서 '동서양 고전을 현대적으로 변형한 패러디 문학의 대가(大家)'로 재조명.
- 2017년 2월 서울대학교 법과대학 명예졸업장 수여.
- 2018년 7월 23일 타계.
- 2019년 7월 최인훈 중단편선 《달과 소년병》(문학과지성) 간행.

1. 최인훈, 《회색인》, 삼중당, 1978년, 7면.

2. 사진 원본은 없다. 2015년 팔순연 때, 필자가 스캔하여 연보를 만들어 보여드렸는데, 출판사에서 쓰고 돌려주지 않았다고 선생님께서 말씀하셨다.

3. 최인훈, 《광장》, 문학과지성사, 1982.

4. 최인훈, 《광장》, 문학과지성사, 1982, 182면.

5. 최인훈, 《광장》, 문학과지성사, 1982, 200면.

6. 최인훈, 《회색인》, 문학과지성사, 1978, 19~20면.

7. 최인훈, 위의 책, 7면.

8. 최인훈, 위의 책, 31~32면.

9. 〈구운몽〉의 한 장면이 꿈을 만들어낸 것으로 보인다. 〈구운몽〉의 주인공 '독고민'이 김용길 박사를 만 나고 사람들에게 쫓기는 페이지를 읽다가 환상을 만들어낸다.

10. 최인훈, 《광장》, 문학과지성사, 1976, 119면.

11. 최인훈, 위의 책, 168면.

12. 최인훈, 위의 책, 162~163면.

13. 최인훈, 위의 책, 169면.

14. 김현, 〈사랑의 재확인〉, 《광장》 해설, 문학과지성사 1979, 369면.

15. 《광장》을 분석한 수많은 논문과 평론 중에서 세 편 담론이 주목할 만하다. 앞서 소개한 〈사랑의 재확인〉이라는 김현의 해설은 초판에 실린 평론으로 《광장》의 개작 과정을 면밀히 살펴나간다. 그는 초기작의 갈매기와 개정본의 갈매기 상징 변화에 주목했다. 초판본에는 갈매기를 윤애와 은혜로, 즉 남과 북의 연인으로 상징했지만, 개정본에는 은혜와 그의 딸의 넋으로 변경, 이데올로기보다는 사랑을 택해 플롯의 완결성을 갖추었다는 것이다. 그리고 개정본에서 김병익은 가족에의 헌신적 사랑이 이명준에게 그런 선택으로 나타난 것이고, 이는 운명적일 수밖에 없다며 '사랑에의 의무'라고 명명했다. 이 글을 쓰는 현시점에 덧붙이면, 이광호의 평론도 눈에 띈다. 그는 '탈존'이라는 하이데거의 개념을 원용, 이명준은 새로운 주체 형식으로 탈주하고 있다고 보았다. 이는 '사랑의 진리'라 할 수 있으며, 그렇게 함으로써 이명준은 '관념과 이데올로기를 넘어서고 있다'고 했다.

16. 최인훈, 〈그레이 구락부 전말기〉, 《웃음소리》, 문학과지성사, 1976, 22면.

17. 최인훈, 《우상의 집》, 1976.

18. 최인훈, 〈라울전〉, 《우상의 집》, 1976, 52면.

19. 최인훈, 위의 책, 8면.

20. 최인훈, 〈라울전〉, 《우상의 집》, 문학과지성사, 1976, 57면.

21. 이 사건은 훗날, 장편 《화두》에까지 출현한다. (《화두》는 앞으로 12년 후, 1994년에 발표된다. 최인훈 작가는 내가 신입생 시절부터 《화두》를 구상하고 있던 것 같다.)

22. 최인훈, 《서유기》, 문학과지성사, 1996, 277~278면.

23. 최인훈, 《화두》 2부, 민음사, 1994, 83~84면. 《화두》는 1994년에 발표되는데, 나의 대학 2학년 때, 1986년에 이미 작가의 머릿속에는 씌여 있지 않을까 유추된다.

24. 최인훈, 〈우상의 집〉, 《우상의 집》, 문학과지성사, 1976, 81면.

25. 최인훈, 〈囚〉, 《우상의 집》, 문학과지성사, 1976, 120면.

26. 최인훈, 〈우상의 집〉, 《우상의 집》, 문학과지성사, 1976, 97면.

27. 최인훈, 〈웃음소리〉, 《우상의 집》, 문학과지성사, 1976, 262면.

28. 최인훈, 위의 책, 267면.

29. 최인훈, 위의 책, 106면.

30. 김현, 〈구원의 문학과 개인주의〉, 《사회와 윤리》, 일지사, 1974.

31. 최인훈, 위의 책, 137면.

32. 최인훈, 〈봄의 어머니〉, 《유토피아의 꿈》, 문학과지성사, 1992, 246면.

33. 최인훈, 《크리스마스 캐럴》, 문학과지성사, 1976, 12면.

34. 최인훈, 위의 책, 175면.

35. 최인훈, 〈글쓰는 일〉, 《유토피아의 꿈》, 문학과지성사, 1976, 124면.

36. 최인훈, 위의 책, 190면.

37. 최인훈, 〈내가 읽은 책〉, 〈동아일보〉, (1981.7.3.) 9면.

38. 〈굿모닝 미스터 오웰〉은 백남준이 기획한 세계 최초의 인공위성을 통한 생중계 프로그램이다. 조지 오웰의 소설 《1984》의 모니터 같은 매체에 지배당하며 산다는 것에 대한 우려를 새롭게 해석했다.

39. 최인훈, 《총독의 소리》, 문학과지성사, 1992, 108면.

40. 대중매체 비판론자들은 그 자체가 나쁜 도구라 본다. 대중매체와 대중문화에 대한 비판적 견해를 갖고 있는 그들은, 매체는 제국주의적인 이데올로기 장치라는 것이다. 그리고 매체 안에 담긴 프로그램 또한 제국주의자들의 문화 침투의 자연스러운 기반을 제공해 주는 것이라 주장한다.

41. 김현, 〈문학은 무엇을 할 수 있는가〉, 《한국문학의 위상》, 문학과지성사, 1977, 102면.

42. 최인훈, 〈구월의 다알리아〉, 《우상의 집》, 문학과지성사, 1976, 106면.

43. 최인훈, 《길에 관한 명상》, 솔과학, 289면.

44. 필자의 노트에서 인용함. 1986년 당시의 수업에서 이뤄진 내용을 필자가 대학노트에 적어 놓았는데, 〈소설특강〉, 〈소설창작〉 등 최인훈 선생님의 강의 내용을 대학노트에 기록해서 보관 중임.

45. 최인훈, 〈문학과 이데올로기〉, 《문학과 이데올로기》, 문학과지성사, 1979, 327~328면.

46. 최인훈, 위의 책, 문학과지성사, 1979, 330면.

47. 최인훈, 위의 책, 331면.

48. 최인훈, 위의 책, 332면.

49. 최인훈, 위의 책, 330면.

50. 최인훈, 〈원시인이 되기 위한 문명한 의식〉, 《길에 관한 명상》, 솔과학, 2005, 27면.

51. 최인훈, 위의 책, 93면.

52. 최인훈, 〈느릅나무가 있는 풍경〉, 《소설가 구보 씨의 일일》, 문학과지성사, 1986, 12면.

53. 최인훈, 《서유기》, 문학과지성사, 1992, 202면.

54. 최인훈, 위의 책, 212면.

55. 최인훈, 위의 책, 216면.

56. 최인훈, 〈노벨상〉, 《유토피아의 꿈》, 문학과지성사, 1980, 48면.

57. 최인훈, 〈문학과 이데올로기〉, 《문학과 이데올로기》, 문학과지성사, 1979, 331면.

58. 최인훈, 《소설가 구보 씨의 일일》, 문학과지성사, 1991, 18~19면.

59. 최인훈, 《회색인》, 문학과지성사, 1978, 148면.

60. 최인훈, 《문학과 이데올로기》, 문학과지성사, 1979, 331면.

61. 최인훈, 위의 책, 331면.

62. 최인훈, 위의 책, 334면.

63. 최인훈, 위의 책, 335면.

64. 최인훈, 위의 책, 338면.

65. 최인훈, 위의 책, 339~340면.

66. 최인훈, 《하늘의 다리》, 문학과지성사, 1976, 116면.

67. 최인훈, 《회색인》, 문학과지성사, 1976, 87면.

68. 최인훈, 《광장》, 문학과지성사, 1976, 138면.

69. 중국 당나라 때 시선, 이백의 일화에서 유래한 고사성어. 어릴 때 공부가 싫어 떠돌다 집으로 돌아가는 중에 한 노파가 쇠공이를 숫돌에 갈고 있는 것을 보고 노력하겠

다는 다짐을 했다고 한다.

70. 최인훈, 위의 책, 117면.

71. 최인훈, 《유토피아의 꿈》, 문학과지성사, 1992, 235면.

72. 오규원, 《가끔은 주목받는 生(생)이고 싶다》, 문학과지성사, 2006, 76면.

73. 최인훈, 《소설가 구보 씨의 일일》, 문학과지성사, 1991, 18면.

74. 최인훈, 〈젊은이에게 보내는 편지〉, 《유토피아의 꿈》, 문학과지성사, 1992, 264면.

75. 최인훈, 《문학과 이데올로기》, 문학과지성사, 1976, 341면.

76. 최인훈, 위의 책, 33면.

77. 최인훈, 위의 책, 345면.

78. 최인훈, 《태풍》, 문학과지성사, 1992, 122면.

79. 최인훈, 위의 책, 42면.

80. 최인훈, 위의 책, 43면.

81. 최인훈, 위의 책, 45면.

82. 최인훈, 위의 책, 47면.

83. 최인훈, 위의 책, 49면.

84. 최인훈, 위의 책, 49면.

85. 최인훈, 〈로봇의 恐怖〉, 《유토피아의 꿈》, 문학과지성사, 1992, 134면.

86. 최인훈, 《길에 관한 명상》, 솔과학, 2005, 267면.

87. 최인훈, 《화두》 1부, 397면.

88. 최인훈, 《길에 관한 명상》, 솔과학, 2005, 111면.

89. 최인훈, 위의 책, 211면.

90. 최인훈, 위의 책, 197면.

91. 《두산동아철학사전》 참조.

92. 최인훈, 위의 책, 59면.

93. 최인훈, 위의 책, 63면.

94. 최인훈, 위의 책, 88면.

95. 최인훈, 《길에 관한 명상》, 솔과학, 2005, 249면.

96. 최인훈, 위의 책, 249면.

97. 최인훈, 《소설가 구보 씨의 일일》, 문학과지성사, 1991, 98면.

98. 최인훈, 위의 책, 105면.

99. 최인훈, 위의 책, 106면.

100. 최인훈, 《길에 관한 명상》, 솔과학, 2005, 254면.

101. 최인훈, 위의 책, 105~106면.

102. 최인훈, 《소설가 구보 씨의 일일》, 문학과지성사, 1991, 122면.

103. 최인훈, 《유토피아의 꿈》, 문학과지성사, 1992, 240면.

104. 최인훈, 《소설가 구보 씨의 일일》, 문학과지성사, 1991, 158면.

105. 최인훈, 위의 책, 155~156면.

106. 최인훈, 위의 책, 162면.

107. 최인훈, 위의 책, 254면.

108. 최인훈, 〈국도의 끝〉, 《웃음소리》, 문학과지성사, 1976, 285면.

109. 최인훈, 위의 책, 33~35면.

110. 최인훈, 《서유기》, 문학과지성사, 1996, 51면.

111. 최인훈, 〈글쓰는 일〉, 《유토피아의 꿈》, 문학과지성사, 1992, 124면.

112. 최인훈, 〈문학과 현실〉, 《문학과이데올로기》, 문학과지성사, 1976, 32면.

113. 최인훈, 〈안수길 소묘〉, 《유토피아의 꿈》, 문학과지성사, 1992, 17~19면.

114. 최인훈, 〈변동하는 시대의 예술가의 탐구〉, 《길에 관한 명상》, 솔과학, 2005, 65면.

115. 최인훈, 《화두》1부, 민음사, 1994, 5~6면.

116. 최인훈, 위의 책, 203~204면.

117. 최인훈, 〈熱河日記〉, 《우상의 집》, 문학과지성사, 1976, 182면.

118. 최인훈, 위의 책, 274면.

119. 최인훈, 〈하늘의 다리〉, 고려원, 1987, 96면.

120. 최인훈, 《화두》1부, 민음사, 1994, 115면.

121. 최인훈, 위의 책, 116면.

122. 최인훈, 위의 책, 337면.

123. 최인훈, 위의 책, 542면.

124. 한용환 《소설의 이론》, 문학아카데미, 1991, 45면.

125. 최인훈, 《회색인》, 문학과지성사, 1978, 198면.

126. 최인훈, 《화두》1부, 347면.

127. 최인훈, 〈總督의 소리〉, 1992, 83면.

128. 최인훈, 《화두》1부, 민음사, 1994, 52면.

129. 최인훈, 《화두》2부, 민음사, 1994, 334면.

130. 오규원, 《현실과 극기》, 문학과지성사, 1982, 91~92면.

131. 최인훈, 〈인간존재의 현상학〉, 《문학과 이데올로기》, 문학과지성사, 1976, 321~322면.

132. 최인훈, 〈생명력을 키우는 힘〉, 《유토피아의 꿈》, 문학과지성사, 1992, 243면.

133. 최인훈, 《화두》 2부, 318~319면.

134. 최인훈, 《소설가 구보 씨의 일일》, 문학과지성사, 1991, 230면.

135. 최인훈, 《화두》 2부, 민음사, 1994, 334면.

136. 졸고, 《문향》, 동국대 대학원 1998. 24면.

137. 노드롭 프라이, 임철규 역, 《비평의 해부》, 한길사, 1996, 436면.

138. 최인훈, 《화두》 1부, 민음사, 1994, 53면.

139. 최인훈, 위의 책, 311면.

140. 발터 벤야민, 반성완 역, 〈보들레르의 몇 가지 모티브에 대하여〉, 《발터 벤야민의 문예이론》, 민음사, 1994, 149쪽~164쪽 참조.

141. 소설 안에서 이야기를 전달하는 사람을 화자, 소설 안에서 인식의 주체가 되는 또 다른 화자, 다시 말해 어떤 대상에 대한 관념, 감정, 지각을 하는 (초점화하는 주체) 사람은 초점화자이다. 한용환, 《소설의 이론》, 문학아카데미, 1996, 참조.

142. 졸고, 〈화두의 구조와 예술론의 관계〉, 동국대 석사논문, 1996, 45~46면.

143. 최인훈, 《화두》 2부, 민음사, 1994, 487~506면.

144. 최인훈, 《회색인》, 문학과지성사, 1978, 119면.

145. 최인훈, 위의 책, 98면.

146. 졸고, 〈시와 악상〉, 《문학과 창작》, 문학아카데미, 1999. 7, 24면.

147. 최인훈, 《하늘의 다리》, 문학과지성사, 1976, 48면.

148. 마샬 맥루한, 박정규 역, 《미디어의 이해》, 삼성출판사, 1977. '미디어가 메시지다' 라는 표현은 많은 매체학자들뿐 아니라, 인문학자들도 자주 원용하고 있다.

149. 최인훈, 《문학과 이데올로기》, 문학과지성사, 1979, 76면.

150. 최인훈, 〈사랑의 기술〉, 《유토피아의 꿈》, 문학과지성사, 1976, 321면.

151. 최인훈, 《화두》 2부, 민음사, 1994, 255면.

152. 최인훈, 《總督의 소리》, 문학과지성사, 1992, 91면.

153. 최인훈, 《화두》 2부, 민음사, 1994, 358면.

154. 최인훈, 《화두》 1부, 민음사, 1994, 153면.

155. 최인훈, 《화두》 2부, 민음사, 1994, 69면.

156. 최인훈, 《화두》 1부, 민음사, 1994, 165면.

157. 최인훈, 《화두》 2부, 민음사, 1994, 22면.

158. 최인훈, 《소설가 구보 씨의 일일》, 문학과지성사, 1991, 184면.

159. 최인훈, 《화두》 1부, 민음사, 1994, 270~271면.

160. 최인훈, 위의 책, 355면.

161. 안토니오네그리, 마이클하트, 윤수종 역, 《제국》, 이학사, 2001, 409~410면 참조.

162. 《화두》는 표층적으로 회상이 겹겹이 이어져 있는 구조의 소설이다. 《광장》과 《태풍》에서처럼 사건의 진행과 해결에 따른 정통적 플롯으로 짜여진 소설은 아니다. 그러나 그 회상의 진행에도 면밀한 작의가 숨어 있는 작품이다. 또한 그 구조는 주제를 향하고 있다. 최인훈은 전통적인 플롯 방식으로는 소설을 쓸 수 없다고 판단했는지 모른다. 20세기의 동서 이데올로기의 대립과 군부독재 속에서의 예술가의 자유의지를 주요 메시지로 전달하고자 했던 《화두》는 이항대립적인 세기의 이데올로기에 저항하려는 의도로, 소설의 플롯을 열어놓았다는 필자의 판단이다. 그리고 그 개방성은 전통적인 방식의 플롯을 거부한 결과로 얻어진 것이다.

163. 안토니오 네그리, 마이클 하트, 윤수종 역, 《제국》, 이학사, 2001, 342~343면 참조.

164. 최인훈, 《화두》 1부, 문이재, 2002, 159면.

165. 최인훈, 위의 책, 316면.

166. 최인훈, 위의 책, 377면.

167. 최인훈, 《소설가 구보 씨의 일일》, 문학과지성사, 1991, 139면.

168. 최인훈, 《광장》, 문학과지성사, 1976, 79면.

169. 최인훈, 《태풍》, 문학과지성사, 1976, 45면.

170. 최인훈, 《화두》 2부, 문이재, 2002, 470면.

171. 최인훈, 《소설가 구보 씨의 일일》, 문학과지성사, 1991, 30면.

172. 최인훈 위의 책, 49면.

173. 최인훈, 《화두》 2부, 문이재, 2002, 18면.

174. 자크 모노, 조현수 역, 《우연과 필연》, 삼성출판, 1978, 참조.

175. 바트무어 길버트, 이경원 역, 《탈식민주의, 저항에서 유희로》, 한길사, 2002.

176. 파농 《Fanon, Frantz》(1925~1961) 서인도의 프랑스령 말티니크 섬에서 태어난 흑인 혁명 사상가. 흑인의 심리를 분석하여 식민상황을 분석했다. 백인의 교육을 받고 반(半) 백인화하여 흑인으로서의 자기 확인이 어려워지고 게다가 백인으로부터는 검은 피부로 인해 차별을 받는 흑인의 이중의 소외 상황으로부터 탈출하기 위해 분투했다. 식민지 제도는 폭력적 질서이고 또한 이것은 원주민의 폭력도 유발하지만 이러한 폭력

은 제국주의로 향해야 한다고 주장했다. 그렇게 해서 식민지 주민을 해방하는 것이 서구적이며 식민지주의적인 모델을 모방하는 것이 아닌, 인간의 참된 전체적 해방의 길이라고 토로했다.

177. 최인훈, 《화두》 2부, 민음사, 1994, 434~435면.

178. 최인훈, 〈바다의 편지〉, 〈황해문화〉, 새얼문화재단, 2003, 11면.

179. 최인훈, 《화두》 2부, 민음사, 1994, 543면.

180. 최인훈, 《화두》 1부, 민음사, 1994, 109면.

181. 최인훈, 《화두》 2부, 민음사, 1994, 191면.

182. 졸고, 《최인훈소설연구》, 한림대 박사논문, 2006, 79면.

183. 최인훈, 《하늘의 다리》, 고려원, 1987, 65면.

184. 졸고, 〈바다의 노래〉, 〈내러티브 9호〉, 한국서사학회, 2004, 104면.

185. 최인훈, 《화두》 2부, 민음사, 1994, 53면.

186. 최인훈, 《소설가 구보 씨의 일일》, 문학과지성사, 1991. 98면.

187. 최인훈, 《화두》 2부, 민음사, 1994, 209면.

188. 최인훈, 《소설가 구보 씨의 일일》, 문학과지성사, 1976, 44면.

189. 최인훈, 위의 책, 165면.

190. 최인훈, 《소설가 구보 씨의 일일》, 문학과지성사, 1976, 128면.

191. 최인훈, 《화두》 2부, 민음사, 1994, 361~362면.

192. 최인훈, 《광장》, 문학과지성사, 1982, 187면.

193. 초점화자는 스토리의 내부에 있을 수도 있고, 외부에 있을 수도 있다. 즉 초점화가 스토리 외부에서 이뤄질 때 외부 초점화가 일어나고, 안에서 이뤄질 때 내부 초점화가 일어난다. 한용환, 《소설학 사전》, 고려원, 1996, 410면 참조.

194. 최인훈, 위의 책, 188면.

195. 최인훈, 위의 책, 230~256면.

196. 멀치아 엘리아데, 이동하 역, 《聖과 俗》, 학민사, 1996, 참조.

197. 'I'는 자기동일성, 자기정체성이라는 Identity의 약자로 대문자인 I는 생물적인 자기동일성, 소문자인 i는 문명적인 자기동일성을 말한다. 그리고 이텔릭체의 i는 예술적 자기동일성이다. 인간의 구조식이 Iin이라는 것은 문명은 시간의 흐름에 따라 변화하고, 그 변화는 계속된다는 의미에서의 표현이다.

198. 최근의 생명공학이 인간의 수명을 연장시킨다고 하지만, 죽음에 대한 공포를 완전히 해소시켜 주지는 못하리라 생각된다. 자기를 복제한다고 하더라도 인간의 체험의

완벽한 복제는 불가능할 것이기 때문이다. 자기를 몇 번이고 체험하고 영원히 살겠다는 욕망의 실현은 최근의 여러 서사물에서 가상으로 보여주고 있지만, 완전한 자기복제, 자기동일성의 판박이는 없으리라 필자는 생각한다.

199. 아래의 그림에서처럼 문명적인 자기동일성인 'i'는 원이 커져갈수록 그만큼 수준도 증가하기에 '<'로 표시된다. 그런데 원이 커져가도 생물적 자기동일성인 'I'와 종

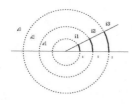

교.예술적 자기동일성인 'i'는 항상성을 유지하기에 '='로 표현되고 있다. 이는 진화가 완성된 지금으로서의 'I'는 문명이 진보해도 동일하다는 의미이다. 't' 또는 '='로 표현되고 있다. 이는 시간의 흐름과 함께 발전하는 문명과는 달리 진화가 완성된 상태로 같은 수준을 유지하는데, 종교와 예술이 그것을 가능케 한다.

200. 최인훈,《화두》1부, 민음사, 1994, 215~216면.

201. 인간의 주체의 형성과정을 상상계, 상징계, 실재계로 파악하여 각 단계에 의한 소설 주인공의 정신적 방황의 상태를 해석하려 시도하고 있는데,《태풍》의 주인공인 오토메나크의 정신을 분석한다면, 아직 나파유제국의 패망을 모르고 있는 상황을 상상계에서 상징계로의 진행 과정 중의 방황이라 할 수 있겠다. 아니카 르메르, 이미선 역,《자크 라캉》, 문예출판사, 1996, 104면 참조.

202. 잘못된 현실 인식에서 오는 오류로 볼 수 있다. 광복 전후의 우리의 지식인의 모습에서 찾을 수 있다. 이중적인 정치 의식의 간극을 예술 의식으로 메꿔 보려는 태도다. 또한 사회주의 리얼리즘의 태도도 그와 흡사하다.

203. 원효,《대승기신론, 소, 별기》, 삼성출판사, 1997, 참조.

204. 최인훈의 '의식의 흐름 모식도'에서 현실의식은 대승에서의 심생멸문에 대입할 수 있고, 상상의식은 심진여문에 대입할 수 있겠다. 생멸의 인연으로 발생하게 되는 의식의 단계를 통어하는 작가 정신이 바로 대승의 경지라 할 수 있을 것이다.

205. 최인훈의 의식의 흐름과 대승에서의 생멸하는 마음의 과정을 대입하면 의식(意識) - 집상응염, 상속 식(相續識) - 부단상응염, 지식(智識) - 분별상응염, 현식(現識) - 현색불상응염, 전식(轉識) - 불변불 상응염, 업식(業識) - 근본업불상응염이 각각 상응한다. 대승불교에서의 수행은 무명(無明)에 의해 오염된 마음의 타파가 진여에 이르는 과정이고, 최인훈의 창작의 과정도 같은 의미로 해석할 수 있다. 즉 생멸의 인연(因緣)을 하나씩 인식해나가 스스로가 인연을 조율하는 것이 창작이라 할 수 있다.

206. 졸고, 한림대 박사논문, 2006, 74면.

207. 최인훈, 《화두》 1부, 민음사, 1994, 125면.

208. 최인훈, 〈인간의 Metabolism의 3형식〉, 〈작가세계〉 2호, 1990, 303면.

209. 최인훈, 《소설가 구보 씨의 일일》, 문학과지성사, 1991, 272면.

210. 최인훈, 《서유기》, 문학과지성사, 1996, 177면.

211. 최인훈, 〈소설의 주인공과 작가〉, 《유토피아의 꿈》, 문학과지성사, 1992, 278면.

212. 최인훈, 〈로봇의 恐怖〉, 《유토피아의 꿈》, 문학과지성사, 1992, 134면.

213. 최인훈, 〈어디서 무엇이 되어 만나랴〉, 《옛날 옛적에 훠어이 훠이》, 문학과지성사, 1976, 33면.

214. 최인훈, 위의 책, 37면.

215. 최인훈, 위의 책, 70면.

216. 최인훈, 〈문명의 광장에서 다시 찾은 모국어〉, 《유토피아의 꿈》, 문학과지성사, 1992, 343면.

217. 최인훈, 〈젊은이에게 보내는 편지〉, 《유토피아의 꿈》, 문학과지성사, 1992, 264~265면.

218. 최인훈, 〈둥둥 낙랑 둥〉, 《옛날 옛적에 훠어이 훠이》, 문학과지성사, 1986, 189면.

219. 최인훈, 《하늘의 다리》, 고려원, 1987, 115면.

220. 최인훈, 《화두》 1부, 민음사, 1994, 57~58면.

221. 최인훈, 위의 책, 425면.

222. 최인훈, 〈광장〉, 《새벽》, 1960, 11.

223. 최인훈, 《광장》, 1961년판 서문.

224. 최인훈, 《광장》, 1976년판 서문.

225. 최인훈, 《광장》, 1989년판 서문.

226. 최인훈, 《화두》 2부, 민음사, 1994, 83~84면. 《화두》는 1994년에 발표되는데, 작가의 머리 속에서는 오동나무의 그림자가 늘 어룽거리고 있었나 보다. 1986년, 필자의 대학 2학년 때 오동나무 곁에 있는 학교 버스에서의 수업장면도 어른거린다.

227. 톨스토이, 박형규 역, 〈이반일리치의 죽음〉, 계몽사, 1994, 106면.

새우와 고래가 함께 숨 쉬는 바다

# 최인훈은 이렇게 말했다
―최인훈과 나눈 예술철학, 40년의 배움

지은이 | 김기우
펴낸이 | 황인원
펴낸곳 | 도서출판 창해

신고번호 | 제2019-000317호

초판 1쇄 인쇄 | 2023년 02월 20일
초판 1쇄 발행 | 2023년 02월 27일

우편번호 | 04037
주소 | 서울특별시 마포구 양화로 59, 601호(서교동)
전화 | (02)322-3333(ft)
팩스 | (02)333-5678
E-mail | dachawon@daum.net

ISBN 979-11-91215-71-7 (03800)

값 · 30,000원

Publishing Club Dachawon(多次元)
창해·다차원북스·나마스테